마의산
(상)

마의 산

DER ZAUBERBERG

(상)

토마스 만 지음 · 홍성광 옮김

❖ 을유문화사

옮긴이 **홍성광**

삼척에서 태어나 부산고를 졸업했다. 서울대학교 독어독문학과를 졸업하고 동 대학원에서 토마스 만의 장편 소설 『마의 산』 연구로 박사 학위를 받았다. 논문으로는 「토마스 만의 소설 '마의 산'의 형이상학적 성격」, 「하이네 시의 이로니 연구」, 「토마스 만과 하이네 비교 연구」, 「토마스 만과 김승옥 비교 연구」, 「토마스 만의 괴테 수용」 등이 있고, 역서로는 토마스 만의 『부덴브로크가의 사람들』, 『베네치아에서의 죽음』, 쇼펜하우어의 『의지와 표상으로서의 세계』, 카프카의 『변신』, 헤르만 헤세의 『싯다르타』, 미카엘 엔데의 『마법의 술』, 하이네의 『독일. 겨울동화』, 레마르크의 『서부 전선 이상 없다』 등이 있다.

을유세계문학전집 1
마의 산(상)

발행일·2008년 6월 20일 초판 1쇄 | 2022년 10월 10일 초판 15쇄
지은이·토마스 만 | 옮긴이·홍성광
펴낸이·정무영, 정상준 | 펴낸곳·(주)을유문화사
창립일·1945년 12월 1일 | 주소·서울시 마포구 서교동 469-48
전화·02-733-8153 | FAX·02-732-9154 | 홈페이지·www.eulyoo.co.kr
ISBN   978-89-324-0331-1 04850 978-89-324-0330-4(세트)

차례

하권

머리말

우리가 하고자 하는 한스 카스토르프의 이야기는 그를 위한 것이 아니라(그가 눈길을 끄는 젊은이이기는 하지만 평범한 젊은이란 사실을 독자들이 알게 될 것이기 때문이다), 대단히 들려줄 만한 가치가 있어 보이는 이야기 그 자체를 위한 것이다(그렇지만 이 이야기가 그의 이야기이며, 누구에게나 그런 일이 일어나지는 않는다는 사실을 그를 위해 마음에 새겨 두는 것이 필요하다). 이 이야기는 아주 오래전 일이라, 소위 말하자면 벌써 역사의 녹이 잔뜩 끼어 있어 까마득한 과거의 시칭으로 서술하지 않을 수 없다.

이러한 사실은 이야기를 하기에 불리하다기보다는 오히려 유리할지도 모르겠다. 왜냐하면 역사로서 이야기란 지나간 과거의 이야기여야 하기 때문이다. 그리고 이야기의 속성상 과거의 것일수록 더 나으며, 이야기를 과거 시제로 나지막이 속삭이는 주술사인 작가에게도 더 낫다고 말할 수 있다. 그러나 우리 이야기와 관련된 문제는 오늘날의 많은 사람들에게 해당되는 일이기도 하고, 특히 이야기를 들려주는 사람들에게 더욱 해당되는 일이라고 할 수 있다. 즉 이야기는 그 자신의 시대보다 훨씬 더 옛적의 일이므로, 그 이야기의 곰삭은 나이는 일수(日數)로도 헤아릴 수 없으며, 이야기를 내리누르는 세월의 햇수는 태양 주위를 도는 혹성들의 수로도 헤아릴 수 없다. 한마디로 말해 이 이야기의 과거성은 사실 시간과는 무관한 것이다. 이 기회에 시간이라는 비밀스러운 요소의 의문성과 독특한 이중성을 잠시 언급하고 넘어가는 게 좋을 듯싶다.

하지만 어떤 명백한 실상을 일부러 모호하게 만들지 않기 위해 말하면, 우리 이야기가 아주 오래전에 일어난 일이라고 하는 까닭은 이 이야기가 삶과 의식을 심하게 균열시키는 어떤 전환점이자 경계선 이전에 일어났기 때문이다. 이 이야기는 일어난다, 또는 현재형을 굳이 피해서 말한다면, 이 이야기는 이전에, 옛날에 일어났다. 그것이 시작됨으로써 많은 사건이 일어나게 했고, 지금도 그 여파가 미처 끝났다고 할 수 없는 세계 대전이 발발하기 이전에 일어난 일이다. 그러므로 아주 오래전에 일어난 일은 아니라 해도 어쨌거나 예전에 일어난 이야기이다. 하지만 이야기의 과거적 성격은 그것이 좀 더 '예전에' 일어난 것일수록 더욱 심원하고 완전하며 동화 같은 것이 되지 않을까? 더욱이 우리의 이야기는 내적인 속성으로 보거나 그 외에 이런저런 점으로 볼 때도 동화와 일맥상통하는 점이 있다.

우리는 이 이야기를 자세하게, 세밀하고도 철저하게 할 것이다. 이야기를 하는 데 필요한 공간과 시간 때문에 이야기가 재미있거나 지루하게 느껴진 적이 언제 있었던가? 우리는 이야기가 고통을 준다는 비난을 두려워하기보다는 오히려 철저함만이 진정한 즐거움을 준다는 견해가 옳다고 생각하는 바이다.

그러므로 나는 한스 카스토르프의 이야기를 금방 끝내 버리지 않을 작정이다. 일주일의 7일은 부족할 것이고, 7개월로도 모자랄 것이다. 작가인 내가 이야기에 휩쓸려 가는 동안 지상의 시간이 얼마나 지나가는지를 미리 정하지 않는 편이 낫겠다. 그렇다고 설마 7년이나 걸리지는 않겠지!

그럼 이제 슬슬 이야기를 시작해 보기로 하자.

제1장

도착

한 평범한 젊은이가 한여름에 고향 도시인 함부르크를 떠나 그라우뷘덴 주*의 다보스 플라츠로 가는 여행길에 올랐다. 그는 3주 예정으로 누군가를 방문하러 가는 길이었다.

함부르크에서 그곳까지는 먼 여행길이다. 3주 동안 짧게 머물기에는 사실 참으로 멀고 먼 길이다. 여러 군주들이 다스리는 나라를 지나, 수많은 산들을 오르내리고, 남독일의 고원에서 슈바벤의 호숫가로 가서는, 배를 타고 넘실거리는 파도를 헤치며 그 옛날 깊이를 알 수 없던 심연을 건너가야 한다.

지금까지는 수월하게 일직선으로 진행되던 여행이 여기서부터는 까다로워진다. 여러 번 길을 멈추고 차를 갈아타야 하는 번거로운 일들이 생긴다. 스위스 지역인 로르샤흐 마을에서 다시 기차를 타게 되지만, 일단 알프스의 작은 마을인 란트크바르트 역까지

간 후 기차를 갈아타야 한다. 바람이 드세고 경치도 별로인 곳에서 꽤 오랫동안 기다리다가 이번에는 협궤 열차를 탄다. 작지만 아주 힘이 세어 보이는 기관차가 움직이는 순간부터 깎아지른 듯 험준한 오르막길이 끝없이 계속되는 정말 모험적인 여행이 시작된다. 란트크바르트 역만 해도 비교적 높지 않은 곳에 위치해 있는 반면, 여기서부터는 점점 더 거칠고 험준한 바윗길을 따라 높디높은 고산 지역으로 올라가기 때문이다.

한스 카스토르프는—이것이 그 젊은이의 이름이다—칸막이가 된 작은 객실에서 회색 쿠션으로 된 좌석에 체크무늬 담요를 두르고 혼자 앉아 있었다. 옆에는 자신을 길러 준 외종조부 티나펠 영사(領事)가 선물한 악어가죽 손가방이 놓였고, 옷걸이에 걸린 겨울 외투가 흔들거리고 있었다. 그는 창가에 앉았는데 창은 닫혀 있었다. 오후가 되어 날씨가 점점 차가워지자, 가족의 총애를 받으며 자라난 그는 당시 유행하던 비단으로 만든 넓은 여름 외투의 깃을 올렸다. 그의 좌석 옆에는 『대양 기선(大洋汽船)』이라는 제목의 가제본한 책이 놓여 있었다. 그는 여행을 처음 시작할 때는 이따금씩 펼쳐 보기도 했지만 이제는 거들떠보지도 않았다. 헐떡이며 힘겹게 올라가는 기관차가 뿜어내는 매연이 기차 안으로 날아 들어와 책의 표지는 그을음으로 더러워져 있었다.

여행을 떠나고 이틀만 지나면 사람은—삶에 아직 굳건히 뿌리를 박지 않은 젊은이가 특히 그렇듯이—자신의 의무, 이해관계, 걱정 및 전망이라고 부르는 모든 것, 즉 일상생활로부터 아련히 멀어지게 된다. 그것도 마차를 타고 역으로 가면서, 어쩌면 자신이 꿈꾸었을지도 모르는 것보다 훨씬 더 멀어지게 된다. 여행자와 고향 사이에서 구르고 돌며 도피하듯 멀어져 가는 공간에는 보통 시간에만 있다고 생각되는 힘이 깃들어 있다. 공간도 시시각각 시간과 마찬가지로, 어쩌면 시간을 훨씬 능가하는 내적인 변화를 일으킨다. 공간도 시간과 마찬가지로 망각을 낳는다. 공간은 인간을 여러 관계로부터 해방시키며, 인간을 원래 그대로의 자유로운 상태로 옮겨 놓는 힘을 지니고 있다. 그렇다, 공간은 고루한 사람이나 속물조차도 순식간에 방랑자로 만들어 버리는 것이다. 시간은 망각의 강*이라고 하지만, 여행 중의 공기도 그러한 음료수인 셈이다. 그런데 그 효력은 시간만큼 철저하지는 못한 반면에 더 신속하게 나타난다.

한스 카스토르프도 이와 같은 경험을 하였다. 그는 이번 여행을 특별히 중요하게 생각하지 않았고, 이 여행에 특별히 마음을 쏟을 생각도 없었다. 오히려 그는 어차피 곧 끝나게 될 여행이기에 빨리 끝내 버리고 싶은 심정이었다. 그래서 여행을 떠날 때의 인간으로 되돌아가서 잠시 접어 두었던 일상생활을 다시 시작하려는 것이다. 어제까지만 해도 그는 평소의 생각에 완전히 사로잡혀 있었다. 그는 최근에 마친 시험과 툰더 빌름스 회사(조선, 기계 제조 및 보일러 제조 회사)에 입사해 연수를 받는 일에 정신이 팔려 있었기 때문에, 그와 같은 기질을 지닌 사람이 으레 그렇듯 3주일 후의 일을 초조하게 기다리고 있었다. 그러나 지금은 잔뜩 주의를 기울여야 할 상황이라고, 이것을 대수롭지 않게 치부해서는 안 된다고 생각했다. 그가 지금껏 숨 쉬어 본 적이 없고, 전혀 사람이 살지 않으며, 공기가 매우 희박하고 생활 조건이 아주 척박한 고산 지대에 올라와 보니, 그의 마음은 흥분되기 시작했고 알 수 없는 불안감에 사로잡혔다. 고향과 일상의 질서는 멀리 사라져 갔을 뿐만 아니라 그의 발밑 수천 길 아래에 있었음에도 그는 여전히 저 위를 향하고 있었다. 그러한 것들과 미지의 세계 사이에 떠 있으면서, 저 위로 가면 어떻게 될까 하고 그는 스스로에게 물어 보았다. 겨우 해발 2, 3미터의 높이에서 숨 쉬도록 태어나 이에 익숙해진 그가 별안간 이런 고산 지대로 옮겨진다는 것은 아마 현명치 못하고 견딜 수 없는 일이 아닐까? 적어도 2, 3일 동안 중간 정도 높이의 지대에 머무른다면 혹시 모르지만 말이다. 하지만 일단 위에 도착하면 어디에서나 그렇듯이 살 수 있을 거고, 올라가고 있는 지금처럼 자신에게 맞지 않는 곳에 있다고 느껴지지도 않으리라 생각했다. 그래서 그는 목적지에 빨리 도착하고 싶었다. 창밖을 내다보니 기차는 좁은 길을 꼬불꼬불 달리고 있었다. 앞쪽의 차량들이 보였고, 갈색과 녹색, 검은색의 연기 덩어리를 힘겹게 내뿜으며 달리는 기관차가 보였다. 연기 덩어리는 바람에 이리저리 흩날렸다. 오른편의 계곡에서는 쇄쇄 물소리가 났고, 왼편으로는 어두컴컴한 가문비나무가 바윗덩이 사이에서 연한 은회색의 하늘로 치솟아 있었다. 칠흑같이 캄캄한 터널이 몇 개 나타났고, 저 아래에 촌락과 함께 널찍한 골짜기가 모습을 드러내었다. 이내 골짜기가 사라지고 새로 좁은 길들이 나타나더니, 갈라진 틈 사이사이로 잔설(殘雪)이 반짝였다. 초라한 역에서 여러 번 멈추어 선후 드디어 종착역에 다다랐다. 여기서 기차가 반대 방향으로 떠나는 바람에 기차가 어디로 가고 있는지 방향마저 더는 알 수 없어서 그는 머리가 혼란스러워졌다. 성스럽고 환상적인 경치로 겹겹이 둘러싸인 고산 지대의 꼭대기로 올라감에 따라 알프스의 웅대한 전경이 펼쳐지기 시작했다. 그러다가 여러 번 구부러진 길을 달리자 경외감에 찬 눈에서 전경이 다시 사라져 버렸다. 한스 카스토르프는 활엽수 지대를 지났고, 새들이 사는 지대도 이미 지나지 않았을까 하고 생각했다. 이렇게 모든 것이 끝나고 희소해졌다고 생각하니 그는 가벼운 현기증이 일어나고 토하고 싶은 생각이 들어 2초 동안 손으로 눈을 가리고 있었다. 그러자 이러한 몸 상태도 곧 극복되었다. 오르막길이 끝나고 높은 고개도 넘어서자, 기차는 이제 골짜기의 평평한 밑바닥을 좀 더 편하게 굴러가고 있었다.

저녁 여덟 시가 다 되었는데도 아직 해는 떨어지지 않았다. 호수가 한 폭의 풍경화처럼 멀리서 모습을 드러내었다. 수면은 잿빛을 띠고 있었다. 호숫가를 따라 주위의 언덕에는 가문비나무 숲이 검게 솟아 있었다. 숲은 위로 갈수록 듬성듬성해지다가 결국 없어져서는 안개에 덮인 벌거숭이 바위만을 남겼다. 기차는 한 작은 역에서 멈추었다. 한스 카스토르프는 바깥에서 외치는 소리로 여기가 다보스 역이란 것을 알 수 있었다. 그는 이제 얼마 안 있으면 목적지에 도착할 거라고 생각했다. 그런데 이때 갑자기 사촌인 요아힘 침센의 목소리가 들리는 것이었다. 함부르크 지방의 느긋한 목소리였다. "어이, 잘 왔구나, 이제 내리지 그래!" 창밖을 내다보니 요아힘이 창 아래 승강장에 모자를 쓰지 않고 갈색의 방한 외투를 입은 채 서 있는 것이었다. 그는 어느 때보다도 건강한 모습이었다. 사촌은 웃으면서 다시 말했다.

"어이, 나오라니까, 그만 꾸물거리고!"

"아직 다 온 게 아니잖아." 한스 카스토르프는 어리둥절해하며 여전히 앉은 채로 말했다.

"아니야, 다 왔다니까. 여기가 다보스 도르프야. 요양원은 여기서 가는 게 더 가까워. 마차를 가져왔으니 짐들을 이리 줘."

그리하여 한스 카스토르프는 목적지에 도착하고 사촌을 다시 만났다는 사실에 흥분해서 어리둥절한 표정으로 웃으며 그에게 손가방, 겨울 외투, 여행용 담요와 지팡이, 우산, 그리고 마지막으로 『대양 기선』이라는 책까지도 건네주었다. 그러고는 기차 안의 좁은 통로를 급히 빠져나와 승강장으로 풀쩍 뛰어내려서는, 사촌과 말하자면 정식으로 인사를 나누었다. 그것은 냉정하고 점잖은 예법을 익힌 사람들 사이에서 행해지는 격한 감정이 배제된 인사였다. 이는 이상하게 보일지도 모르지만, 이들은 옛날부터 서로 이름을 부르는 것을 피해 왔다. 이는 오로지 과도한 온정을 드러내는 것을 꺼리는 태도 때문이었다. 그렇다고 서로 성을 부르기도 무엇해서 이들은 그냥 '너'라고 부르고 있었다. 이는 사촌들끼리 오랫동안 몸에 밴 습관이었다.

두 사람이 서둘러 멋쩍은 듯이 악수하는 모습을 — 젊은 침센은 군대식으로 악수하였다 — 금술이 달린 모자를 쓰고 하인 제복을 입은 한 사나이가 지켜보더니 가까이 다가왔다. 그는 한스 카스토르프에게 수하물표를 달라고 했다. 그는 국제 요양원 '베르크호프'의 수위였다. 두 사람이 마차를 타고 곧장 저녁 식사를 하러 가는 동안에, 자기는 '플라츠' 역에서 손님의 커다란 트렁크를 가지고 가겠다는 거였다. 그 사나이가 다리를 심하게 절었기 때문에 한스 카스토르프가 요아힘 침센에게 처음으로 물은 말은 이랬다.

"저 사람 상이군인이야? 그래서 저토록 심하게 다리를 저나?"

"그래, 그런가 봐!" 침센은 다소 신랄한 투로 대꾸했다. "뭐, 퇴역 군인인 모양이지! 그는 무릎이 좋지 않아. 아니, 좋지 않았어. 그래서 아예 무릎 연골을 제거해 버렸거든."

한스 카스토르프는 되도록 신속하게 머리를 굴렸다. "아, 그렇구나!" 그는 걸어가면서 머리를 들고 주위를 힐끗 둘러보며 말했다. "그런데 너는 아직도 몸이 좋지 않다고 나를 속일 작정은 아니겠지? 너는 술 달린 긴 칼을 차고 막 기동 훈련에서 돌아온 것처럼 보여." 그러고는 사촌을 옆에서 쳐다보았다.

요아힘은 카스토르프보다 키가 크고 어깨도 떡 벌어진, 청춘의 힘을 상징하는 체격을 갖추고 있어 군복을 입도록 세상에 태어난 사람 같았다. 그는 금발이 많은 고향에서 드물지 않게 보이는 짙은 갈색 유형의 남자였다. 그러지 않아도 검은 얼굴색이 햇볕에 그을려 거의 청동색이 되어 있었다. 크고 검은 눈과 반듯하고 두꺼운 입술 위에 검은 콧수염이 난 그는 두 귀가 쫑긋 세워져 있지 않았더라면 잘생긴 용모라고 할 수 있었다. 어느 시기까지는 귀가 그의 유일한 걱정거리이자 고민거리였다. 지금은 그에게 다른 걱정거리가 있었다. 한스 카스토르프는 말을 계속했다.

"나하고 곧 산을 내려갈 거지? 이제 다 나은 것 같은데."

"곧 같이 내려간다고?" 사촌은 이렇게 묻고는 커다란 눈을 카스토르프에게 돌렸다. 늘 부드러워 보이던 그의 눈은 이 다섯 달 사이에 다소 피곤하고 슬픈 표정으로 바뀌어 있었다. "곧이라니 언제 말이지?"

"뭐, 3주일 후에 말이야."

"아, 그래, 너는 벌써 집에 돌아갈 궁리를 하는 모양이지." 요아힘이 말했다. "좀 기다리게, 이제 막 도착하지 않았나. 물론 이 위의 우리에게는 3주일이란 그야말로 아무것도 아니야. 하지만 이곳을 3주 예정으로 방문한 너에게는 그것이 꽤 긴 시간이겠지. 일단 이곳 기후에 적응해야 해. 이제 알게 되겠지만 그게 결코 쉬운 일은 아니야. 그리고 우리에게 색다른 것은 기후뿐만이 아니야. 이곳에서 여러 가지 새로운 사실을 알게 될 거야. 잘 지켜보라고! 네가 나에게 한 말은 그렇게 간단히 되는 문제가 아니야. '3주일 후에 집으로 간다'는 말은 저 아래의 생각이야. 내 얼굴이 검게 탄 것은 주로 눈에 그을린 때문이야. 베렌스도 늘 말하듯이 그건 별로 대수로운 일은 아니야. 저번에 실시한 종합 검진에서 그는 반년은 족히 걸릴 거라고 했어."

"앞으로 반년이라고? 제정신으로 하는 말이야?" 한스 카스토르프가 소리쳤다. 이들은 창고처럼 생긴 역사 앞, 돌투성이의 광장에서 대기하고 있던 노란색 마차에 올라탔다. 두 필의 갈색 말이 마차를 끄는 동안, 한스 카스토르프는 화가 나서 딱딱한 쿠션 위에서 이리저리 자세를 바꾸어 가며 앉았다. "반년이라고? 벌써 거의 반년이나 이곳에 있지 않았나! 우리에게는 그렇게 많은 시간이 없어!"

"그래, 시간 말이야." 요아힘은 이렇게 말하고, 사촌이 분개해 마지않는 것에는 아랑곳하지 않고 솔직하게 여러 번 고개를 끄덕였다. "이곳 사람들은 세상 사람들의 시간을 중요하게 생각하지 않아. 너는 도저히 믿을 수 없겠지만 말이야. 이들에게는 3주가 하루와 같은 거야. 너도 곧 알게 되겠지. 죄다 익히게 될 거야." 그러고는 덧붙여 말했다. "여기서는 자신의 개념이 바뀌게 돼."

한스 카스토르프는 사촌을 옆에서 물끄러미 바라보았다.

"하지만 넌 몰라보게 좋아졌어." 그는 머리를 흔들며 말했다.

"너도 그렇게 생각해? 하긴 그렇지. 나도 그렇게 생각해!" 요아힘은 이렇게 말하고 쿠션 위에 몸을 똑바로 세웠다가 이내 다시 비스듬한 자세를 취했다. "몸이 나아진 것은 사실이야." 그가 설명했다. "하지만 아직 건강하다고는 할 수 없어. 전에 수포음(水泡音)이 들리던 왼쪽 윗부분에서는 지금 좀 거슬리는 소리가 날 뿐이지. 그리 나쁜 편은 아니야. 하지만 아래쪽에서는 무척 거슬리는 소리가 들려. 그리고 두 번째 갈비뼈 사이에서도 잡음이 들려."

"이제는 박사가 다 됐네." 한스 카스토르프가 말했다.

"그래, 정말 박식해졌지. 군 복무를 하면서 다 날려 버렸으면 좋았을 것을." 요아힘이 대꾸했다. "하지만 아직 담(痰)이 있어." 그는 이렇게 말하며 될 대로 되라는 식으로 어깨를 심하게 으쓱해 보였는데, 이러한 동작은 아무래도 그에게 어울리지 않았다. 그런 다음 그는 사촌 쪽으로 나 있는 방한 외투의 옆 주머니에서 무언가를 절반쯤 꺼내 보여 주었다가 도로 집어넣는 것이었다. 그것은 금속 뚜껑이 달린 납작하고 활처럼 굽은 푸른색의 유리병이었다.

"이 위에 사는 우리들은 대부분 이런 걸 갖고 있어. 별명이긴 하지만 우리끼리 부르는 이름도 있지. 아주 쾌활한 놈이야. 이곳 경치는 어때?"

한스 카스토르프는 경치를 구경하며 이렇게 표현했다. "참으로 웅대하군!"

"그렇게 생각하나?" 요아힘이 물었다.

이들이 탄 마차는 선로와 나란히 나 있는, 폭이 일정치 않은 길을 따라 골짜기 안쪽 방향으로 달렸다. 그런 다음 왼쪽으로 좁은 선로를 횡단해서는 시냇물을 하나 건너갔다. 그리고 이제는 숲으로 싸인 경사가 완만한 길을 따라 느릿느릿 달렸다. 저 멀리 나지막하게 앞으로 튀어나온 잔디밭에는 둥근 지붕의 탑이 있는 건물이 정면을 남서쪽으로 향한 채 길게 뻗어 있었다. 이 건물은 순전히 발코니밖에 보이지 않아서 멀리서는 해면(海綿)처럼 구멍이 숭숭 뚫린 듯이 보였다. 이제 막 불들이 하나둘 켜지는 중이었다. 어느덧 날이 뉘엿뉘엿 저물어 갔다. 한동안 구름에 덮인 하늘을 골고루 밝혀 주던 어스름한 석양이 빛을 잃었다. 그래서 어두운 밤이 되기 직전의, 색을 잃고 생기가 없는 슬픈 과도기 상태가 세상을 지배하고 있었다. 기다랗게 약간 구불구불 뻗어 있는 마을에도 이제 여기저기 불이 켜졌다. 골짜기의 밑바닥에도, 산비탈 양편에도 곳곳에 불이 켜졌는데, 특히 앞쪽으로 튀어나온 오른쪽 산비탈의 계단식으로 자리 잡은 집들에 불빛이 더 많았다. 왼쪽 산비탈에는 풀밭 사이로 오솔길이 나 있었는데 어두컴컴한 침엽수림 속으로 사라져 갔다. 골짜기는 뒤쪽의 출구를 향해 좁아지고, 멀리 보이는 산은 차가운 회청색을 띠고 있었다. 바람이 불기 시작하자 밤의 찬 기운이 몸에 스며들었다.

"아니야, 솔직히 말하면 그렇게 압도적인 것 같지는 않아." 한스 카스토르프가 말했다. "빙하며 만년설이며 하늘을 찌르는 거봉은 어디 있단 말이야? 저것들은 그리 높아 보이지 않는데."

"아니야, 저래 봬도 아주 높은 산이야." 요아힘이 대답했다. "어디서나 수목의 한계선이 보이잖아. 경계가 완연히 눈에 띄지 않니? 가문비나무가 없어지면 모든 것이 다 같이 없어져. 네가 보는 바처럼 바위뿐이야. 저 건너편, 슈바르츠호른의 오른쪽으로 뾰족한 곳이 보이지? 그곳에는 빙하도 있어. 푸른 곳이 아직 보이지? 그리 크지는 않지만 스칼레타 빙하라고 하는 어엿한 빙하야. 여기서는 잘 보이지 않지만 그 틈새에 있는 피츠 미헬과 틴첸호른은 일년 내내 눈으로 덮여 있지."

"영원히 눈에 덮여 있단 말이지." 한스 카스토르프가 말했다.

"그래, 말하자면 영원히라고 할 수 있지. 그런데 죄다 아주 높아. 우리가 끔찍하게 높은 곳에 있다는 사실을 염두에 두어야 해. 해발 1천6백 미터니까. 그래서 저것들이 그리 높아 보이지 않는 거지."

"그렇구나, 꽤나 높이도 올라왔네! 나는 솔직히 불안하고 무서워. 1천6백 미터라니! 어림잡아 5천 피트는 되겠구나. 이렇게 높이 올라온 것은 생전 처음이야." 그러면서 한스 카스토르프는 호기심에 차 낯선 공기를 음미하듯 깊이 들이마셨다. 공기는 상쾌하였고 그 이상 아무것도 아니었다. 향기도 맛도 습기도 없는 것이 그냥 살며시 흘러 들어와 영혼에 아무런 감명도 주지 못했다.

"정말 좋은데!" 그는 예의상 이렇게 말했다.

"그래, 명성이 자자한 공기지. 그런데 오늘 밤 경치는 별로인데. 가끔은 더 좋을 때도 있어, 특히 눈으로 덮여 있을 때 말이야. 하지만 우리는 이런 경치에 싫증이 나 있어. 이 위의 우리들은 다들 말할 수 없이 싫증이 나 있어. 내 말 믿을 수 있겠지." 요아힘이 말했다. 그는 싫어 죽겠다는 듯이 입술을 비쭉거렸다. 과장되고 자제력이 없어 보이는 이런 표정도 역시 그에게 어울리지 않았다.

"너는 정말 색다르게 말하는군." 한스 카스토르프가 말했다.

"내가 색다르게 말한다고?" 요아힘은 다소 걱정스러운 듯 물으며 사촌 쪽으로 몸을 돌렸다.

"아니, 아니, 미안해. 잠시 그런 생각이 들었을 뿐이야!" 한스 카스토르프는 서둘러 말했다. 요아힘이 아까부터 벌써 서너 번 사용한 '이 위의 우리'란 표현이 그로 하여금 무언가 갑갑하고 이상한 기분이 들게 했던 것이다.

"우리의 요양원은 보다시피 마을보다 높은 곳에 있어." 요아힘은 말을 계속했다. "50미터 더 높은 곳에 있지. 안내서에는 '100미터'라고 되어 있지만 사실은 겨우 50미터 더 높아. 여기서는 보이지 않지만 저 건너편의 샤츠알프 요양원이 가장 높은 곳에 있지. 겨울에는 길이 막히게 되니까 2인승 경주용 썰매로 시체를 아래로 내려 보내야 해."

"시체라고? 아, 그래! 이런 참!" 한스 카스토르프가 소리쳤다.

그리고 그는 느닷없이 웃음을 터뜨렸다. 이는 억제할 수 없이 터져 나오는 웃음이었다. 그 바람에 그의 가슴은 뒤흔들리고, 찬바람에 다소 굳어진 얼굴은 얼얼한 고통에 일그러졌다. "2인승 경주용 썰매로 말이지! 그런데 어쩜 그렇게 태연한 얼굴로 이야기하는 거야? 이곳에 5개월 동안 있으면서 퍽이나 냉소적으로 변했군 그래!"

"결코 냉소적인 게 아니야." 요아힘이 어깨를 으쓱하며 말했다. "어째서 그렇단 말이야? 시체에게야 아무래도 상관없는 일이지. 이곳의 우리는 어쩜 냉소적으로 변해 가는지도 몰라. 베렌스부터가 냉소적인 사람의 표본인 셈이니까. 말이 나왔으니 말인데 그는 아주 명물이야. 대학생 조합원 출신으로 수술의 대가라 그래. 네 마음에도 들 거야. 그리고 조수인 크로코프스키는 아주 재기 넘치는 사람이지. 안내서에 그가 하는 일이 특별히 언급되어 있어. 말하자면 그는 환자들의 정신 분석을 한다고 그래."

"무얼 한다고? 정신 분석을? 정말 꺼림칙한데!" 한스 카스토르프가 소리쳤다. 그리고 이번에야말로 우스워 죽을 지경이었다. 그는 더는 웃음을 참을 수 없었다. 이런저런 이야기 끝에 정신 분석이란 말이 완전히 그를 사로잡아 버렸다. 그는 포복절도한 나머지 눈을 가린 손 아래로 눈물이 흘러내렸다. 요아힘도 마찬가지로 마음껏 웃음을 터뜨렸다. 그는 무척 기분이 좋아진 모양이었다. 이윽고 마차는 느릿느릿 가파른 커브길을 달려 국제 요양원 베르크호프의 정문 앞으로 두 사람을 싣고 왔고, 두 젊은이는 아주 즐거운 마음으로 마차에서 내렸다.

34호실

바로 오른쪽으로, 현관문과 바람막이 문 사이로 수위실이 있었다. 거기서 프랑스인으로 보이는 직원이 전화기 옆에 앉아 신문을 읽고 있다가 나왔다. 그는 역에 마중 나왔던 다리를 저는 남자처럼 회색 제복을 입고 있었다. 그는 환하게 불 밝혀진 현관 홀로 두 사람을 안내했다. 홀의 왼쪽에는 응접실들이 있었다. 한스 카스토르프가 지나가면서 안을 들여다보았지만 텅 비어 있었다. 손님들은 대체 어디 있느냐고 물어 보니 사촌은 이렇게 대답했다.

"안정 요양 중이야. 나는 오늘 너를 마중하러 외출한 거야. 나도 평소에는 저녁 식사 후에 발코니에 누워 지내."

하마터면 한스 카스토르프는 다시 웃음을 터뜨릴 뻔했다.

"뭐라고, 너희들은 안개 낀 밤에도 발코니에 누워 지낸단 말이지?" 그는 웃음이 터질 듯한 목소리로 물었다.

"그래, 그게 규칙이야. 여덟 시부터 열 시까지는 그래야 돼. 자, 그건 그렇고 네 방을 구경하고 손을 씻도록 하지."

이들은 프랑스인이 전기 동력 장치를 조종하는 승강기에 탔다. 한스 카스토르프는 올라가면서 눈을 닦았다.

"너무 웃었더니 완전히 파김치가 됐어." 그는 이렇게 말하고 입으로 숨을 쉬었다. "네가 하도 이상한 말만 해서 그래. 정신 분석이란 말은 정말 너무했어. 그런 말은 하지 않았어야 했는데 말이야. 그것 말고도 나는 여행하느라 좀 지치기도 했어. 너도 발이 시리니? 그런데도 얼굴은 달아오르니 기분이 안 좋은데. 식사는 곧 하나? 배가 고픈 것 같아. 이 위에서도 제대로 식사를 할 수 있어?"

이들은 야자 껍질로 만든 깔개가 깔린 좁은 복도를 조용조용 걸어갔다. 우윳빛 유리잔으로 된 종 모양의 등이 천장에서 파리한 빛을 보내고 있었다. 래커 같은 유성 페인트로 칠한 벽이 희고 칙칙하게 빛났다. 흰 두건을 쓰고 코안경을 걸친 간호사가 어딘가에서 모습을 드러냈다. 코안경의 줄은 귀 뒤에 걸려 있었다. 보아하니 그녀는 자신의 직무에 전심전력을 다하지 않는 신교 신자임이 분명했다. 호기심이 많아 보이는 그녀는 지루함에 지친 모습이었다. 복도의 두 군데에, 희게 래커 칠을 한 번호가 붙은 문들 앞 바닥에 풍선 같은 것이 놓여 있었다. 목이 짧고 배가 불룩한 커다란 용기였다. 한스 카스토르프는 먼저 그것의 용도를 묻는 것을 잊고 있었다.

"여기야." 요아힘이 말했다. "34호실이지. 오른쪽에는 내가 있고, 왼쪽에는 러시아인 부부가 있어. 좀 너절하고 시끄러운 사람들이지만 달리 어쩔 도리가 없어. 그건 그렇고 이 방은 어때?"

문은 이중으로 되어 있고, 내부의 빈 공간에는 옷걸이가 걸려 있었다. 요아힘이 천장에 달린 등을 켜자 불빛이 번쩍번쩍하더니 방이 환하게 밝아졌다. 방에는 희고 실용적인 가구, 마찬가지로 희고 튼튼하며 세탁할 수 있는 양탄자, 깨끗한 리놀륨의 바닥재, 아마포 커튼이 눈에 띄었다. 커튼은 근대식 취향으로 간소하고 운치 있게 수놓아져 있었다. 발코니 문은 열려 있어, 골짜기의 불빛이 눈에 들어왔고, 멀리서 춤곡이 들려왔다. 친절하게도 요아힘은 서너 송이의 꽃을 조그만 꽃병에 꽂아 서랍장 위에 놓아두었다. 사실 한 번 베어 낸 그루에서 다시 돋아난 이 꽃들은 톱풀꽃과 방울꽃 몇 송이였다. 요아힘이 직접 경사진 곳에 가서 꺾어 온 것이었다.

"정말 고마워." 한스 카스토르프가 말했다. "참 산뜻한 방이군! 여기서 몇 주 동안 기분 좋게 지낼 수 있겠어."

"그저께 이곳에서 미국 여자가 죽었지." 요아힘이 말했다. "베렌스는 네가 올 때까지 그 여자를 치울 수 있을 테니 네가 이 방을 쓰면 되겠다고 말했어. 영국 해군 장교인 그녀의 약혼자가 그녀 곁을 지키고 있었는데 그는 군인다운 꼿꼿한 모습을 보여 주지 못하더군. 그는 뻔질나게 복도에 나와 눈물을 흘렸어. 마치 어린애처럼 말이야. 그러고는 뺨에 콜드크림을 바르더군. 면도한 뺨에 눈물이 흐르니까 따가웠던 모양이지. 그저께 밤에 그녀는 두 번 심한 각혈을 하더니만 그것으로 끝나 버렸어. 그런데 그녀는 어제 아침에 벌써 치워졌어. 그런 다음 이 방은 물론 포르말린으로 철저하게 소독을 했어. 너도 알다시피 소독에는 포르말린이 그만이지."

한스 카스토르프는 이 이야기를 흥분한 상태로 멍하니 듣고 있었다. 그는 널찍한 세면대 앞에서 소매를 걷어 올리고 서서 흰색의 금속제 침대 쪽으로 흘낏 눈길을 돌렸다. 세면대의 니켈 꼭지는 전기 불빛에 반짝였고, 침대에는 정갈하게 시트가 깔려 있었다.

"소독했다고? 그건 멋진 일이야." 그는 손을 씻은 후 닦으면서, 다소 앞뒤가 맞지 않는 말을 수다스럽게 늘어놓았다. "그래, 메틸알데히드 말이지. 아무리 강한 박테리아도 그것에는 당해 내지 못하지. H₂CO야. 하지만 코를 찌르는 냄새가 나지, 안 그래? 물론 철저한 소독이 근본 조건이긴 하지만······" 요아힘은 학생 시절부터 해 오던 식에 따라 '물론' 이라고 말했지만, 그는 글자를 떼어서 '물, 론' 이라고 발음했다. 한스 카스토르프는 계속 수다스럽게 말을 이어 갔다. "내가 말하고 싶은 것은······ 필경 그 해군 장교는 안전면도기로 면도했겠지. 그것으로 하면 잘 드는 보통 면도칼로 하는 것보다 피부가 상하기 쉬워. 적어도 내가 경험한 바로는 그래. 그래서 나는 두 가지를 번갈아 가면서 사용하지. 뭐, 소금물을 민감한 피부에 바르면 물론 따끔하겠지. 그런데 그는 아마 해상 근무를 한 경험이 있어 콜드크림을 바르는 데 익숙해져 있겠지. 나에게는 그게 전혀 이상하지 않아." 그는 계속 수다스럽게 이야기하며, 자신의 시가인 마리아 만치니* 200개를 트렁크에 넣어 왔다고 말했다. 짐 검사를 하면서 세관에서 많이 봐주었다는 것이다. 그러고는 고향 사람들의 안부를 전해 주었다. "여기는 스팀이 나오지 않나?" 그는 돌연 이렇게 외치고 스팀관 쪽으로 다가가 손을 대어 보았다.

"그래, 여긴 꽤 쌀쌀해." 요아힘이 대답했다. "8월에 스팀이 들어올 때까지는 날씨가 달라져야 할 텐데."

"8월, 8월이라!" 한스 카스토르프가 말했다. "그런데 난 추워! 추워 못 견디겠어, 몸이 말이야. 그런데도 얼굴은 이상하게 달아올라. 자, 얼마나 뜨거운지 한번 만져 봐!"

자기의 얼굴을 만져 보라고 요구하는 것은 한스 카스토르프의 기질에 전혀 맞지 않는 일이었다. 이는 자신으로서도 곤혹스러운 일이었다. 요아힘은 이에 개의치 않고 이렇게 말할 뿐이었다.

"공기 때문이지, 아무것도 아니야. 베렌스 자신도 종일 뺨이 새파래. 아무래도 익숙해지지 않는 사람이 있는 법이야. 자, 어서 가세. 꾸물거리다간 국물도 못 얻어먹을 테니까."

바깥에는 아까 보았던 간호사가 다시 모습을 드러내었다. 그녀는 근시의 눈으로 호기심에 차 두 사람을 살폈다. 하지만 2층에서 치가 떨리게 소름끼치는 소리가 들려와 한스 카스토르프는 몸이 얼어붙은 듯 갑자기 발길을 멈추었다. 약간 떨어진 곳에서 들리는 그 소리는 복도의 굽어진 모퉁이에서 났다. 그리 큰 소리는 아니지만 소름끼치게 하는 성질의 것이었다. 한스 카스토르프는 얼굴을 찡그리고 눈을 동그랗게 뜬 채 사촌을 바라보았다. 그것은 기침 소리였다. 분명 어떤 남자의 기침 소리였다. 하지만 한스 카스토르프가 지금까지 들어 본 적 없는, 어떤 기침과도 다른 소리였다. 이 기침 소리와 비교하면 그가 지금까지 들은 다른 기침은 죄다 화려하고 건강한 삶의 표현이었다. 이는 아무런 의욕도 사랑도 느껴지지 않는 기침 소리로, 정상적으로 바깥으로 밀려 나오는 것이 아니라 용해된 유기체의 끈적끈적한 죽을 몸서리쳐지도록 힘없이 휘젓는 것처럼 들렸다.

"그래." 요아힘이 입을 열었다. "상태가 좋지 않은 모양이야. 오스트리아의 귀족으로 우아한 남자인데 그야말로 기수(騎手)로 태어난 사람이야. 그런데 지금은 저 모양이야. 그런데도 아직 돌아다니고 있지."

두 사람은 계속 걸었다. 한스 카스토르프는 기수의 기침에 대해 열을 내어 말하기 시작했다. "잘 들어 보게. 나는 머리털 나고 저런 기침 소리는 처음이야. 완전히 새로운 종류의 기침이었어. 그래서 물론 나에게 강한 인상을 심어 주었지. 기침에는 여러 가지 종류가 있어. 마른기침도 있고 맥 빠진 기침도 있어. 일반적으로 사람들이 말하기를 맥 빠진 기침이 오히려 더 낫다고 그래. 컹컹거리며 요란한 소리로 기침하는 것보다 말이야. 내가 젊었을 때 (그는 '내가 젊었을 때'라고 말했다) 편도선염을 앓아서 늑대처럼 컹컹대며 기침한 적이 있었지. 그런데 기침 소리가 맥이 풀리니까 다들 기뻐하더군. 아직도 그때 기억이 생생해. 그런데 방금 들은 기침은 아직 그렇지 않아. 적어도 내가 듣기에는 그렇지 않아. 그건 결코 생기 있는 기침이 아니야. 마른기침도 아니고 맥 빠진 기침이라고도 부를 수 없어. 아직은 결코 그런 단어를 쓸 수 없단 말이야. 그 사람의 속이 훤히 들여다보이는 것 같아. 엉망진창으로 완전 곤죽이 돼서……"

"글쎄." 요아힘이 말문을 열었다. "나는 저 소리를 매일 듣고 있으니 굳이 나에게 묘사할 필요는 없어."

하지만 한스 카스토르프는 방금 들은 기침 소리가 계속 마음에 걸리는지, 아마추어 기수의 몸속이 눈에 선히 보이는 것 같다고 거듭 자신 있게 말했다. 두 사람이 식당에 들어섰을 때 여독에 지친 그의 두 눈은 충혈되어 번득였다.

식당에서

식당은 밝고 우아하며 아늑했다. 그것은 현관 로비의 오른쪽에, 휴게실 맞은편에 있었다. 요아힘의 설명에 따르면 이 식당은 이 위에 새로 도착하여 제 시각에 식사하지 못한 손님들이나 방문객이 있는 사람들이 주로 이용한다고 했다. 하지만 생일을 맞았을 때나 퇴원이 임박했을 때뿐만 아니라 종합 검진 결과가 좋게 나왔을 때도 이곳에서 성대하게 축하 파티가 열렸다. 요아힘의 말에 따르면 때로는 식당에서 신나는 일이 벌어지기도 하고, 샴페인 파티가 벌어지기도 한다. 그런데 지금은 서른 살 가량 된 숙녀가 홀로 앉아 책을 읽고 있을 뿐이었다. 그녀는 책을 읽으며 뭐라고 흥얼거리면서 왼손 가운데손가락으로 줄곧 식탁보를 가볍게 두드리고 있었다. 두 젊은이가 자리에 앉자 그녀는 자리를 바꾸고는 그들에게 등을 돌리는 것이었다. 사람들을 꺼리는 그녀는 늘 책을 보며 식사한다고 요아힘이 나지막한 소리로 설명해 주었다. 사람들 말에 따르면 그녀는 아주 어린 소녀 적에 폐 요양원에 들어와 그 뒤로 한 번도 바깥 세상으로 나가 본 적이 없다고 한다.

"그럼 이곳에서 다섯 달 지낸 너는 그녀에 비하면 아직 신출내기에 불과하겠군. 그리고 일년 정도 머문다 해도 역시 마찬가지겠어." 한스 카스토르프가 사촌에게 말했다. 그러자 요아힘은 전에는 하지 않던, 어깨를 으쓱하는 동작을 하면서 메뉴판을 집어 들었다.

이들은 창가의 조금 높은 식탁에 앉았다. 그곳이 가장 좋은 자리였다. 이들은 크림색 커튼 옆에 마주 보고 앉았다. 붉은 갓을 씌운 전기스탠드의 불빛으로 두 사람의 얼굴은 밝게 빛났다. 한스 카스토르프는 식탁에 앉았을 때 늘 하던 버릇대로 편안한 마음으로 식사를 기다리며 방금 씻은 두 손을 비벼 대었다. 이는 아마 그의 조상이 식사 전에 기도를 하던 습관이 남아 있어서 그러는 모양이었다. 흰 앞치마를 두르고 검은 옷을 입은 얼굴이 큰 소녀가 이들에게 서비스를 했다. 콧소리를 내며 상냥하게 말하는 그녀의 혈색은 무척 건강해 보였다. 이곳에서는 여종업원을 '홀 아가씨'라고 부른다는 말을 듣고 한스 카스토르프는 폭소를 금할 수 없었다. 이들은 그녀에게 그뤼오 라로즈* 한 병을 주문했는데, 온도가 맞지 않아 한스 카스토르프는 그녀를 또 한 번 돌려보냈다. 음식은 훌륭했다. 아스파라거스 수프, 속을 채운 토마토, 여러 가지를 곁들인 구운 고기, 특별히 잘 준비한 푸딩, 치즈 및 과일이 나왔다. 생각했던 것보다 식욕은 별로 없었지만 한스 카스토르프는 무척 많이 먹었다. 그는 별로 시장하지 않더라도 체면상 많이 먹는 버릇이 있었다.

요아힘은 요리에 별로 관심을 보이지 않았다. 그는 음식에 물렸다고 말했다. 이 위의 사람들은 다들 그와 마찬가지로 음식 투정을 한다고 했다. 허구한 날 이곳에서 식사를 하니 그럴 만도 했다. 그 대신 포도주는 흡족한 마음으로, 거의 황홀한 기분으로 마셨다. 그리고 정감 있는 말투는 애써 피하면서 이렇게 대화가 통하는 사람이 와서 기분이 좋다고 거듭 말했다.

"네가 와 주어서 정말 기뻐!" 요아힘이 말했다. 그의 차분한 목소리는 떨리고 있었다. "나에게는 정말 하나의 사건이라고 말할 수 있겠어. 기분 전환인 셈이지. 그건 영원하고 무한한 단조로움 가운데 하나의 분기점이자 단락이란 뜻이야."

"그런데 이곳의 시간은 무척 빨리 지나가겠지?" 한스 카스토르 프가 물었다.

"빠르다고도 느리다고도 할 수 있어." 요아힘이 대답했다. "도 무지 시간이 흘러가지 않는다고 할 수 있어. 시간이라는 게 전혀 없고, 생활이라는 것도 없어. 그래, 그건 생활이 아니야." 그는 머 리를 흔들면서 다시 술잔을 잡았다.

한스 카스토르프는 이제 얼굴이 불덩어리처럼 달아올랐지만 그 래도 술을 마셨다. 하지만 그의 몸은 여전히 차가웠고, 사지는 특 이하게도 즐거우면서도 다소 고통스럽고 불안정한 느낌이었다. 말이 빨라졌고, 그러다 보니 왕왕 말을 잘못하기도 했다. 그러면 그는 손을 흔들면서 물리치는 동작을 하며 계속 말했다. 요아힘도 기분이 좋아져 있었다. 흥얼거리며 식탁보를 가볍게 두드리던 숙 녀가 갑자기 일어나 나가 버리자 두 사람의 대화는 한결 자유롭고 명랑해졌다. 두 사람은 식사를 하면서 포크로 손짓을 하기도 하고, 입 안에 음식을 넣은 채 의미심장한 표정을 짓기도 했다. 이들은 웃고, 고개를 끄덕이며, 어깨를 들썩였다. 그리고 음식을 제대로 삼키기도 전에 말을 계속했다. 요아힘은 함부르크 소식을 듣고 싶 어서, 지금 계획 중인 엘베 강 개수(改修) 공사로 화제를 돌렸다.

"획기적인 공사지." 한스 카스토르프가 말했다. "우리나라 해운 업의 발달에 획기적인 공사야. 이렇게 말해도 결코 지나치지 않 아. 긴급 임시 지출비로 5천만 마르크의 예산을 세웠는데, 이는 이 일에 상당한 자신감이 있었기에 가능한 일이지."

그는 엘베 강 개수 공사를 그렇게 중요하게 생각하면서도, 곧 다시 화제를 돌려 요아힘에게 '이 위'의 생활이며 손님들 이야기를 더 해 달라고 졸랐다. 요아힘도 홀가분한 마음으로 이야기를 할 수 있어 기뻤으므로 사촌의 요구에 기꺼이 응했다. 2인승 경주용 썰매에 실려 아래로 보내지는 시체 이야기를 다시 들려주어야 했고, 그것이 사실이라는 점을 또 한 번 힘주어 말했다. 한스 카스토르프가 다시 웃음을 터뜨리자 요아힘도 따라 웃었다. 그도 이 순간을 진심으로 즐기는 듯했다. 그리고 이러한 흥겨운 분위기를 더욱 북돋우기 위해 다른 우스꽝스러운 이야기들을 들려주었다. 가령 자신의 옆 식탁에 칸슈타트 출신 음악가의 아내인 슈퇴어 부인이 앉는데, 역시 꽤 중병인 그녀는 자신이 지금까지 겪은 사람들 중에 가장 교양이 없다고 했다. 그녀는 '소독'이라고 할 것을 '소각'이라고 말한다. 그것도 아주 진지하게 말이다. 그리고 그녀는 조수 크로코프스키를 '조교'라고 부른다. 사람들은 그런 말을 듣고도 얼굴을 찡그리지 않고 꾹 참을 수밖에 없다. 게다가 그녀는 이 위의 사람들이 대부분 그렇듯이 수다광이다. 그리고 일티스라는 부인이 '단칼'을 지니고 다닌다고 험담을 한다. "단도를 단칼이라고 말하는 데는 정말 두 손 들 지경이야!" 두 사람은 반쯤 눕듯이 의자 등받이에 몸을 기대고는 배꼽이 빠지도록 웃는 바람에 몸이 떨리면서 거의 동시에 딸꾹질을 했다.

이때 갑자기 요아힘이 슬픈 표정을 지으며 신세타령을 했다.

그는 고통스러운 표정을 지으며 말했는데 횡경막의 진동으로 이따금씩 말을 중단해야 했다. "그래, 우리가 이렇게 앉아 웃고 있지만 내가 언제 이곳을 빠져나갈 수 있을지 전혀 기약이 없어. 베렌스가 아직 반년은 더 있어야 한다고 말했다면 그것은 빠듯하게 계산한 거야. 더 오래 있을 각오를 해야 해. 그 점이 힘든 일이야. 내가 슬프지 않겠는지 좀 말해 줘. 이미 허가를 받았으니, 다음달이면 장교 시험을 볼 수 있을 텐데 말이야. 그런데 이렇게 입에 체온계나 물고 빈둥거리며, 교양 없는 슈퇴어 부인의 엉터리 말이나 헤아리면서 시간을 허비하고 있으니 말이야. 우리 나이에 일년이란 세월이 얼마나 소중한 거야. 저 아래에 산다면 수많은 변화와 진보를 낳겠지. 그런데도 나는 웅덩이의 물처럼 이렇게 고여 있으니. 그래, 바로 웅덩이의 썩은 물처럼 말이야. 이건 결코 심한 비유가 아니야."

이상하게도 한스 카스토르프는 그 말에는 대답하지 않고 여기서 흑맥주를 마실 수 있는지 물어 보았다. 요아힘이 사촌을 다소 어처구니없다는 듯 바라보니 그는 막 잠이 들려는 중이었다. 아니, 사실 그는 이미 자고 있었다.

"너 자고 있잖아!" 요아힘이 말했다. "자, 가세, 잠자리에 들 시간이야. 우리 둘 다 말이야."

"시간이란 게 없다면서." 한스 카스토르프가 혀 꼬부라진 소리로 말했다. 그래도 그는 약간 허리를 굽히고 뻣뻣한 다리로 사촌과 같이 발걸음을 옮겼다. 그는 피곤한 나머지 그야말로 바닥에 쓰러질 것 같았다. 하지만 흐릿한 불빛이 비치는 홀에 이르러 요아힘이 다음과 같이 말하는 소리를 들었을 때, 그는 억지로 정신을 가다듬었다.

"저기 크로코프스키가 앉아 있어. 얼른 소개해 줄게."

크로코프스키 박사는 휴게실의 난롯가, 열린 미닫이문 바로 옆의 밝은 곳에 앉아 신문을 읽고 있었다. 그는 두 젊은이가 자기 쪽으로 다가오는 것을 보자 자리에서 일어섰다. 요아힘이 차렷 자세를 취하며 말했다.

"박사님, 함부르크 출신의 사촌 카스토르프를 소개하겠습니다. 그는 이제 막 도착했습니다."

크로코프스키 박사는 새로 온 식구에게 명랑하고 씩씩하며 격려하는 결연한 어조로 인사했다. 이러한 태도는 자신을 대할 때 어려워하지 말고 오로지 기쁜 마음으로 신뢰하면 된다고 암시하는 것 같았다. 그는 서른다섯 살 정도 되어 보였다. 어깨가 떡 벌어지고 뚱뚱하며, 자기 앞에 서 있는 두 사람보다 훨씬 작았다. 그래서 이들의 얼굴을 바라보려면 머리를 비스듬히 뒤로 젖혀야 했다. 얼굴이 무척 파리한 게, 속이 들여다보일 것처럼, 그러니까 인광(燐光)을 발하는 듯 창백해 보였다. 검게 빛나는 눈, 검은 눈썹, 꽤 길게 자라 양쪽으로 뾰족하게 뻗어 나가 볼을 뒤덮은 검은 수염 때문에 창백함이 두드러져 보였다. 그의 얼굴에는 이미 몇 오라기의 흰 수염이 보였다. 그는 단추가 두 줄로 달린, 조금 낡은 검은 콤비 양복을 입고 있었고, 두꺼운 회색 털양말에 작은 구멍이 숭숭 뚫린 샌들 모양의 검은 단화를 신고 있었다. 목 칼라는 부드럽게 뒤로 젖혀져 있었다. 한스 카스토르프는 지금껏 단치히의 사진사가 그런 칼라를 한 것을 본 적이 있을 뿐이었다. 그래서 그

칼라 때문에 사실 크로코프스키 박사의 모습은 아틀리에의 사진사와 비슷하게 보였다. 수염 사이로 누르스름한 치아가 드러나 보일 정도로 정답게 미소 지으며 크로코프스키 박사는 젊은 남자의 손을 잡고 흔들었다. 그러면서 바리톤의 목소리와 약간 이국풍으로 질질 끄는 어조로 말했다.

"잘 오셨습니다, 카스토르프 씨! 이곳 환경에 빨리 익숙해져 우리들 가운데서 즐겁게 지내시길 바랍니다. 이런 질문을 해도 실례가 되지 않는다면 이곳에 환자로 오신 거겠지요?"

한스 카스토르프가 예의를 지키면서 졸음을 이기려고 애쓰는 모습은 참으로 눈물겨운 광경이었다. 그는 예의 바르지 못한 자신의 모습에 화가 났고, 젊은이가 흔히 그렇듯 남을 불신하는 자의식으로 조수의 미소와 격려하는 태도를 관대하게 조롱의 표시로 받아들였다. 그는 3주일 예정으로 왔다고 말하고, 자신의 시험도 언급하면서, 자신은 다행히도 아주 건강하다고 덧붙여 말했다.

"정말인가요?" 크로코프스키 박사는 놀리듯 머리를 비스듬하게 앞으로 내밀고 만면에 미소를 띠며 물었다. "그렇다면 그것은 무척 연구할 만한 현상입니다! 나는 아주 건강하다는 사람을 아직 만나본 적이 없거든요. 외람된 질문이지만 무슨 시험을 치렀나요?"

"저는 엔지니어입니다, 박사님." 한스 카스토르프는 겸손하면서도 기품 있게 대답했다.

"아, 엔지니어시군요!" 크로코프스키 박사의 미소는 물러가고, 순간 힘과 다정함을 약간 잃었다. "좋은 직업이군요. 그렇다면 여기서는 어떤 종류의 진료도 받지 않으시는군요? 육체적인 면에서

나 정신적인 면에서도 말입니다."

"네, 무지무지 감사하게도요!" 한스 카스토르프는 이렇게 말하고 하마터면 한 걸음 뒤로 물러설 뻔했다.

그러자 크로코프스키 박사는 다시 득의만만하게 미소를 지었다. 그리고 젊은이에게 또다시 악수를 청하고는 큰 소리로 외쳤다.

"자, 그럼 편히 주무십시오, 카스토르프 씨. 완전무결한 건강을 만끽하시고요! 편히 주무시고, 안녕히 계세요!" 이로써 그는 젊은 이들을 떠나보내고, 다시 신문을 보기 시작했다.

이미 승강기가 가동되지 않았기 때문에 둘은 걸어서 계단을 올라갔다. 두 사람은 크로코프스키 박사와 만난 일 때문에 마음이 좀 심란해져 말이 없었다. 요아힘은 한스 카스토르프를 34호실로 바래다주었다. 다리를 저는 남자가 새로 온 손님의 짐을 방에 제대로 가져다놓았다. 이들은 15분가량 더 이런저런 잡담을 나누었다. 그러는 동안 한스 카스토르프는 짐에서 잠옷과 세면도구를 꺼냈고, 굵고 순한 담배를 피웠다. 그는 오늘따라 시가에 손이 가지 않는 것이 이상하고 특이하게 생각되었다.

"아주 대단해 보이던데." 그는 빨아들인 연기를 내뿜으며 말했다. "밀랍처럼 창백한 얼굴이야. 그런데 신발이며 양말은 영 안 어울려. 회색 털양말에 그런 샌들 말이야. 그가 혹시 기분이 상한 건 아닐까?"

"그는 신경이 좀 예민해." 요아힘도 인정했다. "너는 그의 치료를 딱 잘라 거절하지 말았어야 했어. 적어도 그의 정신 치료는 말이야. 그걸 거절하면 그는 별로 좋아하지 않아. 나도 그에게 마음을 충분히 털어놓지 않으니 별달리 할 말은 없는 셈이지. 하지만 이따금씩 꿈 이야기를 들려줘서 그에게 정신 분석의 재료를 제공하고 있어."

"그럼 내가 그의 기분을 상하게 한 게 맞구먼." 한스 카스토르프는 찜찜한 표정으로 말했다. 남의 기분을 상하게 한 자신이 불만스러웠기 때문이다. 그로 인해 그는 더 심한 피로를 느꼈다.

"잘 자게." 그가 말했다. "쓰러질 것 같아."

"여덟 시에 아침 식사 할 때 데리러 오겠네." 요아힘은 이렇게 말하고 방에서 나갔다.

한스 카스토르프는 대충 몸을 치장하고 잘 준비를 마친 다음, 머리맡에 있는 테이블의 전등을 끄자마자 잠이 쏟아졌다. 그런데 그저께 이 방에서 누가 죽었다는 생각이 들자 다시 한 번 놀라 눈을 번쩍 떴다. "이번이 처음은 아닐 거야." 그는 마음을 진정시키려는 듯 자신에게 말했다. "그냥 임종의 자리, 흔한 임종의 자리일 뿐이야." 그리고 그는 잠이 들었다.

하지만 잠이 들자마자 그는 꿈을 꾸기 시작해서, 다음날 아침 잠에서 깰 때까지 거의 쉬지 않고 꿈을 꾸었다. 주로 요아힘 침센이 그의 꿈에 나타났다. 그는 특이하게 몸을 비튼 자세로 2인승 경주용 썰매에 묶인 채 비스듬한 길을 내려가는 것이었다. 그는 크로코프스키 박사처럼 인광을 발하는 창백한 모습이었다. 앞에는 아마추어 기수가 앉아 썰매를 조종하고 있었다. 기침 소리만 들은 인물이었기 때문에 그는 무척 흐릿하게 보였다. "우리에게는 매한가지야. 이 위의 우리에게는." 몸이 비틀어진 요아힘이 말했다. 그러자 죽을 휘젓는 듯한 소름끼치는 기침을 하는 사람은 아마추어 기수가 아니라 바로 요아힘이 아닌가. 그래서 한스 카스토르프는 엉엉 울지 않을 수 없었다. 그리고 약국으로 달려가 콜드크림을 사 와야겠다고 생각했다. 그런데 길가에 일티스 부인이 뽀족한 주둥이를 하고 손에 무언가를 쥐고 앉아 있었다. 자신의 '단칼'을 들고 있어야 할 텐데 그건 다름 아닌 안전 면도날이었다. 그 모습을 보고 한스 카스토르프는 다시 웃지 않을 수 없었다. 반쯤 열린 발코니 문으로 아침이 밝아 와 잠에서 깰 때까지 그는 이렇게 이런저런 다양한 감정의 기복을 겪었다.

제2장

세례반(洗禮盤)과 서로 다른 모습의 할아버지에 관하여

한스 카스토르프는 자신의 집안에 관해서는 흐릿한 기억밖에 없었다. 아버지나 어머니에 관한 기억도 거의 없었다. 그의 부모는 그가 다섯 살과 일곱 살이 되던 해 짧은 간격을 두고 세상을 떠났다. 먼저 어머니가 출산을 앞두고 정말 뜻밖에 피가 응고해 혈관이 막히는 혈관 폐색증으로 사망했던 것이다. 하이데킨트 박사의 말을 빌리면 혈관이 막혀 일순간 심장이 마비되는 전색증(塡塞症)으로 사망했다. 어머니는 침대에 앉아서 막 웃고 있었다. 너무 웃다가 침대에서 굴러 떨어진 것처럼 보였지만, 사실은 죽었기 때문에 굴러 떨어진 것이었다. 아버지 한스 헤르만 카스토르프는 이런 사실을 쉽사리 수긍할 수 없었다. 아버지는 어머니에게 정신적으로 매우 의지하고 있었고, 그 자신도 그리 강한 체질이 아니었기 때문에 이러한 충격을 견뎌 낼 수 없었다. 그 후로 그의 정신은 혼미해지고 쇠약해져 갔다. 이렇게 정신이 온전치 않은 가운데 그는 사업상의 실수들을 저질러 카스토르프 부자 (父子) 상회는 심각한 손실을 입게 되었다. 다음 다음해 봄에 그는 바람 부는 부둣가에서 창고 검사를 하다가 폐렴에 걸렸다. 하이데킨트 박사가 온갖 정성을 기울였음에도 충격을 받은 그의 심장은 고열을 견디지 못하고 그만 닷새 만에 아내 뒤를 따르고 말았다. 그는 많은 시민들이 참석한 가운데 성 카타리나 교회와 식물원이 내려다보이는 카스토르프가(家) 대대로 내려온 아름다운 가족 묘지에 묻혔다.

시의원이었던 할아버지는 비록 짧은 기간이긴 하지만 아들보다 오래 살았다. 그도 아들과 마찬가지로 폐렴으로 사망했다. 할아버지 한스 로렌츠 카스토르프는 아들과는 달리 생명력이 강하고 삶에 깊이 뿌리를 박고 있는 체질이었기 때문에 치열한 투쟁과 고통을 겪으며 삶을 마감했다. 고작 일년 반에 불과한 이 기간 동안, 고아가 된 한스 카스토르프는 할아버지 집에서 지냈다. 그곳은 지난 세기 초에 북방식의 고전주의적 취향으로 좁은 대지에 지어진 집이었다. 정면이 큰 광장 쪽으로 나 있는 그 집은 흐릿한 색으로 칠해져 있었다. 땅에서 다섯 계단 정도 올라간 1층 중앙의 출입문 양쪽에는 반원주가 있었다. 2층의 유리창은 바닥에까지 내려져 있었고, 쇠창살이 설치되어 있었다. 이 2층 말고도 위층이 두 개 더 있었다.

2층은 고급 석고로 장식된 밝은 식당을 포함하여 전적으로 응접실로 꾸며져 있었다. 포도주 색깔이 나는 세 개의 커튼이 드리워진 창은 뒤쪽 정원을 향하고 있었다. 이곳에서 할아버지와 손자가 18개월 동안 날이면 날마다 단둘이서 오후 네 시에 점심을 먹는 동안, 귀고리를 하고 은단추가 달린 프록코트를 입은 피테 노인이 시중을 들었다. 그는 주인과 똑같은 고급 삼베로 만든 목깃 받침을 매고 있었는데, 말쑥하게 면도한 턱을 주인과 아주 똑같은 방식으로 그 속에 파묻고 있었다. 할아버지는 그와 저지(低地) 독일어로 말하면서 친밀하게 '너'라는 호칭을 사용했다. 이는 농담으로 하는 말이 아니라 — 할아버지에게는 유머 감각이 없었다 — 진심이었다. 할아버지는 창고 인부, 우편집배원, 마부, 하인 같은 서민들에게도 그렇게 대했던 것이다. 한스 카스토르프는 그런 말을 듣는 것을 좋아했다. 그리고 그는 피테 노인이 저지 독일어로 대답하는 말을 듣는 것도 무척 좋아했다. 피테 노인은 시중을 들면서 주인의 왼쪽 뒤에서 상체를 구부리고, 오른쪽 귀보다 아직 훨씬 잘 들리는 시의원의 왼쪽 귀에 대고 말했다. 할아버지는 피테 노인의 말을 알아듣고, 고개를 끄덕이며 계속 식사를 했다. 할아버지는 마호가니 의자의 높은 팔걸이와 식탁 사이에서, 접시로 거의 허리를 굽히지 않고 매우 단정한 자세로 앉아 식사했다. 그리고 손자는 말없이 할아버지 맞은편에 앉아 그의 면밀하고 세련된 동작을 은연중에 유심히 바라보았다. 할아버지의 희고 아름답고 가냘픈 늙은 손의 오른쪽 집게손가락에는 녹색의 문장(紋章) 반지가 끼워져 있었다. 손톱은 둥그스름하고 끝이 뾰족했다. 그는 고기, 야채, 감자 따위를 포크 끝에 한 입만큼씩 담고는 머리를 살짝 기울여 입으로 가져갔다. 한스 카스토르프는 아직 서투른 자신의 손을 바라보면서 언젠가는 자신도 할아버지처럼 나이프와 포크를 들고 움직일 날이 오리라 생각했다.

또 다른 문제는 자신도 할아버지의 그러한 목깃 받침에 턱을 파묻게 될 것인가였다. 끝이 날카롭고 뾰족하며, 뺨을 스치는 이상한 모양의 할아버지 목 칼라의 널찍하게 벌어진 곳을 그 목깃 받침이 채우고 있었다. 그런 목깃 받침을 하려면 할아버지처럼 나이가 많아야 하는데 오늘날에도 이미 할아버지와 피테 노인 말고는 사방 천지에 그런 목깃 받침과 칼라를 하는 사람이 없었다. 이는 유감스러운 일이었다. 할아버지가 눈처럼 흰 높다란 목깃 받침에 턱을 기대고 있는 모습이 유달리 어린 한스 카스토르프의 마음에 들어서였다. 성인이 된 뒤에도 그 모습은 특히 그의 마음에 드는 추억이었다. 거기에는 그의 마음속 깊은 곳에서부터 동의하는 그 무엇이 깃들어 있었다.

이들은 식사를 마친 후 냅킨을 접고 말아서 은고리에 끼워 놓았다. 냅킨이 조그만 식탁보만큼 넓었기 때문에 당시의 어린 한스 카스토르프에게는 이 일이 그리 만만치 않았다. 시의원은 피테 노인이 뒤에서 의자를 당겨 주면 자리에서 일어나 발을 질질 끌며 자신의 시가를 가지러 '별실'로 건너갔다. 가끔 손자도 할아버지를 따라 그곳에 갈 때가 있었다.

별실은 다음과 같은 사정으로 만들어지게 되었다. 식당의 창을 세 개 만드는 바람에 너무 많은 공간을 차지하여, 보통 이런 유형의 집이 그렇듯이 세 개의 응접실을 만들어야 하는데 두 개의 응접실을 지을 공간밖에 남지 않았다. 그런데 그 중에 거리로 난 창이 하나뿐인 식당과 직각으로 위치한 한 응접실은 어울리지 않게 심하게 밖으로 튀어나올 뻔했다. 그래서 그 길이의 4분의 1을 잘라서 별실로 만든 것이다. 하늘에서 빛이 들어오게 되어 있는 이 좁고 어둠침침한 공간에는 가구도 별로 비치되어 있지 않았다. 거기에는 시의원의 시가 상자를 얹어 놓은 찬장, 서랍에 매력적인 물건들이 들어 있는 게임용 탁자뿐이었다. 휘스트 놀이*용 카드, 셈하는 패, 탁 소리 내며 펴지는 작은 톱니가 있는 기호판, 석필과 석판, 종이로 된 시가 파이프 및 여타의 물건들이 그 서랍에 들어 있었다. 그리고 마지막으로 구석에는 자단(紫檀) 목재로 만든 로코코 양식의 유리 진열장이 놓였고, 그 진열장의 유리문 뒤에는 누런 비단 커튼이 팽팽하게 쳐져 있었다.

"할아버지." 어린 한스 카스토르프는 별실에서 까치발을 하여 노인의 귀에 다가가려고 애쓰면서 말했다. "세례반 좀 보여 주세요!"

손자가 조르지 않아도 할아버지는 부드럽고 기다란 프록코트의 옷자락을 바지 위로 걷고 주머니에서 열쇠 뭉치를 꺼내 유리 진열장을 열었다. 그러면 그 안에서 이상하게도 기분 좋고 묘한 향내가 풍겨 나왔다. 진열장 안에는 이제는 쓰이지 않는, 사실 그 때문에 더욱 매력을 끄는 물건들이 보관되어 있었다. 한 쌍의 휘어진 은촛대, 여러 가지 무늬가 새겨진 나무 케이스 안에 든 깨어진 청우계(晴雨計), 다게르 금속판 사진술*로 찍은 앨범, 히말라야 삼나무로 만든 리큐어* 술통, 조그만 터키 인형 같은 것들이 들어 있었다. 그 인형의 알록달록한 비단 양복 밑을 세게 만지면 전에는 몸속에 든 톱니바퀴 장치로 책상 위를 달렸지만 오래전에 고장이

나 이제는 움직이지 않았다. 그리고 고풍스러운 배 모형과 심지어 맨 아래에는 쥐덫까지 들어 있었다. 노인은 진열장의 가운데 칸에서 은쟁반 위에 놓인, 심하게 녹슨 둥근 은반(銀盤)을 꺼내서는 소년에게 보여 주었다. 그는 그러면서 두 물건을 따로 떼어 내고는 이미 여러 번 한 설명을 되풀이하면서 하나씩 이리저리 돌려 보았다.

세례반과 쟁반은 원래 한 쌍이 아니었다. 이는 보면 알 수 있는 데다가 소년이 그런 사실을 새삼 듣기도 했다. 하지만 할아버지의 말에 따르면 이 두 물건은 근 100년 동안, 그러니까 세례반을 구입하던 때부터 함께 사용되어 왔다. 19세기 초의 엄격한 취향으로 만들어진 은반은 아름다웠으며, 형태가 단순하고 고상했다. 매끄럽고 견고했으며, 밑에는 둥근 발판이 달렸고, 안에는 금박이 입혀져 있었다. 하지만 금박은 세월이 흐름에 따라 누르스름한 빛으로 퇴색되어 있었다. 유일한 장식으로 장미와 톱니 모양의 꽃잎으로 이루어진 고상한 화환이 위의 테두리를 둘러싸고 있었다. 쟁반으로 말하자면 그것이 은반보다 훨씬 오래된 물건이라는 사실을 안쪽에 새겨진 숫자로도 알 수 있었다. '1650년'이라는 숫자가 그곳에 당초무늬로 새겨져 있었고, 온갖 소용돌이 모양으로 조각된 무늬가 그 숫자를 에워싸고 있었다. 장식적이고 자의적인 당시의 '현대적인 수법'으로 완성된 이것은 문장(紋章)과 아라베스크 무늬가 반쯤은 별 같기도 하고 반쯤은 꽃 같기도 하였다. 쟁반의 뒷면에는 세월이 흐름에 따라 이 물건을 소유한 가장의 이름들이 각기 다른 서체로 새겨져 있었다. 즉 벌써 일곱 명의 이름이 새겨졌고, 아울러 이를 상속받은 연도도 나타나 있었다. 목깃 받침을 한 노인은 손자에게 반지를 낀 집게손가락으로 하나하나 가리키며 그 이름을 알려 주었다. 거기에는 아버지의 이름이 있었고, 할아버지 자신과 증조부의 이름도 있었다. 그러다가 할아버지의 입에서 '증(曾)'이라는 접두어가 두 개가 되고, 세 개가 되고, 네 개가 되었다. 소년은 머리를 기울이고 골똘히 생각에 잠긴 듯한, 또는 멍하니 꿈을 꾸는 듯한 눈으로, 그리고 경건하고 졸린 듯한 입을 하고 "증-증-증-증"이라는 음에 귀를 기울였다. 이는 지하 납골당과 시간의 매몰을 의미하는 어두운 음이었지만, 이와 동시에 현재 그 자신의 삶과 깊이 파묻혀 버린 과거 사이의 경건한 관계를 나타내 주어, 그에게 아주 특이한 인상을 심어 주었다. 말하자면 이런 연유로 소년은 그런 얼굴 표정을 짓는 것이었다. 그는 이 음을 듣고 있으면 곰팡내 나는 서늘한 공기, 성 카타리나 교회나 미하엘 교회 지하 납골당의 공기를 맡는 듯한 기분이 들었다. 그리고 모자를 손에 들고 발끝으로 경건하게 걸음을 옮기게 되는 성스러운 장소의 입김을 느끼는 듯했다. 또 발소리가 울리는 그러한 장소의 적막하고 평화로운 정적 속에 있는 듯한 착각에 빠지는 것이었다. 이러한 '증'이라는 공허한 음이 울리는 가운데 종교적인 느낌이 죽음, 그리고 역사의 느낌과 섞이게 되었다. 그런데 이 모든 것이 소년에게는 무언가 기분 좋은 느낌을 불러일으켰다. 그러니까 소년이 세례반을 자꾸 보여 달라고 조르는 것은 그 음 때문이며, 그 음을 듣고 따라 해 보고 싶었기 때문이다.

이윽고 할아버지는 세례반을 쟁반에 도로 올리고는 매끄럽고

연한 금색의 내부를 보여 주었다. 움푹한 내부는 천장에서 들어오는 빛을 받아 희미하게 빛나고 있었다.

"이제 얼마 안 있으면 8년이 되는구나." 노인이 말했다. "우리가 너를 이 위로 들어올리고, 너를 세례한 물이 이 안으로 흘러 들어간 지 말이야. 성 야곱 교회의 집사인 라센이 우리의 훌륭한 부겐하겐 목사의 손바닥에 물을 부었지. 그리고 그 손바닥의 물이 너의 머리 정수리를 지나 이 은반 안으로 들어갔단다. 하지만 우리는 네가 놀라서 울까 봐 물을 데워 놓았단다. 그런데 너는 물을 붓기도 전에 미리 마구 우는 바람에 부겐하겐 목사는 설교하는 데 진땀깨나 흘렸지. 그러다가 막상 물이 오니까 너는 울음을 딱 그치더구나. 이걸 보고 우리는 네가 견진성사(堅振聖事)의 중요성을 깨달았기 때문이라고 생각했지. 그리고 이제 얼마 안 있으면 돌아간 네 아버지가 세례를 받은 지 44년이 되는구나. 그때 네 아버지의 머리에서 물이 이 안으로 흘러 들어갔지. 그가 태어난 이 집에서, 저쪽 홀의 가운데 창 앞에서 말이야. 그때는 나이가 많은 헤제킬 목사가 아직 살아 있어서 네 아버지에게 세례를 해 주었단다. 그는 프랑스 군인들이 방화 약탈하는 것을 질책하는 설교를 했다가 하마터면 총살당할 뻔한 목사야. 그분도 벌써 오래, 아주 오래전에 하느님 곁으로 가셨지. 75년 전에는 나도 저쪽 홀에서 세례를 받았단다. 이 쟁반에 놓여 있는 세례반 위에 머리를 내밀고 말이야. 목사는 너와 네 아버지가 세례 받을 때와 똑같은 말을 했지. 그리고 따뜻하고 맑은 물이 역시 마찬가지로 내 머리에서 이 금색 은반으로 흘러 들어갔단다. 당시의 머리카락은 지금 남아 있는 내 머리카락보다 그리 많지 않았어."

　소년은 노인이 들려주었듯, 아주 오래전에 그랬던 것과 마찬가지로 다시 세례반 위에 머리를 기울이고 있는 할아버지의 희끗희끗해진 홀쭉한 머리를 쳐다보았다. 소년은 이미 옛날에 이런 일을 해 보았다는 느낌이 들었다. 이는 반쯤은 꿈꾸는 듯하고 반쯤은 마음을 불안하게 하는 이상야릇한 감정이었다. 그것은 현기증이 일어날 정도로 단조로워서, 전진하는 동시에 정지해 있는 것 같고 변하면서도 그대로 머물러 있는 듯했다. 이는 소년이 세례반을 볼 때마다 느낀 익숙한 감정이었다. 그래서 그는 다시 그러한 기분을 느끼기를 기대하고 희망했다. 정지해 있으면서도 변화하는 듯한 이 상속품을 자꾸 보고 싶은 것은 이러한 기분에 잠기고 싶었기 때문이다.

　나중에 청년이 되었을 때, 그는 할아버지의 영상이 양친의 그것보다 훨씬 더 깊고, 선명하며, 의미심장하게 아로새겨져 있음을 알았다. 이는 아마 손자와 할아버지 사이의 공감과 생리적인 특수한 동질성에서 비롯된 것이리라. 사실 홍안의 소년이 혈색을 잃고 몸이 굳은 70대의 노인과 닮았다고 한다면 손자가 할아버지를 닮았기 때문이다. 하지만 뭐니 뭐니 해도 할아버지에 대해 이렇게 말할 수 있었던 것은 그가 의심의 여지 없이 가문을 대표하는 전형적인 인물이었기 때문이다.

　일반 사람들의 시각에서 볼 때 한스 로렌츠 카스토르프의 본질이나 사고 방식은 벌써 그가 사망하기 훨씬 오래전부터 시대에 뒤처져 있었다. 엄격한 보수적 성향을 띤 개혁적인 칼뱅파 교단 소속으로 전형적인 그리스도교 신사인 그는 정치에 참여할 수 있는 계층을 상류층에만 국한해야 한다고 완고하게 생각했다. 그는 장인 조합원들이 예로부터 자유롭게 정치에 참여해 온 세습 귀족의 집요한 저항에 맞서 시의회에서 의석과 발언권을 쟁취하기 시작한 14세기의 사람처럼 새로운 것에는 도무지 귀를 기울이려 하지 않았다. 그가 활약하던 시대는 사회 전반에 걸쳐 급격한 비약과 다양한 변혁이 일어나던 시대였다. 그때는 공적인 희생 정신과 모험심을 계속 과도하게 요구하며 강행군하던 진보의 시대였다. 이러한 새 시대의 정신이 누구나 익히 알 정도로 혁혁한 승리를 거두었어도 이는 카스토르프 노인의 관심사는 아니었다. 그는 획기적인 항만 확장 사업이나 말도 안 되는 어리석은 대도시 건설 계획보다 조상 대대로의 풍습과 옛날 그대로의 제도를 더욱 중시하고, 될 수 있는 한 변혁을 저지하고 억압하려 했다. 만약 그의 뜻대로 되었다면 오늘날에도 시 행정이 당시 그 자신의 사무실이 그랬듯 목가적이고 고풍스러운 상태에 머물렀을 것이다.

노인은 살았을 때나 죽은 뒤에도 시민들의 눈에 그렇게 비쳤다. 어린 한스 카스토르프도 국가적인 문제에 관해서는 아무것도 아는 게 없었지만 조용히 사물을 관조하는 소년의 눈은 본질적으로 시민들과 같은 시각에서 바라보았다. 그것은 말로 표현되지 않은, 그러므로 무비판적이며 오히려 생동감이 넘치는 관찰이었다. 그렇지만 나중에 의식적으로 회고해 볼 때 이에는 말과 분석을 싫어하고 오로지 긍정하는 특질만이 담겨 있었다. 이미 말했듯이 여기에는 공감이 작용하고 있어서, 한 세대를 뛰어넘는 연대감과 본질적인 유사성이라는 결코 드물지 않은 현상이 자리했다. 아들과 손자는 할아버지를 관찰하고 감탄하면서 자기들 속에 유전적으로 모범이 되는 것을 익히고 길러 갔다.

시의원 카스토르프는 몸이 마르고 키가 껑충했다. 고령으로 등과 목이 굽어 있었지만 이렇게 굽은 것을 다른 대응 자세를 통해 만회하려고 했다. 그리하여 입술이 더는 이빨에 지탱되지 못하고 직접 잇몸과 맞닿아 있던 (그는 식사할 때만 의치를 착용했기 때문이다) 그는 위엄을 갖추고 힘들여 입을 아래로 당겼다. 그리고 머리가 흔들리기 시작하는 것을 막으려는 방편으로 엄숙하게 몸을 곧추 세우고 턱을 밑으로 당기는 자세를 취했는데, 이것이 어린 한스 카스토르프의 마음에 딱 들었다.

할아버지는 코담배 상자를 애용했다. 그것은 바다거북의 말린 등딱지에 금을 박아 넣은 길쭉한 상자였다. 할아버지는 그 상자에 어울리도록 붉은 손수건을 사용했는데, 손수건의 끄트머리가 그의 프록코트 뒷주머니에 나와 있곤 했다. 이것은 그의 외모로 비추어 보아 미소를 자아내게 하는 약점이었지만 이는 어디까지나 노인의 특권이자 매무새를 소홀히 하는 버릇이라는 인상을 심어 주었다. 노인들이란 나이가 들면 의식적으로 친절한 의도에서 이런 일을 하거나 또는 존경할 만하게도 자기도 모르게 그러기도 하는 것이다. 어쨌든 이것은 한스 카스토르프의 날카롭고도 아이다운 시각으로 할아버지의 외모에서 포착한 유일한 약점인 셈이었다. 하지만 일곱 살짜리 소년이 나중에 성장한 뒤 추억 속에 나타나는 노인의 일상적인 모습은 그의 진짜 본모습은 아니었다. 실제로는 이와 사뭇 다른 모습으로 평상시보다 훨씬 더 멋지고 단정해 보였다. 즉 실물과 같은 모습으로 그려진 초상화가 그의 진짜 모습이었다. 이 그림은 전에 양친의 거실에 걸려 있다가, 후에 어린 한스 카스토르프와 함께 커다란 광장에 면해 있는 할아버지의 집으로 옮겨져서, 그곳 응접실의 붉고 커다란 비단 소파 위에 걸려 있었다.

이 그림에서 한스 로렌츠 카스토르프는 이미 지나간 세기의 진지하고 경건한 시민복인 시의원 제복을 입고 있었다. 엄숙한 동시에 멋을 중시하는 공공 단체가 오랜 세월에 걸쳐 이 제복을 물려받으며 폼 나게 사용해 왔던 것이다. 의식상으로 과거를 현재로 현재를 과거로 만들면서, 사물의 한결같은 연관성과 법적 효력을 갖춘 서명(署名)의 근엄한 확실성을 알리기 위해서 말이다. 시의원 카스토르프는 불그스름한 타일을 깐 바닥에 기둥과 뾰족한 아치를 배경으로 전신을 보이며 서 있었다. 턱을 아래로 당기고 입을 꾹 다문 채, 눈물주머니가 늘어지고 생각에 잠긴 듯한 푸른 눈으로 저 아래 멀리를 바라보고 있었다. 그는 무릎까지 내려오는 법복 같은 까만 외투를 입고 있었는데, 앞쪽이 트인 그 옷의 꿰맨 가장자리와 솔기는 모피로 넓게 장식되어 있었다. 테를 두른 넓고 풍성한 겉옷 소매 밖으로 수수한 천으로 된 좀 더 좁은 속옷 소매가 튀어나와 있었고, 소맷부리의 주름 장식은 손목까지 뒤덮고 있었다. 노인의 날씬한 다리는 검은 비단 양말에 감싸였고, 은제 버클이 달린 신발을 신었다. 목에는 풀을 빳빳이 먹이고 여러 번 주름을 잡은 접시 모양의 널따란 목도리를 둘렀다. 그 앞은 내려오고, 좌우는 위로 젖혀져 있었으며, 그 밑으로는 쓸데없을 정도로 많은 주름이 잡힌 삼베로 된 장식이 조끼 위 가슴 부분에 드리워져 있었다. 팔 밑으로 차양이 넓은 고풍스러운 모자를 끼고 있었는데, 그 모자의 머리 부분은 올라갈수록 좁아졌다.

이 초상화는 이름깨나 있는 화가가 그린 훌륭한 그림이었고, 실물을 방불케 하는 대가다운 솜씨로 그려진 고상한 취향의 그림이었다. 이 그림은 보는 사람에 따라 스페인풍, 네덜란드풍, 후기 중세풍의 갖가지 인상을 불러일으켰다. 어린 한스 카스토르프는 기회 있을 때마다 이 그림을 유심히 들여다보았다. 물론 예술에 대한 감식안을 가지고 본 것은 아니었지만 그래도 모종의 좀 더 일반적인 이해력과 심지어 통찰력을 가지고 바라보았다. 소년이 화폭에 묘사된 바와 같은 할아버지의 모습을 직접 본 것은 그가 마차를 타고 시청으로 위풍당당하게 행차할 때 딱 한 번밖에 없었다. 그것도 얼핏 본 것에 불과하지만, 앞에서도 말했듯이 소년은 그림에 나타난 이러한 모습을 그의 진짜 모습이라고 느끼고, 평상시의 할아버지는 소위 가짜 할아버지, 임시로 다만 불완전하게 세상에 적응하고 있는 것처럼 느껴졌다. 할아버지의 이러한 평상시 모습이 이상하고 특이한 것은 분명 그처럼 불완전하고, 어쩌면 다소 서투르게 이 세상에 적응하고 있기 때문인지도 몰랐다. 그것은 그의 순수하고 진실한 모습의 도저히 지울 수 없는 잔재이자 암시였다. 이처럼 높고 고풍스러운 흰 옷깃은 구식이었지만, 그 원형이라 할 수 있는 놀라움을 자아내는 의복, 말하자면 스페인풍의 주름 옷깃에 이런 구식이라는 호칭을 사용하는 것은 말도 안 되는 일이었다. 그리고 할아버지가 거리로 나갈 때 쓰는 필요 이상으로 굽어진 실크 모자도 이런 가짜 모습에 해당하는 것이었다. 그림 속의 차양이 넓은 펠트 모자가 훨씬 더 진짜 모습에 속했다. 주름 진 기다란 프록코트도 가짜 모습이었고, 어린 한스 카스토르프에게는 모피로 가장자리에 테를 두른 법복이 그것의 원형이자 진짜 모습으로 생각되었다.

이리하여 어느 날 할아버지와 영영 작별할 날이 와서 그가 진짜 모습으로, 완전한 자세로 찬란한 빛을 내며 누워 있어도 소년은 마음속으로 전혀 이상하게 생각하지 않았다. 할아버지는 둘이 오랜 세월 동안 식탁에 마주 앉아 음식을 들었던 바로 그 홀에 누워 있었다. 이제 홀의 한가운데서 한스 로렌츠 카스토르프는 화환으로 겹겹이 둘러싸인 관대(棺臺) 위의 은으로 장식된 관 속에 누워 있었다. 할아버지는 현세의 삶에는 잠시 적응하는 듯해 보였지만 폐렴과는 끝까지 싸웠으며, 오랫동안 끈질기게 투쟁했다. 그리고 그 싸움에서 이겼는지 졌는지는 제대로 알 수 없지만 어쨌든 지금은 엄숙하고 평화로운 표정으로 관대 위에 누워 있었다. 호사스러운 침대에서 투쟁하느라 얼굴은 몰라보게 변했고 코는 뾰족해졌다. 하반신은 이불에 덮여 있었고, 이불에는 종려 가지가 놓였다. 비단 베개가 턱을 높이 받치고 있어 턱은 비할 데 없이 멋진 모습으로 옷깃 장식의 주름 속에 쑥 들어가 있었다. 소맷부리 장식으로 반쯤 덮인 양손에는 상아 십자가가 쥐여져 있었다. 할아버지는 눈을 내리깔고 조용히 십자가를 내려다보고 있는 것 같았다. 손가락은 자연스러운 모습으로 가지런하게 배열되어 있었지만 차갑게 죽어 있다는 사실을 숨길 수는 없었다.

할아버지가 마지막으로 병에 걸렸을 때 초기에는 한스 카스토르프가 할아버지를 여러 번 보았으나 병의 막바지에 이르러서는 더는 볼 수 없었다. 병의 통증이 주로 밤에 일어난 탓이기도 했지만 할아버지가 병마와 싸우는 모습을 아이에게 일절 보여 주지 않으려는 배려 때문이기도 했다. 그래서 집안의 답답한 분위기, 피테 노인의 충혈 된 눈, 의사들이 부리나케 들락거리는 것을 통해 간접적으로 투병 사실을 짐작할 수 있을 뿐이었다. 소년이 홀에서 할아버지를 대면한 결과를 한마디로 요약하면, 할아버지가 이제 임시로 적응하던 현세에서 엄숙하게 벗어나 자신에게 걸맞은 본연의 모습으로 최종적으로 되돌아갔다는 것이다. 피테 노인은 눈물을 흘리면서 하염없이 머리를 흔들었고, 한스 카스토르프 자신도 갑작스럽게 죽은 어머니나 그 후 얼마 지나지 않아 역시 조용히 낯선 모습으로 누워 있던 아버지를 보고 울었던 것처럼 눈물을 흘렸지만 이는 결국 그가 수긍할 수 있는 결말이었다.

죽음이 어린 한스 카스토르프의 정신과 감각에 ─ 특히 감각에 ─ 영향을 미치게 된 것은 그렇게 짧은 시일에, 그리고 그렇게 어린 나이에 이번이 벌써 세 번째였기 때문이다. 죽음의 광경이나 인상이 그에게 더는 새로운 것이 아니라 이미 완전히 친숙해진 것이었다. 처음 두 번은 당연히 슬픔을 보이긴 했지만 그래도 아주 침착한 태도로 신뢰가 가게 행동하면서 결코 마음 약한 모습을 보이지 않았다. 세 번째인 이번에도 마찬가지였고, 더욱 의젓한 태도를 보였다. 이런 사건들이 그의 삶에 실제적인 의미를 갖는지 모른 채, 또는 어린이답게 이에 대해 무관심한 태도를 보였다. 세상에서 지레 자신에게 이러저러한 신경을 써 줄 거라 믿고서 그는 관 옆에서 역시 어린이다운 냉정함과 사무적인 관심을 보였을 뿐이다. 그러다가 세 번째에는 노련한 전문가라는 감정과 표정을 보이며 특이하게 조숙한 분위기를 띠었다. 정신적 충격을 받은 여파로, 다른 사람들에 전염되어 시도 때도 없이 터져 나오는 눈물은 자연스러운 감정의 발로이므로 뭐라고 왈가왈부할 게 못 된다. 아버지가 사망하고 나서 서너 달쯤 지나자 그는 죽음이라는 것을 잊어버렸다. 이제 기억을 돌이켜 보니 당시의 온갖 인상이 비교할 수 없을 정도로 독특한 형태로 다시 또렷하고도 통절하게 동시에 떠오르는 것이었다.

이러한 인상을 풀어서 말로 표현하면 대략 다음과 같다. 죽음에는 경건하고 명상적이며 슬프도록 아름다운, 즉 종교적인 속성이 있지만, 동시에 전혀 다른, 이와는 반대되는 속성, 즉 지극히 육체적이고 물질적인 속성이 있다. 이는 아름답지도 명상적이지도 않고 경건하지도 않으며 단지 슬프다고 말할 수밖에 없는 것이다. 죽음의 엄숙하고 종교적인 속성은 시신을 호화스럽게 안치해 둔 것에서, 꽃의 화려함에서, 알다시피 하늘의 평화를 의미하는 종려나무 가지에서 표현되었다. 더 나아가 더욱 분명하게는 고인이 된 할아버지의 손가락 사이에 있는 십자가에서, 관의 머리맡에 놓인 토르발센*의 축복하는 그리스도 상에서, 역시 종교적인 성격을 띠는 그리스도 상 좌우에 세워진 촛대에서 표현되었다. 이런 온갖 물품들은 분명 할아버지가 이제 영원히 자신의 본연의 모습으로 되돌아갔음을 좀 더 자세하고도 뜻있게 보여 주었다. 비록 어린 한스 카스토르프가 말로 표현한 것은 아니지만 은연중에 밝힌 바에 따르면, 이런 물품들은 죄다, 특히 많은 양의 꽃다발, 이들 중에도 유독 많았던 만향옥(晩香玉)은 또 다른 의미와 냉철한 목적을 지니고 있었다. 즉 죽음이 지니는 두 가지 속성 중에 아름답지도, 사실 슬프지도 않고 오히려 거의 상스럽다고 할 수 있는 저급하게 육체적인 속성을 미화하고, 잊게 만들거나 또는 의식하지 못하게 만드는 목적을 지니고 있었다.

고인이 된 할아버지가 그토록 낯설게, 그러니까 엄밀히 말하면 할아버지로서가 아니라 죽음이 실제의 몸 대신에 끼워 놓은 실물 크기의 밀랍 인형으로 생각된 것은 죽음이 지닌 이러한 속성과 관계가 있었다. 이제 이 밀랍 인형을 가지고 이러한 경건하고도 영예로운 행사를 벌이며 호들갑을 떨고 있는 것이다. 홀에 누워 있는 사람, 아니 더 정확히 말하면 홀에 누워 있는 물체는 그러므로 할아버지 자신이 아니라 하나의 껍질이었다. 한스 카스토르프가 알고 있었듯이 이 껍질은 밀랍으로 이루어진 것이 아니라 그 어떤 특수한 물질, 오직 물질로만 이루어져 있었다. 사실 이게 볼썽사나운 점이었고 거의 아무런 슬픔도 불러일으키지 않았다. 육체와 관련된, 오직 육체와만 관련된 사물이 슬픔을 자아내지 않듯 이것도 슬픔을 자아내지 않았다. 어린 한스 카스토르프는 밀랍처럼 누렇고 매끄러우며, 실물 크기로 죽음의 형상을 이루고 있는 치즈처럼 굳은 물질, 이전의 할아버지의 얼굴과 손을 바라보았다. 이때 파리 한 마리가 꼼짝도 않는 이마에 내려앉아 주둥이를 이리저리 움직이기 시작했다. 피테 노인은 이마에 닿지 않도록 주의하면서 엄숙하고도 음울한 표정으로 조심스럽게 파리를 쫓아 버렸다. 자신이 하고 있는 일에 관해 아무것도 알아서는 안 되고 알려고 해서도 안 된다는 듯한 표정으로 말이다. 이러한 근엄한 표정은 할아버지가 단지 육체에 지나지 않고 더는 아무것도 아니라는 사실과 분명 관계가 있었다. 하지만 파리는 날아 올라 홀 안을 빙 돌다가 이번에는 상아 십자가 근처, 할아버지의 손가락 위에 살포시 내려와 잠시 다리를 들고 있다가 다시 앉는 것이었다. 이런 일이 일어나는 동안 한스 카스토르프는 이전부터 친숙하며 그윽하지만 말할 수 없이 독특하게 짙은 냄새를 지금까지보다 더 또렷하게 맡는 듯한 기분이 들었다. 이 일로 인하여 그에게는 부끄러운 일이지만 동급생 하나가 께름칙한 병이 있어 모두가 그를 멀리했던 일이 생각났다. 만향옥 향기는 그러한 냄새를 없애려는 목적을 가지고 있었지만, 수북이 쌓인 아름다운 꽃이 아무리 톡 쏘는 향기를 발산해도 그 냄새를 없앨 수는 없었다.

한스 카스토르프는 몇 번이고 시신 옆에 서 있었다. 한번은 피테 노인과 단둘이서, 또 한 번은 포도주 상인인 자신의 외종조부 티나펠과 두 외삼촌 야메스, 페터와 함께였다. 그리고 세 번째는 말끔하게 차려입은 한 무리의 하역 노동자들이 잠시 뚜껑이 열린 관 옆에 서 있을 때였다. 이들은 카스토르프 부자 상회의 이전 사장에게 마지막 고별 인사를 하려고 찾아온 것이었다. 장례식 날이 되자, 홀은 사람들로 가득 찼다. 한스 카스토르프에게 세례를 해준 미하엘 교회의 부겐하겐 목사가 스페인풍의 옷깃 장식을 하고 추도 연설을 했다. 목사는 영구차 바로 뒤를 따르는 마차 속에서 어린 한스 카스토르프와 아주 다정하게 대화를 나누었다. 영구차 뒤로는 꼬리에 꼬리를 물고 끝없이 장례 행렬이 이어졌다. 이로써 한스 카스토르프의 삶에서 이 한 시기도 막을 내리게 되었다. 그 후 그의 집과 환경이 즉시 바뀌어, 그는 어린 나이에 벌써 두 번째로 이런 일을 겪게 되었다.

티나펠 영사의 집에서
그리고 한스 카스토르프의 정신 상태에 관하여

이처럼 집과 환경이 바뀌었지만 한스 카스토르프에게 일이 불리하게 진행된 것은 아니었다. 그를 맡은 후견인인 티나펠 영사의 집으로 들어가서 뭐 하나 부족한 게 없었기 때문이다. 한스 카스토르프 개인에 관계된 일은 말할 것도 없거니와, 그가 아직 아무것도 모르는 여타의 자신의 이해관계를 보호하는 일에 관해서도 아무런 걱정할 일이 없었다. 돌아가신 어머니의 외삼촌인 티나펠 영사는 카스토르프가 물려받은 유산을 관리하였고, 부동산을 매각하였으며, 수출입을 하던 카스토르프 부자 상회의 청산 작업도 맡아 주었다. 그 결과 남은 대략 40만 마르크 정도 되는 돈이 한스 카스토르프의 상속 재산이었다. 티나펠 영사는 피후견인의 재산을 안전한 채권에 투자하여 친척이라는 정은 별도로 하고 매분기 초에 나오는 이자의 2퍼센트를 꼬박꼬박 수수료 조로 떼었다.

티나펠 영사의 집은 하르베스테후더 거리에 인접한 정원을 배경으로 하고 있었는데, 잡초 하나 볼 수 없는 잔디밭, 공공 장미공원 및 강을 바라보고 있었다. 영사는 멋진 마차를 갖고 있었지만, 조금이라도 몸을 움직이기 위해 매일 아침 걸어서 구시가에 있는 사무실로 출근했고, 또한 저녁 다섯 시에 걸어서 퇴근했다. 이따금씩 머리 울혈(鬱血)로 고생했기 때문이다. 영사가 퇴근해 돌아오면 티나펠 가의 성대한 정찬이 시작되었다. 최고급의 영국제 옷을 입는 그는 영향력 있는 남자였다. 툭 불거져 나온 푸른 눈 위에는 금테 안경을 썼고, 코는 붉게 피어났다. 구레나룻은 희끗희끗했고 왼쪽 손의 작고 뭉툭한 손가락에는 다이아몬드가 찬란하게 빛나고 있었다. 그의 아내는 이미 오래전에 죽고 없었다. 그에게는 페터와 야메스라는 두 아들이 있었는데, 그 중 한 명은 배를 타서 집에 있는 때가 별로 없었고, 다른 아들은 아버지의 포도주 판매 일을 돕고 있어서, 그가 회사의 후계자로 정해져 있었다. 가사 일은 여러 해 전부터 알토나 출신의 금세공사 딸인 샬렌이 돌보고 있었다. 통 모양의 그녀 손목에는 주름 장식의 흰 커프스가 둘러져 있었다. 그녀는 아침 식사와 저녁 식사에는 게와 연어, 장어, 거위 가슴살, 로스트비프용 토마토케첩 등의 찬 음식을 충분히 올리려고 신경을 썼다. 그녀는 영사의 집에서 남자들의 연회가 있을 때 임시 고용인들을 감독하는 일을 맡았고, 정성을 다해 어린 한스 카스토르프의 어머니 역할도 하였다.

한스 카스토르프는 날씨가 형편없는 가운데에서, 바람과 물안개 속에서 자랐다. 이런 말을 해도 좋다면 그는 고무를 입힌 노란색 방수 외투를 입고 자라면서도 대체로 건강한 편이었다. 하이데 킨트 박사도 말했지만 그는 빈혈기가 조금 있어 학교에서 돌아와 세 번째 식사를 할 때면 매일 흑맥주를 한 잔 가득 마셨다. 누구나 알고 있듯이 그것은 영양분이 풍부한 음료라서 하이데킨트 박사 는 그것이 조혈 작용을 한다고 말했다. 어쨌든 그것은 다행히도 한스 카스토르프의 생명력을 진정시키는 작용을 하여, 외종조부 티나펠의 말대로 '멍하니 조는' 버릇, 즉 입을 헤 벌리고 별다른 생각을 하지 않으면서 꿈꾸듯이 허공을 바라보는 버릇을 더욱 조 장했다. 하지만 이것 말고는 건강하고 정상이어서, 제법 테니스도 잘 치고 보트 타는 것도 즐겼다. 비록 직접 노를 젓는 대신 여름밤 에 울렌호르스터의 나룻배 집 테라스에 앉아 음악을 듣고 맥주를 마시며, 환하게 불 밝힌 보트들 사이의 알록달록하게 비친 물 위 를 이동해 가는 백조들을 바라보는 것을 더 즐겼지만 말이다. 그 리고 그가 냉정하고 사려 깊게, 저지 사투리가 섞인 약간 공허하 고 단조로운 음으로 말하는 소리를 들으면, 또한 금발의 단정한 그의 모습을, 반듯하게 생긴 어딘지 모르게 고풍스러워 보이는 그 의 얼굴을, 멍하고 졸린 표정에서 유전적으로 물려받아 자신도 모 르게 몸에 밴 자부심이 드러나는 그의 얼굴을 보기만 해도 한스 카스토르프가 이곳 지방의 순수한 진짜 토종으로 의당 자신이 있 어야 할 자리에 있다는 사실을 아무도 의심하지 않을 것이다. 청 년 자신도 이런 것을 생각해 본 적이 있다면 단 한 순간도 이에 대 해 의심하지 않았을 것이다.

큰 항구 도시의 분위기, 국제 무역과 풍족한 생활에서 비롯된,

조상들이 살아가는 데 필요한 산소와 같았던 눅눅한 분위기, 그는 이러한 분위기를 깊이 공감하고 당연한 듯이 흡족한 마음으로 받아들였다. 그는 부둣가에서 물, 석탄 및 타르 냄새, 식민지에서 잔뜩 들여온 화물들의 코를 찌르는 냄새를 맡으며 거대한 기중기가 코끼리처럼 차분하고 영리하게 괴력을 발휘하는 것을 지켜보았다. 기중기는 정박 중인 선박의 옆구리 부분에서 수 톤의 자루, 짐꾸러미, 상자, 통, 병 등을 화차와 창고로 날랐다. 그는 자기 자신처럼 고무를 입힌 노란색 방수 외투를 입은 상인들이 정오가 되자 거래소로 몰려가는 것을 지켜보았다. 그가 알기로는 그곳은 치열한 격전이 벌어지는 곳이었다. 그곳에서는 누구나 상인이 자신의 신용을 계속 이어 가기 위해 서둘러 보내는 성대한 연회 초대장을 어렵지 않게 받을 수 있었다. 그는 붐비는 조선소(나중에 그는 조선소에 특별한 관심을 가지게 된다)를 바라보았고, 선착장에 들어간 아시아와 아프리카 항로의 배들이 탑처럼 높고 거대한 모습으로 뱃머리와 추진기를 드러낸 채 정박해 있는 것을 보았다. 아름드리의 버팀목에 의지한 채 물 밖에서 어쩔 줄 몰라 하는 괴물 같은 배들에는 난쟁이같이 조그맣게 보이는 인부들이 빽빽이 달라붙어 청소하고 해머로 두드리고 색칠을 했다. 그는 지붕이 있는 조선대(造船臺) 위에서 연기 같은 안개에 둘러싸인 채 건조(建造) 중인 배들의 늑재(肋材) 골격이 솟아오르는 것을 보았고, 기사들이 설계도와 배수표(排水表)를 손에 들고 건설 인부들에게 지시하는 것을 보았다. 이 모든 것은 한스 카스토르프가 어릴 때부터 보아 온 친숙한 광경이어서, 그의 마음속에서 자신이 고향에 소속되어 있다는 아늑한 감정만을 일깨워 줄 뿐이었다. 일요일 오전에 야메스 티나펠이나 혹은 사촌 침센—요아힘 침센—과 알스터 호반의 정자에서 포르투갈 산 적포도주인 오래 묵은 포트와인 한 잔을 곁들여 훈제 고기와 함께 따뜻한 도넛을 먹을 때, 그리고 그런 뒤에 의자에 몸을 기대고 아스라한 기분으로 시가를 피울 때면 가령 자신의 생활 상태에서 그러한 감정이 절정에 달하는 것이었다. 말하자면 그가 빈혈에다 섬세한 외모를 지니고 있지만, 삶을 즐기려 하고, 식욕이 왕성한 젖먹이가 어머니의 젖가슴에 매달리듯 인생의 속된 향락에 집착한다는 점에서는 순수한 함부르크의 토종임이 분명했다.

그는 상업을 본업으로 하는 자유 도시를 지배하는 상류 계층이 자녀들에게 물려주는 세련된 교양을 편안하고도 그럭저럭 품위 있게 몸에 지니고 있었다. 그는 아이처럼 자주 목욕을 했으며, 같은 계층의 젊은이들이 단골로 삼은 양복점에서 옷을 맞추었다. 그의 옷장의 영국식 서랍에 든 얼마 되지 않지만 꼼꼼하게 표시된 속옷들은 샬렌이 정성을 다해 관리하고 있었다. 한스 카스토르프가 외지에 나가 공부를 할 때도 정규적으로 속옷은 집으로 보내 세탁과 손질을 하도록 했다(전국에서 함부르크 말고는 제대로 다리미질할 줄 아는 곳이 없다는 게 그의 신조였다). 색이 화사하고 멋진 그의 셔츠의 소맷부리에 보풀이 조금만 일어도 그는 대단히 불쾌하게 생각할지도 모른다. 그의 손은 유달리 귀족적이지는 않았지만 손질이 잘되어 있었고, 피부는 탱글탱글했다. 손목에는 백금으로 된 사슬 모양의 팔찌를 찼고, 손가락에는 할아버지에게서 물려받은 인장 반지를 끼고 있었다. 그리고 치아는 다소 약한 편이라서 몇 개의 충치는 금으로 씌워져 있었다.

서 있을 때나 걸을 때 그는 아랫배를 조금 내밀고 있어서 그리 반듯한 인상을 주지는 않았지만, 식탁에서의 자세는 더할 나위 없이 좋았다. 옆 사람과 대화할 때는 (사려분별 있게 다소 저지 사투리로) 상체를 곧추 세우고 상대방을 향해 고개를 돌렸다. 그리고 자신의 접시에 담긴 새 고기를 자르거나 필요한 식탁 용구로 가재 집게발의 불그스름한 살을 숙련된 솜씨로 끄집어내는 동안 팔꿈치는 식탁에 살짝 닿게 했다. 식사가 끝나면 그는 가장 먼저 향수 뿌린 물이 담긴 손 씻는 접시를 찾았고, 그다음으로는 러시아제 담배를 찾았다. 그는 이 담배를 관세를 물지 않고, 몰래 아는 사람에게 부탁해서 구입하고 있었다. 이 담배 다음으로는 아주 맛이 좋은 브레멘 상표의 시가를 찾았다. 마리아 만치니라는 이름의 이 시가에 대해서는 나중에 또 언급할 것이다. 시가의 향기로운 니코틴은 커피의 카페인과 어울려 기분을 한결 돋우어 주었다. 한스 카스토르프는 증기 난방으로 맛이 떨어지는 것을 막기 위해 담배 저장품을 지하실에 보관해 두었다. 그는 아침마다 지하실에 내려가서는 그날 피울 담배를 케이스에 담아 왔다. 아마 그는 버터도 가느다란 줄이 쳐진 조그만 덩어리 형태가 아니라 큰 조각으로 나오면 그냥 마지못해 먹었을 것이다.

여러분이 보는 바와 같이 우리는 한스 카스토르프에게 호감을 가질 수 있는 것이면 무엇이든 죄다 말하고자 한다. 하지만 우리는 지나치지 않은 범위에서 그를 비판할 것이며, 그를 실제보다 더 좋게도 나쁘게도 만들지 않는다. 한스 카스토르프는 천재도 아니고 멍청이도 아니었다. 우리가 그를 일컫는 말로 '평범한'이라는 단어를 쓰지 않는다면 이는 그의 지성과는 아무 관계가 없고 그의 단순한 사람됨과도 별로 관계가 없는 이유에서이다. 이는 말하자면 우리가 어떤 초개인적인 의미를 부여하고자 하는 그의 운명에 대해 존경심을 품고 있기 때문이다. 그의 머리는 실업 고등학교 정도는 별 힘들이지 않고 졸업할 수 있을 정도였다. 하지만 그는 어떠한 상황에서도 어떤 대상 때문에 힘들여 노력하고 싶은 마음은 추호도 없었다. 그것은 힘들까 봐 무서워서가 아니라 그럴 필요성을 전혀 느끼지 않았기 때문이다. 더 정확히 말하면 절대적인 필요성을 느끼지 않아서였다. 그리고 그럴 필요성이 없다는 것을 그 나름으로 느꼈기 때문에 사실 우리는 그를 평범하다고 부르고 싶지 않은지도 모른다.

인간은 개체로서 자신의 개인적 생활을 영위할 뿐 아니라, 의식하든 안 하든 간에 자신의 시대와 그 시대를 사는 사람들의 생활을 영위해 나간다. 우리는 자신의 존재의 보편적이고 비개인적인 토대를 무조건적으로 주어진 것으로, 자명한 것으로 생각한다. 그리고 선량한 한스 카스토르프가 실제로 그랬듯이 개개의 경우 이에 대해 비판을 하려고 하지 않는다 하더라도 그러한 토대에 결함이 있는 경우 우리는 자신의 정신적 건강이 막연히 침해받는다고 느낀다. 개개인에게는 여러 가지로 개인적인 목표, 목적, 희망 및 전망이 눈앞에 아른거려 이러한 것들에서 가일층 노력하고 활동하겠다는 원동력을 얻어 낸다. 하지만 우리 주위의 비개인적인 것, 즉 시대 자체가 겉으로 보기에 아무리 분주하게 움직인다 하더라도 요컨대 거기에 희망이나 전망이 결여되어 있다면, 시대가 우리에게 희망도 전망도 없으며 어찌할 바 모르는 것으로 남몰래 인식시켜 주고, 의식적이든 무의식적이든 간에 모든 노력과 활동이 지닌, 개인적인 의미 이상의 궁극적이고도 절대적인 의미를 묻는 질문에 시대가 공허한 침묵으로 일관한다면, 좀 더 솔직한 인간성을 지닌 사람의 경우 그러한 사태로 인한 모종의 마비 작용은 거의 피할 수 없다. 그리고 이러한 마비 작용은 개인의 정신적이고 윤리적인 부분에서 곧장 육체적이고 유기체적인 부분으로 파급될지도 모른다. 시대가 '무엇 때문에'라는 질문에 만족할 만한 답변을 주지 않는데도, 꼭 필요한 정도를 넘어서는 대단한 일을 하겠다고 마음먹으려면 영웅적 속성인 흔히 볼 수 없는 정신적 고독과 자주성, 또는 식을 줄 모르는 활력을 필요로 한다. 그런데 한스 카스토르프에게는 두 가지 중에 어느 것도 없었다. 정말 존경할 만한 의미에서이긴 하지만, 그런 점에서 그는 역시 평범하다고 말할 수 있다.

우리는 여기서 한스 카스토르프의 학창 시절의 정신적 상태뿐만 아니라 나중에 이미 시민적 직업을 선택한 후의 시절에 대해서도 언급했다. 그의 학업 상태에 대해 말하면 그는 한두 번 낙제를 했다. 하지만 대체로 그의 출신 성분과 세련된 예의범절, 그리고 마지막으로 열정은 없었지만 그런대로 수학에 재능이 있어서 상급 학년으로 올라갈 수 있었다. 그래서 일년 지원병의 자격을 얻은 뒤에도 학교를 끝까지 마치기로 결심했다. 하지만 사실을 말하면 그렇게 함으로써 습관이 된 잠정적인 미결정 상태를 연장하여, 자신이 진정 무엇을 하고 싶은지 곰곰 생각해 보려는 시간을 벌기 위함이 주된 이유였다. 그는 오랫동안 자기가 무엇을 하고 싶어 하는지 알지 못했고, 상급 학년이 되어서도 이를 알지 못했기 때문이다. 그리고 진로를 정한 다음에도 (그가 진로를 정했다는 것도 거의 지나친 말이 될지 모른다) 다른 것을 선택하는 게 더 낫지 않았을까 하고 느낄 정도였다.

하지만 그가 배에 관해서는 늘 관심이 많았다는 점은 사실이었다. 어릴 때 그는 어선, 야채를 실은 화물선이나 돛이 다섯 개인 배를 연 로 공책에 잔뜩 그려 놓았다. 열다섯 살 때는 추진기를 두 개 단 블룸 운트 포스 회사의 새 우편선 '한자(Hansa)호'가 진수대에서 미끄러져 나가는 것을 특별석에서 보고 그 미끈한 배의 모습을 수채화로 실물과 똑같이 정밀하게 그린 적이 있었다. 티나펠 영사는 그 그림을 자신의 개인 사무실에 걸어 두었다. 특히 파도가 넘실거리는 바다의 연록색이 무척 정성이 담긴 숙련된 솜씨로 그려져 있어서 누구나 티나펠 영사에게 "재주가 있어, 훌륭한 해양 화가가 되겠어"라고 말할 정도였다. 영사는 이러한 칭찬의 말을 그에게 차분히 전할 수 있었다. 한스 카스토르프는 이 말을 듣고 그저 선량하게 웃었을 뿐 화가가 되겠다는 과대망상을 품거나 화가가 되어 굶어 죽겠다는 생각을 한시도 품어 본 적이 없었다.

"너는 부자라고는 할 수 없다." 외종조부 티나펠이 그에게 가끔 이런 말을 했다. "내 재산은 대체로 야메스와 페터가 물려받는다.

즉 사업에 투자해 놓아 페터는 배당금을 받고 있지. 너의 유산은 아주 안전한 곳에 투자해서 확실한 이자가 들어온다. 하지만 요즈음 이자로 살아간다는 것은 그리 쉬운 일이 아니야. 적어도 네가 갖고 있는 재산의 다섯 배 정도가 있지 않다면 말이야. 네가 여기 이 도시에서 그래도 지금처럼 여봐란 듯이 살아가려면 어지간히 벌지 않으면 안 된다. 이 말을 명심하렴, 얘야."

한스 카스토르프는 이 말을 명심하고 자기 자신이나 세상 사람들에게 떳떳한 직업을 물색했다. 그리고 일단 정한 다음에는 자신의 직업을 대단히 높게 평가했다. 툰더 빌름스 회사의 빌름스 노인이 그에게 그 직업을 권했던 것이다. 말하자면 그는 토요일 밤 휘스트 놀이를 하면서 티나펠 영사에게, 자기에게 좋은 생각이 있는데, 한스 카스토르프가 조선학을 공부해서 자기 회사에 들어오면 어떻겠냐는 것이었다. 그러면 자기가 그 젊은이를 잘 봐주겠다고 했다. 한스 카스토르프는 그 직업이 비록 이루 말할 수 없이 복잡하고 힘든 일이기는 하지만, 반면에 또한 아주 훌륭하고 중요하며 대단한 일이라고 생각했다. 그리고 고인이 된 어머니의 이복 언니의 아들로 무슨 일이 있어도 장교가 되겠다는 사촌 침센의 직업보다는 평화를 사랑하는 자신의 성격으로 보아 이 직업이 훨씬 낫다고 생각했다. 게다가 요아힘 침센은 가슴이 그다지 튼튼하지 않았다. 하지만 한스 카스토르프가 다소 멸시하는 감정으로 판단하기로는, 사실 이 때문에 정신적인 일이나 긴장을 별로 요하지 않는 야외 직업이 사촌에게 제격일지도 모른다고 생각했다. 그는 개인적으로는 일에 쉬 피로를 느꼈지만, 관념적으로는 일에 대해 말할 수 없이 커다란 존경심을 품고 있었기 때문이다.

우리는 여기서 앞에서 암시한 문제, 즉 시대를 통한 개인 생활의 침해가 바로 육체적인 유기체에 영향을 미칠 수 있다는 문제로 되돌아가기로 한다. 한스 카스토르프가 어떻게 일을 존경하지 않을 수 있었겠는가? 존경하지 않는다면 그게 부자연스러운 일일지도 모른다. 모든 정황으로 보아 일은 그에게 절대적인 존경의 대상일 수밖에 없었다. 요컨대 일 말고는 존경할 만한 대상이 하나도 없었다. 일이란 그것에 견딜 수 있는가, 또는 견딜 수 없는가를 가려 주는 원칙과 같은 것이었다. 이는 소위 대답이 필요하지 않은 시대의 절대적인 요청이었다. 일에 대한 그의 존경은 그러므로 종교적인 것으로, 그가 아는 한 의심의 여지가 없었다. 하지만 그가 일을 사랑하는가 하는 것은 또 다른 문제였다. 그가 일을 매우 존경하기는 했지만 사랑할 수는 없었기 때문이다. 그것도 일이 자신에게 맞지 않는다는 단순한 이유 때문에서였다. 힘든 일은 그의 신경을 피로하게 하여, 이내 기진맥진하게 했다. 그리고 그는 뭐니 뭐니 해도 자유로운 시간, 홀가분한 시간을 훨씬 더 사랑한다고 아주 솔직히 시인했다. 즉 그는 수고해야 하는 무거운 짐을 지지 않아도 되는 자유로운 시간, 이빨을 꽉 물고 극복해야 하는 장애물 없이 자신 앞에 툭 트여 있는 시간을 사랑했다. 일에 대한 그의 이러한 모순 되는 태도는 엄밀히 말하면 해결을 필요로 했다. 그가 자신도 잘 알지 못하는 영혼의 깊은 곳에서, 일을 절대적인 가치이자 자명한 원칙이라 믿고 자신의 마음을 달랠 수 있다면, 그의 정신뿐만 아니라 육체도—처음에는 정신이, 그다음에는 정신을 통해 육체도—일을 좀 더 즐거운 마음으로 지속적으로 좋아할 수 있지 않았을까? 그는 이로써 다시 평범한가, 또는 비범한가 하는 문제에 봉착하지만, 우리는 이에 대해 딱 잘라 한마디로 답변하지 않으려고 한다. 우리는 한스 카스토르프를 찬미하는 자로 인식되고 싶지 않으며, 일이 그의 삶에서 그저 마리아 만치니를 흠뻑 맛보는 것에 다소 방해가 되었다는 추측에 생각의 여지를 남겨 두고 싶기 때문이다.

그는 군 복무에는 흥미가 없었다. 그의 내적인 기질이 군 복무에는 맞지 않았고, 이를 피할 방도를 알고 있었다. 하르베스테후더 거리에 있는 티나펠 영사의 집을 드나들던 군의관 에버딩 박사가 이런저런 이야기를 하다가 영사로부터 젊은 카스토르프가 군에 가게 되면 바야흐로 밖에서 시작한 공부에 막대한 지장을 초래할지도 모른다는 말을 들었을지도 모를 일이다.

밖에서도 한스 카스토르프는 진정 작용을 하는 흑맥주를 곁들여 아침 식사 하는 습관을 계속한 덕분으로 완만하고도 차분히 움직이는 그의 머리는 분석 기하, 미분, 역학, 투영법, 도식 정역학으로 채워졌다. 그는 가끔 힘들고 성가시다는 생각을 하면서도 적재(積載) 배수량과 공선(空船) 배수량, 안정도(安定度), 중심 이동 및 기울기의 중심을 계산했다. 늑재골(肋材骨), 흘수선(吃水線), 종단면의 공학적인 제도(製圖)는 넘실거리는 바다에 떠 있는 한 자 호를 그린 그림만큼 훌륭하지는 않았지만, 감각적인 수법을 통해 정신적인 명료성을 드높이고, 음영을 주고, 횡단면에 밝은 색채로 칠하는 점에서는 대부분의 사람들보다 솜씨가 뛰어났다.

그가 방학 때 아주 깔끔하고 좋은 옷을 입고, 졸린 듯한 젊은 귀족적인 얼굴에 붉은 금발의 얼마 안 되는 콧수염을 기른 채, 분명 상당한 사회적 지위를 얻을 것으로 보이는 도정(道程)에서 집으로 돌아오면, 시정에 관계하고 가정의 일이나 개인의 사정에 밝은 사람들은—자치제 도시 국가에서는 대부분의 사람들이 그러하다—즉 그의 동시대 시민들은 한스 카스토르프가 나중에 공적인 영역에서 어느 정도의 역할을 할 것인가 자문하면서 그를 찬찬히 바라보았다. 그가 오래되고 훌륭한 명문 가문 출신이므로, 언젠가는 그가 정치적으로 커다란 역할을 맡을 것이라 의심하지 않았다. 그렇게 되면 그는 시의회에 들어가 법률을 만들고, 명예직으로 추대되어 주권 문제에 가담할 것이며, 예산 위원회나 건설 위원회 같은 행정 분야의 일원이 되어 발언을 하고 투표권을 행사할 것이다. 젊은 카스토르프가 어떤 정파에 가담할지도 흥미의 대상일 수 있었다. 사람이란 보기와는 다르다고 하지만, 아무튼 민주파가 믿고 기대할 만한 인물로는 보이지 않았다. 그리고 그가 자신의 할아버지와 닮았다는 점은 의심의 여지가 없었다. 어쩌면 자신의 할아버지처럼 보수파의 제동기의 역할을 하는 것은 아닐까? 어쩌면 그럴 것 같기도 하고, 또 어떻게 생각하면 그 반대일 것 같기도 했다. 어쨌든 그는 엔지니어이고, 신예 조선 기사였으며, 세계 교통과 공학에 관여할 인물이었다. 혹은 한스 카스토르프가 급진파의 일원이 되고, 무모한 모험주의자가 되어, 고대 건축물과 풍경미를 모독하는 파괴자가 될지도 몰랐다. 그리하여 유대인처럼 고삐 풀린 생활을 하거나 미국인처럼 신앙심이 없어져서, 자연스러운 생활 조건을 신중하게 육성하기보다는 값진 전통과 무분별하게 단절하는 쪽을 택하고, 국가를 무모한 실험 대상으로 삼을지도 몰랐다. 그럴 가능성도 없지 않았다. 시청에서 받들어 총 자세로 영접을 받는 잘난 사람들이 모든 것을 가장 잘 알고 있다고 생각하듯, 그에게도 이런 생각이 핏속에 흐르고 있을까? 아니면 그가 시의회에서 야당을 지지하게 될까? 붉은 금발 눈썹 밑의 푸른 눈에서 동시대 시민들의 호기심 어린 질문에 대한 답변을 읽어 낼 수는 없었다. 백지 상태나 다름없는 한스 카스토르프 자신도 아직 이런 질문에 대한 대답을 갖고 있지 않았다.

우리가 이 청년을 만났을 당시, 그가 여행길에 올랐을 때 그의 나이는 스물세 살이었다. 그 당시 그는 단치히 공과 대학에서 4학기 수업을 마치고, 브라운슈바이크와 카를스루에 공과 대학에서 또 4학기를 보냈는데 이때의 성적은 오케스트라의 팡파르가 울리게 할 정도로 출중하지는 않았다. 그래도 첫 번째 본 시험에서 그럭저럭 괜찮은 성적으로 합격하여, 툰더 빌름스 회사에 견습 엔지니어로 입사, 그 조선소에서 실습 교육을 받을 예정이었다. 이러한 시점에서 그의 진로는 이제 처음으로 다음과 같은 전환점을 맞게 되었다.

그는 이 시험에 대비해 정신을 집중하고 꾹 참으며 끈기 있게 공부해야 했기 때문에, 집에 돌아왔을 때는 평소의 그보다 훨씬 기운이 없어 보였다. 하이데킨트 박사는 그를 볼 때마다 잔소리를 하면서 전지 요양을 하라고 요구했다. 말하자면 철저한 전지 요양을 말이다. 그가 말하기를, 이번에는 쾨르 섬의 노르더나이나 비크*로

가는 것으로는 충분하지 않고, 자신의 소견으로는 조선소에 입사하기 전에 몇 주 정도 고산 지대에 가는 것이 좋겠다고 했다.

티나펠 영사도 자신의 외손자뻘인 한스 카스토르프에게 그러는 것이 좋겠다고 말했다. 그렇다면 이번 여름은 이들이 서로 다른 곳으로 휴가를 가게 되는 셈이었다. 네 필의 말로도 영사를 고산 지대로 끌어올릴 재간은 없었기 때문이다. 영사는 자기에게는 정상적인 기압이 필요하고, 잘못하다가는 돌발 사건이 생길지도 모르므로 둘이 서로 다른 곳으로 가도 전혀 상관없다고 말했다. 알프스에는 한스 카스토르프 혼자 가서 요아힘 침센을 방문하는 것이 좋겠다는 것이다.

이는 자연스러운 제안이었다. 요아힘 침센은 병을 앓고 있었다. 그것도 한스 카스토르프처럼 건강이 좋지 않은 정도가 아니라 정말 심각하게 아팠다. 심지어 모두들 커다란 충격을 받았을 정도이다. 평소 사촌은 걸핏하면 고열 감기에 걸렸는데, 하루는 붉은 피까지 토했다. 그래서 그는 허겁지겁 다보스로 떠나야 했다. 얼마 안 있으면 그의 소망이 실현되는 순간이라 그의 고통과 슬픔은 이루 말할 수 없었다. 사촌은 가족의 소망에 따라 몇 학기 동안 법률을 공부했지만, 자신의 충동을 억누를 길 없어 도중에 진로를 바꾸고 사관후보생을 지원했는데 이미 합격도 된 상태였다. 그런데 지금 그는 국제 요양원 '베르크호프'(원장은 고문관인 베렌스 박사이다)에 들어와 5개월 이상이나 죽치고 있으니, 그가 보낸 우편엽서에 의하면 죽도록 지루하다는 것이었다. 그러므로 한스 카스토르프가 툰더 빌름스 회사에 들어가기 전에 잠시 요양하는 것이라면, 다보스에 올라가서 불쌍한 사촌의 말벗을 해주는 것이 자연스러운 일이었다. 이는 두 사람 모두에게 가장 이로운 결정이었다.

한스 카스토르프가 여행하기로 마음먹었을 때는 한여름이었다. 어느덧 7월도 막바지에 들어선 때였다.

이리하여 그는 3주 예정으로 여행길에 올랐다.

제3장

근엄하게 찌푸린 얼굴

여행하느라 피곤해서 늦잠을 자지나 않을까 우려했지만 한스 카스토르프는 필요 이상으로 일찍 일어나 자신의 아침 습관, 고도로 세련된 습관을 빠짐없이 이행할 여유가 충분히 있었다. 이를 위한 주요 도구는 고무 대야뿐만 아니라 녹색의 라벤더 비누가 든 나무 쟁반, 그리고 거기에 부속된 밀짚 색깔의 솔이었다. 또한 세수와 몸치장에 이어 짐을 풀고 정돈할 시간이 충분히 있었다. 라벤더 향내가 나는 비누 거품에 덮인 볼에 은도금한 면도기를 갖다 대면서 그는 간밤의 어지러운 꿈들을 생각해 보았다. 그는 이성(理性)의 빛을 받으며 면도하고 있다는 사실에 우월감을 느끼며 그런 엉터리 같은 꿈에 대해 관대하게 미소 지으면서 머리를 흔들었다. 사실 푹 쉬었다는 느낌은 들지 않았지만 새로운 아침을 맞아 상쾌한 기분이었다.

그는 볼에 파우더를 바르고, 필 데코세 반바지를 입고, 붉은 모로코 가죽* 슬리퍼를 신은 채 손을 닦으면서 발코니로 나갔다. 발코니는 일렬로 이어져 있었고, 난간까지는 나와 있지 않은 불투명한 유리 칸막이로 방마다 각각 자기 영역이 나누어져 있었다. 아침 공기는 서늘하고 하늘에는 구름이 끼어 있었다. 좌우의 언덕 앞에는 안개가 수평으로 넓게 깔려 있었고, 멀리 보이는 산에는 희거나 잿빛인 묵직한 구름 덩어리가 드리워져 있었다. 여기저기에 푸른 하늘이 선이나 반점으로 빠끔 모습을 드러내었고, 그곳으로 햇빛이 비쳐 들어오면 산비탈의 어두컴컴한 가문비나무 숲과 대조되어 계곡 아래의 마을이 어슴푸레하게 빛을 발했다. 어디선가 아침 음악이 연주되고 있었다. 아마 어젯밤에 연주회가 열렸던 호텔에서 울려오는 모양이었다. 성가의 화음이 희미하게 울려왔다. 잠시 쉬었다가 이번에는 행진곡이 흘러나왔다. 한스 카스토르프는 음악을 진심으로 사랑했다. 음악은 아침 식사 때의 흑맥주와 매우 비슷한 작용을 하여, 마음을 진정시키고 신경을 마비시켜 멍한 기분이 되게 하기 때문이었다. 지금도 그는 머리를 옆으로 기울이고 입을 벌린 채, 다소 충혈 된 눈으로 기분 좋게 음악에 귀를 기울였다.

저 아래에는 그가 어젯밤에 올라온 찻길이 요양원으로 꼬불꼬불 나 있었다. 줄기가 짧은 별 모양의 용담이 산비탈의 젖은 풀밭에 피어 있었다. 높은 대지의 한 부분에는 울타리를 쳐서 정원으로 만들었고, 거기에는 자갈길과 꽃밭이 있었으며, 으리으리한 전나무의 발치에는 인공 석굴이 지어져 있었다. 누울 수 있는 긴 의자가 놓인, 양철 지붕을 한 홀의 문이 남쪽으로 열려 있었다. 그 옆에는 적갈색으로 칠한 깃대가 설치되어 있고, 그 줄에 달린 깃발이 이따금씩 바람에 펄럭였다. 그 한가운데에는 녹색과 흰색으로 아스클레피오스의 지팡이*가 그려진 환상적인 깃발이 펄럭이고 있었다.

한 여자가 정원을 이리저리 거닐고 있었다. 비참할 정도로 음울한 기분이 드는 중년 부인이었다. 온통 까만 옷을 입고, 흐트러진 암회색 머리에 검은 베일을 두른 채 일정하게 빠른 속도로 불안하게 오솔길을 걷고 있었다. 무릎을 구부리고 팔은 앞으로 뻣뻣이 늘어뜨리고 있었다. 이마에 주름이 깊게 파인 그녀는 눈 밑의 피부가 축 처진 까만 눈으로 앞쪽을 응시하고 있었다. 커다란 입을 꾹 다물고 슬픔에 잠긴 그녀의 창백하고 늙은 남방형의 얼굴을 보고, 한스 카스토르프는 언젠가 본 적 있는 비극 여배우의 모습을 떠올렸다. 멀리서 들려오는 행진곡의 박자에 맞추어 우수에 잠겨 성큼성큼 걷고 있는 창백한 얼굴의 여자를 보는 것은 그리 기분 좋은 일은 아니었다. 그녀는 자신이 그렇게 걷고 있는 줄 분명 모르는 모양이었다.

한스 카스토르프는 생각에 잠겨 동정어린 눈길로 그녀를 내려다보았다. 그녀의 우울한 얼굴로 아침 햇살마저 흐려지는 것 같았다. 하지만 이와 동시에 그에게 또 다른 소리가 들려왔다. 그것은 요아힘이 알려 준 바에 따르면 자신의 왼쪽 옆방에 든 러시아인 부부의 방에서 나는 소리였다. 역시 밝고 상쾌한 아침에 어울리지 않는 이 소리는 어쩐지 끈적끈적하게 아침을 모독하는 것 같았다. 한스 카스토르프는 어젯밤에도 이와 같은 소리를 들은 것이 생각났지만, 피곤한 나머지 별다른 주의를 기울이지 않았다. 그것은 서로 맞붙어 뒹굴며 킥킥거리고 숨을 헐떡이는 소리였다. 처음에는 아무것도 아니라고 선의로 해석하려 했지만 청년은 그 상스러운 짓거리가 무엇을 의미하는지 오랫동안 모르는 체할 수 없었다. 사람들은 이러한 선량함에 다른 이름을 부여할 수 있을지도 모른다. 이를테면 영혼의 순결이라는 다소 진부한 이름이나 수치심이라는 진지하고 아름다운 이름을 부여할 수도 있겠고, 또는 진리에 대한 혐오감이나 위선이라는 경멸적인 이름, 신비스러운 공포와 경건함이라는 이름도 부여할 수 있겠다. 옆방의 시끄러운 소리를 들은 후 한스 카스토르프의 반응에는 이 모든 것이 조금씩 포함되어 있다. 그리고 자신이 들은 게 무슨 소리인지 알아서도 안 되고 알고 싶지도 않다는 듯, 이에 대한 그의 반응은 인상학적으로 얼굴을 근엄하게 찡그리는 표정으로 나타났다. 이는 아주 독창적이지는 않지만, 그가 특정한 경우에 짓곤 하는 정숙한 표정이었다.

킥킥거리는 웃음으로 나타나는 행위이긴 했지만, 그에게 심각하고 충격적으로 생각된 옆방의 짓거리에 더 이상 귀 기울이지 않으려고 그는 근엄한 표정을 지으며 발코니에서 방으로 들어왔다. 하지만 방에 들어와 보니 벽 건너편에서 벌어지는 작태가 더욱 또렷이 들릴 뿐이었다. 가구 주위를 돌며 뒤쫓는 모양으로 의자가 우당탕하는 소리가 났다. 서로를 마주 잡고 찰싹 때리는 소리며 키스하는 소리가 났다. 바깥 멀리서는 이제 낡아 빠진 유행가 가락의 왈츠곡이 눈에 보이지 않는 이 장면에 반주를 하고 있었다. 한스 카스토르프는 수건을 들고 서서, 듣지 않으려는 더 나은 의지와는 반대로 그 소리에 귀를 기울이고 있었다. 그러다가 갑자기 파우더를 바른 볼이 빨갛게 달아올랐다. 분명 벌어지리라고 생각한 것이 결국 시작되더니, 장난이 이제 의심의 여지 없이 동물적인 행위로 바뀌고 말았기 때문이다. 젠장, 큰일 났는걸! 그는 의도적으로 큰 소리가 나게 움직이며 몸치장을 끝내기 위해 몸을 돌리면서 이렇게 생각했다. 하기야 두 사람은 부부 사이니까, 그런 점에서는 뭐라고 탓할 게 없지. 하지만 벌건 아침부터 그러는 건 좀 심하지 않은가. 그런데 두 사람은 벌써 어젯밤부터 야단법석을 떤 것 같은데, 어쨌든 두 사람이 여기에 있는 걸 보면 둘 다 아프거나, 혹은 적어도 한 사람은 아픈 모양이다. 그렇다면 몸을 아끼고 좀 자중해야 할 게 아닌가. 하지만 뭐니 뭐니 해도 파렴치한 일은 자명하게도, 벽이 이렇게 얇아서 뭐든 죄다 또렷하게 들린다는 점이라고 그는 화가 나서 생각했다. 이건 정말 도저히 참을 수 없는 상황이야! 형편없는 날림 공사야, 수치스러울 정도로 날림 공사야! 내가 이들을 언제 보게 되거나 소개라도 받으면 어쩌지? 그렇게 된다면 정말 곤혹스러운 일이다. 그런데 갑자기 한스 카스토르프는 의아한 생각이 들었다. 아까 말끔히 수염을 깎은 볼이 달아올랐는데 그게 잘 가실 것 같지 않고, 또는 일시적으로 일어나는 화끈거림이 아니라 그런 상태로 고정될 것 같은 예감이 들어서였다. 어젯밤에도 얼굴이 화끈거리게 달아올라 고생하다가, 잠잘 때는 좀 괜찮았는데 지금 또 어젯밤과 똑같은 현상이 일어난 것이다. 그래서 옆방 부부에 대해 다정한 기분이 들기는커녕 입을 삐죽이며 그들한테 뭐라고 중얼대면서 악담을 퍼부었다. 그러고 나서 찬물로 세수하는 실수를 저지르는 바람에 사태가 더욱 악화되었다. 이런 까닭에 벽에다 노크하면서 자신을 부르는 사촌에게 대답할 때 그의 기분은 별로 좋지 않았고, 사촌이 들어왔을 때 그는 원기를 회복해서 상쾌한 아침을 맞는 사람처럼 보이지 않았던 것이다.

아침 식사

"잘 잤어?" 요아힘이 말했다. "이제 이 위에서 첫날밤을 보냈군. 어때, 만족해?"

그는 운동복 차림에다 튼튼하게 만들어진 장화를 신고 외출할 채비를 갖추고 있었다. 팔에 걸친 방한 외투의 옆 주머니는 납작한 병으로 불룩했다. 오늘도 모자는 쓰고 있지 않았다.

"고마워." 한스 카스토르프가 대답했다. "뭐 그저 그래. 더는 뭐라고 평하지 않겠어. 뭔가 혼란스러운 꿈을 꾸었어. 그리고 이 집은 방음이 잘 안 되는 단점이 있어. 그게 좀 찜찜해. 검은 옷을 입고 정원을 거니는 여자는 대체 누구야?"

요아힘은 누구를 말하는지 곧 알아차렸다.

"아, '둘 다' 말이지." 그가 말했다. "여기서는 그녀를 다 그렇게 불러. 그 여자가 하는 말이라곤 그것밖에 없기 때문이야. 멕시코 여자라, 독일어는 하나도 모르고, 프랑스어도 겨우 두어 마디 정도밖에 할 줄 몰라. 이곳에 온 지 5주일 되었는데, 전혀 완치될 가망이 없는 장남을 보러 왔어. 이제 갈 날이 얼마 안 남았지. 이미 온몸에 독이 퍼져, 어디 한 군데고 성한 곳이 없대. 베렌스가 말하기로는 결국에는 티푸스처럼 보일 거래. 어쨌든 관련된 사람들이 보기에는 끔찍스러운 일이지. 2주 전에는 형을 보러 차남이 여기로 올라왔더군. 형도 그렇지만 동생도 그림처럼 아주 잘생겼어. 눈이 이글이글한 게 둘 다 정말 그림처럼 잘생겼어. 여자들이 완전히 얼이 빠지고 말았지. 차남은 아래에서부터 기침은 약간 했지만, 그 외에는 아주 건강했다더군. 그런데 이곳에 오자마자 열이 올랐다고 그래. 그것도 갑자기 39.5도까지 오르는 고열로 말이야. 그래서 곧 앓아누워 버렸는데, 베렌스의 말로는 그가 몸이 회복된다면 그야말로 천만다행이라는 거야. 베렌스는, 어쨌든 그가 때맞춰 잘 왔다고 했어. 그래, 그러고부터 자식들 곁에 있지 않을 때는 어머니가 저러고 다니는 거야. 누가 말을 걸면 그녀는 언제나 '둘 다'라고만 말해! 더 이상은 아는 말이 없기 때문이지. 그리고 이곳에는 현재 스페인어를 아는 사람이 아무도 없어."

"그런 사연이 있는 여자구나." 한스 카스토르프가 말했다. "나와 인사를 나누면 내게도 그렇게 말할까? 기묘한 일일 거야. 우스꽝스러운 동시에 섬뜩할지도 몰라." 그의 눈은 어제처럼 오랫동안 울고 난 뒤같이 열에 들뜨고 무거워 보였고, 아마추어 기수의 신기한 기침 소리를 듣던 때처럼 다시 빛나고 있었다. 그는 이제야 어제 일과 연결되어 아침에 일어났을 때와는 달리 모든 것이 제대로 이해되는 듯했다. 그는 라벤더 향수를 손수건에 조금 뿌려

이마와 눈 아래에 살짝 바르고는 준비가 다 되었다고 말했다. "괜찮다면 둘 다 아침 식사 하러 가지." 그는 지나치게 들뜬 기분으로 농담을 했으나, 요아힘은 그를 부드럽게 바라보며 우울하게 미소를 지었다. 왜 그런지는 그만이 알 일이겠지만, 그 미소에는 다소 조롱의 빛이 담겨 있는 듯했다.

한스 카스토르프는 자신에게 담배가 있는지 확인한 다음 지팡이, 외투 그리고 모자도 함께 집어 들었다. 겨우 3주 예정으로 머무를 거면서 낯설고 새로운 습관을 따르기에는 자신의 생활 방식과 습관에 자신감을 갖고 있었기 때문이다. 두 사람은 밖으로 나와 계단을 내려갔다. 요아힘은 복도에서 이런저런 문을 가리키며 환자의 이름을 알려 주었다. 독일식 이름도 있고, 낯설게 들리는 온갖 종류의 이름들이 있었다. 그러면서 그는 그들의 성격과 병의 심각한 정도에 대해서도 간단히 알려 주었다.

두 사람은 벌써 아침 식사를 마치고 돌아오는 사람들을 만났다. 요아힘이 누군가에게 아침 인사를 하자 한스 카스토르프는 모자를 조금 쳐들었다. 그는 많은 낯선 사람들 앞에 막 모습을 드러낸 젊은이처럼 긴장되고 마음이 불안해졌다. 이와 동시에 자신의 눈이 흐릿하고 얼굴이 붉어져 있다는 생각에 마음이 쓰였다. 하지만 그의 얼굴은 오히려 창백했기 때문에 그의 생각이 전적으로 옳다고는 할 수 없었다.

"잊어버리기 전에 말해 두겠어!" 한스 카스토르프가 갑자기 열을 내며 말했다. "기회가 되면 정원을 거니는 여자는 소개해 주어도 좋아. 그것에는 반대하지 않아. 그녀가 '둘 다'라고만 말해도 상관없어. 너에게서 들어 그 의미를 알고 있으니까 아무렇지 않은 얼굴로 대할 수 있어. 하지만 그 러시아인 부부는 소개해 주지 않았으면 해, 내 말 알겠어? 그것은 정말 사절하겠어. 아주 행실이 나쁜 부부야. 내가 3주 동안이나 그들 옆방에서 살아야 하고, 그것은 달리 어쩔 수 없다 하더라도 그들과는 알고 싶지 않아. 명백히 거절 의사를 밝히는 것은 나의 정당한 권리니까 말이야."

"좋아." 요아힘이 말했다. "그렇게도 방해받았어? 그래, 그들은 어느 정도 야만인들이지. 내가 이미 전에 말했듯이 한마디로 미개인들이야. 남자는 언제나 가죽점퍼를 입고 식당에 나타나지. 그것도 다 해진 옷을 입고 말이야. 베렌스가 왜 아무 말도 하지 않는지 알다가도 모를 일이야. 깃털 장식 모자를 쓰고 나타나는 여자도 그리 깔끔하지는 않아. 그런데 너는 걱정할 필요 없어. 이들은 우리와 멀찍이 떨어진 '이류 러시아인 석'에서 식사하거든. 좀 더 우아한 러시아인들만 앉는 '일류 러시아인 석'도 있어. 네가 원한다고 해서 그들과 만날 가능성은 별로 없어. 그리고 손님들 중에 외국인들이 많아서 사람을 사귀는 게 쉽지 않아. 나도 여기에 이렇게 오래 있지만 개인적으로 알고 지내는 사람은 몇 안 돼."

"그럼 둘 중에 아픈 사람은 누구지? 남자야, 여자야?" 한스 카스토르프가 물었다.

"남자가 아픈 것 같아. 그래, 남자만 아파." 이들이 식당 앞의 옷걸이에 모자와 외투를 거는 동안 요아힘은 눈에 띄게 산만하게 말했다. 그런 다음 그들은 천장이 낮고 둥그스름한 밝은 식당으로 들어갔다. 거기는 사람들 이야기 소리로 시끌벅적했고, 식기가 달그락거리는 소리가 났으며, 여종업원들이 김이 모락모락 나는 주전자를 들고 분주하게 오가고 있었다.

식당에는 일곱 개의 식탁이 있었는데, 대부분은 세로 방향으로 놓였고, 두 개만이 가로 방향으로 놓여 있었다. 꽤 큰 식탁이어서 열 명씩 앉도록 되어 있었고, 아직 식기 도구가 놓이지 않은 빈자리도 있었다. 입구 옆으로 비스듬히 몇 발짝 들어가자 한스 카스토르프의 자리가 있었다. 그의 자리는 앞쪽 중앙, 가로 방향으로 놓인 두 개의 식탁 사이에 끼여 있는 식탁의 좁은 쪽에 준비되어 있었다. 그는 의자 뒤에 반듯이 서서, 요아힘이 의례적으로 소개한 식탁 동료들에게 뻣뻣하지만 공손하게 인사를 했다. 그는 그들의 이름이 머리에 들어오지 않는 것은 말할 것도 없고 이들을 보는 둥 마는 둥했다. 유일하게 슈퇴어 부인이라는 인물과 그녀의 이름만은 그의 관심을 끌어, 그녀의 얼굴이 붉고 잿빛 금발에 윤기가 있다는 것은 눈에 들어왔다. 그녀가 교양이 없다는 것은 단번에 알아볼 수 있었고, 그녀의 얼굴 표정에는 무지막지한 티가 철철 넘쳤다. 한스 카스토르프는 자리에 앉았다. 이곳에서의 첫 아침 식사가 제법 격식을 갖춘지라 내심 만족스러웠다.

식탁에는 잼과 꿀이 든 단지, 우유 쌀죽과 오트밀이 담긴 그릇, 계란찜과 냉육 접시가 놓여 있었다. 버터는 풍성하게 준비되어 있었고, 누군가는 종 모양의 유리 뚜껑을 열고 축축한 스위스 산 치즈를 자르고 있었다. 이것 말고도 신선하고 마른 과일이 담긴 접시가 식탁 한가운데 놓여 있었다. 검은 옷에 흰 앞치마를 두른 여종업원이 한스 카스토르프에게 카카오, 커피, 홍차 중에 무얼 마시고 싶으냐고 물었다. 그녀는 어린아이처럼 키가 작았고, 얼굴은 길쭉하고 나이가 들어 보였다. 그는 그녀가 난쟁이인 것을 알고 소스라치게 놀랐다. 그는 사촌의 얼굴을 살폈지만, '그래, 그래서 어쩌겠다는 거야?'라고 말하듯 사촌은 그냥 아무렇지도 않게 어깨를 으쓱하고 눈썹을 찡긋했기 때문에, 그는 상황에 순응하기로 했다. 그는 자신에게 물은 사람이 여자 난쟁이였기 때문에 더욱 각별히 예의를 갖춰 홍차를 주문했다. 그러고는 먹음직스러워 보이는 다른 요리들과 일곱 식탁의 손님들, 즉 요아힘의 동료이자 운명의 동지들에게 눈길을 보내면서 계피와 설탕을 쳐서 우유 쌀죽을 먹기 시작했다. 모두 몸에 병이 있는 이들은 잡담을 나누며 아침 식사를 했다.

식당은 극히 실용적인 단순성에 어떤 공상적인 요소를 가미할 줄 아는 근대적인 취향으로 지어졌다. 길이에 비해 폭은 그리 넓지 않았고, 식당의 주위는 일종의 로비처럼 되어 있었는데 거기가 조리실이었다. 식당은 큰 아치형 문을 통해 식탁이 있는 내부와 연결되어 있었다. 기둥은 하단까지 백단향(白檀香) 목재로 되어 있고, 벽의 상부나 천장과 마찬가지로 매끄럽게 흰색이 칠해져 있었다. 기둥에는 알록달록한 띠 모양 장식이 있었고, 단순하고 익살맞은 이러한 양식은 낮고 둥근 천장의 넓게 뻗어 있는 장식 띠에까지 이어졌다. 번쩍이는 황동으로 된 몇 개의 전기 샹들리에가 식당을 장식하고 있었다. 샹들리에는 서로 겹친 세 개의 고리로 이루어져 있었는데, 그 고리는 엮어 짠 아기자기한 세공품으로 연결되어 있었고, 고리의 맨 아래에는 조그만 달처럼 젖빛 유리로 된 종 모양의 갓이 둘러져 있었다. 유리문이 네 개 있었는데, 맞은편 넓은 쪽의 두 개의 문은 식당 앞 베란다로 통했고, 앞쪽 왼편의 세 번째 문은 앞쪽 홀로 곧장 연결되어 있었다. 요아힘이 어젯밤과는 다른 문으로 안내하여 내려갔기 때문에 한스 카스토르프가 복도에서 들어간 문은 네 번째 문이었다.

한스 카스토르프의 오른쪽 옆자리에는 얼굴에 솜털이 보송보송하고 볼이 약간 상기된 볼품없는 여자가 검은 옷을 입고 앉아 있었다. 그는 그녀가 재봉사 아니면 재단사가 아닐까 하고 생각했다. 그는 재단사 하면 옛날부터 버터 빵에다 커피를 마시는 사람으로 생각해 왔는데, 그녀가 오로지 버터 빵과 커피만으로 아침 식사를 했기 때문이다. 그의 왼쪽 옆자리에는 영국 아가씨가 앉아 있었는데, 그녀도 역시 나이가 들어 보이는 못생긴 여자였다. 고향에서 온 둥그스름한 필체로 쓰인 편지를 읽으며 진홍색 차를 마시는 그녀의 야윈 손가락은 얼어붙어 있었다. 그녀의 옆자리가 요아힘의 자리이고, 그의 옆자리에 스코틀랜드 산 양모 블라우스를 입은 슈퇴어 부인이 앉았다. 그녀는 식사하는 동안 불끈 쥔 왼손을 볼 가까이에 대고 있었고, 말할 때는 토끼처럼 길고 가느다란 이빨을 감추려고 윗입술을 오므리면서 세련되고 교양 있는 표정을 지으려고 눈에 띄게 노력했다. 콧수염이 듬성듬성 나 있고, 무언가 맛없는 것을 씹은 듯한 표정의 한 젊은이가 슈퇴어 부인 옆에 앉아 내내 한마디도 하지 않고 식사를 했다. 그는 한스 카스토르프가 식탁에 앉은 뒤에 들어왔지만 누구도 바라보고 인사하지 않으려고 턱을 가슴 쪽으로 누르고 걸었다. 그러고는 새로 온 손님에게 소개되는 것을 단호하게 거절하는 듯한 태도를 취하며 자리에 앉았다. 이러한 외형적인 것에 의미를 부여하고 존중하거나 자신의 주변 환경에 관심을 보이기에는 어쩌면 그의 병이 심각한지도 몰랐다. 그의 맞은편에 비쩍 마른 연한 금발의 아가씨가 잠시 앉아 요구르트 한 병을 자신의 접시에 붓고는 숟가락으로 떠먹더니 지체 없이 다시 나가 버렸다.

식탁에서 나누는 대화는 활기가 없었다. 요아힘은 슈퇴어 부인과 의례적인 대화를 나누었다. 그녀의 병 상태를 묻고 별로 좋지 않다는 말을 듣고는 진심으로 유감의 뜻을 표했다. 슈퇴어 부인은 몸이 '나른하다'고 하소연했다. "나는 몹시 나른해요!" 그녀는 말을 길게 빼어 하면서 교양 없는 태도로 너스레를 떨었다. 아침에 일어날 때 이미 체온이 37.3도였다면서, 오후가 되어야 어떻게 정상으로 돌아오지 않을까 생각한다고 말했다. 재단사도 마찬가지로 열이 있다고 말했다. 하지만 그녀는 반대로 무언가 특별하고 결정적인 일이라도 벌어질 것 같아 흥분되고, 마음이 긴장되며 불안하다고 말했다. 그러나 결코 그런 일이 일어날 리 없으며, 이는 정신적 원인이 없는 육체적인 흥분에 불과하다는 것이다. 그녀는 말하는 것이 아주 정확하고 학자 같아서 재단사는 아닌 듯했다. 그런데 한스 카스토르프에게는 이런 보잘것없고 하찮은 여자가 흥분이니 뭐니 하는 표현을 입에 담는 게 어딘지 어울리지 않고 예의에 어긋나는 것처럼 느껴졌다. 그는 재봉사와 슈퇴어 부인에게 이곳에 올라온 지 얼마나 되느냐고 차례차례로 물어 보았다 (재봉사는 5개월 되었고, 슈퇴어 부인은 7개월 되었다고 한다).

그러고 나서 그는 자신이 알고 있는 영어 실력을 총동원하여 오른쪽 옆의 여자에게 마시고 있는 차가 무엇인지(그것은 들장미 열매를 달인 하게부텐 차였다), 맛은 좋은지 물어 보았다. 그러자 그녀는 아주 격한 어조로 맛이 좋다고 말하는 것이었다. 그런 다음 그는 사람들이 들락거리는 식당 안을 쭉 둘러보았다. 첫 번째 아침 식사는 모두가 빠짐없이 참석해야 하는 것은 아니었다.

한스 카스토르프는 무언가 끔찍한 광경이라도 벌어지지 않을까 약간 겁이 났는데 그렇지 않아 적이 실망했다. 이곳의 식당 분위기는 아주 쾌활하여 비참한 곳에 있다는 생각이 들지 않았다. 햇볕에 탄 젊은 남녀가 콧노래를 부르며 들어오더니 여종업원과 대화를 나누고는 엄청난 식욕으로 아침 식사를 해치우는 것이었다. 또한 좀 더 나이 든 사람도 있었고, 부부, 러시아어로 말하는 아이들을 데리고 온 가족, 미성년인 소년들도 있었다. 여인네들은 다들 예외 없이 양모나 명주로 된 몸에 착 달라붙는 재킷, 소위 말하는 스웨터를 입고 있었다. 목깃과 옆 주머니가 달린, 흰색이나 색깔 있는 스웨터였다. 부인들이 양손을 옆 주머니에 넣고 서서 잡담을 나누는 모습은 예뻐 보였다. 몇몇 식탁에서는 최근에 직접 찍은 게 분명한 사진을 돌려 보며 구경하고 있었고, 또 다른 식탁에서는 우표를 교환하고 있었다. 이들은 날씨에 관한 대화, 간밤에 잠을 잔 이야기, 아침에 입 속에 넣고 잰 체온에 관한 이야기를 나누었다. 대부분의 사람들은 즐거운 표정이었다. 이는 사실 특별한 이유가 있어서라기보다는 그저 당장 눈앞에 아무런 걱정이 없고 많은 사람들이 한데 모여 있기 때문이었다. 물론 턱을 괴고 앉아 멍하니 앞을 응시하는 사람도 몇몇 있었다. 이런 사람들은 제 마음대로 하게 내버려 두고 아무도 이들을 눈여겨보지 않았다.

갑자기 한스 카스토르프는 화가 나고 기분이 상한 것처럼 몸을 움칠했다. 문이 쾅 하고 닫힌 것이다. 그것은 곧장 홀로 통하는 왼편 앞쪽의 문이었다. 누가 문의 손잡이를 홱 놓았거나 아니면 뒤로 쾅 닫은 모양이었다. 한스 카스토르프는 옛날부터 이런 소리에 질색을 했고, 그런 소리는 도저히 참지 못했다. 어쩌면 이러한 혐오감은 교육의 결과일 수도 있고, 선천적으로 병적인 체질 탓일 수도 있다. 어쨌든 그는 문을 쾅 닫는 것을 죽기보다 더 싫어했고, 자기가 보는 앞에서 그런 일을 하는 사람이 있으면 상대가 누구든 뺨을 갈겼을지도 모른다. 그러지 않아도 이번 경우에는 문에 작은 유리들이 빽빽하게 끼워져 있어서, 요란한 소리로 챙그랑, 덜커덩 하는 바람에 그 충격이 더욱 컸다. 쳇! 하고 한스 카스토르프는 화가 잔뜩 나서 생각했다. 저런 파렴치하고 망나니 같은 짓이 다 있나! 그런데 바로 그 순간 재단사가 자기한테 말을 걸어 오는 바람에 그는 누가 범인인지 확인할 겨를이 없었다. 그의 금발 눈썹 사이에 깊은 주름이 파였고, 재단사에게 대답하는 동안 그의 얼굴은 고통으로 일그러졌다.

요아힘이 의사들은 이미 다녀갔는지 묻자, 여기에 있다가 사촌들이 오기 바로 직전에 나갔다고 누군가가 대답했다. 요아힘은 그렇다면 의사들을 소개할 기회는 오늘 중으로 또 있을 테니, 기다릴 필요 없이 나가는 게 좋겠다고 말했다. 그런데 이들은 크로코프스키 박사를 대동하고 총총걸음으로 들어오던 베렌스 고문관과

문에서 하마터면 부딪칠 뻔했다.

"어이쿠, 조심들 하세요!" 베렌스가 말했다. "하마터면 큰일 날 뻔했어요." 그는 무언가를 우물우물 씹으면서 심한 저지 작센 사투리로 말했다. "아, 당신이군요." 그는 요아힘이 부동자세를 취하며 소개한 한스 카스토르프에게 말했다. "아이고, 만나서 반갑습니다." 그리고 그는 청년에게 삽처럼 큰 손을 내밀었다. 그는 뼈대가 굵은 남자였고, 크로코프스키 박사보다 머리가 세 개 정도는 더 커 보였다. 머리는 이미 완전 백발이었고, 목덜미는 튀어나왔으며, 툭 튀어나오고 충혈 된 커다란 푸른 눈에는 눈물이 가득 고여 있었다. 들창코에다, 짧게 깎아 얼마 없는 콧수염은 비스듬하게 비뚤어져 있었는데, 그것은 바로 한쪽 윗입술이 치켜 올라간 때문이었다. 요아힘이 베렌스의 뺨에 관해 말한 것은 완전히 사실로 입증되었다. 뺨은 푸른빛을 띠고 있었다. 그가 입고 있는 하얀 수술복과 대비되어 그의 푸른 얼굴색이 더욱 두드러져 보였다. 허리띠를 두른 가운은 무릎까지 내려와 있었고, 그 아래로 줄이 쳐진 바지와 노랗고 다소 낡은, 끈 달린 부츠를 신은 엄청나게 큰 발이 보였다. 크로코프스키 박사도 수술복을 입고 있었지만, 그의 가운은 광택이 나는 검은 천으로 만들어진 셔츠 같은 것으로 손목에는 고무줄이 매어져 있었다. 그래서 그의 가운은 그의 창백한 혈색을 더욱 돋보이게 했다. 그는 조수라는 신분을 엄격히 지켜 세 사람의 인사에는 전혀 개입하지 않았다. 그는 종속되어 있는 자신의 처지가 딱하다는 듯 떨떠름한 표정으로 입을 꽉 다물고 있었다.

"사촌간인가요?" 고문관은 손으로 두 청년을 이쪽저쪽 가리키고는 충혈 된 푸른 눈을 치켜뜨며 물었다. "그럼, 이분도 장교 지망생인가요?" 그는 한스 카스토르프를 턱으로 가리키며 요아힘에게 물었다. "아니, 말도 안 되지, 안 그래요? 척 보면 알 수 있지요." 그러면서 이번에는 한스 카스토르프에게 직접 말했다. "당신한테는 무언가 민간인 같은 데가 있어요. 어딘가 편안한 구석도 있고요. 이 하사관처럼 무기를 쩔그렁거릴 것 같지는 않군요. 당신은 이 사람보다 더 나은 환자가 될 거요. 장담할 수 있어요. 누가 쓸모 있는 환자가 될 것인가의 여부는 척 보면 알 수 있지요. 무슨 일에든 그렇겠지만 환자가 되는 데도 재능이 필요하니까요. 그런데 이 용사*에게는 그런 재능이 눈곱만치도 없어요. 군사 훈련에는 어떤지 모르지만, 환자 생활에는 영 재능이 없어요. 틈만 나면 달아날 궁리를 한다는 걸 당신은 믿으시겠어요? 시도 때도 없이 떠날 생각만 하면서 나를 괴롭히며 들볶고 있어요. 산을 내려가 뼈 빠지게 고생하고 싶어 안달복달입니다. 정말 금메달감 열성이지요! 반년도 여기에 있으려고 하지 않아요. 여기가 얼마나 좋은 곳인데 말입니다. 침센 군, 여기가 얼마나 좋은지 직접 한번 이야기해 보세요! 하여튼 당신의 사촌은 우리를 더 잘 평가할 것이고, 이곳 생활을 마음껏 즐길 것입니다. 여자들도 적잖게 있지요. 꽃처럼 아름다운 여자들이 많이 있어요. 적어도 겉으로 보기에는 그림처럼 아름다운 여자들이 제법 있습니다. 하지만 당신은 혈색이 더 좋아져야겠습니다, 알겠어요? 그렇지 않으면 여자들의 눈길을 끌지 못할 겁니다! 생명의 황금 나무*는 초록일지 몰라도,

녹색의 얼굴빛은 그리 좋지 않으니까요. 말할 것도 없이 완전히 빈혈입니다!" 그는 이렇게 말하고는 막무가내로 한스 카스토르프에게 다가가서 집게손가락과 가운데손가락으로 청년의 눈꺼풀을 뒤집어 보았다. "보나마나 내가 말한 대로 완전히 빈혈이군요. 빈혈이라는 걸 아셨나요? 당신이 잠시나마 함부르크를 떠난 것은 정말 잘한 일입니다. 이 함부르크라는 도시는 우리에게 정말 고마운 단골입니다. 얼큰하게 취한 기후 때문에 늘 우리에게 상당한 몫을 할당해 주니까요. 그런데 이 기회에 당신에게 개인적인 충고를 하나 하겠소, 완전히 공짜로 말입니다. 당신이 이곳에 있는 동안 모든 일을 사촌이 하는 대로 따라 하도록 하세요. 당신 같은 경우에는 한동안 가벼운 폐결핵 환자처럼 생활하면서 단백질을 조금 섭취하는 게 가장 현명한 방법입니다. 여기서는 우리 몸의 단백질의 신진대사가 조금 희한하니까요. 전반적인 연소 작용이 활발한데도 몸에는 단백질이 끼거든요. 자, 그런데 침센 군, 잠은 잘 잤습니까? 잘 잤다고요? 그럼 산책을 나가세요! 그러나 30분을 넘어서는 안 됩니다! 돌아와서는 수은 시가를 입에 물도록 하세요! 그 결과를 착실히 기입하도록 하고요, 침센 군! 충실하고도 양심적으로 말입니다! 토요일에 체온 곡선을 보겠어요. 당신 사촌도 같이 체온을 재야 합니다. 체온 잰다고 해롭지는 않으니까요. 자, 그럼, 두 분 다 안녕! 즐거운 시간을 가지도록 하세요! 안녕, 안녕히……" 그러고는 노를 젓듯이 손바닥을 뒤로 하고 양팔을 흔드는 베렌스 뒤를 크로코프스키 박사가 따라갔다. 그러면서 그가 좌우에 있는 사람들에게 '잘 잤느냐'라는 질문을 던지자 다들 잘 잤다고 대답하는 것이었다.

농담, 임종의 영성체, 그친 웃음

"무척 호감이 가는 사람인데." 한스 카스토르프는 수위실에서 편지를 정리하고 있던 다리를 저는 수위와 다정하게 인사를 나눈 뒤 현관 밖으로 나오면서 사촌에게 말했다. 현관은 흰 칠을 한 건물의 동남쪽 측면에 있었다. 건물의 중앙부는 양쪽의 곁채보다 한 층 정도 높았고, 그 위에는 슬레이트 색의 양철로 덮인 낮은 시계탑이 씌워져 있었다. 이곳에서는 울타리를 두른 정원을 밟지 않고 곧장 밖으로 나올 수 있었다. 앞에 보이는 산비탈은 초원을 이루었고, 군데군데 꽤 큰 가문비나무와 땅에 웅크린 듯한 잣나무가 자라고 있었다. 두 사람이 접어든 길은―골짜기로 내려가는 찻길 말고는 사실 갈 만한 길이라고는 이것밖에 없었다―요양원 뒤쪽에 있는 부엌과 관리실을 지나 왼쪽으로 난 약간 오르막길이었다. 뒤쪽에는 지하실로 통하는 계단의 격자 난간에 철제 쓰레기통이 놓여 있었다. 거기서부터는 꽤 먼 거리를 계속 같은 방향으로 길이 나 있었다. 그다음에는 길이 꼬불꼬불해지고 더욱 가팔라지면서 듬성듬성한 숲의 경사면이 오른쪽에 모습을 드러냈다. 길은 땅이 단단하고, 불그스름한 기운이 돌며, 아직 축축했다. 길가에는 여기저기에 돌멩이들이 굴러다녔다. 산책에 나선 사람은 두 사촌만이 아니었다. 아침 식사를 마친 손님들이 이들 뒤를 따르고 있었고, 내리막길을 한 발 한 발 세게 디디며 조심조심 내려오는 여러 무리의 사람들이 있었다.

"무척 호감이 가는 사람이던데!" 한스 카스토르프가 같은 말을 되풀이했다. "말을 재치 있게 해서 듣고 있으면 참 재미있어. 체온계를 '수은 시가'라고 말한 게 압권이야. 나는 그 말을 금방 알아챘지. 그런데 이제 진짜 담배를 한 대 피워야겠어." 그는 발길을 멈추고 말했다. "너는 못 참겠어! 어제 정오부터 제대로 피우지 못했으니 말이야. 잠깐 실례하겠네!" 그는 자신 이름의 머리글자를 은으로 새겨 넣은, 자동차 모양의 가죽 케이스에서 마리아 만치니 한 개비를 꺼냈다. 그것은 최고급품의 멋진 시가로, 한쪽 끝이 납작하게 되어 있는 것이 특히 그의 마음에 들었다. 그는 시계줄에 달린 작은 도구로 시가의 끝을 네모지게 자르고는 라이터를 켰다. 그러고는 앞쪽이 뭉툭한 꽤 긴 시가를 여러 번 힘껏 뻑뻑 빨아서 불을 붙였다. "이만하면 됐어!" 그가 말했다. "이제는 산보를 계속해도 되겠어. 물론 너는 그야말로 열성분자이니 피우지 않겠지."

"나는 담배를 피워 본 적이 없어." 요아힘이 대답했다. "그러니 여기서 담배를 피워야 할 이유가 없지."

"나는 이해를 못하겠어!" 한스 카스토르프가 말했다. "담배를 피우지 않는 사람들을 이해할 수가 없어. 그런 사람들은 인생에서 최고의 쾌감, 어쨌든 가장 큰 즐거움의 하나를 포기하는 거나 마찬가지야. 아침에 일어나서 오늘도 종일 담배를 피울 수 있겠구나 생각하면 기분이 황홀해져. 식사를 하고 나면 다시 담배를 피우고 싶어 미칠 지경이야. 사실 식사를 하는 이유는 좀 과장해서 말한다면 담배를 피우기 위해서야. 아무튼 담배 없는 하루란 나에게 무미건조하기 짝이 없고, 정말 지루하며 김빠진 날일 거야. 오늘은 피울 담배가 없구나, 라고 아침에 말해야 한다면 나는 정말 일어날 힘도 없고, 차라리 그냥 누워 있을 것 같아. 이봐, 잘 타는 시가만 있다면 ─ 물론 옆으로 바람이 샌다든가 빨기가 어려우면 그건 정말 화나는 일이겠지 ─ 말하자면 좋은 시가만 있다면 모름지기 만사태평이어서, 그야말로 아무 일도 일어나지 않을 것 같아. 이는 바닷가에 누워 있는 것과 마찬가지 기분이야. 사실 바닷가에 누워 있으면 더는 아무것도 필요 없게 되지, 일도 오락도 말이야. 다행히도 세계 어디를 가든 담배를 피우지 않는 곳은 없어. 내가 아는 한 담배를 모르는 곳은 어디에도 없어. 극지 탐험가조차도 간난신고(艱難辛苦)를 견뎌 내기 위해 담배를 넉넉히 준비해 간다고 그래. 나는 그런 글을 읽을 때마다 공감하며 깊은 감동을 받아. 자칫하다간 커다란 곤경에 빠질지도 모르기 때문이지. 내가 비참한 상황에 처한다 하더라도 담배만 남아 있다면 이를 견뎌 낼 것 같아. 시가가 나를 곤경에서 구해 주리라 믿어."

"어쨌든 기가 좀 빠진 것 같아." 요아힘이 말했다. "네가 담배에 그토록 집착하는 거 말이야. 네가 민간인이라고 말한 베렌스의 말이 맞구먼. 그 말에 칭찬 이상의 의미를 담고 있을지는 모르겠지만, 너는 불치의 민간인이야. 그게 문제인 거지. 뭐 너야 건강하니 무슨 일을 해도 상관없겠지만 말이야." 이런 말을 하는 그의 눈에는 피로의 기색이 역력했다.

"그래, 빈혈만 빼면 나는 건강해." 한스 카스토르프가 말했다.

"내 얼굴이 녹색으로 보인다는 베렌스의 말은 대단히 직설적인 표현이었어. 하지만 맞는 말이야. 이 위의 사람들과 비교해 보면 내가 정말 녹색으로 보인다는 것을 스스로도 느낄 수 있거든. 집에 있을 때는 그런 줄 몰랐어. 그리고 그가 다짜고짜로 충고해 준 것도 고마운 일이야. 그것도 그의 표현을 빌리면 완전 공짜로 말이야. 나는 그가 말한 대로 따를 작정이야. 나는 너의 생활 방식을 그대로 따를 거야. 이 위에서는 그렇게 하는 것 말고 달리 도리가 없을 테니 말이야. 듣기에 좀 거슬리기는 하지만 단백질이 몸에 낀다 해도 그리 해롭지는 않겠지. 분명 너도 이 말은 인정하겠지."

요아힘은 길을 올라가면서 몇 번 잔기침을 했다. 비탈길을 오르는 게 그에게는 힘에 부치는 모양이었다. 세 번째로 기침을 했을 때 그는 눈썹을 찌푸리며 멈추어 서 버렸다. "먼저 가." 그가 말했다. 한스 카스토르프는 서둘러 계속 가면서도 뒤를 돌아보지 않았다. 그러다가 요아힘과 거리가 멀어졌을 거란 생각에 발걸음을 늦추고 마침내 거의 멈추어 서 있다시피 했다. 그래도 그는 뒤는 돌아보지 않았다.

이때 한 무리의 남녀 손님들이 그에게 다가왔다. 그는 이들이 저 건너편 산비탈 중턱의 평탄한 길을 따라 내려오는 것을 보았는데, 어느새 조심조심 땅을 세게 디디며 그를 향해 왔다. 이들이 다양한 음성으로 말하는 소리가 들렸다. 이들은 여섯이나 일곱 명쯤 되는 서로 다른 연령의 사람들로, 한 부류는 새파랗게 젊어 보였고, 몇몇은 나이가 꽤 들어 보였다. 한스 카스토르프는 요아힘을 생각하면서 머리를 옆으로 비스듬히 기울이고 이들을 바라보았다. 모자를 쓰지 않아 이들의 얼굴은 갈색으로 그을려 있었다. 여자들은 색깔 있는 스웨터를 입었고, 남자들은 대체로 여름 외투를 입지 않았으며 지팡이도 들지 않았다. 손을 주머니에 넣고 편한 차림으로 집 앞을 잠깐 거니는 듯한 모습이었다. 비탈을 내려오는 것이었으므로 크게 힘들일 필요 없이, 내달리거나 넘어지지 않게끔 그냥 다리에 가볍게 힘을 주어 버티기만 하면 되었다. 그야말로 발 가는 대로 터덜터덜 내려가면 되었기 때문에 이들의 걸음걸이에는 어딘지 활기차고 경쾌한 맛이 있었다. 그러한 점이 이들의 얼굴 표정이나 몸 전체에 그대로 나타나서 이들 무리에 끼어들고 싶은 생각이 들 정도였다.

이제 그들이 한스 카스토르프의 옆을 지나가서 그들의 얼굴도 자세히 보게 되었다. 이들은 모두 햇볕에 탄 것은 아니었고, 두 여자는 얼굴이 창백하여 두드러지게 눈에 띄었다. 그 중 한 여자는 막대기처럼 몸이 가늘고 얼굴이 상앗빛을 띠었으며, 다른 여자는 좀 더 작고 살이 쪘는데 얼굴에는 주근깨가 보기 흉하게 나 있었다. 이들은 한결같이 한스 카스토르프를 쳐다보면서 뻔뻔스러운 미소를 지었다. 머리칼이 흐트러지고 멍청해 보이는 눈을 반쯤 뜬, 녹색 스웨터를 입은 큰 키의 아가씨가 한스 카스토르프 옆을 스칠 듯이 지나가면서 그녀의 팔이 그의 몸에 거의 닿을락말락하게 했다. 그러면서 그녀는 휘파람 같은 이상한 소리를 냈다. 아니, 이런 정신 나간 짓이 다 있나! 하지만 그녀는 입으로 휘파람 소리를 낸 것이 아니었다. 입을 뾰족하게 하기는커녕 오히려 반대로 꼭 다물고 있었다. 그녀는 그를 바라보면서 반쯤 감은 멍청한 눈으로 몸에서 소리를 낸 것이었다. 정말 불유쾌한 소리로, 귀에 거슬리고 날카로우면서도 둔탁한데다가 소리가 길게 이어지면서 끝으로 갈수록 음이 낮아지는 것이었다. 이는 마치 대목장에서 파는 새끼 돼지 모양의 고무풍선이 안에 든 가스를 하소연하듯 내뿜으며 시들어 버리는 것을 생각나게 하는 그런 소리였다. 그런데 그 소리가 무슨 영문인지는 모르지만 이상하게도 그녀의 가슴에서 새어 나왔던 것이다. 그런 다음 그녀는 자신의 일행과 함께 그의 옆을 지나가 버렸다.

한스 카스토르프는 멍하니 그 자리에 서서 먼 곳을 바라보았다. 그러다가 급히 몸을 돌리고는 그 역겨운 짓이 장난이며, 미리 계획된 야유임을 알게 되었다. 멀어져 가는 저들의 어깨가 들썩이는 것으로 보아 그들이 웃고 있음을 알았기 때문이다. 양손을 바지 주머니에 넣어 재킷 자락이 볼썽사납게 치켜 올려진, 입술이 두툼하고 땅딸막한 청년은 심지어 고개를 돌려 노골적으로 그를 바라보며 웃었다. 그러는 사이에 요아힘이 가까이 다가왔다. 그는 기사(騎士) 같은 습관에 따라 거의 정면을 바라보면서 발뒤꿈치를 모으고 몸을 굽히면서 이들 무리에게 인사를 했다. 그러고는 사촌을 부드러운 시선으로 바라보며 다가왔다.

"얼굴 표정이 왜 그래?" 그가 물었다.

"그 여자가 이상한 휘파람 소리를 냈어!" 한스 카스토르프가 대답했다. "내 곁을 지나가면서 배에서 이상한 소리를 냈어. 그게 대체 무슨 소리지?"

"아, 그거." 요아힘이 말하고는 아무것도 아니라는 듯 웃었다.

"배에서 나는 소리가 아니야. 말도 안 되지. 그녀는 클레펠트, 헤르미네 클레펠트야. 그녀는 기흉(氣胸)에서 휘파람 소리를 내지."

"뭐라고?" 한스 카스토르프가 물었다. 그는 몹시 흥분해 있어서 그게 무슨 뜻인지 제대로 알아들을 수 없었다. 그는 반쯤은 웃고 반쯤은 울먹이며 이렇게 덧붙여 말했다. "너희들이 쓰는 은어를 내가 어떻게 알아듣겠어."

"아무튼 가던 길이나 계속 가지." 요아힘이 말했다. "가면서도 설명해 줄 수 있거든. 그렇게 장승처럼 서 있지 말고! 너도 상상할 수 있겠지만 그것은 외과 방면의 용어야. 이 위에서 자주 실시하는 수술이지. 베렌스가 그 방면의 대가야. 한쪽 폐가 망가져도 다른 폐는 건강하든가, 또는 비교적 건강한 경우 못쓰게 된 폐의 활동을 한동안 정지시켜서 그 폐를 보호하려는 거지. 말하자면 여기 옆구리 어딘가를 절개하는 거야. 정확한 부위가 어딘지는 잘 모르지만 베렌스가 그 수술의 명수야. 그런 다음 그곳에 가스, 즉 질소를 집어넣는 거야. 그러면 치즈처럼 죽은 세포가 된 폐엽(肺葉)은 활동을 그만두게 되지. 물론 가스가 오래 가는 것은 아니라서 대략 보름마다 새로 갈아 줘야 해. 이를테면 가스를 새로 채워 준다고 생각하면 돼. 그리고 이런 일을 일년이나 일년 이상 계속해서 모든 것이 정상으로 진행되면 쉬던 폐가 나을 수 있다는 거야. 물론 이런 수술을 한다고 해서 다 낫는 것은 아니야. 어쩌면 모험을 건 수술일지도 모르지. 하지만 기흉으로 훌륭하게 성공을 거둔 예가 많다고 그래. 네가 아까 본 사람들은 다 기흉을 가지고 있어. 주근깨투성이인 일티스 부인도 그걸 가지고 있었어. 너도 기억나겠지만 비쩍 마른 레비 양도 그게 있었지. 그녀는 아주 오래 침대에 누워 지냈지. 이들은 한데 모여 지내게 되었어. 물론 기흉 같은 것이 사람들을 묶어 주는 힘이 있어서이지. 이들은 스스로를 '쪽폐 클럽'이라고 불러서, 사람들에게 이런 이름으로 통하게 되었어. 그런데 뭐니 뭐니 해도 이 클럽의 자랑거리는 헤르미네 클레펠트야. 기흉으로 휘파람 소리를 낼 수 있기 때문이지. 이는 그녀만의 재능으로 누구나 다 그런 소리를 낼 수 있는 것은 아니야. 어떻게 그런 소리를 내는지는 나도 몰라. 그녀 자신도 그 이유를 분명하게 설명하진 못해. 하지만 그녀가 빠르게 걸어갈 때 몸 안에서 휘파람 소리를 낼 수 있어. 그녀는 물론 이를 사람들을 놀라게 하는 데 이용하지. 특히 새로 온 환자들을 골라서 말이야. 그런데 그런 일을 하면 질소가 많이 낭비될 거야. 그러니 일주일마다 질소를 새로 채워야 하지."

그제야 한스 카스토르프는 웃음을 터뜨렸다. 그의 흥분은 요아힘의 설명을 듣고 웃음으로 바뀌었던 것이다. 그는 걸어가면서 손으로 눈을 가리고 몸을 앞으로 숙인 채 어깨를 들썩이면서 나지막한 소리로 킥킥거리고 웃었다.

"클럽 등록도 했어?" 그는 이렇게 물었으나 웃는 바람에 말하는 게 쉽지 않았다. 터져 나오는 웃음을 꾹 참는 바람에 울먹이며 나지막하게 신음하는 소리로 들렸다. "회칙은 있어? 네가 회원이 아니라서 유감이군. 그럼 나도 명예 회원이나 아니면 준회원으로 가입할 수 있을 텐데. 너도 베렌스한테 부탁해서 한쪽 폐의 기능을 정지시켜 달라고 해 보지 그래. 그럼 너도 혹시 폐에서 휘파람 소리를 낼 수 있을지도 모르잖아. 배우고 노력하면 안 될 일이 뭐가 있겠어. 머리에 털 나고 이렇게 우스운 이야기는 처음 들어!" 그는 깊이 안도의 한숨을 내쉬면서 이렇게 말했다. "그래, 이런 말을 해서 미안하네. 하지만 이들은 아주 기분이 좋아 있더군, 너의 쪽폐 친구들 말이야! 아까 길을 내려오던 이들 말이야, 쪽폐 클럽 회원이었다는 것을 생각하니 웃음이 나와서 그래! 그 아가씨가 나를 향해 '피우' 하고 휘파람 소리를 내었지. 하여튼 끝내주는 여자야! 하지만 그녀는 명랑하고 신이 나 있었어! 그런데 왜 이들이 그렇게 신이 나 있는지 말해 줄 수 있겠어?"

요아힘은 어떻게 설명할까 곰곰 생각해 보았다. "그들 모두가 무척 자유롭기 때문이야." 요아힘이 말했다. "말하자면 젊은 사람들이라 이들에게 시간 같은 건 중요하지 않아. 그리고 언제 죽을지 모르는 운명이라 그래. 그러니 심각한 표정을 지어 뭐 하겠나. 나는 때때로 병과 죽음이란 결코 심각한 게 아니라 오히려 일종의 빈둥거림이란 생각이 들곤 해. 심각함이란 엄밀히 말하면 저 아래의 생활에나 있는 거야. 너도 이 위에 오래 있다 보면 언젠가 내 말을 이해할 날이 올 거야."

"확실히 그럴지도 모르지." 한스 카스토르프가 말했다. "확실히 알게 되겠지. 그러잖아도 나는 이 위의 너희에게 무척 관심이 많아. 흥미를 가지면 이해는 저절로 되는 법이야. 그런데 어쩐 일인지 시가가 맛이 없어!" 그는 이렇게 말하고 자신의 시가를 바라보았다. "아까부터 계속 뭔가 이상하다고 생각했는데, 마리아의 맛이 없다는 걸 이제야 알았어. 펄프에다 아교를 섞은 듯한 맛이야.

분명히 말하건대 위를 완전히 버렸을 때와 같은 맛이야. 그래도 정말 이해가 안 되는 일이야! 아침을 보통 때보다 훨씬 많이 먹긴 했지만 그 때문은 아닌 것 같아. 식사를 많이 했을 때의 담배 맛은 특히 좋은 법이거든. 잠을 제대로 못 자서 그런 걸까? 아마 그 때문에 몸 상태가 나빠졌는지도 모르지. 안 되겠어, 그냥 버려야 할까 보다."그는 시가를 다시 피워 본 후에 말했다. "한 모금씩 빨 때마다 실망스럽기 그지없어. 억지로 피울 이유가 없겠어."그는 잠시 머뭇거리다가 시가를 산비탈 아래 축축한 침엽수 사이에다 던져 버렸다. "대체 왜 그런지 알겠어?"그가 물었다. "짐작컨대 그건 내 얼굴의 열기와 관계가 있는 모양이야. 아침에 일어날 때부터 달아오른 볼 때문에 애를 먹었어. 젠장, 부끄러워서 얼굴이 발개진 것 같아. 너도 여기에 도착했을 때 그랬니?"

"응."요아힘이 말했다. "나에게도 처음에 그런 이상한 현상이 일어났어. 너무 신경 쓸 필요 없어! 이곳 생활에 익숙해지는 것이 쉽지 않다고 내가 말했잖아. 하지만 좀 있으면 좋아질 거야. 어때, 저기 벤치가 좋아 보이는데. 좀 앉았다가 돌아가도록 해. 나는 가서 안정 요양을 해야 하니까."

길이 평탄해졌다. 길은 여기부터 비탈길의 3분의 1 정도 높이에 있는 다보스 플라츠 방향으로 나 있었다. 바람에 휘어지고 듬성듬성한 가느다란 가문비나무 사이로 밝은 빛을 받아 희끄무레하게 모습을 드러낸 마을이 보였다. 이들이 앉은 간단하게 만들어진 벤치는 가파른 산의 절벽에 기대어 있었다. 이들 옆에서는 위쪽이 열린 나무 홈통을 통해 물이 골골 졸졸 소리를 내며 계곡으로 떨어지고 있었다.

요아힘은 지팡이 끝으로 일일이 가리키면서 남쪽에서 계곡을 가로막고 있는 것처럼 보이는 구름에 덮인 알프스의 봉우리 이름을 사촌에게 알려 주려고 했다. 하지만 한스 카스토르프는 흘끗 쳐다보았을 뿐 몸을 앞으로 구부리고 앉아서, 은장식이 된 자신의 도시형 지팡이 끝으로 모래에다 무언가 형상을 그리면서 다른 것을 알려고 했다.

그가 말을 시작했다. "내가 오기 직전에 그 환자가 죽었다고 그랬지. 내가 묻고 싶은 것은 그것 말고 네가 이 위에 온 뒤로 그 방에서 다른 사람들도 많이 죽었냐는 거야."

"물론 몇몇이 죽기는 했지." 요아힘이 대답했다. "하지만 은밀히 처리하다 보니 아무것도 모르거나 또는 나중에 어쩌다가 알게 되지. 누가 죽으면 환자들을 고려하여 극비리에 처리하지. 말하자면 여자들은 가벼운 발작을 일으키기도 하거든. 누가 네 옆방에서 죽어도 너는 그 일을 까맣게 모르게 되지. 네가 자고 있는 꼭두새벽에 관을 들여오고, 시신도 식사할 때라든가 특정 시간에만 실려 나가거든."

"음, 그렇구나." 한스 카스토르프는 이렇게 말하며 계속 그림을 그렸다. "그러니까 그런 일은 무대 뒤에서 일어난다는 거구나."

"그래, 그렇다고 말할 수 있어. 그러나 최근 일은, 가만있자, 아마 8주 전에 일어났을 거야."

"그렇다면 최근이란 말을 쓸 수 없지." 한스 카스토르프가 퉁명스럽게 말을 가로채며 지적했다.

"뭐라고? 그럼 최근이란 말은 취소하지. 그러나저러나 너는 정확하군. 나는 숫자를 대충 어림잡아 말했을 뿐이야. 그러니까 얼마 전에 말이야, 나는 그 무대 뒤를 한번 보게 되었어, 정말 우연하게 말이야. 아직도 바로 오늘 일어난 일처럼 눈앞에 생생하군. 후유스라는 어린 소녀에게 말이야, 가톨릭 소녀인 바르바라 후유스에게 임종의 영성체를 주게 되었을 때야. 너도 알다시피 종부성사였어. 소녀는 내가 이곳에 올 때만 해도 아직 건강한 상태라서, 신나고 재미있게 지낼 수 있었지. 뭐랄까 말괄량이 같았다고나 할까. 하지만 병이 급속도로 악화되어 다시는 일어나지 못했어. 내 방 옆으로 세 번째 방에 누워 있었는데, 부모가 달려왔고, 마침내 신부도 왔지. 그가 왔을 때는 모두가 차를 마시는 오후라 복도에는 아무도 없었어. 그런데 나는 그만 늦잠을 자 버렸어. 정오의 안정 요양을 하다가 잠이 들어 버렸는데 징이 울리는 소리를 듣지 못하고 15분 정도 지각을 한 거야. 그래서 나는 결정적인 순간에 있어야 할 곳에 있지 못하고 네가 말했듯이 무대 뒤를 보게 된 거야. 복도를 지나가는데 그들이 레이스 달린 옷을 입고 십자가를 앞에 든 채 내 쪽으로 다가오더군. 촛불을 켠 황금 십자가였지. 어떤 사람이 터키 군악대의 방울 달린 군악기처럼 그 십자가를 들고 있었어."

"그런 비유가 어디 있어." 한스 카스토르프가 준엄한 어조로 말했다.

"그런 생각이 들었어. 나도 모르게 그게 연상이 되었어. 아무튼 내 이야기를 더 들어 봐. 이들은 빠른 걸음으로 나를 향해 다가왔어. 내 기억이 틀리지 않다면 세 사람이었어. 선두가 십자가를 든 사람이고, 그다음이 코에 안경을 얹은 성직자, 마지막은 조그만 향로를 든 소년이었어. 신부는 성체를 가슴에 안고 있더군. 그것은 뚜껑이 덮여 있었지. 그는 머리를 겸손하게 기울이고 있었는데, 그들에게는 성체가 무엇보다도 신성한 거니까 그랬겠지."

"사실 그런 이유 때문에 네가 방울 달린 군악기 같다고 말한 게 의아스러운 거지." 한스 카스토르프가 말했다.

"그래, 알았어. 하지만 내 말 좀 들어 봐. 만약 네가 그 자리에 있었더라면 나중에 이를 연상하고 어떤 표정을 지을지 너도 알 수 없을 테니까 말이야. 꿈속에서나 볼 만한 광경이었으니까."

"어떤 점에서 그렇다는 거지?"

"이를테면 이런 거야. 그런 상황에서 내가 어떻게 처신하는 게 좋을지 스스로에게 묻는 거야. 모자를 벗으려고 해도 벗을 모자도 없고……"

"바로 그 말이야!" 한스 카스토르프가 또 한 번 급히 그의 말을 가로막았다. "그러니까 모자를 쓰고 다녀야지! 이 위의 사람들이 모자를 안 쓰고 다니는 게 정말 이상해 보였어. 모자를 벗어야 할 기회가 생기면 벗을 수 있도록 모자를 쓰고 다녀야지. 그래서 어떻게 했어?"

"나는 벽에 바짝 붙어 섰지." 요아힘이 말했다. "단정한 자세로 말이야. 그리고 이들이 내 곁을 지나갈 때 가볍게 몸을 숙였어. 그곳은 바로 어린 후유스의 방인 28호실 앞이었어. 내가 인사하자 신부는 기뻐하는 것 같았어. 신부도 감사의 뜻으로 아주 공손하게 모자를 벗더군. 하지만 이와 동시에 이들도 발길을 멈추었어. 향로를 든 복사(服事)가 문을 노크한 다음 손잡이를 돌려 문을 열고는 자신의 상관을 먼저 안으로 들여보내더군. 그런데 한번 상상해봐, 내가 얼마나 놀랐는지, 그리고 내 기분을 말이야! 신부가 발을 문지방에 들여놓는 순간 안에서 절규하는 소리가 들려오는 거야. 지금까지 들어 본 적이 없는 비명소리가 서너 번 잇달아 들리는 거야. 그런 후에는 쉬지도 않고 계속 울부짖는 거야. 아마도 입이 찢어져라 크게 벌리고 앙앙 우는 것 같았어. 그 속에는 뭐라고 형언할 수 없는 애처로움과 공포와 항의가 섞여 있었어. 그러는 중에 소름끼치는 애걸로 변하기도 했어. 그러다가 갑자기 그 소리가 땅 속으로 꺼져들어 깊은 구덩이 속에서 나오는 것처럼 둔탁하고 희미하게 울려오는 것 같았어."

한스 카스토르프는 사촌 쪽으로 몸을 홱 돌렸다. "그게 후유스였어?" 그는 흥분해서 말했다. "그런데 소리가 어째서 구덩이에서 나왔다는 거야?"

"이불 속으로 기어 들어간 거지!" 요아힘이 말했다. "내 기분이 어땠겠는지 상상해 봐! 신부는 문지방에 바짝 붙어 서서 위로의 말을 건넸어. 신부가 계속 머리를 앞으로 내밀었다가는 다시 뒤로 빼는 모습이 지금도 눈에 선해. 십자가를 든 남자와 복사는 아직도 문과 돌쩌귀 사이에 서서 안으로 들어가지도 못하더군. 그래서 나는 이들 사이로 방 안을 들여다볼 수 있었지. 그 방의 구조는 너나 내 방 구조와 똑같았어. 침대는 측면 벽의 문 왼쪽에 있었어. 침대맡에는 물론 식구들, 부모가 서 있더군. 이들도 침대 아래쪽을 향해 달래고 있었어. 이불 밑에는 형체가 없는 덩어리밖에 보이지 않았는데, 그것이 애걸복걸하고 섬뜩한 목소리로 항의하며 두 다리로 발버둥을 치고 있었어."

"두 다리로 발버둥을 친다고?"

"온 힘을 다해서 말이야! 하지만 그래도 아무 소용이 없었지. 그녀는 임종의 영성체를 받아야 했으니까. 사제가 그녀에게 다가갔고, 다른 두 사람도 방 안으로 들어가면서 문이 닫혔어. 하지만 나는 문이 닫히기 직전에 잠깐 동안 이불 밖으로 삐져 나온 후유스의 머리를 보았어. 연한 금발이 엉망으로 헝클어져 있더군. 그녀는 두 눈을 부릅뜨고 신부를 노려보더군. 핏기 없는 파리한 눈으로 말이야. 그러고는 앙앙, 잉잉 하고 울부짖으며 다시 이불 밑으로 파고들어가 버렸어."

"그런데 왜 이제야 그런 이야기를 하는 거지?" 한스 카스토르프는 잠깐 침묵을 지키다가 말했다. "왜 어젯밤에 말해 주지 않는데? 그런데 그 아이가 그렇게 저항한 것을 보면 아직 어느 정도 힘이 남아 있었던 모양인데, 체력이 있으니까 저항할 수 있는 것 아닌가. 기력이 완전히 쇠하지도 않았는데 신부를 데려와서는 안 되지."

"기력이 쇠한 건 사실이야." 요아힘이 대꾸했다. "아, 이야기하자면 너무 많아서 어느 것부터 먼저 해야 할지 모르겠어. 그녀는 벌써 기력이 약해져 있었어. 다만 무서운 나머지 그런 엄청난 힘을 낸 거지. 그녀는 곧 죽을 것을 알고 사실 공포에 떨었던 거야. 어린 소녀니만큼 무서워한 것도 무리는 아니지. 물론 차마 눈뜨고 볼 수 없는 무기력한 짓이긴 하지만 남자들도 가끔 그런 행동을 하는 사람들이 있어. 그런데 베렌스는 이런 사람들을 다루는 방법을 잘 알고 있지. 그런 경우에 해야 할 적절한 말을 알고 있는 거야."

"어떤 말인데?" 한스 카스토르프가 눈썹을 찌푸리며 물었다.

"'그런 꼴 좀 보이지 마세요!'라고 말한대." 요아힘이 대답했다. "최근에 어떤 남자에게 그런 말을 했다고 그래. 그때 현장에서 죽어 가는 사람을 꽉 붙잡는 일을 도와준 수간호사한테서 들은 이야기야. 그는 마지막 순간에 끔찍한 장면을 연출하면서 안 죽겠다고 발버둥을 친 모양이야. 그래서 베렌스가 이렇게 호통을 친 게지. '제발 그런 꼴 좀 보이지 마세요!' 그러자 환자는 곧장 얌전해지더니 조용히 눈을 감았다는 거야."

한스 카스토르프는 손으로 허벅다리를 치더니 벤치의 등에 몸을 기대고는 하늘을 쳐다보았다.

"그래도 그건 너무해!" 그가 소리쳤다. "죽어 가는 사람한테 호통을 치고는, 그냥 간단히 그에게 '그런 꼴 좀 보이지 마세요'라고 말한다니! 그건 너무하잖아! 임종을 맞는 사람도 어느 정도는 존중을 받아야 해. 죽어 가는 사람에게 그렇게 대하다니 말도 안 돼. 내 말은 죽어 가는 사람도 말하자면 신성하다는 뜻이야!"

"나도 그건 부인하지 않아." 요아힘이 말했다. "하지만 그렇다고 그렇게 무기력하게 행동하면 말이야……"

"아니야!" 한스 카스토르프는 요아힘의 반론에 어느 때보다 격하게 자기 주장을 고집했다. "죽어 가는 사람이 돌아다니며 웃고 돈을 벌며 배불리 먹는 어떤 녀석보다 더 고상하다고 핑계 대는 건 아니야! 그건 말도 안 돼." 그의 목소리는 이상하리만큼 떨리고 있었다. "그를 그렇게 대하는 것은 말도 안 돼." 그리고 어제처럼 격하게 터져 나오는 웃음 때문에 그는 말문이 막혔다. 깊은 데서 터져 나와 온몸을 뒤흔드는 도무지 제어가 되지 않는 웃음이었다. 이 때문에 그는 눈을 뜰 수 없었고 눈꺼풀 사이로 눈물이 비어져 나왔다.

"쉿!" 요아힘이 갑자기 제지했다. "조용히 해!" 그는 이렇게 속삭이며 하염없이 웃는 사촌의 옆구리를 살짝 찔렀다. 한스 카스토르프는 눈물에 젖은 눈으로 그를 쳐다보았다.

왼쪽 길에서 한 외국인이 다가오고 있었다. 그는 검은 콧수염을 멋지게 말아 올리고 밝은 색깔의 체크무늬 바지를 입은 갈색 머리칼의 우아한 신사였다. 그는 두 사람 앞으로 다가오더니 요아힘과 아침 인사를 나누었는데, 그의 인사말은 정확하고 발음도 좋았다. 그는 다리를 꼬고 지팡이에 기댄 채 우아한 자세로 요아힘 앞에 멈추어 섰다.

악마

그의 나이는 짐작하기가 쉽지 않았지만 서른과 마흔 사이쯤 될 것 같았다. 그의 전체적인 인상은 젊어 보였지만, 머리칼은 관자놀이 부근이 이미 희끗희끗했고 그 위쪽은 눈에 띄게 머리숱이 적었다. 좁게 가르마를 탄 부분은 머리숱이 듬성듬성했고, 이마 위의 양쪽 머리칼이 반원 모양으로 벗어져서 이마가 훤히 드러나 보였다. 연한 황색의 헐렁한 체크무늬 바지에, 단추가 두 줄로 달리고 깃이 아주 큰, 성긴 나사(羅紗)로 만든 매우 기다란 상의를 입은 그의 복장은 우아한 모습과는 거리가 한참 멀었다. 또한 둥그스름하게 굽은 셔츠의 깃도 하도 자주 빨아서 모서리에 이미 보풀이 약간 일었고, 그의 검은 넥타이는 낡았으며, 커프스는 아예 이용하지 않는 모양이었다. 한스 카스토르프는 손목 주위의 소매가 헐렁하게 달린 것으로 그런 사실을 알아챌 수 있었다. 그럼에도 그는 눈앞의 인물이 신사란 것을 알 수 있었다. 교양 있는 얼굴 표정, 자유롭고 멋진 태도로 보아 그 외국인이 신사란 점은 추호도 의심의 여지가 없었다. 하지만 초라함과 우아함의 이러한 혼합, 거기에다가 검은 눈과 부드럽게 말아 올린 콧수염은, 성탄절 무렵에 고향의 뜰에서 연주를 하고는 비단처럼 부드러운 눈을 치켜뜨고 창밖으로 던져 주는 10페니히 동전을 받기 위해 챙이 넓은 모자를 내미는 외국의 어떤 유랑 악사를 퍼뜩 생각나게 했다. '손풍금장이다!' 라고 그는 생각했다. 그래서 요아힘이 벤치에서 일어나 쭈뼛쭈뼛하면서 소개한 그의 이름을 듣고서도 한스 카스토르프는 전혀 이상하게 생각하지 않았다.

"사촌 카스토르프입니다. 이분은 세템브리니 씨야."

한스 카스토르프는 웃음의 흔적이 아직 가시지 않은 명랑한 표정으로 인사하려고 자리에서 일어났다. 하지만 그 이탈리아인은 그냥 편히 앉아 있으라고 두 사람에게 정중하게 말했다. 두 사람을 도로 자리에 앉히고는 자신은 편안한 자세로 이들 앞에 서 있었다. 그는 그러고 서서 사촌들, 특히 한스 카스토르프를 바라보며 미소를 지었다. 곡선을 이루며 멋지게 말아 올린 빽빽한 콧수염 아래의 한쪽 입 언저리를 우아하면서도 다소 비웃듯이 비죽거리고 씰룩거리는 그의 미소에는 어느 정도 냉정함과 경계심을 갖게 하는 독특한 힘이 있었다. 그래서 흥분하고 들떠 있던 한스 카스토르프도 순간 냉정을 되찾으면서 부끄러운 생각마저 들었다. 세템브리니가 말했다.

"두 분 다 기분이 무척 좋으신 모양입니다. 당연하지요, 당연하고말고요. 화창한 아침이니까요! 하늘은 푸르고 태양은 웃고 있습니다." 그러고 나서 그는 날렵한 동작으로 팔을 움직여 작고 누르스름한 손으로 하늘을 가리키고는, 이와 동시에 비스듬한 자세로 명랑한 표정을 지으며 눈길도 역시 하늘로 보내는 것이었다. "정말 우리가 어디에 있는지 잊어버릴 정도입니다."

그의 말에는 외국인 같은 악센트가 없었고, 오히려 발음이 하도 정확해서 그가 독일인이 아님을 느낄 수 있을 정도였다. 그의 입술은 말을 구사하는 것을 어느 정도 즐기는 듯해서, 그의 말을 듣고 있노라면 기분이 좋아지기까지 했다.

"이곳으로 오는 여행은 즐거웠습니까?" 그는 한스 카스토르프에게 고개를 돌리고 말을 걸었다. "그의 판결은 내려졌고요? 아, 그러니까 첫 진찰이라는 음울한 의식(儀式)이 행해졌나요?" 자신이 질문을 했으므로 대답을 듣는 것이 주된 목적이라면 여기서 말을 멈추고 잠시 기다려야 했을 것이다. 그래서 한스 카스토르프는 막 대답을 하려고 했다. 그런데 그 외국인은 대답할 틈을 주지 않고 계속 질문을 퍼부었다. "관대한 판결이 내려졌나요? 기분이 퍽 좋은 걸 보니." 그는 입가를 심하게 씰룩이며 잠시 말문을 닫았다. "여러 가지 추론을 해 볼 수 있겠군요. 우리의 미노스와 라다만토스*는 당신에게 몇 달이나 선고했습니까?" 그는 '선고하다' 라는 단어를 특히 익살스럽게 발음했다. "제가 한번 맞혀 볼까요? 여섯 달? 아니면 처음부터 아홉 달? 아무튼 인색하지 않은 사람들이니까요."

화들짝 놀란 한스 카스토르프는 웃으면서 미노스와 라다만토스가 누구를 가리키는 말인지 생각해 내려고 애를 썼다. 그는 이렇게 대답했다.

"아니, 무슨 말씀이신가요? 아닙니다, 잘못 알고 계시는군요. 제프템……"

"세템브리니입니다." 그 이탈리아인은 익살스럽게 허리를 굽히면서 활기차게 자신의 이름을 정확하게 정정해 주었다.

"세템브리니 씨, 실례했습니다. 아닙니다, 당신은 잘못 알고 계십니다. 나는 아주 건강합니다. 몇 주 예정으로 사촌 침센을 방문하러 왔을 뿐이고, 이런 기회에 휴양도 좀 하려는 겁니다."

"저런, 그런 줄도 모르고. 그럼 당신은 우리와 다르다는 말씀이군요. 건강한데 이곳에는 그냥 청강생으로 오셨다는 말씀이군요. 저승을 찾아간 오디세우스처럼 말입니다. 참 대담도 하시군요. 망자(亡者)들이 취생몽사(醉生夢死)하는 이곳 심연으로 내려오시다니요."

"심연으로요, 세템브리니 씨? 아니, 농담으로 하는 말씀이겠지요! 나는 당신들이 사는 이곳으로 5천 피트 정도 올라왔는데요."

"그렇게 생각될 뿐이지요! 단연코 그건 착각입니다." 그 이탈리아인은 단호하게 손을 흔들며 말했다. "우리는 깊은 심연에 빠진 존재들입니다, 그렇지요, 소위님." 그는 요아힘에게 고개를 돌리며 말했다. 소위라 불린 것에 적지 않게 기뻐하면서도 이를 숨기려 애쓰면서 요아힘이 신중하게 대꾸했다.

"우리는 사실 좀 멍청해져 있습니다. 하지만 언젠가는 다시 정신을 차릴 날이 오겠지요."

"그렇지요, 당신은 그럴 수 있으리라 생각합니다. 당신은 품행 방정한 사람이니까요." 세템브리니가 말했다. "그래, 그래, 그래요." 그는 다시 한스 카스토르프 쪽으로 고개를 돌리며 '그'를 힘주어 세 번이나 같은 말을 했다. 그런 다음 혀를 입천장에 대고는 세 번 나지막하게 "쯧, 쯧, 쯧" 하고 혀 차는 소리를 냈다. 그러고는 똑같이 세 번 '이'를 힘주어 "이봐, 이봐, 이봐요"라고 말했다. 그러면서 자신의 두 눈이 초점을 잃고 멍하게 될 정도로 신참의 얼굴을 빤히 들여다보았다. 그러고 나서 다시 눈에 활기를 띠고는 말을 계속 이어 갔다.

"그럼 완전히 자발적으로 영락한 우리가 있는 이 위로 와서, 한동안 당신과 함께하는 즐거움을 우리에게 주시겠다는군요. 자, 좋습니다. 그럼 이곳에 얼마간 있을 작정입니까? 이렇게 묻는 게 실례가 될지 모르겠습니다만, 라다만토스가 아니라 스스로 정한 것이라면 얼마를 구형할 것인지 듣고 싶습니다."

"3주일입니다." 한스 카스토르프는 부러움을 받았다고 느껴 다소 우쭐대며 가볍게 말했다.

"오, 신이시여! 3주라니! 들었습니까, 소위님? '3주 예정으로 이곳에 왔다가 다시 떠날 것이다'라는 말이 뭔가 좀 뻔뻔스럽다는 생각이 들지 않습니까? 감히 한 수 가르쳐 드린다면 말입니다, 여기서는 주라는 시간 단위를 알지 못합니다. 우리의 가장 작은 시간 단위는 달입니다. 우리는 큰 단위로 계산하거든요. 그것이 저승의 특권입니다. 그 밖에도 다른 특권이 있는데 모두 다 비슷비슷한 것들입니다. 실례지만 저 아래에서는 어떤 직업을 갖고 있습니까? 아니면 좀 더 정확하게 말하면 어떤 직업을 준비하고 있습니까? 보다시피, 우리는 호기심을 쇠사슬로 묶어 놓고 있지 않습니다. 호기심도 우리의 특권들 중 하나니까요."

"전혀 실례가 아닙니다." 한스 카스토르프는 이렇게 말하고는 자신의 직업을 말해 주었다.

"조선 기사라고요! 대단한 직업이군요!" 세템브리니가 소리쳤다. "나의 능력은 이와는 다른 방면에 있지만, 그것을 대단한 직업으로 생각한다는 것만은 틀림없습니다."

"세템브리니 씨는 문필가시라네." 요아힘은 이렇게 설명하며 다소 당황해했다. "독일 신문에 카르두치*의 추도사를 쓰셨지. 너도 알지, 카르두치를." 사촌이 자신을 놀라는 눈으로 바라보는 것 같아서 요아힘은 더욱 당황했다. '네가 카르두치에 대해 뭐 아는 게 있어? 나나 너나 아무것도 모르기는 마찬가지잖아.'

"맞습니다." 이탈리아인이 고개를 끄덕이며 말했다. "나는 이 위대한 시인이자 자유사상가가 생을 마쳤을 때 당신의 동포에게 그의 생애에 대해 들려주는 영광을 누렸습니다. 나는 그와 아는 사이였고, 그의 제자이기도 합니다. 볼로냐에서 친히 그의 가르침을 받았지요. 그의 덕분으로 나는 교양과 쾌활한 성격을 갖게 되었어요. 하지만 우리는 당신 이야기를 하는 중이었습니다. 조선 기사라고요? 내가 당신을 얼마나 높게 평가하는지 아십니까? 그렇게 앉아 있는 걸 보니 갑자기 일과 실용적 천재를 대변하는 전체 세계의 대표자 같다는 생각이 드는군요!"

"하지만 세템브리니 씨, 실은 나는 아직 학생에 불과하고 이제 비로소 시작하려는 겁니다."

"알겠습니다. 그런데 시작이 반입니다. 사실 마땅히 그런 이름을 들을 만한 모든 일은 어렵습니다, 그렇지 않습니까?"

"그렇습니다. 그럼 악마도 이를 알고 있겠네요!" 한스 카스토르프의 이 말은 진심에서 나온 것이었다.

세템브리니는 그 순간 눈썹을 치켜 올렸다.

"악마까지 들먹이다니요!" 그가 말했다. "힘주어 말하기 위해서인가요? 진짜 살아 있는 악마를요? 나의 위대한 스승이 악마에게 부치는 송가를 쓰셨다는 것도 아시나요?"

"실례지만, 악마한테요?" 한스 카스토르프가 물었다.

"네, 바로 악마한테 말입니다. 우리 고장에서는 축제가 있을 때면 때때로 그 송가가 불리곤 합니다. '오, 건강이여, 오, 악마여, 오, 반역이여, 오, 이성의 복수여……' 훌륭한 노래지요! 하지만 이 악마는 당신이 말하는 악마가 아닌 것 같군요. 이 악마는 일과 사이가 아주 좋으니까요. 그런데 당신이 말하는 악마는 일을 두려워하기 때문에 일을 아주 싫어하는 것 같군요. 추측컨대 사람들이 일컫기를 그는 손끝 하나 까딱하기 싫어하는 악마 같습니다."

이 모든 것은 선량한 한스 카스토르프에게 매우 이상한 인상을 주었다. 그는 이탈리아어를 알지 못했고, 그 외의 것도 그에게 그리 기분이 좋지는 않았다. 가볍게 농담 삼아 스스럼없는 투로 한 말이었지만 어딘가 일요일의 설교 같은 냄새가 났다. 그는 눈을 내리깔고 있는 사촌을 바라보다가 이렇게 말했다.

"아, 세템브리니 씨, 내 말을 너무 액면 그대로 받아들이고 있습니다. 내가 악마라고 한 것은 다만 나의 말투에 불과합니다, 정말입니다!"

"누군가는 재치 있는 말을 해야지요." 세템브리니는 이렇게 말하면서 우울하게 허공을 바라보았다. 그러다가 다시 활기를 띠고 쾌활하고 우아하게 말하면서 조금 전의 화제로 되돌아갔다.

"어쨌든 당연한 말이지만 당신의 말에서 결론을 내리자면 당신은 명예로운 동시에 힘든 직업을 선택했다고 할 수 있겠군요. 유감스럽게도 나는 인문주의자, 즉 호모 후마누스(homo humanus)입니다. 솔직히 공학 방면에 한없는 존경을 바치지만 나는 그런 방면에는 문외한입니다. 하지만 당신 전문 분야의 이론은 명석하고 날카로운 두뇌를 필요로 하고, 실기 분야는 전력을 다하는 사람을 필요로 하리라는 것은 상상할 수 있습니다. 그렇지 않습니까?"

"사실 그렇습니다. 그 점에는 당신의 견해에 절대 찬성입니다."

한스 카스토르프는 자신도 모르게 약간 웅변조로 대답했다. "오늘날 우리에게 요구되는 것이 엄청나기 때문에, 그것이 얼마나 큰가를 의식해서는 안 됩니다. 그러다간 사실 용기를 잃어버릴지도 모릅니다. 아닙니다, 이건 절대 농담이 아닙니다. 또한 아주 강한 사람이 아니라면 말입니다. 나는 이곳에 손님으로 왔을 뿐이지만 강한 사람도 아닙니다. 일이 나에게 아주 잘 들어맞는다고 주장한다면 그건 거짓말일 겁니다. 오히려 나를 무척 피곤하게 한다는 말이 사실이겠지요. 아무 일도 하지 않을 때나 내가 정말 건강하다고 느끼거든요."

"예를 들어 지금 말인가요?"

"지금요? 아, 나는 지금 이 위에 온 지 얼마 안 돼서, 이해하시겠지만 약간 어리둥절한 편입니다."

"아, 어리둥절하다고요?"

"네, 간밤에 잠을 잘 자지 못했어요. 그런데다 첫 번째 아침 식사도 실은 너무 과하게 해서…… 나는 정식 아침 식사에 익숙하지만 오늘 아침은 좀 과했던 것 같습니다. 영국인들이 말하듯이 음식이 너무 많았던 모양입니다. 요컨대 속이 좀 거북한 편이고, 특히나 오늘 아침따라 시가 맛이 영 나지 않습니다. 생각해 보십시오! 내가 많이 아플 때 말고는 결코 그런 일이 일어나지 않거든요. 오늘은 시가에서 가죽 맛 같은 게 나더군요. 그래서 시가를 내던져 버려야 했습니다, 억지로 피워 봤자 무슨 소용이 있겠습니까. 실례지만 담배를 피우시는지요? 안 피우신다고요? 그렇다면 젊어서부터 담배를 누구보다 즐겨 피운 나 같은 사람에게 그게 얼마나 화나고 실망스러운 일인지 실감이 잘 나지 않겠군요."

"나는 그 방면에는 아무 경험이 없습니다." 세템브리니가 대꾸
했다. "그리고 그런 것에 경험이 없다고 해서 사교 생활에 지장을
받는 것은 아닙니다. 고상하고 냉철한 정신을 가진 몇몇 사람들은
담배 피우는 것을 무척 싫어했습니다. 카르두치도 담배를 좋아하
지 않았습니다. 하지만 우리의 라다만토스는 당신의 심정을 이해
할 겁니다. 그는 당신처럼 악습의 신봉자니까요."

"아니, 악습이라니요, 세템브리니 씨."

"그렇지 않습니까? 우리는 사실을 진실하고 힘차게 표현해야
합니다. 그래야 우리의 삶이 강화되고 고양됩니다. 나에게도 악습
이 있습니다."

"그럼 베렌스 고문관도 애연가라는 말이군요. 매력적인 사람이
네요."

"그렇게 생각하세요? 그럼 벌써 서로 인사를 나누었나요?"

"네, 아까 식당을 나설 때 인사했습니다. 마치 진찰하는 것 같았
습니다, 물론 공짜였지만 말입니다. 그는 내가 악성 빈혈이라는
걸 한눈에 알아채더군요. 그러면서 나보고 이곳에서 사촌과 똑같
은 생활을 하고, 발코니에 많이 누워 있으라고 충고하더군요. 그
리고 체온도 즉시 재어 보라고 하더군요."

"정말입니까?" 세템브리니가 소리쳤다. "정말 멋지군요!" 그는
몸을 뒤로 젖히고 웃으면서 허공을 향해 소리쳤다. "독일의 오페
라에 이런 것이 있지요? '난 새잡이라네, 언제나 즐거워, 에헤라,
뛰어라!'* 아무튼 무척 재미있습니다. 그분의 충고를 따를 작정입

니까? 여부가 없겠지요. 따르지 않을 이유가 없겠지요. 이 라다만토스는 악마 같은 사람입니다! 그리고 가끔은 억지로 그러기도 하지만 사실 '언제나 즐거워' 합니다. 그런데 가끔 우울증에 빠지기도 하지요. 그의 악습은 그에게 맞지 않아요. 그러니까 악습이라 하는 거겠지요. 담배가 그를 우울하게 만드는 겁니다. 그 때문에 우리가 존경해 마지않는 수간호사는 담배를 보관해 두었다가 얼마 안 되는 양의 하루치 분량만을 그에게 줍니다. 그런데 담배를 피우고 싶은 유혹에 못 이겨 담배를 훔치기도 한다는데, 그래서 그가 우울증을 앓게 된 것입니다. 한마디로 말해 혼란에 빠진 영혼이지요. 우리의 수간호사도 이미 알고 있나요? 모른다고요? 그건 잘못한 겁니다! 그녀와 인사를 나누지 않았다니 잘못하신 겁니다. 그녀는 폰 밀렌동크 가문 출신입니다! 메디치 가문의 비너스 상*과 다른 점은 여신의 유방이 있는 곳에 그녀는 십자가를 달고 다니곤 한다는 겁니다."

"하하하, 정말 멋진 표현이십니다!" 한스 카스토르프가 웃으면서 말했다.

"이름은 아드리아티카라고 하지요."

"이름도 그렇습니까?" 한스 카스토르프가 소리쳤다. "특이한 이름인데요. 폰 밀렌동크에다 아드리아티카라니. 어쩐지 오래전에 고인이 되었어야 할 이름처럼 들리는데요. 뭐랄까, 솔직히 말해 중세적인 느낌이 드는군요."

"엔지니어 양반." 세템브리니가 말했다. "당신의 말마따나 이곳에는 '중세적인 느낌이 드는' 것이 제법 있습니다. 나로서는 우리의 라다만토스가 저 화석 같은 여자를 자신의 공포의 전당의 여자 주임 감독으로 만든 것은 오로지 그 자신의 예술가로서의 미적 감각 때문이라고 확신하는 바입니다. 말하자면 그는 예술가인 셈이지요. 그가 유화를 그린다는 것을 아세요? 그건 금지되어 있는 일이 아니라서 누구든지 그림을 그릴 수 있습니다. 아드리아티카 여사는 듣고 싶어 하는 사람이든 그렇지 않은 사람이든 누구에게나, 13세기 중엽 라인 강가에 있는 본 수도원에 밀렌동크라는 여수도원장이 살았다고 말합니다. 아마 그녀 자신도 그때쯤 해서 세상의 빛을 보았는지도 모르지요."

"하, 하, 하! 농담이 좀 심하시군요, 세템브리니 씨."

"농담이 심하다고요? 독설이 심하다는 말인 모양이군요. 네, 나는 독설이 좀 있는 편입니다." 세템브리니가 말했다. "내가 이런 가련한 대상에 내 독설을 허비해야 하는 운명인가 해서 걱정이군요. 엔지니어 양반, 당신은 독설을 나쁘게 생각하지 않기를 바랍니다! 내가 볼 때 독설이야말로 암흑과 추악함의 힘에 대항하는 이성의 가장 찬란한 무기거든요. 이보세요, 독설은 비판 정신이며 비판은 진보와 계몽의 원천입니다." 그러고는 느닷없이 페트라르카* 이야기를 꺼내더니, 그를 '근대의 아버지'라 부르는 것이었다.

"우리는 이제 안정 요양을 하러 가야겠습니다." 요아힘이 신중하게 말했다.

그 문필가는 우아한 손동작을 곁들여 자신의 유희적인 몸짓을 요아힘을 가리키는 동작으로 마무리 지으며 말했다.

"우리 소위가 근무를 독촉하는군요. 그럼 이제 갑시다. 우리는 가는 길이 같습니다. '오른쪽으로, 권세가 막강한 저승의 왕의 성채로 나아가는 길' 말입니다. 아, 베르길리우스*, 베르길리우스! 여러분, 그는 탁월무비(卓越無比)합니다. 나는 진보를 믿습니다, 확실히 말입니다. 그는 어떤 근대인도 쓰지 못하는 형용사를 구사합니다." 그리고 이들이 요양원으로 돌아가는 동안 그는 라틴어 시구를 이탈리아어 발음으로 읊기 시작하다가, 도시 출신으로 보이지만 그다지 예쁘지는 않은 한 소녀가 자기들 쪽으로 다가오자 이를 그만두었다. 그는 난봉꾼 같은 미소를 흘리며 흥얼거리기 시작했다. 그는 "트, 트, 트" 하고 혀를 찼다. "아이, 어쩌나! 랄라라! 귀여운 아가씨, 나의 애인이 돼 주세요! 좀 보세요, '그녀의 눈은 외설적인 광채로 빛나도다'." 그는 출처를 알 수 없는 시구를 인용했다. 그러고는 당황해하는 소녀의 등에 손 키스를 보냈다.

정말 허풍선이군, 하고 한스 카스토르프는 생각했다. 세템브리니가 난봉꾼처럼 굴다가 다시 독설을 뿜기 시작할 때도 그의 이런 생각은 변하지 않았다. 이번에는 주로 베렌스를 공격의 대상으로 삼아, 그의 발이 큰 것을 꼬집고, 뇌결핵을 앓은 왕자에게서 받았다는 그의 호칭에 대해 비아냥거렸다. 지금도 이 일대에서는 왕자의 방탕한 품행에 대해 뒷말이 많은데, 라다만토스는 그것을 한 눈 지그시 감아 주고, 아니 두 눈 다 감아 주고, 그 대가로 고문관이라는 칭호를 얻은 것이다. "여러분은 그자가 여름 시즌이란 것을 고안해 낸 장본인이라는 것을 알고 있나요? 그래요, 다름 아닌 바로 그입니다. 그의 공적에 월계관을 씌워 드려야겠지요." 예전에는 여름이 되면 여간한 충성 분자 아니고는 이 골짜기에 계속 참고 버티는 사람이 없었다. 그래서 '우리의 익살꾼'은 이러한 폐해가 편견의 소산에 지나지 않음을 공명정대한 혜안으로 꿰뚫어 보았다. 그는 적어도 자신의 요양원에 관한 한 여름 요양이 적잖게 권장할 만할 뿐만 아니라, 심지어 모름지기 효과가 있고 그야말로 필수불가결하다는 학설까지 내세웠다. 그리고 그는 이러한 명제를 사람들에게 퍼뜨릴 줄 알았다. 즉 그는 이에 대한 통속적인 기사를 작성해 신문에 내보냈다. 그런 후로 겨울과 마찬가지로 여름에도 사업이 번창하고 있다. "천재지요!" 세템브리니가 말했다. "직관입니다!" 그런 다음 그는 근방의 다른 요양원을 헐뜯으면서 경영자들의 장삿속을 신랄하게 비판했다. 카프카라는 교수가 있다. 해마다 눈이 녹는 위험한 시기가 되어 많은 환자들이 퇴원 신청을 하면 카프카 교수는 급히 일주일 예정으로 여행을 할 수밖에 없는 일이 생겼다. 그러면서 자기가 돌아온 후에 퇴원 수속을 하자고 약속을 한다. 그러나 일주일이 6주로 연장이 된다. 불쌍한 환자들이 오매불망 기다리는 중에, 나온 김에 말이지만, 입원비는 눈덩이처럼 불어났다. 카프카 교수는 피우메까지 왕진 요청을 받는다지만 5천 스위스 프랑을 보증해 주지 않으면 가지 않는다. 그러는 사이에 2주일이 훌쩍 지나가 버렸다. 그런 다음 이 잘난 의사가 도착한 지 하루 만에 그 환자는 죽고 만다는 것이다. 잘츠만 박사는 카프카 교수가 주사기를 제대로 소독하지 않아 합병증을 일으키게 했다고 험담을 했다. 잘츠만 박사의 말에 따르면 카프카 교수는 환자들이 그의 발걸음 소리를 듣지 못하도록 고무 달린 신발을 신고 다닌다는 것이다. 이에 대해 카프카 교수는 잘츠만 박사가 환자들에게 '얼큰하게 취하게 하는 포도나무의 선물'을 다량으로 먹여—이것도 역시 환자들의 입원료를 올리려는 속셈이다—사람들이 파리 떼처럼 죽고 만다고 한다. 그것도 소모성 결핵으로 죽는 것이 아니라 술로 인한 간경화로 죽는다.

세템브리니의 이야기는 이렇게 끝없이 이어졌고, 한스 카스토르프는 뛰어난 말솜씨로 폭포수처럼 쏟아 내는 이러한 신성 모독적인 발언에 대해 진심으로 허심탄회하게 웃었다. 이탈리아인의 달변은 사투리가 전혀 없는 절대적인 순수성과 정확성으로 말미암아 왠지 기분 좋게 들렸다. 쉼 없이 움직이는 그의 입술에서 갓 만들어진 것처럼 탄력 있고 산뜻하게 말들이 터져 나왔고, 그 자신도 자기가 사용하는 신랄하게 급변하는 세련된 어법과 형식을, 그러니까 단어의 문법상의 활용과 변화를 즐겼다. 이러한 즐거움이 듣는 사람들에게도 전달되어 흐뭇한 기분으로 웃음을 머금게 하는 것이었다. 그리고 그의 명석하고 냉철한 정신은 단 한 번의 실수도 용납하지 않는 듯했다.

"무척 익살스럽게 말씀하십니다, 세템브리니 씨." 한스 카스토르프가 말했다. "아주 생기 넘치게요. 뭐라고 표현해야 할지 생각이 잘 안 떠오르네요."

"조형적이란 말이 어떨까요?" 이탈리아인은 이렇게 대꾸하고는 날씨가 꽤나 선선한데도 손수건을 꺼내 부채질을 했다. "그게 당신이 찾는 말일 겁니다. 내 말이 조형적이라고 말하고 싶은 거겠지요. 아니, 잠깐만요!" 그가 소리쳤다. "저기 좀 보세요! 저기 우리의 염라대왕이 산보 중이십니다! 참으로 보기 힘든 광경이군요!"

세 사람은 이미 길 모퉁이를 돌고 있었다. 세템브리니의 말 때문인지, 내리막길이라 그런지, 아니면 한스 카스토르프의 생각처럼 요양원이 그리 멀리 떨어져 있지 않아서인지 — 처음 가는 길은 실제보다 훨씬 더 멀게 느껴지기 때문이다 — 아무튼 돌아올 때는 놀라울 정도로 빨랐다. 세템브리니의 말대로 저 아래 요양원의 뒤편 공터에서 두 의사가 걷고 있었다. 앞에서는 흰 가운을 입은 고문관이 목을 빼고 양손을 노 젓듯이 흔들며 걸었고, 그 뒤에서 검은 가운을 입은 크로코프스키 박사가 회진을 돌 때 원장 뒤에서 그러곤 하는 것보다 더 거만하게 주위를 둘러보며 걷고 있었다.

"아, 크로코프스키구나!" 세템브리니가 소리쳤다. "저렇게 어슬렁거리고 있지만 저 자는 우리 요양원에 있는 여자들의 비밀을 속속들이 알고 있답니다. 그의 복장의 미묘한 상징성에 주목해 주십시오. 자신이 내세우는 전문 분야가 밤의 세계라는 것을 암시하려고 검은 옷을 입는 겁니다. 저 남자의 머릿속에는 한 가지 생각밖에 없는데, 그것은 불결한 생각입니다. 엔지니어 양반, 어쩐 셈인지 우리가 저 사람에 대해서는 아직 전혀 이야기하지 않았군요! 그 사람과 인사는 나누었겠지요?"

한스 카스토르프는 고개를 끄덕였다.

"어떻던가요? 당신 마음에 들었을 것으로 짐작되는데요."

"아직은 모르겠습니다, 세템브리니 씨. 잠깐 만났을 뿐이니까요. 그리고 나는 성급히 판단을 내리는 성격도 아니거든요. 나는 사람들을 보고서 으레 그저 그런 사람이려니 생각하고 그럼 됐다고 합니다."

"참 둔감하시군요!" 이탈리아인이 말했다. "판단하세요! 자연이 당신에게 눈과 오성을 준 것은 판단하라고입니다. 당신은 내가 독설가라고 생각하겠지만 내가 그럴 때는 어쩌면 교육적인 목적이 있어서입니다. 우리 인문주의자들의 혈관에는 모두 교육자의 피가 흐릅니다. 여러분, 인문주의와 교육학의 역사적인 관계는 양자 간에 심리학적인 관계가 있음을 입증해 줍니다. 인문주의자한테서 교육자의 직분을 앗아가서는 안 됩니다. 그에게서 그걸 빼앗을 수도 없고요. 인간의 존엄성과 아름다움은 그에게만 전승되기 때문이지요. 한때 혼탁하고 인간에 적대적인 시기에는 주제넘게도 사제가 청년을 지도하는 일을 맡은 적도 있습니다. 그 후로는, 여러분, 새로운 교육자 유형이 다시는 나오지 않았습니다. 엔지니어 양반, 나를 반동적이라 불러도 좋습니다. 하지만 원칙적이고 추상적인 의미에서 내 말을 잘 이해해 주세요. 나는 인문주의 교육의 신봉자입니다."

세템브리니는 승강기에 타서도 자신의 견해를 계속 설파하다가, 사촌들이 3층에서 내리고 나서야 입을 다물었다. 그 자신은 4층까지 가서 내렸다. 요아힘이 들려준 말에 따르면 그는 4층의 뒤쪽 한 작은 방에 기거하고 있었다.

"아마 돈이 없는 모양이지?" 한스 카스토르프는 요아힘을 방까지 바래다주면서 물었다. 요아힘의 방도 자기 방과 아주 똑같아 보였다.

"그래, 아마 돈이 없을 거야. 아니면 있다 해도 여기서 머물기에 빠듯한 정도겠지. 그의 아버지도 문필가였고, 그의 할아버지도 그 랬던 모양이야." 요아힘이 말했다.

"그래, 그래서 그렇구나. 그럼 병은 심각한 편이야?" 한스 카스 토르프가 물었다.

"내가 알기로는 그리 위험하지는 않지만 고질병이라 자꾸 재발 하는 모양이야. 이곳에 들어온 지 벌써 여러 해 되는 모양인데, 그 동안 한번 퇴원했다가 곧 다시 돌아와야 했다고 그래."

"불쌍한 사람이군! 저렇게 일을 하고 싶어 안달인 모양인데. 말 솜씨가 대단하고 한 가지 화제에서 다른 화제로 넘어가는 재주가 현란하더군. 아까 그 아가씨한테는 좀 지나쳤어. 순간 나까지도 난처해져서 혼났어. 그런데 나중에 인간의 존엄성에 관한 이야기 는 정말 백미였어. 마치 축제 행사에서 연설하는 것 같더군. 너는 그 사람과 자주 어울리는 편이야?"

명석한 두뇌

하지만 요아힘은 하는 일이 있어 모호하게 대답했다. 그는 탁자 에 놓여 있던, 비단으로 속을 댄 붉은 가죽 주머니에서 작은 체온 계를 꺼내 수은이 든 끝부분을 입 안에 넣었던 것이다. 그 유리 기 구를 혀 왼쪽 아래에 넣고서 입에서 비스듬하게 앞쪽으로 세웠다. 그런 다음 방을 정돈한 후, 신발을 신고 군복 같은 상의를 걸치고 는 탁자에서 연필과 함께 그래프가 그려진 체온표, 그리고 심지어 러시아 문법책도 집어 들었다. 그가 말했듯이 군 복무에 도움이 될까 해서 러시아어를 배우고 있었던 것이다. 이렇게 단단히 채비를 한 다음 그는 발코니의 접이식 침대에 눕고는 낙타털 담요로 발을 살짝 덮어 주었다.

담요는 별로 필요치 않았다. 약 15분쯤 전부터 구름층이 점차 얇어지고 해가 비죽 모습을 드러내더니 여름 날씨처럼 따뜻하고 눈이 부셔서 요아힘은 흰 아마포 차양으로 머리를 가려야 했다. 의자의 팔걸이에 부착된 조그맣고 독창적인 장치를 조작해 태양의 위치에 따라 차양을 이리저리 움직일 수 있게 해 놓았다. 한스 카스토르프는 이 발명품을 칭찬하면서 검온 결과를 기다렸다. 그러고는 체온을 어떻게 재는지 흥미 있게 지켜보았다. 또한 발코니 한쪽 구석에 세워 둔 모피 슬리핑백을 살펴보기도 하고(요아힘은 날씨가 추울 때는 그 안에 들어가 있었다), 난간에 팔꿈치를 대고 정원을 내려다보기도 했다. 이제 요양 홀은 독서하거나 글을 쓰거나 잡담하면서 누워 있는 사람들로 인산인해를 이루었다. 그러나 요양 홀의 내부는 일부만 보여 의자가 다섯 개쯤 보일 뿐이었다.

"체온 재는 데 몇 분이나 걸리지?" 한스 카스토르프는 이렇게 물으며 고개를 돌렸다.

요아힘은 손가락을 일곱 개 세워 보였다.

"그렇다면 벌써 지났겠는데, 7분이면 말이야!"

요아힘은 머리를 흔들었다. 조금 후에 그는 입에서 체온계를 빼서 살펴보고는 이렇게 말했다.

"그래, 시간이라는 것은 지켜보고 있으면 아주 천천히 흘러가는 거야. 하루에 네 번 체온을 재는데 나는 이를 무척 좋아해. 그러면 1분이나 또는 7분의 시간이 사실 얼마나 되는 길이인지 잘 알 수 있기 때문이야. 여기에 있다 보면 일주일이라는 7일이 얼마나 후딱 지나가 버리는지 몰라."

"너는 '사실'이라고 말하는군. 사실이라고는 말할 수 없어." 한스 카스토르프가 대꾸했다. 한쪽 허벅다리를 난간에 올리고 앉은 그의 눈 흰자위에는 붉은 핏발이 서 있었다. "시간에는 결코 사실이라는 말을 쓸 수 없어. 시간이란 길다고 생각하면 긴 거고, 짧다고 생각하면 짧은 거야. 그러나 실제로 얼마나 길고 짧은지는 아무도 몰라." 그는 평소에는 철학적으로 따지는 습관이 없었는데 이번에는 그러고 싶은 충동을 강하게 느꼈다.

요아힘은 이에 대해 반박했다.

"어째서 그렇다는 거지? 그렇지 않아. 하지만 우리는 시간을 재고 있잖아. 우리에게는 시계도 달력도 있어. 한 달이 지나간다면 그건 너에게나 나에게나 우리 모두에게 똑같이 지나가는 거야."

"그럼 잘 들어 봐." 한스 카스토르프는 이렇게 말하고 집게손가락을 자신의 흐릿한 눈 옆에 갖다 대기까지 했다. "1분이란 네가 체온을 잴 때 너에게 생각되는 것과 같은 만큼의 길이라는 거야?"

"1분이란 말이지, 1분이란 초침이 한 바퀴 도는 데 걸리는 만큼의 시간이야."

"하지만 초침이 한 바퀴 도는 시간은 경우에 따라 다르다는 거야. 우리의 느낌으로는 말이야! 그리고 실제로…… 내 말은 실제로 말하자면……" 한스 카스토르프는 같은 말을 되풀이하고는 집게손가락으로 콧등을 세게 눌러 코끝이 납작 찌그러지게 했다. "시간이란 운동이야, 공간 운동 말이야, 그렇지 않나? 잠깐 기다려 봐! 그러므로 우리는 시간을 공간으로 재는 거야. 하지만 이는 공간을 시간으로 재려는 거나 마찬가지야. 그건 과학을 하나도 모르는 사람들이나 하는 일이지. 함부르크에서 다보스까지 오는 데 스무 시간이 걸려. 그래, 기차를 타면 말이야. 하지만 걸어서 오면 얼마나 걸리겠나? 그런데 마음속으로는 1초도 안 걸리지?"

"이봐, 대체 왜 그래? 이곳 공기 때문에 어떻게 된 건 아니겠지?" 요아힘이 말했다.

"가만히 있어 봐! 나는 오늘따라 머리가 아주 잘 돌아간단 말이야. 시간이란 대체 무엇이야?" 한스 카스토르프가 이렇게 묻고는 코끝을 세게 누르자 끝이 핏기를 잃고 하얗게 되었다. "나에게 좀 말해 보겠나? 우리는 공간을 우리의 감각 기관으로 인식하지. 시각과 촉각으로 말이야. 좋아, 그러면 시간을 인식하는 기관은 무엇이야? 나에게 좀 알려 줄 수 있겠어? 이봐, 너는 여기에 가만히 앉아 있어. 그러면서 우리가 어떻게, 엄밀히 말하면 그에 대해 아무것도 모르는 대상, 단 하나의 속성도 알지 못하는 그 무엇을 재려고 한단 말이야! 우리는 시간이 흘러간다고 말하지. 좋아, 그러니까 시간이 흘러간다고들 하지. 하지만 시간을 잴 수 있으려면…… 잠깐 기다리게! 측정할 수 있기 위해서는 시간이 균등하게 흘러가야 해. 시간이 균등하게 흘러간다고 대체 어디에 쓰여 있단 말이야? 우리의 의식으로는 그렇지 않아. 그렇다고 가정하는 것은 단지 질서 때문이지. 우리의 시간 단위는 단지 약속에 불과한 거야. 이렇게 말해 미안하지만……"

"좋아." 요아힘이 대답했다. "내 체온계의 눈금이 네 줄 위로 올라가 있다는 것도 단지 약속에 불과하단 말이구나! 그런데 이 다섯 개의 눈금 때문에 나는 여기서 하릴없이 기지개나 켜면서 군복무를 못하고 있어. 이야말로 넌더리나는 일이야!"

"37.5도야?"

"뭐 그러다가 다시 내려가지." 요아힘은 체온표에 온도를 기입했다. "어젯밤에는 38도까지 올라갔어, 네가 왔기 때문이지. 방문객이 있으면 다들 체온이 올라가. 그래도 누가 찾아 준다는 것은 고마운 일이야."

"이제 나도 가 봐야겠어." 한스 카스토르프가 말했다. "아직 내 머릿속은 시간에 관한 생각으로 가득 차 있어. 온통 뒤죽박죽이라고 말할 수 있겠지. 하지만 그걸로 너를 흥분시키고 싶지는 않아. 그러다가 또 너의 체온이 올라가면 어떻게 해. 모든 생각을 잘 간직해 두었다가 나중에 다시 말할 기회가 있겠지, 어쩜 아침 식사 후에 말이야. 아침 식사 시간이 되면 다시 나를 불러 줘. 나도 이제 안정 요양을 해 봐야지, 그거야 아프지도 않으니까 말이야, 다행히도!" 그러고는 그는 유리로 된 칸막이 벽을 지나 자신의 발코니로 건너갔다. 그곳에도 자그마한 탁자 옆에 접이식 침대가 놓여 있었다. 그는 말끔히 청소된 방에서 『대양 기선』과 진홍색과 녹색 체크무늬의 아름답고 부드러운 담요를 가져와서는 자리에 누웠다.

그도 곧장 차양을 펴지 않을 수 없었다. 누워 보니 햇볕이 따가

위 견딜 수 없었기 때문이다. 하지만 누워 있으니 이상하리만큼 편안했다. 이런 사실을 곧장 확인하고 한스 카스토르프는 기분이 좋아졌다. 지금껏 이렇게 쾌적한 접이식 침대에 누워 본 기억이 나지 않았다. 모양은 다소 구식이었지만, 이는 취향의 문제일 뿐이었고, 반면 의자 자체는 분명 새 것이었다. 접이식 침대는 적갈색의 윤이 나는 목재와 옥양목 재질의 부드러운 커버가 씌워진 매트리스로 만들어져 있었다. 자세히 말하면 세 개의 두꺼운 쿠션으로 이루어진 매트리스는 발끝에서 등받이 부분까지 위로 펼쳐져 있었다. 그 외에도 수놓아진 아마포 커버를 씌운, 아주 딱딱하지도 않고 너무 부드럽지도 않은 둥근 베개가 끈으로 단단히 매어져 있었다. 이 베개도 역시 유달리 푹신한 느낌을 주었다. 한스 카스토르프는 널찍하고 매끄러운 팔걸이에 한쪽 팔을 기댄 채, 심심풀이로 읽어 보려 한 『대양 기선』에는 손도 대지 않고 눈을 깜박이며 쉬고 있었다. 발코니의 아치를 통해 바라보니, 살풍경하고 변변찮지만 햇빛에 밝게 비치는 바깥 풍경이 마치 액자 속에 든 한 폭의 그림 같았다. 한스 카스토르프는 생각에 잠겨 경치를 바라보았다. 별안간 무슨 생각이 떠올랐는지 그는 정적을 깨고 큰 소리로 말했다. "첫 번째 아침 식사를 할 때 우리에게 시중 든 여자가 난쟁이였지."

"쉿." 요아힘이 입에 손을 갖다 댔다. "좀 조용히 말해. 그래, 여자 난쟁이야. 그래서?"

"아무것도 아냐. 아직 그 이야기는 나누지 않아서 말이야."

그러고는 그는 계속 꿈을 꾸었다. 그가 자리에 누웠을 때는 이미 열 시였다. 한 시간이 지난 것이다. 길지도 짧지도 않은 보통 때와 같은 한 시간이었다. 한 시간이 흐르자 집과 뜰에 징 소리가 울렸다. 처음에는 멀리서, 그러다가는 좀 더 가까이서, 그런 다음 에는 다시 멀리서 울려왔다.

"아침 식사야." 요아힘이 말했다. 그러고는 그가 자리에서 일어 나는 기척이 들렸다.

한스 카스토르프는 일단 안정 요양을 마치고 방으로 들어가서 약간의 몸치장을 했다. 사촌들은 복도에서 만나 아래로 갔다. 한 스 카스토르프가 말했다.

"접이식 침대가 정말 그만이더군. 대체 어떤 의자이기에 그런 거지? 여기서 구입할 수 있다면 하나 사서 함부르크로 보내고 싶 어. 그 위에 누우면 마치 천국에 있는 기분이야. 아니면 베렌스가 특별히 주문하여 만든 걸까?"

요아힘도 그것까지는 알지 못했다. 이들은 외투를 벗고 이미 식사가 한창인 식당에 두 번째로 들어갔다.

식당 안은 순전히 우유 때문에 희게 빛나고 있었다. 식탁마다 반 리터쯤은 되는 큰 유리잔이 놓여 있었기 때문이다.

"이것 참." 한스 카스토르프는 다시 재단사와 영국 여자 사이 의 식탁 끝단에 자리를 잡고, 아까 먹은 아침 식사가 아직 채 소화 되지 않았지만 순순히 냅킨을 펴면서 말했다. "이것 참, 야단났는 걸. 우유는 도저히 못 마시겠어요, 적어도 지금은요. 혹시 흑맥주 는 없나요?" 그는 여자 난쟁이에게 몸을 돌리며 공손하고 상냥하 게 물었다. 아쉽게도 흑맥주는 없었다. 그녀는 쿨름바흐산 맥주는 가져다 줄 수 있을 거라고 약속하고는 실제로 가져다 주었다. 걸

쭉하고 검으며 갈색의 거품이 이는 그것은 흑맥주의 대용품으로
는 안성맞춤이었다. 한스 카스토르프는 속이 깊은 반 리터짜리 유
리잔으로 맥주를 맛있게 마셨다. 그는 거기에 곁들여 토스트에다
차가운 고기를 먹었다. 이번에도 오트밀이 나왔고 버터와 과일도
푸짐했다. 그는 이 음식들을 먹을 형편이 못 되어서 그저 눈요기
로 쳐다보았고, 또한 손님들도 살펴보았다. 지금까지는 덩어리로
보이던 사람들이 나누어지기 시작해서, 이제는 손님들이 하나하
나씩 눈에 들어오기 시작했다.

그가 앉은 식탁은 그의 맞은편의 상석을 제외하고는 다 차 있었
다. 사람들이 일러 주는 말에 따르면 그 자리에는 의사가 앉는다
고 했다. 의사들은 시간이 허락하는 한 환자들과 같이 식사를 했
으며, 식탁을 차례로 바꾸었다. 그래서 식탁마다 의사가 앉도록
상석을 비워 두고 있었다. 지금은 두 의사 중에 아무도 식탁에 없
었다. 누군가 말하기를 이들은 수술 중이라고 했다. 콧수염을 기
른 젊은이가 다시 들어와서, 턱을 가슴 쪽으로 한번 내리면서 인
사를 하고는 걱정이라도 있는 듯한 우울한 표정으로 자리에 앉았
다. 연한 금발의 빼빼 마른 아가씨도 자기 자리에 앉아, 마치 자기
가 먹을 음식은 요구르트뿐이라는 듯 숟가락으로 그것을 떠먹었
다. 이번에는 그녀 옆에 조그맣고 쾌활한 노부인이 앉아 조용한
젊은이에게 러시아어로 말을 붙였다. 그는 수심에 찬 표정으로 그
녀를 바라보면서 대답 대신 그냥 고개만 끄덕일 뿐이었다. 그러면
서 그는 입 속에 마치 맛없는 음식이 들어 있는 듯한 표정을 지었
다. 그의 맞은편, 노부인의 반대쪽에는 또 다른 아가씨가 자리를

잡고 있었다. 얼굴색이 환히 피어 있고 가슴이 불룩한 그녀는 예쁜 얼굴이었다. 밤색 머리칼은 보기 좋게 물결치고 있었고, 둥근 갈색의 눈은 앳되어 보였으며, 아름다운 손에는 조그만 루비 반지를 끼고 있었다. 그녀는 러시아어로 말하면서 시도 때도 없이 웃었다. 한스 카스토르프가 잘 들어 보니 러시아어로만 말하는 그녀의 이름은 마루샤였다. 더군다나 그녀가 웃고 말할 때마다 요아힘이 엄숙한 표정으로 눈을 내리까는 것을 한스 카스토르프는 우연한 기회에 알게 되었다.

이때 세템브리니가 측면 입구를 통해 모습을 드러내더니 콧수염을 휘날리며 식탁 끝에 위치한 자기 좌석으로 걸어갔다. 그곳은 한스 카스토르프의 자리 앞에서 비스듬한 방향에 있었다. 그가 자리에 앉자마자 그의 식탁 동료들이 와 하고 폭소를 터뜨렸다. 분명 그가 또 무슨 독설을 날린 모양이었다. '쪽폐 클럽'의 회원들도 이제 한스 카스토르프의 눈에 들어왔다. 멍청한 눈을 한 헤르미네 클레펠트는 저 건너편 베란다 문 앞의 자기 자리로 느릿느릿 걸어가서는 입술이 두툼한 청년에게 인사를 했다. 그는 아까 산책길에서 상의를 볼썽사납게 걷어 올리고 있던 젊은이였다. 상아색 피부를 가진 레비는 뚱뚱하고 주근깨투성이인 일티스의 옆자리에, 한스 카스토르프의 오른쪽으로 비스듬하게 위치한 곳에서 안면이 없는 사람들 사이에 앉아 있었다.

"저기 네 옆방 사람들이 오고 있어." 요아힘이 몸을 앞으로 숙이면서 사촌에게 귀띔했다. 러시아인 부부가 한스 카스토르프 옆을 바짝 스치듯이 지나가 식당 오른쪽 끝에 있는 소위 '이류 러시아인 석'으로 갔다. 거기서는 못생긴 소년을 데리고 있는 한 가족이 굉장히 많은 양의 오트밀을 꾸역꾸역 먹어 대고 있었다. 홀쭉한 체격의 남편은 회색의 볼이 쑥 들어가 있었다. 그는 갈색의 가죽 점퍼를 입었고, 버클이 달린 볼품없는 펠트 장화를 신고 있었다. 흔들거리는 깃털 장식 모자를 쓴, 역시 키가 작고 귀여운 그의 아내는 굽 높은 러시아제 가죽 장화를 신고 아장아장 걸어 들어왔다. 깃털로 만들어 목에 두른 그녀의 털목도리는 깨끗하지 않았다. 한스 카스토르프는 평소의 자신과는 달리 가혹한 시선으로 러시아인 부부를 쏘아보았다. 그 자신도 이러한 시선이 잔혹하다고 느낄 정도였다. 하지만 바로 그런 잔혹함이 뜻하지 않게 자신에게 일종의 쾌감을 불러일으켰다. 그의 시선은 멍하면서도 동시에 집요했다. 순간 왼쪽 유리문이 첫 번째 아침 식사 때처럼 쨍그랑, 철커덩 하며 닫혔지만 그는 오늘 아침처럼 소스라치게 놀라지 않고 굼뜬 표정으로 얼굴만 찡그렸을 뿐이다. 그래서 머리를 그쪽으로 돌리려고 했지만 그것조차 내키지 않았고, 그렇게 수고해 보았자 아무 보람이 없을 것처럼 생각되었다. 그래서 누가 대체 문을 그렇게 아무렇게나 닫는지 이번에도 알아내지 못했다.

사실은 평소에는 그의 심신을 적당히 몽롱하게 해 주던 아침 맥주가 오늘은 완전히 그의 의식을 잃게 하고 마비시켰기 때문이다. 그는 머리를 한 대 된통 얻어맞은 기분이었다. 눈꺼풀은 천근만근 무거웠고, 예의상 영국 여자에게 말을 붙이려 해도 혀가 꼬부라져 간단한 말도 제대로 하기 어려웠다. 눈길을 옮기는 데도 엄청난 자제력을 필요로 했다. 게다가 얼굴이 다시 어제만큼이나 화끈거리며 달아올라 그야말로 죽을 맛이었다. 그의 볼은 열 때문에 부풀어 오른 것 같았고, 숨 쉬는 게 힘들었으며, 심장은 천으로 싼 망치처럼 주체하기 어려울 정도로 고동쳤다. 이런 상황에서도 그가 별로 고통스럽게 느끼지 않았다면 이는 그의 머리가 클로로포름을 몇 모금 마신 것 같은 상태에 있었기 때문이다. 크로코프스키 박사가 늦게야 모습을 드러내 자신의 맞은편 자리에 앉는 것도 그는 꿈속에서처럼 아련하게 느꼈을 뿐이다. 자신의 오른쪽에 있는 여자들과 러시아어로 대화를 나누면서 박사가 한스 카스토르프를 몇 번이나 날카롭게 쏘아보았는데도 말이다. 그럴 적에 비쩍 마른 요구르트 아가씨나 활짝 피어나고 있는 마루샤 같은 젊은 아가씨들은 아주 공손한 자세로 부끄러운 듯이 크로코프스키 박사 앞에서 눈을 내리깔고 있었다. 한스 카스토르프는 혀가 꼬여 말이 제대로 되지 않았기 때문에, 의당 그래야 하듯이 반듯한 자세로 침묵을 지키며 잠자코 앉아 나이프와 포크를 더 한층 예의 바르게 움직였다. 사촌이 그에게 눈짓을 하며 일어나자 그도 역시 일어나면서 딱히 누구에게랄 것도 없이 식탁 동료들을 향해 머리 숙여 인사를 했다. 그러고는 단호한 발걸음으로 요아힘의 뒤를 따라 식당 밖으로 나왔다.

"언제 또 안정 요양을 하지?" 식당을 나서면서 한스 카스토르프가 물었다. "내가 보기엔 여기서 그게 최고 걸작이야. 벌써 그 접이식 침대에 눕고 싶어 몸이 근질근질해지는걸. 멀리까지 산보할 거야?"

심한 말 한마디

"아니야, 나는 멀리 가서는 안 돼. 이 시간에는 언제나 아래로 조금만 가지. 다보스 도르프를 지나 시간이 되면 다보스 플라츠까지 말이야. 가게와 사람들을 구경하고 필요한 물건을 구입하지. 점심 식사까지 아직 한 시간 누워 있을 수 있고, 그런 다음 네 시까지 다시 누워 있을 수 있으니 아무 걱정 할 게 없다네." 요아힘이 말했다.

두 사람은 햇빛을 받으며 찻길로 내려가, 시냇물과 협궤 철도를 지나고 골짜기 오른쪽 경사면의 산봉우리들을 보았다. 요아힘은 그 산봉우리들의 이름을 '작은 시아호른', '푸른 탑', '도르프베르크'라고 가르쳐 주었다. 저 건너쪽 조금 높은 곳에 돌담으로 둘러싸인 다보스 도르프의 공동묘지가 눈에 띄었다. 요아힘은 묘지도 마찬가지로 지팡이로 가리켰다. 그리고 이들은 골짜기 바닥보다 한 층 정도 높은 곳에 계단식으로 조성된 경사지를 따라 뻗어 있는 큰길로 나왔다.

사실 마을*이라 할 것도 없었다. 아닌 게 아니라 마을이란 이름으로 겨우 명맥만 유지할 뿐이었다. 요양지가 끊임없이 골짜기 입구 쪽으로 뻗어 나가면서 마을을 잠식하고 있었고, 도르프의 일부는 다보스 플라츠에 어느새 흡수되어 서로 구별이 없어져 가고 있었다. 길 양쪽으로는 지붕을 얹은 베란다, 발코니, 요양 홀 같은 시설을 넉넉히 갖춘 호텔, 펜션 그리고 방을 빌려 주는 작은 민박들도 눈에 띄었다. 여기저기에 신축 건물들이 들어서 있었다. 군데군데 집이 없는 곳도 있어서, 길에서 골짜기 밑바닥의 툭 트인 초지가 시야에 들어왔다.

한스 카스토르프는 습관이 되어 있고 좋아해 마지않는 삶의 낙에 대한 갈망으로 다시 시가에 불을 붙였다. 앞서 맥주를 마신 때 문인지 때로는 바라던 향을 약간 느낄 수 있어서 이루 말할 수 없이 만족스러웠다. 물론 간혹 그런 맛을 느꼈고 강도도 세지는 않았다. 그리고 그러한 만족감을 어렴풋이 맛보려면 상당한 긴장과 노력이 필요했고, 꺼림칙한 가죽 같은 맛이 더 많이 났다. 그렇다고 금방 무기력하게 두 손 들고 포기할 수도 없어서 한동안 향내를 맡으려고 노력했다. 하지만 향내가 전혀 나지 않거나 자신을 비웃듯이 멀리서 어렴풋이 느껴질 따름이었다. 그래서 마침내 지치고 약이 오른 한스 카스토르프는 시가를 던져 버렸다. 정신이 몽롱했지만 그는 예의상 대화를 해야 한다는 의무감이 생겨, 이러한 목적으로 아까 '시간'에 대해 말하려고 한 멋진 이야깃거리를 생각해 내려고 했다. 하지만 그가 그러한 '관념의 복합체'를 깡그리 잊어버렸음이 드러났고, 시간에 대한 생각이 그의 머릿속에 조금도 남아 있지 않았다. 그래서 육체 문제에 대해 이야기하기 시작했지만, 입에 담고 보니 그것도 이상하게 들렸다.

"언제 다시 체온을 재지?" 그가 물었다. "점심 뒤야? 그래, 좋아. 유기체가 아주 활발하게 움직이는 그때 체온을 재는 게 좋겠지. 베렌스가 나보고도 체온을 재라고 한 것은 그냥 농담으로 한 말이겠지. 이봐, 베렌스도 그 말을 하면서 큰 소리로 웃던데, 말도 안 된다는 뜻으로 그랬겠지. 또 나에게는 체온계도 없으니 말이야."

"아니, 그건 아무 문제도 아니야. 한 개 사기만 하면 되는데 뭘. 여기서는 가게에만 들어가면 어디서나 체온계를 살 수 있어." 요아힘이 말했다.

"하지만 그럴 필요가 있겠나! 안정 요양 정도야 그럭저럭 참을 수 있으니 동참한다고 쳐도, 검온은 청강생에게는 지나친 것 같아. 그건 이 위의 너희들이나 열심히 하라고. 그런데 웬일인지 알 수 없지만……" 한스 카스토르프는 사랑에 빠진 사람처럼 두 손을 가슴에 대며 말을 계속했다. "왜 가슴이 내내 이렇게 두근거리는지 모르겠어. 마음이 계속 진정되지 않아서, 아까부터 쭉 이 문제를 곰곰 생각하고 있어. 이봐, 눈앞에 특별히 기쁜 일이 있거나 마음이 불안할 때, 요컨대 감정의 변화가 일어나는 경우 가슴이 두근거리는 거지, 안 그런가? 그런데 심장이 아무 이유도 없고 그럴 일도 없는데 제멋대로, 말하자면 자력으로 두근거린다면 이건 아주 섬뜩한 기분이 든단 말이야. 무슨 말인지 알겠지. 육체가 영혼과 더는 아무 관계도 없다는 듯 자신의 길을 가는 듯한 기분이야. 실제로 죽어 있지도 않으면서—결코 그렇지는 않아—말하자면 어느 정도는 자력으로 활기차게 삶을 영위해 가는 죽은 육체처럼 말이야. 죽은 사람의 머리카락과 손톱도 자란다고 그러지. 그리고 이것 말고도 내가 들은 바로는 물리적이나 화학적으로 아주 활발한 활동을 계속한다고 그래."

"무슨 표현이 그래. 활발한 활동이라니!" 요아힘이 신중하게 나무라듯 말했다. 이것으로 그는 오늘 아침 '방울 달린 군악기'라는 말을 했다가 된통 한 방 먹은 것에 대해 약간 복수를 한 셈이었다.

"하지만 그건 사실이야! 매우 활발한 활동이고말고! 왜 그 말에 거부감이 드는 거지?" 한스 카스토르프가 물었다. "게다가 그건 어쩌다가 그냥 한 말에 불과해. 내가 하고 싶었던 말은, 아무런 이유도 없이 심장이 두근거릴 때처럼 육체가 자력으로 영혼과는 관계없이 살아가면서 잘난 체한다면 섬뜩하고 고통스럽다는 거야. 아무튼 여기에 결부되는 원인을 설명해 줄 수 있는 감정의 변화를 찾지 않을 수 없어. 소위 말하면 심장의 두근거림은 이러한 기쁨이나 불안을 감정을 통해 정당화할 수 있을지도 모르지. 적어도 내 경우는 그래. 나야 뭐 나 자신에 관해 말할 수밖에 없으니까 말이야."

"그래, 알겠어." 요아힘이 한숨을 쉬며 말했다. "아마 열이 있을 때와 비슷할지도 몰라. 너의 표현을 빌리면 그때도 유달리 '활발한 활동'이 몸을 지배하는 거야. 그럴 경우 너의 말대로 자기도 모르게 감정 변화의 원인을 찾아보게 될지도 모르지. 그럼으로써 활발한 활동에 나름대로 그럴듯한 의미를 부여할 수 있겠지. 그런데 우리가 쓸데없이 불유쾌한 이야기를 나누고 있군." 그는 떨리는 목소리로 말하고 입을 다물었다. 이 말에 한스 카스토르프는 그냥 어깨를 으쓱할 뿐이었다. 그런데 이것은 요아힘이 어젯밤에 한 동작과 똑같은 것이었다.

이들은 한동안 말없이 걸어갔다. 이윽고 요아힘이 말문을 열었다.

"그건 그렇고 여기 사람들은 어때? 우리 식탁 사람들 말이야."

한스 카스토르프는 아무래도 상관없다는 듯 심드렁한 표정을 지으며 말했다.

"글쎄, 그리 흥미를 끄는 사람은 없어. 다른 식탁에는 좀 더 흥미로운 사람들이 있는 것 같더군. 하지만 그것도 그냥 그렇게 보일 뿐이겠지. 슈퇴어 부인은 머리를 좀 감아야겠어, 기름기가 많이 꼈던데. 그리고 마주르카인지 뭔지 하는 여자는 좀 맹해 보여. 손수건을 입에 쑤셔 넣고는 시도 때도 없이 그저 웃기만 하니 말이야."

요아힘은 그가 이름을 엉뚱하게 말하자 큰 소리로 웃었다.

"마주르카라니 정말 걸작인데!" 요아힘이 소리쳤다. "마루샤라고 해. 우리 식으로 하면 마리아라는 의미야. 그래, 정말 나사가 좀 빠진 것 같더군. 좀 더 침착하게 행동해도 될까 말까 한데 말이야. 사실 증세가 보통 심한 게 아니거든."

"그렇게 안 보이던데." 한스 카스토르프가 말했다. "상태가 좋아 보이던데. 그런 여자 보고 누가 가슴이 안 좋다고 생각하겠어." 이 말을 하며 그는 사촌과 경박한 시선을 교환하려고 했지만, 햇볕에 그을린 요아힘의 얼굴이 마치 핏기가 사라질 때처럼 얼룩덜룩한 색조를 띠는 것을 발견했다. 그리고 그의 입은 차마 눈뜨고 볼 수 없을 정도로 무참하게 일그러지는 것이었다. 이런 표정을 보고 젊은 한스 카스토르프는 왠지는 모르나 깜짝 놀라, 얼른 화제를 돌리고는 다른 사람들에 관해 물어 보았다. 그러면서 마루샤와 요아힘의 얼굴 표정을 어떻게든 빨리 잊어버리려고 애를 썼는데, 그는 이를 완전히 잊는 데도 성공할 수 있었다.

들장미를 달인 하겐부텐 차를 마시는 영국 여자는 로빈슨 양이었다. 재단사인 줄 알았던 여자는 엥겔하르트 양으로, 직업이 쾨니히스베르크의 공립 여자 고등학교 교사였다. 그녀의 말이 그렇게 정확한 것도 바로 그 때문이었다. 명랑한 노부인에 관해서는 요아힘 자신도 그녀의 이름이며 또한 이곳에 온 지 얼마나 오래되었는지 알지 못했다. 어쨌든 그 할머니는 요구르트를 먹는 아가씨의 왕고모라는데, 내내 둘이 같이 살고 있었다. 하지만 식탁 동료들 중에 건강이 가장 나쁜 사람은 블루멘콜 박사, 오데사 출신의 레오 블루멘콜이었다. 콧수염을 기르고 수심에 잠겨 과묵한 표정을 짓고 있는 이 젊은이는 벌써 여러 해 동안 이 위에서 지낸다고 했다.

이들은 이제 플라츠의 보도 위를 걷고 있었다. 이곳은 보기에도 국제적인 요양지의 번화가다웠다. 이들은 오고 가는 요양객들과 만났는데 젊은 사람들이 대부분이었다. 멋쟁이 남자들은 모자를 쓰지 않고 스포츠 복장을 하고 있었고, 숙녀들도 역시 모자를 쓰지 않고 흰 치마를 입었다. 러시아어와 영어로 말하는 소리가 들렸다. 멋진 쇼윈도가 있는 가게들이 좌우로 줄지어 늘어서 있었다. 한스 카스토르프는 쓰러질 듯이 피곤했지만 강렬한 호기심을 발동하여 눈을 부릅뜨고 살펴보았다. 그는 남성 패션복점 앞에 오래 머무르며 진열품이 유행의 첨단을 달리고 있는지 확인하려고 했다.

그러고는 지붕 덮인 회랑이 있는 원형 건물이 나왔는데, 그곳에서는 악단이 연주하고 있었다. 여기에 요양 호텔이 있었다. 몇몇 개의 테니스 코트에서는 시합이 벌어지고 있었다. 면도를 한 다리가 긴 젊은이들이 빳빳하게 줄이 선 플란넬 바지를 입고, 밑바닥에 고무를 댄 운동화를 신고, 팔뚝을 걷어 올린 채, 피부가 햇볕에 탄 흰 옷을 입은 소녀들과 시합하고 있었다. 소녀들은 이리저리 내달리다가 햇빛 속에서 몸을 곧추 세우고는 백묵처럼 흰 공을 높은 공중에서 쳐 냈다. 손질이 잘된 코트에서는 밀가루 같은 것이 뽀얗게 일었다. 사촌들은 자리가 비어 있는 벤치에 앉아 시합을 구경하면서 관전평을 하였다.

"여기서 테니스는 안 하는 모양이지?" 한스 카스토르프가 물었다.

"해서는 안 돼." 요아힘이 대답했다. "우리는 누워 있어야 하거든, 언제나 말이야. 세템브리니는 늘 우리가 수평으로 살아간다고 말하지. 그의 시시껄렁한 재담에 따르면 우리는 수평 인간이래. 저기서 운동하는 사람들은 건강하든가, 아니면 해서는 안 되는데 운동하는 거야. 사실은 이들이 정말 진지하게 운동하는 것이 아니라 저런 복장을 하고 싶어서 그러는 거야. 그리고 여기서는 운동하는 것 말고 금지된 것이 많이 있어. 포커와, 여기저기 호텔에서도 하고 있는 프티 슈보(petits cheveaux) 놀이 같은 거 말이야. 우리 요양원에서는 그걸 하다간 쫓겨나지. 그게 몸에 가장 해롭다는 거야. 그러나 몇몇 환자들은 야간 점호가 끝난 뒤 플라츠에 내려와 도박을 하기도 하지. 베렌스에게 고문관이라는 칭호를 준 왕자도 늘 이곳에서 도박을 했대."

한스 카스토르프는 요아힘의 말을 거의 듣고 있지 않았다. 코감기에 걸린 것도 아닌데 코로 숨을 쉴 수가 없어 그는 입을 벌리고 있었다. 그의 심장은 음악과 엇갈리는 박자로 고동치고 있어서 왠지 고통스럽게 느껴졌다. 이렇게 혼란스럽고 모순 되는 감정을 느끼면서 잠이 스르르 들려고 하는데, 요아힘이 돌아가자고 재촉했다.

두 사람은 요양원으로 돌아오면서 거의 아무 말도 하지 않았다. 한스 카스토르프는 평탄한 길을 걸으면서 심지어 두서너 번 걸려 넘어졌고, 이에 대해 그는 머리를 흔들면서 슬픈 표정으로 미소 지었다. 다리를 저는 수위가 이들을 승강기에 태워 둘이 사는 층까지 바래다주었다. 두 사람은 34호실 앞에서 "또 봐" 하고 헤어졌다. 한스 카스토르프는 부리나케 방을 지나 발코니로 나와서는 옷을 입고 신을 신은 그대로 접이식 침대에 몸을 던졌다. 그러고는 애당초의 자세를 바꾸지 않고 곤한 잠에 빠져들었는데, 이런 비몽사몽간에 심장은 빠르게 고동치며 곤혹스럽게 살아 있었다.

물론 여자지!

얼마나 잤는지 그는 알 수 없었다. 시간이 되자 징소리가 울렸다. 하지만 그것은 당장 식사하러 오라는 소리가 아니라 식사할 준비를 하라고 주의를 환기시키는 소리일 뿐이었다. 한스 카스토르프는 이를 알고 있었으므로 그 금속음이 다시 울려 퍼졌다가 서서히 멀어져 갈 때까지 그냥 누운 채로 있었다. 요아힘이 그를 데리러 방에 들어왔을 때 한스 카스토르프는 옷을 갈아입으려고 했다. 하지만 이번에는 요아힘이 더 이상 그것을 허락하지 않았다. 그는 시간을 엄수하지 않는 것을 싫어하고 경멸했다. 식사 시간도 지킬 수 없을 정도로 정신이 해이해서야 어떻게 병이 나아 건강한 몸으로 군 복무를 할 수 있겠느냐고 말했다. 그야 물론 맞는 말이었다. 그래서 한스 카스토르프는 자신은 병이 없으며, 반면에 졸려서 못 견디겠다는 점을 지적했을 뿐이다. 그는 그냥 손만 급히 씻고 말았다.

양쪽의 식당 문으로 손님들이 쏟아져 들어왔다. 저 건너편에 열려 있는 베란다 문으로부터도 쏟아져 들어와 얼마 안 가 이들 모두는 이전부터 쭉 앉아 있었던 것처럼 일곱 개의 식탁에 앉았다. 순전히 꿈꾸는 듯한 불합리한 느낌이긴 하지만 적어도 한스 카스토르프가 받은 인상은 그러했다. 그렇지만 그의 몽롱한 머리는 한동안 이러한 인상을 지워 버릴 수 없었고, 심지어는 이를 어느 정도 흡족하게 생각했다. 그는 식사하는 동안 이러한 인상을 되살리려고 노력했기 때문이다. 그럴 때마다 그는 그런 착각에 완전히 사로잡히는 데 성공했다. 쾌활한 노부인은 다시 확실치 않은 언어로 비스듬히 마주 앉은 블루멘콜 박사에게 말을 걸었고, 그는 걱정스러운 표정으로 그녀의 말을 경청했다. 비쩍 마른 그녀의 조카딸은 드디어 요구르트가 아닌, 여종업원이 접시에 나누어 준 끈적끈적한 크림인 도르주(d'orge)를 먹었다. 하지만 그녀는 그걸 몇 숟가락 떠먹고는 다시 그만두는 것이었다. 예쁜 마루샤는 오렌지 향내가 나는 손수건을 입에 넣고 킥킥거리는 웃음을 참고 있었다. 로빈슨 양은 아침에도 읽고 있던 둥그스름한 필체로 쓰인 편지를 이번에도 읽고 있었다. 분명 그녀는 독일어를 한마디도 할 줄 몰랐고, 그렇다고 또 배울 의향도 전혀 없었다. 요아힘은 기사다운 태도로 날씨에 관해 그녀에게 뭐라고 말했는데, 입술을 오물거리면서 딱 한마디 대답하고는 다시 입을 꼭 다물어 버리는 것이었다. 스코틀랜드 산 모직 블라우스를 입은 슈퇴어 부인은 오늘 아침에 진찰받은 결과를 보고하고 있었는데, 교양 없는 태도로 너스레를 떨며 윗입술을 말아 올려 토끼 같은 이빨을 드러내었다. 오른쪽 윗부분에 잡음이 들리고, 그 외에 왼쪽 겨드랑이 아래에서도 아직 수축음이 들린다고 징징 짜는 소리를 하면서, '그 늙은이'가 아직 다섯 달은 더 있어야 한다고 말했다는 것이다. 그녀는 베렌스 고문관을 교양 없이 '그 늙은이'라고 불렀다. 이것 말고도 '그 늙은이'가 오늘 자신의 식탁에 앉지 않는다고 분개한 모습을 보였다. '순회'에 따르면 (그녀는 아마 '순번'을 말하는 모양이었다) 오늘 낮에 자신의 식탁에 앉을 차례가 되는데, '그 늙은이'가 이미 왼편 식탁에 앉아 있다는 것이다. (정말 베렌스 고문관은 옆 식탁에 앉아 접시 앞에 솥뚜껑 같은 손을 마주 잡고 있었다. 하지만 이는 이상한 일이 아니었다. 그곳은 암스테르담 출신의 풍만한 잘로몬 부인의 자리라고 하는데, 그녀는 평일에는 가슴과 어깨가 드러나는 옷을 입고 식사하러 온다는 것이다. 그래서 '그 늙은이'가 그것에 끌리는 게 분명하다고 했다. 진찰할 때마다 잘로몬 부인을 마음대로 속속들이 볼 수 있을 텐데 자기는 그러는 게 도무지 이해가 안 된다는 것이다. 한참 있다가 슈퇴어 부인은 흥분한 어조로 소곤거리며 말했다. 어젯밤 옥상의 공동 요양실에서 전등이 나갔다는 것이다. 그런데 자기는 그러는 목적을 '훤히 알 수 있다'고 표현했다. 그래서 '그 늙은이'는 이러한 사실을 알고 요양원 전체가 떠나갈 정도로 호통을 쳤다고 한다. 하지만 물론 그는 범인을 이번에도 잡지 못했다고 하는데, 부카레스트 출신의 미클로지히 대위가 범인이라는 사실은 굳이 대학에서 공부하지 않아도 금방 알 수 있다고 했다. 비록 그가 몸통 깁스를 착용하고 있기는 하지만, 그자에게는 여자와 함께 있을 때는 캄캄할수록 더욱 좋다는 것이며, 교양이란 눈곱만큼도 없으며 그야말로 본성이 야수라고 했다. "그래요, 정말 야수예요." 슈퇴어 부인은 이마와 윗입술에 맺힌 땀방울을 훔치며 숨넘어가는 목소리로 되풀이해서 말했다. 빈 출신의 부름브란트 총영사 부인이 그자와 그렇고 그런 관계라는 것을 도르프와 플라츠에서 모르는 사람이 없다는 것이다. 둘은 이미 은밀한 관계를 넘어섰다고 했다. 대위는 때때로 부인이 아직 잠자리에 누워 있는 꼭두새벽부터 찾아가 그녀가 화장하는 동안 내내 자리를 지키는 것으로는 성에 차지 않아, 지난 화요일에는 새벽 네 시에야 비로소 그녀의 방에서 나왔다는 것이다. 최근에 기흉 수술에 실패한 19호실의 프란츠 청년을 돌보고 있는 간호사가 마침 총영사 부인의 방에서 나오는 그와 정면으로 마주쳤는데, 이쪽에서 오히려 무안하고 당황한 나머지 방을 잘못 찾는 바람에 느닷없이 도르트문트 출신의 파라반트 검사의 방으로 들어갔다고 했다. 마지막으로 슈퇴어 부인은 비교적 오랫동안 '미장품 가게' 이야기를 떠들어 댔다. 아래 플라츠에 있는 화장품 가게에서 그녀는 물 치약을 산다고 했다. 요아힘은 눈을 내리깔고 자기 접시만 응시하고 있었다.

점심 식사는 요리 솜씨도 훌륭했지만 양도 아주 풍부하게 나왔는데, 영양가가 높은 죽을 포함해서 가짓수가 여섯 개는 되었다. 생선이 나온 다음에 반찬을 곁들인 먹음직한 육류가 나왔고, 이어서 특별한 야채 요리와 구운 닭고기가 나왔다. 다음에는 맛에 있어서 어젯밤의 것보다 못하지 않은 푸딩이 나왔고, 마지막으로는 치즈와 과일이 나왔다. 어느 접시나 두 번씩 돌아갔는데 그때마다 모두 없어졌다. 일곱 식탁의 사람들은 접시를 채워서 열심히 먹고 있었다. 둥근 지붕 아래에서는 왕성한 식욕, 늑대와 같은 식욕이 지배하고 있었다. 그러한 식욕이 어딘지 무시무시하고 섬뜩한 인상만 주지 않는다면 보기에 흐뭇한 광경일지도 모른다. 잡담을 주고받으면서 빵 덩어리를 서로 던져 대는 쾌활한 사람들만 식욕이 왕성한 게 아니라, 쉬는 시간에 손으로 턱을 괴고 앞을 응시하는 조용하고 음울한 사람들도 왕성한 식욕을 보였다. 왼쪽 식탁에 학생 정도의 나이로 보이는 발육이 좋지 않은 사람이 있었는데, 소매가 너무 짧은 옷을 입고 도수 높은 둥그스름한 안경을 낀 그는 접시에 놓인 것은 죄다 죽이나 뒤범벅으로 만들어 놓았다. 그런 다음 몸을 굽히고 음식을 휘감아 먹었다. 그러면서 때때로 눈을 닦기 위해 냅킨으로 안경 안쪽을 문지르는데, 그가 닦는 게 땀인지 눈물인지는 알 수 없었다.

이렇게 성대한 식사가 진행되는 동안 두 가지 돌발 사건이 일어나 한스 카스토르프는 잔뜩 신경을 쓰면서 귀를 쫑긋 세우게 되었다. 첫 번째로 생선을 먹는 중에 다시 유리문이 쾅 하고 닫힌 것이다. 한스 카스토르프는 격분하여 몸을 부르르 떨면서 이번에는 반드시 누가 범인인지 알아내고야 말겠다고 다짐했다. 그가 그렇게 생각만 한 게 아니라 입술로도 말했을 정도로 그에게는 그 일이 아주 심각했다. "알아내고야 말겠어!" 그가 하도 열을 내어 혼잣말을 하는 바람에 여선생도 놀라서 그를 쳐다볼 정도였다. 그는 상반신을 왼쪽으로 돌리고 핏발선 눈을 부릅떴다.

한 숙녀가 홀을 가로질러 가고 있었다. 부인이라기보다는 오히려 어쩌면 어린 소녀일지도 몰랐다. 중간 정도의 키에 흰 스웨터와 화려한 색의 치마를 입었고, 불그스름한 금발을 땋아서 머리 둘레에 감고 있었다. 한스 카스토르프가 앉은 자리에서는 그녀의 옆모습밖에 보이지 않았다. 들어올 때 요란한 소리를 낸 것과는 이상하리만큼 대조적으로 머리를 약간 앞으로 내민 채 소리를 내지 않고 특이한 발걸음으로 사뿐사뿐 걸어서 베란다 문과 직각으로 놓인 왼편 끝 식탁, 즉 일류 러시아인 석으로 가는 것이었다. 걸어가면서 한쪽 손은 양모 스웨터의 주머니에 넣고, 다른 손은 뒷머리로 가져가 머리카락을 받치며 매만졌다. 한스 카스토르프는 그 손을 살펴보았다. 그는 손에 관해 풍부한 감각과 비판적인 관심이 있어서 새로 사람과 인사를 나누면 먼저 그 사람의 손을 찬찬히 살피는 버릇이 있었다. 그녀는 그다지 여성스럽지 않았고, 머리카락을 받치고 있는 그녀의 손은 젊은 한스 카스토르프가 속한 사회의 여성들 손처럼 손질이 잘되어 있거나 우아하지 않았다. 꽤 넓적하고 손가락이 짧은 그 손은 여학생처럼 어딘지 소박하고 어린애 같은 데가 있었다. 손톱은 보아하니 매니큐어를 칠한 적이 없어 보였고, 아무렇게나 싹둑 잘라 버려 이것도 역시 여학생의 손톱 같았다. 그리고 손톱을 물어뜯는 나쁜 버릇이 있는 듯 손톱 양쪽의 피부가 약간 거칠어 보였다. 사실 거리가 제법 멀었기 때문에 한스 카스토르프가 이것을 실제로 보았다기보다는 느낌으로 그렇게 짐작한 것이었다. 그 지각생은 고개를 끄덕여 식탁 동료들에게 인사하고는 등을 홀 쪽으로 향하고 식탁의 안쪽에 앉았다. 그녀 옆의 상석에는 크로코프스키 박사가 앉아 있었다. 그녀는 여전히 머리칼에 손을 댄 채 어깨 너머로 고개를 돌리고는 식당 손님들을 둘러보았다. 그럴 적에 한스 카스토르프는 순간적으로 그녀의 광대뼈가 튀어나오고 눈이 가는 것을 알아챌 수 있었다. 그가 그녀의 얼굴을 보았을 때 무언가에 대한, 또 누군가에 대한 어렴풋한 추억이 얼핏 스쳐 지나갔다.

"물론, 여자지!" 한스 카스토르프는 생각했다. 그리고 이 말을 또다시 입 밖에 내어 중얼거려서 여선생인 엥겔하르트 양은 그 말의 뜻을 알아차렸다. 초라한 모습의 노처녀는 감동하여 미소 지었다.

"저 사람은 쇼샤 부인입니다." 그녀가 말했다. "저렇게 아무렇게나 행동하지만 매혹적인 여자지요." 그녀가 입을 열 때마다 늘 그렇듯이 이때 엥겔하르트 양의 털이 보송보송한 볼은 더욱 발갛게 물들었다.

"프랑스인인가요?" 한스 카스토르프가 준엄한 어조로 물었다.

"아니, 러시아 여자예요." 엥겔하르트가 말했다. "확실히는 모르지만 어쩌면 그녀의 남편이 프랑스인이거나 프랑스 혈통인지도 모르지요."

저쪽에 있는 저 사람이 남편이냐고 한스 카스토르프는 여전히 분이 풀리지 않은 채 물으면서 일류 러시아인 석의 어깨가 튀어나온 한 신사를 가리켰다.

남편은 이곳에 있지 않다고 여선생이 대답했다. 남편은 이곳에 한 번도 와 본 적이 없으며, 여기서는 아무도 남편을 본 사람이 없다고 했다.

"문을 좀 제대로 닫아 주면 좋을 텐데요!" 한스 카스토르프가 말했다. "항상 저렇게 문을 쾅 닫더군요. 무례하기 짝이 없게 말입니다."

여선생은 마치 자신이 잘못한 것처럼 송구스러워하며 꾸지람을 미소로 받아들였기 때문에 한스 카스토르프도 더 이상 쇼샤 부인의 이야기를 계속하지 않았다.

또 다른 사건은 블루멘콜 박사가 잠시 식당을 나갔다가 들어온 일이었다. 그렇지만 이것은 사건이라고도 할 수 없었다. 보기 싫은 표정을 짓는 그의 얼굴이 갑자기 더욱 일그러지더니, 그는 여느 때보다 더 걱정스러운 얼굴로 한 곳을 응시하는 것이었다. 그러다가 다소곳하게 몸을 움직여 의자를 뒤로 빼고는 밖으로 나가 버렸다. 하지만 바로 이때 슈퇴어 부인의 교양 없는 태도가 한층 빛을 발하는 것이었다. 필경 자신의 병이 블루멘콜의 병보다 덜하다는 비열한 만족감에서 그러는 거겠지만, 그가 나가는 것을 보고 반은 동정하고 반은 멸시하는 평을 했다. "불쌍하기도 해라! 이제 얼마 안 남았어요. 곧 푸른 하인리히*의 신세를 져야겠군요." 그녀는 눈썹 하나 까딱하지 않고 고집스럽게 무지한 표정을 지으며

'푸른 하인리히' 라는 기괴한 명칭을 입에 담았다. 그녀가 이 말을 하자 한스 카스토르프는 끔찍하기도 하고 우습기도 한 이중 감정을 느꼈다. 몇 분 후 블루멘콜 박사는 역시 아까처럼 다소곳한 자세로 되돌아와 식사를 계속했다. 블루멘콜 역시 요리마다 두 번씩 떠서는, 걱정스러운 듯 과묵한 표정을 지으며 말없이 꾸역꾸역 먹어 댔다.

점심 식사가 끝났다. 기민한 서비스 덕분으로 ― 난쟁이 아가씨는 이상하게도 발이 무척 빠른 여자였다 ― 점심 식사는 한 시간 정도밖에 걸리지 않았다. 한스 카스토르프는 어떻게 방으로 올라왔는지 자신도 잘 알지 못했지만, 가쁘게 숨을 쉬면서 발코니의 멋진 접이식 침대에 다시 누웠다. 점심 식사 후 차를 마실 때까지 하는 안정 요양은 하루 중 가장 중요한 것으로 꼭 지켜야 하는 시간이었다. 그는 좌우에서 요아힘과 러시아인 부부의 방을 갈라 주는 불투명한 유리 칸막이 사이에 누워 입으로 공기를 들이마시며 두근거리는 가슴으로 꾸벅꾸벅 졸았다. 코를 푸니 손수건에 피가 벌겋게 묻어 나왔다. 하지만 그가 본디 자신의 일에 노심초사하고 본성이 약간 우수에 잠기는 경향이 있었지만, 그 문제에 대해 곰곰 생각해 볼 기력마저 없었다. 다시 마리아 만치니에 불을 붙여 이번에는 맛이야 어떻든 상관없이 끝까지 다 피웠다. 이 위에서 자신에게 얼마나 이상한 일이 벌어지는가를 그는 어지럽고 답답한 마음으로 꿈꾸듯이 생각해 보았다. 그런 한편 슈퇴어 부인이 교양 없이 끔찍한 명칭을 사용한 것을 생각하고는 터져 나오는 웃음을 참지 못해 그의 가슴이 두세 번 세차게 흔들렸다.

알빈 씨

눈 아래 정원에는 아스클레피오스의 지팡이가 그려진 환상적인 깃발이 미풍에 이따금씩 흔들리고 있었다. 하늘은 다시 온통 흐려졌다. 태양이 사라지자마자 날씨는 금방 거의 쌀쌀하다고 할 정도로 서늘해졌다. 저 아래의 공동 안정 홀은 만원인 모양으로 끊임없이 말소리와 킥킥거리는 소리가 들려왔다.

"알빈 씨, 제발 부탁이에요, 칼을 좀 치우고 칼집에다 넣으세요. 그러다가 큰일 나겠어요!" 어떤 여자가 높고 떨리는 목소리로 애원조로 말했다. 그리고 또 이런 소리가 들려왔다.

"알빈 씨, 제발 우리를 마음 졸이게 하지 말고 끔찍한 살인 도구를 우리 눈에서 치워 주세요!" 다른 목소리가 섞여 들렸다. 그러자 담배를 입에 물고 맨 앞줄 옆쪽 팔걸이의자에 앉은 금발의 청년이 뻔뻔스러운 목소리로 대답했다.

"그럴 수 없어요! 내 칼을 가지고 좀 놀게 해 주세요! 그래요, 이것은 특히 잘 드는 칼입니다. 캘커타의 한 맹인 마술사한테서 샀지요. 그자가 이걸 꿀꺽 삼켰는데 그런 직후 그의 제자가 오십 보쯤 떨어진 땅에서 이걸 파냈습니다. 한번 보시겠어요? 면도날보다 훨씬 예리하지요. 날에 살짝 닿기만 해도 살이 버터처럼 베입니다. 잠깐만요, 좀 더 가까이서 보여 드리겠습니다." 알빈 씨가 일어서자 날카로운 비명소리가 들렸다. "아닙니다, 이번에는 권총을 가져오려고요!" 알빈 씨가 말했다. "권총에 더욱 흥미가 있을 겁니다. 끝내주는 물건이지요. 관통력이…… 내 방에서 가져

오겠어요."

"알빈 씨, 알빈 씨, 제발 그러지 마세요!" 여러 개의 목소리가 절규하듯 들려왔다. 하지만 알빈 씨는 자기 방으로 올라가려고 벌써 안정 홀에서 나왔다. 그는 장밋빛의 아기 같은 얼굴에다 귀 옆에 약간의 구레나룻을 지닌 건들거리는 새파란 젊은이였다.

"알빈 씨." 한 여자가 뒤에서 소리쳤다. "차라리 외투를 가져와 입으세요. 제발 부탁이니 그렇게 하세요. 여섯 주나 폐렴으로 누워 있으면서 외투도 담요도 없이 여기에 앉아 담배를 피우다니요! 그건 하느님을 시험하려는 태도입니다, 알빈 씨, 제발 그렇게 해 주세요!"

하지만 그는 걸어가면서 냉소를 지을 뿐 몇 분 뒤에는 권총을 가지고 돌아왔다. 그러자 여자들은 아까보다 더 멍청하게 쇳소리를 질러 댔다. 어떤 사람은 의자에서 뛰어내리려다 담요에 걸려 넘어지기도 했다.

"보세요, 작고 번쩍이지요." 알빈 씨가 말했다. "여기를 누르면 탕 하고……" 다시 자지러지는 비명 소리가 들렸다. "물론 실탄이 장전되어 있습니다." 알빈 씨는 계속 말을 이어 갔다. "이 원반 속에 여섯 발의 탄환이 들어 있습니다. 한 발씩 쏠 때마다 구멍이 하나씩 돌아갑니다. 그런데 내가 이 물건을 장난삼아 들고 있는 게 아닙니다." 그는 극적 효과가 줄어들까 봐 이렇게 말하고는 권총을 안주머니에 꽂아 넣었다. 그러고는 다시 다리를 꼬고 걸상에 앉아 새 담배에 불을 붙였다. "절대로 장난이 아닙니다." 그는 되풀이해서 말하면서 입술을 지그시 깨무는 것이었다.

"그럼 무엇 때문이지요, 대체 무엇 때문이에요?" 불안하게 떨리는 목소리로 사람들이 물었다.

"무서워 죽겠어요!" 갑자기 한 사람이 소리쳤다. 그러자 알빈 씨는 고개를 끄덕였다.

"이제야 내 말을 알아듣기 시작하는군요." 그가 말했다. "사실 그것 때문에 내가 권총을 지니고 있습니다." 그는 폐렴 말기인데도 다량의 연기를 빨아들였다가 다시 뿜어내면서 아무렇지도 않다는 듯 말을 이어 갔다. "나는 이렇게 빈둥거리며 지내는 게 신물이 나서, 내가 순순히 이 세상과 작별하는 영광을 누리게 될 그날을 위해 이것을 간직하고 있어요. 뭐 아주 간단한 일이지요. 나는 연구를 좀 한 끝에 어떻게 하면 가장 멋지게 해치울지를 잘 알고 있습니다. ('해치운다'는 말에 다시 비명 소리가 들렸다.) 심장 부분은 피할 겁니다. 제대로 겨냥하기가 쉽지 않으니까요. 또한 나는 단번에 의식을 없애는 방법을 좋아합니다. 말하자면 이 귀여운 이물질을 흥미 있는 기관에 바로 들이대는 것입니다." 그러면서 알빈 씨는 짧게 깎은 금발을 집게손가락으로 가리켰다. "여기에 들이대야 합니다." 알빈 씨는 니켈을 입힌 권총을 다시 안주머니에서 꺼내 총구를 관자놀이에 톡톡 두드려 보았다. "여기 동맥 위를 말입니다. 그건 식은 죽 먹기지요."

애원하며 항의하는 여러 사람들의 소리로 시끄러워졌다. 그러는 중에 격하게 흐느끼는 소리도 들렸다.

"알빈 씨, 알빈 씨, 총을 치우세요. 관자놀이에서 그 총 좀 치우세요. 차마 눈뜨고 볼 수 없어요! 알빈 씨, 당신은 젊으니, 건강을 회복하고 살아나서, 뭇사람들의 사랑을 받을 겁니다. 정말입니다! 외투를 입고 누워서 담요를 덮고 요양하세요! 마사지사가 알코올로 당신 몸을 닦으러 와도 다시는 쫓아내지 마세요! 담배도 그만 피우고요. 알빈 씨. 당신 목숨을 위해 이렇게 부탁하는 겁니다. 당신의 젊고 귀중한 목숨을 위해서요!"

하지만 알빈 씨는 요지부동이었다.

"아닙니다. 아닙니다." 그가 말했다. "나를 좀 내버려두세요. 그게 좋아요. 감사합니다. 나는 지금까지 여자 말을 물리친 적이 없지마는, 운명의 수레바퀴를 멈추려 해도 소용없다는 건 당신도 잘 알 겁니다. 나는 여기 온 지 3년째 됩니다. 이제는 신물이 나서 더는 어쩔 수 없어요. 나를 나쁘게 볼 수 있어요? 병은 결코 낫지 않습니다, 여러분. 여기에 앉아 있는 나를 보세요, 나의 병은 낫지 않습니다. 베렌스 고문관 자신도 이제는 자신의 명예와 체면 때문에라도 이를 숨기지 않습니다. 나의 사정이 이러하니 약간의 자유나마 관대히 보아 주셨으면 합니다! 이는 고등학교에서 낙제가 결정되면 더 이상 질문을 받지 않고 아무것도 할 필요가 없는 것과 마찬가지입니다. 나는 이제 최종적으로 이런 행복한 상태에 도달한 겁니다. 나는 더 이상 아무것도 할 필요가 없고, 이제는 고려의 대상도 되지 않습니다. 나는 이 모든 사실에 대해 웃고 있습니다. 초콜릿 드시겠어요? 자, 드세요! 아닙니다, 당신은 내 것을 뺏어 가는 게 아닙니다. 내 방에 잔뜩 쌓여 있거든요. 사탕 초콜릿이 여덟 상자, 판 초콜릿이 다섯 개, 4파운드의 소프트 초콜릿이 내 방에 있습니다. 이것은 죄다 내가 폐렴에 걸렸을 때 요양원 부인들이 보내 준 것들이지요."

어디에서인가 저음의 목소리가 조용히 하라고 요구하자, 알빈 씨는 짧게 너털웃음을 터뜨렸다. 그것은 맥 빠지고 힘없는 웃음이었다. 그러고 나서 안정 홀은 조용해졌다. 악몽이나 유령이 홀연히 사라진 것처럼 갑자기 잠잠해졌다. 그리고 지금까지 한 말들이 침묵 속에서 묘한 여운을 남기고 있었다. 한스 카스토르프는 그 소리가 완전히 잦아들 때까지 귀를 기울였다. 한스 카스토르프에게는 알빈 씨가 왠지 멍청이 같다는 생각이 막연히 들기도 했지만 그가 부럽다는 생각이 드는 것도 어쩔 수 없었다. 무엇보다도 학교 생활에서 인용한 비유가 그에게 감명을 주었다. 그 자신이 김나지움 6학년 때 낙제를 당한 적이 있기 때문이다. 그때 맛보았던 다소 굴욕적이면서도 우스꽝스럽고 마음 편하게 방임된 상태를 그는 아직도 똑똑히 기억하고 있었다. 그도 그 학년의 마지막 3개월은 포기하고 '이 모든 현실에 대해' 그냥 웃어 넘길 수 있었다. 그의 정신 상태가 몽롱하고 혼란스러웠기 때문에 이를 정확하게 표현하기는 어렵지만, 주로 생각나는 것은 이러한 내용이었다. 즉 명예는 중요한 특전을 주지만, 불명예도 이에 못지않은 특전을 주는데, 오히려 불명예의 특전이 무제한의 성질을 지닌다. 자신이 시험 삼아 알빈 씨의 입장이 되어서, 명예의 부담에서 완전히 해방되어 영원히 불명예의 무한정한 특전을 누릴 수 있다면 어떤 기분일까 하고 머릿속으로 그려 보면서 청년은 방종한 감미로운 감정에 화들짝 놀라 그의 심장은 잠시 한층 더 격하게 뛰었다.

악마가 고약한 제안을 하다

그러고 난 뒤 그는 잠에 곯아떨어져 의식을 잃어버렸다. 왼쪽 유리 칸막이 뒤에서 들려오는 대화 소리에 잠이 깼을 때는 그의 손목시계로 세 시 반이었다. 이 시간에 고문관 없이 혼자 회진을 도는 크로코프스키 박사가 그곳에서 무례한 부부와 러시아어로 대화를 나누고 있었다. 그는 남편의 몸 상태가 어떤지 물어 보면서 체온표를 보여 달라고 했다. 그런 다음 그는 발코니를 통하지 않고 한스 카스토르프의 방을 우회해 복도로 되돌아 나가서 요아힘의 방으로 들어갔다. 그는 크로코프스키 박사와 단둘이 있고 싶은 생각은 추호도 없었지만, 그래도 이렇게 경원시당하고 방치되니 무언가 좀 모욕당한 기분이었다. 물론 그는 건강하니까 이곳에서 고려의 대상이 아니었다. 이 위의 사람들에게는 명예롭게도 건강한 사람은 고려의 대상도, 문제의 대상도 아니라고 그는 생각했다. 그런데 이러한 사실에 한스 카스토르프는 적이 화가 났다.

크로코프스키 박사는 요아힘의 방에 2, 3분 정도 있다가 발코니를 따라 회진을 계속했다. 한스 카스토르프는 이제 일어나 차 마시러 갈 준비를 하라는 요아힘의 말을 들었다. "좋아." 그는 이렇게 말하고 일어났다. 하지만 너무 오래 누워 있어서 그런지 머리가 어지러웠다. 그리고 불편한 자세로 꾸벅꾸벅 낮잠을 자서인지 다시 얼굴이 곤혹스럽게 화끈거리는 반면 으슬으슬 한기가 느껴졌다. 아마 담요를 제대로 덮지 않은 모양이었다.

그는 눈과 손을 씻고 머리와 옷을 단정히 하고는 복도에서 요아힘과 만났다.

"알빈 씨가 떠드는 소리 들었어?" 계단을 내려가면서 한스 카스토르프가 물었다.

"물론이지." 요아힘이 말했다. "그 사람은 징계를 받아야 돼. 그런 쓸데없는 짓거리로 정오의 휴식을 망쳐 버리고, 여자들을 저렇게 흥분시켜서 병세를 일주일 정도 되돌려 버리고 말았어. 괘씸한 배신 행위야. 하지만 고발하려는 사람이 누가 있겠어? 게다가 대부분의 사람들은 그런 행위를 오락으로 환영하고 있지."

"너는 그게 가능하다고 생각해?" 한스 카스토르프가 물었다. "그가 '식은 죽 먹기'라고 하는 말이 진심이고, 이물질을 들이대는 게 가능하다고 생각해?"

"아, 알 수 없지." 요아힘이 대답했다. "절대로 불가능한 일은 아니야. 이 위에서는 그런 일이 종종 일어나. 내가 여기 오기 두 달 전에 이곳에 오래 묵었던 한 대학생이 종합 검진을 받고 난 후 저 건너 숲 속에서 목을 매고 죽었어. 내가 이곳에 처음 왔을 때도 아직 그 이야기가 화제에 많이 오르내렸지."

한스 카스토르프는 흥분한 나머지 하품을 했다.

"그렇구나. 나는 이곳이 왠지 기분이 별로 좋지 않아." 그가 설명을 했다. "기분이 좋다고 말할 수 없어. 이곳에서 금방 떠나야 할 것 같아. 그렇게 되더라도 나를 나쁘게 생각하지 않겠지?"

"떠난다고? 무슨 소리야!" 요아힘이 외쳤다. "말도 안 돼. 온 지 얼마나 된다고. 겨우 하루 지내고 어떻게 판단한단 말이야!"

"아니, 아직 하루밖에 안 됐다고? 벌써 오래된 것 같은데. 이 위에서 너희하고 지낸 지가 말이야."

"또 시간에 대해 이상한 소리를 할 셈이군!" 요아힘이 말했다. "오늘 아침에 내 머리를 완전히 뒤죽박죽으로 만들어 놓더니."

"아니, 안심해, 다 잊어버렸어." 한스 카스토르프가 대꾸했다. "그러한 관념의 복합체를 깡그리 잊어버렸어. 지금은 내 머리가 그렇게 잘 돌아가지 않아. 다 지나가 버린 일이야. 그러니까 지금 차 마시는 시간이야?"

"그래, 그런 다음 우리 아침에 갔던 벤치까지 다시 산보하기로 하지."

"그러지. 그런데 세템브리니 씨는 다시 안 만났으면 좋겠어. 너에게 미리 말하는데, 오늘은 더 이상 교양 있는 대화에 참여하고 싶지 않거든."

식당에는 이 시간에 생각할 수 있는 온갖 음료수가 나왔다. 로빈슨 양은 이번에도 핏빛 같은 들장미 달인 차를 마셨고, 조카딸은 요구르트를 떠먹고 있었다. 이것 말고도 우유, 차, 커피, 초콜릿, 심지어는 고기죽도 나왔다. 점심을 푸짐하게 먹고 두 시간 동안 누워 있던 손님들이 사방에서 건포도가 든 커다란 케이크 조각에 버터를 바르느라 정신이 없었다.

한스 카스토르프는 차를 달라고 해서는 그 속에 비스킷을 담가 먹었다. 그는 잼도 먹어 보았다. 그는 건포도가 든 케이크는 찬찬히 들여다보기만 했지 그것을 먹는다는 것은 생각만 해도 문자 그대로 몸서리쳐지는 일이었다. 식탁이 일곱 개이고, 둥근 천장이 단조로운 색으로 칠해진 식당에서 그는 또다시 자신의 자리에 앉아 있었다. 이번이 네 번째였다. 얼마 뒤 일곱 시가 되어 저녁 식사 시간에 그는 다섯 번째로 식당에 앉아 있었다. 그사이 얼마 안 되는 짧은 시간에 그는 산중턱 개울가의 벤치까지 산보하였다. 이제는 길에 오가는 사람들이 많아서 사촌들은 뻔질나게 인사를 해야 했다. 그런 다음 다시 발코니에서 보낸 한 시간 반 동안의 안정 요양은 눈 깜짝할 사이에 실속도 없이 지나가 버렸다. 이때 한스 카스토르프는 심한 오한을 느꼈다.

한스 카스토르프는 저녁 식사를 하려고 옷을 말끔히 갈아입고서, 로빈슨 양과 여선생 사이에서 야채수프, 반찬이 딸려 나오는 찐 고기와 구운 고기를 먹었고, 속에 마카롱* 쿠키, 버터 크림, 초콜릿, 과일 잼, 마르치판* 등 온갖 것이 다 들어 있는 두 조각의 파이와 품질이 아주 좋은 치즈를 바른 검은 호밀 빵을 먹었다. 이번에도 그는 쿨름바흐 산 맥주를 한 병 시켰다. 하지만 속이 깊은 유리잔을 절반 정도 마셨을 때 침대에 가서 누워야겠다는 사실을 절실하게 통감했다. 머릿속은 윙윙 울리고, 눈꺼풀은 납덩이처럼 무거웠으며, 심장은 작은북처럼 마구 뛰었다. 몸을 앞으로 숙이고, 조그만 루비 반지를 낀 손으로 얼굴을 감추고 있는 예쁜 마루샤가 자기를 보고 비웃는 것 같아 그는 매우 고통스러웠다. 필사적으로 애를 쓰며 사람들의 웃음거리가 되지 않으려고 노력했지만 말이다. 슈퇴어 부인이 무슨 이야기를 하거나 주장하는 소리가 마치 아주 멀리서 들리는 듯했다. 그런데 그 내용이 참으로 터무니없는 것이라서 자기가 제대로 듣고 있는 건지, 아니면 자기 머리가 혼란스러워서 그녀의 말이 머릿속에서 엉터리없는 말로 들리는지

도무지 분간할 수 없었다. 그녀는 생선에 사용하는 소스를 스물여 덟 가지나 만들 수 있다고 설명했다. 자신의 남편조차도 그런 말을 하지 말라고 면박을 주었지만 이를 주장할 용기가 있다는 것이다. "그런 말 하지 마!" 남편이 이렇게 말했다고 한다. "아무도 당신 말을 믿지 않을 거야. 설령 믿는다 해도 그걸 우스꽝스럽다고 생각할 거야!" 그렇지만 오늘은 이 말을 꼭 한 번 해서 자신이 스물여덟 가지의 소스를 만들 수 있음을 솔직하게 고백하겠다는 것이다. 불쌍한 한스 카스토르프는 이 말을 듣고 끔찍하게 생각했다. 그는 놀란 나머지 손으로 이마를 짚고서, 입에 든 체스터 치즈를 바른 검은 호밀 빵을 씹어서 삼키는 것을 까맣게 잊고 있었다. 사람들이 식탁에서 일어났을 때까지도 그의 입에는 호밀 빵이 들어 있었다.

사람들은 곧장 앞쪽 홀로 통하는 좌측 유리문, 늘 쾅 하고 닫히며 사람들을 깜짝 놀라게 만드는 유리문을 통해 밖으로 나갔다. 거의 모든 손님들이 이 문을 이용했다. 한스 카스토르프가 들은 바에 따르면 저녁 식사 후에는 홀과 이에 인접한 살롱에서 사교 모임이 벌어지기 때문이었다. 대부분의 환자들이 여기저기 작은 무리를 지어 이야기꽃을 피우고 있었다. 녹색 나사(羅紗)를 씌운 두 개의 접는 탁자에서는 카드놀이에 열중하고 있었는데, 한 탁자에서는 도미노를, 다른 탁자에서는 브리지를 하고 있었다. 브리지 놀이를 하는 젊은이들 중에는 알빈 씨와 헤르미네 클레펠트도 끼어 있었다. 또 첫 번째 살롱에는 광학을 응용한 오락 시설이 두서너 개 있었는데, 이것은 렌즈를 통해 내부에 장착된 사진을 볼 수 있는 입체 요지경이었다. 이를테면 베니스의 곤돌라 사공이 움직이지도 않고 핏기 없는 모습으로 서 있는 것이 보였다. 두 번째로 거기에 달린 바퀴를 가볍게 움직이면 갖가지 색의 별과 아라베스크 무늬가 요술처럼 다채롭게 변하는 망원경식 만화경이 있었다. 마지막으로 빙빙 도는 북 같은 통에 활동사진의 필름을 넣고 통 옆에 뚫린 구멍으로 들여다보는 놀이 기구가 있었다. 거기에서는 굴뚝 청소부와 싸우는 방앗간 주인, 학생을 벌주는 학교 선생, 줄 위를 뛰어다니는 줄타기 광대, 민속춤을 추는 농부 부부를 볼 수 있었다. 한스 카스토르프는 차가운 손을 무릎에 얹고 이런 기구들을 비교적 오랫동안 하나하나 찬찬히 들여다보았다. 그리고 불치병 환자인 알빈 씨가 입가에 미소를 띠며 사교가다운 능숙한 솜씨로 카드를 다루는 브리지 탁자에도 잠시 머물렀다. 한쪽 구석에는 크로코프스키 박사가 슈퇴어 부인, 일티스 부인 및 레비 양 같은 여자들에 반원형으로 둘러싸인 채 활기차고 정답게 대화를 나누고 있었다. 일류 러시아인 석의 멤버들은 카드놀이 방과 커튼으로만 나뉜 좀 더 작은 방으로 들어가 거기서 친밀한 그룹을 형성하고 있었다. 거기에는 쇼샤 부인 말고도 가슴팍이 쑥 들어가고 눈알이 툭 튀어나온, 금발의 수염을 기른 힘이 없어 보이는 신사가 있었다. 또 금귀고리를 달고 짙은 갈색의 곱슬머리가 흐트러진, 독특하고 우스꽝스러운 모습의 소녀도 있었다. 또한 블루멘콜 박사도 이들과 어울리고 있었고, 어깨가 축 처진 두 명의 청년도 있었다. 쇼샤 부인은 흰 레이스 깃을 단 푸른 옷을 입고 있었다. 그룹의 중심 인물인 그녀는 얼굴은 카드놀이 방을 향한 채 조그만 방의 둥근 탁자 뒤 소파에 앉아 있었다. 한스 카스토르프는 행실이 단정하지 못한 이 여자를 못마땅한 시선으로 바라보면서 골똘히 생각에 잠겼다. 그녀는 무엇인지는 말할 수 없지만 무언가를 생각나게 해 주었다. 머리숱이 듬성듬성한 서른 살가량의 키다리 사나이가 갈색의 소형 피아노 앞에서 멘델스존의 「한여름 밤의 꿈」에 나오는 「결혼 행진곡」을 세 번 연달아 연주했다. 몇몇 여자들이 독촉을 해 대자 그는 한 사람 한 사람의 눈을 말없이 물끄러미 바라보고는 선율이 아름다운 그 곡을 네 번째로 연주하기 시작했다.

"실례합니다, 건강 상태는 어떤지요, 엔지니어 양반?" 두 손을 바지 주머니에 찌르고 손님들 사이를 어슬렁거리던 세템브리니가 한스 카스토르프에게 다가오며 말을 걸었다. 여전히 그는 성긴 나사로 만든 회색 상의에다 체크무늬의 밝은 바지를 입고 있었다. 그는 미소 지으면서 말을 걸었으나, 한스 카스토르프는 치켜 올라간 검은 콧수염을 기르고 우아하게 조롱하듯 입술을 비죽거리는 그를 다시 보자 그만 흥이 깨지고 말았다. 한스 카스토르프는 입을 헤 벌리고 충혈 된 눈으로 그 이탈리아인을 멍하니 바라보았다.

"아, 당신이군요." 그가 말했다. "오늘 아침 산책길에서 만난 분이시군요. 저 위의 벤치에서…… 개울가에서…… 물론, 금방 당신을 알아보았습니다. 어떻게 생각하세요?" 그는 해서는 안 되는 말인 줄 알면서도 계속했다. "처음 보는 순간 당신을 손풍금장이 같다고 생각한 것을 말이에요. 물론 순전히 터무니없는 생각이긴 하지만요." 세템브리니의 시선이 차갑게 살피는 듯한 표정을 짓자 그는 이렇게 덧붙였다. "한마디로 끔찍하게 바보 같은 생각이지요! 나로서는 정말 알 수 없는 일입니다. 세상에 내가……"

"개의치 마세요, 그건 아무 일도 아닙니다." 세템브리니는 또한 번 젊은이를 말없이 살펴본 뒤 대꾸했다. "그런데 낮은 어떻게 보냈나요? 이 유원지에서 보낸 첫 날을 말이오."

"감사합니다. 죄다 규정대로요." 한스 카스토르프가 대답했다. "당신이 즐겨 말하듯이 주로 '수평 생활'을 하면서요."

세템브리니는 미소 지었다.

"내가 어쩌다 그런 표현을 했는지 모르겠군요." 그가 말했다. "자, 그럼 이런 생활 방식을 재미있다고 생각했나요?"

"생각하기에 따라 재미있다고도 할 수 있고 지루하다고도 할 수 있습니다." 한스 카스토르프가 대꾸했다. "때때로 이 두 가지는 구별하기가 쉽지 않습니다. 나는 전혀 지루하지 않았어요. 당신이 사는 이 위에서는 무척이나 활발한 활동이 일어나기 때문입니다. 새롭고 색다른 일들을 수없이 보고 듣고 있습니다. 그런데 다른 한편으로는 내가 이 위에 온 지 하루가 아니라 벌써 꽤 오랜 시간이 흐른 것처럼 생각됩니다. 내가 이 위에 와서 금세 나이가 더 들고 더 똑똑해진 것처럼 느껴집니다."

"더 똑똑해졌다고요?" 세템브리니는 이렇게 말하며 눈썹을 치켜 올렸다. "묻는 게 실례가 아니라면, 대체 몇 살이나 됐는데요?"

하지만 어쩐된 일인지 한스 카스토르프는 자신의 나이를 알 수 없었다! 그는 이 순간 자신의 나이를 생각해 내려고 거의 필사적으로 애를 써 보았지만 도무지 생각나지 않았다. 그는 시간을 벌기 위해 스스로 질문을 반복하고는 이렇게 말했다.

"나의…… 나이 말입니까? 물론 스물네 살입니다. 얼마 안 있으면 스물네 살이 됩니다. 죄송하지만, 피곤해서요." 그가 말했다. "그런데 피곤하다는 말 가지고는 내 몸 상태에 대한 충분한 설명이 되지 않을 것 같군요. 우리가 꿈을 꾸고 있을 때 꿈을 꾼다는 것을 알고 꿈에서 깨어나려고 아무리 노력해도 깨어날 수 없다는 것을 아십니까? 내 상태가 바로 그렇습니다. 열이 있는 게 분명합니다. 달리는 도저히 설명할 수 없어요. 발은 무릎 위까지 차가운 것을 믿으시겠습니까? 그렇게 말할 수 있다면 말입니다, 무릎은 물론 발이 아니기 때문이지요. 죄송합니다, 내 정신이 극도로 혼란스러워서요. 이것도 하등 이상한 일이 아닐지도 모르지요. 꼭두새벽부터 기흉에서 나오는 이상한 휘파람 소리를 들었고, 좀 있다가는 알빈 씨가 소동을 부리며 하는 말을 들었습니다. 그것도 수평 상태에서 말입니다. 이제는 다섯 가지 감각 기관을 더는 믿을 수 없을 것 같습니다. 그리고 솔직히 말하면 화끈거리는 얼굴이나 차가운 발보다 이것이 훨씬 더 견디기 힘듭니다. 솔직히 말씀해주십시오. 슈퇴어 부인이 스물여덟 가지 생선 소스를 만들 수 있다는 것을 가능하다고 생각하십니까? 그녀가 진짜 그것을 만들 수 있는지 묻는 것이 아니라—그건 절대 불가능하다고 생각하니까요—그녀가 정말 아까 식탁에서 그렇게 주장했는지, 아니면 나에게 그냥 그렇게 들렸는지 그걸 알고 싶을 뿐입니다."

세템브리니는 한스 카스토르프의 얼굴을 물끄러미 들여다보았다. 그는 한스 카스토르프의 말을 주의 깊게 듣지 않는 것 같았다.

그의 눈은 다시 뚫어져라 '응시' 하면서 초점을 잃고 멍하게 바뀌었다. 오늘 아침처럼 그는 세 번 "그래, 그래, 그래요"와 "이봐, 이봐, 이봐요"라고 말했다. 그러면서 그는 조롱하는 듯한, 생각에 잠긴 듯한 표정으로 첫 글자를 강하게 발음했다.

"스물네 살이라고 했지요?" 좀 있다가 그가 물었다.

"아닙니다, 스물여덟입니다!" 한스 카스토르프가 말했다. "스물여덟 가지 생선 요리입니다! 일반적인 소스가 아니라 특수한 생선 소스 말입니다. 그건 당치도 않은 말이지요."

"엔지니어 양반." 세템브리니는 성이 나서 면박을 주는 듯한 어조로 말했다. "정신을 가다듬고 그런 말도 안 되는 이야기는 그만두십시오! 나는 그런 건 알지도 못하고 알고 싶지도 않습니다. 스물네 살이라고 그랬지요? 음…… 그럼 또 한 가지 질문을 하거나, 원한다면 온당한 제안을 하는 것을 언짢게 생각지 말아 주십시오. 이곳에 머무는 것이 당신 몸에 좋지 않은 것 같습니다. 내 생각이 틀리지 않는다면 육체적으로나 정신적으로도 이곳이 당신 몸에 좋지 않은 것 같습니다. 이곳에서 더 늙어 버리고 싶지 않다면 오늘 밤에라도 당장 짐을 꾸려, 내일 정기 급행 열차로 이곳을 떠나는 것이 어떨까요?"

"나더러 떠나라는 말씀입니까?" 한스 카스토르프가 물었다. "어제 겨우 도착한 이곳을요? 하지만 안 됩니다, 겨우 하루 지내 보고 어떻게 판단할 수 있겠어요!"

그는 이 말을 하면서 우연히 옆방을 바라보니, 눈이 가늘고 광대뼈가 튀어나온 쇼샤 부인이 자기 쪽을 향해 앉아 있는 것이 눈에 띄었다. 그는 그녀가 무엇을, 도대체 누구를 연상시키는 얼굴일까 생각했다. 하지만 피곤해서 퍼뜩 생각해 가지고는 알아낼 수 없었다.

"물론 이 위의 분위기에 적응하는 게 쉬운 일은 아닙니다." 그는 말을 계속 이어 갔다. "그건 예상할 수 있는 일이었습니다. 며칠 동안 좀 혼란스럽고 얼굴이 화끈거린다고 해서 곧장 낙담하여 계획을 변경한다면 그야말로 부끄러운 일입니다. 정말 자신이 비겁하게 여겨지고, 뿐만 아니라 이성에 반하는 것입니다. 아닙니다, 당신 자신도 말……"

한스 카스토르프는 갑자기 따지듯이 말하며 흥분하여 어깨를 들썩이기까지 했는데, 이는 그 이탈리아인이 자신의 제안을 철회하도록 다그치는 동작 같았다.

"나는 당신의 이성에 경의를 표합니다." 세템브리니가 대답했다. "그리고 용기에도 경의를 표합니다. 당신의 말은 지당합니다. 거기에는 뭐라고 반박할 말이 없는 것 같습니다. 그리고 사실 여기서도 잘 적응한 몇몇 사례를 보아 왔습니다. 가령 작년에 이곳에 있었던 명문가 출신의 크나이퍼 양을 들 수 있습니다. 즉 고위 공무원의 딸인 오틸리에 크나이퍼 말입니다. 그녀는 이곳에 일년 6개월 가량 있었는데, 이곳 생활에 훌륭하게 적응해서 건강을 완전히 회복했습니다. 이곳에서도 때때로 건강을 회복하는 사례가 있거든요. 그런데도 그녀는 결단코 이곳을 떠나려 하지 않았습니다. 그냥 이곳에 있게 해 달라고 고문관한테 애걸했으니까요. 집에 돌아갈 수 없고, 돌아가기도 싫고, 여기가 자기 집이다, 여기가 자기는 행복하다면서 말입니다. 그런데 마침 손님들이 몰려들어 그녀의 방을 비워 줘야 했기 때문에 그녀의 애원도 소용없었지요. 요양원에서는 건강하니 퇴원하라는 주장을 굽히지 않았던 겁니다. 그러자 오틸리에는 고열이 생겨 체온이 급상승하게 되었습니다. 그런데 그녀가 보통 사용하는 체온계가 아니라 '무한정 체온계'를 사용한 것이 발각되고 말았습니다. 당신은 그게 무엇인지 모르겠습니다만, 그건 눈금이 없는 체온계를 말합니다. 그래서 의사가 그것에 자를 대고 체크해서는, 체온표에다 직접 기입하는 겁니다. 오틸리에는 36.9도였습니다. 그러니까 열이 없는 셈이었지요. 그러자 그녀는 호수에 들어가 수영을 했습니다. 그때가 5월 초라 밤에는 몹시 추웠지만 그렇다고 호수가 얼음장처럼 차지는 않았지요. 정확히 말하면 수온은 영상 2, 3도 정도였습니다. 어떻게 해서든 열이 나게 하기 위해 물에 꽤 오랫동안 들어가 있었습니다. 하지만 그 결과는? 아무리 해도 몸이 나빠지지 않았던 것입니다. 그녀는 부모가 위로하는 말에도 아랑곳하지 않고 고통과 절망 속에 떠났습니다. '저 아래에서 무얼 하란 말인가요?' 그녀는 거듭 소리쳤지요. '여기가 내 고향인데요!' 그녀가 나중에 어떻게 되었는지는 모르겠습니다. 그런데 당신도 내 말을 귀담아 듣지 않는 것 같습니다. 엔지니어 양반? 내 생각이 틀리지 않는다면 당신은 두 다리로 서 있는 것조차 힘들어 보입니다. 소위님, 여기 사촌을 좀 맡으십시오!" 마침 가까이 다가온 요아힘을 향해 그가 고개를 돌리며 말했다. "침대로 데리고 가십시오! 이성과 용기를 겸비한 사촌이지만 오늘 저녁은 서 있기조차 힘들어하는군요."

"아닙니다, 정말, 나는 당신 말을 다 이해했습니다." 한스 카스토르프가 단언하듯 말했다. "무한정 체온계란 그러니까 눈금이 없는 수은주를 말하는 거지요. 보십시오, 죄다 알아들은 거지요!" 하지만 한스 카스토르프는 요아힘과 다른 여러 환자들과 함께 승강기를 타고 올라갔다. 오늘 밤의 모임은 이것으로 끝이 나고 사람들은 뿔뿔이 흩어져 밤의 안정 요양을 위해 홀과 발코니를 찾아갔다. 한스 카스토르프는 요아힘의 방으로 따라 들어갔다. 복도에는 바닥에 깔아 둔 야자 껍질 깔개가 발밑에서 부드럽게 물결치고 있었지만 그리 불쾌하게 느껴지지는 않았다. 그는 꽃무늬가 그려진 요아힘의 커다란 팔걸이의자에 앉아—이런 의자는 자신의 방에도 있었다—마리아 만치니에 불을 붙였다. 시가는 아교, 석탄 및 다른 여러 가지 맛이 났지만 원래의 맛만은 나지 않았다. 하지만 이에 아랑곳하지 않고 그는 계속 피웠다. 그러면서 요아힘이 안정 요양을 위한 준비를 하는 것을 지켜보았다. 요아힘은 군복 같은 실내복으로 갈아입고, 그 위에 좀 낡은 외투를 걸치고는 나이트 테이블용 전기스탠드와 러시아어 교본을 들고 발코니로 나갔다. 거기서 그는 소형 스탠드에 불을 켜고 체온계를 입에 물고는 접이식 침대에 누워, 의자에 펴져 있던 두 장의 커다란 낙타털 담요를 놀라울 만큼 숙련된 동작으로 몸에 돌돌 말기 시작했다. 한스 카스토르프는 사촌의 능숙한 솜씨를 바라보면서 놀라움을 금치 못했다. 요아힘은 겹친 두 장의 담요를 한 장씩, 처음에는 왼쪽에서 세로로 겨드랑이 밑까지 덮고, 그다음 아래서부터 발을 덮은 다음, 오른쪽에서부터 같은 동작을 되풀이했다. 그리하여 마지막으로 완전히 대칭이 잘 잡힌 매끈한 꾸러미 모양이 되어, 머리와 양어깨 그리고 팔만 빼꼼 드러나 보일 뿐이었다.

"정말 잘하는구나." 한스 카스토르프가 말했다.

"연습을 많이 하면 이렇게 되지." 요아힘이 이빨로 온도계를 물면서 대답했다. "너도 배우게 되겠지. 내일은 네가 쓸 담요를 몇 장 꼭 구해야겠어. 아래에 가서도 쓸 수 있고, 이 위에서도 필수품이니까. 특히 네게는 슬리핑백도 없으니까 말이야."

"그렇다고 밤에 발코니에서 잘 수는 없어." 한스 카스토르프가 설명했다. "미리 말해 두는데 그건 할 수 없어. 그러면 이상한 기분이 들지도 몰라. 모든 것에는 한계가 있는 법이지. 그리고 내가 너희가 사는 이 위에 손님으로 왔다는 점을 분명히 말해 두어야겠어. 나는 잠시 여기 앉아 시가나 피워야겠어. 맛은 형편없지만 마리아의 질이 나빠 그런 게 아니라는 걸 알아. 오늘은 이것으로 만족해야지. 얼마 안 있으면 아홉 시군. 물론 아직도 아홉 시가 안 됐다는 게 유감인걸. 그렇지만 아홉 시 반이면 그럭저럭 침대에 들어가도 괜찮을 시각이라 말할 수 있겠지."

그는 심한 오한을 느꼈다. 한번 그런 다음 잇달아서 여러 번 오한을 느꼈다. 한스 카스토르프는 자리에서 벌떡 일어나 마치 현행범으로 붙잡으려는 듯이 벽에 걸린 온도계 앞으로 달려갔다. 실내 온도는 영상 9도였다. 스팀관에 손을 대어 보니 차가웠다. 8월이라고 해서 스팀을 때지 않는 건 괘씸한 일이다. 달이 문제가 아니라 그때그때의 기온이 문제인데, 그리고 자신은 지금 개처럼 떨고 있는데, 하면서 그는 밑도 끝도 없는 말을 혼자 중얼거렸다.

그런데도 그의 얼굴은 타는 듯이 화끈거리는 것이었다. 그는 다시 앉았다가 또 한 번 일어나 중얼거리며 요아힘에게 담요를 좀 빌려 달라고 부탁했다. 그러고는 의자에 앉으면서 무릎 위로 담요를 폈다. 이렇게 그는 열과 오한을 동시에 느끼면서 앉아 제 맛이 나지 않는 담배로 고통을 겪었다. 그는 말할 수 없이 비참한 기분이 들었다. 지금까지 살면서 이러한 기분이 든 것은 처음이었다. "정말 참담하구나!" 그는 중얼거렸다. 하지만 그러는 와중에 이상하게도 기쁨과 희망이라는 방종한 감정이 느닷없이 그의 뇌리를 스치는 것이었다. 그는 혹시 이런 감정이 다시 생기지 않을까 기다리면서 가만히 앉아 있었다. 하지만 그런 감정이 다시는 일어나지 않았고, 다만 참담한 기분만이 남아 있을 뿐이었다. 그래서 그는 이윽고 자리를 털고 일어나 요아힘의 담요를 침대에 도로 던져 주고는, 입을 비죽거리며 "잘 자!"니 "얼어 죽지나 말고!"니 "아침 식사 때 또 나를 불러 줘!" 같은 말을 중얼거렸다. 그러고는 비틀거리며 복도를 지나 자기 방으로 건너갔다.

그는 옷을 벗으며 콧노래까지 불렀으나 이는 결코 즐거워서가 아니었다. 그는 세세하게 손을 놀리며 문화적인 의무인 밤의 몸치장을 마쳤으나 이를 제대로 신중하게 한 것이 아니라 그냥 기계적으로 해치웠을 뿐이다. 그는 여행용 향수병에서 분홍색 물 치약을 꺼내 컵에 붓고는 신중하게 양치질을 하고, 보라색의 부드러운 고급 비누로 손을 씻었다. 그러고는 안주머니에 HC*라는 철자가 수놓인 기다란 고급 삼베 잠옷을 입었다. 그런 다음 자리에 눕고는, 미국 여자가 임종 때 쓰던 베개 위에 뜨겁고 혼란스러운 머리를 엎으면서 불을 껐다.

곧 잠이 들 줄 알았는데 그것은 착각이었다. 조금 전까지만 해도 뜨고 있기가 그토록 힘들던 눈꺼풀이 이제는 도저히 감기지가 않았으며, 모처럼 감겼다고 생각할라치면 다시 불안에 못 이겨 번쩍 떠지는 것이었다. 아직 평소에 잠자는 시간이 아니라서 그런 거야, 하고 자신에게 타이르고, 그런 다음에는 아마 낮에 너무 많이 자서 그렇겠지, 하고 스스로를 위로했다. 게다가 바깥에서는 융단을 두드리는 소리가 들려왔다. 그럴 리가 없고 실제로 그렇지도 않았다. 이는 다름 아닌 한스 카스토르프의 심장이 뛰는 소리였다. 그것은 몸 밖의 어딘가 저 멀리서 갈대로 엮은 먼지떨이로 융단을 두드리는 소리처럼 들렸다.

방 안은 아직 완전히 캄캄해지지는 않았다. 요아힘과 이류 러시아인 석 부부의 발코니에 있는 전기스탠드 불빛이 바깥의 열린 발코니 문을 통해 새어 들어왔기 때문이다. 눈을 깜빡이며 반듯이 누워 있는 동안 갑자기 낮에 받은 어떤 인상이 그의 마음에 새로 똬리를 트는 것이었다. 그것을 목격하고 깜짝 놀라면서 기분이 묘해졌지만 곧 다시 잊어버리려 한 것이었다. 그것은 마루샤와 그녀의 육체적인 특성이 화제에 오르자 요아힘의 얼굴에 나타난 표정이었다. 그때 그의 입술은 거의 울 것처럼 일그러지고, 햇볕에 그을린 그의 볼에 푸르죽죽한 반점이 생기며 얼굴이 하얗게 질렸다. 한스 카스토르프는 그것이 무엇을 의미하는지를 이해하고 전모를 꿰뚫어 보았다. 그리고 그것을 새롭고도 자세하며 절실하게 이해하고 꿰뚫어 보았기 때문에 저 바깥의 갈대 먼지떨이로 두드리는 것 같은 소리가 속도와 강도를 두 배로 하여, 플라츠에서 들려오는 세레나데의 울림을 덮어 버리고 지워 버릴 정도였다. 저 아래호텔에서는 또다시 연주회가 열리고 있었다. 균형이 잡혀 운치가 없고 무미건조한 소가극풍의 멜로디가 어둠을 타고 이 위로 울려왔다. 때문에 한스 카스토르프는 속삭이듯 휘파람을 불면서(속삭이듯 휘파람을 불 수 있다), 새털 담요 밑의 차가운 두 발로 박자를 맞추었다.

물론 이런 상태에서는 잠들 수 없었고, 한스 카스토르프도 이제는 잠이 오리라고는 추호도 생각하지 않았다. 요아힘의 얼굴이 왜 그렇게 하얗게 질렸는가를 새삼 생생하게 이해하자 그에게 세계가 새롭게 인식되었다. 그리고 예의 방종한 기쁨과 희망의 감정이 다시 그의 마음 깊은 곳에서 일어났다. 그는 아직도 무언가를, 스스로에게 뭐라고 물어 볼 수도 없는 무언가를 막연히 기다렸다. 하지만 그의 좌우의 사람들이 야간 안정 요양을 끝내고 바깥 수평 상태를 실내 수평 상태로 바꾸기 위해 방 안으로 들어가는 소리를 들었을 때, 옆방의 야만적인 부부도 오늘 밤은 얌전히 굴겠지 하는 기대를 내심 품어 보았다. 그럼 조용히 잠들 수 있을거야, 하고 그는 생각했다. 그들이 오늘 밤은 조용히 지낼 거야, 그러기를 빌어 마지않는다! 하지만 그들은 얌전히 굴지 않았고, 한스 카스토르프도 솔직히 그럴 거라고 생각하지 않았다. 사실을 말하면, 만약 그들이 조용히 지냈더라면 그 자신이 이상하게 생각했을지도 모른다. 그럼에도 그는 들려오는 소리에 화들짝 놀라속으로 이렇게 외치지 않을 수 없었다. "아니, 이럴 수가 있나!"

그가 소리 죽여 외쳤다. "대단하군! 어쩜 이럴 수가 있을까?" 그러는 사이에도 그는 저 아래에서 끈덕지게 들려오는 무미건조한 소가극풍의 멜로디에 맞춰 속삭이듯 휘파람을 불었다.

그러다가 한참 후에 깜빡 잠이 들었다. 이와 동시에 도착한 첫 날밤에 꾸었던 꿈보다 더 종잡을 수 없는 꿈에 빠져들었다. 끔찍한 광경에 놀라거나 또는 어수선한 상념을 좇다가 여러 번 잠에서 벌떡 깨기도 했다. 꿈에서 베렌스 고문관이 나타나기도 했다. 그는 두 팔을 앞으로 뻣뻣이 내밀고 무릎을 굽힌 채 정원의 오솔길을 어슬렁거리고 있었다. 그는 보폭이 넓고 흡사 황량한 기분이 드는 걸음걸이로 멀리서 들려오는 행진곡에 박자를 맞추며 걷고 있었다. 한스 카스토르프 앞에 멈추어 선 고문관을 보니 그는 도수가 높고 알이 둥그스름한 안경을 끼고 있었고, 앞뒤가 맞지 않는 말을 늘어놓는 것이었다. "아무렴, 민간인이고말고!" 그는 이렇게 말하며, 허락도 구하지 않고 다짜고짜 솥뚜껑 같은 손의 집게손가락과 가운데손가락으로 한스 카스토르프의 눈꺼풀을 뒤집어 보았다. "내가 첫눈에 알아본 대로 행실이 바른 민간인이군요. 하지만 재능이 없다고도 할 수 없어요. 전신 연소 작용을 증진시키는 재능 말입니다! 이 위의 우리 곁에서 2, 3년쯤 속 편히 근무하는 것을 아까워하지 않겠지요! 자, 어이쿠, 그럼 여러분, 어서 산보를 계속하시구려!" 그는 이렇게 외치면서 두 개의 거대한 집게손가락을 입에 넣고는 묘하게도 듣기 좋은 휘파람 소리를 냈다. 그러자 여선생과 로빈슨 양이 실제보다 오그라든 모습으로 각기 다른 방향에서 날아와, 식당에서 한스 카스토르프의 좌우에 앉듯이 베렌스의 좌우 어깨에 살포시 앉는 것이었다. 그런 상태에서 베렌스 고문관은 껑충껑충 뛰는 걸음걸이로 걸어가면서 냅킨을 안경알 속으로 집어넣고 눈을 닦았다. 그런데 닦는 게 땀인지 눈물인지 알 수 없었다.

다음으로 그는 학교 교정에 있는 듯한 꿈을 꾸었다. 그는 오랜 세월 동안 수업 중간의 휴식 시간을 그 교정에서 보냈다. 그리고 역시 그 자리에 있던 쇼샤 부인에게서 막 연필을 하나 빌리려는 참이었다. 그녀는 은색의 연필꽂이에 꽂혀 있는 붉은색의 동강 연필을 그에게 주었다. 그러면서 그녀는 한스 카스토르프에게 듣기 좋은 쉰 목소리로 수업이 끝나면 꼭 자기에게 돌려달라는 당부의 말을 했다. 그녀가 튀어나온 광대뼈 위의, 회색과 녹색이 섞인 가느다란 푸른 눈으로 쳐다보자 그는 꿈에서 빠져나오려고 발버둥을 쳤다. 그녀가 무엇을, 누구를 그토록 생생하게 상기시켜 주는지 이제 알 수 있어서, 그는 이 기억을 꼭 붙잡고 싶었다. 그는 서둘러 이러한 인식을 내일을 위해 안전하게 보관했다. 다시 잠과 꿈에 사로잡히는 자신을 느꼈기 때문이다. 그리고 이어서 곧장, 정신 분석을 실시하기 위해 그에게 다가오는 크로코프스키 박사를 피해 자신이 도망치는 모습이 보였다. 한스 카스토르프는 정신 분석에 대해 터무니없고, 정말 말도 안 되는 두려움을 느끼고 있었다. 그는 여러 개의 발코니를 통과하고 유리 칸막이들을 지나 박사를 피해 절뚝거리며 도망쳤다. 그는 생명의 위험을 무릅쓰고 정원으로 뛰어내려서는 막다른 궁지에 몰리자 적갈색의 깃대에 기어오르려고 했다. 그러다가 뒤쫓아 온 의사에게 바지 자락을 붙잡히는 순간 그는 땀에 흥건히 젖은 채 꿈에서 깨어났다.

얼마쯤 마음의 안정을 찾자마자 그는 다시 깜빡 잠이 들었는데, 이번에는 꿈이 다음과 같이 전개되었다. 한스 카스토르프는 앞에 서서 미소를 흘리고 있는 세템브리니를 어깨로 떠밀려고 애를 썼다. 무성한 검은 콧수염이 아름다운 곡선을 그리며 치켜 올라간 그는 우아하나 무정하고도 조롱하듯 미소를 짓고 있었다. 한스 카스토르프를 무엇보다도 언짢게 한 것은 바로 그 미소였다. "방해하지 마세요!" 그는 자신이 이 말을 하는 것을 꿈결에도 분명히 들었다. "저리 가세요! 당신은 손풍금장이에 지나지 않습니다. 방해가 되니 이곳에서 가 주세요!" 하지만 세템브리니는 그 자리에서 꿈쩍도 하지 않았다. 한스 카스토르프는 선 채로 이제 어떡하면 좋을까 하고 곰곰 생각해 보았다. 이때 전혀 예기치 않게도 시간이란 과연 무엇인가에 대한 탁월한 생각이 그의 뇌리에 떠올랐다. 시간이란 다름 아닌 무한정 체온계에 지나지 않는다. 의사를 속이려는 사람들이 사용하는, 눈금이라고는 전혀 없는 수은주인 것이다. 한스 카스토르프는 이러한 깨달음을 내일 사촌 요아힘에게 알려 줘야겠다고 굳게 다짐하면서 잠에서 깨어났다.

이러한 모험을 하고 깨달음을 얻는 가운데 밤이 지나갔다. 알빈 씨나 미클로지히 대위뿐 아니라 헤르미네 클레펠트도 꿈속에서 종잡을 수 없는 역할을 맡았다. 미클로지히 대위는 슈퇴어 부인을 입에 물고 달아나려다가 파라반트 검사의 창에 찔렸다. 어떤 꿈은 하룻밤에 심지어 두 번이나 꾸기도 했다. 그것도 두 번 다 똑같은 내용의 꿈을 말이다. 두 번째 꿈은 새벽 무렵에 꾸었다. 그가 일곱 개의 식탁이 있는 식당에 앉았는데, 유리문이 요란한 소리를 내며 쾅 닫히는 것이었다. 그때 흰 스웨터를 입은 쇼샤 부인이 한 손을 주머니에 넣고 다른 손은 뒷머리에 갖다 댄 채 식당으로 들어왔다. 하지만 이 무례한 여자는 일류 러시아인 석으로 가지 않고 소리 없이 한스 카스토르프 쪽으로 다가와, 말없이 손을 내밀며 키스해 달라고 했다. 하지만 그녀는 손등이 아니라 손바닥을 내미는 것이었다. 그래서 한스 카스토르프는 그녀의 고상하지 못한 손, 손톱 주위의 피부가 거칠고 손가락이 약간 뭉툭하고 짧은 손에 입을 맞추었다. 그리고 이 순간 그가 시험 삼아 명예의 짐에서 벗어난 기분이 되어, 불명예의 무한한 특전을 누렸을 때 마음속에서 끓어오르던 방종한 감미로움의 감정이 다시 머리부터 발끝까지 전신에 스며들었다. 그는 이러한 감정을 꿈속에서 다시 느꼈는데, 이는 현실에서보다 훨씬 더 강렬했다.

제4장

필요한 물건 사들이기

"이제 너희의 여름은 끝난 거야?" 한스 카스토르프는 사흘째 되던 날에 사촌에게 반어적으로 물었다.

날씨가 갑자기 돌변한 것이다.

청강생이 이 위에서 보낸 이틀째는 여름날처럼 화창했다. 창끝처럼 뻗어 나온 가문비나무 새싹 위로 새파란 하늘이 빛났고, 골짜기 아래의 마을은 햇빛이 눈부시게 내리쬐었다. 햇살을 받아 따사롭게 보이는 산중턱의 넓지 않은 풀밭에서는 암소들이 한가로이 돌아다니며 풀을 뜯고 있었고, 그들의 방울 소리는 주변 공기를 맑고 평화롭게 채워 주었다. 여자들은 벌써 첫 번째 아침 식사 때에 빨기 쉬운 부드러운 블라우스를 입고 나타났고, 몇몇 여자들은 심지어 소매에 구멍이 숭숭 뚫린 레이스를 단 옷을 입고 나오기도 했는데, 이러한 차림이 모두에게 잘 어울린다고는 할 수 없었다. 이를테면 슈퇴어 부인에게는 그러한 복장이 어울리지 않았다. 그녀의 팔은 너무 뚱뚱해서 그런 하늘하늘한 복장이 전혀 맞지 않았다. 요양원의 남자들도 그런 화창한 날씨에 어울리게 각자나름대로 외모에 신경을 썼다. 번쩍거리는 알파카 재킷과 아마포양복도 등장했다. 그리고 푸른색 상의에 상앗빛 플란넬 바지를 받쳐 입은 요아힘 침센의 모습은 완전히 군인 같은 인상을 주었다. 세템브리니조차도 옷을 갈아입고 싶다는 뜻을 거듭 피력했다. "젠장!" 그는 점심을 먹고 사촌들과 플라츠로 산책을 나가며 말했다. "햇볕이 따갑군요! 좀 더 가벼운 옷으로 갈아입어야겠어요." 말은 이렇게 그럴듯하게 했지만 그는 여전히 성긴 나사로 만든 깃이 넓고 기다란 상의와 체크무늬 바지를 입고 다녔다. 아마 옷장에 갖고 있는 옷이 그것밖에 없는 모양이었다.

그러다가 사흘째 되는 날 천지가 개벽하고 모든 질서가 뒤집혀 버린 것 같았다. 한스 카스토르프는 도저히 자신의 눈을 믿을 수 없었다. 주된 식사인 점심 식사를 마치고 난 뒤였다. 20분 정도 안정 요양을 하고 있는데 태양이 갑자기 모습을 감추고 남동쪽 산등성이 위로 이탄(泥炭) 같은 시커먼 먹구름이 몰려오더니 뼛속까지 스며드는 낯설고도 매서운 바람이 불어닥쳤다. 마치 얼음에 덮인 북극 어딘가에서 불어온 듯한 그 바람이 별안간 골짜기에 휘몰아치자 기온이 뚝 떨어지면서 주변 상황이 완전히 일변해 버렸다.

"눈이다." 유리 칸막이 뒤에서 요아힘의 목소리가 들려왔다.

"눈이 어떻다는 거야?" 한스 카스토르프가 반문했다. "지금 눈이 올 거라는 말은 아니겠지?"

"틀림없이 눈이 올 거야." 요아힘이 대답했다. "우리는 이런 바람을 잘 알고 있어. 이런 바람이 불면 썰매길이 생기지."

"말도 안 돼!" 한스 카스토르프가 말했다. "아직 8월 초잖아."

하지만 이곳 사정에 밝은 요아힘의 말이 옳았다. 얼마 뒤 계속 천둥소리가 나더니 엄청난 눈보라가 흩날리기 시작했다. 눈보라가 맹렬하게 휘몰아치는 바람에 온 세상이 하얀 안개에 에워싸인 듯해서 마을과 골짜기가 거의 아무것도 보이지 않았다.

오후 내내 눈이 계속 퍼부었다. 스팀이 들어왔고, 요아힘이 슬리핑백에 들어가 요양 근무를 계속할 수 있는 반면, 한스 카스토르프는 방으로 철수해서 의자를 훈훈한 스팀관 옆에 끌어당겨 앉고는 연방 고개를 흔들면서 괴상한 날씨를 바라보았다. 다음날 아침에는 눈이 멎고, 바깥 기온도 약간 따뜻해졌지만 눈은 1피트 높이나 쌓여 있었다. 한스 카스토르프는 완전히 겨울로 변한 풍경을 놀라운 눈으로 바라보았다. 스팀이 다시 들어오지 않았다. 실내 온도는 영상 6도를 가리키고 있었다.

"이제 너희의 여름은 끝난 거야?" 한스 카스토르프가 사촌에게 신랄한 반어조로 물었다.

"꼭 그렇다고는 할 수 없어." 요아힘이 사실대로 대꾸했다. "또 여름 같은 멋진 날씨가 오게 될 거야. 9월에도 그런 날씨가 가능해. 하지만 여기서는 계절이 딱 구별된다고 할 수 없어. 계절이 서로 뒤죽박죽이 되어 달력대로는 아니거든. 겨울에 종종 햇볕이 너무 강해 산보를 하다 보면 땀이 나서 상의를 벗어야 할 때도 있어. 그리고 여름에도 네가 지금 보는 그대로 가끔 눈이 내려 온 세상을 완전 뒤죽박죽으로 만들어 버리지. 물론 1월에도 눈이 오고, 5월에도 적지 않게 눈이 내려. 그리고 네가 보는 바와 같이 8월에도 눈이 내리는 거야. 대체로 눈이 안 오는 달이 없다고 말할 수 있지. 그렇게 생각하면 틀림없어. 요컨대, 겨울 같은 날씨, 여름 같은 날씨, 봄 같은 날씨, 가을 같은 날씨는 있지만 이 위의 우리에게는 엄밀히 말해 사철이라는 것은 없는 셈이지."

"아주 멋진 뒤범벅이군." 한스 카스토르프가 말했다. 그는 안정 요양용 담요를 사려고 덧신에다 겨울 외투를 입고 사촌과 함께 플라츠로 내려갔다. 이런 날씨에는 여행용 모포만으로는 견딜 수 없다는 게 뻔했기 때문이다. 그는 기왕에 슬리핑백을 사는 게 어떨까 하고 잠시 생각했지만 곧 단념하고 말았다. 그리고 그런 생각을 한 사실에 흠칫 놀랐다.

"아니야, 아니야." 그가 말했다. "그냥 담요를 사기로 하지! 그건 저 아래에서도 사용할 수 있으니까. 누구나 담요는 갖고 있으니까 그리 특별하거나 이상할 게 없지. 그러나 슬리핑백은 좀 특수한 것이지. 내가 슬리핑백을 산다면 이곳에 눌러앉아 벌써 너희의 일원이 되는 느낌이 들잖아, 안 그래? 요컨대, 몇 주일 묵는데 슬리핑백까지 살 필요는 없을 것 같다는 말이야."

요아힘도 이 말에 찬성했다. 그래서 두 사람은 영국인 거리의 물건이 풍부한 꽤 큰 상점에서 요아힘이 가진 것과 같은 낙타털 담요 두 장을 샀다. 가로세로가 특별히 길고 감촉이 부드러운 자연색 그대로의 제품이었다. 이들은 국제 요양원 베르크호프 34호실로 당장 보내 달라고 부탁했다. 한스 카스토르프는 그것을 바로 오늘 오후부터 사용해 볼 참이었다.

물론 이때는 두 번째 아침 식사 후의 시간이었다. 하루 일정상 이때 말고는 플라츠에 내려갈 기회가 없었기 때문이다. 지금은 비가 내리고 있었고, 길거리의 눈은 발걸음을 옮길 때마다 죽처럼 튀어 올랐다. 돌아오는 길에 두 사람은 세템브리니와 마주쳤다. 그는 모자는 쓰지 않았지만 우산을 쓰고 역시 요양원으로 터벅터벅 걸어가고 있었다. 이 이탈리아인은 얼굴이 노래 보였고 기분은 분명 우울한 모양이었다. 그는 추위와 습기로 고생이 대단한 모양인지 완벽하고 격조 높은 독일어로 투덜거렸다. "적어도 스팀은 넣어 주어야지! 그런데 이 고약한 권력자들은 눈이 그치자마자 스팀을 꺼 버렸어. 이건 모든 이성을 조롱하는 말도 안 되는 규칙이야!" 그런데 한스 카스토르프가 적당한 실내 온도가 요양법에 속하며, 환자들이 따뜻함에 익숙해지는 것을 예방하려고 그럴 거라고 이의를 제기하자, 세템브리니는 아주 격렬하게 조롱하며 대답했다. "그야, 사실, 요양법이지. 숭고하고 신성불가침한 요양법이지!" 한스 카스토르프가 그것에 대해 정말 적절한 어조로, 말하자면 경건하고 비굴한 어조로 말하고 있다는 것이다. 두드러지게 눈에 띄는 것은—전적으로 좋은 의미에서 눈에 띄는 것이라 할지라도—자신들의 경제적인 이해관계와 정확히 맞아떨어지는 것에만 이 권력자들이 절대적인 숭배를 하는 반면, 그렇지 않은 것에 대해서는 한 눈을 슬며시 감아 버리는 경향이 있다는 것이다. 사촌들이 웃는 동안 세템브리니는 자신이 갈망하는 따뜻함과 관련하여 고인이 된 아버지 이야기를 했다.

"나의 부친은……" 그는 말을 길게 빼며 무언가에 도취한 듯 말했다. "아주 섬세한 분으로, 영혼과 육체가 예민한 분이셨습니다! 아버님은 겨울이 되면 아담하고 따스한 서재를 얼마나 사랑하셨는지 모릅니다. 그야말로 진심으로 사랑했지요. 빨갛게 불타오르는 난로를 가동해 늘 온도가 20도를 유지하게 했습니다. 춥고 습한 날이나 살을 에는 듯한 북풍이 불어오는 날에 집 현관에서 아버님의 서재로 들어가면 따스함이 부드러운 외투처럼 어깨를 감싸 주었고, 눈에는 훈훈한 눈물이 고였지요. 서재는 책과 원고로 발 디딜 틈조차 없었는데, 그 중에는 아주 귀중한 물건도 있었습니다. 아버님은 그 정신적 보물에 둘러싸여 플란넬의 푸른 잠옷을 입고 좁고 경사진 책상에서 문학에 정진하셨습니다. 기품 있고 아담한 몸매의 그는 나보다 머리 한 개는 작았습니다. 그러나, 한번 상상해 보십시오! 관자놀이와 코에 무성한 회색의 구레나룻과 콧수염이 기다랗고 우아하게 자라 있었습니다. 여러분, 참으로 훌륭한 라틴어 문학자였습니다! 당대의 일급 학자로서 몇 안 되는 이탈리아 문학의 전문가이자 누구와도 비길 수 없는 라틴어 문장가였고, 보카치오*의 바람대로 이상적인 문학자였습니다. 아버님과 대화를 나누려고 멀리서 학자들이 찾아왔습니다. 어떤 학자는 하파란다*에서, 어떤 학자는 크라코*에서 찾아왔습니다. 이들은 아버지에게 경의를 표하기 위해 분명 우리 고향 도시 파도바*를 향해 왔던 것입니다. 아버지는 위엄을 가지고 이들을 친절하게 맞이했습니다. 아버님은 또한 탁월한 작가여서 여가 시간에는 우아하기 그지없는 토스카나 방언의 산문체로 단편 소설을 썼습니다. 아버님은 정말 탁월한 문학자였습니다." 세템브리니는 머리를 이리저리 흔들며 모국어의 음절을 혀에서 천천히 녹이면서 언어의 묘미를 남김없이 향유하며 말했다. "아버님은 작은 정원을 베르길리우스의 예를 따라 만드셨습니다." 그는 말을 계속했다. "그리고 아버님이 하시는 말씀은 건전하고 아름다웠습니다. 하지만 서재는 반드시 따스해야 했습니다. 그렇지 않으면 추위에 자신을 떨게 한다고 화가 나서 눈물을 흘리셨을지도 모릅니다. 그러니 한번 상상해 보십시오, 엔지니어 양반과 소위님. 이런 고매한 아버지를 둔 내가 한여름에 추위에 덜덜 떨면서 모욕적인 인상에 끊임없이 영혼이 들볶이는 이런 저주스럽고 야만적인 장소에서 고생해야겠습니까! 아, 정말 참을 수 없어요! 우리를 둘러싸고 있는 사람들이 어떤 부류들인가요! 이 어리석은 악마의 종인 고문관과 크로코프스키." 세템브리니는 혀를 부수어 버리겠다는 듯이 발음했다. "크로코프스키, 이 파렴치한 고해 신부는 나를 미워합니다. 인간으로서의 나의 존엄성이 중놈 같은 그의 괴상한 제단의 희생물이 되는 것을 거부하기 때문이지요. 그리고 나의 식탁에는······ 내가 같이 식사해야 하는 식탁에는 어떤 부류의 인간들이 앉는지 아십니까! 내 오른쪽에는 할레 출신의 마그누스라는 맥주 양조업자가 앉는데, 그의 콧수염은 마치 건초 다발 같지 뭡니까. '나에게 문학 같은 이야기는 말아 주세요!' 그가 말합니다. '문학해서 뭐가 나옵니까? 아름다운 품성이 나온다고요! 아름다운 품성으로 내가 뭘 하겠습니까! 나는 실제적인 인간이어서, 실생활에서 아름다운 품성 같은 것은 거의 본 적이 없다오.' 이것이 그가 문학에 대해 품고 있는 생각입니다. 아름다운 품성을 그렇게 말하다니…… 아, 정말 딱한 일입니다! 그의 맞은편에 앉은 그의 부인은 날이 갈수록 멍청해지는 동안 단백질을 잃고 있습니다. 정말 개탄스러운 일입니다."

요아힘과 한스 카스토르프는 세템브리니의 말에 마치 서로 약속이라도 한 듯 생각이 같았다. 그들은 그 말이 엄살이 심하고 언짢을 정도로 선동적이라고 생각하면서도, 불손하고 신랄하며 반항적인 면에서 물론 재미있는 동시에 유익하다고도 생각했다. 한스 카스토르프는 '건초 다발'이니, '아름다운 품성'이니 또는 세템브리니가 이를 말할 때 보이는 우스꽝스러울 정도의 절망적인 태도를 생각하며 속으로 웃었다. 그래서 한스 카스토르프는 이렇게 말했다.

"하기야 이런 시설에는 잡다한 부류의 사람이 섞이게 마련입니다. 식탁 옆자리에 앉는 사람을 마음대로 선택할 수 없습니다. 또 그런 걸 허락하면 어떻게 되겠습니까? 우리 식탁에도 슈퇴어 부인이라고 그런 부류의 여자가 있습니다. 당신도 그녀를 아시겠지요? 그 여자는 교양이라곤 눈곱만큼도 없다고 할 수 있습니다. 그 여자가 마구 지껄일 때는 시선을 어디에 두어야 할지 모를 때가 가끔 있습니다. 그러면서 자신의 체온이 높고, 기운이 하나도 없다고 하소연합니다. 그런 걸로 보아 병이 결코 가벼운 것 같지는 않습니다. 그런데 병이 있는데 우둔하다는 게 정말 이상합니다. 이런 표현이 옳은지는 모르겠지만 우둔하면서도 아프다는 게 정말 특이하다는 생각이 듭니다. 이 두 가지가 함께 존재하는 것은 세상에서 어쩌면 가장 비참하다고 생각됩니다. 이에 대해 어떤 표정을 지어야 할지 정말 모르겠습니다. 환자에게는 성심성의껏 대하는 것이 인지상정 아니겠습니까? 병은, 이런 말을 해도 된다면 어느 정도는 존경할 만한 것이니까요. 하지만 멍청하게도 '조수'를 '조교'로 '화장품 가게'를 '미장품 가게'로 말하며 실수를 입에 달고 산다면 울어야 할지 웃어야 할지 정말 모르겠습니다. 이것이 인간 감정에서 딜레마를 의미하는 것으로, 이루 말할 수 없을 정도로 참담합니다. 그것은 서로 조화를 이룰 수 없고, 서로 어울리지 않는다고 생각합니다. 우리는 이것을 한데 묶어 생각하는 데 익숙하지 않습니다. 사람들은 우둔한 사람은 건강하고 평범해야 한다고 생각하고, 병은 사람을 섬세하고 현명하며 특수하게 만든다고 생각합니다. 사람들이 대체로 이렇게 생각한다는 말입니다, 그렇지 않습니까? 어쩌면 내가 답변할 수 있는 것 이상으로 말하고 있는지도 모르겠습니다." 그는 말을 끝맺었다. "어쩌다 그만 이런 이야기를 하게 되었네요." 그는 당황해하며 이렇게 얼버무렸다.

요아힘도 좀 당황한 눈빛을 보였다. 세템브리니는 예의상 끝까지 듣고 있다는 듯한 자세를 취하면서 눈썹을 치켜 올린 채 아무 말 없이 있었다. 사실은 자신이 대답하기 전에 한스 카스토르프를 완전히 두 손 들게 만들어야겠다고 마음먹고 있었다.

"이것 참, 엔지니어 양반, 아주 철학적인 재능을 펼치시는군요. 그런 재능을 가지고 있는 줄은 정말 몰랐습니다! 당신의 이론을 따른다면 당신은 보기보다 건강하지 않겠군요. 당신에게는 분명 지적 재능이 있어 보이니까요. 외람된 말씀이지만 당신의 추론을 따를 수 없다는 점을 언급해야겠습니다. 나는 그 추론을 부정할 뿐만 아니라 그것에 분명히 적대적 관계에 있음을 말씀드립니다. 나는 당신이 보시다시피 정신적인 문제에는 좀 관대하지 못한 편입니다. 그래서 당신이 전개한 것과 같은 반박할 만한 가치가 있는 견해를 그냥 듣고 넘기기보다는 차라리 욕을 듣더라도 현학자가 되는 쪽을 택합니다."

"하지만, 세템브리니 씨……"

"내 말을 좀 들어 보십시오. 당신이 무슨 말을 하려는지 알고 있습니다. 당신은 그것을 그리 심각하게 한 말이 아니었다고 말하려는 거지요. 당신이 주장하는 견해가 곧 당신의 견해가 아니라, 공중에 떠도는 여러 가지 가능한 견해들 중의 하나를 그냥 잡아서 별로 책임감 없이 한번 실험해 본 것이라고요. 당신의 나이에는 그럴 수 있는 일이지요. 남성적인 결단력이 아직 많이 부족하고, 당분간 갖가지 입장을 실험해 보고 싶은 연령에는 충분히 있을 수 있는 일입니다. 말하자면 '실험 채택(Placet experiri)'이라고나 할까요." 세템브리니는 채택(Placet)의 c를 이탈리아 사투리처럼 부드럽게 발음하며 말했다. "좋은 말씀입니다. 내가 우려하는 점은 당신의 실험이 바로 이러한 방향으로 움직일지도 모른다는 사실입니다. 이러한 것을 단순히 우연한 일이라고 치부할 수는 없습니다. 내가 우려하는 바는 지금 제지하지 않으면 성격적으로 완전히 굳어져 버릴지도 모를 성향이 당신의 내부에 도사리고 있다는 점입니다. 그래서 나는 당신을 바로잡아 주어야겠다는 의무감을 가지고 있습니다. 당신은 병과 우둔함이 결합되는 게 이 세상에서 가장 비참하다는 견해를 피력했는데, 그 말에는 나도 동감입니다. 나도 소모성 질환을 앓는 멍청이보다는 총기 있는 환자가 더 좋습니다. 하지만 당신이 병과 우둔함의 결합을 어느 정도 양식상(樣式上)의 오류, 자연의 미적 감각의 결여, 그리고 당신이 즐겨 표현하듯이 인간 감정의 딜레마라고 고찰할 때 나는 항의합니다. 당신이 병을 무언가 아주 고상한 것 — 아까 뭐라고 그랬던가요 — 무언가 존경할 만한 것으로 간주하고, 그것이 우둔함과는 결코 조화를 이룰 수 없다고 생각할 때 내가 항의하는 겁니다. 이것도 역시 당신이 한 표현이었습니다. 나는 이것도 아니라고 말하는 것입니다! 병은 결코 고상하지 않으며, 결코 존경할 만한 것도 아닙니다. 이러한 견해 자체가 병이거나, 또는 병을 일으킵니다. 그러한 견해가 낡아 빠지고 추한 것이라고 당신에게 말한다면 나는 그러한 견해에 관한 당신의 혐오감을 가장 확실하게 불러일으킬 수 있습니다. 그러한 생각은 인간적인 것의 이념이 만화로 타락하고 전락한 시대의 소산으로, 미신이 성행하던 후회막급의 시대에 생긴 겁니다. 그러한 생각은 조화로움과 건강함이 미심쩍고 악마적인 것으로 간주되고, 반면 당시에는 허약한 것이 천국으로 들어가는 입장권과 같던 흉흉한 시대에 생긴 것입니다. 하지만 이성과 계몽은 인류의 영혼에 깃들어 있던 이러한 그림자를 쫓아 버렸습니다. 아직 완전히 쫓아내지는 못해서, 오늘날에도 그림자들과 싸움을 계속하고 있습니다. 그런데 이러한 싸움이 일이라 불립니다, 엔지니어 양반. 지상의 일이자, 지상을 위한 일이며, 인류의 명예와 이익을 위한 일입니다. 그리고 이성과 계몽이라는 두 힘은 그러한 싸움을 하면서 나날이 새롭게 단련되어 언젠가는 인간을 완전히 해방시켜, 진보와 문명의 길 위에서 더욱 밝고 부드러우며 순수한 광명으로 인도해 줄 겁니다."

아니 이럴 수가, 한스 카스토르프는 당황스럽기도 하고 부끄럽기도 하다고 생각했다. '이것은 한 편의 아리아가 아닌가! 내 말이 어디가 어땠기에 이런 장광설이 터져 나온 걸까? 왠지 좀 따분한 기분이 드는걸. 그런데 왜 말끝마다 일을 들먹일까. 말끝마다 일을 들먹이지만 이곳과는 어울리지 않는데 말이야.' 그래서 그는 이렇게 말했다.

"아주 멋진 말씀입니다, 세템브리니 씨. 당신의 말씀처럼 정말 경청할 만합니다. 제 생각으로는…… 이보다 더 이상 조형적으로 표현할 수 없을 것 같습니다."

"되돌아가는 것이……" 세템브리니는 지나가는 통행인의 머리 위로 자신의 우산을 치켜들며 말을 계속했다. "엔지니어 양반, 저음산하고 고통스러웠던 시대의 견해에 정신적으로 되돌아가는 것이 바로 병이란 말입니다. 이에 대해서는 예로부터 물릴 정도로 충분히 연구되어 왔습니다. 학문은 미학, 심리학 및 정치학의 용어로 거기에다 갖가지 병명을 붙이고 있습니다. 그런 학술적 용어는 중요하지 않으며 당신도 알고 싶지 않을 겁니다. 하지만 정신생활에는 모든 게 서로 관계하고 있어, 서로가 원인과 결과의 관계가 되거든요. 악마에게 새끼손가락을 내밀면 손 전체를 앗아가고, 사람을 몽땅 빼앗아 간다지요. 또 그 반대로 건전한 원리는 언제나 건전한 것을 낳으므로, 어떤 것을 처음에 내세우든 상관이 없습니다. 그러니까 병이란 우둔함과 그런대로 양립하기에는 무언가 고상하고, 무언가 존경할 만한 것이 절대 아님을 명심하도록 하십시오. 오히려 병은 굴욕을 의미합니다. 그렇습니다, 이념을 훼손하는 인간의 고통스러운 굴욕을 의미합니다. 개개의 경우에는 보살펴 주고 돌보아 주어야 하겠지만 정신적으로 존경하는 것은 잘못입니다—이 점을 꼭 명심하십시오—잘못이며 모든 정신적 잘못의 시작입니다. 당신이 언급한 그 부인—이름을 생각해 내는 것은 포기하겠습니다—슈퇴어 부인이라고요? 고맙습니다. 요컨대, 이 우스꽝스러운 부인은 내가 볼 때 당신이 말했듯이 인간적인 감정을 딜레마에 빠뜨리는 경우는 아닌 것 같습니다. 병들고 우둔하다는 것은 맹세코 비참 그 자체입니다. 이 사안은 간단한 문제로, 즉 연민과 멸시의 대상일 따름입니다. 엔지니어 양반, 딜레마, 비극이 시작되는 경우는, 자연이 고상하고 삶의 의지가 있는 정신을 삶에 무용한 육체와 결합하면서 인격의 조화를 깨뜨려 버리거나 또는 애당초부터 이를 불가능하게 만들 정도로 잔혹할 때입니다. 엔지니어 양반, 아니면 소위님, 여러분은 레오파르디*를 아십니까? 우리나라의 불행한 시인으로 꼽추인데다 병약했지요. 원래 위대한 영혼의 소유자이지만 비참한 육체 때문에 늘 모욕을 당하고 비열한 아이러니의 대상이 되어 업신여김을 당했습니다. 그 시인의 영혼의 탄식은 사람들의 가슴을 갈가리 찢어 버렸습니다. 한번 들어 보십시오!"

　이어서 세템브리니는 머리를 이리저리 흔들며 때때로 두 눈을 감고는 아름다운 음절을 혀로 녹이듯 하며 이탈리아어로 암송하기 시작했다. 함께 걷는 사람들이 이탈리아어를 하나도 이해하지 못한다는 것에는 아랑곳하지 않는 듯했다. 그에게는 뭐니 뭐니 해도 자신의 기억력과 발음을 스스로 만끽하면서 듣는 이에게서 이를 인정받는 것이 중요한 문제인 듯했다. 이윽고 그는 이렇게 말했다.

"하지만 여러분은 이해를 못하고 있군요. 고통스러운 의미를 파악하지 못하고 듣고 있습니다. 여러분, 이 점만은 마음으로 느껴 보십시오. 꼽추 시인 레오파르디는 무엇보다도 여성들의 사랑을 받아 보지 못했습니다. 말하자면 이러한 사실로 말미암아 그는 영혼의 위축을 제어하는 능력을 상실하게 되었습니다. 찬란한 명성과 덕성도 빛이 바래졌고, 자연은 그에게 사악한 것으로 생각되었습니다. 아닌 게 아니라 자연은 사악합니다, 우둔하고 사악합니다. 이 점에서는 나는 그와 견해가 같습니다. 드디어 그는 절망하고 맙니다. 입에 담기가 끔찍하기는 하지만 그는 과학과 진보에 절망한 것입니다! 이것이 바로 비극입니다, 엔지니어 양반. 이것이야말로 당신이 말한 '인간적인 감정의 딜레마'입니다. 하지만 저 부인은 이러한 경우가 아닙니다. 나는 그녀의 이름을 알아내려고 내 기억력을 번거롭게 하는 것을 거부합니다. 병이 인간의 '정신화'를 초래할 수 있다는 말일랑 하지 마십시오, 제발이지 그런 말은 하지 마십시오! 육체가 없는 영혼은 영혼이 없는 육체와 마찬가지로 비인간적이고 끔찍합니다. 물론 전자가 드문 예외적인 경우이고, 후자가 보통이긴 하지만요. 대체로 사방팔방에 촉수를 뻗쳐서는 모든 중대한 일과 모든 생의 원천을 독점하여 그야말로 눈꼴사납게 독립을 꾀하는 것은 육체입니다. 환자로 살아가는 인간은 단지 육체에 지나지 않습니다. 이는 인간성에 반하는 것이며 모욕적인 것입니다. 대부분의 경우 그런 인간은 썩은 고기보다 하등 나을 게 없습니다."

"이것 참 이상하군." 요아힘이 사촌을 바라보기 위해 몸을 굽히면서 느닷없이 입을 열었다. 한스 카스토르프는 세템브리니의 다른 쪽 옆에서 걷고 있었다. "너도 요전에 이와 아주 비슷한 말을 했지."

"그랬던가?" 한스 카스토르프가 말했다. "그래, 나도 이와 비슷한 생각을 했을지도 모르지."

세템브리니는 말없이 몇 발짝을 걸어갔다. 그리고 나서 그는 이렇게 말했다.

"그렇다면 더욱 좋은 일이지요, 여러분. 그런 생각을 했다면 더욱 좋은 일이지요. 당신들에게 어떤 독창적인 철학을 강의하려는 의도는 아니었으니까요. 그건 나의 직분이 아닙니다. 우리의 기사가 이미 나름대로 이와 일치하는 생각을 피력했다면, 이것은 그에게 정신적인 이야기를 즐기는 취미가 있고, 재능 있는 청년이 으레 그렇듯이 가능한 견해를 잠시 동안 실험해 보려는 것이라는 나의 추측을 입증해 줄 따름입니다. 재능 있는 젊은이는 백지 상태가 아니라, 옳든 그르든 간에, 오히려 마치 은현(隱顯) 잉크*로 이미 모든 것이 쓰여 있는 종이와 같습니다. 이때 교육자가 할 일은 옳은 것을 단호하게 육성하고, 잘못된 것이 싹트려고 하면 적절하게 영향력을 발휘하여 영원히 그 단초를 제거해 버리는 것입니다. 그런데 필요한 물건들은 사셨나요?" 세템브리니는 지금까지와는 달리 가벼운 어조로 말했다.

"아니, 별거 아닙니다." 한스 카스토르프가 말했다. "뭐 말하자면⋯⋯."

"사촌이 사용할 담요를 몇 장 샀습니다." 요아힘이 아무렇지도 않게 대답했다.

"안정 요양을 위해서요. 날씨가 보통 추워야지요. 몇 주 동안은 요양을 해야 하니까요." 한스 카스토르프는 웃으면서 말하고는 땅을 내려다보았다.

"아, 담요 말이지요, 안정 요양용으로요." 세템브리니가 말했다. "그래, 그래, 그래요. 그럼, 그럼, 그럼요. 정말 실험 채택이군요!" 그는 이탈리아식 발음으로 같은 말을 반복했다. 이들은 다리를 저는 문지기의 인사를 받으며 요양원으로 들어가서는 서로 헤어졌다. 세템브리니가 홀에서 휴게실 쪽으로 방향을 틀었기 때문이다. 그는 식사 전에 신문을 읽기 위해서라고 했다. 두 번째 안정 요양은 빼먹을 모양이었다.

"정말 대단하군!" 한스 카스토르프는 요아힘과 함께 승강기를 타고 가면서 입을 열었다. "정말 교육자야. 요전에 이미 자신에게 그런 피가 흐른다고 말했지. 그 사람 앞에서는 말을 너무 많이 하지 않도록 조심해야겠어. 자칫하다간 장황한 설교를 듣게 될 테니 말이야. 하지만 그가 터득한 말하는 법은 들어 볼 만해. 말마다 그의 입에서 둥글둥글하고 아주 맛있게 튀어나오거든. 나는 그의 말을 듣고 있으면 늘 갓 구운 빵이 생각난단 말이야."

요아힘이 웃음을 터뜨렸다.

"그 앞에서는 그런 말을 안 하는 게 좋겠어. 네가 자신의 말을 듣고 빵을 연상한다는 것을 알게 되면 실망할 거야."

"그렇게 생각해? 아, 그렇다고 단정 내릴 수는 없을 것 같아. 그의 설교를 듣고 있으면 언제나 설교 자체가 주목적은 아닌 듯한 인상을 받게 돼. 그건 부차적인 것 같고, 말을 튀게 하고 둥글게 굴리는 행위 자체가 특히 중요한 것 같아. 고무공처럼 통통 튀게 말이야. 그러니 말하자면 듣는 사람이 그 점에 주목한다고 해서 그가 언짢게 생각하지는 않을 거야. 맥주 양조업자 마그누스 씨가 '아름다운 품성' 운운한 것은 좀 우습긴 하지. 그렇지만 문학에서 진정 중요한 것이 무엇인지 세템브리니 씨가 말했어야 했어. 나는 책잡히는 게 싫어 물어 보고 싶지 않아. 나도 그게 뭔지 알 도리가 없고, 지금까지 문학자를 만난 적도 없었어. 하지만 아름다운 품성이 중요한 문제가 아니라면 분명 아름다운 말이 중요한 거겠지. 세템브리니 씨와 같이 있으면 그런 인상을 받게 돼. 그가 어떤 어휘를 사용하는지 생각해 봐! 조금도 거리낌없이 '덕성'이라는 단어를 사용하잖아. 나는 그러지 못하겠어! 나는 지금까지 살면서 그런 단어를 입에 올린 적이 한 번도 없었어. 교과서에 그런 단어가 있었어도 우리는 그냥 '씩씩함'이라는 정도로 이해했지. 어쩐지 몸이 좀 움츠러드는 것 같아. 그리고 그가 추위든, 베렌스든, 요컨대 무엇이든 깎아내리는 것을 보면 좀 성질이 나기도 해. 단백질 지수가 떨어진다고 마그누스 부인을 뭐라고 하질 않나. 그는 타고난 반항아야. 나는 그를 보고 첫눈에 알아차렸지. 그는 현존하는 모든 것에 딴지를 거는 거야. 그리고 이런 태도에는 늘 무언가 황폐한 면이 있어. 이는 나로서도 어쩔 도리가 없지."

"너는 그렇게 말하지만⋯⋯" 요아힘이 신중한 태도로 말했다. "내가 볼 때는 황폐한 기분이 든다기보다는 이와는 반대로 무언가 자부심 같은 점도 있어. 그는 자신의 평판을 중시하고, 또 일반적으로 사람들의 평판을 중시하는 사람이야. 나는 그의 그런 점이 마음에 들고, 내가 볼 때 그것이 그의 품위 있는 태도야."

"그 점은 네 말이 맞아." 한스 카스토르프가 말했다. "그에게는 심지어 무언가 엄중한 면이 있어. 말하자면 감독을 받고 있다는 느낌이 들어서 마음이 아주 불편할 때도 더러 있지. 하지만 그렇다고 그를 나쁘다고 칭하는 것은 아니야. 나는 늘 감독을 받는다는 느낌을 떨쳐 버릴 수 없어. 내가 안정 요양용 담요를 산 것에 대해 그는 동의하는 눈치가 아니었어. 이에 반대하고 그냥 억지로 참고 있는 듯한 인상이었어. 너는 어떻게 생각해?"

"그렇지는 않아." 요아힘은 놀란 듯이 깊이 생각하면서 말했다. "어떻게 그럴 수 있겠어. 나는 그렇게 생각하지 않아." 그런 다음 그는 입에 체온계를 물고 침낭과 꾸러미를 들고 안정 요양에 들어갔다. 그러는 동안 한스 카스토르프는 점심 식사를 위해 즉시 몸을 씻고 옷을 갈아입기 시작했다. 그렇지 않아도 점심 식사 때까지는 빠듯하게 한 시간 정도밖에 남지 않았다.

시간 감각에 대한 보충 설명

점심 식사를 마치고 와서 보니 한스 카스토르프의 방 의자에 담요가 든 소포가 놓여 있었다. 그는 이날 처음으로 담요를 사용해 보았다. 숙련된 요아힘이 담요를 펴서 덮는 기술을 전수해 주었다. 이 위의 모든 사람들이 사용하는 방법을 신참들도 빨리 습득해야 했다. 두 장의 담요를 한 장씩 접이식 침대 위에 펴서는 발끝의 담요가 바닥으로 넉넉하게 드리워지게 한 다음 자리에 앉아 안쪽 담요를 몸에 덮기 시작한다. 먼저 세로로 겨드랑이까지 덮은 다음 아래에서부터 발을 덮는다. 이때 앉은 채로 몸을 구부리고 담요의 접은 두 끝을 잡아야 한다. 다음에는 반대쪽에서부터 되풀이하는데 되도록 매끄럽게 균형 있게 하려면 접힌 담요의 두 끝을 세로선에 잘 맞추어야 한다. 그런 후에는 똑같은 방법으로 바깥쪽 담요를 덮는데, 이 일은 좀 더 힘이 든다. 미숙한 신출내기인 한스 카스토르프는 몸을 구부렸다가 다시 쭉 펴면서 사촌이 가르쳐 주는 동작을 따라 하느라 적잖게 애를 먹었다. 요아힘의 말로는 극소수의 노련한 사람들만이 단 세 번의 확실한 동작으로 두 장의 담요를 동시에 펴서 몸에 덮을 수 있다고 했다. 하지만 이는 극히 드문 일로 뭇사람들의 부러움을 받는 기술이라고 했다. 이런 기술을 보이려면 장기간의 연습뿐만 아니라 선천적인 소질도 타고나야 한다. 이 말을 듣고 한스 카스토르프는 연습으로 인해 아픈 등으로 의자에 도로 벌렁 누우면서 웃지 않을 수 없었다. 자기 말이 뭐가 우스운지 처음에는 이해하지 못하던 요아힘은 눈이 둥그레

지며 사촌을 쳐다보다가 자신도 그만 웃고 말았다.

한스 카스토르프가 푹신하고 둥근 베개에 머리를 얹고, 연습하느라 파김치가 되어 둥근 원통형 모양으로 의자에 누워 있자, 요아힘이 말했다. "됐어, 이만하면 이제 영하 20도의 혹한에도 끄떡없을 거야." 그런 다음 자신도 담요를 덮고 누우려고 유리 칸막이 뒤로 갔다.

한스 카스토르프는 영하 20도의 혹한이라는 말을 믿을 수 없었다. 지금도 몹시 추웠기 때문이다. 그는 나무 아치를 통해 당장이라도 눈이 쏟아질 것 같고, 가랑비나 보슬비라도 내릴 듯한 저 바깥의 축축한 날씨를 바라보며, 계속해서 오들오들 떨었다. 날은 이렇게 눅눅한데도 마치 더운 방에 있는 것처럼 볼이 공연히 화끈거리는 게 참으로 알다가도 모를 일이었다. 또한 담요를 펴고 접는 일을 연습하느라 어처구니없게도 힘이 다 빠져 『대양 기선』을 눈앞에 갖다 대자마자 정말이지 두 손이 와들와들 떨리는 것이었다. 사실 그는 몸이 아주 건강하다고는 할 수 없었다. 베렌스가 지적한 대로 악성 빈혈이었기 때문에 그는 추위를 잘 타는 편이기는 했다. 하지만 이러한 언짢은 기분도 편안한 잠자리 때문에, 접이식 침대의 이유를 알 수 없는 거의 신비스러운 특성 덕분에 상쇄되었다. 한스 카스토르프는 처음 시험을 해 보았을 때 벌써 마음 깊이 그런 점을 느꼈는데 이제 자리에 누울 때마다 행복감이 더해졌다. 쿠션의 재질 때문인지, 등받이의 적당한 기울기 때문인지, 팔걸이의 높이와 폭이 알맞아서인지, 또는 목덜미를 받쳐 주는 베개가 한결같이 편안해서인지는 몰라도, 요컨대 몸을 푹 쉬게 하는 데는 이 훌룽한 접이식 침대보다 더 인간의 신체를 배려하는 물건은 없었다. 그리하여 한스 카스토르프는 자신에게 자유롭고 평화를 보장해 주는 두 시간이 주어져 있다는 것에 마음으로부터 만족을 느꼈다. 정오의 이 중요한 안정 요양은 요양원의 규칙상 신성시되는 시간이었다. 자신은 이 위에 그냥 손님으로 왔을 뿐이지만 이 안정 요양을 자신에게 아주 적합한 제도라도 느꼈다. 그는 천성이 참을성이 강하고, 아무 일도 안 하고 오래 버틸 수 있었으며, 앞에서 언급한 대로 자유로운 시간을 사랑했다. 그런 자유로운 시간에는 정신 없이 바쁘게 활동하느라 무언가를 잊어버리고 에너지를 소진하거나 일에 내몰리지 않아도 된다. 네 시는 케이크와 잼을 곁들여 차를 마시는 시간이었다. 그런 다음에는 야외를 조금 산보하다가 다시 의자에서 휴식을 취한 후 일곱 시에 저녁 식사를 하게 된다. 언제나 있는 일이지만 저녁 식사 시간에는 손꼽아 기다리게 하는 흥미진진한 이런저런 사건들과 볼거리들이 있다. 저녁 식사를 마친 뒤에는 이리저리 돌아다니며 입체 요지경, 만화경식 망원경, 북처럼 생긴 영사 기구 같은 것을 들여다보았다. 한스 카스토르프가 이 위의 생활에 벌써 '익숙해졌다'라고 말하기는 좀 어폐가 있지만 그래도 하루 일정은 이미 훤히 꿰뚫었다.

엄밀히 말해 낯선 환경에 적응하며 살아간다는 것, 비록 힘들기는 하지만 그것에 적응하고 익숙해지는 것에는 색다른 묘미가 있다. 적응하고 익숙해지는 것 자체를 주된 목적으로 삼으며, 가까스로 이에 성공하자마자, 또는 그런 후에 곧 다시 이를 포기하고 이전의 상태로 되돌아가는 것에는 무언가 색다른 맛이 있다. 우리는 이와 같은 것을 삶의 주된 흐름에서 중간 휴식이나 막간으로, 그것도 '휴양'이라는 목적으로 끼워 넣는다. 즉 인간이라는 유기체가 하루같이 단조로운 생활을 하는 것에 물들고 무기력해지며 무감각해질 우려가 있거나, 이미 그러기 시작하는 경우 이를 쇄신하고 혁신할 필요가 생기게 된다. 하지만 오랜 세월 동안 똑같이 정해진 생활을 계속하는 경우 유기체가 이처럼 무기력해지고 무감각해지는 까닭은 무엇일까? 이것은 세파에 시달리며 살아가는 동안 정신과 육체가 피곤해지고 마모되어서 그렇다기보다는 (이 경우에는 간단히 쉬는 것만으로도 몸이 회복되기 때문이다) 오히려 정신적인 것, 즉 시간의 체험에 기인한다. 매일매일이 똑같은 생활을 함으로써 우리가 시간을 체험하지 못하게 될 위험성이 있고, 그 시간의 체험은 생활 감정 자체와 아주 밀접한 관계를 맺고 있어서, 한쪽이 약화되면 다른 쪽도 이에 따라서 딱하게도 손상될 수밖에 없는 것이다. 지루하다는 현상에 대해서는 여러 가지로 잘못된 생각이 만연해 있다. 대체로 내용이 재미있고 신기한 경우 시간이 '빨리 지나간다', 즉 시간이 짧아진다고 생각하는 반면 단조롭고 내용이 없는 경우는 시간이 잘 가지 않고 더디다고 생각한다. 이것이 반드시 올바른 견해라고는 할 수 없다. 내용이 없고 단조로운 것은 사실 순간과 시간의 흐름을 더디게 하고 '지루하게' 만들지도 모르나, 아주 커다란 시간의 단위일 경우에는 이를 짧게 하고, 심지어 무(無) 같은 것으로 사라지게 한다. 이와 반대로 내용이 풍부하고 재미있는 경우는 시간과 나날이 짧게 생각되고 훌쩍 지나가는 것처럼 여겨지지만, 시간 단위를 아주 크게 하여 생각해 보면 그럴 경우 시간의 흐름에 폭, 무게 및 부피가 주어진다. 그리하여 사건이 풍부한 세월은, 바람이 불면 휙 날아갈 것 같은 빈약하고 내용이 없으며 가벼운 세월보다 훨씬 더 천천히 지나간다. 그러므로 우리가 지루하다고 말하는 현상은 생활의 단조로움으로 인한 시간의 병적인 단축 현상이다. 그리하여 나날이 하루같이 똑같은 경우 오랜 기간이 깜짝 놀랄 정도로 조그맣게 오그라드는 것이다. 매일 똑같은 나날이 계속된다면 그 모든 나날도 하루와 같은 것이다. 그리고 매일매일이 완전히 똑같다고 한다면 아무리 긴 일생이라 하더라도 아주 짧은 것으로 체험되고, 부지불식간에 흘러가 버린 것처럼 된다. 익숙해진다는 것은 시간 감각이 잠들어 버리거나 또는 희미해지는 것이다. 젊은 시절이 천천히 지나가는 것으로 체험되고, 나중의 세월은 점점 더 빨리 지나가고 속절없이 흘러간다면, 이런 현상도 익숙해지는 것에 기인한다. 다른 생활에 새로이 적응하는 것이 우리의 삶을 유지하고, 우리의 시간 감각을 새롭게 하며, 우리의 시간 체험을 갱신하고 강화하며 더디게 하여 이로써 우리의 생활 감정을 새롭게 하는 유일한 방법임을 우리는 알고 있다. 장소와 공기를 바꾸고, 온천 여행을 하는 목적도 이 때문으로, 기분 전환과 부수적 사건을 통해 심신의 회복을 꾀하는 것이다. 새로운 곳에 가면 처음 며칠, 가령 6일 내지는 8일 정도 되는 처음 며칠은 젊은 날처럼 힘차고 활기차게 진행된다. 그러다가 그 생활에 '익숙해짐'에 따라서 점점 시간이 눈에 띄게 단축된다. 삶에 집착하거나, 더 정확히 말해서 삶에 집착하고 싶어 하는 사람은 매일매일이 다시 가벼워져서 후딱 지나가기 시작하는 사실을 감지하고 섬뜩하게 생각할지도 모른다. 그래서 가령 4주간의 마지막 주는 소름끼칠 정도로 빨리 후딱 지나가 버리는 것이다. 물론 시간 감각의 쇄신은 막간 여행이 끝난 후에도 효력을 미쳐, 일상생활로 돌아간 뒤 새로이 효력을 발휘한다. 기분 전환을 한 후 집에서 보내는 며칠 동안은 역시 다시 새로워져, 폭넓고도 활기차게 체험된다. 하지만 이런 효력은 며칠간만 지속될 뿐이다. 일반적으로 외지에서보다 집에서 더 빨리 생활에 익숙해지기 때문이다. 노령으로 시간 감각이 벌써 무뎌졌거나, 또는—애당초부터 생활력이 약하다는 징조이지만—원래부터 왕성하게 발달되지 않은 경우에는 시간 감각이 금방 다시 잠들어 버린다. 그리고 하루만 지나도 벌써 마치 집을 떠나지 않았던 양 생각되고, 여행이 하룻밤의 꿈처럼 생각된다.

이러한 소견을 여기에 집어넣은 까닭은 한스 카스토르프가 며칠 후에 사촌에게 이렇게 말했을 때 자신도 이와 유사한 느낌을 가졌기 때문이다(그는 말하면서 사촌을 충혈 된 눈으로 바라보았다).

"낯선 땅에 오면 처음에 시간이 길게 느껴지는 것이 이상하거든. 말하자면…… 그렇다고 내가 지루하다는 말은 아니야. 반대로 나는 왕처럼 즐기고 있다고 말할 수 있어. 하지만 돌이켜보면, 그러니까 회고해 보면 내가 이 위에 얼마나 있었는지 모를 정도로 오래 있은 듯한 생각이 들어. 내가 언제 이곳에 왔는지 퍼뜩 생각이 안 날 정도야. 그때 네가 나한테 '내려가지!' 라고 말한 거 생각나? 나는 그때가 까마득한 옛날 일처럼 생각돼. 이는 순전히 감정상의 문제이지 측정이나 오성과는 하등 관계가 없는 일이야. '여기 온 지 벌써 두 달은 된 것 같아' 라고 내가 말한다면 물론 말도 안 되겠지. 터무니없는 말일 거야. 그래도 '아주 오래되었다' 라고 는 말할 수 있겠지."

"그래." 요아힘이 체온계를 입에 문 채 대답했다. "나도 덕분에 도움을 받고 있어. 네가 이곳에 온 이래로 나도 어느 정도는 너에 게 매달린 셈이지." 요아힘이 이 말을 아무런 설명 없이 아주 간단 하게 말하자 한스 카스토르프는 웃음을 지었다.

프랑스어로 대화를 시도하다

아니, 아직도 그는 이곳 생활에 적응했다고 할 수 없었다. 며칠 만에 이곳 생활의 모든 특이한 점을 속속들이 알아낸다는 것은 불 가능했다. 그가 스스로에게 말했듯이 (요아힘에게도 말한 바이지 만) 3주가 다 지나가도 불가능할지 모른다. '이 위 사람들' 의 독 특한 분위기에 자신의 유기체가 적응하는 점에서도 아직 그러했 다. 이곳에 적응하는 일이 그에게는 매우 힘든 것처럼 생각되었 고, 이 일이 도무지 잘될 것 같지 않았다.

평상시의 하루는 일과가 명확하게 구분되고 면밀하게 짜여 있 어서, 그러한 진행에 순응하기만 하면 재빨리 보조를 맞추면서 익 숙해질 수 있었다. 그러나 시간 단위가 일주일이나 그 이상이 되 는 경우에는 평상시의 하루도 주기적인 변화를 겪지 않을 수 없었 다. 처음에 어떤 변화가 일어나고 다음에 다른 변화가 반복되어 일어나는 식으로 서서히 변화가 일어났다. 매일 접하는 사물들이나 얼굴들의 개별적인 현상에 관해서도 한스 카스토르프는 아직 하나둘씩 배워야 했고, 피상적으로 바라본 것을 좀 더 면밀히 관찰해야 했으며 젊은이다운 감수성으로 새로운 것을 받아들여야 했다.

예를 들면 그가 이곳에 도착한 첫날에 이미 그의 눈길을 끌었던, 복도의 문 앞에 놓여 있던 목이 짧고 배가 불룩한 용기는 산소병이라고 요아힘이 설명해 주었다. 그 속에는 순수한 산소가 들어 있는데 한 병당 6프랑이라고 했다. 그 활성 가스는 임종을 맞은 환자에게 마지막 불꽃을 피워 주고 힘을 지탱해 주기 위한 목적으로 사용되었다. 환자는 그것을 호스로 들이마셨다. 문 앞에 그런 통이 놓여 있는 방에는 임종을 맞이한 환자, 또는 베렌스의 표현을 빌리면 '위독한 환자'가 누워 있었다. 한스 카스토르프가 언젠가 2층에서 만났을 때 그가 그렇게 말했다. 그날 고문관은 하얀 가운을 입고 파리한 뺨으로 복도를 따라 노 젓듯이 걸어와서 둘은 함께 계단을 올라갔다.

"아이고, 냉담한 관객이시군요!" 베렌스가 말했다. "어찌 지내십니까? 우리가 당신 마음에 드십니까? 영광입니다, 영광입니다, 그래요, 우리의 여름 시즌은 이만하면 정말 대단합니다. 그 정도까지 되게 하는 데 고생깨나 했답니다. 하지만 당신이 우리와 겨울을 함께할 수 없다는 게 유감입니다. 그런데 이곳에 8주간만 있을 거라면서요? 아, 3주라고요? 너무나 짧군요. 옷 벗을 시간도 안 되겠어요. 그거야 뭐, 당신 마음이겠지요. 그래도 겨울을 같이 보내지 못해 유감입니다. 왜냐하면 이곳에 오는 호텔 손님들." 그는 농담조로 이상한 발음으로 말했다. "저 아래 플라츠에 있는 국제 호텔 손님들은 겨울이 되어야 몰려오는데 이들을 보시는 게 좋습니다. 당신의 교양에 도움이 될 겁니다. 발에 판자를 붙이고 설치는 꼴이란 가관입니다. 그리고 아 참, 여자들 말입니다! 말하자면 극락조(極樂鳥)처럼 울긋불긋하고 요염하기 짝이 없습니다. 이제는 나의 위독한 환자에게 가 보아야겠습니다." 그가 말했다. "여기 27호실로 말입니다. 마지막 단계지요. 가운데 출구로 나가야지요. 어제와 오늘만 해도 산소병을 다섯 다스나 먹어 치웠습니다. 식도락가지요. 하지만 정오까지는 조상들에게로 갈 겁니다. 자, 로이터." 그는 27호실로 들어가면서 말했다. "한 병 더 따는 게 어떨까요." 닫고 들어간 문 뒤에서 그의 말이 사라졌다. 하지만 한스 카스토르프는 방 안 침대의 베개에 누워 있는, 턱수염이 별로 없는 젊은이의 옆얼굴을 잠시 보았다. 그는 커다랗고 퀭한 눈알을 천천히 굴리며 문 쪽을 바라보았다.

한스 카스토르프는 이렇게 하여 생전 처음으로 위독한 환자를 볼 수 있었다. 당시에 그의 할아버지뿐만 아니라 부모님도 말하자면 그가 모르는 사이에 임종했기 때문이다. 턱수염이 치켜 올라간 젊은이의 머리가 베개에 얹힌 모습이 얼마나 장엄하던가! 그가 천천히 문 쪽으로 시선을 돌렸을 때 커다랗고 퀭한 눈의 시선은 얼마나 의미심장하던가! 얼핏 본 광경에 마음이 완전히 빼앗긴 나머지 한스 카스토르프는 계단으로 가면서 자신도 모르게 위독한 환자처럼 눈을 둥그렇게 뜨고 느릿느릿 의미심장한 시선을 만들어 보려고 했다. 그러다가 그는 어느 방에선지 나와 계단 입구에서 자신을 따라잡은 여자도 이런 시선으로 바라보았다. 그는 그 여자가 쇼샤 부인이라는 사실을 즉각 알아채지 못했다. 쇼샤 부인은 청년의 눈초리를 보고 가볍게 미소 짓고는, 손으로 목덜미의 땋은 머리를 떠받치며 머리를 앞으로 좀 내밀고는 그를 앞질러 소리 없이 나긋나긋하게 계단을 내려갔다.

그는 처음 며칠간은 아는 사람이 없었는데, 그 뒤로도 오랫동안 마찬가지였다. 친구를 사귀기에는 하루의 일정이 유리하지 않은 데다가, 한스 카스토르프의 성격도 내성적인 편이라서 자신을 이 위에서 손님이자 베렌스의 말대로 '냉담한 관객'으로 느꼈다. 그래서 일반적으로 요아힘과 대화를 나누고 같이 어울리는 것으로 만족했다. 물론 복도의 간호사는 사촌들을 향해 목을 길게 빼고 있었기 때문에 전부터 그녀와 가끔 잡담을 나누곤 하던 요아힘이 사촌을 그녀에게 소개해 주었다. 코안경 줄을 귀 뒤에 걸친 그녀는 말하는 모습이 부자연스러웠을 뿐만 아니라 고통스러운 것 같았다. 그녀를 좀 더 자세히 들여다보니 생활이 지루한 나머지 머리가 좀 이상해진 듯한 인상을 주었다. 그녀는 대화가 끝나는 것을 병적으로 두려워하는 모습을 보였기 때문에 그녀에게서 벗어나는 게 무척 힘들었다. 두 젊은이가 서둘러 말을 끝내며 눈짓으로 가려는 표정을 짓자마자 그녀는 절망적인 미소를 지으며 그들에게 매달렸기 때문에 측은한 마음에 그녀 옆에 그냥 있을 수밖에 없었다. 그녀는 법률가인 아버지와 의사라는 사촌에 대해 길고 장황하게 이야기했다. 그럼으로써 자신을 돋보이게 하고 교양 있는 사회 계층 출신이라는 것을 드러내 보이려고 했다. 그녀가 돌보고 있는 저 문 뒤의 환자로 말하면 코부르크의 인형 공장 주인의 아들로 이름이 로트바인이라고 했다. 그런데 최근 들어 그 독일내기 한테 장에까지 결핵균이 침투했다고 한다. 여러분이 충분히 상상할 수 있듯이 이는 관계된 모든 사람들에게는 참으로 가혹한 일이다. 말하자면 학구적인 가문 출신이고, 좀 더 높은 계급의 고상한 감각을 소유한 자에게는 무척 가혹한 일이다. 게다가 잠시도 눈을 뗄 수 없다고 했다. 얼마 전만 해도 가루 치약을 사려고 잠깐 외출했다 돌아와 보니 환자가 침대에 앉아서 걸쭉한 흑맥주 한 잔, 살라미 소시지 한 개, 한 조각의 덩어리 흑빵과 오이 한 개를 놓고 있었다. 고향의 이 모든 진미들은 가족들이 그가 기력을 회복하도록 보내 준 것들이었다. 하지만 다음날에 보니 그는 물론 살아 있다기보다는 죽어 있는 상태였다. 그것은 자신의 죽음을 재촉하는 행위였다. 하지만 이는 그 자신에게 해방을 의미하는 것일 뿐, 그녀에게도 해방을 의미하는 것은 아니다―자기는 베르타라고 하는데, 실제 본명은 알프레히트 쉴트크네히트라고 했다―왜냐하면 그녀 자신은 다소 병이 진행된 상태에 있는 또 다른 환자를 돌보아야 하기 때문이다. 여기서든 또는 다른 요양원에 가서든 말이다. 자신에게 열려 있는 가능성은 이것뿐이며 사실 다른 길은 없다고 했다.

그러냐고, 한스 카스토르프는 그녀의 직업이 확실히 힘든 일이긴 하지만 그래도 보람된 일로 생각한다고 말했다.

그렇다고, 물론 보람된 일이긴 하지만 아주 힘든 일이라고 그녀는 대답했다.

그러면 로트바인의 쾌유를 빈다고 말하고 두 사촌은 가려고 했다.

하지만 그녀는 말과 눈길로 이들을 붙들고 늘어졌다. 필사적으로 매달리는 모습이 무척 딱해 보이고, 그녀에게 시간을 내어 주지 않는 것은 잔인한 일이 될 듯싶어 젊은이들은 좀 더 붙들려 있을 수밖에 없었다.

"환자는 자고 있어요!" 간호사가 말했다. "그러니 옆에 안 있어도 되거든요. 그래서 잠깐 복도에 나온 겁니다." 그러고는 베렌스 고문관에 대해 불평을 늘어놓기 시작했다. 그가 자신을 다루는 태도며, 출신 성분에는 아랑곳없이 자기에게 막무가내인 것에 대해 불평을 늘어놓았다. 반면에 크로코프스키 박사는 훨씬 더 높이 평가했다. 그는 인정이 있는 사람이라고 말했다. 그런 다음에는 또다시 아버지와 사촌 이야기를 늘어놓기 시작했다. 그녀의 머리에 그것 말고 다른 것은 들어 있지 않은 모양이었다. 드디어 두 사람이 가려고 하자 그녀는 갑자기 목소리를 한 단계 높이더니 거의 울듯이 소리치기 시작하면서 사촌들을 조금이라도 더 붙잡아 두려고 안간힘을 썼지만 이번에는 그래 봤자 허사였다. 마침내 두 사람은 그녀에게서 간신히 빠져나올 수 있었다. 간호사는 한동안 상체를 앞으로 굽히고 마치 시선으로 둘을 되돌아오게 하려는 것처럼 빨아들일 듯한 눈초리로 두 사람의 뒷모습을 바라보았다. 그런 후 그녀의 가슴에서는 깊은 한숨이 새어 나왔고, 할 수 없이 그녀는 자신이 돌보는 환자가 있는 방으로 되돌아 들어갔다.

그 외에 한스 카스토르프가 이즈음 알게 된 사람은 머리칼이 검고 얼굴이 파리한 멕시코 여자뿐이었다. 그가 정원에서 본 적이 있는 그 여자는 '둘 다'라는 별명으로 불렸다. 그도 판에 박힌 그 슬픈 상투어를 본인의 입으로 직접 듣게 되었다. 하지만 그는 마음의 준비가 되어 있었기 때문에 그 말을 듣고서도 훌륭한 태도를 견지할 수 있었다. 이 점에 대해서 그는 나중에 스스로에게 만족할 수 있었다. 사촌들은 그 여자를 정문 앞에서 마주쳤다. 첫 번째 아침 식사를 마치고 규정된 아침 산보를 시작하려는 참이었다. 검은색의 캐시미어 옷을 몸에 두르고 굽은 무릎으로 그녀는 그곳에서 이리저리 불안하게 큰 걸음으로 서성이고 있었다. 슬픔으로 수척한 큰 입을 가진, 늙어 가기 시작하는 그녀의 얼굴은, 온통 은색인 머리카락을 감싸고 턱 아래에 묶여 있는 검은 베일과 대조적으로 핏기 없이 흐릿하게 빛나고 있었다. 여느 때처럼 모자를 쓰지 않은 요아힘은 허리를 굽히고 그녀에게 인사를 했다. 그러자 그녀는 상대를 바라보며 좁은 이마에 파인 주름을 깊게 하면서 천천히 답례를 했다. 그녀는 처음 보는 얼굴을 발견하고 선 채로 머리를 가볍게 끄덕이며 두 사람이 다가오는 것을 기다렸다. 처음 온 사람도 자신의 운명을 알고 있는지 알아보고, 그에 대한 의견을 듣는 것을 그녀는 분명 자신의 필수적인 의무로 생각하는 듯했다. 요아힘은 그녀에게 사촌을 소개했다. 그녀는 짧은 외투에서 손을 내밀고는 연방 고개를 끄덕이며 그를 바라보았다. 그녀의 여위고 누런 손은 굵은 힘줄이 튀어나와 있었고, 반지들로 장식되어 있었다. 그리고 예의 그 입버릇이 나왔다.

"둘 다입니다, 선생님." 그녀가 말했다. "둘 다라니까요."

"네, 알고 있습니다, 부인." 한스 카스토르프는 차분한 목소리로 프랑스어로 대답했다. "그래서 대단히 유감스럽게 생각하고 있습니다."

흑옥(黑玉)처럼 까만 그녀의 눈동자 아래의 축 늘어진 피부는 그가 입때껏 어느 누구에게서도 본 적이 없을 정도로 크고 무거워 보였다. 그녀에게서 시들어 버린 듯한 체취가 희미하게 느껴졌다. 그는 진지하고 엄숙한 기분이었다.

"고마워요(Merci)." 그녀는 그르렁거리는 발음으로 말했는데, 이는 몸과 마음이 피폐한 그녀의 모습과 이상하게 잘 어울렸다. 그녀는 커다란 입의 한쪽 언저리를 비극적인 모습으로 내려뜨리고 있었다. 이윽고 그녀는 짧은 외투 속에 손을 찔러 넣고, 머리를 수그리고는 다시 어슬렁거리며 걷기 시작했다. 한스 카스토르프는 계속 걸어가면서 이렇게 말했다.

"너, 봤지, 아무 문제 없었어. 그녀에게 매우 잘 대처한 셈이지. 나는 천성적으로 그런 사람들과 대면하는 요령을 터득하고 있어. 너도 그렇게 생각하지 않니? 무엇 때문인지는 잘 모르지만 대체로 나는 명랑한 사람들보다는 슬픈 사람들을 대하기가 더 쉬워. 아마 내가 일찍 부모님을 여의고 고아로 자라서 그런 게 아닌가 싶어. 사람들이 엄숙하고 슬퍼하거나 죽음의 그림자가 드리워져 있어도 부담스럽거나 당황스럽지가 않아. 오히려 즐겁고 흥겨운 장소에 있을 때보다 그럴 때 편하고 홀가분하게 느껴져. 떠들썩한 것보다는 그런 게 나에게는 더 맞는 것 같아. 근래 들어 이런 생각이 들었어. 이곳 여자들이 죽음이며 그것과 관련되는 모든 것들을 두려워하고 무서워하는 것이 어리석다는 생각 말이야. 그래서 여자들에게 그런 것을 보이지 않으려고 전전긍긍하며, 임종의 성체를 그들이 식사할 때 들여온다는 것도 어리석은 일이라고 생각해. 쳇, 그건 멍청한 짓이야. 너는 관을 보는 게 좋지 않아? 나는 관을 보는 걸 아주 좋아해. 나는 관이 텅 비어 있을 때는 아주 아름다운 가구라고 생각해. 그렇지만 그 속에 누가 들어가 있으면 아주 장엄하게 보이는 거야. 장례식에는 사람을 고양시켜 주는 무언가가 있어. 나는 정신적으로 고양이 되려면 옛날부터 교회에 가지 말고 장례식에 가야 한다고 가끔 생각한 적이 있어. 사람들은 다들 멋있는 검은 복장을 하고 모자를 손에 벗어 들고는 관을 바라보면서 엄숙하고 경건한 태도를 취하지. 평소 때처럼 쓸데없는 농담을 하는 사람도 없어. 나는 사람들이 가끔은 좀 경건해지는 모습을 보는 것을 좋아해. 나는 목사가 되어야 하지 않았을까 하고 자문해 본 적이 종종 있었어. 어떻게 보면 그것이 나에게 영 맞지 않는 것도 아니라고 생각해. 그런데 내가 프랑스어로 말할 때 실수하지는 않았어?"

"아니, '대단히 유감스럽게 생각하고 있습니다'는 그만하면 아주 좋았어." 요아힘이 말했다.

정치적으로 수상쩍은!

 평상시의 하루가 주기적인 변화를 겪는 날이 찾아왔다. 처음 맞은 일요일이었다. 그것도 테라스에서 요양 음악이 연주되는, 2주일마다 돌아오는 일요일이었다. 이것은 2주일을 구분 짓는 변화로서 한스 카스토르프는 그러니까 두 번째 후반부 주에 외부에서 이곳으로 왔다. 그가 이곳에 도착한 것이 화요일이므로 그로부터 다섯 번째 되는 날이었다. 기상천외하게 기온이 뚝 떨어져 잠시 겨울로 돌아간 듯하다가 이날은 다시 온화하고 상쾌한 봄날 같았다. 밝고 푸른 하늘에는 맑은 구름이 두둥실 떠 있었고, 다시 계절에 걸맞은 여름의 푸름을 되찾은 산비탈과 골짜기에는 햇살이 알맞게 비치고 있었다. 그리고 전에 내린 눈은 어느새 봄눈 녹듯 사라지고 없었다.

 모두가 일요일에 경의를 표하고 이날을 돋보이게 하려고 힘써 노력하는 모습이 역력했다. 요양원측과 손님들이 서로 합심하여 노력하고 있었다. 아침에 차 마시는 시간부터 고명을 뿌린 케이크가 나왔다. 자리마다 야생 산패랭이와 심지어 알프스 들장미 같은 꽃들을 꽂은 작은 유리잔이 놓였다. 신사들은 이런 꽃들을 옷깃의 단추 구멍에 꽂고 있었다(도르트문트 출신의 파라반트 검사는 반점이 찍힌 조끼에 검은 연미복 차림이었다). 여자들의 연회복도 화사하고 향기로웠다. 쇼샤 부인은 아침 식사 때 소매가 넓고 하늘하늘한 레이스가 달린 아침 실내복을 입고 나타났다. 그녀는 유리문을 쾅 소리를 내어 닫고는 일단 정면을 향해 서서 식당 손님들에게 우아하게 선을 보인 뒤 자신의 식탁으로 살금살금 걸어갔다. 그 실내복이 그녀에게 기막히게 잘 어울려서 한스 카스토르프의 옆 자리에 앉는 쾨니히스베르크 출신의 여선생은 그 모습에 감격해 어쩔 줄 몰라 했다. 심지어 이류 러시아인 석에 앉는 야만적인 부부도 안식일을 기리기 위해, 즉 남자는 가죽 상의 대신에 일종의 짧은 프록코트를 입었고 펠트 구두 대신 가죽 구두로 바꿔 신었다. 여자는 물론 오늘도 깨끗지 못한 깃털 목도리를 둘렀지만 그래도 그 밑에 주름 장식이 달린 녹색 명주 블라우스를 입었다. 한스 카 스토르프는 두 사람이 눈에 보이자 눈살을 찌푸렸고, 얼굴이 빨개 졌다. 그는 이 위에 온 후로는 걸핏하면 그런 증상이 있었다.

두 번째 아침 식사가 끝난 직후 테라스에서 요양 음악이 시작되 었다. 갖가지 금관악기와 목관악기 연주자들이 그곳에 와서 거의 점심 때까지 경쾌한 음악과 장중한 음악을 교대로 연주했다. 연주 회가 열리는 동안은 엄격하게 안정 요양을 하지 않아도 되었다. 사실 어떤 사람들은 자신의 발코니에서 귀의 향연을 즐기기도했 고, 정원의 홀에도 서너 개의 의자에 환자들이 앉아 있었다. 하지 만 대다수의 손님들은 지붕이 달린 테라스의 작고 흰 의자에 앉아 있었다. 의자에 앉는 것을 거추장스럽게 생각하는 듯한 젊은 축들 은 정원으로 내려가는 돌층계를 차지하고 앉아서는 왁자지껄 떠 들었다. 거기에 앉은 대부분의 젊은 남녀 환자들은 한스 카스토르 프도 이미 이름이나 얼굴을 아는 사람들이었다. 알빈 씨나 헤르미 네 클레펠트 같은 사람이 거기에 속했다. 알빈 씨는 꽃무늬가 있 는 커다란 초콜릿 상자를 주위에 돌려 모두에게 먹게 했는데, 반면에 자신은 그것을 먹지 않고 아버지 같은 표정을 지으며 금테 달린 담배를 피우는 것이었다. 그 밖에 '쪽폐 클럽'의 입술이 두 툼한 젊은이, 상아색 피부를 한 비쩍 마른 레비 양, 라스무센이라는 잿빛 금발의 젊은이도 있었다. 그는 손목에 힘을 뺀 양손을 지느러미 모양으로 가슴 높이에 드리우고 있었다. 암스테르담 출신의 몸이 풍만한 잘로몬 부인도 붉은 옷을 입고 젊은 사람들 사이에 끼여 있었다. 「한여름 밤의 꿈」을 연주할 줄 아는 머리숱이 성긴 키다리 아저씨가 양팔로 뾰족한 무릎을 감싸고 그녀 뒤에 앉아, 햇볕에 그을린 그녀의 갈색 목덜미를 슬프고 힘없는 눈초리로 뚫어져라 바라보았다. 그리스 출신의 빨간 머리 아가씨, 맥(貘) 같은 얼굴을 한 국적 불명의 아가씨, 도수 높은 안경을 낀 대식가 소년, 또 다른 15, 16세가량의 소년이 있었다. 외알 안경을 낀 그는 기침을 할 때마다 조그만 손가락의 손톱을 입에 갖다 대었는데, 소금 숟가락처럼 생긴 그의 손톱은 길게 자라 있었고, 어느 모로나 첫눈에 바보처럼 보였다. 그리고 이들 외에 다른 사람들도 많이 있었다.

"손톱이 긴 저 소년 말이야." 요아힘이 나지막하게 말했다. "여기에 올 당시에는 별로 아프지 않았어. 체온도 정상이고 말이야. 의사인 아버지가 예방 차원으로 이곳에 보냈대. 베렌스는 석 달 정도 진단을 내렸다지. 그런데 넉 달이 지난 지금 37.8도에서 38도까지 올라가 진짜로 아프게 되었대. 하지만 하는 짓이 영 엉망이라 따귀라도 갈겨 주고 싶어."

사촌들은 다른 식탁과 좀 떨어진 작은 식탁에 단둘이 앉아 있었다. 한스 카스토르프가 아침 식사 때 꺼내 놓은 흑맥주에 곁들여 담배를 피웠기 때문이다. 간간이 시가 맛이 살아나기 시작했다. 맥주와 여느 때처럼 작용하는 음악으로 정신이 몽롱해진 그는 입을 헤 벌리고 머리를 옆으로 기울인 채 충혈 된 눈으로 태평스러운 주위의 요양 생활자들을 바라보았다. 주위의 모든 사람들의 내부가 좀체 막기 어려운 붕괴 과정에 처해 있으며, 그들 중 대부분이 가벼운 미열 증세를 보인다는 사실은 그의 마음을 조금도 혼란에 빠뜨리지 않았다. 오히려 그와는 반대로 이 모든 것에 특이성을 고조시키고, 어떤 정신적인 매력까지 부여해 주었다. 식탁에 앉은 사람들은 거품이 이는 레몬수를 마시고 있었고, 옥외 계단에서는 사진을 찍고 있었다. 또 다른 사람들은 거기서 우표를 교환하고 있었다. 빨간 머리의 그리스 아가씨는 스케치북에다 라스무센 씨를 그렸지만, 그림을 그에게 보여 주지 않으려고 틈새가 벌어진 넓은 치아를 보이고 웃으면서 몸을 이쪽저쪽으로 돌렸기 때문에 그가 그녀에게서 스케치북을 빼앗는 데 한참이나 걸렸다. 헤르미네 클레펠트는 눈을 반만 뜨고 계단에 앉아 돌돌 만 신문으로 음악에 박자를 맞추고 있었다. 그러는 동안 알빈 씨는 들꽃 다발을 그녀의 블라우스에 꽂아 주었다. 입술이 두꺼운 젊은이는 잘로몬 부인의 발치에 앉아 고개를 돌리고 그녀와 잡담을 나누었고, 머리숱이 적은 피아니스트는 그녀의 등 뒤에서 그녀의 목덜미를 하염없이 바라보았다.

  의사들도 나와서 요양객들 사이에 끼었다. 베렌스 고문관은 하얀 가운을, 크로코프스키 박사는 검은 가운을 입고 식탁의 열을 따라 지나갔다. 베렌스 고문관은 거의 모든 식탁에 붙임성 있게 재치 있는 농담을 하여 그가 지나가는 길에는 배 지나간 자국처럼 명랑한 웃음이 터졌다. 의사들이 젊은이들이 있는 돌계단으로 내려가자, 거기 있던 아가씨들이 몸을 비틀고 야릇한 미소를 던지며 크로코프스키 박사 주위로 몰려들었다. 그러는 동안 고문관은 일요일의 특별한 구경거리로 남자들에게 구두끈 매는 묘기를 보여주었다. 그는 자신의 엄청나게 큰 발을 계단에 올려놓고 구두끈을 풀었다. 특별한 방법으로 구두끈을 한 손으로 쥐고는 다른 손의 도움을 받지 않고 숙련된 솜씨로 끈을 가로세로로 매는 바람에 모두들 감탄을 금치 못했다. 몇몇 남자들이 이를 따라 해 보았지만 아무도 뜻대로 되지 않았다.

얼마쯤 있으니 세템브리니도 테라스에 모습을 드러냈다. 그는 산보용 지팡이를 짚으며 식당에서 나오는 길이었다. 오늘도 나사로 만든 상의에다 누르스름한 바지를 입은 그는 우아하고 냉정하며 비판적인 표정을 지으면서 주위를 둘러보고는 사촌들의 식탁으로 다가왔다. 그는 "아, 브라보!" 하고 외치면서 옆에 앉아도 되겠느냐고 물었다.

"맥주, 담배, 그리고 음악." 그가 말했다. "우리가 당신네들의 조국을 다 가지고 있군요! 엔지니어 양반, 당신은 민족적 분위기를 이해하는 모양이군요. 물고기가 물을 만난 것 같아 보여 내 마음도 기쁘구려. 당신의 조화로운 마음 상태를 나도 맛 좀 봅시다!"

그를 보자 한스 카스토르프는 정신이 번쩍 드는 것 같았다. 그 이탈리아인이 눈에 보이는 순간 벌써 온몸이 오그라들었다. 그는 이렇게 말했다. "연주회에 늦으셨군요, 세템브리니 씨. 곧 끝날 시간인데요. 음악을 좋아하지 않는 모양이지요?"

"명령을 받고 듣는 것은 좋아하지 않습니다." 세템브리니가 대꾸했다. "주간 행사로 듣는 것은 좋아하지 않습니다. 약국 냄새가 나고, 건강 위생상의 이유로 위에서 강요하는 음악은 싫어합니다. 나는 나의 자유를, 우리 같은 사람에게 남겨져 있는 약간의 자유와 인간의 존엄성을 소중히 하는 편입니다. 당신이 대체로 우리들 곁에 청강생으로 있듯이, 나는 이런 행사를 하면 청강생으로 참석합니다. 나는 여기 와서 15분 정도 얼굴을 내밀고는 다시 내 갈 길을 갑니다. 이것이 나에게 독립이라는 환상을 줍니다. 나는 그것이 하나의 환상 이상이라고 말하지는 않지만, 그것이 나에게 어떤 만족감을 준다면 그것으로 족하지 않을까요! 당신 사촌의 경우는 좀 다릅니다. 그에게는 이것이 근무지요. 그렇지요, 소위님, 당신은 이것도 근무의 일부라 생각하시지요. 아, 나는 알고 있지요. 당신이 노예 상태에서도 자부심을 잃지 않는 비결을 알고 있다는 것을요. 대단한 비결이지요. 모든 유럽 사람이 다 그런 비결을 터득하고 있는 것은 아니지요. 음악 말입니까? 내가 음악 '애호가'인지 물으셨지요? 그런데 당신이 '애호가'라고 말한다면 (그렇지만 한스 카스토르프는 자기가 그런 말을 했는지 통 기억이 나지 않았다) 그 표현을 선택한 것이 나쁘지 않습니다. 부드럽고 경쾌한 느낌을 주니까요. 좋습니다, 동의합니다. 그래요, 나는 음악 애호가입니다. 그렇다고 해서 내가 음악을 유달리 존중한다는 뜻은 아닙니다. 그러므로 가령 정신을 담는 그릇이자 진보의 도구이며 찬란한 쟁기인 '말'을 존중하고 사랑하는 것만큼은 아닙니다. 음악이라…… 음악은 애매모호하고 미심쩍은 것이며 무책임하고 냉담한 것입니다. 물론 당신은 명확한 것이라고 이의를 제기하겠지요. 하지만 자연도 명확할 수 있으며 시냇물도 명확할 수 있습니다. 그런데 그게 우리에게 무슨 소용이 있을까요? 그건 진정한 명확함이 아니라 꿈꾸는 듯하고 무의미하고 아무런 책임을 지지 않는 명확함이며 일관성 없는 명확함입니다. 음악은 자신에게 안주하도록 유혹하기 때문에 위험하기도 합니다. 음악이 대범한 행동을 한다고 가정해 봅시다. 좋습니다! 그러면 우리의 감정은 불타오를 것입니다. 하지만 중요한 것은 이성을 불타오르게 하는 것입니다! 음악은 얼핏 움직임 그 자체처럼 보입니다. 그렇지만 나는 음악에 정적주의와 비슷한 점이 있지 않은가 의심합니다. 극단적으로 말해서 나는 음악에 정치적인 반감을 품고 있으니까요."

이 대목에서 한스 카스토르프는 무릎을 치면서 이런 말은 여태껏 들어 본 적이 없다고 소리치지 않을 수 없었다.

"그렇지만 잘 생각해 보십시오!" 세템브리니는 미소 지으며 말했다. "음악은 사람을 감동시키는 궁극적인 수단으로서 더 이상의 것이 없을 정도입니다. 정신이 음악의 영향력을 모범적이라고 생각하는 경우 앞으로 위로 끌고 가는 음악의 힘은 대단한 것입니다. 하지만 문학이 음악에 선행되어야 합니다. 음악만으로는 세상을 앞으로 끌고 가지 못합니다. 음악만으로는 위험합니다. 조선기사인 당신에게는 음악이 절대로 위험합니다. 당신의 얼굴 표정에서 그것을 금방 알아차렸습니다."

한스 카스토르프는 웃음이 나왔다.

"아니, 내 얼굴을 그렇게 보지 말아 주십시오, 세템브리니 씨. 이 위의 공기가 나에게 얼마나 힘든지 모르실 겁니다. 이곳에 적응하기가 생각보다 힘든 것 같습니다."

"착각하고 있지 않나 싶은데요."

"아니, 어째서요! 내가 여전히 얼마나 피곤하고 열이 나는지 아무도 모를 겁니다."

"그래도 요양원에서 연주회를 열어 주는 것을 고맙게 생각해야 할 것 같은데요." 요아힘이 사려 깊게 말했다. "당신은 사물을 좀 더 높은 관점에서 바라보고 있습니다. 말하자면 작가의 관점에서 말입니다. 그 점에 대해서는 반대할 생각이 없습니다. 그렇지만 이렇게 연주회나마 열어 주는 것은 고맙게 생각해야 합니다. 나는 음악에 문외한입니다마는 여기서 연주되는 작품도 그리 대단하지는 않습니다. 고전 음악도 현대 음악도 아니며 그저 그런 취주악에 지나지 않습니다. 하지만 그래도 기분 전환이 되니 좋습니다. 서너 시간을 적당하게 채워 주고 있습니다. 시간을 몇 개로 세분하여 각각의 시간을 채워 줌으로써 무언가 내용을 갖게 해 줍니다. 반면에 평소에는 한 시간, 며칠, 몇 주가 몸서리쳐질 정도로 똑같습니다. 그렇습니다, 지금 연주되는 가벼운 곡은 7분 정도 계속되겠지만, 이것은 그 자체로 의미가 있습니다, 그렇지 않습니까. 그것은 시작과 끝이 있어서 다른 것과 두드러지게 구별이 되지요. 그래서 알게 모르게 일반적으로 구태의연한 타성에 빠지지 않도록 어느 정도 보호받고 있습니다. 게다가 이 7분은 또 곡의 음색을 통해 여러 개로 나누어져 있고, 그 음형은 여러 개의 박자로 나누어져 있습니다. 그래서 늘 무언가가 시작되어 매 순간은 우리가 신뢰할 수 있는 어떤 의미를 지니게 됩니다. 반면에 평소에는…… 내 생각이 맞는지 어떤지는 모르겠습니다만……"

"브라보!" 세템브리니가 소리쳤다. "브라보, 소위님! 당신은 음악의 본질에서 의심의 여지가 없는 윤리적인 측면을 말하고 있습니다. 즉 음악은 아주 독특하게 활기에 찬 분할법을 통해 시간의 흐름에 눈뜨게 해 주고 정신을 부여하며 이를 귀중한 것으로 만들어 줍니다. 음악은 시간을 일깨워 주고, 우리가 시간을 극히 섬세하게 향유하도록 일깨웁니다. 음악은 일깨워 줍니다. 그런 한에는 음악이 윤리적입니다. 예술은 일깨워 주는 한 윤리적입니다. 하지만 음악이 이와 반대되는 작용도 한다면 어떨까요? 음악이 의식을 몽롱하게 하고, 잠들게 하며, 행동과 진보를 방해한다고 하면 말입니다. 음악은 그런 일도 할 수 있습니다. 음악은 아편 같은 작용도 할 수 있습니다. 악마와 같은 작용 말입니다, 여러분! 아편이 악마와 같은 작용을 하는 것은 무감각, 타성, 무위와 노예적인 침체를 낳기 때문입니다. 음악에는 어딘가 미심쩍은 구석이 있습니다, 여러분. 음악에 믿을 수 없는 구석이 있다는 내 견해를 철회할 뜻은 없습니다. 음악에 정치적으로 수상쩍은 구석이 있다고 말하더라도 내 말이 그리 지나치지는 않을 겁니다."

세템브리니는 이런 식으로 계속 말을 이어 갔다. 한스 카스토르프도 그의 말을 경청했지만, 세템브리니의 말을 제대로 따라갈 수 없었다. 그것은 우선 피곤하기도 하고, 또한 저 아래 돌계단에서 경쾌한 젊은이들이 즐겁게 떠들어 대는 바람에 정신 집중이 잘 되지 않았기 때문이다. 그가 제대로 본 것이었을까, 아니면 대체 어찌된 일일까? 맥 같은 얼굴을 한 아가씨가 외알 안경을 낀 소년의 운동복 바지 무릎 끈에 단추를 꿰매어 주고 있지 않은가! 그러면서 그녀는 천식 때문에 헐떡이며 숨을 가쁘게 몰아쉬고 있었고, 반면에 소년은 기침을 하면서 소금 숟가락 같은 손톱을 입에 갖다 대고 있는 것이 아닌가! 그러니까 이들은 둘 다 병에 걸려 있었지만, 그럼에도 이는 이 위의 젊은이들 사이에서 벌어지는 특이한 이성 교제를 잘 보여 주었다. 이때 경쾌한 폴카 음악이 연주되었다.

히페

이처럼 연주회가 벌어지는 일요일은 다른 날과 판이하게 달랐다. 이것 말고도 일요일 오후에는 여러 그룹의 손님들이 마차를 타고 나갔으므로 이 점에서도 이채를 띠었다. 차를 마신 후에 여러 대의 쌍두마차가 커브길을 올라와 손님들을 태워 가기 위해 정문 앞에 서 있었다. 러시아인들이 주로 마차를 불렀는데, 그 중에서도 대체로 여자 손님들이 불렀다.

"러시아인들은 늘 마차 드라이브를 하지." 요아힘이 한스 카스토르프에게 말했다. 두 사람은 정문 앞에 나란히 서서 재미삼아 출발 광경을 지켜보았다. "이제부터 클라바델이나 호수, 플뤼엘라 계곡이나 클로스터스를 목적지로 출발한다네. 너도 생각이 있으면 이곳에 있는 동안 한번 가 보는 게 어때. 하지만 당분간은 이곳에 적응하느라 할 일이 많아서 다른 계획을 세우기가 쉽지 않겠지."

한스 카스토르프도 사촌의 말에 동의했다. 그는 담배를 입에 물고 두 손은 바지 주머니에 넣고 있었다. 그러고서 작고 쾌활한 러시아 노부인이 자신의 빼빼 마른 조카딸과 다른 두 여자와 함께 마차에서 자리를 잡는 것을 지켜보았다. 이들은 마루샤와 쇼샤 부인이었다. 쇼샤 부인은 등에 벨트가 달린 얇은 먼지막이 외투를 입고 있었지만 모자는 쓰지 않았다. 그녀는 마차 가운데 좌석의 노부인 옆자리에 앉았고, 두 소녀는 나란히 뒷좌석에 앉았다. 네 사람은 모두 마음이 들떠, 흡사 뼈가 없는 듯한 부드러운 모국어로 쉬지 않고 입을 놀렸다. 이들은 지붕이 낮아 앉기가 불편한 마차와 왕고모가 준비해 온 러시아 케이크에 대해 웃고 떠들었다. 왕고모는 솜과 레이스 달린 종이를 채운 나무 상자를 꺼내 벌써 먹어 보라고 권하고 있었다. 한스 카스토르프는 쇼샤 부인의 분명치 않은 목소리를 가려서 관심 있게 들었다. 이 칠칠치 못한 여자를 볼 때마다 항상 그랬지만 또다시 그녀가 누구와 닮았다는 생각이 강하게 들었다. 그녀가 누구와 닮았는가 한동안 곰곰 생각했는데, 마침 꿈속에서 닮은 장본인이 나타났던 것이다. 하지만 마루샤의 웃음소리, 입에 댄 손수건 위로 드러나는 어린아이 같은 갈색의 둥근 눈, 내부가 적지 않게 침식된 그녀의 불룩한 가슴이 그로 하여금 그가 최근에 본 무언가 다른 충격적인 일을 생각나게 했다. 그래서 그는 머리를 움직이지 않고 조심스럽게 요아힘을 곁눈질해서 보았다. 다행히도 사촌은 그때처럼 얼굴에 푸르죽죽한 반점이 보이지 않았고, 입술도 애처롭게 일그러져 있지 않았다. 하지만 그는 마루샤를 바라보고 있었다. 그는 군인이라 할 수 없는 태도와 눈의 표정을 하고 있었다. 오히려 슬프고 멍한 표정을 하고 있어 민간인과 다름없는 모습이었다. 그러다가 그가 정신을 차리고 한스 카스토르프를 흘낏 바라보는 바람에 한스 카스토르프는 그로부터 시선을 돌리고 짐짓 하늘을 쳐다보는 시늉을 했다. 이와 동시에 그는 자신의 심장이 마구 뛰는 것을 느꼈다. 언젠가 여기서 그랬던 것처럼 아무 이유도 없이 공연히 가슴이 두근거리는 것이었다.

그 밖에는 일요일은 어쩌면 식사 시간을 제외하고는 별다른 것이 없었다. 평소에도 음식이 풍부하게 나왔으므로 이날에는 요리의 질이 한층 높아졌다. (점심 식사에는 게와 반으로 쪼갠 버찌로 장식하여 마요네즈를 얹은 닭고기가 나왔고, 솜사탕으로 엮은 바구니에 담긴 파이와 또한 신선한 파인애플도 나왔다.) 저녁에는 맥주를 마신 후에 한스 카스토르프는 훨씬 더 피로와 오한을 느꼈고, 며칠 전보다 팔다리가 더 무거운 것 같았다. 그는 아홉 시경에 벌써 사촌에게 잘 자라고 인사하고, 깃털 담요를 급히 턱까지 끌어올리고는 마치 탈진한 사람처럼 잠에 곯아떨어졌다.

그러나 다음날에, 그러니까 청강생이 이 위에서 맞이한 첫 번째 월요일에 정기적으로 돌아오는 또 다른 일과의 변화가 찾아왔다.

크로코프스키 박사가 베르크호프의 위독한 환자를 제외하고 독일어를 이해하는 모든 성인들에게 식당에서 2주마다 행하는 강연이 찾아온 것이다. 한스 카스토르프가 자신의 사촌에게 들은 바에 따르면 크로코프스키 박사는 '병을 일으키는 힘으로 작용하는 사랑'이라는 일반적인 제목을 정해 놓고 대중적이고 과학적인 강좌를 연속해서 열었다. 다분히 교훈적인 성격을 띤 이 행사는 두 번째 아침 식사를 마친 후에 거행되었다. 역시 요아힘의 말에 따르면 이 행사에 꼭 참석해야 하는 걸로 되어 있었고, 이 행사에 빠지면 적어도 극히 따가운 시선을 느껴야 했다. 이 때문에 누구보다도 독일어에 능통한 세템브리니가 이 강연을 듣지 않을 뿐만 아니라 그것을 깔아뭉개고 폄하하는 발언을 했다는 것은 말할 수 없이 뻔뻔스러운 일로 치부되었다. 한스 카스토르프로 말할 것 같으면 그는 무엇보다도 예의상, 그다음은 숨길 수 없는 호기심 때문에 즉각 강연에 참석하기로 마음먹었다. 하지만 그 전에 그는 엉뚱하게도 커다란 실수를 저지르고 말았다. 혼자 제법 멀리까지 산보를 나갔다가 뜻하지 않게 나쁜 결과를 가져온 것이다.

"내 말 잘 들어 봐!" 아침에 요아힘이 사촌의 방에 들어오자 한스 카스토르프가 말을 꺼냈다. "이대로는 아무래도 더는 못 견디겠어. 이제는 수평 생활에 넌더리가 나. 그러다가 혈액마저 잠들어 버리겠어. 너는 물론 환자니까 사정이 다르겠지. 그러니 너를 유혹할 생각은 조금도 없어. 아침 식사를 마친 후에 제대로 산보다운 산보를 한번 해 볼 작정이야. 네가 나쁘게 생각하지 않는다면 몇 시간 동안 발길 닿는 대로 무작정 걸어 볼 생각이야. 아침 식사 때 먹을 걸 주머니에 좀 찔러 넣고 새처럼 마음대로 가 볼 작정이야. 내가 딴 사람이 되어 돌아올지 한번 시험해 보겠어."

"좋은 생각이야!" 요아힘은 사촌의 욕구와 뜻이 진지한 것을 보고 말했다. "하지만 충고하겠는데 무리하지는 마. 여기는 고향집과는 다른 곳이니까 말이야. 그리고 강연 시간에 늦지 않도록 해!"

사실 한스 카스토르프가 이런 계획을 세운 것은 신체적인 이유뿐만 아니라 다른 이유도 있었다. 그의 머리가 뜨거워지고 입맛이 떨어지는 현상이나, 가슴이 제 마음대로 두근거리는 현상은 이곳에 적응하기 어려워서라기보다는, 오히려 옆방의 러시아인 부부의 무례한 행위, 식사 중에 병들고 멍청한 슈퇴어 부인이 지껄이는 말, 날마다 복도에서 들리는 아마추어 기수의 맥 빠진 기침 소리, 알빈 씨의 언동, 병에 시달리는 젊은이들의 이성 교제에서 받은 인상, 마루샤를 바라보며 짓는 요아힘의 얼굴 표정, 그리고 이 밖에 이런저런 유사한 일들을 보고 듣는 데 그 원인이 있다고 생각되었다. 그는 베르크호프의 영향권에서 벗어나 야외에서 심호흡을 하고 마음껏 몸을 움직여 보는 게 좋겠다고 생각했다. 그래서 저녁에 피곤하면 적어도 그 이유는 알 수 있지 않겠느냐는 것이었다. 한스 카스토르프는 아침 식사 후에 요아힘의 요양 근무를 고려하여 수로 옆 벤치까지 산보를 한 후 그와 헤어져서는, 지팡이를 흔들며 차로를 따라 내려가면서 발길이 닿는 대로 걷기 시작했다.

날은 시원했고, 아침 하늘은 구름에 덮여 있었다. 시각은 여덟

시 반쯤 되었다. 그는 마음먹은 대로 맑은 아침 공기를 깊이 들이마셨다. 들이마시기 쉬운 상쾌하고 경쾌한 공기로 축축한 냄새도 없었고 내용물도 추억을 불러일으키는 것도 없었다. 그는 개울과 협궤 선로를 건너 폭이 일정치 않은 도로로 나왔는데, 곧 다시 그 길을 벗어나 풀밭에 난 오솔길로 접어들었다. 이 오솔길은 한동안 평지를 달리다가 오른쪽으로 난 비탈길을 꽤 가파르게 올라갔다. 한스 카스토르프는 올라가는 게 즐거웠고 가슴이 확 트이는 것 같아, T자형 지팡이의 끝으로 모자를 이마에서 밀어 젖혔다. 그리고 어느 정도 올라가다가 뒤를 돌아보고는 멀리 자신이 지나쳐 온 호수의 수면을 바라보면서 노래를 부르기 시작했다.

그가 부른 노래는 대학생의 연회 가요집이나 운동 가요집에 나오는, 민중이 즐겨 부르는 갖가지 감상적인 노래였는데, 그 중에서 특히 다음과 같은 구절이 뇌리에 떠올랐다.

시인이여, 사랑과 와인을 찬미하라,
하나 미덕은 더욱 자주 찬미하라 —

그는 처음에는 나지막하게 웅얼거리다가 차차 큰 소리로 온 힘을 다해 목청껏 불렀다. 그의 바리톤 음성은 거칠고 칼칼했지만, 이날따라 그는 자신의 목소리가 멋지다고 생각했다. 그래서 자신의 노래에 점점 더 감동을 받았다. 그러다가 가사가 생각나지 않으면 임시방편으로 멜로디에 이런저런 엉터리 음절과 말을 집어넣고는, 마치 성악가 같은 입 모양을 만들어 화려한 발성으로 구개음 r를 공중에 울려 퍼지게 했다. 급기야는 가사나 음정을 멋대로 지어서는 심지어 오페라 가수처럼 팔을 흔들면서 자신의 자작 노래를 부르기까지 했다. 비탈길을 오르며 노래 부르는 게 힘이 들어서 그는 이내 호흡이 가빠지면서 점점 더 숨이 막혔다. 하지만 노래의 아름다움을 위한다는 이상주의에서 고통을 견뎠고, 연신 가쁜 숨을 몰아쉬면서도 마지막 힘까지 다 짜냈다. 결국은 숨이 막힌 나머지 눈이 캄캄해지고 눈앞에 불꽃 같은 것이 번쩍이고 맥박도 빨라지면서 그는 굵다란 소나무 등걸에 주저앉고 말았다. 그렇게 기분이 고양되었다가 별안간 결정적으로 기분을 잡치면서 절망의 끝에 이르게 되어, 뒤늦게 후회해 봤자 이제 아무 소용이 없었다.

어느 정도 안정을 되찾은 그는 산보를 계속하려고 일어서는데 목덜미가 와들와들 떨리는 것이었다. 새파랗게 젊은 나이에 한스 로렌츠 카스토르프 할아버지가 옛날에 그랬던 것과 똑같이 머리가 심하게 흔들리는 것이었다. 그 자신은 이런 현상이 일어나자 돌아가신 할아버지가 몹시 그리워져서, 떨리는 현상을 언짢게 생각하지 않고 할아버지가 위엄 있게 턱을 밑으로 당기던 모습을 그대로 흉내 내어 보았다. 예전에 할아버지가 턱이 떨리는 현상을 막으려고 그런 모습을 보여 주었는데, 어린 소년에게 그것은 퍽 마음에 드는 인상이었다.

한스 카스토르프는 꼬불꼬불한 길을 따라 계속 올라갔다. 암소의 방울 소리에 이끌려 가 보니 정말 가축의 무리가 있었다. 암소 떼는 지붕에 무거운 돌멩이가 얹어진 조그만 통나무집 부근에서

풀을 뜯고 있었다. 수염을 기른 두 남자가 도끼를 어깨에 메고 그를 향해 다가오다가 한스 카스토르프 가까이에서 헤어졌다. "자, 그럼 잘 가게, 고맙네!" 한 사나이가 다른 사나이에게 낮은 구개음으로 말했다. 그 사나이는 도끼를 다른 어깨에 둘러메고는 길이 없는 가문비나무 사이로 나뭇잎 밟는 소리를 내면서 계곡 쪽으로 내려가기 시작했다. "자, 그럼 잘 가게, 고맙네!"라는 소리가 고요한 정적을 깨뜨리며 묘하게 울려 퍼져, 올라오면서 노래 부르느라 몽롱해진 그의 의식을 꿈길처럼 어루만져 주었다. 그는 산사람의 후두(喉頭)에서 나오는 장중하고 세련되지 못한 사투리를 흉내 내려고 노력하면서 이를 나지막하게 따라 해 보았다. 그리고 수목의 한계선까지 가 보려는 심산으로 알프스의 오두막을 지나 좀 더 올라갔지만 시계를 보고는 이내 단념했다.

그는 왼쪽으로 꺾어 마을로 향하면서 오솔길을 따라갔다. 그 길은 평탄하게 달리다가 내리막길이 되었다. 그는 하늘로 쭉쭉 뻗은 침엽수림으로 들어와 걸으면서, 이상하게도 아까보다 더 무릎이 떨렸지만 조심스럽게 다시 노래를 부르기 시작했다. 숲을 빠져나오자 눈앞에 펼쳐진 웅장한 경관, 평화롭고 웅대한 그림같이 아기자기하게 잘 짜인 경치에 그는 깜짝 놀라 발길을 멈추었다.

평탄하고 돌투성이 하상(河床)의 계곡물이 오른편 언덕에서 내려오면서, 테라스 모양으로 자리 잡은 바위 위로 거품을 뿜으며 쏟아지고 있었고, 계곡을 향하여 좀 더 조용하게 계속 흘러갔다. 거기에는 소박하게 만들어진 난간이 있는 조그만 판자 다리가 그림처럼 걸려 있었다. 무성하게 온통 뒤덮고 있는 관목 같은 풀과

종 모양의 꽃으로 땅은 푸른색을 띠었다. 거대하고 균형 잡힌 가문비나무들이 위용을 뽐내며 언덕과 골짜기에 띄엄띄엄, 또는 무리를 지어 서 있기도 했다. 그 중 한 그루의 가문비나무가 계곡 옆의 산비탈에 비스듬하게 뿌리를 박고는 기괴한 모습으로 우뚝 솟아 있었다. 이 아름답고 고적한 곳에는 호젓한 물소리밖에 들리지 않았다. 한스 카스토르프는 시냇물 맞은편에 휴식용 벤치가 있는 것을 보았다.

그는 작은 판자 다리를 건너가서 급류와 물거품이 휘날리는 광경을 보면서 즐기기 위해, 목가적으로 재잘거리며 단조롭지만 내적으로 갖가지 변화를 일으키는 물소리에 귀를 기울이기 위해 벤치에 앉았다. 한스 카스토르프는 음악만큼이나 쏴쏴 소리를 내는 물을 사랑했다. 아니, 어쩌면 물소리를 더욱 더 사랑하는지도 몰랐다. 하지만 그가 벤치에 앉자마자 갑작스레 코피가 터지는 바람에 그만 옷을 더럽히고 말았다. 피가 좀처럼 멎지 않아, 그는 벤치와 시냇물 사이를 부리나케 왔다갔다하면서 손수건을 물에 헹구고 짜서 코 위에 얹고는 할 수 없이 다시 벤치에 드러눕고 하느라 30분가량을 허비해야 했다. 마침내 피가 멎었는데도 그는 그대로 누워 있었다. 양손을 머리 뒤에 깍지 끼고 무릎을 높이 올린 채, 두 눈을 감고 물소리에 귀를 기울이며 잠자코 누워 있었다. 다량의 출혈로 기분이 나빴다기보다는 오히려 흥분이 가라앉았고 왠지 활력이 떨어진 상태가 되었다. 숨을 내쉬고 나서도 새로운 공기를 들이마실 필요성을 오랫동안 느끼지 못해서, 조용히 누운 채 심장이 마냥 뛰도록 가만히 내버려 두었다가 한참 후에야 느릿느릿 건성으로 숨을 들이마셨다.

그때 그는 갑자기 최근에 받은 인상을 토대로 며칠 전에 꾸었던 꿈의 원형인 옛날의 한 장면으로 끌려 들어간 것을 알았다. 하지만 시간과 공간이 소멸해 버릴 정도로 그 꿈이 하도 생생하고 완벽해서 당시의 공간과 시간 속으로 들어간 듯했다. 그리하여 이 위의 급류 옆 벤치에 누워 있는 것은 생명이 없는 육체에 불과하고, 반면에 진짜 카스토르프는 멀리 과거의 시간과 환경 속에 들어가 있다고 할 정도였다. 단순하기 그지없지만 모험적이고 가슴을 흥분시키는 상황으로 되돌아가 있는 기분이었다.

당시에 한스 카스토르프는 반바지 차림의 열세 살 난 소년으로 김나지움 4학년*에 다니고 있었다. 그는 교정에서 대략 비슷한 연령의 다른 학년 소년과 대화를 나누었다. 그가 어느 정도 마음먹고 시작한 이 대화는, 그것의 실제적이고도 빠듯하게 한정된 주제 때문에 아주 짧게 끝날 수밖에 없었지만 그래도 그의 마음을 날아갈 듯이 기쁘게 해 주었다. 때는 마지막 시간과 그 전 시간 사이의 휴식 시간, 즉 한스 카스토르프 반의 시간표에 따르면 역사 시간과 미술 시간 사이였다. 바닥에 붉은 벽돌이 깔린 교정은 두 개의 출입문이 나 있는 널빤지 담벼락으로 거리와 구분되었다. 교정에는 학생들이 열을 지어 이리저리 걸어 다녔고, 무리를 지어 서 있었으며, 학교 건물의 반질반질한 벽의 돌출 부분에 반쯤 앉은 채 기대어 있기도 했다. 교정은 학생들이 떠드는 소리로 시끌벅적했다. 챙이 넓은 중절모를 쓴 교사가 학생들의 행동을 지켜보면서 햄을 넣은 빵을 먹고 있었다.

한스 카스토르프와 대화를 나눈 소년은 성은 히페고, 이름은 프리비슬라프였다. 그런데 이름의 '리'를 '쉬'로 하여 '프쉬비슬라프'로 불리는 점이 특이했다. 그리고 이 색다른 이름은 결코 평범하다고 할 수 없고 분명코 무언가 이질적인 면이 있는 그의 외모와 잘 어울렸다. 히페의 아버지는 역사학자로 고등학교 교사였다. 그래서 히페는 누구나 다 아는 모범생이었고, 나이는 거의 비슷했지만 한스 카스토르프보다 한 학년 위였다. 메클렌부르크 출신인 그는 외모로 볼 때 옛날에 여러 인종의 피가 섞였음이 분명했다. 게르만족의 혈통에 벤트계의 슬라브족 피가 섞였거나 또는 그 반대 경우일 수도 있었다. 그는 금발의 둥근 머리를 아주 짧게 깎고 있었다. 하지만 그의 눈은 청회색이거나 혹은 회청색이어서, 뭐라고 종잡을 수 없이 애매하여 가령 먼 산의 색과 같았다. 가느다란 눈은 특이한 모양을 하고 있었고 엄밀히 말해 약간 비스듬히 올라가 있었다. 그리고 눈 바로 밑에는 광대뼈가 툭 튀어나와 강렬한 인상을 주었다. 이러한 용모도 히페의 경우에는 전혀 흉해 보이지 않았고 심지어 아주 매력적으로 보였다. 그렇지만 친구들로부터 '키르키스인'이라는 별명을 얻기에 충분한 얼굴이었다. 히페는 긴 바지에다 목까지 올라오고 등에 벨트가 달린 푸른색 상의를 입고 있었다. 그의 옷깃에는 두피에서 떨어진 비듬이 약간 묻어 있곤 했다.

사실 한스 카스토르프는 이미 오래전부터 이 프리비슬라프에게 눈독을 들이고 있었다. 교정에서 놀고 있는, 그가 알거나 모르는 수많은 학생들 중에서 유독 그를 찍어서 그에게 관심을 갖고 시선으로 그를 쫓아다녔다. 어쩌면 그를 찬미했다고 해야 할지 모르겠다. 어쨌든 각별한 관심을 갖고 그를 바라보았다. 그래서 그는 등하교 길에 학급 친구들과 담소를 나누는 프리비슬라프를 관찰하고, 그가 웃으며 말하는 모습을 보고, 듣기 좋게 목이 잠기고 다소 쉰 듯한 그의 목소리를 멀리서 듣고 분간해 내는 것을 커다란 낙으로 삼았다. 그의 이교도적인 이름, 그가 모범생이라는 사실(하지만 이것은 그리 중요한 문제가 아니었다), 또는 마지막으로 키르키스인 같은 눈―가끔 무심결에 곁눈질해서 볼 때 녹아 내리는 듯 어스름하게 밤과 같은 빛으로 흐려지는 눈―이런 것으로는 한스 카스토르프가 히페에게 갖는 관심을 충분히 설명할 수 없었다. 한스 카스토르프는 자신의 감정을 정신적으로 정당화하는 것에는 별로 신경 쓰지 않았고, 또는 부득이한 경우에 그런 감정을 어떻게 부를 것인가에 대해서는 더욱이나 신경 쓰지 않았다. 그가 히페와 잘 '알고 지내는' 사이가 아니었으므로 우정이라 부르는 것도 어폐가 있었다. 하지만 첫 번째로 그러한 감정을 말로 표현할 수 있다는 생각을 해 본 적이 없기 때문에 이름을 붙일 필요성을 조금도 느끼지 못했다. 그러한 감정은 이름을 붙이는 것이 적합하지 않았고, 이름을 붙여 주기를 갈망하지도 않았다. 그리고 두 번째로 어떤 이름을 붙이는 일은 비평하는 것이 아니라 규정짓는 것을, 즉 익히 아는 익숙한 것에 집어넣는 것을 의미한다. 한스 카스토르프는 이러한 마음속의 재산을 그렇게 규정짓고 집어넣는 일로부터 어떤 일이 있더라도 보호해야 한다고 은연중에 확신하고 있었다.

하지만 그럴 이유야 있든 없든 간에, 어쨌든 이름을 붙이고 남에게 알리는 것과는 거리가 먼 이 감정은 강한 생명력을 갖고 있었다. 한스 카스토르프는 이미 거의 일년 전부터 남몰래 이런 감정을 품고 있었는데—대략 일년 전부터라고 할 수 있는데 이는 언제 처음으로 그런 감정이 생겼는지 정확히 알 수 없기 때문이다—그 연령에 일년이라는 기간이 얼마나 커다란 시간 단위인가를 고려하면 적어도 그의 성격이 성실하고 꾸준하다는 것은 알 수 있다. 성격은 모두 양면성을 지니지만, 유감스럽게도 성격의 특성을 나타내는 명칭에는 좋은 의미에서든 나쁜 의미에서든 일반적으로 도덕적 판단이 내포되어 있다. 아닌 게 아니라 그가 그렇게 자랑스럽게 생각하지 않은 자신의 '성실성'은, 가치 평가를 떠나서 말하자면 그의 심성이 좀 둔중하고 느릿느릿하며 고집스러운 데에, 즉 기본 성향이 보수적인 데에 그 본질이 있었다. 그래서 그는 어떤 상태나 생활상이 꾸준하고 오래 지속될수록 더욱 가치 있는 것으로 평가했다. 또한 그는 현재의 상태나 제도가 무한히 지속되리라고 믿는 경향이 있어서, 사실 이런 것을 존중한 나머지 변화를 갈망하지 않았다. 그리하여 그는 프리비슬라프 히페에 대한 은밀하고 멀리서 바라보는 관계가 마음속에서 익숙해져서 엄밀히 말하면 이를 평생 변하지 않는 제도 같은 거라고 생각했다. 그는 그와의 관계에서 일어나는 감정의 움직임을 사랑했고, 오늘도 그를 만날 것인가, 바로 자기 옆을 지나갈 것인가, 혹시 자기를 쳐다볼 것인가 하는 긴장을 사랑했다. 그리고 이러한 비밀이 선사해 주는 조용하고 미묘한 실현의 기쁨을 사랑했고,

그런 일에 따르게 마련인 실망까지도 사랑했다. 그리고 가장 실망스러운 것은 히페가 '결석'하는 날이었다. 그러면 교정은 황량해지고, 그날은 모든 매력을 잃었지만, 그래도 다음날에 대한 희망은 접지 않았다.

이러한 관계가 일년가량 계속되다가 드디어 모험적인 정점에 도달하게 되었다. 그런 다음에도 한스 카스토르프의 한결같은 성실성 덕택으로 그런 관계가 일년 정도 더 지속되다가 끝이 나 버렸다. 하지만 그는 자신을 프리비슬라프 히페와 묶어 주는 끈이 맺어지는 것을 알아채지 못했듯 그것이 느슨해지고 풀어진 것도 알아채지 못했다. 프리비슬라프 역시 아버지가 전근을 감에 따라 학교와 도시에서 모습을 감추어 버렸다. 하지만 한스 카스토르프는 그가 사라져도 별로 개의치 않았다. 벌써 오래전에 그를 잊어버린 것이다. 그러므로 '키르키스인'의 형상은 어느 사이에 안개 속에서 그의 삶에 불쑥 나타나 차츰차츰 눈에 선명히 보이기 시작하고 손으로 잡을 수 있게 되었다가, 교정에서 아주 가까이서 실물과 대면하고는 한동안 그런 상태로 정면에 서 있다가, 다시 서서히 멀어져 가면서 이별의 슬픔도 없이 안개 속으로 사라져 버렸던 것이다.

하지만 이제 다시 한스 카스토르프가 대담하고도 모험적인 그때의 상황으로 되돌아간 것을 알게 된 순간 프리비슬라프 히페와 실제로 나눈 대화는 다음과 같이 진행되었다. 미술 시간이 되기 전에 한스 카스토르프는 연필을 가져오지 않은 것을 알게 되었다. 자기 반 학생들은 모두가 각자의 연필이 필요했다. 다른 반에 이런저런 아는 친구들이 있어서 연필을 빌릴 수 있었지만 그에게는 프리비슬라프가 자신과 가장 친하다고 생각되었다. 자신이 오랫동안 남몰래 관계를 맺어 온 그가 자신과 가장 가깝다고 생각되었던 것이다. 그래서 그는 설레는 마음으로 이 기회를—그는 그것을 기회라고 불렀다—이용하여 그에게 연필을 빌려야겠다고 마음먹었다. 자신이 진짜 히페와 잘 아는 사이가 아니기 때문에 이것이 아주 이상한 행동이 되리라는 사실을 그는 알아차리지 못했거나, 또는 알았다고 해도 특이하고 무분별한 생각에 눈이 멀어 그런 것은 아예 신경 쓰지 않았을지도 모른다. 이리하여 그는 붉은 벽돌이 깔린 혼잡한 교정에서 실제로 프리비슬라프 히페 앞에 서서 이렇게 말했다.

"미안하지만, 연필 좀 빌려 줄 수 있겠니?"

그러자 프리비슬라프는 튀어나온 광대뼈 위의 키르키스인의 눈으로 그를 바라보더니, 놀라지도 않고 또는 놀라움을 드러내 보이지도 않은 채 듣기 좋은 목쉰 소리로 이렇게 말했다.

"좋아. 그런데 수업이 끝나면 꼭 돌려줘야 해." 그러고는 그가 주머니에서 연필을 꺼냈다. 그것은 은으로 도금한 연필로서, 금속 캡에 붙은 고리를 위로 밀면 붉은색 연필이 나오게 되어 있었다. 두 사람이 연필에 몸을 굽히고 있는 동안 히페는 간단한 구조를 설명해 주었다.

"부러지지 않도록 해야 돼!" 그는 이 말을 덧붙였다.

그는 무슨 생각을 했을까? 한스 카스토르프가 연필을 돌려주지 않는 건 아닐까 또는 연필을 아무렇게나 다루지 않을까 걱정하는 듯한 말투였다.

두 사람은 서로 빙그레 웃으면서 바라보았다. 그런데 더 할 말
이 없었기 때문에 둘은 먼저 어깨를 돌리고 다음에는 등을 돌리고
제 갈 길을 갔다.

이게 다였다. 하지만 한스 카스토르프는 프리비슬라프의 연필
로 그림을 그린 그 미술 시간만큼 기뻤던 적이 일찍이 없었다. 그
것 말고도 주인에게 연필을 되돌려줄 즐거움이 남아 있었다. 이는
연필을 빌린 사실에서 자연스럽고도 당연하게 생겨난 순전한 덤
이었다. 그는 결례를 무릅쓰고 연필을 조금 뾰족하게 깎아서, 서
너 개의 붉은색 연필 부스러기를 책상 서랍 안에 거의 꼭 일년 동
안을 보관해 두었다. 설령 누가 그 부스러기를 보았다 하더라도
그것에 얼마나 의미심장한 뜻이 담겨 있는지 아무도 짐작하지 못
했을 것이다. 게다가 연필을 돌려주는 일도 한스 카스토르프의 뜻
에 완전히 부합되게 아주 간단하게 끝났다. 그는 이에 대해 무언
가 특별히 자랑스럽게 생각하기까지 했다. 이처럼 히페와 내밀한
관계를 맺는 것만으로도 그는 몽롱하고 들뜬 기분을 느꼈다.

"자, 여기 있어. 정말 고마웠어." 그가 말했다.

그런데 프리비슬라프는 아무 말도 하지 않고 기계 장치를 흘끗
살펴보기만 하고는 연필을 주머니에 집어넣었다.

이런 일이 있은 뒤 둘은 한 번도 대화를 나눈 적이 없었다. 사실
한스 카스토르프의 모험심 덕택으로 딱 한 번 이런 일이 일어난
것이다.

이처럼 그는 무아경에 깊이 빠져 있다가 혼란스러운 마음으로

눈을 번쩍 떴다. '꿈을 꾸었군!' 그는 생각했다. '그래, 프리비슬라프였어. 오랫동안 그를 생각하지 않았구나. 연필 부스러기는 어떻게 되었을까? 그 책상은 티나펠 종조부 집의 다락방에 있을 거야. 부스러기는 작은 서랍의 왼편 아래쪽에 아직 있겠지. 그것을 다시는 꺼낸 적이 없으니 말이야. 버려야겠다고 생각할 만큼 주의하지도 않았으니까. 그래, 틀림없는 프리비슬라프였어. 그를 이렇게 다시 또렷이 볼 줄은 정말 몰랐는데. 그가 이 위의 그 여자와 닮았다는 사실이 참으로 신기하단 말이야! 그 때문에 내가 그녀에게 그토록 관심이 있는 걸까? 아니면 그 때문에 내가 그에게 그토록 관심이 있었던 것일까? 말도 안 돼! 정말 말도 안 되는 일이지. 그건 그렇고 빨리 돌아가야겠는걸.' 하지만 그는 생각과 추억에 잠긴 채 계속 누워 있었다. 그러다가 그는 몸을 일으켰다. "자, 그럼 잘 가게, 고맙네!" 이렇게 말하고 미소를 짓는 동안 그의 눈에 눈물이 핑 돌았다. 그는 출발하려고 모자와 지팡이를 손에 쥐었다가 다시 주저앉고 말았다. 무릎이 말을 듣지 않기 때문이다. '이거 야단났군.' 그는 생각했다. '이러다간 안 되겠는걸! 강연을 들으려면 열한 시 정각에 식당에 도착해야 하는데. 이곳에서의 산보는 나름대로 멋지긴 하지만 어려운 점도 있는 것 같아. 그래, 그래, 하지만 여기에 이러고 있을 순 없잖아. 오래 누워 있어서 다리가 좀 마비되었을 뿐일 거야. 몸을 움직이면 곧 나아지겠지.' 그는 다시 일어서 보았는데, 이번에는 잔뜩 힘을 주었기 때문에 그의 뜻대로 되었다.

하지만 의기양양하여 출발했던 것에 비하면 돌아가는 길은 무척 애처로웠다. 얼굴이 갑자기 하얘지고, 이마에서 식은땀이 흘러 내렸으며, 심장이 불규칙하게 뛰어 숨 쉬기가 힘들어졌기 때문에 길가에서 여러 번 휴식을 취해야 했다. 그러면서 꼬불꼬불한 길을 악전고투하며 간신히 내려왔지만, 요양 호텔 가까이의 골짜기에 도달했을 때 베르크호프까지 먼 길을 자기 힘으로 걸어간다는 것은 불가능함을 분명히 깨달았다. 시내 전차도 없고 마땅히 빌릴 마차도 보이지 않아서 그는 도르프에 빈 상자를 싣고 가는 짐마차의 마부에게 태워 달라고 부탁했다. 마부와 등을 맞대고 다리를 내려뜨린 채, 행인들의 놀란 듯한 시선을 받으며 흔들거리는 마차에서 끄덕끄덕 반쯤 조는 동안, 동행인이 마차를 몰아 철도 건널목 부근까지 왔을 때 그는 마차에서 내렸다. 그는 얼마인지 세어 보지도 않고 대충 돈을 집어 준 다음 빠른 걸음으로 커브길을 올라갔다.

"어서 가십시오, 나리!" 프랑스인 문지기가 말했다.

"크로코프스키 박사의 강연이 벌써 시작되었습니다." 한스 카스토르프는 모자와 지팡이를 옷걸이에 후딱 걸고, 혀를 이빨로 지그시 누르며 급하지만 신중하게 빠끔 열려 있는 유리문을 통해 식당으로 들어갔다. 식당에는 요양객들이 열을 지어 자리에 앉아 있었고, 오른쪽의 좁은 곳에 프록코트 차림의 크로코프스키 박사가 탁자보가 덮이고 유리 물병이 놓인 탁자 뒤에 서서 강연을 하고 있었다.

사랑과 병의 분석

다행히도 문 가까이의 구석에 자리 하나가 비어 있었다. 그는 살그머니 옆으로 걸어가 자리에 앉고는, 진작부터 그곳에 앉아 있은 듯한 표정을 지었다. 크로코프스키 박사의 입술에 정신이 팔려 있던 청중은 그에게 거의 신경을 쓰지 않았다. 그의 몰골이 끔찍했기 때문에 이는 잘된 일이었다. 그의 얼굴은 모시처럼 창백했고, 양복은 피로 얼룩져 금방 사람을 죽이고 온 살인범 같은 모습이었다. 그가 자리에 앉자 바로 앞에 앉은 부인이 고개를 돌려 가느다란 눈으로 그를 유심히 훑어보았다. 그녀는 쇼샤 부인이었다. 그는 그녀라는 사실을 알고 화가 치밀어 올랐다. '이 무슨 운명의 장난이란 말인가! 이래서야 어떻게 마음의 안정을 찾을 수 있겠어? 여기서 조용히 앉아 몸을 좀 회복하려고 생각했는데 그녀가 바로 코앞에 앉아 있다니…… 다른 때 같으면 웬 떡이냐 하고 기뻐했을지도 모르지만, 이렇게 피곤하고 녹초가 돼서야 무슨 재미가 있겠는가? 심장에 새로운 부담만 주어 강연하는 내내 나의 가슴을 가만 놓아두지 않을 텐데.' 그녀는 프리비슬라프와 똑같은 눈으로 그를 쳐다보았고, 그의 얼굴과 옷에 묻은 피 얼룩을 바라보았다. 그것도 문을 쾅 닫을 때의 태도에 걸맞게 상당히 뻔뻔스럽고도 주제넘게 말이다. 또 앉아 있는 자세는 얼마나 불량한가! 그녀의 태도는 등을 꼿꼿이 세우고 머리를 옆의 신사 쪽으로 돌린 채 입술 끝으로 말하는 고향의 숙녀들하고는 달라도 한참 달랐다. 쇼샤 부인은 맥 빠지고 축 늘어진 자세로 앉아, 등은 구부정하게 하고 어깨는 앞으로 내밀고 있어 흰 블라우스 사이로 목의 척추 뼈가 훤히 드러나 보였다. 프리비슬라프도 머리 자세를 이와 똑같이 취했었다. 하지만 그는 뭇사람의 칭찬을 받는 모범생이었다 (그랬기 때문에 한스 카스토르프가 그에게서 연필을 빌린 것은 아니었다). 반면에 쇼샤 부인의 칠칠치 못한 자세, 문을 쾅 닫는 버릇, 방약무인(傍若無人)한 시선은 그녀가 병에 걸려 있는 것과 관계가 있음이 분명하고 명백해 보였다. 그렇다, 그런 자세에는 알빈 씨가 자랑해 마지않은 방종한 자유, 그렇게 명예롭지는 않지만 그래도 무한정한 특전이 표현되어 있었다.

쇼샤 부인의 축 늘어진 등을 보고 있는 사이에 한스 카스토르프의 상념은 혼란에 빠져, 상념이기를 그만두고 몽상으로 변했다. 그리하여 무게 있게 느릿느릿 말하는 크로코프스키 박사의 바리톤 음성과 부드럽게 혀를 굴리는 발음이 아득히 멀리서 들려오는 듯했다. 하지만 홀의 고요함, 숨죽이고 귀 기울이는 주위 사람들의 긴장된 분위기가 그에게도 영향을 미쳐, 몽롱한 분위기에 빠져 있는 그를 완전히 깨워 주었다. 그는 주위를 둘러보았다. 그의 옆에는 머리숱이 성긴 피아니스트가 머리를 뒤로 젖히고 팔짱을 낀 채 입을 헤 벌리고 귀 기울이고 있었다. 저 건너편에는 양볼에 보송보송한 솜털이 난 여교사 엥겔하르트 양이 불타오르는 시선으로 뺨을 붉히고 있었다. 한스 카스토르프는 다른 부인들의 얼굴에도 이런 홍조가 나타나 있는 것을 확인했다. 알빈 씨의 옆자리에 앉은 잘로몬 부인의 얼굴에도, 단백질이 빠져나가고 있는 장본인으로 맥주 양조업자의 아내인 마그누스 부인의 얼굴에도 홍조가 나타나 있었다. 이들보다 훨씬 뒤쪽에 앉은 슈퇴어 부인이 교양 없이 열광하는 모습은 참담하기 그지없었다. 등받이에 기댄 채 눈을 반쯤 감고 손바닥을 무릎에 살포시 얹고 있는 상앗빛의 레비 양은, 가슴이 율동적으로 심하게 부풀어 올랐다가 가라앉지 않았다면 완전히 죽은 여자처럼 보였을지도 모른다. 한스 카스토르프는 이런 그녀를 보고 옛날에 인형 전시실에서 본 적이 있는 가슴이 태엽 장치로 늘었다 줄었다 하는 밀랍 인형이 생각났다. 몇몇 사람은 손을 오목하게 오므려 귓바퀴에 갖다 대거나 또는 손을 귀 쪽으로 반쯤 올린 채 적어도 갖다 대는 시늉을 하며 엉거주춤한 상태로 있었다. 이들은 이야기에 주목한 나머지 손을 움직이다가 그대로 굳어 버린 듯했다. 얼굴이 햇볕에 그을리고, 얼핏 보아 힘이 넘쳐 보이는 파라반트 검사는 말이 잘 들리도록 하기 위해 집게손가락으로 한쪽 귀를 이리저리 털고는, 다시 열변을 토하고 있는 크로코프스키 박사 쪽으로 귀를 내미는 것이었다.

크로코프스키 박사는 대체 무슨 이야기를 하고 있었는가? 그는 어떤 논리를 전개하고 있었던 걸까? 한스 카스토르프는 말을 좇아가려고 정신을 집중했지만 강연의 첫 부분을 듣지 않았고 쇼샤 부인의 축 늘어진 등에 정신이 팔려 제대로 듣지 못한 부분이 많았기 때문에 말의 의미를 즉각 이해할 수 없었다. 그는 힘에 관한 이야기를 하고 있었다. 그 힘…… 요컨대 사랑의 힘에 관해 이야기하고 있었다. 이는 당연한 일이었다! 그러니까 이 테마는 연속 강연의 종합 제목으로 나와 있었다. 그리고 이것이 그의 전문 분야인데 이것 말고 크로코프스키 박사가 대체 무슨 말을 하겠는가.

그가 지금까지 들어 온 것이라고는 선박의 전동 장치 같은 것들밖에 없었으므로 느닷없이 사랑에 대한 강의를 들으니 좀 묘한 기분이 들었다. 미묘하고 은밀한 속성을 지닌 사랑이라는 테마를 벌건 대낮에 신사숙녀들 앞에서 논하다니 대체 어쩌자는 셈인가. 크로코프스키 박사는 이 테마를 여러 가지가 혼합된 표현 방식을 사용하여 상세하게 논의해 나갔다. 즉 시적인 동시에 현학적인 방식으로, 듣는 사람은 아랑곳하지 않고 학구적인 방식으로 말했고, 하지만 그러면서도 노래하듯 날렵한 어조였다. 하긴 바로 이런 이유 때문에 여자들은 뺨에 홍조를 띠었고, 남자들은 귀를 흔들었겠지만, 젊은 한스 카스토르프에게는 이러한 방식이 좀 정돈되지 않은 것으로 생각되었다. 특히 연사는 '사랑'이라는 말을 계속 조금씩 다른 의미로 사용했기 때문에, 그가 말하는 사랑이 어떤 의미의 사랑인지, 그게 경건한 사랑을 의미하는지 또는 정열적이고 육욕적인 사랑을 의미하는지 통 종잡을 수 없었다. 그래서 그는 약간 뱃멀미를 하는 것 같은 기분이 들었다. 지금까지 살아오면서 한스 카스토르프는 오늘 이곳에서처럼 이 단어를 이렇게 잇달아 말하는 것을 들은 적이 없었다. 그래서 곰곰 생각해 보니 자신이 직접 그런 말을 한 적이 없을뿐더러 남이 그런 말 하는 것을 들은 적도 없는 것 같았다. 잘못된 생각일지 모르나, 어쨌든 그는 그 단어를 그렇게 자주 되풀이 말하는 것이 그리 좋을 것은 없다고 생각했다. 뿐만 아니라 사랑(Liebe)이라는 단어, 가운데에 얄팍한 모음이 들어가고 혀와 입술을 사용해 발음하는 1음절 반의 이 외설적인 단어가 그에게는 계속 귀에 상당히 거슬렸다. 그는 그 단어를 들고 물 탄 우유 같은 것, 무언가 희멀건하고 흐물흐물한 것이 연상되었다. 엄밀히 말하면 크로코프스키 박사가 사랑에 관해 한턱 크게 쏜 격인 그 모든 걸쭉한 표현과 비교해 보면 특히 그런 생각이 들었다. 크로코프스키 박사처럼 말하면 심한 표현을 써도 사람들이 홀에서 달아나지 않는다는 것은 분명한 사실이었기 때문이다. 누구나 다들 알고 있으면서도 보통 입을 다물고 있는 사실에 대해 그는 청중을 도취시키는 듯한 어조로 능수능란하게 말하는 것으로는 결코 만족하지 않았다. 그는 환상을 파괴시켰고, 진실을 철저하게 존중하였으며, 은발 노인의 위엄과 연약한 어린아이의 천사 같은 순수성에 대한 감상적인 믿음을 인정하지 않았다. 게다가 이날도 그는 프록코트에 부드러운 칼라를 하고, 회색 양말에 샌들을 신고 있어서, 한스 카스토르프는 이에 대해 다소 놀라워하기는 했지만 그런 모습은 원칙주의자이자 이상주의자라는 인상을 주었다. 크로코프스키 박사는 자기 앞에 놓인 책과 묶지 않은 원고들을 손에 들고 들여다보며 각종 실례와 일화를 들어 가며 자신의 주장을 뒷받침하고, 심지어 시도 여러 번 인용하면서 사랑의 놀랄 만한 형태에 관해 이야기했고, 사랑이라는 현상과 그것이 지닌 전능한 힘의 불가사의하고 비통하며 음산한 변형에 대해 말했다. 그가 말하기를, 모든 본능 중에서 사랑이야말로 가장 불안정하고 위험스러운 본능이며, 근본적으로 오류를 범하고 치유할 길 없는 도착(倒錯)에 빠지는 경향이 있다. 이는 이상한 일이 아니다. 이러한 강력한 충동은 단일물이 아니라 본래 여러 가지가 합쳐진 것으로, 사실 그러한 충동도 전체적으로 보면 정상적이지만 하나하나 떼어 놓고 보면 순전히 도착적일 뿐이다. 크로코프스키 박사는 말을 계속했다. 그러나 개별적인 구성 요소가 도착되어 있다고 해서 전체가 도착되어 있다고 결론짓는 것은 잘못이므로, 정상적인 전체는 아니더라도 그것의 일부는 개별적으로 도착되어 있다고 주장하는 것도 당연히 틀린 말은 아니다. 이는 논리의 필연적인 요구이므로 청중들이 유의해 주길 바란다고 그가 말했다. 이는 영혼의 저항이며 조정으로 품위 있고 질서정연한 본능이라는 것이다. 그는 하마터면 시민적인 종류의 본능이라고 말할 뻔했다. 조정하고 절제하는 능력이 있는 이러한 본능의 영향으로 도착된 요소들은 정상적이고 유용한 전체에 융합된다. 더구나 이는 빈번하게 일어나는 환영할 만한 과정이지만, 그것의 결과는 (크로코프스키 박사는 다소 무시하는 투로 덧붙였다) 의사나 사상가와는 아무 상관이 없는 일이라고 했다. 반면 다른 경우에는 이러한 과정이 성공을 거두지 못한다. 그 과정이 성공을 거두고 싶어 하지도 않으며 성공을 거두어서도 안 된다. 그리고 이 경우야말로 더 고상하고 정신적으로 귀중한 경우가 아니라고 누가 말할 수 있겠는가? 크로코프스키 박사가 물었다. 말하자면 이 경우 두 가지 힘의 그룹, 즉 사랑의 충동과 이에 적대적인 본능, 특히 수치심과 혐오감이라는 통상적이고 시민적인 정도를 넘어서는 이례적인 긴장과 열정을 내포하고 있기 때문에 영혼의 밑바닥에서 벌어지는 이 양자의 투쟁은 도착된 충동을 울타리에 넣어 가두고 안전하게 순화시키는 것을 방해해, 그 결과 통상적인 조화와 정상적인 애정 생활을 막는다. 순결의 힘과 사랑의 힘이 충돌하면 — 이것이 중요한 문제이기 때문이다—그 결과는 어떻게 될까? 이러한 충돌은 얼핏 보아 순결의 승리로 끝나는 것처럼 보인다. 두려움, 점잖음, 정숙한 혐오, 벌벌 떨면서 순결을 지키려는 마음이 사랑을 어둠 속으로 몰아넣고 사랑의 욕구를 기껏해야 부분적으로만 허용할 뿐, 그것이 극히 다양한 모습으로 힘차게 의식 속에 떠올라 활동하는 것을 허용하지 않는다. 하지만 순결의 이러한 승리는 외견상의 승리에 불과하고 피루스의 승리*이다. 사랑의 욕구는 억제하거나 억압할 수 있는 것이 아니기 때문이고, 억압된 사랑은 죽은 게 아니라 살아 있어서 오히려 마음속의 어둡고 은밀한 곳에서 호시탐탐 욕구를 실현하려고 노리면서, 순결의 금지령을 어기고는 모습을 바꾸어 식별할 수 없는 모습이긴 하지만 다시 모습을 드러낸다. 그러면 허용되지 않고 억압된 사랑이 다시 모습을 드러낼 때의 모습과 가면은 대체 어떤 것일까요? 크로코프스키 박사는 이런 질문을 던지고는 진지하게 청중들의 대답을 바란다는 듯이 좌중을 한 바퀴 둘러보았다. 그렇다, 그는 벌써 많은 이야기를 했지만 이것도 스스로 말하지 않을 수 없었다. 크로코프스키 박사 말고는 이를 아는 사람이 아무도 없었지만 그는 분명코 이에 대한 답을 알고 있으리라는 사실을 그의 얼굴에서 감지할 수 있었다. 불타오르는 듯한 그의 두 눈, 밀랍같이 창백한 안색, 검은 수염을 하고, 회색의 양모 양말에 수도사의 샌들을 신은 그는 자신이 말한 순결과 열정 간의 투쟁을 직접 상징적으로 보여 주는 인물 같았다. 다른 모든 청중들과 마찬가지로 잔뜩 긴장하여 억압된 사랑이 어떤 모습으로 다시 나타날까에 대한 대답을 기다리고 있던 한스 카스토르프의 인상은 적어도 그러했다. 부인들은 거의 숨을 죽이고 있었다. 파라반트 검사는 결정적인 순간에 귓구멍이 막혀 못 듣는 일이 없도록 급히 귀를 또 한 번 털었다. 크로코프스키 박사는 이렇게 말했다. "그것은 병의 모습으로 나타납니다! 병의 증상은 가면을 쓴 사랑의 활동이며 모든 병은 모습을 바꾼 사랑입니다!"

비록 모두가 그 말을 십분 이해할 수는 없었지만 이제 그 답을 알게 되었다. 탄식의 소리가 일제히 홀 안에 울려 퍼졌고, 크로코프스키 박사가 계속 자신의 논지를 전개해 나가는 동안 파라반트 검사는 동의의 표시로 의미심장하게 고개를 끄덕였다. 한스 카스토르프는 나름대로 방금 들은 내용을 음미해 보고, 그것이 이해가 되는지 생각해 보려고 고개를 숙였다. 하지만 그러한 사고 과정에 익숙지 않은데다 힘겨운 산보를 한 까닭에 머리가 잘 돌아가지 않아서 쉽게 주의가 산만해졌다. 그리고 앞의 등과, 바로 눈앞에서 많은 머리를 뒤에서 손으로 받치기 위해 뒤로 돌려 굽히고 있는 팔 때문에도 주의가 산만해졌다.

이렇게 바로 눈앞에서 그 손을 본다는 것은 가슴 죄는 일이었다. 그러나 원하든 원하지 않든 어쩔 수 없이 그 손을 볼 수밖에 없었고, 손에 드러나 있는 모든 흠결과 인간적인 면을 확대경으로 들여다보듯 꼼꼼히 살피지 않을 수 없었다. 그렇다, 이 손은 결코 귀족적이라고 할 수 없었고, 손톱이 아무렇게나 바짝 깎인 여학생의 뭉툭한 손 같았다. 손가락 마디의 바깥쪽이 깨끗할지도 자못 의심스러웠다. 그리고 손톱 주위의 피부가 거친 것으로 보아 손톱을 물어뜯는 버릇이 있는 게 틀림없었다. 한스 카스토르프의 얼굴은 일그러져 있었지만, 그는 쇼샤 부인의 손에서 눈을 떼지 못했다. 사랑에 맞서는 시민적인 저항에 대해 크로코프스키 박사가 말한 내용이 그의 의식에 희미하고도 막연하게 되살아났다. 머리 뒤로 부드럽게 굽어진 이 아름다운 팔은 거의 맨살이 드러난 거나 마찬가지였다. 소맷부리의 천이 블라우스보다 더 가벼웠기 때문이다. 이 하늘하늘한 망사로 말미암아 팔은 어떤 향기 나는 변용을 보였는데, 아무것도 걸치지 않았다면 필시 이렇게 고혹(蠱惑)적이지는 않았을 것이다. 팔은 연약하면서도 통통한 느낌을 주었고, 왠지 모르게 차가운 느낌이었다. 그런 팔을 보고 시민적인 저항 같은 것을 한다는 것은 언어도단(言語道斷)이었다.

한스 카스토르프는 쇼샤 부인의 팔을 골똘히 바라보면서 꿈결 같은 생각에 사로잡혔다. 여자들은 참 옷을 잘 입는구나! 여자들은 목덜미와 가슴 여기저기를 드러내 보이고는, 속이 훤히 비치는 망사로 팔을 아름답게 변용시키는구나. 세계 어디를 가나 여자들은 우리의 동경어린 욕망을 불러일으키기 위해 그런 일을 하는 것이다. 아아, 인생은 아름다운 것이다! 인생이 아름다운 것은 여자들이 유혹적으로 옷을 입는 것과 같은 그러한 자명한 사실 때문이다. 이는 자명한 사실이며, 어디서나 흔히 일어나는 일이고 인정받는 일이라서 이에 대해서는 거의 새삼스레 의식하는 일 없이 선뜻 받아들이기 때문이다. 하지만 한스 카스토르프는 인생을 제대로 즐기기 위해서는 이를 의식할 필요가 있다고 속으로 생각했다. 그리고 그것이 우리를 행복하게 해 주는 관습이며, 엄밀히 말하면 거의 동화 같은 관습임을 머릿속에 그려 보아야 한다고 생각했다.

여자들이 동화 같고 우리를 행복하게 해 주는 복장을 하고서도 풍기에 어긋나지 않는 것은 그것이 어떤 목적을 띠고 있기 때문이다. 즉 이는 물론 다음 세대와 인류의 번식에 관계되는 문제이다. 하지만 여자가 내부에 병을 앓고 있어 어머니가 되는 데 적당하지 않은 몸을 갖고 있다면 그 경우에는 어떻게 되는 것인가? 그렇다면 남자들이 자기 몸에, 내부에 병이 있는 자기 몸에 호기심을 갖도록 망사 소매를 입고 다닐 의미가 있는 것일까? 이는 분명 아무 의미가 없으며 사실 부적절한 것으로 간주하고 마땅히 금지해야한다. 남자가 병든 여자에 관심을 품는 것은 단연코 더는 이성적이지 않기 때문이다. 이는 그 옛날 한스 카스토르프가 프리비슬라프 히페에게 은밀한 관심을 품었던 것과 다름없는 일이다. 이는 어리석은 비교이고 다소 곤혹스러운 추억이다. 그렇지만 억지로 생각해 내려고 한 것은 아니고 저절로 떠오른 추억이다. 게다가 이 순간 그의 꿈결 같은 생각이 멈추어 버렸다. 크로코프스키 박사가 눈에 띌 정도로 목청을 높여서 다시 그에게 주의를 빼앗긴 것이 주된 원인이었다. 정말 조그만 탁자 뒤에서 두 팔을 벌린 채 머리를 비스듬하게 기울이고 선 그의 모습은 그의 프록코트에도 불구하고 마치 십자가에 못 박힌 그리스도 같아 보였다!

크로코프스키 박사는 강연의 끝에 가서 정신 분석에 대해 대대적으로 선전을 하면서 두 팔을 벌리고 모두들 자기에게로 오라고 촉구했다. '너희들 수고하고 짐 진 자들이여, 다 내게로 오라!' 는 성경 구절을 그는 다른 말로 하고 있었다. 그리고 그는 모두들 예외 없이 수고하고 짐 진 자들이라는 자신의 확신에 추호의 의심도 없었다. 그는 은폐된 고통, 수치심과 번민, 구원을 안겨 주는 정신 분석의 영향에 대해 말했다. 그는 무의식의 세계를 규명한 것을 칭찬했고, 병이 다시 변모하여 의식적으로 생긴 욕정이 되었음을 가르쳤으며, 믿음을 가지라고 주의를 주었고, 병을 낫게 해 주겠다고 약속했다. 그런 다음 양팔을 내리고 머리를 다시 반듯이 하고는 강연에 사용한 인쇄물을 주워 모았다. 그리고 마치 선생님처럼 보따리를 왼손으로 어깨에 걸치고는 머리를 꼿꼿이 들고 로비를 통과해 걸어 나갔다.

그러자 모두들 일어나서 의자를 밀치고는 의사가 빠져나간 출구를 향해 서서히 움직이기 시작했다. 마치 피리 부는 사람 뒤를 따르는 무리처럼* 사람들은 사방에서 머뭇거리며 자신의 의지를 상실하고 부화뇌동(附和雷同)하여 출구를 구심점으로 몰려드는 것 같이 보였다. 한스 카스토르프는 팔걸이에 손을 얹고 사람들의 흐름 속에 가만히 서 있었다. '나는 이곳에 손님으로 왔을 뿐이다.' 그는 생각했다. '나는 건강하므로 다행히도 전혀 고려의 대상이 아니다. 그리고 다음 번 강연에는 이곳에 절대 다시 오지 않겠어.' 그는 쇼샤 부인이 머리를 앞으로 내밀고 살금살금 걸어 나가는 것을 보았다. 그녀도 정신 분석을 받으러 갈 것인가 하고 생각하니 그의 가슴이 방망이질 치기 시작했다. 그래서 그는 요아힘이 의자들 사이를 헤치고 자신에게 오는 것을 알아차리지 못했다. 사촌이 말을 걸자 그는 신경을 곤두세우며 움찔 놀랐다.

"마지막 순간에 시간을 맞추었구나." 요아힘이 말했다. "멀리 갔었니? 산보는 어땠어?"

"아, 좋았어." 한스 카스토르프가 대답했다. "꽤 멀리까지 갔었어. 하지만 솔직히 고백하면 기대한 것만큼 좋지는 않았어. 어쩌면 때가 너무 일러서인지 또는 때를 잘못 맞추었는지 모르겠어. 당분간은 다시는 멀리 산보하지 않을 거야."

요아힘은 강연이 마음에 들었는지는 묻지 않았고, 한스 카스토르프도 이에 대해 아무런 언급을 하지 않았다. 마치 암묵적인 합의를 본 것처럼 두 사람은 그 후에도 강연에 대해서는 일언반구도 없었다.

의문과 우려

화요일은 그러므로 이제 우리의 주인공이 이 위에 온 지 일주일이 되는 날이었다. 그런데 아침 산보를 마치고 방에 돌아와 보니 계산서가 놓여 있었다. 처음으로 받은 주간 계산서로 깔끔하게 작성된 상용(商用) 문서였다. 녹색의 봉투에 든 그 서류는 위쪽에는 그림이 인쇄되어 있었고, 왼쪽 옆에는 안내서의 발췌문이 좁은 여백에 빼곡히 적혀 있었다. 거기에는 '최신 원리에 의한 정신 요법'도 격자체(膈字體)로 인쇄되어 있었다. 달필로 기입된 금액은 정확히 180프랑에 달했다. 내역은 진료비와 식대가 12프랑, 방값이 하루에 8프랑, 더구나 '입원비'의 항목에 20프랑, 방 소독에 10프랑이라고 되어 있었다. 그 밖에 세탁비와 맥주 값, 도착한 날 밤에 마신 포도주 값 같은 자질구레한 세목이 더해져 총액이 그렇게 나온 것이었다.

한스 카스토르프는 요아힘과 함께 합계를 검토해 보고 이의를 제기할 것이 없다고 생각했다. "의사의 치료를 받은 적은 없는데." 그가 말했다. "하지만 진료야 내가 안 받은 것이고, 식대에 포함되어 있으니 그것만 빼달라고 요구할 수도 없는 노릇이지. 이야 어쩔 수 없지 않은가? 그래도 10프랑의 소독비는 너무한데. 미국 여자를 소독하는 데 살균제인 H_2CO가 10프랑어치나 들 리는 없잖아. 그래도 서비스를 감안한다면 대체로 비싸다기보다는 오히려 싸다고 생각되는걸." 그래서 둘은 두 번째 아침 식사를 하기 전에 계산을 치르려고 '관리실'로 갔다.

관리실은 1층에 있었다. 홀 건 편의 소지품 보관소, 취사장 및 조리실을 지나 복도를 따라가면 관리실 문이 나오는데 사기로 된 푯말이 붙어 있어 그곳임을 금방 알 수 있었다. 한스 카스토르프는 그곳에서 요양원 경영의 사업 중심부를 약간이나마 들여다볼 수 있었다. 그곳은 작지만 사무실의 면모를 그런대로 갖추고 있었다. 타이피스트가 한 명 일하고 있었고, 남자 직원 세 명이 책상 앞에 몸을 구부리고 있었다. 바로 옆방에는 직급이 좀 더 높아 보이는 사무장이나 지배인 같은 신사가 방 한가운데의 접는 뚜껑이 달린 책상에서 사무를 보다가 고객이 들어오자 안경알 너머로 사무적인 시선으로 차갑게 훑어볼 뿐이었다. 창구에서 직원이 돈을 받아서 영수증을 떼어 주고 잔돈을 내어 주는 동안 이들은 관청이나 관공서 같은 곳에 존경을 표하는 젊은이답게 진지하고 겸손하며, 공손한 태도로 잠자코 서 있었다. 하지만 이들은 거기서 나와 아침 식사를 하러 가는 도중에 베르크호프 요양원의 제도에 관해 몇 마디 나누었다. 이럴 적에 이미 오래전부터 살고 있어 이곳 사정을 잘 아는 요아힘이 사촌의 질문에 답변을 해 주었다.

베렌스 고문관은 얼핏 그렇게 보일지도 모르지만 결코 요양원의 주인이나 소유자가 아니었다. 그의 위와 뒤에는 어느 정도까지는 사실 사무실이라는 형태로서만 정체를 드러내는 눈에 보이지 않는 세력들이 있었다. 감사 위원회와 주식회사가 그것이었다. 요아힘의 신빙할 만한 장담에 따르면, 의사에게 지급하는 고액의 월급과 지극히 자유스러운 경영 원칙에도 불구하고 매년 주주에게 고율의 배당금을 지불할 수 있기 때문에 이 회사의 주식을 소유하는 것은 괜찮아 보였다. 그러므로 고문관은 독립된 경영자가 아니고 대리인이자 간부이며 고위층의 일원에 지나지 않았다. 물론 제일가는 최고 간부였고 전체의 심장이라 할 수 있었으며, 원장인 그는 경영의 영업 부문에는 전혀 관여하지 않아도 되었지만 경영 업무에서 배제된 것은 아니었고 전체 조직에 결정적인 영향력을 행사했다. 독일의 북서쪽 태생인 그는 사람들이 알고 있듯이 자신의 의도나 인생 설계와는 달리 몇 년 전에 현재의 지위에 올랐다. 그는 벌써 오래전에 이곳 도르프의 묘지에 묻힌 그의 아내 때문에 여기에 올라오게 되었다. 다보스 도르프의 그림 같은 묘지는 저 위 오른쪽 경사면에, 골짜기 입구의 뒤쪽에 자리 잡고 있었다. 베렌스가 살고 있는 관사의 벽마다 사방에 걸린 사진이나 베렌스가 직접 그린 유화 초상화로 미루어 볼 때, 베렌스 부인은 눈이 아주 크고 선병질(腺病質)이긴 하지만 무척 사랑스러운 여자였다. 그녀는 베렌스 고문관과의 사이에 1남 1녀를 두었으나 더위를 못 견디는 체질 때문에 이 지역으로 올라오게 되었는데, 몇 달 만에 체력이 완전히 소진되었다고 한다. 사람들이 말하기를, 자신의 아내를 열렬히 사랑한 베렌스는 이때 받은 심한 충격으로 잠시 우울증에 빠져 머리가 좀 이상해졌다는 것이다. 그래서 그는 거리에서 킥킥거리고 이상한 짓거리를 하며 혼자 중얼거리곤 해서 사람들의 이목을 끌었다. 그런 후 그는 자신의 원래의 생활 영역으로 되돌아가지 않고 아내가 잠든 곳에 그대로 남았다. 분명 아내가 영원히 잠든 곳을 차마 떠날 수 없었기 때문이기도 하겠지만 어쩌면 이보다는 덜 감상적인 이유 때문에 그랬을지도 모른다. 즉 그 자신도 약간 가슴을 앓고 있어서 자신의 의학적인 판단에 따라 그냥 이곳에 속하기로 한 것이다. 그래서 그는 자신이 감독해야 하는 환자들과 고락을 같이해야 하는 동지이자 의사의 일원으로 이곳에 정착하게 되었다. 병과 무관하고 병에 걸리지 않은 자유로운 입장에서 병을 퇴치하는 것이 아니라 스스로 병의 징후를 지닌 환자의 입장에서 이곳에 머무르게 된 것이다. 이는 특이한 경우이긴 하지만 개별적으로 실례(實例)가 전혀 없지도 않아 의심의 여지 없이 일장일단(一長一短)이 있다. 의사가 병을 앓는 환자와 동료 관계라는 사실은 확실히 환영할 만한 일이며, 고통을 겪어 본 자만이 고통을 겪는 자의 지도자와 구세주가 될 수 있다는 말은 경청할 만한 가치가 있다. 하지만 자신도 어떤 힘에 예속되어 있는 자가 대체 그 힘을 제대로 지배할 수 있을까? 자신도 예속되어 있으면서 남을 해방시킬 수 있을까? 병을 앓는 의사는 우리의 소박한 감정으로 볼 때 자가당착(自家撞着)이며 미심쩍은 현상이다. 혹시 병에 관한 의사의 정신적 지식은 경험에 따른 지식을 통해 풍부해지고 윤리적으로 강화된다기보다는 오히려 흐려지고 혼란스러워지는 것은 아닐까? 그는 병을 분명한 대립 관계에서 보는 것이 아니라 입장이 자유롭지 않으며, 어느 쪽인지가 분명하지 않다. 병의 세계에 속해 있는 자가 과연 건강한 사람과 마찬가지로 다른 환자를 치료하는 것이나 또는 보호하는 것에만이라도 어느 정도 관심이 있을까 하는 문제를 아주 신중하게 생각해 보아야 하겠다.

한스 카스토르프는 베르크호프와 그 원장에 관해 요아힘과 대화를 나누면서 이러한 의문과 우려에 자기 나름대로 몇 마디 의견을 피력했다. 하지만 요아힘은 베렌스 고문관이 아직도 환자인지는 잘 모르겠다고 말했다. 필경 오래전에 벌써 병이 나았을지도 모른다는 것이다. 그가 이곳에서 치료를 시작한 지는 오래되었다. 그가 한동안 개업의 생활을 할 때는 기흉의로서뿐만 아니라 청진의로도 이름을 날렸다고 한다. 그러다가 베르크호프에서 자신의 지위를 굳히고, 10년 전부터는 요양원과 일심동체의 관계에 있게 되었다. 그는 건물 저 뒤편, 북서쪽 날개의 끝에서 살고 있었다(크로코프스키 박사는 거기서 멀지 않은 곳에 살았다). 그리고 옛 귀족 출신의 숙녀로, 세템브리니가 조롱조로 말한 바 있고, 한스 카스토르프는 지금까지 얼핏 본 적밖에 없는 수간호사가 홀아비의 가사를 이것저것 돌보아 주었다. 아닌 게 아니라 베렌스는 혼자 지내고 있었다. 아들은 독일 대학에서 공부하고 있었고, 딸은 벌써 결혼했기 때문이다. 딸은 변호사의 아내가 되어 스위스의 프랑스어 지역에 거주하고 있었다. 베렌스의 아들은 방학 때 가끔 아버지를 보러 왔는데, 요아힘이 이곳에 있는 동안 벌써 여러 번 찾아왔다고 한다. 그러면 요양원의 여자들은 흥분한 나머지 체온이 올라가고, 질투심 때문에 안정 홀에서 말다툼이 벌어지며, 크로코프스키 박사의 특별 진찰 시간에는 환자 수가 급증한다고 한다.

조수 크로코프스키 박사는 개인 진료를 위해 자신의 방을 제공받는데, 그 방은 커다란 진찰실, 실험실, 수술실 및 뢴트겐실과 마찬가지로 요양원의 빛이 잘 드는 지하실에 위치해 있었다. 지하실이라고 부르는 것은 1층에서 돌계단을 통해 그곳으로 가는 길이 정말 지하실로 내려가는 듯한 인상을 불러일으켰기 때문이다. 하지만 이런 인상은 거의 완전히 착각에 의한 것이다. 첫째 1층이 꽤 높은 곳에 위치하고 있었고, 둘째 요양원 건물은 경사가 급한 산비탈에 세워져 있었으며, 소위 '지하실'의 방들은 앞쪽으로 정원과 골짜기를 바라보고 있었기 때문이다. 그리하여 계단이라는 인상과 의미가 어느 정도 퇴색되어 사라져 버렸다. 1층에서 돌계단을 통해 내려가면 마치 지상에서 지하로 가는 느낌이 들었고, 하지만 내려가도 여전히 지상에 있거나 또는 지상에서 겨우 2, 3피트 정도 내려갔을 뿐이다. 한스 카스토르프는 어느 날 오후 마사지사한테 체중을 재러 가는 사촌을 따라 '그 밑으로' 내려가면서 이러한 기분을 남몰래 즐겼다. 그곳도 병원처럼 밝고 깨끗했으며, 모든 것이 온통 흰색뿐이어서, 희게 래커가 칠해진 문들이 밝게 빛나고 있었다. 제도용 핀으로 명함이 꽂혀 있는 크로코프스키 박사의 응접실 문도 희게 칠해져 있었다. 그리고 이 문은 특히 복도의 높이에서 두 계단 정도 내려간 곳에 있어서 그곳의 공간은 마치 작고 좁은 골방 같은 인상을 주었다. 복도 끝에 있는 이 문은 계단의 오른쪽에 위치했다. 그는 요아힘을 기다리면서 복도에서 이리저리 왔다갔다하는 동안 특히 그 문을 주목했다. 과연 그는 문에서 누군가가 나오는 것을 보았는데, 얼마 전에 이곳에 올라온 부인이었다. 한스 카스토르프가 아직 이름을 알지 못한 작고 귀여운 그 부인은 이마에 고수머리가 드리워져 있었고, 귀에는 금귀고리를 달았다. 그녀는 몸을 잔뜩 구부리고 계단을 올라가면서 치마를 거머잡았고, 반지 낀 다른 작은 손으로는 손수건을 입에 대고 있었다. 그러면서 몸을 구부린 자세로 창백하고 초점 잃은 커다란 눈으로 허공을 응시했다. 속치마에서 사각사각 소리가 나게 계단쪽으로 총총걸음을 치던 그녀는 무슨 생각이 들었는지 갑자기 발걸음을 멈추었다가 여전히 몸을 굽힌 채 손수건을 입에서 떼지 않고 다시 빠르게 계단에서 사라져 버렸다.

그녀가 문을 열고 나온 방 안은 흰 복도에 비해 훨씬 더 어두웠다. 이 아래 요양원의 공간들이 다 밝았지만 이 방만은 분명 그렇지 못했다. 한스 카스토르프가 보았듯이 크로코프스키 박사가 정신 분석을 하는 이 은밀한 별실은 어스름한 분위기와 깊은 박명(薄明)에 싸여 있었다.

식탁에서 나눈 대화들

혼자 산보를 감행할 때 할아버지처럼 머리가 떨렸는데 혼잡한 식당에서 식사를 할 때도 같은 현상이 나타나 한스 카스토르프 청년은 어쩔 줄 몰라 했다. 식사 중에도 거의 일정한 간격으로 그런 현상이 다시 나타나 이를 막을 수 없었고 숨기기도 쉬운 일이 아니었다. 턱을 가슴 쪽으로 위엄 있게 당기는 자세로는 오랫동안 버틸 수 없어서 청년은 다양한 방법을 찾아내어 약점을 감추려고 했다. 이를테면 그는 좌우에 앉은 사람들에게 말을 걸어 될 수 있으면 머리를 움직였고, 또는 가령 수프 숟가락을 입에 가져가는 경우 왼쪽 아래팔로 식탁을 꾹 누르면서 안정된 자세를 유지했으며, 잠시 식사를 멈추는 동안에는 팔꿈치를 식탁에 짚고 손으로 머리를 떠받치는 자세를 취했다. 이런 태도는 자신이 보아도 예의에 어긋나는 행동이었지만 도무지 예의라고는 없는 방종한 환자들과 함께하는 식사이니만큼 그냥 봐줄 수도 있었다. 하지만 이 모든 자세는 번거롭기 짝이 없었고, 전에는 긴장감과 구경거리 때문에 그렇게 즐거울 수가 없던 식사 시간도 이제는 그저 귀찮을 따름이었다.

하지만 사실대로 말하면—그리고 한스 카스토르프도 이런 사실을 잘 알고 있었다—그가 눈물겹게 싸우고 있는 이러한 창피스러운 현상은 육체적인 이유, 즉 이곳의 공기와 그것에 적응하려는 노력 때문만이 아니라 긴장감이나 구경거리와 직접적인 관계가 있는 내적 흥분 때문이기도 했다.

쇼샤 부인은 제 시각에 식사하러 오는 법이 거의 없었다. 그런데 그녀가 식당에 나타날 때까지 한스 카스토르프는 자리에 앉아 있어도 그야말로 좌불안석(坐不安席)이었다. 그녀가 입장할 때마다 예외 없이 들리는 유리문이 쾅 하고 닫히는 소리를 이제나저제나 하고 기다렸기 때문이다. 그 소리가 나면 화들짝 놀라며 자신의 얼굴에서 핏기가 싹 가실 것임을 알고 있었기 때문이다. 이런 일은 언제나 같은 식으로 일어나곤 했다. 처음에는 그때마다 분을 참지 못해 머리를 그쪽으로 돌리고, 일류 러시아인 석의 그녀 자리까지 성난 눈으로 칠칠치 못한 이 낙오자를 따라갔다. 그러고는 분을 이기지 못하고 그녀의 뒤통수에다 대고 이빨 사이로 들릴락말락하게 질책과 비난의 외침을 퍼부었다. 하지만 이제는 그런 일을 하지 않고, 머리를 접시로 잔뜩 숙이면서 입술을 지그시 깨물거나, 또는 일부러 딴청을 피우며 머리를 다른 쪽으로 돌리기도 했다. 자신이 더는 성을 낼 자격이 없다고 생각했기 때문이다. 자신은 비난받을 일이 없느냐 하면 그렇지가 않고 그 짜증스러운 일에 공범 관계에 있으며, 주위 사람들에 대해 그녀의 행위에 자신이 공동 책임을 느꼈기 때문이다. 요컨대 그는 스스로 부끄러운 생각이 들었던 것이다. 그것도 쇼샤 부인 때문이라기보다는 주위 사람들에게 자기 자신이 부끄러워졌다는 말이 더 정확하다. 하지만 그는 굳이 부끄러워할 필요가 없었다. 쇼샤 부인의 무례한 행위나 한스 카스토르프가 이에 대해 부끄럽게 생각한다는 사실에, 가령 그의 오른쪽에 앉은 여선생 출신인 엥겔하르트 양을 제외하고는 식당에서 아무도 신경 쓰는 사람이 없었기 때문이다.

이 보기 딱한 여자는 문이 쾅 닫힐 때 한스 카스토르프가 과민 반응을 일으키는 것에 주목하고 청년이 러시아인 부인에 대해 무언가 흥분하고 있음을 눈치 챘다. 더구나 그런 관계가 일단 형성되기만 하면 그것의 성격은 별로 중요한 문제가 아님을 알고 있었다. 그리고 결국은 그가 짐짓 꾸며서—그것도 연기 연습을 한 적이 없고 배우의 소질이 부족하기 때문에 서투르게 꾸며서—무관심한 척하는 행동은 관계를 약화시키는 것이 아니라 오히려 강화시켜, 이러한 관계가 좀 더 높은 국면으로 이행함을 의미하는 것도 알아채고 있었다. 자신의 외모에 자신도 없고 희망도 없는 엥겔하르트 양은 무아경에 빠져 쇼샤 부인에 대해 계속 황홀하게 말을 늘어놓았다. 그런데 이상하게도 한스 카스토르프는 그녀의 선동적인 언행이 갖는 의미를 당장은 아니지만, 시간이 흐름에 따라 점차 아주 분명히 알아차리고는 심지어 혐오를 느끼기까지 했지만 그래도 순순히 이에 영향을 받고 속아넘어가는 척했다.

"아이쿠!" 노처녀가 말했다. "저 여자지요. 누가 들어왔는지 쳐다볼 필요도 없어요. 물론, 그 여자가 걸어가고 있군요. 그런데 걸어가는 모습이 얼마나 매력적인지 모르겠어요. 마치 우유 접시를 향해 살금살금 다가가는 조그만 암고양이 같네요! 나하고 자리를 바꾸어 드릴 수 있어요. 당신이 나처럼 자연스럽고도 편히 그녀를 볼 수 있도록 말이에요. 당신이 매번 그녀 쪽으로 고개를 돌리지 않는 것도 난 이해할 수 있어요. 그녀가 이런 사실을 눈치 채면 속으로 얼마나 우쭐해하겠어요. 지금 사람들에게 인사를 하고 있네요. 당신도 한번 보셔야 할 텐데요. 그녀를 보고 있으면 얼마나 기분이 좋아지는지 몰라요. 지금처럼 미소 지으며 말할 때면 한쪽 볼에 조그만 보조개가 생기지요. 그러나 항상 생기는 것은 아니고 그녀가 원할 때만 만들어진답니다. 그래요, 정말 금이야 옥이야 하고 자란 버릇없는 여인이에요. 그래서 저렇게 칠칠치 못한 거지요. 자신이 원하든 원하지 않든 그런 여자를 어떻게 사랑하지 않을 수 있겠어요. 칠칠치 못한 태도에 성을 내지만 이렇게 화를 내는 것도 도리어 그에 끌리고 있다는 징표가 되니까요. 그러니까 화가 나는데도 사랑하지 않을 수 없다는 것이 얼마나 행복한 일이에요."

이렇게 여선생은 손으로 입을 가리고 다른 사람들에게 들리지 않도록 속삭였지만, 솜털이 보송보송한 노처녀의 뺨이 홍조를 띠는 것은 그녀의 체온이 정상이 아님을 상기시켰다. 노처녀의 선정적인 수다는 불쌍한 한스 카스토르프의 골수와 핏속까지 파고들었다. 어디엔가 의존하고 싶은 마음에서 그는 쇼샤 부인이 매혹적이라는 사실을 제삼자로부터 확인받고 싶었다. 게다가 그 젊은이는 자신의 이성과 양심이 방해하며 저항하는 감정에 흠뻑 빠질 수있도록 외부로부터 격려를 받고 싶었다.

하지만 한스 카스토르프는 이 대화에서 정말 궁금한 내용은 별로 알아내지 못했다. 엥겔하르트 양이 아무리 알려 주고 싶어도 요양원의 다른 사람들과 마찬가지로 쇼샤 부인에 대해 좀 더 구체적으로 말해 줄 게 없었기 때문이다. 엥겔하르트 양은 쇼샤 부인과 친한 사이도 아니었고, 그녀와 알고 지낸다고 뻐길 만한 처지도 아니었다. 그녀가 한스 카스토르프에게 생색을 낼 수 있는 유일한 재료란 자신의 집이 쾨니히스베르크에 — 그러므로 러시아 국경에서 그리 멀지 않은 곳에 — 있으며, 몇 마디 러시아 말을 할 수 있다는 정도에 불과했다. 이렇게 보잘것없는 내용에 불과했지만 이것으로 한스 카스토르프는 자신이 좀 멀긴 하지만 쇼샤 부인과 어떤 개인적인 관계를 맺고 있는 것처럼 생각하려고 했다.

"그녀는 반지를 끼고 있지 않던데요." 그가 말했다. "내가 본 바로는 결혼반지를 끼지 않았어요. 대체 어찌된 일인가요? 그녀가 결혼했다고 그러지 않았어요?"

여선생은 궁지에 몰려 무언가 변명을 해야겠다고 생각해 당황했다. 그녀는 쇼샤 부인에 관련된 사항에는 한스 카스토르프에게 그토록 막중한 책임을 느꼈던 것이다.

"그 점에 대해 너무 까다롭게 생각하시면 안 됩니다." 그녀가 말했다. "그녀가 결혼한 것은 확실합니다. 그 점은 의심의 여지가 없어요. 흔히 외국의 아가씨들은 나이를 좀 먹으면 거드름을 피우며 부인 티를 내려고 하거든요. 하지만 그녀의 경우에는 러시아 어딘가에 정말 남편이 있다는 것을 우리는 알고 있어요. 이곳에서는 누구나 다 그 사실을 알아요. 원래 그녀에게는 프랑스 이름이 아니라 무슨 아노프나 무슨 우코프로 끝나는 다른 러시아 이름이 있어요. 전에 그 이름을 알았는데 그만 깜빡 잊어버렸어요. 당신이 알고 싶다면 알아볼 수 있어요. 몇 사람은 틀림없이 그녀 이름을 알고 있을 테니까요. 반지 말인가요? 그래요, 끼고 있지 않아요. 나도 봤는데 안 끼고 있더군요. 어쩌면 반지가 자신에게 어울리지 않아서일지도 모르고, 반지를 끼면 손이 넓어 보여서 그런지도 모르지요. 또는 결혼반지를 끼는 것을 고루하다고 생각하는지도 몰라요. 그런 매끄러운 고리를 말입니다. 시장바구니만 있으면 영락없는 가정주부지 뭐예요. 그래요, 그러기에는 너무 자유분방한지도 모르지요. 내가 알기로는 러시아 여자들은 태어날 때부터 다들 그렇게 자유분방한 성향을 가지고 있거든요. 게다가 반지에는 무언가 매정하게 거절하고 흥을 깨뜨리는 성질이 있지요. 예속의 상징 같아서 여자를 곧장 수녀 같은 분위기로 만들어 버리지요. '나를 건드리지 마세요' 라는 꽃말을 가진 순결한 봉선화처럼 만들어 버리지요. 그러니 쇼샤 부인이 그런 것을 싫어한다고 해도 하나도 이상하지 않아요. 한창 물이 오른 매력적인 부인이 말이에요. 아마 그녀가 손을 내미는 신사로 하여금 자신이 혼인 관계에 묶여 있음을 알릴 필요성도 느끼지 않을 거고, 그럴 기분도 들지 않을 거예요."

여교사가 이렇게 열을 올리다니 정말 뜻밖이었다! 한스 카스토르프는 깜짝 놀라 그녀의 얼굴을 쳐다보았지만, 그녀는 적이 당황해하면서도 그의 눈길을 피하지는 않았다. 둘은 한동안 가만히 있으면서 숨을 좀 돌렸다. 한스 카스토르프는 음식을 먹으면서 머리가 떨리는 현상을 억누르고 있었다. 이윽고 그가 말문을 열었다.

"그럼 남편은요? 그는 아내 걱정일랑 아예 하지 않는가요? 이 위에 한 번도 찾아오지 않았나요? 대체 뭐 하는 사람인데요?"

"공무원입니다. 아주 오지인 다게스탄의 러시아 행정관이라고 합니다. 알다시피 코카서스 산맥 너머 동쪽에 있지요. 그쪽으로 파견되어 갔어요. 그렇지만 아까도 말했듯이 이 위에서 그를 본 사람은 아직 아무도 없어요. 그녀가 이곳에 다시 온 지 벌써 석 달이나 되었는데도 말입니다."

"그럼 그녀가 이곳에 온 게 처음이 아니라는 말인가요?"

"벌써 세 번째랍니다. 그 동안은 이곳과 유사한 어디 다른 데 있었나 봐요. 반대로 그녀가 때때로 남편을 찾아가는 모양입니다. 자주는 아니고 일년에 한 번 잠시 들르는 모양이에요. 둘은 별거 생활을 한다고 할 수 있지요. 그녀가 때때로 남편을 찾아가는 거지요."

"그야 할 수 없겠지요, 여자가 아프니까."

"확실히 그녀가 아프기는 하지만 그리 심하지는 않아요. 줄곧 요양원에 죽치고 살면서 남편과 떨어져 살아야 할 정도로 심각하게 아프지는 않은 것 같아요. 거기에는 또 다른 이유가 있는 게 분명해요. 일반적으로 여기 사람들은 다들 다른 이유가 있을 걸로 생각한답니다. 코카서스 산맥 너머의 황량한 벽지(僻地)인 다게스탄에서 살고 싶지 않을지도 몰라요. 그러니 뭐 하나도 이상한 일은 아니지요. 하지만 그녀가 남편하고 살고 싶어 하지 않는다면 남편에게도 약간은 책임이 있다고 할 수 있겠지요. 그의 이름은 프랑스식이지만, 그래도 그는 러시아 공무원이거든요. 러시아 공무원은 야만적인 족속이지요. 내 말 믿을 수 있겠지요. 언젠가 한 번 러시아 공무원을 본 적이 있는데, 벌건 얼굴에 쇠붙이 같은 색의 턱수염을 기르고 있더군요. 그들은 뇌물이라면 사족을 못 쓰고, 다들 하나같이 보드카에 눈이 멀었어요. 그들은 남의 시선 때문에 소스에 절인 버섯 몇 개나 철갑상어 한 조각처럼 적은 양을 주문하지만, 이에 곁들여 보드카를 마시는 겁니다. 그야말로 한도 끝도 없이 말입니다. 그런데도 이들은 가볍게 목을 축였다고 그러지요."

"당신은 모든 것을 남편의 탓으로 돌리고 있군요." 한스 카스토르프가 말했다. "둘이 잘 살아가지 못한다면 어쩌면 그녀 탓일지도 모르지요. 공평해야 합니다. 그 여자를 보고 있으면, 그리고 문을 쾅 닫는 무례한 행위를 보고 있으면 그녀가 천사로 생각되지는 않습니다. 부디 내 말을 기분 나쁘게 생각하지 마세요. 나는 그녀를 도무지 신뢰할 수 없어요. 하지만 당신은 공정하지 않고, 온통 그녀를 편들기만 하고 있어요."

그는 때때로 이런 식으로 말하기도 했다. 자신의 본성과 영 딴판으로 교활하게 받아 넘기는 것이다. 즉 엥겔하르트 양이 쇼샤 부인에게 열광하는 것이 사실은 어떤 성질의 것인지 뻔히 알고 있으면서도 실제적인 의미와는 달리 우스꽝스럽다는 듯이 말했다. 이리하여 한스 카스토르프는 자유로운 입장에서 냉정하고도 유머러스한 거리를 두고 노처녀를 놀릴 수 있었다. 그리고 그는 한통속인 그녀가 자신이 뻔뻔스럽게 비꼬는 말을 받아들이고 감수하리라고 확신했기 때문에 이런 아슬아슬한 발언을 서슴지 않고 할 수 있었다.

"좋은 아침입니다!" 그가 말했다. "안녕히 주무셨나요? 당신의 아름다운 민카 꿈을 꾸셨기를 바랍니다. 아니, 그녀 이야기만 하면 금방 얼굴이 붉어지는군요! 그녀한테 홀딱 빠져 버렸군요. 내 말을 부정하지는 못하겠지요!"

여선생은 정말 얼굴이 홍당무가 되어 찻잔으로 고개를 깊이 숙이고는 왼쪽 입술 언저리로 이렇게 속삭였다.

"에이, 나빠요, 카스토르프 씨! 그렇게 넌지시 놀리며 나를 당황하게 만들다니 점잖지 못하군요. 우리가 호시탐탐 그녀를 노리고 있으며, 당신의 말로 내 얼굴을 붉게 만든다는 사실을 모두 다 눈치 채고 말겠어요."

식탁 옆자리에 앉은 두 사람은 정말 이상한 짓거리를 하고 있었다. 둘은 자기들이 이중 삼중으로 속임수를 쓴다는 사실을 알고 있었다. 한스 카스토르프는 쇼샤 부인에 관한 이야기를 할 목적으로 그녀를 가지고 여선생을 놀렸을 뿐이지만, 노처녀와 시시덕거리면서 불건전하고 묘한 쾌감을 맛보았던 것이다. 그런데 여선생 쪽에서 그의 상대를 해 준 이유는 이러했다. 첫째 뚜쟁이 역할을 하기 위해서였고, 둘째로 그녀는 한스 카스토르프의 환심을 사기 위해 어쩌면 정말 쇼샤 부인에게 반했기 때문이다. 그리고 마지막으로 그녀는 그한테 놀림을 받고 얼굴이 붉어지는 것을 나름대로 즐긴 것이다. 둘은 이러한 입장에 처한 자신이나 상대방에 대해 알고 있었고, 둘 다 상대방이 이런 사실을 눈치 채고 있다는 것도 알았다. 이 모든 관계는 얽히고설켜 깨끗하지 못했다. 하지만 한스 카스토르프는 사물이 얽히고설켜 깨끗하지 못한 관계를 대체로 혐오했고, 이 경우에도 혐오를 느꼈지만 이런 진흙탕 속을 계속 철벅거리고 다녔다. 그러면서 그는 이 위에 손님으로 왔을 뿐이니 곧 떠날 거라는 식으로 자신을 안심시키는 말을 했다. 그는 짐짓 객관적인 태도를 취하는 척하며 '칠칠치 못한' 부인의 외모를 전문가다운 안목으로 평했고, 앞에서 보면 옆얼굴보다 분명 더 젊고 예쁠 거라고 단언했다. 그리고 두 눈은 멀리 떨어져 있고, 자세는 고칠 점이 많다고 지적했으며, 반면 두 팔은 보아하니 아름답고 '연약한 모양'이라고 지적했다. 그는 이런 말을 하면서 머리가 떨리는 것을 감추려고 했지만, 여선생이 자신의 헛된 노력을 눈치 채고 있음을 알았을 뿐만 아니라 그녀 자신의 머리도 마찬가지로 떨리는 것을 감지하고 뭐라 말할 수 없는 혐오를 느꼈다. 그가 쇼샤 부인을 '아름다운 민카'라고 부른 것도 다름 아닌 술수이자 자신의 본모습과는 먼 교활한 언동이었다. 그래야 계속 질문할 수 있었기 때문이다.

"내가 민카라고 말한 그 여자의 진짜 이름은 뭔가요. 성이 아니라 이름 말입니다. 당신처럼 그녀에게 홀딱 빠진 사람이면 이름을 분명 알고 있겠지요."

여선생은 곰곰 생각하는 표정을 지었다.

"잠깐만요, 알고 있어요." 그녀가 말했다. "알고 있었어요. 타트야나가 아닌가? 아니야, 그게 아니었어. 나타샤도 아니고. 나타샤 쇼샤? 아니야, 그런 이름이 아니었어. 잠깐, 알았어요! 아브도트야나 뭐 그 비슷한 이름이었어요. 카트옌카나 니노츄카는 절대 아니에요. 귀신이 곡할 노릇이네요, 이렇게 깜빡 잊어버리다니. 정 알고 싶으면 다른 사람한테 물어서 알아낼 수 있어요. 그거야 손바닥을 뒤집듯 쉬운 일이니까요."

다음날에 그녀는 정말로 이름을 알아 왔다. 점심 식사 때 유리문이 쾅 하고 닫히는 소리를 들으면서 그에게 이야기해 주었다.

쇼샤 부인의 이름은 클라브디아였다.

한스 카스토르프는 그 이름을 즉각 알아듣지 못했다. 그는 이름을 다시 물어 보고 철자를 확인한 다음에야 정확하게 알 수 있었다. 그는 충혈된 눈을 쇼샤 부인 쪽으로 돌리고 마치 그녀에게 시험해 보려는 듯 이름을 여러 번 중얼거리며 되뇌었다.

"클라브디아." 그가 말했다. "그래요, 아마 그런 이름일지도 모르겠어요. 아주 잘 어울리는 이름이군요." 그는 은밀한 지식을 얻게 된 기쁨을 숨기지 못하고, 쇼샤 부인을 지칭할 때 그때부터는 '클라브디아'라고만 불렀다. "당신의 클라브디아가 빵을 둥글게 말고 있군요. 우아한 행동은 아니군요."

"그 일을 하는 사람이 누구인가가 중요해요." 여선생이 대답했다. "클라브디아에게는 그 일이 어울려요."

그렇다, 일곱 개의 식탁이 늘어선 식당에서 하는 식사는 한스 카스토르프에게 무엇보다도 커다란 매력이 있었다. 식사가 끝나면 섭섭했지만 두 시간이나 두 시간 반만 지나면 다시 이곳에 앉을 거라는 생각에 위안이 되었다. 그가 다시 이곳에 앉으면 쭉 이곳에 앉아 있은 듯한 생각이 들었다. 식사와 식사 사이에는 무엇이 있었을까? 아무 일도 없었다. 개울이 있는 곳이나 영국인 거주 지역으로 가벼운 산보를 하고 침대에서 약간 안정을 취했다. 이러한 중단된 시간은 심각한 것은 아니었고, 중대하게 생각할 만한 장애물은 아니었다. 만약 쉽사리 무시하거나 간과할 수 없는 걱정거리나 힘든 일이 있었더라면 사정은 달랐을지도 모른다. 하지만 빈틈없고 행복하게 짜여진 베르크호프의 생활에서는 그런 것은 생각할 수 없었다. 한스 카스토르프는 함께하는 식사를 끝내고 자리에서 일어서면 다음 식사를 즐거운 마음으로 기다릴 수 있었다. 즉 병든 클라브디아 쇼샤 부인과 다시 함께하면서 그녀를 바라볼 수 있다는 일종의 기대감을 '즐거움'이라고 표현할 수 있다면 말이다. 그의 경우에는 이 단어가 매우 가볍고 흡족하며 단순하고 평범한 의미를 지닌 것이 아니었다. 독자 여러분은 한스 카스토르프의 인품과 내면 생활로 보아 흡족하고 평범하다는 표현이 그에게 잘 어울리고 딱 들어맞는다고 생각할지도 모르겠다. 하지만 이성과 양심을 가진 젊은이인 그가 쇼샤 부인과 가까이에 있으면서 그녀를 바라보는 것을 마냥 '즐거워'하지만은 않았다는 사실을 상기하기로 하자. 우리는 이런 사실을 알고 있기에 그가 만약 이런 단어를 들었다면 어깨를 으쓱하며 물리쳤을 것으로 확신한다.

그렇다, 그는 이러한 종류의 표현에 대해서는 고자세로 나왔다. 이런 개별적인 경우는 특별히 언급할 만한 가치가 있다고 하겠다. 그는 괜히 상기된 볼을 하고 돌아다녔고, 혼자, 무심결에 노래를 불렀다. 그가 음악적인 감수성이 예민한 상태에 있었기 때문이다. 언제 어디서 들었는지는 몰라도, 언젠가 사교 모임이나 자선 음악회에서 작은 소프라노 음성으로 들은 것을 지금 생각해 내어 흥얼거렸다. 아무 의미가 없는 것이지만 감미로운 가사는 이렇게 시작되었다.

내 가슴 야릇하게 두근거리는구나
종종 그대가 한 말로

그리고 이렇게 덧붙였다.

그대의 입술에서 나온 말이
내 가슴에 파고들었네!

이런 노래를 계속하려다가 그는 갑자기 어깨를 으쓱하고 '우스
꽝스럽다'고 말하고는, 이 부드러운 노래를 저속하고 아주 감상
적이라 생각하고 그만두었다. 좀 우울한 기분이 들었으나 깨끗하
게 단념하고 말았다. 저지(低地)의 건강한 아가씨에게, 사람들이
흔히 하듯이 정당하고 은은하며 그럴듯한 방법으로 자신의 '마
음'을 '바치고', 자신의 정당하고 그럴듯하며 합리적인, 요컨대
흡족한 감정에 사로잡히는 젊은이라면 이런 노래를 흡족하고 기
분 좋게 생각할지도 모른다. 하지만 한스 카스토르프나 그의 쇼샤
부인에 대한 관계에는— '관계'라는 말은 그가 사용한 것으로 우
리는 이에 대해 책임을 지지 않기로 한다—이런 노래가 전혀 어
울리지 않았다. 그는 접이식 침대에 누워 이 노래에 대해 '속되
다!'라고 심미적 판단을 내리고는, 더 적당한 노래가 생각나지도
않았지만 코를 찡그리며 노래 중간에 그만두고 말았다.

하지만 침대에 누워 고요한 가운데—규칙에 따라 낮잠을 자는
안정 요양 시간에 전체 베르크호프를 뒤덮고 있는 고요 속에서—
귀에 들릴 정도로 빨리 고동치는 자신의 심장, 신체로서의 심장에
신경을 쓰는 중에 그에게 흡족하게 생각되는 게 한 가지 있었다.
심장은 그가 이 위에 온 후로 거의 언제나 그랬지만 완강하고도

집요하게 두근거렸다. 하지만 한스 카스토르프는 처음과는 달리 이제는 이에 대해 그리 못마땅하게 생각하지 않았다. 이제는 저절로 아무런 이유도 없이, 영혼과 아무런 연관도 없이 심장이 두근거린다고는 더 이상 말할 수 없게 되었다. 그러한 연관 관계는 기정사실이라 볼 수 있으며, 또 어렵지 않게 연결시킬 수 있었다. 즉 감정의 동요 때문에 육체 활동이 고양되었음을 무리 없이 설명할 수 있었던 것이다. 쇼샤 부인을 생각하기만 하면—그리고 실제로 그는 그녀를 생각했다— 한스 카스토르프는 으레 심장이 뛰면서 감정의 동요가 일어났다.

커져 가는 불안,
두 분의 할아버지와 해질녘의 뱃놀이에 관하여

날씨는 말할 수 없이 나빴다. 이런 점에서 한스 카스토르프가 이 지역에서 잠깐 체류하는 것은 운이 나쁘다고 할 수 있었다. 눈이 오는 것은 아니었으나 하루 종일 비가 억수로 퍼부었고, 골짜기는 짙은 안개에 잠겼다. 안 그래도 날씨가 매우 추워서 식당에 스팀을 때야 할 정도인데 우스꽝스럽게도 쓸데없이 천둥이 치는 바람에 그 일대가 쩌렁쩌렁 울렸다.

"안 되겠어. 아침 식사를 하고 샤츠알프에나 한번 가 보려고 했는데 말이야. 그런데 안 되겠는걸. 너의 마지막 주에는 날씨가 좋아야 할 텐데." 요아힘이 말했다.

하지만 한스 카스토르프는 이렇게 대답했다.

"아니, 상관없어. 아니, 가 보고 싶어 안달인 것은 절대 아니야. 처음 혼자 멀리 산책 나갔다가 된통 혼이 났으니까 말이야. 나에게는 특별히 기분 전환할 필요 없이 그냥 무위도식(無爲徒食)하는 게 가장 좋은 휴양이야. 여기에 오래 있는 사람들에게는 기분 전환이 필요하겠지. 하지만 3주 예정으로 온 나에게 무슨 기분 전환이 필요하겠나."

사실이 그러했다. 그는 이곳에서 마음이 충만하고 분주하다고 느꼈다. 희망을 품는다 해도 그것의 실현과 좌절은 이곳에서의 문제이지, 샤츠알프에 가고 안 가고의 문제가 아니었다. 그가 괴로워하는 것은 지루해서가 아니었다. 반대로 얼마 안 있으면 예정된 체류 기간이 끝난다는 사실이 두려워지기 시작했다. 두 번째 주도 금방 지나가서, 곧 예정된 시간의 3분의 2가 획 지나갈 것 같았다. 세 번째 주가 시작되었다 싶으면 이제 짐을 싸야 할 판이었다. 처음에는 그토록 생생하던 시간 감각이 어느덧 사라져 버리고, 지금은 하루하루가 획획 지나가기 시작했다. 하루의 개별적인 시간은 늘 새로운 기대로 길어지고 남모를 은밀한 체험에 부풀어 올랐지만 하루하루는 쏜살같이 지나갔다. 그렇다, 시간에는 정체를 알 수 없는 수수께끼 같은 성질이 있는 것이다!

한스 카스토르프의 나날을 힘들게도 하고 빨리 지나가게도 한 은밀한 체험을 여기서 더 자세히 설명할 필요가 있을까? 하지만 그런 체험은 누구나가 알고 있는 것이어서, 감각적으로 보잘것없다는 점에서 흔히 할 수 있는 체험이었다. '내 마음 이상하게 두근거리는구나' 라는 저속한 노래가 알맞을 것 같은 좀 더 이성적이고 그럴듯한 경우라 하더라도, 이 이상으로 전개되지는 않았을 것이다.

쇼샤 부인이 어떤 다른 식탁에서 자신의 식탁에 팽팽하게 드리운 실 가닥을 전혀 눈치 채지 못했을 리가 없었다. 그리고 그런 사실을 되도록 눈치 채 달라는 것이 오만방자한 태도이긴 하지만 한스 카스토르프의 의도였다. 우리가 이를 오만방자하다고 부르는 것은 그 자신이 그것의 비이성적인 면을 익히 잘 알고 있기 때문이다. 하지만 지금처럼 누군가에 빠져 있고, 빠져 있었거나 빠져 들어가기 시작한 자는, 비록 그것이 아무런 의미도 없고 비합리적이라 하더라도 상대방이 자신의 상태를 알아주기를 바란다. 그게 인지상정인 것이다.

그러므로 쇼샤 부인은 우연이었는지 아니면 감응작용(感應作用) 때문이었는지는 몰라도 식사 중에 그가 앉은 식탁 쪽을 두세 번 돌아보았는데 그때마다 한스 카스토르프의 시선과 마주쳤다. 네 번째는 계획적으로 그의 쪽을 건너보았는데 이번에도 그의 시선과 마주쳤다. 다섯 번째는 그녀의 눈이 청년의 눈과 딱 마주치질 못했다. 그가 그녀의 시선이 올 것을 예상하고 대기하고 있지 않았기 때문이다. 하지만 그녀가 자신을 보고 있음을 퍼뜩 알아차리고 그가 부리나케 그녀 쪽으로 시선을 돌리자, 그녀는 미소를 흘리며 시선을 다른 데로 돌리는 것이었다. 이 미소를 보고 그의 마음은 의혹과 황홀감으로 가득 찼다. 그녀가 그를 어린아이처럼 생각했다면 이는 커다란 오산이었다. 그에게는 그녀의 세련된 반응이 중요했다. 여섯 번째로 그녀가 자기 쪽을 바라본다는 것을 예감하고 내부 기별이 왔을 때 그는 왕고모와 수다를 떨려고 자신의 식탁으로 건너온 여드름투성이의 여자를 싫어 죽겠다는 듯이 바라보는 시늉을 했다. 2, 3분 동안 그 여자를 끈질기게 노려보면서 저 건너의 키르키스인의 눈길이 자기에게서 떠났음을 확신할 때까지 그러고 있었다. 쇼샤 부인이 이를 알아주기를 바라고 꼭 알아주어야 하는 이상하고 위선적인 연기였지만, 이는 그녀가 한스 카스토르프의 세련된 태도와 자제력에 관심을 좀 가져 달라는 행위였다. 그리고 이런 일도 있었다. 요리가 나오는 사이사이에 아무런 생각 없이 쇼샤 부인이 고개를 돌려 식당을 훑어보았다. 한스 카스토르프가 마침 대기하고 있었으므로 두 사람의 시선이 마주쳤다. 둘이 서로를 바라보는 중에 — 병에 걸린 그녀는 막연히 살피면서 비웃듯이 바라보았고, 한스 카스토르프는 흥분하여 필사적으로 상대방의 눈을 바라보았다(그는 이를 악물고 눈도 깜빡거리지 않았다) — 그녀의 냅킨이 무릎에서 바닥으로 막 미끄러지려고 했다. 그러자 쇼샤 부인이 신경질적으로 깜짝 놀라며 그것을 붙잡으려고 했는데, 이런 행동이 그의 사지에도 전달되어 한스 카스토르프는 몸을 반쯤 일으켜 세우고는 자신도 모르게 식탁을 돌아 8미터 정도 떨어져 있는 그녀를 도우려고 달려가려는 듯한 동작을 취했다. 냅킨이 바닥에 떨어지면 무슨 큰일이라도 날 것처럼 말이다. 바닥에 닿을락말락하는 순간에 그녀는 간신히 냅킨을 집을 수 있었다. 몸을 구부린 자세로 바닥에 몸을 비스듬히 하고 냅킨의 끝을 집었다. 그녀는 자신이 허둥대며 어쩔 줄 몰라 한 사실에 분명 화를 내며 찡그린 표정을 지었다. 그녀는 이 모든 일을 한스 카스토르프의 탓으로 돌리는 듯 또 한 번 그를 바라보았는데, 그가 엉거주춤한 자세로 반쯤 몸을 일으킨 채 눈썹을 치켜 올리고 있는 것을 보자 그녀는 미소를 지으며 시선을 거두었다.

이러한 돌발 사건에 대해 한스 카스토르프는 기쁨을 감추지 못하고 환호작약(歡呼雀躍)했다. 하지만 이에 대한 반격이 만만치 않았다. 쇼샤 부인은 꼬박 이틀 동안, 그러니까 열 번의 식사가 계속되는 동안 그가 앉은 쪽으로 한 번도 둘러보지 않았으며, 식당으로 들어올 때 사람들을 쭉 훑어보며 자신을 '선 보이곤' 하던 버릇도 이제는 하지 않았다. 이는 괴로운 일이었다. 하지만 이러한 중단 행위도 분명 그와 관련이 있었기 때문에 부정적인 의미에서이긴 하지만 아직도 관계가 분명히 지속되고 있는 셈이었다. 그리고 그에게는 이것으로 충분했다.

이곳에서는 같은 식탁에 앉지 않는 사람들과는 친해지기가 결코 쉽지 않다는 요아힘의 지적이 전적으로 맞았다. 저녁 식사 후 빠듯하게 한 시간 정도 정규적인 사교 모임 같은 것이 있었지만 그것도 종종 20분으로 줄어드는 경우가 있었다. 그때마다 쇼샤 부인은 예외 없이 자신의 식탁 동료들과 함께 일류 러시아인 석 전용실인 듯한 작은 방의 뒷전에 앉아 있었다. 그녀는 가슴이 빈약한 신사, 유머러스한 곱슬머리 아가씨, 조용한 블루멘콜 박사, 어깨가 축 늘어진 젊은이 같은 사람들하고 어울렸다. 그럴 때마다 요아힘은 언제나 밤의 안정 요양 시간이 줄어든다며 빨리 자리를 뜨자고 재촉했다. 그가 직접 언급하지는 않았지만 어떤 남다른 자기 관리와 관계되는 이유가 있는지 모르겠으나, 한스 카스토르프는 이를 알아차리고 존중했다. 우리는 그가 자유분방하다고 비난을 가한 적이 있었다. 하지만 그의 소망이 어떤 것이든 간에 그는 쇼샤 부인과 사회적으로 사귀어서 친해지려고 노력하지는 않았다. 그리고 이에 방해 작용을 하는 상황에 대체로 동의하고 있었다. 서로 시선이 마주침으로써 조성된 자신과 쇼샤 부인 사이의 막연히 긴장된 관계는 사회 외적인 성질을 띠고 있었다. 그 관계는 아무런 책임을 질 게 없었고, 어떤 책임을 질 필요도 없었다. 그로서는 그러한 관계에 상당한 정도의 사회적인 거부감을 품고 있는 까닭이었다. 그는 자신의 심장이 고동치는 원인을 클라브디아 탓이라고 돌렸지만, 이러한 사실은 한스 로렌츠 카스토르프의 손자인 자신의 확신을 흔들리게 하는 데는 턱없이 모자랐다. 남편과 떨어져 살고, 손가락에 결혼반지도 끼지 않고, 이곳저곳 요양원을 전전하고, 자세가 칠칠치 못하고, 문을 쾅 닫고, 빵 조각을 돌려 뭉치고, 손가락을 깨무는 것이 분명한 이 외국 여자와 자신이 은밀한 관계를 넘어서는 실제적인 관계는 결코 가질 수 없다는 그의 확신에는 추호도 흔들림이 없었다. 즉 그녀와 자신의 존재 사이에는 넘기 어려운 심연이 가로놓여 있어서, 자신도 인정하는 어떤 비판에 직면할 때 이를 견디기 어려우리라는 확신에는 흔들림이 없었던 것이다. 현명하게도 한스 카스토르프는 자기 자신에 대해서는 조금도 자부심 같은 것을 가지고 있지 않았다. 그렇지만 조상 대대로 내려오는 일반적인 종류의 자부심은 그의 이마에 배어 있었고, 다소 졸린 듯 바라보는 그의 두 눈에 담겨 있었다. 그가 쇼샤 부인이라는 존재와 본질을 접하고 벗어날 수 없었고 벗어나려고도 하지 않은 우월감은 이러한 자부심에서 나온 것이다. 그런데 이상하게도 이러한 넓은 의미의 우월감을 특히 생생하고도, 어쩌면 처음으로 의식하게 된 것은 어느 날 쇼샤 부인이 독일어로 말하는 것을 들었을 때였다. 그녀가 그날 식당에서 식사를 마친 뒤 스웨터 주머니에 두 손을 넣고 서서 안정 홀의 동료인 듯싶은 다른 여자 환자와 대화를 나누는 것을 한스 카스토르프가 마침 옆을 지나다가 들었다. 그녀는 한스 카스토르프의 모국어인 독일어로 아주 매력적인 모습으로 말하고 있었다. 그래서 그는 느닷없이 여태까지 몰랐던 자부심을 느꼈다. 물론 몇 마디의 독일어를 서투르게 더듬거리며 말하는 모습을 보고 황홀해져서 이러한 자부심이 곧장 빛이 바래기는 했지만 말이다.

한마디로 말해 한스 카스토르프는 이 위에 사는 사람들 중에서 단정치 못한 부인과 갖게 된 자신의 은밀한 관계를 휴가 중의 로맨스라고 생각했다. 이러한 모험은 이성의 법정에서 — 자신의 이성적인 양심의 법정에서 — 인정을 받을 수는 없겠지만 말이다. 그 이유는 주로 쇼샤 부인이 병에 걸린 여자인데다, 기력이 없고 열이 있으며 벌레 먹은 몸이기 때문이라기보다는, 그녀의 존재 전체에 미심쩍은 구석이 있다는 점과 밀접한 관련이 있었고, 또한 한스 카스토르프의 조심하고 거리를 두려는 감정과도 깊은 관련이 있었다. 그렇다, 그는 그녀와 실제로 사귀려는 생각은 없었다. 이 정도의 일이라면 일주일 반쯤 지나 툰더 빌름스 회사에 입사해 연수를 받으면 좋든 나쁘든 흔적도 없이 사라져 버릴 것이다.

물론 그 후 얼마 동안은 병을 앓는 여자와의 관계에서 생긴 미묘한 감정의 동요, 긴장, 충족감과 실망감을 이번 여행의 중요한 의미와 내용이라고 느끼고 이에 전념하기 시작하여, 그 결과 여하에 그의 기분이 전적으로 좌우될 정도였다. 주변 상황은 이를 조장하고 촉진하기에 더없이 좋은 분위기였다. 다들 일정하고 규정된 일과에 따라 한정된 공간에서 함께 살아가기 때문이었다. 비록 쇼샤 부인은 다른 층인 2층에 기거하고 있었지만 (한스 카스토르프가 여선생한테서 들은 바에 따르면 쇼샤 부인은 공동 안정 홀에서, 즉 미클로지히 대위가 최근에 불을 껐다고 하는 옥상에 위치한 안정 홀에서 안정 요양을 하고 있었다) 하루 다섯 번의 식사 때뿐만 아니라 그 밖의 시간에도 마주칠 수밖에 없는 기회가 얼마든지 있었다. 그리고 다행히도 이렇게 우연히 마주칠 기회가 많다는 사실이 다소 가슴 죄는 일이긴 했지만, 걱정하고 근심한다 해서 앞날이 열리는 게 아닌 것처럼 한스 카스토르프는 이것도 잘된 일이라 생각했다.

그는 심지어 이런 행운이 일어날 수 있도록 환경을 조성하고 계산했으며 그쪽으로 머리를 굴렸다. 쇼샤 부인이 보통 식탁에 늦게 나타나기 때문에 도중에 서로 마주칠 수 있도록 자신도 일부러 늑장을 부리는 작전을 썼다. 그는 요아힘이 자신을 데려가려고 방에 들어와도 꾸물거리면서 몸단장을 마치지 않고는, 곧 따라갈 테니 먼저 가라고 일렀다. 그는 자신의 직감으로 이때다 싶은 순간을 기다리다가 2층 계단으로 급히 내려갔다. 거기서 그는 1층으로 통하는 계단을 이용하지 않고 복도의 거의 끝까지 가서 다른 계단으로 내려갔다. 그 계단은 그가 익히 잘 아는 7호실 방문과 가까이에 위치해 있었다. 복도를 따라, 이쪽 계단에서 저쪽 계단으로 가는 도중에 소위 언제라도 마주칠 기회가 있었던 것이다. 언제라도 눈독을 들인 그 문이 열릴 수 있었다. 그리고 그런 일이 실제로 여러 번 일어났다. 쇼샤 부인 뒤의 문이 쾅 닫히면서 장본인이 소리 없이 걸어 나와서는 계단으로 살금살금 미끄러지듯이 갔다. 그러다가 그녀는 그의 앞을 걸어가면서 머리칼을 손으로 떠받치는 것이다. 또는 한스 카스토르프가 그녀 앞을 걸어가면서 그녀의 시선을 뒤통수에 느낄 때도 있었다. 그럴 때면 그는 팔다리를 잡아당기는 듯하고 등줄기에 개미가 기어가는 듯한 기분이 들었지만, 그녀 앞에서 의연한 모습을 보이려는 생각에 짐짓 그녀가 뒤에 있다는 것을 전혀 모르는 듯이, 아무 데도 구애받지 않고 혼자 힘차게 살아간다는 듯이 행동했다. 즉 두 손을 상의 주머니에 찌르고, 아무 이유 없이 어깨를 흔들거나 세차게 헛기침을 했으며, 그러면서 주먹으로 가슴을 치기도 했다. 이 모든 행동 하나하나가 다 자신이 아무 데도 얽매이지 않은 몸임을 과시하려는 것이었다.

그는 이러한 교활한 행동을 두 번이나 더 했다. 이미 식탁에 앉은 후에 그는 양손으로 호주머니를 뒤적이며 당황하고 화난 목소리로 말했다. "아니, 손수건을 깜빡 잊어버렸네! 또 한 번 저 위에 갔다 와야겠어." 그러면서 그는 클라브디아와 서로 마주치기 위해 되돌아갔다. 이는 그녀의 뒤나 앞에서 걸어갈 때와는 달리 위험스러운 행위였지만 더 짜릿한 쾌감을 안겨 주었다. 처음 이 모험을 감행했을 때 그녀는 좀 떨어져 있을 때는 염치없고도 뻔뻔스럽게 그를 위에서 아래로 훑어보더니, 정작 가까이 다가왔을 때는 아무렇지도 않다는 듯이 외면하며 지나쳐 버렸다. 그리하여 이러한 첫 만남의 결과는 그리 신통치 않게 끝나고 말았다. 그러나 두 번째는 그녀가 그를 쳐다보았다. 멀리서뿐만 아니라 지나가는 동안 내내 그를 쳐다보았다. 그를 뚫어져라 쳐다보았고, 심지어 좀 음울한 눈초리로 바라보았으며, 지나가면서 고개를 그의 쪽으로 돌리기까지 하였다. 그리하여 그녀의 눈길이 불쌍한 한스 카스토르프의 뼛속까지 스며드는 것 같았다. 그렇다고 해서 우리가 그를 불쌍히 여길 필요는 없다. 이 모든 것은 그가 바라던 바이고, 자신이 계획한 거였기 때문이다. 하지만 이러한 만남에 그는 흥분한 나머지 그 순간에는 그저 정신이 아득하고 아찔할 뿐이었다. 이 모든 일이 다 지나가고 나서야 비로소 그는 무슨 일이 벌어졌는지 제대로 알 수 있었다. 그는 지금까지 쇼샤 부인의 얼굴을 이렇게 가까이서 본 적이 없었다. 그리하여 그는 그녀의 얼굴을 바로 눈앞에서 아주 상세하게 살펴볼 수 있었다. 머리 주위에 아무렇게나 감아 올려 땋은 금발, 약간 금속 빛의 붉은색을 내는 금발에서 삐져나온 짧은 솜털 하나까지 그는 분간할 수 있었다. 자신의 얼굴과 그녀의 얼굴 사이에는 손 너비 정도의 공간밖에 없었다. 묘하게 생긴 모습이긴 하지만 그에게는 오래전부터 친숙한 얼굴로, 이 세상의 어떤 것보다 더 그의 마음에 들었다. 그녀의 얼굴은 이국적이고 개성적이었으며(우리가 볼 때 외국인만 개성이 있는 것으로 생각되기 때문이다), 북방적인 이국성에다가 신비로운 분위기를 풍겼다. 얼굴의 특징과 비례 관계를 쉽게 파악할 수 없는 관계로 이를 규명해 볼 필요성이 있었다. 이 얼굴에서 가장 인상적인 것은 광대뼈 부근이 두드러지게 튀어나온 점이었다. 이 때문에 이상하게 쑥 들어가고 거리가 떨어진 두 눈은 눈꼬리가 약간 비스듬하게 치켜져 있었다. 또한 튀어나온 광대뼈 때문에 볼이 부드럽게 들어갔고, 이러한 간접적인 영향으로 입술이 위로 젖혀져 도톰해 보였다. 그렇지만 무엇보다 문제가 되는 것은 바로 그녀의 두 눈이었다. 가느다랗고 더없이 매혹적으로 생긴 (한스 카스토르프는 그렇게 생각했다) 키르키스인의 눈, 먼 산처럼 회청색이나 청회색을 띠는 눈은 어쩌다가 곁눈질을 할 때는 보는 것이 아니라 녹아내리는 듯이 어렴풋하고 어두운 색으로 완전히 흐려졌다. 바로 코앞에서 자신을 염치없이 뻔뻔스럽게 쳐다보던 클라브디아의 눈은 위치나 색깔이나 표정에 있어서 프리비슬라프 히페의 눈을 깜짝 놀랄 정도로 닮았던 것이다! 상투어 '닮았다'는 말은 결코 적절한 표현이 아니었다. 그것은 똑같은 눈이었다. 그리고 얼굴 위쪽의 넓이, 찌부러진 코, 불그스름한 빛이 도는 흰 피부에 이르기까지 모든 것, 건강해 보이는 볼 색깔―이 위의 사람들이 다 그렇듯이 쇼샤 부인의 경우 볼이 건강해 보이는 것은 단지 야외 안정 요양의 결과 겉으로 그렇게 보이는 것에 지나지 않았다―이 모든 것이 프리비슬라프를 그대로 빼쏘았던 것이다. 그리고 교정에서 이들이 서로 옆을 지나칠 때 프리비슬라프가 이와 똑같은 눈으로 자신을 쳐다보지 않았던가.

이는 어느 모로 보나 충격적인 일이 아닐 수 없었다. 한스 카스토르프는 그녀와 만나서 감격하기도 했지만, 이와 동시에 무언가 불안감이 커지는 것을 느꼈다. 이는 이렇게 장소가 좁은 관계로 다행히도 우연히 마주칠 기회가 많다는 사실에 가슴 죄던 것과 똑같은 종류의 일이었다. 오래전에 잊은 프리비슬라프가 이 위에서 쇼샤 부인의 모습으로 다시 나타나서 키르기스인의 눈으로 자기를 쳐다보았다는 사실은 자신이 벗어날 수도 피할 수도 없는—행복한 의미에서건 불행한 의미에서건 피할 수 없는—어떤 운명에 지배되어 있다는 기분이 들게 했다. 이는 희망적인 동시에 섬뜩하기도 하고, 그러니까 위협적이기도 했다. 그래서 젊은 한스 카스토르프는 도움이 절실히 필요하다는 감정에 사로잡혔다. 그의 마음속에서는 주위를 둘러보고, 도움이나 충고 및 지원을 받을 만한 데를 살펴보고 찾아보아야겠다는 막연하고 본능적인 움직임이 일어났다. 그래서 그는 자신에게 도움이 될 만한 여러 사람들을 한 명씩 차례로 생각해 보았다.

우선 자신의 곁에는 선량하고 건실한 요아힘이 있었다. 그의 눈은 최근 몇 달 동안 슬픈 표정을 띠었고, 때로는 경멸하듯 두 어깨를 심하게 으쓱거렸다. 전에는 이런 태도를 보인 적이 결코 없었는데 말이다. 요아힘은 슈퇴어 부인이 으레 '푸른 하인리히'라고 부르는 유리병을 주머니에 넣고 다녔다—그녀가 몰염치하고 뻔뻔스러운 얼굴로 이 말을 입에 올릴 때마다 한스 카스토르프는 내심 경악을 금치 못했다—이곳을 빠져나가 '평지'나 '저지'에서 자신이 소망하는 군 복무를 하기 위해 베렌스 고문관의 심기를 건드리고 괴롭히는 착실한 요아힘이 여기에 있었다. 여기서는 건강한 사람들의 세상을 나지막하지만 분명한 어조로 멸시하듯 '평지'나 '저지'라고 일컬었다. 그는 좀 더 빨리 이런 상태에 도달하고, 여기 사람들이 함부로 낭비하는 시간을 절약하기 위해 일단 요양 근무를 양심껏 엄수했다. 이는 빨리 병이 낫고 싶다는 염원에서이겠지만 한스 카스토르프가 간혹 느끼기에는 의문의 여지 없이 요양 근무 그 자체를 위해서이기도 했다. 결국 요양 근무도 요아힘에게는 일종의 군 복무였고, 의무 수행도 군무를 수행하는 거나 마찬가지였다. 이리하여 요아힘은 저녁에 벌써 15분만 지나면 사교 모임에서 빠져나와 요양 근무에 돌입하는 것이었다. 그리고 이는 가히 나쁘다고 할 수 없었다. 시간을 엄수하는 정확한 군인 정신이 한스 카스토르프의 민간인 의식에 어느 정도는 도움이 되었기 때문이다. 그렇게 재촉받지 않았더라면 그는 아마 아무런 의미도 전망도 없이, 혹시나 하고 조그만 러시아인 살롱을 기웃거리면서 비교적 장시간 동안 사교 모임에 죽치고 있었을 것이다. 하지만 요아힘이 저녁의 사교 모임 시간을 줄이려고 그렇게 안달한 실제 이유는 다른 데 있었다. 한스 카스토르프는 그러한 말 못할 이유를 정확히 파악했다. 그는 요아힘의 얼굴이 푸르죽죽한 색을 띠며 창백해지고, 그의 입이 어느 순간 말할 수 없이 애처롭게 일그러지는 이유를 정확히 알고 있었다. 바로 마루샤도 언제나 그 사교 모임에 끼었기 때문이다. 시도 때도 없이 웃는 얼굴을 하고, 아름다운 손가락에 조그만 루비 반지를 낀 채 오렌지 향수 냄새를 풍기며, 벌레 먹은 풍만한 가슴을 지닌 그 마루샤 말이다. 그가 이러한 상태에 속수무책으로, 끔찍하리만큼 이끌렸기 때문에 이러한 상태에서 벗어나 도망치려 한다는 것을 한스 카스토르프는 잘 알고 있었다. 오렌지 향수 냄새가 나는 손수건을 든 마루샤가 하루에도 다섯 번이나 이들과 같은 식탁에 앉기 때문에 요아힘도 '잡혀' 있었던 걸까? 한스 카스토르프 자신보다도 더 답답하고 가슴 죄게 말이다. 하여튼 요아힘은 자신의 문제에 시달리고 있어서 그의 존재가 한스 카스토르프에게 심적인 도움이 될 것 같지는 않았다. 요아힘이 저녁마다 사교 모임에서 도망치는 것은 듬직해 보이기는 했지만 한스 카스토르프의 마음은 조금도 진정시켜 주지 못했다. 그리고 성실하게 요양 근무를 이행하는 모범적인 사례와 그에게 전수해 주는 숙련된 지도 방법에도 뭔가 우려할 만한 점이 있는 것처럼 한순간 생각되기도 했다.

한스 카스토르프는 이 위에 온 지 채 2주일이 안 되었지만 더 오래 있었던 것처럼 생각되었다. 그리고 요아힘이 그의 옆에서 경건하게 지키고 있는 이 위 사람들의 일과가 그의 눈에 신성하고 자명한, 깨뜨릴 수 없는 철칙으로 받아들여지기 시작했다. 그리하여 저 아래 평지 사람들의 생활이 이 위의 시각에서 보면 거의 이상하고 이색적이라고 생각되었다. 날씨가 추운 날 안정 요양을 할 때 그를 좌우로 균형 있게 묶인 한 개의 소포 꾸러미와 완벽한 미라로 만들어 주는 두 장의 담요를 다루는 데에도 그는 벌써 잽싸고 익숙해졌다. 그리고 그것을 규정대로 몸에 두르는 안정된 노련미와 솜씨에 있어서도 요아힘에 뒤질 게 없었다. 저 아래 평지에는 이러한 솜씨와 규정을 아는 사람이 아무도 없다는 사실에 도리어 의아한 생각이 들 정도였다. 그렇다, 이는 이상한 일이었다. 하지만 한스 카스토르프는 이와 동시에 이를 이상하게 생각했다는 사실에 의아한 생각이 들었다. 그로 하여금 내심 충고와 지원을 바라며 주위를 둘러보게 하던 불안감이 근래 들어 마음속에서 새삼스레 커져 갔다.

한스 카스토르프는 베렌스 고문관을, 환자와 똑같은 생활을 하고 심지어 체온까지 재라면서 무료로 들려준 그의 충고를 생각하지 않을 수 없었다. 그리고 이 충고를 듣고 큰 소리로 웃어 넘기면서「마술 피리」에 나오는 한 구절을 인용한 세템브리니를 생각하지 않을 수 없었다. 그렇다, 이 두 사람도 혹 자신에게 도움이 되지 않을까 시험 삼아 생각해 보았던 것이다. 베렌스 고문관은 머리가 하얗게 센 남자로, 한스 카스토르프의 아버지와 비슷한 연배였다. 게다가 그는 이 시설의 원장이자 최고의 권위자였다. 젊은 한스 카스토르프가 불안한 심정으로 갈구하고 있던 것은 바로 아버지 같은 권위였다. 하지만 자식의 심정으로 신뢰하며 베렌스를 생각해 보려고 해도 막상 그게 뜻대로 되지 않았다. 그는 이곳에 사랑하는 아내를 묻고는, 그로 인한 타격으로 한동안 머리가 좀 이상해졌다. 그런 후 그는 결국 아내의 무덤을 떠나지 못하고 이곳에 쭉 눌러 살게 되었다. 그리고 그것 말고도 그 자신의 폐에도 이상한 점이 발견되었기 때문이다. 이제 이런 일을 다 해결한 것일까? 그는 건강하며, 사람들이 빠른 시일 내에 평지로 되돌아가서 근무할 수 있도록 이들을 건강하게 해 주자고 진심으로 생각하는 것일까? 그의 볼이 언제나 파리한 게, 사실 정상 체온을 넘어서는 것처럼 보였다. 하지만 이것도 착각에 의한 것일지도 모르고, 얼굴색이 그런 것은 단지 이곳의 공기 탓일지도 모른다. 한스 카스토르프 자신도 이곳에서 체온을 재지 않고 판단한 것이긴 하지만 열이 없는데도 날이면 날마다 얼굴이 공연히 화끈거리는 것을 느꼈다. 그러나 베렌스 고문관이 말하는 것을 들으면 몸에 열이 있지 않을까 생각될 때도 가끔 있었다. 그의 말투는 어딘가 이상한 점이 있었다. 말투는 활기차고 쾌활하며 다정했지만 무언가 이상하고 과민한 구석이 있었다. 파리한 볼과 아직도 저세상으로 간 아내 때문에 울고 있는 것처럼 보이는 눈물 머금은 눈을 함께 고려하면 특히 그러했다. 한스 카스토르프는 세템브리니가 고문관의 '우울증'과 '악습'에 관해 발언한 것을 기억에 떠올렸고, 그를 일컬어 '혼란된 영혼'이라 부른 것도 기억했다. 이는 악의적이고 허풍 섞인 표현일지 모르나, 그럼에도 베렌스 고문관을 생각하는 일은 자신에게 별로 힘이 되지 못했다.

물론 반대자이자 허풍선이이며 자칭 '인문주의자'인 세템브리니라는 인물이 있다. 병과 우둔함을 함께 지니고 있는 것은 모순이며 인간 감정의 딜레마라고 한 한스 카스토르프를 그는 통통 튀는 듯한 웅변조의 말로 꾸짖었다. 이 인물은 어떨까? 그리고 그를 생각하는 것은 도움이 될까? 한스 카스토르프는 이 위에 와서 밤에 꾸게 된 아주 생생한 꿈들을 기억에 떠올렸다. 꿈속에서 그는 멋지게 말려 올라간 콧수염 아래로 비죽거리는 이 이탈리아인의 우아하고 메마른 미소에 화가 나서 그를 손풍금장이라고 욕하고는 이곳에서 방해가 된다며 밀쳐 내려고 했다. 하지만 이는 꿈속에서의 일이었고, 깨어 있을 때는 이와 달라서 꿈에서처럼 내키는 대로 행동할 수 없었다. 깨어 있을 때는 비록 감상적이고 수다스럽기는 하지만 반항 정신과 비판 의식이 있는 세템브리니라는 존재를 마음속으로 생각해 보는 것도 그리 나쁜 일은 아니었다. 그러니까 그 자신은 교육자를 자처해서 남에게 감화를 주고 싶어 하는 것이 분명했다. 그리고 젊은 카스토르프는 감화받기를 진심으로 갈망했다. 그렇다고 해서 그가 최근에 세템브리니가 한 제안을 액면 그대로 냉큼 받아들여, 짐을 꾸리고 일정을 앞당겨 돌아갈 필요까지는 물론 없었다.

'실험 채택'이라는 말을 한스 카스토르프는 혼자 미소 지으며 생각해 보았다. 자신을 인문주의자라고 자처할 수는 없어도 그도 그 정도의 라틴어는 충분히 알아들을 수 있었다. 그리하여 그는 세템브리니를 눈여겨보았고, 그의 말을 귀담아 들었다. 산 절벽의 벤치로 요양 산보를 할 때나, 어쩌다 플라츠로 내려가다 우연히 마주치는 경우 한스 카스토르프는 이 모든 것을 다행으로 알고 그의 말을 귀 기울여 들었다. 또는 다른 기회에, 이를테면 식사를 마친 후 예의 체크무늬 바지를 입은 세템브리니가 가장 먼저 일어나, 입에 이쑤시개를 물고 일곱 개의 식탁이 있는 식당을 통과해 온갖 규정과 관습을 무시한 채 사촌들이 있는 식탁에 가서 뭘 좀 참관해 볼까 하고 어슬렁거리며 걸어올 때도 마찬가지였다. 그는 두 발을 꼬고는 품위 있는 자세로 서서 이쑤시개를 입에 문 채 제스처를 써 가며 이야기를 늘어놓았다. 또는 의자를 끌어당기고는 어떤 때는 한스 카스토르프와 여교사 사이의 자리에, 또 다른 때는 한스 카스토르프와 로빈슨 양 사이의 구석 자리에 앉았다. 그러고는 자신은 먹지 않고 내버려두고 온 듯한 후식을 아홉 명의 식탁 동료들이 먹어 치우는 것을 지켜보았다.

"이 고상한 자리에 좀 끼어들게 해 주십시오." 그는 사촌들과는 악수를 나누고, 다른 사람들에게는 허리를 굽혀 인사를 하면서 말했다. "저 건너편의 맥주 양조업자 말인데요, 그의 부인의 절망적인 용모에 관해서는 아무 말 않겠습니다. 하지만 저 마그누스 씨 말입니다, 그는 방금 민족에 관한 심리학 강연을 했습니다. 한번 들어 보시겠습니까? '우리가 사랑하는 독일은 하나의 커다란 병영(兵營)입니다, 확실합니다. 하지만 그 배후에는 유능한 점을 많이 가지고 있습니다. 그리고 나는 우리의 건실함을 다른 나라의 예의바름과 바꿀 생각이 없습니다. 앞뒤에서 사기를 당한다면 예의바름이 나에게 무슨 소용이 있겠습니까?' 그는 이런 식으로 말합니다. 도저히 참을 수가 없었습니다. 내 맞은편에는 지벤뷔르겐 출신의 노처녀가 앉아 있습니다. 가련한 존재인 그녀의 볼은 묘지의 장미처럼 빨갛습니다. 그녀는 아무도 모르고, 알고 싶지도 않은 자신의 '형부' 이야기를 끝없이 늘어놓습니다. 요컨대 도저히 같이 있을 수 없어, 이렇게 슬며시 빠져나온 것입니다."

"군기(軍旗)를 들고 도망쳐 나왔다는 말이군요." 슈퇴어 부인이 한마디 했다. "그 심정 충분히 이해가 되네요."

"바로 그겁니다!" 세템브리니가 외쳤다. "군기입니다! 여기에는 다른 바람이 불고 있군요. 의심의 여지 없이, 나는 항구를 바로 찾아왔군요. 그러니까 나는 군기를 들고 도망쳐 나온 것입니다. 이런 멋진 표현은 하기가 쉽지 않습니다! 건강은 좀 어떠신지요, 슈퇴어 부인?"

슈퇴어 부인이 너스레를 떠는 모습은 정말 가관이었다. "아이, 언제나 그 모양 그 꼴이에요. 선생님도 아시다시피 말입니다. 2보 전진했다가 3보 후퇴하는 꼴이죠. 다섯 달이나 이곳에 죽치고 있었는데, 노인이 오더니 6개월을 더 얹어 주지 뭐예요. 아, 이런 걸 두고 탄탈로스의 고통*이라 하는 모양입니다. 겨우 밀고 또 밀어 꼭대기까지 올라왔나 싶었더니⋯⋯"

"아, 얼마나 멋진 일입니까! 가련한 탄탈로스에게 드디어 조금이나마 기분 전환을 시켜 주고 계시는군요! 당신은 그와 교대로 저 유명한 대리석을 굴리고 계시는군요! 그거야말로 진정한 박애 정신입니다. 그런데 요즈음 부인에게 신비한 현상이 일어난다면서요. 육체와 영혼의 분리 현상, 현세의 육체에 살고 있는 정령이란 말이 있지요. 나는 지금까지 그런 걸 믿은 적이 없습니다만, 이런 일이 부인에게 일어났다니 정말 헷갈리는군요."

"나를 오락거리로 만드시는 것 같군요."

"결코 그렇지 않습니다! 당치도 않은 말입니다! 부인의 존재에 얽힌 어두운 면에 대해 나에게 안심시켜 달라는 겁니다. 그러고 난 다음에 오락거리라는 말에 대해 운운할 수 있습니다. 나는 어젯밤 아홉 시 반에서 열 시 사이에 정원을 좀 거닐었습니다. 그러면서 발코니를 따라 쭉 살펴보았습니다. 당신의 발코니의 전등이 어둠 속에 환하게 빛나고 있더군요. 그러므로 당신은 의무, 이성 및 규정에 따라 안정 요양 중이었습니다. '저기에 우리의 아름다운 환자가 누워 있다'라고 나는 나 자신에게 말했습니다. '그리고 하루 빨리 남편의 두 팔에 안기기 위해 충실히 규정을 따르고 있구나.' 그런데 바로 몇 분 전에 내가 무슨 말을 들었는지 아십니까? 같은 시각에 당신을 시네마토그라포(세템브리니는 이 말을 이탈리아어 식으로 발음하며 넷째 음절에 강세를 주었다)에서, 요양 호텔의 아케이드 영화관에서 보았다는 사람이 있습니다. 그리고 그 뒤 제과점에서 달콤한 와인에다 슈크림을 들고 계시는 것을 보았다는 사람이 있습니다. 그것도 말입니다……"

그러자 슈퇴어 부인은 어깨를 돌려 냅킨을 입에 대고 킥킥거리면서, 요아힘 침센과 조용한 블루멘콜 박사의 옆구리를 팔꿈치로 찌르며 친한 듯이 교활하게 눈을 깜박거리면서 갖은 방식으로 우둔하기 짝이 없는 자아도취를 드러내 보였다. 그녀는 밤이면 감시의 눈을 속이기 위해 스탠드를 발코니에 갖고 나와 불을 켜 두고는, 몰래 방을 빠져나가 저 아래 영국인 거주 구역에서 기분을 풀곤 했다. 칸슈타트의 남편은 이제나저제나 아내가 돌아오기를 학수고대하고 있는데 말이다. 하긴 그녀 말고도 이런 행동을 하는 여자가 또 있었다.

세템브리니는 말을 계속했다. "게다가 또 이 슈크림을 누구와 함께 맛보았을까요? 부카레스트 출신의 미클로지히 대위와 함께 랍니다! 사람들이 일러 주기를 그는 코르셋을 차고 다닌답니다! 하지만 대관절, 여기서 그게 뭐가 중요하겠습니까! 간절히 원하는데, 부인, 어디 계셨습니까? 당신은 둘이군요! 좌우간 당신은 잠들어 있었습니다. 당신 존재의 육체적인 부분은 외롭게 안정 요양을 하는 동안 당신의 영혼은 미클로지히 대위와 함께 슈크림을 즐기셨으니 말입니다."

그러자 슈퇴어 부인은 마치 누가 자신을 간질이기라도 하는 듯 몸을 비비 꼬았다.

"오히려 그 반대가 더 좋을지도 모르겠군요." 세템브리니가 말했다. "즉 슈크림은 혼자 드시고, 안정 요양은 미클로지히 대위와 함께하는 것 말입니다."

"히히히……"

"여러분은 간밤에 일어난 일을 아십니까?" 이탈리아인이 느닷없이 화제를 바꾸며 물었다. "누군가를 데려갔습니다. 악마가 말입니다. 아니, 사실은 그의 어머니가 데려갔습니다. 실행력이 강한 부인이라서 내 마음에 들었습니다. 젊은 슈네만을 데려갔어요. 저 앞쪽 클레펠트 양의 식탁에 앉았던 안톤 슈네만 말입니다. 보십시오, 그의 자리가 비어 있지 않습니까. 곧 다시 그 자리가 채워질 테니 걱정은 안 합니다만, 안톤은 채 마음의 준비를 하기도 전에 폭풍우에 휘말려 홀연히 사라진 것입니다. 그는 이곳에 일년 반 동안 있었습니다. 열여섯의 나이에 말입니다. 사실 그에게 또 6개월이 얹어졌던 것입니다. 그런데 어떤 일이 일어났을까요? 누가 슈네만 부인에게 고자질했는지는 모르겠습니다. 좌우간 그 귀부인은 아들이 술을 마시는 등 행실이 좋지 않은 낌새를 채고 예고도 없이 불시에 들이닥친 겁니다. 나보다 머리 세 개 정도는 큰 그녀는 백발에다 성미가 불같았습니다. 그녀는 다짜고짜 아들의 뺨을 서너 차례 갈기고는 그의 멱살을 잡고 기차에 태워 버렸답니다. '어차피 망하려면 저 아래에서도 망할 수 있어.' 그녀는 이렇게 말하고는 아들을 집으로 데려가 버렸답니다."

세템브리니가 하도 우스꽝스럽게 말하는 바람에 그의 말이 들리는 주변 사람들은 모두 한바탕 웃었다. 그는 이 위에 사는 사람들의 공동 생활에 대해서는 비판적이고 조소적인 태도를 취했으나 최근에 벌어지는 뉴스는 다 알고 있는 듯했다. 그는 이것저것 모르는 게 없었다. 그는 환자들의 이름을 알고 있었고, 새로 온 환자들의 신상도 대략 파악하고 있었다. 어제 이러이러한 남자 혹은 여자 환자가 갈비뼈 절개 수술을 받았음을 알려 주었고, 가을부터는 체온이 38.5도가 넘는 환자는 이제 받아들이지 않을 거라는 사실을 정통한 소식통으로부터 들어 알고 있었다. 그의 말에 따르면 어젯밤에는 미틸레네 출신인 카파트술리아스 부인의 작은 개가 자기 여주인의 나이트 테이블의 전기 비상 버튼에 앉는 바람에 사람들이 달려오는 등 일대 소동이 벌어졌다고 한다. 특히 카파트술리아스 부인이 혼자가 아니라 프리드리히스하겐 출신의 뒤스트문트 판사 시보와 같이 있었기 때문에 더욱 소동이 커졌다고 한다. 이 이야기를 듣고 조용한 블루멘콜 박사조차도 웃음을 터뜨리지 않을 수 없었고, 오렌지 향수 냄새가 나는 손수건을 입에 댄 귀여운 마루샤는 웃느라 거의 숨이 막힐 지경이었다. 그리고 슈퇴어 부인은 째지는 소리로 비명을 지르며 양손으로 왼쪽 가슴을 눌렀다.

로도비코 세템브리니는 자기 자신과 자신의 출신에 대해서도 이야기했다. 산책 도중이나 저녁의 사교 모임 때, 또는 점심 식사를 마친 후 대부분의 사람들이 식당을 떠나, 여종업원이 식당을 치우고 한스 카스토르프가 3주째가 되어서야 비로소 맞이 다시

나기 시작한 마리아 만치니를 피우는 동안, 세 명만 식탁에 남게 되었을 때 그는 자신에 관한 이런저런 이야기를 들려주었다. 주의 깊게 음미하며 묘한 느낌을 받으면서도, 순순히 감화를 받으려는 자세로 그는 이탈리아인의 이야기를 경청했다.

세템브리니는 밀라노의 변호사로서 무엇보다 열렬한 애국자였던 자신의 할아버지에 관해 이야기했다. 그는 정치적인 선동자이자 웅변가이며 잡지 기고가로 활동하기도 했다. 할아버지도 손자처럼 반항가이긴 했지만 좀 더 스케일이 크고 대담하게 반항했던 것이다. 손자인 로도비코 자신도 신랄하게 지적했듯이, 자신은 국제 요양원 베르크호프에서의 생활과 일을 험담하고, 조롱어린 비판을 가하고, 아름답고 활동적인 인간성이라는 이름으로 이에 항의하는 것으로 만족한 반면, 할아버지는 여러 나라의 정부를 번거롭게 하고, 당시 갈기갈기 찢겨 있던 자신의 조국을 숨 막히는 노예 상태로 억눌렀던 오스트리아와의 신성동맹에 반대해 음모를 꾀했던 것이다. 그리고 그는 이탈리아 전역에 흩어져 있던 비밀결사의 열렬한 회원이었다. 그것을 발설하면 지금도 위험하기라도 하듯 세템브리니가 갑자기 목소리를 낮추어 설명해 준 바에 따르면 그는 카르보나리 당원*이었다. 요컨대 손자의 이야기에 의하면, 이 주세페 세템브리니는 두 청중에게 음산하고 정열적이며 선동적인 인물로, 주모자이자 모반자로 비쳐졌다. 이들은 예의상 정신을 집중해서 그의 말을 열심히 듣고는 있었지만 불신하고 혐오하는 표정, 그러니까 반감이 담긴 표정을 얼굴에서 완전히 없애는데는 성공하지 못했다. 물론 이에는 특수한 사정이 있었다. 이들이 들은 이야기는 오래전의 일로, 거의 100여 년이 지난, 하나의 역사가 된 이야기였다. 그렇지만 말하자면 이들이 들은 오래된 이야기로 인해, 인간적으로 그와 직접 접촉하려는 생각은 추호도 없었지만 자유를 쟁취하려는 필사적인 노력, 폭정에 항거하는 불굴의 정신은 이론적으로 이들 가슴에 가까이 와 닿았다. 또한 이들이 듣기에 이 할아버지의 선동적이고 모반적인 정신에는 통일과 자유를 원하는 자신의 조국에 대한 커다란 사랑이 결부되어 있기도 했다. 그렇다, 그의 혁명적 활동은 이 존경할 만한 결합의 산물이자 발로였던 것이다. 그리고 이러한 선동성과 애국심의 결합이 사촌들에게는 참으로 이상하게 생각되었다. 이들은 조국애를 보수적인 질서 의식과 같은 것으로 생각해 왔기 때문이다. 그러나 이들은 당시 이탈리아에서 반역은 시민적 덕목과 같은 뜻이었고, 착실한 사려분별은 공공 제도에 대한 나태한 무관심과 같은 뜻이었음을 인정하지 않을 수 없었다.

로도비코 세템브리니의 할아버지는 이탈리아의 애국자였을 뿐만 아니라 자유를 갈망하는 모든 민족의 동포이자 전우이기도 했다. 토리노에서 감행한 습격 시도와 국가 전복 시도가 실패로 돌아간 후 여기에 말과 행동으로 가담한 할아버지는 제후 메테르니히의 추격자를 간신히 따돌릴 수 있었다. 그 뒤 망명 기간을 이용하여 스페인에서는 헌법 제정을 위해, 그리스에서는 그리스 민족의 독립을 위해 싸우고 피를 흘렸다. 바로 이 그리스에서 로도비코의 아버지가 태어났다. 이 때문에 그는 그토록 위대한 인문주의자이자 고전적 고대(古代)의 애호자가 되었던 것이다. 게다가 아버지는 독일 혈통의 어머니로부터 태어났다. 주세페 할아버지는 스위스에서 독일 아가씨와 결혼했는데 그 후 계속된 파란만장한 생활을 아내와 함께 해 나갔다. 그는 10년간이나 국외에서 망명 생활을 하다가 나중에 조국으로 돌아와 밀라노에서 변호사로 활약했다. 하지만 다른 한편으로는 말과 글로, 시와 산문으로, 자유와 통일 공화국의 건설을 국민에게 촉구하는 것을 포기하지 않았다. 그리고 열정적이고 독재자적인 명문(名文)으로 혁명적 강령을 기초하고, 공공의 안녕을 확립하기 위해 해방된 제 민족이 단결할 것을 유려한 문체로 선언했다. 그의 손자가 언급한 말 가운데 젊은 한스 카스토르프에게 특별한 인상을 심어 준 것이 있었다. 이는 말하자면 주세페 세템브리니가 평생 동안 오로지 검은 상복만을 입고 동포들 앞에 나타났다는 사실이다. 비참한 노예 상태에서 간신히 목숨을 연명해 가는 조국 이탈리아 때문에 자신은 상중(喪中)에 있는 사람이라고 말했다고 한다. 한스 카스토르프는 이 말을 듣고, 아닌 게 아니라 이전에 벌써 여러 번 비교해 보기도 했지만 자신의 할아버지를 생각하지 않을 수 없었다. 손자인 자신이 기억하고 있는 한에서는 자기 할아버지도 마찬가지로 언제나 검은 옷을 입고 있었다. 하지만 자신의 할아버지는 이 이탈리아의 할아버지와는 근본적으로 다른 의미에서 검은 옷을 입고 다녔다. 본래 지나간 시대에 속하는 인물인 한스 로렌츠 카스토르프는 구식 복장을 함으로써, 자신이 현재에 맞지 않는다는 것을 암시하며 임시로 현재에 적응하고 있었다고 손자 카스토르프는 생각했다. 그러다가 할아버지는 죽음에 이르러 비로소 자신의 진정하고 알맞은 모습으로 (접시 모양의 주름 잡힌 옷깃을 하고) 되돌아갔던 것이다. 정말 두 분은 확연히 눈에 띌 정도로 판이한 할아버지들이 아니었던가! 한스 카스토르프는 시선을 고정하고 조심스럽게 머리를 흔들면서 곰곰 상념에 잠겼다. 그래서 이는 주세페 세템브리니에게 경탄하는 표시로도 보였고, 그를 낯설게 생각하여 거부하는 표시로도 해석될 수 있었다. 그는 또한 자기와 이질적인 것을 비난하는 것을 피하고, 이를 비교하고 확인하는 것에 그쳤다. 그는 머리가 홀쭉한 한스 로렌츠 할아버지가 홀에서 허리를 굽히고 입술을 둥글게 하면서, 엷은 금색의 둥근 세례반, 즉 정지해 있으면서도 변화하는 듯한 전래품을 들여다보며 생각에 잠기는 모습을 기억에 떠올렸다. 그가 공허하고 경건한 음인 '증'이라는 접두어를 발음하기 위해 입술을 오므리고 있었기 때문이다. 이 소리는 공손하게 몸을 앞으로 굽히고 조심조심 걸어가야 하는 장소를 연상시켰다. 그리고 그는 주세페 세템브리니를 생각하면서는 3색기를 팔에 끼고, 군도를 휘두르며, 음울한 눈초리로 맹세하듯 하늘을 쳐다보면서, 한 무리의 자유 투사의 선두에 서서 전제 정치의 진지로 쳐들어가는 광경을 그려 보았다. 이 두 분 할아버지에게 나름대로 멋진 면과 존경할 만한 점이 있다고 카스토르프는 생각했다. 그는 개인적으로 또는 반(半)개인적으로 한쪽을 편드는 느낌이 들어 그런 만큼 공정해지려고 노력했다. 세템브리니의 할아버지는 정치적인 권리를 얻기 위해 싸웠지만, 자신의 할아버지나 선조들은 원래부터 모든 권리를 누리고 있다가, 400년이 지나는 가운데 억지를 부리고 허튼소리를 하는 천민들에게 그 권리를 빼앗겼기 때문이다. 북쪽과 남쪽의 이 두 분 할아버지는 언제나 검은 옷을 입고 다녔다. 그리고 두 분 할아버지는 자신과 고약한 현재 사이에 엄격하게 거리를 두려는 목적으로 검은 옷을 입었다. 그러나 한쪽 할아버지는 자신의 본질에 속하는 과거와 죽음에 경의를 표하기 위해 경건한 심정으로 그랬던 반면, 다른 할아버지는 반역을 꾀하려는 마음에서 경건함에 적대적인 진보에 경의를 표하여 그랬던 것이다. 그렇다, 이 두 사람은 두 개의 정반대의 세계, 또는 방향이라고, 한스 카스토르프는 생각했다. 그리고 세템브리니가 이야기하는 동안 자신이 흡사 이 두 세계의 사이에 있는 듯한 생각이 들었다. 그는 꼼꼼히 살피면서 한 번은 한쪽 세계를 바라보다가, 또 한 번은 다른 세계를 바라보는 것이었다. 그러면서 과거에 언젠가 이런 경험을 하지 않았나 하는 생각이 들었다. 몇 년 전 늦여름에 홀슈타인 호수에서 혼자 해질녘에 뱃놀이를 하던 기억이 떠올랐다. 저녁 일곱 시 무렵이었다. 해는 이미 서산에 저물었고, 동쪽에는 얼추 보름달에 가까운 달이 호반(湖畔)의 무성한 숲 위에 두둥실 떠올라 있었다. 한스 카스토르프가 고요한 물 위를 노 저어 가는 동안 혼란스럽고도 꿈꾸는 듯한 상황이 10여 분가량 지속되었다. 서쪽 하늘은 밝은 낮으로, 유리처럼 차고 선명한 낮의 빛이 지배하고 있는 반면, 눈을 동쪽으로 돌리면 그곳 역시 선명하고 불가사의하기 짝이 없는, 축축한 안개에 에워싸인 달밤이 보이는 것이었다. 이런 기묘한 관계가 빠듯하게 15분쯤 지속되다가 주위 세계는 달밤의 세계로 바뀌고 말았다. 한스 카스토르프는 기분 좋은 놀라움에 사로잡혀 눈부시고 어질어질한 눈을 밝은 빛과 풍경에서 다른 쪽의 어스름한 빛과 풍경으로, 낮에서 밤으로, 다시 밤에서 낮으로 옮기곤 했다. 그 광경을 지금 떠올리지 않을 수 없었다.

세템브리니 변호사는 자신의 생활 태도와 다방면에 걸친 활동 탓으로 훌륭한 법률학자가 되지 못했을 거라고 그는 생각해 보았다. 하지만 손자의 자신만만한 말에 따르면 그는 어려서부터 죽는 날까지 법의 보편적 원칙에 충실했다고 한다. 한스 카스토르프는 지금 사실 머리가 잘 돌아가지 않았고, 여섯 가지 코스가 나오는 베르크호프 식사 탓으로 유기체가 활발하게 움직이고 있었음에도, 세템브리니가 법의 이러한 원칙을 '자유와 진보의 원천'이라 부른 의미를 이해해 보려고 애를 썼다. 한스 카스토르프는 지금까지 진보의 의미를 19세기에 일어난 기중기 장치의 발전 같은 것으로 이해했다. 또한 한스 카스토르프는 분명 자신의 할아버지도 그랬지만, 세템브리니 역시 그러한 것을 얕잡아 보지 않는다고 생각했다. 이탈리아인은 독일에서 화약을 발명함으로써 봉건 시대의 갑옷을 고물로 만들어 버렸고, 인쇄술을 발전시켰다는 점에서 두 사촌의 조국 독일에 경의를 표했다. 이러한 인쇄술로 사상의 민주적 보급이 가능해졌기 때문이다. 즉 민주적 사상의 보급이 가능해졌기 때문이다. 그러므로 그는 이런 점에서 과거가 문제되는 한 독일에 칭찬을 아끼지 않았다. 그렇지만 다른 민족들이 아직 미신과 노예 상태에 허덕이는 동안 처음으로 계몽, 교양 및 자유의 기치를 높이 쳐든 자신의 조국에 당연히 월계관이 씌워져야 한다고 그는 말했다. 전에 산중턱의 벤치에서 사촌들을 처음 만났을 때 그랬듯이, 그가 공학과 운송에, 한스 카스토르프의 전공 분야에 커다란 경의를 표했다면 이는 이러한 것이 갖는 힘 자체 때문이 아니라 인간의 도덕적 완성을 위해 이러한 것이 갖는 중요성을 고려해 그런 듯했다. 그가 공학과 운송에 흔쾌히 그러한 의의를 부여하는 선언을 했기 때문이다. 그의 말에 따르면, 공학은 자연을 야금야금 정복하고, 공학의 힘으로 이러한 관계를 통하여 도로망과 전신망을 확충하고, 기후의 차이를 극복하면서 여러 민족을 서로 가까이 접근시키고, 민족 상호간의 친목을 촉진하고, 이들 사이에 인간적인 화해의 길을 트고 서로의 편견을 타파해서, 급기야는 인류 전체가 하나로 되게 하는 가장 믿을 만한 수단으로 입증되고 있다. 인류는 암흑, 공포 및 증오에서 출발하였지만, 동감, 내면적 광명, 선과 행복이라는 최종 목표를 향하여 앞으로 나아가는 빛나는 도정에 있다는 것이다. 그리고 이러한 도정에서 공학이 가장 유효한 수단이라고 그는 말했다. 하지만 그는 한스 카스토르프가 지금까지 단지 서로 멀리 떨어져 있다고 생각해 온 두 개의 범주를 하나로 뭉뚱그려 말했다. 공학과 윤리! 라고 그가 말했다. 그런 다음 정말로 그는 평등과 합일의 원칙을 처음으로 밝힌 기독교의 구세주에 관해 말했다. 이 말에 이어 그는 인쇄술로 이 원칙이 현저하게 보급되었으며, 마침내는 프랑스 대혁명으로 이 원칙이 법률로 승격되었다고 했다. 비록 세템브리니가 분명하고 통통 튀는 말로 표현하기는 했지만, 이 말을 듣고 젊은 한스 카스토르프는 막연한 이유에서이긴 하지만, 사실 이 모든 것이 혼란스럽기 짝이 없다는 기분이 들었다. 세템브리니가 말하기를 자신의 할아버지는 일생에 딱 한 번, 그것도 장년기가 시작될 무렵 진심으로 행복을 느낀 일이 있었다고 한다. 그것은 파리에서 7월 혁명*이 일어났을 때였다. 당시 할아버지는 온 인류가 언젠가는 파리에서 일어난 3일간의 혁명을 천지창조의 6일간과 동격으로 생각할 날이 올 거라고 소리 높여 공언했다. 이 말을 듣고 한스 카스토르프는 손으로 탁자를 내리치면서 아연실색하지 않을 수 없었다. 파리 시민들이 새로운 국가 체제를 마련한 1830년 여름 3일간을, 하느님이 육지와 물을 가르고 하늘의 별, 꽃, 나무, 새, 물고기 및 모든 생명체를 창조하신 6일간과 동격으로 생각한다는 것은 해도 너무했던 것이다. 그는 나중에 사촌 요아힘과 단둘이 있을 때 분명하고도 수다스럽게 그 말이 너무 심하다고, 아니 언짢기조차 하다고 말했다.

하지만 그는 여러 가지로 실험을 해 보는 것도 즐거운 일이라는 단어 그대로의 의미에서 이를 좋게 생각하여 감화를 받아 볼 작정이었다. 그리하여 세템브리니 식의 가치 부여에 반대하는 자신의 경건성과 취향이 제기하는 항의를 꾹 누르고, 자신에게 신성 모독이라고 생각되는 것을 대담함이라고 부를 수도 있겠다고 생각하고, 자신에게는 황당무계한 것이 적어도 당시 이탈리아에서는 대범함과 고매함의 과잉으로 받아들여졌을지도 모르겠다고 생각했다. 이를테면 세템브리니 할아버지가 바리케이드를 '민중의 옥좌'라고 선언했다면, '시민의 창을 인류의 제단에 바친다'는 표현도 아무렇지 않게 통용되지 않았겠나 하는 생각에서 말이다.

한스 카스토르프는 자신이 왜 세템브리니의 말에 귀 기울이는

지 알고 있었다. 분명히 말로 표현한 것은 아니지만 그 이유를 알고 있었다. 내일이나 모레면 날개를 펴고 익숙한 질서 속으로 되돌아갈 거라는 생각에서, 어떠한 인상도 흔쾌히 받아들이고 사물들의 영향을 기꺼이 받아들이려는 휴가 중의 여행자와 청강생 입장에서 홀가분한 마음으로 그러기도 했겠지만, 거기에는 의무감 같은 것도 없지 않았다. 그러므로 이는 양심의 명령 같은 것이었다. 사실 그것도 자세히 말하면, 양심의 가책 같은 것이 지시하고 경고해서 이탈리아인의 말에 귀를 기울였다. 다리를 꼬고 앉아서 자신의 마리아 만치니를 피울 때나, 또는 셋이서 영국인 거주 구역에서 베르크호프로 올라오면서 말이다.

세템브리니가 정리하고 표현한 바에 따르면 두 가지 원칙이 세계를 둘러싸고 투쟁을 벌이고 있었다. 말하자면 권력과 정의, 폭정과 자유, 미신과 지식, 고수의 원칙과 끓어오르는 운동의 원칙, 즉 진보의 원칙이 그것이었다. 그 중 하나는 아시아적 원칙이라고, 다른 하나는 유럽적 원칙이라고 부를 수 있었다. 유럽은 반항, 이성 및 개혁 활동의 땅인 반면 아시아 대륙은 부동성(不動性), 하는 일 없는 정체를 구현하기 때문이다. 두 세력 중에 어느 쪽이 결국 승리할 것인가는 명약관화한 일이었다. 계몽의 세력, 합리적인 완전성의 세력이 승리할 것은 불을 보듯 뻔했다. 찬란한 길을 걷는 도상에서 인간성이 늘 새로운 민족을 사로잡았기 때문이다. 인간성은 유럽 여러 나라들을 야금야금 정복하면서 아시아로 진출하기 시작했다. 그러나 인간성이 완전한 승리를 거두기에는 아직 갈 길이 멀다고 할 수 있다. 사실상 18세기나 1789년*을 체험하지 못한 유럽 여러 나라에서도 전제 군주제와 종교가 망하는 날을 맞이하기까지는, 광명을 맞이한 나라들의 호의에 힘입어 위대하고 고매한 노력을 하지 않으면 안 되었다. 하지만 그날은 꼭 오고야 말 것이다. 세템브리니는 이렇게 말하면서 콧수염 밑으로 우아한 미소를 지었다. 그날이 비둘기의 발걸음으로 오지 않으면 독수리의 날개를 타고 날아와, 이성, 과학 및 정의를 기치로 내걸고 보편적인 세계 동포주의라는 아침노을로 동틀 것이다. 주세페 할아버지의 불구대천의 원수였던 군주와 내각의 파렴치하기 짝이 없는 동맹과는 정반대로, 그날이 오면 시민적 민주주의라는 신성 동맹, 한마디로 말해서 세계 공화국이 실현될 것이다. 하지만 이러한 최종 목표에 도달하기 위해서는 뭐니 뭐니 해도 아시아적이고 노예적인 고수의 원칙을 깨뜨리는 게 필요한데, 그 저항의 중심이자 중추는 말하자면 빈이라는 것이다. 그러므로 오스트리아에 철퇴를 가하고, 쳐부수는 것이 중요하다. 한편으로는 과거의 일에 복수를 하기 위해, 다른 한편으로는 지구상에 정의와 행복이 지배하는 날이 오게 하기 위해서 말이다.

한스 카스토르프는 세템브리니가 듣기 좋은 목소리로 쏟아 내는 말의 이러한 최종적인 방향 전환과 결론에 이제 더는 흥미를 느끼지 못했다. 그러한 결론이 마음에 들지 않았던 것이다. 그렇다, 그러한 결론을 들을 때마다 개인적인 또는 민족적인 욕을 먹는 것 같아 곤혹스럽고 가히 기분이 좋지 않았다. 요아힘 침센도 그와 다를 바 없었다. 이탈리아인이 이런 쪽으로 화제를 돌릴 때마다 사촌은 눈썹을 찡그리고 얼굴을 외면하며 그의 말을 듣지 않으려고 하면서, 요양 근무할 시간이 되었다고 주의를 환기시키거나 또는 화제를 다른 데로 돌리려고 했다. 한스 카스토르프도 옆길로 빠진 이런 이야기를 주목해서 듣고 싶지 않았다. 이런 이야기는 양심의 소리가 시험 삼아 영향을 받아 보라고 명하는 경계선을 분명 넘고 있었다. 하지만 그러한 양심의 소리가 아주 생생하게 들릴 정도로 강했기 때문에, 세템브리니가 자신들 곁에 앉거나, 야외에서 서로 만나게 되었을 때는 이쪽에서 먼저 그의 생각을 들려달라고 조르기까지 했다.

이탈리아인은 이러한 이념, 이상 및 성향이 세템브리니 가(家)의 전통이라고 말했다. 3대에 걸친 이 세 사람은 각자 나름의 방식대로 이러한 이념에 자신의 삶과 정신력을 바쳤기 때문이다. 그런 점에서, 비록 자신의 아버지는 주세페 할아버지처럼 정치적 선동가나 자유의 투사가 아니라 책상 앞의 조용하고 점잖은 학자이자 인문주의자였지만, 아버지도 할아버지에 못지않았다고 한다. 그럼 인문주의자란 대체 무엇인가? 그것은 바로 다름 아닌 인간에 대한 사랑이다. 그리고 이로써 인문주의는 정치이기도 하고, 인간의 이념을 더럽히고 업신여기는 모든 것에 대한 반항이기도 하다. 인문주의가 형식을 지나치게 존중한다고 비난을 받아 왔지만, 아름다운 형식을 중시하는 것도 오로지 인간의 존엄성 때문이라는 것이다. 이런 점에서 인간에 대한 혐오감과 미신뿐만 아니라 비난받아 마땅한 무형식에 빠졌다는 중세와 빛나는 대조를 보인다. 그리고 애당초부터 인문주의는 인간의 문제와 현세적 이해관계, 사상의 자유와 삶의 기쁨을 옹호해 왔으며, 천국은 바보*들에게나 맡기는 게 마땅하다고 생각해 왔다. 프로메테우스! 그가 최초의 인문주의자였다. 프로메테우스야말로 카르두치가 찬가를 바친 악마와 동일 인물이라는 것이다. 아, 볼로냐의 이 늙은 교회 적대자가 낭만주의자들의 기독교적 감상주의를 빈정대고 욕하는 것을 사촌들에게 꼭 들려줘야 하는데! 그가 만초니*의 「성가」를 빈정대고 욕하는 것을 들려줘야 하는데! 그가 낭만주의를 그림자 문학이자 달빛 문학이라고 조롱하고, 이를 '하늘의 창백한 수녀 루나'라고 비유하지 않았던가! 정말이지, 이는 귀의 향연이었다! 그리고 카르두치가 단테를 어떻게 해석했는가도 들려주고 싶다고 했다. 대도시의 시민인 카르두치는 금욕과 세계 부정에 대항해 혁명적이고 세계 개혁적인 실행력을 옹호했다는 단테를 찬양했다. 시인 단테가 '우아하고 경건한 부인'이라는 이름으로 경의를 표한 쪽은 병약하고 비교적(秘敎的)인 그림자 같은 존재인 베아트리체*가 아니라, 오히려 시에서 현세적인 인식과 실천적인 평생 업적의 원칙을 구현하고 있는 자신의 아내였기 때문이다.

이리하여 한스 카스토르프는 단테에 관해, 그것도 최상의 소식통을 통해 이런저런 이야기를 들을 수 있었다. 중개자가 허풍쟁이라는 것을 고려하여 전적으로 신뢰한 것은 아니지만, 좌우간 단테가 깨인 대도시 시민이었다는 점은 경청할 만했다. 그리고 그는 세템브리니가 자기 자신에 대해 말하는 것도 계속 귀담아 들었다. 그는 로도비코의 손자인 자신이, 말하자면 문사, 즉 자유로운 문필가가 되면서 자신의 직계 조상의 경향들, 즉 할아버지의 국가 시민적인 경향과 아버지의 인문주의적 경향이 하나로 합일되었다

고 설명했다. 문학이란 사실 인문주의와 정치의 결합에 다름 아니
며, 그러니까 인문주의가 어느덧 정치가 되고, 정치가 인문주의가
될 때 문학이 한층 더 무리 없이 완성된다. 이 대목에서 한스 카스
토르프는 귀를 쫑긋 세우며 이를 제대로 이해하려고 애썼다. 그리
하여 맥주 양조업자 마그누스의 견해가 얼마나 무지몽매하며, 문
학이란 '아름다운 품성'과는 역시 다르다는 것을 이제 조금이나
마 알 것 같았다. 세템브리니는 브루네토 씨에 관해 들어 보았는
지 사촌들에게 물었다. 1250년경 피렌체 시의 서기로 미덕과 악
덕에 관한 책을 쓴 브루네토 라티니*에 대해서 말이다. 이 대가는
피렌체 시민들에게 먼저 세련된 매너를 가르치고, 말하는 법과 정
치의 규칙에 따라 공화국을 이끌어 가는 기술을 가르쳤다. "여러
분, 바로 이런 것입니다!" 세템브리니가 소리쳤다. "여러분, 바로
이런 것입니다!" 그리고 그는 '말'에 관해, 말의 예찬, 그가 인간
성의 승리라고 부른 웅변의 예찬에 관해 말했다. 말이란 인간의
자랑거리이고, 이 말만이 우리의 삶을 인간답게 해 주기 때문이라
고 했다. 인문주의뿐만 아니라―무릇 인문성 일반, 즉 인간의 존
엄성, 인간 존중 및 인간의 자기 존중은 말과, 즉 문학과 떨어질
수 없는 관계에 있다―("너도 들었겠지." 한스 카스토르프가 나
중에 사촌에게 말했다. "문학에서 문제의 관건은 아름다운 말이
란 걸 너도 들었겠지? 나는 이를 즉각 알아챘어.")정치도 문학과
관계가 있다는 말이며, 아니 더 나아가 정치는 인문성과 문학의
동맹과 통일에서 비롯된다. 아름다운 말이 아름다운 행동을 낳기
때문이다. 세템브리니는 말했다. "당신네들 나라에도 200년 전에

한 노(老)시인이 있었지요. 탁월한 다변가였던 그는 아름다운 필체가 아름다운 문체를 낳는다고 하면서 아주 중요하게 생각했지요. 그는 한 걸음 더 나아가서 아름다운 문체가 아름다운 행위를 낳는다고 말해야 했을지도 모르겠습니다." 아름답게 쓰는 것은 아름답게 생각하는 거와 거의 다를 바 없다. 그리고 거기서 아름다운 행위도 그리 멀지 않은 곳에 있다. 모든 순화와 윤리적 완전성은 문학 정신에서, 인간 존중이라는 이러한 정신에서 비롯되며, 인문성과 정치의 정신도 이와 마찬가지라는 것이다. 그렇다, 이 모든 것이 하나이며, 똑같은 힘이자 이념이다. 그리고 이를 하나의 이름으로 통합할 수 있다. 그 이름이 무엇이던가? 이 이름은 친숙한 음절로 이루어져 있다고 하는데, 그렇지만 사촌들은 확실히 그 음절의 의미와 위풍당당함을 지금까지 제대로 파악한 적이 한 번도 없었다. 그 이름은 바로 문명이었다! 그리고 세템브리니는 이 말을 입 밖에 내면서 마치 건배를 외치는 사람처럼 조그맣고 누런 오른손을 치켜드는 것이었다.

젊은 한스 카스토르프는 이 모든 이야기를 들을 만하다고 생각했다. 아무런 구속을 받을 필요 없이 시험 삼아 듣는 것이었지만, 그래도 어쨌든 경청할 만하다고 그는 생각했다. 그리하여 이러한 의미에서 요아힘 침센에게도 이런 사실을 피력했지만, 그는 막 체온계를 입에 문 까닭에 애매하게 대답할 뿐이었다. 그런 뒤에도 숫자를 읽고 체온표에 기입하느라 바빠서 세템브리니의 견해에 관해 뭐라고 한마디 할 여유가 없었다. 우리가 이미 말했듯이, 한스 카스토르프는 선의로 지식을 받아들이고, 시험 삼아 자신의 마음을 열고 이러한 견해들을 수용했다. 이로써 깨어 있을 때의 인간은 말도 안 되는 꿈을 꿀 때의 인간과는 사뭇 다르다는 점이 밝혀진 것이 무엇보다도 기분 좋은 일이었다. 꿈속에서 한스 카스토르프는 벌써 여러 번이나 세템브리니의 얼굴을 빤히 들여다보며 '손풍금장이'라고 욕하고는, '이곳에 있으면 방해가 됩니다'라고 하면서 있는 힘을 다해 그를 밀쳐 내려고 했다. 하지만 깨어 있을 때는 예의 바르고 주의 깊게 그의 말을 경청하며, 공정하게 균형을 잡으려는 생각으로 사부(師父)의 견해와 설명에 반항심이 일어도 이를 억누르려고 했다. 자신의 마음속에서 모종의 반항심이 꿈틀거린 것은 부인할 수 없는 사실이었기 때문이다. 이전부터, 원래 이미 마음속에 똬리를 틀고 있던 반항심도 있었고, 거기에다가 현재의 상황에서 특별히 생겨나, 이 위의 사람들 사이에서 얻은 간접적인 경험과 남모르는 체험에서 비롯된 반항심도 있었다.

인간이란 무엇이며, 인간의 양심이란 얼마나 쉽게 스스로를 속이는가! 인간은 의무의 목소리 속에서조차 열정에 몸을 내맡기게 허락해 주는 소리를 가려 듣는 데 얼마나 능숙한가! 의무감에서, 공정과 균형을 기하기 위해 한스 카스토르프는 세템브리니의 말을 귀담아 들었으며, 이성, 공화국 및 아름다운 문체에 관한 그의 견해에 감화를 받아 보겠다는 각오를 하고 이에 대해 호의적으로 시험 삼아 들었다. 하지만 그럴수록 그는 나중에 자신의 생각과 꿈을 이와는 다른, 반대되는 방향으로 마음대로 펼쳐도 상관없겠다고 생각하게 되었다. 그렇다, 우리가 품은 모든 의혹이나 우리가 얻은 모든 통찰을 발설한다면, 그가 세템브리니의 말에 귀 기울인 것은 어쩌면 자신의 양심으로부터 어떤 특별 허가증을 얻을 목적 때문이었는지도 모르겠다. 자신의 양심은 그에게 도저히 발급해 주려고 하지 않는 허가증을 말이다. 그럼 애국심이며 인간의 존엄성이며 아름다운 문학과는 다른, 이와 반대되는 쪽에는 무엇이, 또는 누가 있었던가? 한스 카스토르프가 자신의 생각과 행동을 이제 다시 그쪽으로 돌려도 괜찮겠다고 생각한 방향에는? 거기에는 축 늘어지고, 벌레 먹고, 키르키스인의 눈을 한 클라브디아 쇼사가 있었다. 한스 카스토르프가 그녀에 대해 생각하니 (아닌 게 아니라 '생각하다'는 표현은 그녀에게 쏟은 내적인 열정에 비하면 아주 자제한 표현이었다) 그는 다시 홀슈타인 호수에서 조각배를 타고 서쪽 기슭의 유리같이 밝은 낮의 빛을 바라보다가, 방향을 돌려 눈이 부셔 어질어질한 상태로 동쪽 하늘의 안개에 싸인 달밤을 바라보는 것 같았다.

체온계

한스 카스토르프가 이곳에 온 날이 화요일이었기 때문에 그의 일주일은 화요일에서 시작되어 화요일에 끝났다. 그는 2, 3일 전에 벌써 두 번째 주간 계산서를 사무실에 치렀다. 대략 1백60프랑이라는 소액의 주간 계산서는 그의 판단으로는 얼마 안 되고 싸다는 생각이 들었다. 이곳에 체류함으로써 얻는 이점을 돈으로 따질 수 없는 것은, 사실 돈으로 따질 수 없기 때문에 고려하지 않는다

하더라도, 마음만 먹으면 얼마든지 계산할 수 있을 듯한 행사들, 예컨대 2주일마다 한 번씩 열리는 요양 음악회나 크로코프스키 박사의 강연도 계산에 포함하지 않았다. 일반 호텔식으로 제공되는 본래적 의미의 서비스, 즉 쾌적한 방, 하루 다섯 번 제공되는 엄청난 식사를 보더라도 가격이 비싼 편은 아니었다.

"비싸지 않아, 오히려 싼걸. 너무 많이 청구한다고 불평하는 것은 말이 안 돼." 청강생이 이곳에 오래 거주한 환자에게 말했다. "그러니까 한 달에 대략 방값과 식비로 650프랑 정도 내는데, 거기에는 이미 의사의 진료비도 포함되어 있어. 좋아, 네가 품위를 지키고, 친절하게 접대하는 사람들을 고맙게 생각하여 한 달에 팁을 30프랑 낸다고 치자. 그래 봐야 680프랑밖에 안 될 거야. 좋아, 잡비와 수수료도 있다고 말하고 싶겠지. 음료수, 화장, 시가에 드는 돈도 있겠고, 기분이 내키면 마차로 소풍도 가야 하겠지. 가끔가다 신발이나 양복에 드는 돈도 있겠고. 좋아, 그렇지만 아무리 많이 잡아도 한 달에 1천 프랑은 넘지 않겠지! 그래 봤자 800마르크도 안 돼! 일년치라 하더라도 1만 마르크가 안 되는 거야. 결코 그 이상은 넘지 않을 거야. 그것으로는 살 수 있을 테니까."

"암산 실력이 대단한걸." 요아힘이 말했다. "네가 암산을 그렇게 잘하는 줄은 몰랐어. 그리고 일년치 계산을 그렇게 금방하다니 정말 대단해. 이 위에서 벌써 무언가를 확실히 배운 모양이군. 그런데 계산을 지나치게 높게 잡았어. 나는 시가를 피우지 않고, 여기서 양복도 짓지 않을 작정이야. 그건 사양하겠어!"

"그렇다면 너무 높게 책정했나." 한스 카스토르프는 약간 당황한 표정으로 말했다. 하지만 사촌의 계산서에 시가와 새로운 양복 값을 포함시킨 것은 그렇다고 치더라도, 그의 기민한 암산 실력으로 말할 것 같으면 이는 자신의 타고난 재능에 대한 기만이자 속임수에 지나지 않았다. 모든 면에서 그렇듯이 이 점에서도 그는 오히려 느린 편이었고 빠릿빠릿하지 못했다. 그가 즉석에서 빨리 계산한 게 아니고 이는 미리 준비해 둔 결과였다. 그것도 글로 써서 미리 준비해 둔 것이다. 즉 한스 카스토르프는 어느 날 저녁 안정 요양을 하는 동안 (다들 그렇게 하듯이 그는 이제 저녁에 바깥에 누워 있었다) 갑자기 무슨 생각이 떠올랐는지 방에 가서 연필과 종이를 가져오기 위해 훌륭한 접이식 침대에서 일부러 일어났다. 연필과 종이로 계산한 결과 그는 사촌이나 또는 다른 사람들이 이곳에 일년간 묵으려면 다 합해 1만 2천 프랑이 필요하겠다는 사실을 확인했다. 자신의 일년 수입이 1만 8천에서 1만 9천 프랑 정도 되니 이 위에서 사는 데 경제적으로 별 문제가 없겠다는 생각을 그냥 재미로 해 본 것이다.

그러니까 그는 3일 전에 두 번째 계산서를 치르면서 감사하다는 인사와 함께 영수증을 받았던 것이다. 이는 그가 이제 이 위에서 체류하기로 예정한 3주의 마지막 주에 접어들었음을 의미했다. 다가오는 일요일이면 그는 2주일마다 돌아오는 요양 음악회를 여기서 다시 체험할 것이고, 역시 2주마다 돌아오는 크로코프스키 박사의 강연을 듣게 될 것이다. 그는 이렇게 자신에게도, 사촌에게도 말했다. 하지만 화요일이나 수요일에 그가 이곳을 떠나면 불쌍한 요아힘은 다시 혼자 남게 된다. 라다만토스가 또 몇 달이나 더 없을지 아무도 알 수 없는 달수를 그에게 선고했다. 그래서 시시각각으로 다가오는 한스 카스토르프의 출발이 화제에 오를 때마다 요아힘의 온화하고 검은 두 눈이 애처롭게 흐려지는 것이었다. 그렇다, 대관절 이 휴가 기간은 어디로 날아가 버렸단 말인가! 그것은 흘러가 버리고, 날아가 버리고, 훌쩍 지나가 버렸다. 정말이지 어떻게 해서 이렇게 빨리 지나가 버렸는지 제대로 말할 수 없을 지경이었다. 두 사람이 함께 지내기로 한 21일은 처음에는 까마득하게 긴 시일이었는데, 이제 어느새 3, 4일밖에 남지 않았다. 이는 훅 불면 날아갈 정도의 일자이다. 하긴 평일의 두 가지 주기적인 변화로 말미암아 약간 무게가 더해지기는 하겠지만, 벌써 그의 머리는 짐을 꾸리고 작별하는 생각으로 가득 차 있었다. 그가 여기에 처음 왔을 때 다들 말했듯이, 3주란 사실 이 위에서는 아무것도 아닌 거나 마찬가지였다. 여기서는 최소의 시간 단위가 달이라고 세템브리니가 말했었다. 그러므로 이러한 단위로 보면 한스 카스토르프의 체류는 사실 체류라 할 수 없었고, 베렌스 고문관의 표현대로 잠시 들르는 것에 불과했다. 이곳에서 시간이 이렇게 후딱 지나가는 것은 어쩌면 온몸의 연소 작용이 활발해서일까? 이렇게 시간이 금방 지나간다는 것은 앞으로 5개월은 더 있어야 하는 요아힘에게는 위안이 되는 일이었다. 물론 다섯 달로 그의 체류가 정말 끝난다면 말이다. 하지만 이 3주 동안 둘은 시간에 좀 더 주의를 기울여야 했다. 가령 검온하는 동안에 규정된 7분간을 그토록 의미심장하게 생각했듯이 말이다. 한스 카스토르프는 이제 얼마 안 있으면 속을 터놓을 말동무를 잃어버리게 된다는 심정에서 두 눈에 슬픔을 가득 담고 있는 사촌에게 진심으로 연민을 느꼈다. 그리고 그 자신은 다시 평지에 내려가 여러 민족들을 연결해 주는 교통 공학 분야에서 활동하는 반면, 가련한 사촌은 자기 없이 줄곧 혼자 여기에 머물러야 한다고 생각하니 이루 말할 수 없이 불쌍하다는 생각이 들었다. 어느 순간에는 그야말로 가슴이 타는 듯한 연민과 가슴이 미어지는 듯한 고통을 느끼기도 했다. 요컨대 이러한 고통이 격심해서 때로는 자신이 이런 기분을 뿌리치고 요아힘을 이 위에 혼자 내버려두고 갈 수 있겠는가 하고 심각한 회의가 들기도 했다. 그러므로 때로는 이런 연민의 감정에 그의 속이 바짝바짝 타들어가는 듯했다. 어쩌면 바로 이런 까닭에 그 자신이 먼저 출발에 대한 이야기를 점점 더 입 밖에 꺼낼 수 없게 되었는지도 모른다. 이 문제를 가끔 거론하는 사람은 오히려 요아힘 자신이었다. 우리가 말했듯이, 한스 카스토르프는 남을 배려하는 타고난 심성과 사려 깊은 마음으로 마지막 순간까지 출발에 관해서는 생각하고 싶지 않았다.

"네가 이곳에 와서 말이야, 휴양이 되어서 저 아래로 갔을 때 새로운 힘이 솟아남을 느낄 수 있었으면 좋겠어." 요아힘이 한스 카스토르프에게 말했다.

"그래, 모두에게 네 안부를 전할게." 한스 카스토르프가 대꾸했다. "그리고 늦어도 다섯 달 내로는 돌아온다고 전해 주겠어. 휴양 말이야? 이렇게 조금 있어 가지고 나에게 휴양이 되었다고 생각해? 뭐 어쨌든 그렇다고 해 두지. 조금밖에 안 있었지만 결국 휴양이 좀 되었다고 말해야겠지. 물론 이 위에서 여러 가지로 색다

른 인상은 받았어. 모든 면에서 색다르고, 매우 자극적인 인상이
었지만, 정신과 육체에는 힘들기도 했어. 그러한 인상을 완전히
떨쳐 버리고 이곳에 적응했다고는 생각되지 않아. 일단 적응을 해
야 휴양이고 뭐고 가능할 텐데 말이야. 다행히도 마리아는 며칠
전부터 다시 옛날 맛이 나기 시작했어. 그러나 가끔씩 손수건에는
붉은 피가 묻어 나오고, 가슴이 공연히 두근거리는 현상과 함께
고약하게도 얼굴이 화끈거리는 것은 마지막까지 사라지지 않을
것 같아. 아니, 아니야, 적응했다는 말은 나의 경우에는 맞질 않
아. 또 그렇게 짧은 시간에 어떻게 적응하겠나. 여기에 적응하고
그런 인상을 떨쳐 버리려면 좀 더 오래 있어야겠어. 그래야 제대
로 휴양이 되고, 몸에 단백질도 공급할 수 있을 것 같아. 유감이
야. '유감'이라고 말하는 것은 이곳에 좀 더 오래 묵을 계획을 하
지 않았다는 게 결정적으로 잘못이기 때문이야. 결국 시간은 마음
대로 조정할 수 있었을 텐데 말이야. 그래서 평지의 집에 내려가
면 무엇보다도 휴양 여행의 여독을 풀기 위해 3주 정도는 푹 자야
할 것 같아. 그만큼 파김치가 되었다는 생각이 들곤 해. 그런데다
이제 감기까지 겹쳤으니 화가 나지 뭐야."

사실 한스 카스토르프는 심한 코감기를 얻어 평지에 내려가야
할 것 같다. 그는 감기에 걸렸는데, 안정 요양을 하다가 걸린 게
분명했다. 그것도 아마 추측컨대 야간 안정 요양을 하다가 말이
다. 습하고 추운 날씨에도 불구하고 그는 약 일주일 전부터 야간
안정 요양을 했던 것이다. 이런 날씨는 그가 출발하기 전까지 더
나아지지 않을 듯했다. 하지만 그의 경험으로 볼 때 이런 날씨도

이 위에서는 나쁘다고 할 수 없었다. 도무지 이 위에서는 날씨가 나쁘다는 개념이 존재하지 않았던 것이다. 사람들은 날씨 같은 것은 두려워하지 않았고, 그것에 거의 신경 쓰지 않았다. 한스 카스토르프도 젊은이답게 쉽게 받아들이고 배우면서, 자신이 처한 주변 환경의 사고 방식이나 관습에 순순히 따르려는 생각으로 자신도 이 위의 사람들처럼 무관심하게 생각하기 시작했다. 주전자로 들어붓는 것처럼 비가 억수로 쏟아져도 그로 인해 공기가 덜 건조해지리라는 생각은 하지 않았다. 그리고 실제로 습도가 더 높아지지 않았다. 뜨거운 방 안에 있을 때나 포도주를 많이 마셨을 때처럼 여전히 머리가 뜨거웠다. 하지만 지독한 추위에 관해 말하면 추위를 피해 방 안으로 들어가 보아야 별로 소용이 없었다. 눈이 오지 않으면 스팀을 때지 않기 때문이다. 방 안에 있어 보았자, 겨울 외투를 입고 두 장의 낙타털 담요를 솜씨 있게 두른 채 발코니에 누워 있는 것보다 더 쾌적하지 않았다. 오히려 이와 반대로 발코니에 누워 있는 것이 비교할 수 없을 정도로 더 쾌적했던 것이다. 솔직히 말하면, 이것이야말로 한스 카스토르프가 지금까지 경험한 생활 상태 중에서 가장 매력적이었다. 문필가이자 카르보나리 당원인 세템브리니가 은연중에 악의를 담고 이를 '수평 생활' 상태라 불렀어도 자신의 이러한 판단은 조금도 흔들림이 없었다. 특히 밤에, 그는 이를 매력적이라고 생각했다. 탁자 위의 스탠드가 밝게 빛나는 가운데 따뜻하게 담요를 덮은 채, 다시 맛이 나기 시작한 마리아를 입술에 물고, 이곳의 접이식 침대가 주는 무어라고 형용할 수 없는 이점(利點)을 향유하면서, 물론 코끝은 얼음장처럼 차가워졌지만, 책을—그것은 여전히 『대양 기선』이었다—손에 쥐었던 밤에 말이다. 물론 두 손은 꽁꽁 얼어붙어 발갛게 달아올랐다. 그는 발코니의 아치 너머로 이쪽에는 드문드문, 저쪽에는 빽빽하게 모여 있는 불빛으로 장식된 어둑어둑한 골짜기를 바라보았다. 그곳에서는 거의 매일 저녁 적어도 한 시간가량 음악이 흘러나왔다. 경쾌하고 부드러운, 친숙한 멜로디의 음향이었다. 곡목은 「카르멘」, 「일 트로바토레」 및 「마탄의 사수」에 나오는 오페라 발췌곡에서 시작하여, 균형이 잘 잡히고 활기찬 왈츠곡이 나왔다. 그리고 듣고만 있어도 흥이 나서 머리를 이리저리 들썩이게 되는 행진곡이 나왔고, 이어서 명랑한 마주르카가 나왔다. 마주르카라고? 사실 조그만 루비 반지를 낀 아가씨는 마루샤라고 했지. 그리고 두꺼운 우윳빛 유리 칸막이 뒤의 이웃 발코니에는 요아힘이 누워 있었다. 때때로 둘은 다른 수평 생활자들을 신경 쓰면서 조심스럽게 대화를 나누곤 했다. 요아힘은 비록 음악에는 문외한이어서 밤의 음악회를 즐길 줄 몰랐지만 한스 카스토르프처럼 발코니 생활은 행복하게 생각했다. 유감스럽게도 그는 음악을 감상하는 대신 어쩌면 러시아 문법책을 읽고 있었는지도 모른다. 하지만 한스 카스토르프는 『대양 기선』을 담요에 내려놓고 음악에 진심으로 귀를 기울이면서, 악곡 구성의 투명한 깊이를 흐뭇한 표정으로 새겨들었다. 그리고 개성과 정취가 넘치는 멜로디에 영감을 받으며 마음 깊이 흡족해하면서, 그러는 사이에 음악에 대한 세템브리니의 발언, 즉 음악이 정치적으로 수상하다는 표현을 떠올리고 적대감을 가질 뿐이었다. 이러한 발언은 사실 주세페 할아버지가 프랑스의 7월 혁명을 천지창조의 6일간과 비교한 말보다 별반 나을 게 없었다.

요아힘은 한스 카스토르프처럼 음악을 즐길 줄 몰랐고, 흡연이 주는 향락도 알지 못했다. 그 밖의 점에서는 그는 사촌과 마찬가지로 발코니에 편한 자세로, 아무 걱정 없이, 평화롭게 누워 있었다. 하루가 끝나고, 이것으로 모든 것이 끝나, 오늘은 더 이상 아무 일도 일어나지 않고, 아무런 충격적인 일도 벌어지지 않을 것이며, 이제는 심장 근육에 무리하게 부담이 가지 않을 것임을 확신할 수 있었다. 이와 동시에 이러한 협소한 환경에서 모든 일이 필경 원활하고 규칙적으로 일어날 것으로 미루어 볼 때, 내일도 다시 오늘처럼 새로 시작할 것임을 확신할 수 있었다. 그리고 이처럼 이중으로 확실하고 안전하다는 사실은 아주 기분 좋은 일이었다. 음악과 다시 맛이 돌아온 마리아 만치니와 아울러 이러한 야간 안정 요양은 한스 카스토르프를 이루 말할 수 없이 행복하게 해 주었다.

하지만 이처럼 행복을 흠뻑 맛보는 중에 청강생이자 마음이 여린 신참인 그는 안정 요양을 하다가 (아니면 어디서 어떻게 그랬겠는가) 그만 감기에 된통 걸리고 말았다. 심한 코감기가 더해 가는 것 같았고, 코감기가 앞이마에 도사리고 앉아 머리를 짓눌렀으며, 목젖이 따끔거리고 아팠다. 공기마저 평소처럼 자연이 정해 준 통로로 들어오는 것이 아니라 차가운 상태로 마구 밀고 들어와, 얼굴이 벌게지도록 발작적인 기침이 멈추지 않았다. 그의 목소리는 하룻밤 사이에 독한 술에 타 버린 듯 둔탁한 저음을 띠었다. 그리고 자신의 말에 따르면 그는 숨이 막힐 듯이 목이 타들어 가 몇 번이나 잠에서 깨어 벌떡 일어나는 바람에 사실 이날 밤 한 숨도 제대로 눈을 붙이지 못했다.

"정말 성가신 일이군." 요아힘이 말했다. "그리고 골치 아픈 일 이야. 너도 알아 두어야 하겠지만 여기서 감기 같은 것은 알아주 지도 않고, 아예 존재 자체를 인정해 주지 않는다네. 공기가 건조 한 곳에서는 감기에 걸리지 않는다는 게 공식적인 입장이야. 그리 고 감기에 걸렸다고 하면 베렌스한테 환자로서 푸대접만 받을 뿐 이야. 하기야 너는 좀 사정이 다르니까 감기에 걸릴 권리도 있지 만 말이야. 감기의 뿌리를 뽑아 버리면 좋을 텐데. 평지라면 간단 하게 처치할 수 있겠지만, 여기서는, 여기서 그것에 대해 제대로 관심이나 있을지 자못 의심스럽네. 아무도 그런 데 신경 쓰지 않 으니까 여기서는 감기에 걸리지 않는 게 상책이야. 이는 뭐 새삼 스러운 이야기도 아니지만, 너는 이제 마지막 선물로서 이를 경험 하게 된 셈이야. 내가 여기 왔을 때 어떤 여자가 있었는데, 그녀는 일주일 내내 귀를 틀어막고 고통을 호소했어. 결국 베렌스도 이 광경을 보게 되었는데 그가 뭐라고 한 줄 알아? '걱정하지 마세 요. 결핵은 아니니까요.' 그 일은 그것으로 그만이야. 그래, 우리 는 할 수 있는 데까지 해 봐야지. 내일 아침에 마사지사가 오면 말 해 보겠어. 그게 일의 순서야. 그리고 그가 이 사실을 알리면 아마 너에게 무슨 조치를 취해 줄 거야."

요아힘이 말한 대로 일이 진행되었다. 금요일에 한스 카스토르 프가 아침 산책을 하고 돌아왔을 때 누가 그의 방문을 두드렸다.

말하자면 그가 '수간호사'로 불리는 밀렌동크 양과 개인적으로 알게 되는 기회가 생긴 것이다. 여태까지 그는 아주 분주해 보이는 이 여자를 늘 멀찍이서만 보아 왔다. 병실에서 나와 복도를 가로질러 맞은편 병실로 들어가는 그녀의 모습을 본 적이 있었고, 또는 식당에서 얼핏 모습을 보일 때 꽥꽥거리는 그녀의 목소리를 들은 적이 있었다. 이제 그런 그녀가 직접 그의 방에 찾아왔다. 그가 감기에 걸리는 바람에, 뼈마디가 앙상한 손으로 그의 방문을 짧게 똑똑 두드리고 방주인이 미처 대답하기도 전에 들어온 것이다. 그녀는 들어오면서 또 한 번 몸을 뒤로 젖히고는 방 번호가 맞는지 재차 확인했다.

"34호실이군요." 그녀는 목소리를 낮추지 않고 꽥꽥거리며 말했다. "여기가 맞지요. 댁이 감기에 걸렸다면서요?" 그 여자는 이 말을 처음에는 프랑스어로, 그다음에는 영어와 러시아어로, 맨 마지막에 독일어로 했다. "어느 나라 말로 할까요? 독일어로 해야겠지요. 아, 젊은 침센의 손님이지요, 이미 알고 있어요. 나는 수술실에 들어가 봐야 해요. 클로로포름으로 마취를 해야 할 사람이 있거든요. 그는 콩 샐러드를 먹었어요. 한시도 눈을 뗄 수가 없어서요. 그런데 댁이 여기서 감기에 걸렸다고요?"

한스 카스토르프는 옛 귀족 출신이라는 이 여자의 말투에 어안이 벙벙했다. 그녀는 정작 자신의 말을 주워섬기듯 재빨리 지껄였다. 그러면서 그녀는 우리 안의 맹수처럼 불안하게 빙빙 돌며 무언가를 찾는 듯 코를 치켜들고 머리를 이쪽저쪽 돌렸다. 그리고 주근깨투성이인 오른손을 가볍게 쥐고 엄지손가락을 위로 세우고는 손목 부분을 흔들어 대는 모습이 마치 이렇게 말하려는 듯했다. '빨리, 빨리, 빨리요! 내가 하는 말을 듣고 있지만 말고, 내가 갈 수 있게 무슨 말을 좀 해 주세요!' 40대로 보이는 그녀는 몸집이 빈약한 게 볼품이 없었다. 그녀는 벨트가 달린 흰 가운을 입었는데, 가운의 가슴 부분에는 석류석 십자가가 달려 있었다. 간호사 모자 밑으로는 불그스름한 머리카락이 몇 오라기 삐져나와 있었고, 충혈 된 푸른색의 두 눈은 계속 두리번거렸다. 한쪽 눈에는 쓸데없이 크게 자란 다래끼가 달려 있었다. 들창코에 입은 개구리 같았는데, 특히 비스듬하게 튀어나온 아랫입술은 말을 할 때마다 삽처럼 움직였다. 한스 카스토르프는 이런 그녀를 자신의 타고난 성품인 겸손하고, 참을성 있으며, 신뢰감에 가득 찬 태도로 친절하게 바라보았다.

"대체 어떤 감기에 걸리셨는데요, 네?" 수간호사가 물었다. 그러면서 그녀는 날카로운 눈초리로 노려보려고 했지만 시선이 빗나가는 바람에 뜻대로 되지 않았다. "우리는 그런 감기를 사랑하지 않습니다. 자주 감기에 걸리나요? 당신의 사촌도 걸핏하면 감기에 걸리지 않나요? 나이는 몇이나 됐나요? 스물네 살이라고요? 그렇게 안 보이는데요. 그런데 댁은 이제 이 위에 와서 감기에 걸렸단 말이지요? 여기서는 감기에 관해 왈가왈부하지 않는 게 좋아요. 이봐요, 그건 저 아래에서나 하는 허튼소리에 불과해요. (그녀가 아랫입술을 삽처럼 움직이며 '허튼소리'라는 말을 입 밖에 낼 때 그는 혐오스럽고 소름끼치는 기분이 들었다.) 환상적인 기관지염에 걸렸군요, 그건 인정합니다. 눈을 보면 알 수 있지요. (그리고 이상하게도 그녀는 다시 날카로운 눈초리로 노려 보려고 했지만 제대로 되지는 않았다.) 하지만 추위 때문에 감기 에 걸리는 게 아니라 그것을 받아들일 마음이 있을 때 감염되어 걸리는 겁니다. 그리고 이때 그게 무해한 감염이냐, 또는 덜 무해 한 감염인가가 문제될 뿐이고, 그 밖의 모든 것은 허튼소리에 불 과하답니다. (그녀는 소름끼치는 '허튼소리'라는 말을 또다시 사 용했다!) 감염을 받아들이려는 당신의 경우는 무해한 쪽인 것 같 습니다." 이렇게 말하고 그녀가 큼직한 다래끼가 난 눈으로 들여 다보는 바람에, 그는 어찌할 바를 몰랐다. "여기 아무런 해가 없 는 살균 소독제가 있습니다. 아마 효과가 있을 거예요." 이렇게 말하고 그녀는 허리띠에 차고 있던 검은 가죽 주머니에서 작은 봉지를 꺼내 탁자에 올려놓았다. 포르마민트*였다. "아닌 게 아니 라 얼굴이 달아올라 보이네요. 열이라도 있는 것처럼 말이에요." 그리고 그녀는 그의 얼굴을 똑바로 쳐다보려고 계속 시도했지만, 그럴 때마다 시선은 번번이 옆으로 빗나가는 것이었다. "열은 재 어 보셨나요?" 그는 재어 보지 않았다고 대답했다. "왜요?" 그녀 는 이렇게 물으면서 비스듬하게 내민 아랫입술을 허공에 그대로 둔 채 있었다.

그는 잠자코 있었다. 선량한 한스 카스토르프는 아직 어린데다 아는 게 없어 아무 대답도 못하고 쩔쩔매면서 자리에 마냥 서 있 는 초등학생 같았다.

"전혀 검온을 하지 않았나요?"

"아니오, 수간호사님, 열이 있을 때는 합니다."

"이봐요, 검온을 하는 것은 무엇보다도 열이 있는지 보기 위해서입니다. 그럼 지금 댁의 생각으로는 열이 없다는 말인가요?"

"잘은 모르겠어요, 수간호사님. 제대로 분간할 수 없습니다. 벌써 이 위에 도착할 때부터 약간 덥기도 하고 으스스하기도 했어요."

"아, 그래요. 그럼 체온계는 어디 있나요?"

"체온계가 없는데요, 수간호사님. 가질 필요가 없어서요. 나는 이곳에 손님으로 왔을 뿐이고, 건강하니까요."

"허튼소리 말아요! 댁은 건강해서 나를 불렀다는 말인가요?"

"아니오." 그는 공손하게 웃었다. "그게 아니고 약간……"

"감기에 걸렸단 말이지요. 우리도 걸핏하면 그런 감기에 걸리지요. 여기 있습니다!" 그녀는 이렇게 말하고 다시 가방을 뒤적이더니 검은색과 붉은색의 길쭉한 가죽 케이스 두 개를 꺼내 탁자에 올려놓았다. "이것은 3프랑 50라펜이고, 저것은 5프랑입니다. 물론 5프랑짜리 물건이 더 좋아요. 잘 사용하면 평생 쓸 수도 있지요."

그는 미소를 지으며 탁자에서 붉은 주머니를 집어 들고는 열어 보았다. 장신구처럼 멋지게 생긴 그 유리 기구는 그만한 크기로 오목한 붉은 벨벳 쿠션 속에 들어 있었다. 도 눈금은 붉은 선으로, 분 눈금은 검은 선으로 표시되어 있었다. 숫자는 붉은 글씨로 쓰였고, 끝으로 갈수록 점점 뾰족해지는 아랫부분은 거울처럼 빛나며 번쩍거리는 수은으로 채워져 있었다. 수은주는 포유동물의 표준 체온보다 훨씬 내려가 있었다.

한스 카스토르프는 자신의 신분과 체통에 어울리는 것이 무엇인지 알고 있었다.

"이걸로 하겠습니다." 그는 다른 케이스에는 눈길도 주지 않고 말했다. "여기 5프랑 하는 걸로 하겠어요. 지금 당장 치러야……"

"좋아요!" 수간호사가 꽥꽥거리며 말했다. "중요한 물건에는 돈을 아끼는 게 아니지요! 그렇게 서두를 필요 없어요, 계산서에 다 포함되니까요. 이리 줘 보세요, 먼저 눈금을 좀 내려놓읍시다, 저 아래까지요. 이제 됐어요." 간호사는 그의 손에서 체온계를 받아 공중에 계속 흔들고는 수은주를 35도 이하로 내려놓았다. "이래 놓아도 올라갈 겁니다, 어느새 슬금슬금 올라갈 거예요. 수은이란 게 말입니다!" 그녀가 말했다. "이걸 이용하도록 하세요! 체온을 어떻게 재는지는 알고 있겠지요? 귀한 혀 밑에 넣고 7분간 있으면 됩니다, 하루에 네 번입니다. 그리고 소중한 입술을 꼭 다물고 있어야 해요. 이봐요, 안녕히 계세요! 좋은 결과가 있기를 바라겠어요!" 그러고는 그녀가 방에서 나갔다.

한스 카스토르프는 허리를 굽혀 인사를 하고는 탁자 옆에 서서 그녀가 사라진 문을 쳐다보았고, 그녀가 남기고 간 체온계를 바라보았다. '저 여자가 밀렌동크 수간호사구나' 하고, 그는 생각했다. '세템브리니는 저 여자를 좋아하지 않지. 그녀가 여러 가지 면에서 마음에 들지 않는 것은 사실이구나. 눈의 다래끼가 보기 흉하기는 하지만 그걸 늘 달고 다니지는 않겠지. 하지만 그녀가 나를 부를 때 왜 이봐요, 하는지 모르겠어. 그리고 중간에 S자는 왜 넣는 거지?* 이는 무례하고 뜻이 서로 완전히 다른 말인데. 얼떨결에 체온계를 사게 되었구나. 그녀는 체온계 몇 개를 늘 주머니에 넣고 다니는 모양이야. 요아힘의 말로는, 여기서는 어떤 가게를 가나 살 수 있다고 하던데, 설마 이런 곳에 체온계를 팔까 싶은 곳에서도 말이야. 하지만 나는 힘들여 사러 갈 필요가 없었어. 저절로 내 품에 떨어졌으니 말이야.' 그는 그 예쁘장한 기구를 케이스에서 꺼내 바라보다가 그것을 손에 쥐고 불안하게 방 안을 이리저리 돌아다녔다. 그의 심장이 급하고도 세차게 고동쳤다. 그는 고개를 돌려 열려 있는 발코니 문을 바라보다가, 요아힘을 찾아갈 요량으로 방문 쪽으로 몇 발짝을 옮겼다. 하지만 곧 이를 그만두고 자신의 목소리가 얼마나 둔탁한가 보려고 헛기침을 하면서 다시 탁자 옆에 우두커니 서 있었다. 그는 기침을 해 보았다. "그래, 코감기 열이 있는지 한번 봐야겠어." 이렇게 말하고 그는 대뜸 체온계를 입 안으로 가져가 수은주 끝을 혀 밑에 넣었다. 그 기구를 두 입술 사이에 비스듬하게 위쪽으로 세우고는 바깥 공기가 들어가지 않도록 입술을 꼭 다물었다. 그러고 나서 손목시계를 보니 9시 36분이었다. 그는 7분이 지나가기를 기다렸다.

1초라도 더 있거나, 덜 있어서도 안 된다고 그는 생각했다. '나야 올리거나 내리지 않을 테니 믿어도 좋지. 세템브리니가 언젠가 말한 오틸리에 크나이퍼처럼, 나야 뭐 무한정 체온계를 사용할 필요가 없으니까 말이야.' 그는 혀로 기구를 지그시 내리누르면서 방 안을 이리저리 왔다갔다했다.

시간은 천천히 지나가, 그는 7분이라는 시간이 무한정 길게 느껴졌다. 이러다가 정확한 순간을 놓쳐 버리는 게 아닌가 걱정되어 시계바늘을 보니 이제 겨우 2분 30초가 경과했을 뿐이었다. 그는 이것저것 온갖 일을 하며 시간을 보냈다. 그는 물건들을 집어 들었다가 다시 내려놓았으며, 사촌에게 들키지 않도록 조심조심 발코니로 나가 바깥 풍경을 살펴보기도 했다. 어느새 자신과 더없이 친숙해진 깊디깊은 골짜기의 온갖 형상들을 바라보았다. 즉 뿔 모양의 봉우리, 능선과 암벽들, 등 부분이 마을 쪽으로 비스듬하게 내려가 있고 황량한 목장의 숲이 그 측면을 뒤덮고 있는 왼쪽의 브레멘뷜 절벽, 이제 이름을 줄줄 외우고 있는 오른편의 연봉들, 그리고 발코니에서 보면 남쪽에서 골짜기를 막고 있는 듯한 알타인 암벽을 바라보았다. 정원의 테라스에 조성된 길과 화단, 바위 동굴, 전나무를 내려다보았고, 요양을 하고 있는 안정 홀에서 들려오는 속삭이는 소리에 귀를 기울였다. 그는 방으로 되돌아오면서 입에 문 기구의 위치를 바꾸려고 했다. 그런 다음 다시 팔을 앞으로 뻗어 손목의 소매를 걷어 올리고는 아래팔을 얼굴 앞으로 굽혀 시계를 보았다. 이렇게 힘들게 노력하며 온갖 짓을 다 했는데도 겨우 6분이 지났을 뿐이었다. 하지만 그 뒤 방 한가운데에 서서 꿈속에 빠져들며 이런저런 생각을 떠올리는 사이에 마지막 남은 1분이 고양이의 발걸음으로 휙 지나가, 그가 다시 팔을 올렸을 때는 그 시간이 쥐도 새도 모르게 흘러가 버렸다. 시간은 오히려 약간 넘어 버려, 8분 하고도 3분의 1이 지나갔다. 하지만 그래 봤자 별로 해가 될 게 없고, 어차피 그 결과야 마찬가지일 거며 대수롭지 않으리라는 심정으로 그는 체온계를 입에서 빼고 혼란스러운 눈으로 눈금을 내려다보았다.

그는 체온계의 눈금을 금방 읽을 수는 없었다. 수은의 광택이 둥글납작한 유리 외벽의 반사광과 겹치는 바람에, 때로는 수은주가 아주 높이 올라간 것 같기도 하고, 또 어떤 때는 아예 없는 것 같기도 했다. 그는 체온계를 눈 가까이에 대고 이리저리 돌려 보았지만 아무것도 보이지 않았다. 마침내 우연히 돌리다가 다행히도 수은주가 또렷이 보여, 이를 분명히 확인하고는 급히 기억 속에 담아 두었다. 정말이지, 수은이 길게, 상당히 길게 늘어나 있었고, 수은주는 상당히 높이 올라가 있었다. 수은주는 정상 체온의 한계보다 몇 눈금 더 올라가 있어, 한스 카스토르프의 체온은 37.6도였다.

이제 겨우 오전 열 시와 열 시 반 사이인데 37.6도라니—이건 해도 해도 너무 심했고, 정말 '열'이 있었다. 이는 그가 감염을 받아들이려는 결과로 생긴 열이었고, 그게 어떠한 종류의 감염인가가 문제될 뿐이었다. 37.6도—요아힘도 이보다 높지 않았고, 중환자나 위독한 환자라서 병상을 지켜야 하는 사람을 제외하고는 여기서 아무도 이보다 높지 않았다. 기흉이 있는 클레펠트나 쇼샤 부인도 그 정도는 아니었다. 물론 그의 경우는 진짜 열이 아니고 아래에서 말하는 코감기 열에 불과했다. 하지만 이를 정확히 구별하고 식별할 수는 없었다. 한스 카스토르프는 감기에 걸리면서부터 비로소 이처럼 열이 생겼다고는 생각하지 않았다. 그리고 막상 이렇게 되고 보니 그가 처음에 베렌스 고문관이 체온을 재어 보라고 권고할 때 당장 체온계를 구입하지 않은 게 후회되었다. 그의 충고가 아주 합리적이었음이 이제야 밝혀진 것이다. 그리고 세템브리니가 이를 비웃으며 허공에 대고 웃음을 터뜨린 것은 전적으로 잘못된 일이었다. 그러면서 세템브리니는 공화국이니 아름다운 문체니 하면서 제멋에 겨워 떠들지 않았던가. 한스 카스토르프는 빛이 반사되어 자꾸 눈금이 사라지면 체온계를 이리저리 돌리면서 거듭 수은주의 눈금을 살펴보았다. 눈금은 여전히 37.6도를 가리켰다. 그것도 아침부터 말이다.

그는 마음이 무척 불안했다. 그는 체온계를 손에 쥔 채 안절부절못하며 서너 번 방 안을 돌아다녔다. 하지만 그러면서 수직으로 들고 있으면 수은주에 충격을 주어 장애가 생길까 봐 체온계를 수평으로 유지했다. 그리고 나서는 체온계를 신줏단지 모시듯 조심조심 세면대에 내려놓고는, 일단 먼저 겨울 외투와 담요를 가지고 안정 요양에 들어갔다. 앉은 채 그는 배운 대로 두 장의 담요를 먼저 좌우로부터, 그런 다음에는 아래에서부터 한 장씩 차례차례 익숙한 솜씨로 몸에 둘렀다. 그런 다음 두 번째 아침 식사 시간이 되어 요아힘이 자신을 데리러 오기를 기다리며 조용히 누워 있었다. 가끔씩 그는 미소를 짓기도 했는데, 이는 마치 누군가에게 미소 짓는 것처럼 보였다. 이따금씩 가슴이 답답해지며 떨리다가 부풀어 오르기도 했다. 그러면서 기관지염에 걸린 것처럼 가슴에서 터져 나오는 기침을 그는 막을 도리가 없었다.

열한 시 정각을 알리는 징이 울리자 사촌을 아침 식사에 데리고 가려고 방에 들어온 요아힘은 그가 아직 침대에 누워 있는 것을 발견했다.

"왜 그래?" 그는 의자 옆으로 다가오면서 놀란 표정으로 물었다.

한스 카스토르프는 한동안 아무 말도 하지 않고 앞만 바라보다가 이렇게 대답했다.

"그래, 최신 뉴스는 내가 열이 좀 있다는 거야."

"그게 무슨 말이야?" 요아힘이 반문했다. "열이 있다고 느끼는
거야?"

한스 카스토르프는 다시 뜸을 들이며 대답을 않고 있다가 느릿
느릿하게 대답했다.

"진작부터, 이봐, 열이 있다고 느꼈어. 내내 말이야. 하지만 이
제는 주관적 느낌이 아니라 정확한 확인이 중요해. 체온을 재어
봤거든."

"체온을 재어 봤다고?! 뭘 가지고?" 요아힘이 깜짝 놀라 소리
쳤다.

"당연히 체온계로." 한스 카스토르프의 이러한 대답에는 조소
와 엄숙함이 함께 배어 있었다. "수간호사가 와서 한 개 팔고 갔
어. 그 여자가 왜 나보고 말끝마다 '이봐요' 하는지 알다가도 모
르겠어. 그건 옳은 표현이 아니야. 그녀는 아주 멋진 체온계를 나
에게 후딱 팔아치우더군. 눈금이 얼마를 가리키는지 확인하고 싶
으면 저 안의 세면대에 가 봐. 아주 미미한 열이야."

요아힘은 몸을 돌려 방으로 들어갔다. 다시 돌아와서는 머뭇거
리며 말했다.

"그래, 정말 37도 5와 2분의 1이구나."

"그럼 좀 내려갔군!" 한스 카스토르프는 신속하게 대답했다.
"아까는 6이었는데."

"오전 치고는 아주 미열이라고 할 수 없겠는데." 요아힘이 말했

다. "이것 참 멋진 선물이군!" 그는 이렇게 말하고, 두 팔은 옆구리에 대고 머리는 숙인 채 마치 '멋진 선물' 앞에 서 있듯이 사촌의 접이식 침대 옆에 서 있었다. "너는 침대에 누워 있어야겠어."

한스 카스토르프는 이런 말에 대답할 준비를 해 두고 있었다.

"나는 이해가 안 가." 그가 말했다. "37.6도인 내가 왜 침대에 누워 있어야 하는지 말이야. 너나 다른 사람들은 체온이 더 낮지 않으면서도 다들 이곳에서 자유롭게 돌아다니면서 말이야."

"하지만 그건 다른 문제야." 요아힘이 말했다. "너의 경우는 급성이고 해롭지 않아. 코감기 열에 지나지 않으니까."

"첫째는 말이야." 한스 카스토르프는 심지어 이제는 첫째는, 둘째는 하면서 자신의 주장을 조목조목 나누어 대답했다. "나는 이해가 안 돼. 왜 해가 없는 열로는―그런 게 있다고는 인정하겠어―침대를 지켜야 하고, 해로운 열이 있으면 마구 돌아다녀도 되는지 말이야. 그리고 둘째로 하는 말인데 나에게는 진작부터 열이 있었지, 코감기에 걸렸다고 해서 새삼스레 열이 생긴 것은 아니야, 내 생각으로는." 그는 이렇게 끝을 맺었다. "37.6도는 어디까지나 똑같이 37.6도라는 거야. 너희들이 그 체온으로 돌아다닐 수 있다면 나도 그럴 수 있다는 말이지."

"하지만 나는 이곳에 처음 도착했을 때 4주간이나 누워 있어야 했어." 요아힘이 이의를 제기했다. "그리고 침대에 누워 있다고 해서 열이 사라지지 않는다는 사실이 확인되었을 때야 비로소 일어날 수 있었어!"

이 말을 듣고 한스 카스토르프는 빙그레 미소를 지었다.

"그래서 어쨌다는 거야?" 그가 반문했다. "나는 너와 사정이 다르다고 생각하는데? 너는 모순에 빠져든 것 같아. 처음에는 나를 다르게 보다가, 이번에는 같이 취급하니 말이야. 그거야말로 허튼소리가 아니고 뭐겠어?"

요아힘은 발꿈치로 몸을 한 바퀴 빙그르르 돌았다. 다시 사촌 쪽으로 얼굴을 돌렸을 때 거무스름하게 탄 그의 얼굴은 한층 더 검어져 있었다.

"아니야." 그가 말했다. "나는 같이 취급하는 게 아니야. 너야말로 혼란에 빠졌어. 내 말은 네가 고약하게 독감에 걸렸다는 것뿐이야. 그건 너의 목소리를 들어 보면 알 수 있어. 빨리 감기가 나으려면 누워 있는 게 좋겠다는 생각이야. 다음주면 집에 돌아가야 하니까. 하지만 네가 그러고 싶지 않으면, 즉 내 말은 네가 누워 있고 싶지 않으면 그러지 않아도 상관없어. 내가 너에게 명령을 내리는 건 아니니까 말이야. 그건 그렇고 빨리 아침 먹으러 가야지. 서둘러, 벌써 늦었어!"

"맞는 말이야! 서둘러야지!" 한스 카스토르프는 이렇게 말하고 담요를 벗어 던졌다. 그는 솔로 머리를 매만지기 위해 방으로 들어갔다. 그가 머리를 빗는 동안 요아힘은 또 한 번 세면대 위의 체온계를 들여다보았고, 한스 카스토르프는 그 모습을 멀찍이서 바라보았다. 그런 다음 이들은 말없이 방을 나와 또다시 식당의 자신들 자리에 가서 앉았다. 식당 안은 이 시각에 늘 그렇듯이, 온통 사방에 놓인 우유 때문에 희끄무레하게 빛나고 있었다.

난쟁이 아가씨가 한스 카스토르프를 위해 쿨름바흐 산 맥주를 가지고 왔지만 그는 진지한 얼굴로 이를 사양하고 거부했다. 그는 오늘은 맥주를 마시고 싶지 않다고, 아무것도 마시지 않겠다고, 아니, 됐어요, 라고 말했다. 그냥 물 한 모금만 마시겠다고 했는 데, 이 말이 센세이션을 불러일으켰다. 어째서? 이야말로 천지개 벽할 일이 아닌가! 왜 맥주를 안 마시겠다는 건가? 열이 좀 있어 서 그런다고, 한스 카스토르프는 아무렇지 않은 듯 툭 내뱉었다. 37.6도인데, 아주 미열이지요.

그러자 다들 집게손가락을 세우고 그를 위협하는 시늉을 했다. 이는 정말 기묘한 광경이었다. 모두들 장난꾸러기가 되어 머리를 옆으로 기울이고, 한쪽 눈을 찡긋하며 귀의 높이에서 집게손가락 을 흔들어 댔다. 마치 순진한 척 행동하던 사람이 당돌하고 야한 짓을 하다가 들키기라도 한 것처럼 말이다. "어머나, 댁도 참." 여 선생이 말했다. "오랜만에 상큼하고 신나는 이야기를 들어 보네 요. 두고 볼 거예요." 그녀가 미소를 짓고 위협할 때 뺨의 솜털이 발갛게 물드는 것이었다. "어머나, 이럴 수가." 슈퇴어 부인도 이 런 간지러운 소리를 내면서, 뭉툭하고 붉은 손가락을 코 옆에 갖다 대고 위협하는 시늉을 했다. "열*이 있다지 뭐예요, 방문객께서 말 이에요. 최고예요. 이제 댁은 진짜 동지예요. 아유, 이를 어쩌면 좋 아!" 위쪽 식탁 끝의 왕고모조차도 이 소식이 귀에 들어가자 장난 스럽고도 교활하게 그를 위협하는 시늉을 했다. 이때까지는 그를 거의 거들떠보지도 않던 귀여운 마루샤도 그를 향해 몸을 굽히며 입술에 향내 나는 손수건을 갖다 댄 채, 위협하는 시늉을 하며 둥 근 갈색 눈으로 쳐다보았다. 슈퇴어 부인에게 이 소식을 들은 블루멘콜 박사도 물론 한스 카스토르프를 바라보지는 않은 채, 다른 사람들이 하는 동작을 따라 하지 않을 수 없었다. 그런데 로빈슨 양만은 아무런 관심도 없다는 듯 언제나 그렇듯이 뚱한 표정을 하고 있었다. 요아힘은 품위 있는 표정으로 눈을 내리깔았다.

이렇게 많은 놀림을 받고 기분이 좋아진 한스 카스토르프는 겸손하게 이들의 말이 사실이 아님을 밝혀야겠다고 생각했다. "아니, 아닙니다." 그가 말했다. "잘못 생각하고 계십니다. 나의 경우는 전혀 해가 없습니다. 보시다시피 코감기에 걸렸을 뿐입니다. 눈에 눈물이 고여 있고, 가슴이 좀 답답하며, 밤새 기침이 나서 기분이 약간 언짢을 뿐입니다." 하지만 이들은 그의 변명은 들으려 하지 않고 웃어 넘기며 손짓을 하면서 외쳤다. "그래, 그래요, 속임수이자 핑계고 코감기 열이란 걸 알고 있어요. 우리는 다 알고 있단 말이에요!" 그러고는 이들은 한스 카스토르프에게 지체 없이 진찰을 받아 보라고 이구동성으로 권했다. 이들은 이 소식으로 아연 활기를 띠어, 아침 식사를 하는 동안 일곱 개의 식탁 중에서 이 식탁에서 대화가 가장 활발하게 이루어졌다. 특히 슈퇴어 부인은 주름 장식을 한 목 위의 얼굴이 시뻘겋게 달아오르며 고집 센 표정에다 볼에 갈라진 금이 보이며 거의 정신 나간 여자처럼 마구 지껄여 대면서 기침의 쾌감에 대해 장광설(長廣舌)을 늘어놓았다. 가슴속이 근질근질해지다가 점점 더 심해져, 필사적으로 버티고 억누르다가 그러한 자극에 응하기 위해 깊이 숨을 들이쉬는 순간 말할 수 없이 즐겁고 짜릿한 기분을 느낀다는 것이다. 재채기를 할 때도 이와 비슷한 쾌감을 느낀다고 했다. 재채기를 하고 싶은 마음이 엄청나게 커져 도저히 더는 참을 수 없게 되면, 황홀한 표정으로 두세 번 격렬하게 숨을 내뱉었다가 들이쉬고는, 황홀한 분출로 환희에 빠져들어 세상만사를 다 잊어버리게 될지도 모른다. 그리고 때로는 이런 일이 두세 번 연속해서 일어나기도 한다. 이것이야말로 돈 한 푼 들이지 않고 공짜로 즐길 수 있는 삶의 쾌락이 아니냐고 입에 거품을 물었다. 또한 예를 들어 봄에 동상에 걸려 그 부위를 긁을 때 이와 비슷한 일이 생긴다는 것이다. 그곳이 미칠 듯이 간지러워 피가 나도록 우악스럽게 박박 긁을 때 분노와 아울러 쾌감이 생긴다고 했다. 그리고 이때 우연히 거울을 들여다보면 악마처럼 잔뜩 찌푸린 얼굴이 보이지 않겠는가.

교양이라고는 눈곱만치도 없는 슈퇴어 부인이 이처럼 몸서리쳐질 정도로 자세하게 말하는 동안, 푸짐하긴 하지만 짧은 중간 식사를 끝낸 사촌들은 저 아래 다보스 플라츠까지 두 번째 아침 산책을 떠났다. 요아힘은 가는 도중 생각에 잠겨 있었고, 한스 카스토르프는 코감기 때문에 신음하면서 녹이 슨 듯한 가슴으로 헛기침을 했다. 돌아오는 길에 요아힘이 말했다.

"너에게 제안을 하나 하겠어. 오늘이 금요일이잖아. 내일 식사 후에 나는 매달 있는 정기 검진을 받아. 종합 검진은 아니지만 베렌스는 내 몸을 약간 타진해 보고, 크로코프스키는 나에게 몇 가지 주의 사항을 일러 주지. 이 기회에 같이 가서 간단한 진찰을 받아 보는 게 어때. 그거야 뭐 가소로운 일이겠지, 집에 돌아가면 하이데킨트에게 진찰을 받을 테니까 말이야. 그런데 이곳에도 두 명이나 전문의가 있는데 네가 돌아다니면서도 어디가 문제가 있는

지, 얼마나 심각한지, 누워 있는 게 더 낫지 않은지 하는 것도 모른다는 게 말이 되겠나."

"좋아." 한스 카스토르프가 말했다. "너의 말대로 하겠어. 물론 그렇게 할 수 있지. 그리고 진찰하는 모습을 보는 것도 나에게는 흥미로운 일이니까 말이야."

이렇게 두 사람은 의견 일치를 보았다. 그리고 이들이 요양원 현관 앞에 이르렀을 때 우연히 베렌스 고문관과 마주치는 바람에 좋은 기회를 놓치지 않고 선 채로 자신들의 관심사를 꺼냈다.

키가 껑충하고 목덜미의 살이 툭 튀어나온 베렌스는 빳빳한 모자를 젖혀 쓰고 입에 시가를 문 채 파리한 볼에 눈물을 머금은 눈을 하고 현관에서 나왔다. 자신의 설명에 따르면 지금 막 수술실에서 수술을 마친 뒤 사적으로 환자들을 왕진하러 플라츠로 가는 길이라 그는 매우 활기차 보였다.

"식사는 잘 하셨나요, 여러분!" 그가 말했다. "오늘도 편력(遍歷) 중인가요? 세상 구경은 좋았나요? 나는 메스와 뼈 자르는 톱을 들고 일대일의 힘겨운 결투를 마치고 오는 길입니다. 아시다시피 갈비뼈 절개는 대단한 수술입니다. 전에는 환자의 50퍼센트는 수술 중에 싸늘하게 굳어 버렸지요. 이제는 사정이 훨씬 나아졌지만, 그래도 서둘러 시신을 싸야 하는 경우가 적지 않습니다. 그런데 오늘 수술한 환자는 유머를 아는 사람이라서, 그 순간 끝까지 꼿꼿한 자세를 유지하더군요. 정말이지 인간의 흉곽이란 말뿐이더군요. 아시다시피 뼈가 없는 부분*이라는 말은 맞지 않는 표현입니다. 소위 말하면 관념을 약간 모호하게 얼버무리는 표현인 것입니다. 자, 그런데 여러분은? 귀중한 시간을 어떻게 보내고 계십니까? 아마 두 분이서 즐거운 시간을 보내겠지요? 교활한 선배인 침센 군은 어떠세요? 그런데 유람객인 댁은 왜 울고 계신가요?"

그가 갑자기 한스 카스토르프 쪽으로 몸을 돌렸다. "여기서 공공연히 우는 것은 금지되어 있습니다. 요양원 규칙상 말입니다. 그러면 너도나도 따라 할지도 모르니까요."

"코감기 때문입니다. 고문관님." 한스 카스토르프가 대답했다. "어떻게 해서 그렇게 되었는지는 모르겠지만, 심한 감기에 걸렸습니다. 가끔씩 기침도 나고요. 그리고 가슴에 뭔가 문제가 있어 보입니다."

"그래요?" 베렌스가 말했다. "그렇다면 분별 있는 의사에게 한번 진찰을 받아 보셔야지요."

둘은 웃음을 지었다. 요아힘은 발뒤꿈치를 가지런히 모으면서 이렇게 대답했다.

"그럴 생각입니다, 고문관님. 저는 내일 진찰이 있습니다. 그때 제 사촌도 좀 보아 주셨으면 해서요. 화요일에 떠날 수 있을지 문제가 돼서요."

"좋아요!" 베렌스가 말했다. "좋습니다! 기꺼이 그래야지요! 진작 한번 보아 드렸어야 했는데 말입니다. 여기에 오면 당연히 진찰도 받아 보아야지요. 하지만 물론 강요할 일은 아닙니다만. 그럼 내일 구유에서 나오는 대로 두 시에 말입니다!"

"열도 좀 있어서요." 한스 카스토르프가 덧붙여 말했다.

"무슨 소리요!" 베렌스가 소리쳤다. "내가 그걸 모르는 줄 아셨나요? 내 머리에는 눈이 달리지 않았다고 생각하나요?" 그러면서 그는 자신의 엄청난 집게손가락으로 핏줄이 서고 충혈 된 눈물에 젖은 두 눈동자를 가리켰다. "그런데 몇 도나 되는데요?"

한스 카스토르프는 겸손하게 숫자를 알려 주었다.

"오전 중에 말인가요? 음, 나쁘지 않군요. 처음치고는 재능이 없지 않아요. 자, 그럼 내일 두 시에 두 분이 함께 오세요! 나로서 는 영광입니다. 복된 영양 섭취를 하세요!" 그리고 그는 길게 뻗은 시가 연기를 뒤로 날리며 노 젓듯이 손을 흔들면서 굽은 다리로 언덕길을 힘차게 내려가기 시작했다.

"이제 너의 소망대로 약속이 되었지." 한스 카스토르프가 말했다. "만나기를 잘했어. 그리고 이것으로 나도 약속을 한 셈이니까. 그래 봤자 그는 나에게 감초 즙이나 기침 멎게 하는 차 정도나 처방해 줄 거야. 하지만 나 같은 심정의 사람에게는 의사한테 격려의 말을 듣는 것도 기분 좋은 일이야. 그런데 시도 때도 없이 왜 그렇게 말을 많이 하는지 모르겠어! 처음에는 재미있었는데, 계속 들으니 지겨운걸. '복된 영양 섭취를 하세요!' 라니, 무슨 그런 말이 있어. '복된 식사 하세요!' 라면 또 모를까. '식사'는 소위 '일용할 양식' 처럼 시적인 표현이라서 '복된' 과 잘 어울리잖아. 그런데 '영양 섭취'는 순수한 생리 현상인데, 거기에 복을 기원하다는 말은 비웃는 기분이 들어. 또한 그가 담배 피우는 모습도 보기 좋지 않아. 흡연이 그에게 맞지 않고, 그를 우울하게 만든다는 것을 아니까, 내가 좀 걱정이 돼서 그러는 거야. 세템브리니 씨는 그가 억지로 명랑한 척한다고 그랬지. 세템브리니 씨가 비평가이며 판단력이 있는 사람이라는 것은 부정할 수 없는 사실이야. 나도 좀 판단력을 키워서 모든 현상을 있는 그대로 받아들여서는 안 된다는 그의 말은 전적으로 옳아. 하지만 때로는 판단력, 비난, 정당한 분노로 시작하다가, 판단력과는 하등 관계가 없는 엉뚱한 것이 사이에 끼게 되지. 그렇게 되면 도덕적 엄격함은 어디론가 사라져 버리고, 공화국이니 아름다운 문체니 하는 말도 황당무계하다는 생각이 들 뿐이야."

그는 무언가 분명치 않은 말을 중얼거리고 있었고, 그 자신도 무슨 말을 하는지 분명하게 알지 못하는 것 같았다. 요아힘은 사촌의 얼굴을 옆으로만 바라보며 "잘 가" 하고 말한 다음, 각자 자기 방으로 가서는 발코니로 나갔다.

"몇 도지?" 요아힘은 한스 카스토르프가 다시 체온을 쟀는지 보지 못했으면서도 잠시 후에 나지막한 소리로 물었다. 그러자 한스 카스토르프가 무관심한 어조로 대답했다.

"뭐, 마찬가지야."

사실 그는 방에 들어가자마자 오늘 아침에 산 예쁘장한 기구를 세면대에서 집어 들고, 위아래로 몇 번 흔들어 이제 자신의 역할을 다 마친 37.6도라는 눈금을 없애 버렸다. 그러고는 유리처럼 투명한 시가를 입에 물고는 완전히 늙은이처럼 안정 요양에 들어갔다. 하지만 부풀었던 기대와는 달리, 그 기구를 8분간이나 혀 밑에 두었는데도 수은주는 37.6도 이상은 올라가지 않았다. 아침보다 더 높지는 않았지만 그래도 열이 있는 것은 분명했다. 식사 후에는 어슴푸레하게 빛나는 수은주가 37.7도로 올라갔고, 낮에 흥분되고 색다른 일을 겪은 저녁에는 37.5도를 고수했다. 그리고 다음날 이른 아침에는 37도까지 내려갔다가 점심 무렵이 되어서야 다시 어제의 온도에 도달했다. 이러한 결과를 보이며 다음날 점심 시간이 왔고, 점심 식사를 마친 후에는 약속 시간이 다가왔다.

한스 카스토르프는 나중에 쇼샤 부인이 이 점심 식사 때 커다란 단추가 달리고 가장자리에 레이스 달린 주머니가 있는 황금색 스웨터를 입었다는 사실을 기억에 떠올렸다. 그 옷은 어쨌든 한스 카스토르프에게는 새로운 것이었다. 그녀는 늘 그렇듯이 늦게 들어와서는 한스 카스토르프가 익히 잘 아는 방식으로 홀을 향해 잠시 선을 보였다. 그런 다음 하루에 다섯 번 그러하듯이 자신의 식탁으로 미끄러져 가서는, 부드러운 동작으로 자리에 앉아 수다를 떨며 식사하기 시작했다. 한스 카스토르프는 비스듬한 방향으로 옆 식탁의 끝에 앉은 세템브리니의 등 너머로 일류 러시아인 석을 바라볼 때면 매일 그러기는 하지만 이번에는 특별히 관심을 가지고, 그녀가 말하면서 머리를 움직이는 모습을 바라보았고, 새삼스레 등그스름한 그녀의 목덜미며 축 늘어진 등의 자세를 지켜보았다. 쇼샤 부인 쪽에서는 점심 식사를 하는 동안 한 번도 식당을 둘러보지 않았다. 하지만 디저트가 끝나고, 이류 러시아인 석이 있는 식당의 오른편 좁은 벽에 걸린 사슬 달린 추시계가 두 시를 치자 불가사의하게도 한스 카스토르프의 마음을 뒤흔들어 놓는 일이 일어났다. 시계가 한 번, 두 번 울리면서 두 시를 알리자 그 우아한 환자는 서서히 머리와 상체를 약간 돌리고는 어깨 너머로 분명하고도 노골적으로 한스 카스토르프의 식탁 쪽을 바라보았다. 전반적으로 그의 식탁뿐 아니라 의심의 여지 없이 분명하게 그를 쳐다보았던 것이다. 꼭 다문 입술 언저리에는 미소가 어려 있었고, 가느다란 프리비슬라프의 눈으로 이렇게 말하려는 것 같았다. '너 이제 어떻게 할 거니? 시간이 됐어. 갈 거야?' (아직 '당신'이라고 입으로 직접 말한 적은 없지만 눈으로 말할 때는 말을 놓아 '너'라고 하기 때문이다.) 한스 카스토르프는 이러한 돌발 사건에 마음 깊이 혼란을 느끼고 경악을 금치 못했다. 그는 자신의 눈을 도저히 믿을 수 없어, 먼저 넋을 잃고 쇼샤 부인의 얼굴을 바라보았다가, 눈을 들어 이마에서 머리카락을 지나 허공을 응시했다. 자신이 두 시에 진찰 약속이 있다는 사실을 그녀가 아는 걸까? 마치 그런 것처럼 보였다. 하지만 도저히 그럴 수 없는 일이었다. 사실 그는 몇 분 전까지만 해도 감기가 많이 호전되었으니 진찰을 받을 필요가 없을 것 같다고 요아힘을 통해 고문관에게 알리는 게 어떨까 망설이고 있었는데, 그것을 그녀가 알 리 없었다. 그런데 그녀의 질문하는 듯한 미소를 본 순간부터 그러한 생각은 점차 매력이 사그라지면서, 꺼림칙하고 지루한 것으로 변모해 버렸다. 다음 순간 요아힘은 이미 말아 둔 냅킨을 식탁에 내려놓은 후 사촌에게 눈썹을 찡긋 하고는, 주위 사람들에게 허리를 굽혀 인사하고 식탁을 떠났다. 한스 카스토르프는 겉으로는 힘찬 발걸음이었지만 마음속으로는 비틀거리며, 그녀의 미소와 눈길이 아직까지 자기에게 머물러 있는 듯한 느낌을 받으며 사촌을 따라 식당을 나왔다.

이들은 어제 오전부터 오늘 있을 진찰에 대해 한 마디도 하지 않았는데, 지금도 말없이 걸어갔다. 약속한 시간이 이미 지났기 때문에 요아힘은 걸음을 서둘렀다. 베렌스는 시간을 지키는 것을 중시했다. 이들은 식당을 나와 1층 복도를 따라가다가 관리실을 지나, 왁스로 닦은 리놀륨을 깐 깨끗한 계단을 이용해 지하로 내려갔다. 계단을 다 내려가면 바로 맞은편에 사기로 된 푯말이 붙어 있어 진찰실임을 알 수 있는 문을 요아힘이 노크했다.

"들어오세요!" 베렌스는 첫째 음절에 강세를 주면서 외쳤다.

가운을 입은 그는 오른손에 든 검은 청진기로 자신의 허벅지를 두드리면서 진찰실 한가운데 서 있었다.

"빨리요, 빨리." 그는 이렇게 말하며 눈물을 머금은 눈으로 벽시계를 가리켰다. "시간 엄수를 바랍니다, 신사분들! 우리는 귀하들의 전속 의사가 아니거든요."

창 앞의 이중 책상에는 크로코프스키 박사가 앉아 있었다. 번쩍거리는 그의 검은 셔츠와 대비되어 얼굴이 창백해 보였다. 그는 책상에 팔꿈치를 대고, 한쪽 손에는 펜을 들고 있고, 다른 쪽 손은 수염 난 턱을 괴고 있었다. 그의 앞에는 진료 카드로 보이는 서류가 놓여 있었다. 그는 들어오는 사촌들을 보고서도 자신은 그냥 이곳에 조수로 있을 뿐이라는 듯이 무관심한 표정으로 바라보았다.

"자, 그럼 품행 기록부를 보여 주시오." 요아힘이 사과의 말을 하자 고문관은 이렇게 대답했다. 그는 체온표를 받아 들고 훑어보았다. 그러는 사이에 환자는 서둘러 상반신을 벗고는, 벗은 옷가지를 문 옆의 옷장에 걸었다. 한스 카스토르프에 대해서는 아무도 거들떠보지 않았다. 그는 한동안 선 채로 견학하다가, 조금 후에 유리 물병이 놓인 조그만 탁자 옆의 팔걸이에 술이 달린 구식 안락의자에 가서 앉았다. 벽 가에는 두꺼운 의학 서적들과 간행물들이 꽂힌 책장이 있었다. 그 밖에 가구로는 높낮이를 조절할 수 있는 눕는 의자밖에 없었는데, 그 의자는 밀랍을 입힌 흰색 천으로 덮여 있었고, 의자의 머리를 얹는 부분에는 종이 냅킨이 씌워져 있었다.

"콤마 7, 콤마 9, 콤마 8." 베렌스는 요아힘이 하루 다섯 번씩 잰 검온 결과를 성실하게 기입한 주간 카드를 넘기면서 말했다. "여전히 약간 취해 있군요, 침센 군. 얼마 전부터 더 착실해졌다고 주장할 수 없겠는데요. ('얼마 전'이란 4주 전을 의미한다.) 해독이 안 됐어, 해독이. 물론 하루 이틀에 되는 문제는 아니지. 우리가 요술을 부릴 수 있는 것도 아니고."

요아힘은 자기가 이곳에 온 게 어제 오늘이 아니라고 항의할 수도 있었겠지만, 고개를 끄덕이며 그냥 어깨를 으쓱할 뿐이었다.

"늘 날카로운 소리를 내던 오른쪽 폐문(肺門)의 콕콕 쏘는 통증은 어떤가요? 좀 나아졌어요? 그럼, 이리 와 보세요! 정중하게 타진해 보겠습니다." 그러고는 청진이 시작되었다.

베렌스 고문관은 다리를 벌리고 몸을 뒤로 젖힌 채, 청진기를 옆구리에 끼고 가슴 위쪽으로 요아힘의 어깨를 타진(打診)했다. 그는 오른손의 굵은 가운뎃손가락을 해머로 이용하고, 왼손은 받침대로 사용하면서 손목을 움직여 가며 타진했다. 그런 다음 어깻죽지 아래로 내려가, 등의 중간과 아래 부분을 옆으로 움직이며 타진했다. 훈련이 잘 되어 있는 요아힘은 팔을 들어올려 겨드랑이 밑도 타진하게 했다. 그런 후 똑같은 일이 왼쪽에서도 되풀이되었다. 이 일이 끝나자 고문관은 "뒤로 도세요!"라고 명령하고 가슴 부분의 타진에 들어갔다. 그는 목 아래의 쇄골 부분에서부터 시작하여 가슴 위아래를 오른쪽에서 왼쪽으로 타진했다. 타진이 완전히 끝난 다음에는 청진으로 넘어가, 청진기를 귀에 끼우고 요아힘의 가슴과 등을 청진하면서, 아까 타진한 곳을 똑같이 남김없이 청진했다. 그러는 동안 요아힘은 깊이 숨을 들이쉬고 내쉬면서, 일부러 기침을 해야 했는데, 그로서는 이것이 무척 힘들어 보였다. 그는 숨을 헐떡거렸고, 눈에서는 찔끔 눈물이 새어 나왔기 때문이다. 베렌스는 그의 몸에서 들은 내용을 모조리 조수에게 책상 너머로 간결하고도 확실한 말로 전달해 주었다. 한스 카스토르프는 이 광경을 보고 재단사가 양복 치수를 재는 과정을 연상하지 않을 수 없었다. 단정한 차림의 재단사가 손님의 허리와 팔다리 주위를 여기저기 일정한 순서에 따라 줄자로 재면서, 옆에 허리를 구부리고 있는 조수에게 얻어 낸 숫자를 펜으로 받아 적게 하는 광경이 연상되었다. "짧음", "단축음" 하면서 베렌스 고문관은 조수에게 받아 적게 했다. "폐포음(肺胞音)." 그가 이렇게 말하고, 또 한 번 "폐포음"(이는 분명 좋다는 말이었다) 하고 말했다. "거침" 하고 말하며 그는 얼굴을 찡그렸다. "매우 거침." "잡음." 크로코프스키 박사는 재단사가 불러 주는 숫자를 받아 적는 종업원처럼 이 모든 것을 기입했다.

한스 카스토르프는 머리를 옆으로 기울이고 생각에 잠긴 채 요아힘의 상반신을 관찰하며 이런 과정을 지켜보았다. 그가 거칠게 숨을 몰아쉴 때마다 잔뜩 긴장한 그의 피부 아래, 쑥 들어간 배 위의 그의 갈빗대가 (다행히도 그는 갈빗대를 지니고 있었다) 뚜렷이 드러났다. 황갈색의 날씬한 상반신을 지닌 이 젊은이는 가슴과 억센 팔에 검은 털이 나 있었고, 한쪽 팔 손목에는 금팔찌를 차고 있었다. 이것은 체조 선수의 팔이라고 한스 카스토르프는 생각했다. '요아힘은 늘 체조를 좋아한 반면, 나는 그런 것에 아무런 흥미도 없었어.' 그리고 이러한 사실은 그가 군인이 되고 싶어 한 것과 관련이 있었다. 그는 항상 훌륭한 신체에 나보다 훨씬 더, 또는 다른 방식이긴 하지만 관심을 기울였다. 나는 언제나 문화인이었고 나에게는 따뜻한 목욕을 한다든지, 훌륭한 음식을 먹고 마시는 것이 더 중요한 반면, 그에게는 남성적인 요구와 업적이 더 중요했다. 그런데 이제 그의 몸은 병으로 인하여 아주 다른 방식으로 전면에 부각되었다. 그는 약간 취해 있었고, 해독이 되어 건실한 몸이 될 것 같지 않았다. 불쌍한 요아힘은 건강한 몸이 되어 평지에서 군인이 되고 싶어 안달하는데 말이다. 보라, 그는 책에 쓰여 있는 것과 같은 훌륭한 몸이 아닌가. 털만 없다면 벨베데레의 아폴로 상*을 방불케 하지 않는가. 하지만 속으로는 병들어 있고, 겉으로는 병 때문에 매우 뜨겁다. 병은 인간을 더욱 육체적으로, 단순한 육체로 만들어 버린다. 이런 생각을 하다가 한스 카스토르프는 깜짝 놀라, 급히 그의 벌거벗은 상반신에서 눈을 떼고 살피듯이 그의 커다란 두 눈, 검고 온화한 두 눈을 올려다보았다. 일부러 숨을 쉬고 기침을 하느라 눈물이 새어 나온 그의 두 눈은 진찰을 받는 동안 슬픈 표정으로, 견학을 하고 있는 한스 카스토르프의 어깨 너머로 허공을 응시하고 있었다.

그러는 사이에 베렌스 고문관의 진찰이 다 끝났다.

"자, 됐어요, 침센 군." 그가 말했다. "그런대로 다 정상입니다. 다음 번에는 (이는 4주 후를 의미한다) 확실히 전반적으로 좀 더 좋아질 겁니다."

"고문관님, 앞으로 얼마나 더……"

"또 재촉하는 겁니까? 이렇게 얼큰히 취한 상태로는 부하를 들볶을 수 없습니다! 얼마 전에 내가 반년을 말했지요. 그때부터 얼마나 지났는지 새로 한번 계산해 보십시오. 하지만 그건 최소한의 기간이라는 걸 염두에 두세요. 어차피 이곳에서도 살아갈 수는 있으니까요. 예의도 좀 있어야겠어요. 그러니까 이곳은 감옥이 아니고…… 시베리아의 탄광도 아니란 말입니다! 아니면 우리에게 그와 유사한 점이라도 있다는 말인가요? 좋아요, 침센 군! 물러가세요! 자, 다음 분!" 그는 이렇게 외치면서 허공을 쳐다보았다. 그러면서 그는 팔을 쭉 뻗어 청진기를 크로코프스키 박사에게 건네주었다. 그러자 그는 일어서서 그것을 받아 들고는 조수로서 요아힘의 몸을 간단히 진찰하기 시작했다.

한스 카스토르프는 자리에서 벌떡 일어났다. 그는 다리를 넓게 벌리고 입을 벌린 채 생각에 잠긴 듯한 고문관에게서 시선을 떼지 않은 채 서둘러 채비를 차리기 시작했다. 급히 서두른 나머지 소맷부리에 주름 장식이 있는 점무늬 셔츠를 머리 위로 잡아당겼지만 잘 벗겨지지 않았다. 겨우 그는 흰 피부에다 금발 그리고 가느다란 몸을 드러내고 베렌스 앞에 섰다. 그는 군인 같은 요아힘 침센보다 민간인다운 몸집을 하고 있었다.

하지만 고문관은 여전히 생각에 잠긴 채 그를 거들떠보지 않았다. 크로코프스키 박사가 다시 자리에 앉고, 요아힘이 옷을 입기 시작하자 그제야 베렌스는 대기하고 있는 한스 카스토르프에게 눈길을 돌렸다.

"아, 다음은 당신 차례였지!" 그는 이렇게 말하면서 한스 카스토르프의 팔 위쪽을 자신의 우악스러운 손으로 잡고, 그를 조금 뒤로 밀치고는 주도면밀하게 그의 몸을 관찰하기 시작했다. 베렌스는 그의 얼굴은 쳐다보지 않고 몸을 보았으며, 물건을 돌리듯이 몸을 돌리고는 등도 살펴보았다. "음, 자, 그럼 어떤 소리가 나는지 한번 연주해 봅시다." 그는 이렇게 말하고는 아까 요아힘 때와 마찬가지로 한스 카스토르프의 몸을 타진하기 시작했다.

그는 요아힘에게 했던 것과 똑같은 부위를 타진하고, 여러 부위는 몇 번이나 다시 타진하곤 했다. 그는 왼쪽 상부의 쇄골 부분과 그 아래 부위는 번갈아 가며 비교하기 위한 목적으로 비교적 오랫동안 타진했다.

"들리세요?" 그는 타진하면서 크로코프스키 박사 쪽을 건너다보며 물었다. 책상에서 다섯 보 정도 떨어진 곳에 앉은 크로코프스키 박사는 고개를 끄덕이며 들린다는 뜻을 전했다. 그가 턱을 가슴 쪽으로 너무 내리는 바람에 수염이 눌려 수염 끝이 위로 구부러질 지경이었다.

"깊게 숨을 쉬세요! 기침하세요!" 고문관은 다시 청진기를 손에 쥐면서 명령조로 말했다. 한스 카스토르프는 청진하는 동안 대략 8분에서 10분 정도 힘들여 숨을 들이쉬고 기침을 하기도 했다. 의

사는 아무 말도 하지 않고, 청진기를 이쪽저쪽에 대기만 했다. 그
리고 아까 이미 정성들여 타진했던 부위는 거듭 청진을 되풀이했
다. 그런 다음 청진기를 겨드랑이에 끼고 두 손으로 뒷짐을 지고
는 자신과 한스 카스토르프 사이의 바닥을 내려다보았다.

"그래, 카스토르프 군." 그가 말했다. 그가 처음으로 젊은이를
그냥 성으로 부르는 것이었다. "상태는 내가 생각했던 것과 대체
로 일치합니다. 이제 와서 하는 말이지만, 카스토르프 군, 나는 자
네를 점찍어 두었어요. 애당초부터 말입니다. 자네를 알게 되는
분에 넘치는 영광을 누리게 된 순간부터 말이지요. 그리고 내심
네가 이곳에 속하는 사람이고, 머지않아 그런 사실을 인식하게 될
거라고 꽤 자신 있게 추측하고 있었어요. 재미삼아 이곳에 올라와
서 콧대를 세우며 주위를 둘러보다가, 어느 날엔가 이런 방관적이
고 호기심어린 태도를 버리고 자신도 이곳에 좀 더 머무르는 것이
현명하지 않을까ー그리고 '현명하지 않을까'의 정도가 아니지
요, 부디 이 점을 잘 이해해 주기 바랍니다ー하는 것을 깨우치게
되는 사례가 드물지 않거든요."

이 말을 들은 한스 카스토르프는 안색이 확 변했고, 요아힘은
바지 멜빵의 단추를 채우려다가 멈추고는 그대로 서서 귀를 쫑긋
기울였다.

"자네에게는 이처럼 말쑥하고 호감이 가는 사촌이 있어요." 고
문관은 발가락과 발꿈치로 몸을 앞뒤로 흔들면서 턱으로 요아힘
을 가리키며 말을 계속했다. "이제 이 사람이 언젠가 아팠던 적이
있다고 옛말하듯 하게 되기를 바라겠습니다. 하지만 사실 그렇게

되더라도 전에 언젠가 아팠던 것은 변함없는 사실입니다. 자네의 친사촌님이 말이오. 이는 어떤 사상가가 말하듯이 선험적인 일로, 자네의 경우에도 어느 정도 해당되는 일이지요. 카스토르프 군."

"우리는 서로 이종 사촌간일 뿐입니다. 고문관님."

"아니, 뭐라고요? 사촌간이라는 점을 부인하려는 것은 아니겠지요. 이종 사촌이든 친사촌이든 간에 그래도 서로 혈연관계임에는 분명하지요. 어머니 쪽이라고요?"

"네, 외가 쪽입니다, 고문관님. 사촌은 어머니의 이복 언니의 아들입니다."

"자네 모친은 무고하시고?"

"아니, 돌아가셨어요. 내가 아직 어릴 때 돌아가셨어요."

"오, 무슨 일로요?"

"혈전(血栓) 때문에요, 고문관님."

"혈전 때문이라고요? 오래간만에 들어 보는 말이군요. 그럼 부친께서는요?"

"폐렴으로 돌아가셨어요." 한스 카스토르프가 말했다. "그리고 할아버지도요." 그는 이렇게 덧붙였다.

"아니, 할아버지도요? 자, 조상 이야기는 그만하면 됐습니다. 이제 자네에 관해 말하자면 늘 빈혈이 있어 보이던데, 안 그런가요? 육체 노동이나 정신 노동을 하면 쉬 피로해지지 않던가요? 그렇지요? 그리고 심장이 자주 두근거리고요? 최근 들어 처음 그렇다고요? 좋아요. 게다가 이곳에서는 까딱 잘못하면 기관지염에 걸리기 쉽지요. 자네는 전에도 이미 병을 앓은 것을 알고 있나요?"

"제가요?"

"그래요, 자네를 두고 하는 말이오. 이 차이점을 알겠어요?" 그러고는 베렌스 고문관은 그의 가슴 왼쪽 상부와 저 아래를 번갈아 가며 타진했다.

"이쪽이 좀 더 탁하게 들립니다." 한스 카스토르프가 말했다.

"아주 좋아요. 전문의가 될 소질이 있어요. 그러니까 그건 탁음(濁音)입니다. 그리고 탁음은 벌써 석회화가 진행되어 흉터로 변한, 옛날의 환부에서 오는 겁니다. 카스토르프 군, 자네는 옛날부터 환자입니다. 하지만 자네가 그걸 몰랐다고 해도 우리는 아무도 탓하지 않으렵니다. 조기 진단은 까다로운 문제거든요. 평지의 우리 동료들에게는 특히 어렵습니다. 물론 특별한 수련을 쌓아서 좀 나은 점이 있기는 하겠지만, 그렇다고 해서 우리 귀가 더 예민하다는 말은 아닙니다. 하지만 이곳의 공기가, 아시겠어요, 이 위의 희박하고 건조한 공기가 우리의 귀를 예민하게 해 주는 겁니다."

"확실히, 물론 그렇겠지요." 한스 카스토르프가 말했다.

"좋아요, 카스토르프 군. 그럼 이제 내 말을 잘 들으세요. 이제 몇 가지 금과옥조를 들려주겠어요. 자네의 병이 이 정도로 그친다면, 아시겠어요, 체내의 바람 주머니에서 탁음과 흉터, 체내의 석회성 이물질 정도로 끝난다면, 자네를 고향집으로 보내 더는 자네에게 신경 쓰지 않겠어요, 무슨 말인지 알아듣겠지요? 하지만 몸의 상태가 이렇고, 더구나 진찰 결과가 드러난 지금, 그리고 이왕이 위에 있는 몸이니 집에 돌아가 봐야 소용없을 겁니다. 한스 카스토르프 군. 얼마 안 가 다시 돌아와야 할 처지니까요."

한스 카스토르프는 새로 피가 심장으로 역류하여 마구 고동치는 느낌을 받았다. 요아힘은 여전히 뒷단추에 손을 대고 시선을 내리간 채 우두커니 서 있었다.

"왜냐하면 탁음 말고도 왼쪽 상부에도 거친 음이 나는데, 벌써 거의 잡음에 가까운 것으로 보아서 의심의 여지 없이 새로운 환부로 보이기 때문입니다. 아직 연화병소(軟化病巢)라고 말할 계제는 아니지만, 침윤된 곳인 것만은 분명합니다. 저 아래에 가서 지금까지와 마찬가지로 마음대로 돌아다니다가는 폐엽(肺葉) 전체가 망가질지도 모릅니다." 베렌스 고문관이 말했다.

한스 카스토르프는 얼어붙은 듯이 그 자리에 그냥 서 있었고, 그의 입술 주위가 이상하게 씰룩거렸다. 그리고 갈빗대 부근의 그의 심장이 고동치는 것을 또렷이 볼 수 있었다. 그는 요아힘을 건너다보았지만 그의 눈과 마주칠 수 없어서, 다시 푸르죽죽한 볼에 눈물을 머금은 푸른 눈과 한쪽으로 비스듬하게 치켜 올려진 콧수염을 지닌 베렌스 고문관의 얼굴을 쳐다보았다.

베렌스가 말을 계속했다. "객관적인 확실한 증거로. 체온을 들 수 있습니다. 오전 열 시에 37.6도라는 체온은 타진 및 청진 결과와 상당히 일치합니다."

"저는 단지 카타르 성 열 때문이라고 생각했는데요." 한스 카스토르프가 말했다.

"감기 말인가요?" 고문관이 반문했다. "그것은 왜 생길까요? 그걸 이야기해 드리겠어요, 카스토르프 군. 잘 들어 보세요. 내가 알기로는 자네는 뇌에 주름이 아주 많은 것 같아요. 그러므로 이곳 공기는 병을 낫게 하는 데 좋아요, 자네도 그렇게 생각하지요? 그런 면도 있어요. 하지만 이곳 공기는 병에 걸리게 하는 데도 좋단 말입니다, 내 말 이해하겠어요? 공기가 일단 병을 촉진시키고, 몸에 혁명적 변화를 일으켜 잠재하고 있는 병을 촉발시킵니다. 그렇게 촉발된 것이, 기분 나쁘게 생각하지 마십시오, 감기라는 겁니다. 자네가 평지에 있을 때부터 벌써 열이 있었는지는 모르겠지만, 좌우간 감기 때문에 열이 생긴 게 아니라 이 위에 오자마자 첫날부터 열이 있었을 겁니다. 내 견해를 말하면 그렇습니다."

"그래요, 나도 사실 그렇게 생각합니다." 한스 카스토르프가 말했다.

"분명히 이 위에 도착하자마자 약간 취한 상태가 되었을 겁니다." 고문관은 힘을 주어 말했다. "그건 박테리아에 의해 생겨나는 가용성 독소 때문입니다. 이것이 중추 신경 계통에 영향을 미쳐 취하게 만드는 겁니다. 아시겠어요. 그러면 볼이 상기되는 것입니다. 이제 일단 침대에 들어가도록 하세요, 카스토르프 군. 2, 3주 동안 침대에서 안정을 취한 후 깬 상태가 되는지 우리가 지켜봐야 합니다. 차후의 일은 그때 가서 생각하도록 하지요. 우리는 자네의 아름다운 몸 내부의 사진을 찍도록 하겠어요. 자신의 내부 모습을 들여다보면 재미있을 겁니다. 하지만 이참에 말해 둘 게 있는데, 자네 같은 경우는 오늘 내일에 낫는 성질의 것이 아닙니다. 광고에 나오는 것 같은 성공 사례나 기적 같은 치료는 일어날 수 없습니다. 그래도 내가 보기에 자네는 사촌보다 더 나은 환자가 될 것 같아요. 저기 여단장보다 환자로서의 소질이 더 나으니까요. 사촌은 눈금이 두세 개 내리기만 하면 당장 이곳을 떠나려고 들썩거리니까요. 그는 '쉬어' 하는 구령을 '차렷' 하는 구령보다 못하다고 생각하는 모양입니다! 침착함이야말로 시민의 제일가는 의무이며, 안달복달은 해가 될 뿐입니다. 카스토르프 군, 그럼 나를 실망시키지 않도록 해 주시고, 내가 사람을 잘못 본 것이 아니기를 부탁합니다! 그럼 보금자리로 가 보도록 하시오!"

이것으로 베렌스 고문관은 상담을 끝내고, 분망한 의사답게 다음 진찰 때까지 서류 작업을 하려고 책상에 가서 앉았다. 그러자 크로코프스키 박사는 자리에서 일어나 한스 카스토르프에게 다가갔다. 그는 머리를 비스듬하게 뒤로 젖히고 한 손을 젊은이의 어깨에 얹은 채, 수염 사이로 누런 이빨이 보일 정도로 옹골차게 미소를 지으며 다정하게 젊은이의 오른손을 잡고 흔들었다.

제5장

영원히 계속되는 수프와 갑자기 밝아지는 방

여기에서 독자 쪽에서 이상하게 생각하지 않도록 차라리 이 이야기를 하는 화자가 직접 이상하게 생각하는 편이 나을 것 같은 현상이 하나 있다. 말하자면 한스 카스토르프가 이 위의 사람들과 함께 지낸 첫 3주일(인간적인 그의 예상에 따라 이번 여행의 총 일수를 한여름의 21일로 잡았다)에 관한 보고는 우리 자신이 긴가민가하게 생각했던 예상에 꼭 일치하는 만큼의 시간과 공간의 폭을 필요로 했다. 반면에 그다음 3주간의 방문 기록은 처음 3주간을 보고하는 데 필요했던 페이지와 종이, 시간과 일수만큼 그렇게 많은 행들, 즉 말과 순간들을 요하지 않을 것이다. 이제 보면 알겠지만 다음 3주간은 눈 깜짝할 사이에 지나가고 처리되고 만다.

그러므로 이는 이상하게 생각될지도 모르지만 순리에 맞는 것이어서, 이야기를 하거나 또는 듣는 경우의 법칙에도 일치한다.

시간이 우리에게 길어지기도 하고 짧아지기도 하는 것이 순리에 맞는 일이고, 이야기의 법칙에도 일치하기 때문이다. 이처럼 뜻하지 않게 운명의 장난으로 이곳에 머무르게 된 우리 이야기의 주인공 젊은 한스 카스토르프의 경우와 마찬가지로, 우리의 체험에서 볼 때 시간의 폭이 넓어지기도 하고 줄어들기도 하는 것이다. 그리고 여기서 우리가 그와 함께 접하게 되는 것과 전혀 다른 의아한 현상에 대해서도 시간의 불가사의한 점을 고려하여 독자에게 알려 주는 것이 유익할지도 모르겠다. 우리가 환자로서 침대에 누워 보내는 나날이 아무리 '길다' 하더라도 누구나 그것이 얼마나 후딱 지나가 버리는가를 상기한다면 지금으로서는 충분하다. 언제나 똑같은 나날이 되풀이되기는 하지만, 늘 똑같기 때문에 '되풀이된다'고 말하는 것은 실은 그리 정확한 표현이 아니다. 그 대신 천편일률이나 영원한 현재, 또는 영원이라고 말해야 할 것이다. 어제 그대에게 제공된 것과 똑같은 정오의 수프가 오늘 제공되고, 내일도 마찬가지로 제공될 것이다. 그리고 이를 보는 순간 그대는 영원의 숨결을 느끼게 된다. 그게 어떻게, 어디서 불어오는지는 모르지만 말이다. 수프가 날라져 오는 것을 보면서 그대는 현기증을 느끼게 되고, 시간의 구분이 희미해진다. 그리하여 존재의 진정한 형식으로 드러나는 것은 그대에게 영원히 수프가 제공되는 폭도 길이도 없는 현재이다. 하지만 영원과 관련해서 지루하다는 말을 입에 올리는 것은 커다란 모순이라 하겠다. 그리고 우리의 주인공과 함께하는 동안에는 우리는 이러한 모순을 피하고자 한다.

한스 카스토르프는 그가 머물고 있는 세계의 최고 권위자인 베렌스 고문관의 지시에 따라 토요일 오후부터 침대에 누워 있게 되었다. 그는 가슴 부분의 주머니에 성명의 머리글자를 수놓은 잠옷을 입고 양손을 머리 뒤에 포갠 채, 미국 여자 말고도 필경 다른 많은 사람이 임종을 맞았을 깨끗하고 흰 침대에 누워 있었다. 그는 이상야릇하게 변한 자신의 처지를 곱씹으면서, 코감기로 흐릿해진 푸르고 순박한 눈으로 천장을 올려다보았다. 만약 코감기에 걸리지 않았더라면 자신의 눈이 맑고 밝고 또렷하게 바라볼 수 있었을지는 장담할 수 없었다. 그의 심성이 아무리 단순하다 하더라도 그의 마음속은 그렇게 단순하기는커녕 사실 몹시 흐릿하고 혼란스러워져 있으며, 애매모호하고 미심쩍었기 때문이다. 그렇게 침대에 누워 있으면 이내 미친 듯하고, 마음속 깊이 복받쳐 오르는 승리의 웃음이 내부로부터 솟아올라 가슴을 마구 뒤흔드는 것이었다. 그리고 지금까지 결코 알지 못했던 방종한 기쁨과 희망으로 그의 심장은 멎어 버릴 것처럼 고통스러웠다. 그러다가 얼마 안 가 다시 공포와 불안 때문에 그의 얼굴은 창백해졌다. 그리고 그의 심장이 황급히 빠른 박자로 갈빗대를 마구 두드리기도 했는데, 이는 바로 양심의 고동이었다.

요아힘은 첫날에는 그를 조용히 내버려 두고 일체의 상세한 토론을 피했다. 두어 번 병실에 조심스럽게 들어와 보고는 누워 있는 환자에게 고개를 끄덕이고 무언가 부족한 게 없는지 자상하게 물어 보았다. 게다가 자신에게도 이런 경험이 있었고, 그의 생각으로는 심지어 자신이 사촌보다 훨씬 더 고통스러운 상황에 처한 적이 있었던 만큼, 한스 카스토르프가 말씨름을 피하고 싶어 하는 기분을 알아주고 존중하는 것이 그에게 훨씬 더 수월하리라 생각했다.

하지만 그럼에도 불구하고 요아힘은 일요일 오전에 예전처럼 혼자 아침 산보를 마치고 돌아온 후 지금 당장 사촌이 해야 할 일을 더는 미루지 않고 상의했다. 그는 사촌의 머리맡에 서서 한숨을 몰아쉬며 말했다.

"그래, 일이 이렇게 된 이상 어쩌겠나, 그래도 이제 필요한 조치는 취해야 되지 않겠어. 집에서 네가 돌아오기를 기다리고 있잖아."

"아직은 아니야." 한스 카스토르프가 대답했다.

"그렇긴 하지. 하지만 며칠 지나 수요일이나 목요일이 되면 다를 거야."

"아, 그들이 나를 오늘 내일 하며 기다리는 것은 아니야. 그들은 내가 돌아올 때까지 나를 한가하게 손꼽아 기다리는 것 말고도 다른 할 일이 많아. 내가 돌아가면 이제 왔나 하고 생각할 거야. 티나펠 외종조부는 '다시 돌아왔구나!' 할 거고, 야메스 외삼촌은 '그래, 잘 다녀왔니?' 하겠지. 그리고 내가 돌아가지 않아도 오랜 시일이 지나야 그걸 깨닫게 될 거야. 그 점은 안심해도 좋아. 물론 차차 소식을 알려 줘야 하겠지만 말이야." 한스 카스토르프가 말했다.

"내 마음을 알아주겠지." 요아힘은 이렇게 말하며 다시 한숨을 내쉬었다. "이 일로 내 마음이 얼마나 불편한지 몰라! 이제 어떡하지? 물론 나는 책임을 통감하고 있어. 너는 나를 병문안하러 이곳에 왔잖아. 내가 너를 이곳에 불러들여 옴짝달싹 못하게 만들었으니. 네가 언제 이곳을 떠나 직장에 다닐 수 있을지 누가 알겠나. 정말 내 마음이 미치도록 괴롭다는 걸 좀 알아줘."

 "무슨 소리야!" 여전히 두 손을 뒷머리에 포갠 채 한스 카스토르프가 말했다. "무엇 때문에 그렇게 골머리를 앓는 거야? 다 부질없는 짓이야. 내가 너를 병문안하러 이곳에 왔어? 물론 그렇기도 하지만, 무엇보다 하이데킨트의 지시로 휴양하러 온 거야. 자, 하이데킨트 박사와 우리 모두가 생각했던 것 이상으로 나에게 휴양이 필요하다는 사실이 이제 밝혀진 셈이야. 이곳에 잠깐 다니러 왔다가 상황이 달라진 예는 나 말고도 얼마든지 있잖아. 예를 들어 '둘 다'의 둘째아들을 생각해 봐. 그리고 그가 이곳에 와서 얼마나 참담한 꼴을 당했나. 그가 아직 살아 있는지, 또는 우리가 식사하는 동안 어디론가 실려 나갔는지 모르지만 말이야. 내가 몸이 좀 좋지 않다는 것은 정말 뜻밖의 일이야. 지금까지처럼 손님으로서가 아니라, 이곳에서 환자로서, 일단 너희와 같은 환자의 일원으로 느끼도록 해야겠지. 그리고 나로서는 뜻밖의 일도 아니라고 할 수 있어. 엄밀히 말하면 지금까지 내 몸이 아주 건강하다고 느낀 적은 한 번도 없었기 때문이야. 그리고 내 부모님이 그렇게 일찍 돌아가신 것을 생각하면 내 몸이 아주 건강하기를 바라는 것은 무리가 아닐까! 지금이야 다 나은 거나 마찬가지라 할지라도, 너에게 약간의 결함이 있다는 사실은 우리 모두 솔직히 인정해야 하잖아. 그러니까 우리의 혈통에는 어느 정도 그런 요소가 배어 있을지도 몰라. 적어도 베렌스는 그런 지적을 하지 않았나. 좌우간 나는 어제부터 이렇게 누워 곰곰 생각해 보았어. 과연 평소에 어떤 기분으로 살아왔는가, 인생 전반에 대해, 있잖아, 그리고 삶의 요구 사항에 대해 어떤 태도를 취해 왔는가를 말이야. 나의 본성에는 진지한 성향과 튼튼하고 시끄러운 것을 혐오하는 경향이 늘 있었어. 이 점에 대해 얼마 전에도 대화를 나눈 적이 있었지. 그리고 슬프고 엄숙한 것에 대한 관심 때문에 때로는 성직자가 되고 싶은 기분이 들기도 해. 관을 덮는 검은 천이라든가, 있잖아, 은으로 된 십자가며, R. I. P. 즉 '고이 잠드소서(Requiescat in pace)'라는 말이며, 나는 이런 것이 사실 엄청 좋아. 요란하고 거창한 표현인 '만수무강 하소서'보다 훨씬 더 공감이 간단 말이야. 누워서 가만히 생각해 보면, 이 모든 게 다 나 자신에게 흠집이 있고, 애당초부터 병과 친숙해서 그런 것 같아. 이런 기회에 그런 사실이 드러난 거지. 하지만 그렇다고 보면, 내가 여기에 올라와 진찰을 받게 된 것이 오히려 운이 좋았다고 말할 수 있어. 그러니 너는 조금도 자책할 필요가 없어. 너도 들었잖아. 내가 평지에서 이런 몸을 가지고 천방지축으로 돌아다녔다면 나의 폐엽이 온통 망가져 못쓰게 되었을지도 모른다는 사실을 말이야."

"그거야 알 수 없는 일이지!" 요아힘이 말했다. "정말이지 그건 결코 알 수 없는 일이야! 너는 전에도 이미 환부가 있었다지만, 아무도 모르는 사이에 자연 치유가 되었다고 그러잖아. 그래서 너에게 별 문제가 안 되는 탁음이 들리는 것뿐이야. 그러니 지금 네가 가지고 있다는 침윤된 부분도, 네가 우연히 이곳에 올라오지 않았더라면 아마 그냥 사라져 버렸을지도 몰라. 그건 알 수 없는 일이야!"

"그래, 그거야 결코 알 수 없는 일이지." 한스 카스토르프가 대답했다. "그러니 최악의 경우를 미리 예단할 필요는 없는 거야. 이를테면 내가 이곳에 얼마나 머물지에 대해서도 말이야. 너는 내가 언제 이곳을 빠져나가 조선소에 근무하게 될지 아무도 모른다고 말하고 있지만, 그건 비관적인 의미에서 한 말이잖아. 그리고 나는 그 말이 매우 성급하다고 생각해. 사실 어떻게 될지 알 수 없으니 말이야. 베렌스는 언제까지라고 딱 부러지게 말하지 않았지만, 그는 신중한 사람이라서 예언자의 흉내를 내지 않은 거야. 아직 뢴트겐 투시 촬영을 하지 않았으니까, 그걸 하고 나서야 진상을 객관적으로 명백히 알 수 있을 거야. 그때 가서 무언가 중요한 사항이 밝혀질지, 아니면 그 전에 열이 내려가 너희와 작별을 고하게 될지 누가 알겠어. 나는 진상이 밝혀지기 전에 공연히 호들갑을 떨면서, 부리나케 집에 황당무계한 이야기를 할 필요는 없다고 생각해. 차후에 보아 가며 편지를 써도 충분할 거야. 몸만 조금 일으키면 이 만년필로 내가 직접 쓸 수도 있어. 감기에 심하게 걸려 열이 있으며, 침대에 누워 있어서 당분간은 집에 갈 수 없다고 말이야. 그다음 일은 그때 가서 생각하면 되겠지."

"좋아, 그럼 당분간은 그렇게 해. 그리고 다른 일이 있는데 그것도 좀 기다렸다가 하면 되겠지."

"다른 무슨 일 말이야?"

"너 참, 정신이 없구나! 너는 손가방 하나만 달랑 들고 3주일 예정으로 이곳에 오지 않았어? 그러니 속옷이며 셔츠며 겨울옷도 필요하잖아. 그리고 신발도 더 필요하고 말이야. 결국 돈도 보내 달라고 해야겠지."

"그렇다면, 이 모든 게 필요하다면 할 수 없지 뭐." 한스 카스토르프가 말했다.

"좋아, 기다려 보기로 하지. 하지만 어쩌면…… 아니야." 요아힘은 이렇게 말하고는 마음이 불안한지 방 안을 이리저리 왔다갔다했다. "결코 망상을 품어서는 안 돼! 내가 이곳에 오래 있어 봐서 사정을 잘 알아. 베렌스가 탁음에 가까운 거친 음이 들린다고 말한다면…… 하지만 물론 지켜봐야겠지만 말이야!"

이번에는 이것으로 말을 끝냈다. 그 뒤에 우선 평일의 일주일째와 2주일째의 변화가 어김없이 찾아왔다. 한스 카스토르프는 누워 있으면서도 그 변화에 참여했다. 직접 거기에 참여해서 즐긴 것은 아니었지만 요아힘이 찾아와 15분가량 침대맡에 앉아서 전해 준 말로 그 내용을 들을 수 있었던 것이다.

일요일 아침 식사를 담은 차 쟁반은 조그마한 꽃병으로 장식되어 있었고, 그날 식당에 나온 비스킷을 곁들이는 것도 소홀히 하지 않았다. 조금 후에 저 아래 정원과 테라스는 아연 활기를 띠었고, 트럼펫 소리와 클라리넷의 비음(鼻音)을 필두로 2주일마다 열리는 일요일 연주회의 막이 올랐다. 요아힘은 사촌의 방에 와서 발코니 문을 열어 놓고 그곳에서 음악을 들었으며, 반면에 한스 카스토르프는 침대에서 반쯤 일어나 머리를 옆으로 기울인 채 사랑스럽고 경건하게 흐려지는 시선으로 들려오는 하모니에 귀를 기울였다. 그리고 음악을 '정치적으로 미심쩍다'고 말한 세템브리니의 요설을 생각하면서 마음속으로 어깨를 으쓱하기도 했다.

아닌 게 아니라 아까도 말했듯이, 그는 이날 벌어진 현상과 행사에 대해 요아힘으로부터 소식을 들었다. 일요일에 누가 화려하게 치장을 하고 나왔는지, 누가 레이스 달린 아침 실내복이나 그와 유사한 것을 입고 왔는지 (그런 옷을 입기에는 아직 너무 추웠다) 그는 꼬치꼬치 물어 보았다. 또한 오후에 마차 드라이브를 한 사람이 있었는지도 (사실 '쪽폐 클럽' 회원들이 클라바델로 떼거리로 몰려갔다는 것이다) 물어 보았다. 그리고 월요일에는 요아힘이 크로코프스키 박사의 강연을 듣고 돌아와서 정오의 안정 요양에 들어가기 전에 병문안하러 잠시 들렀을 때, 그는 무슨 내용의 강연을 했는지 이야기해 달라고 사촌에게 요구했다. 요아힘은 입을 다물면서 강연에 대해 이야기하는 것을 마뜩찮아했다. 저번의 강연에 대해서도 두 사람이 다시는 이야기를 나누지 않았듯이 말이다. 그래도 한스 카스토르프는 자세한 이야기를 들려달라고 계속 졸라 댔다. "나는 이곳에 이렇게 누워 있지만 돈은 꼬박꼬박 내고 있단 말이야. 나도 이곳에서 제공하는 것을 속속들이 누리고 싶어." 그는 2주일 전에 독자적으로 산책을 감행했다가 비 맞은 생쥐 꼴이 되었던 월요일을 회상했다. 그리고 자신의 몸에 혁명적인 작용을 하여 조용히 잠재하고 있던 병을 촉발시킨 것이 바로 그 산책 때문이었다면서 자신이 추측한 내용을 피력했다.

"그런데 이곳 사람들 말이야." 그가 소리쳤다. "신분이 낮은 평범한 사람들인데 말하는 것은 품위가 있고 위엄이 있더군. 어떤 때는 시처럼 들리기도 했어. '그럼, 잘 가게, 고맙네!'" 그는 나무꾼의 말투를 흉내 내면서 따라 해 보았다. "이런 말을 숲 속에서 들었는데, 아마 평생 잊지 못할 거야. 그런 것은 다른 인상이나 추억과 함께 어우러져, 있잖아, 평생 귀에 쟁쟁할 것 같아. 그런데 크로코프스키 박사는 또다시 '사랑'에 대해 말했나?" 그는 이렇게 물으면서 사랑이라는 말을 할 때 얼굴을 찡그렸다.

"두말하면 잔소리지." 요아힘이 말했다. "그것 말고 무슨 이야기를 하겠나. 그게 이제 그의 단골 주제가 아닌가."

"오늘은 대체 무슨 말을 했나?"

"아, 뭐 특별한 말은 없었어. 지난번에 그가 하는 표현을 들었으니 대강 알겠지."

"그래도 뭐 새로운 것을 선보이지 않았나?"

"뭐 새로운 것은 없었어. 그래, 이번에 들려준 것은 순전한 화학 강연이었어." 요아힘은 마지못해 입을 열고는 보고하기 시작했다. 크로코프스키 박사의 강연에 따르면 '이 경우' 일종의 중독, 유기체의 자기 중독이 일어난다는 것이다. 그래서 몸속에 퍼져 있는, 아직 알려지지 않은 어떤 물질이 분해 과정을 겪으면서 중독이 일어난다. 그리고 이러한 분해 과정의 산물이 척수 신경 중추에 도취 작용을 일으킨다. 그리고 이것은 모르핀이나 코카인 같은 습관성의 낯선 독소를 복용할 때 생기는 현상과 다르지 않다는 것이다.

"그래서 볼이 상기된다는 거구나!" 한스 카스토르프가 말했다. "그것 봐, 들을 만한데 그래. 그 사람은 모르는 게 없나 봐. 그는 지식을 숟가락으로 퍼먹은 모양이야. 두고 봐, 그 사람이 언젠가는 너의 몸 전체에 퍼져 있는 미지의 물질을 찾아내고 말 거야. 그리고 중추 신경에 도취 작용을 일으키는 가용성 독소를 제조해 낼 거야. 그러면 그는 사람들을 특수한 방식으로 취하게 만들 수 있어. 어쩌면 옛날에도 그렇게 할 수 있었는지도 모르지. 그의 말을 들어 보면 옛날 설화집에 나와 있는 사랑의 묘약이라든가 그런 물질에 관한 이야기가 참말일지도 모르겠다는 생각이 들어. 벌써 가려고?"

"그래." 요아힘이 말했다. "나는 어떠한 일이 있어도 좀 누워야겠어. 어제부터 체온이 올라가기 시작했거든. 너의 일이 나에게 악영향을 준 모양이야."

이것은 일요일과 월요일에 일어난 일이었다. 이렇게 하여 한스 카스토르프의 '보금자리' 생활의 사흘째가 밝았는데, 이날은 이렇다할 특징이 없는 평범한 화요일이었다. 하지만 화요일은 그가 이 위에 도착한 날이었으니까 이제 이곳에 온 지 꼬박 3주일이 된 셈이었다. 그래서 그는 집에 편지를 써서 적어도 외삼촌들에게는 자신의 근황을 알리지 않을 수 없었다. 그는 새털 이불을 등에 대고 요양원의 편지지에다 자신의 출발이 예정과 달리 연기되었노라고 썼다. 자신이 감기 열로 누워 있는데, 베렌스 고문관은 지나치게 양심적인 사람인 모양으로 이를 가벼운 감기로 처리하려 하지 않고 자신의 체질과 관련이 있다고 보는 듯하다, 왜냐하면 원장은 자신을 처음 본 순간 악성 빈혈이 있는 것을 알아챘기 때문이다, 그리고 요컨대 이곳의 권위자인 그는 자신이 휴양을 위해 예정한 기간을 충분하다고 보지 않는 것 같다, 차후의 일은 되도록 속히 알려 주겠다―이만하면 되겠지, 하고 한스 카스토르프는 생각했다. 여기에는 한 마디도 덧붙일 말이 없으며, 이 정도면 한동안 숨을 돌릴 수 있겠다고 생각했다. 편지를 건네받은 사환은 우편함에 넣어 시간이 지체되는 것을 피하고 직접 다음 정기 열차 편으로 보냈다.

편지를 보낸 다음 우리의 모험가는 여러 가지 면에서 마음이 정리된 것 같았다. 그리고 기침과 코감기로 머리가 멍해져 고통을 당하기는 했지만 그는 한결 홀가분한 마음으로 하루하루를 고대하면서 보냈다. 그 하루하루는 몇 개의 작은 부분으로 다양하게 나누어져 있어 한결같은 단조로움 때문에 재미있지도 않고 지루하지도 않은 언제나 똑같은 나날이었다. 아침이면 마사지사가 힘차게 문을 두드리며 방으로 들어왔다. 투른헤어라는 이름의 이 근육질의 작자는 걷어 올린 셔츠 소매 아래로 혈관이 불거져 나왔고 목소리가 걸걸했다. 모든 환자들에게 하는 것과 마찬가지로 그는 한스 카스토르프를 방 번호로 부르고는 알코올로 그의 몸을 닦아 주었다. 그 사람이 나가고 난 뒤 얼마 되지 않아 요아힘이 옷을 갖추어 입고 나타나 아침 인사를 했다. 그는 사촌의 아침 일곱 시의 체온을 묻고는 자신의 체온을 알려 주었다. 그가 아래에 가서 아침 식사를 하는 동안 한스 카스토르프는 새털 이불을 등에 대고 생활이 바뀐 탓에 왕성해진 식욕으로 아침을 들었다. 이 시간에 식당을 통과해 침대에 누워 지내는 환자와 위독한 환자를 회진하고 다니는 의사들이 총총걸음으로 부리나케 사무적으로 들이닥쳐도 그는 개의치 않았다. 통조림 과일을 입 안 가득히 넣고 그는 '잘' 잤다고 보고했다. 고문관이 방 가운데의 탁자에 주먹을 짚고 그곳에 놓여 있는 체온표를 검토하는 동안 한스 카스토르프는 찻잔 너머로 그를 지켜보다가 의사들이 나가면서 아침 인사를 해도 아무렇지도 않게 길게 끄는 음으로 대답했다. 그런 다음 그는 담배에 불을 붙여 물고는, 언제 나갔는지도 모르는 사이에 벌써 아침 산책에서 돌아오는 사촌의 모습을 바라보았다. 이들은 다시 이런저런 이야기를 주고받았다. 그리고 두 번째 아침 식사 때까지의 시간은—요아힘은 그사이에 안정 요양을 했다—너무 짧아서 머릿속이 텅 비어 있어 정신적으로 빈약한 멍청이조차도 지루하다고 느끼지 못할 정도였다. 그러나 한스 카스토르프는 이 위에 온 첫 3주일 동안의 인상으로 반추할 재료가 많았고, 자신의 현재의 처지와 가령 앞으로 어떻게 될 것인가에 대해서도 마음속으로 생각할 것이 많았기 때문에, 요양원 도서관에서 빌려와 탁자에 올려둔 두 권의 두꺼운 책은 거의 들여다볼 틈이 없었다.

요아힘이 다보스 플라츠로 두 번째 산책을 마치는 데도 마찬가지로 한 시간 정도밖에 걸리지 않았다. 그런 다음 그는 다시 한스 카스토르프의 방에 들러 환자의 침대 옆에 한동안 서 있거나 앉은 채 산책 중에 눈에 띈 것들을 이것저것 들려준 뒤 정오의 안정 요양에 들어갔다. 그리고 이것도 다시 한 시간 정도밖에 걸리지 않았다! 양손을 뒷머리에 포개고 잠시 천장을 쳐다보며 한 가지 생각에 골몰하다 보면 어느새 징이 울리며 침대에 누워 지내는 사람과 위독한 환자를 제외하고는 식사하러 올 준비를 하라고 재촉했던 것이다.

요아힘이 식사하러 나가면 '정오의 수프'가 운반되어 왔다. 이는 나온 음식에 비하면 간소하다 할 정도로 상징적인 이름이었다! 한스 카스토르프는 환자식을 제공받지 않았기 때문이다. 또한 무엇 때문에 그가 그런 것을 제공받아야 한단 말인가? 그의 상태로는 결코 환자식이나 빠듯한 식사를 제공받을 필요가 없었다. 그는 이곳에 누워 있지만, 낼 돈은 다 내고 있었다. 그리고 영원한 현재인 이 시각에 그에게 제공되는 것은 '정오의 수프'가 아니라 하나도 빼지 않고 식당에서 먹는 것과 똑같은 베르크호프의 여섯 가지의 정식 요리였다. 평일에도 음식이 푸짐했지만, 일요일에는 유럽의 각국 요리에 정통한 주방장이 요양원의 호화스러운 조리실에서 준비한 비까번쩍한 별식의 잔칫상처럼 진수성찬이 나왔다. 침대에 누워 지내는 환자를 돌보는 일을 하는 식당 아가씨가 니켈로 도금된 오목한 뚜껑이 덮인, 예쁘장하니 생긴 도가니에 식사를 가지고 왔다. 그녀는 병실용 식탁, 즉 한 발로 균형을 잡고 서 있는 기적의 식탁을 침대 위로 비스듬히 환자 앞에 밀어 주었다. 그러면 한스 카스토르프는 마술 식탁*에 앉은 재단사의 아들처럼 음식을 먹고 마셨다.

그가 식사를 마치자마자 요아힘도 식당에서 돌아와 자신의 발코니로 갔다. 베르크호프 요양원이 정오의 안정 요양의 고요함에 잠길 때면 대략 두 시 반이 되었다. 어쩌면 아직 두 시 반까지는 안 되고, 정확히 말하면 두 시 15분쯤 되었다고 할 수 있다. 하지만 넉넉하게 시간을 계산하는 경우, 가령 여행길에 올라 장시간

366

기차 여행을 하거나, 그 밖에 시간을 보내고 때우는 일에 모든 노력과 힘을 쏟으면서 무료하게 기다리는 상태에서는 10단위 숫자가 아닌 그러한 여분의 15분은 계산에 포함되지 않고 그냥 무시되어 버린다. 두 시가 지난 15분—이는 두 시 반과 마찬가지로 치부된다. 벌써 3이라는 숫자와 관계하고 있으므로 세 시라 해도 뭐 무방하다고 하겠다. 30분이라는 시간은 세 시에서 네 시까지의 딱 떨어지는 시간의 서막으로 이해되어 마음속에서 제거되어 버린다. 그러한 상황에서는 시간을 이렇게 처리해 버리는 것이다. 그리고 이렇게 하여 정오의 안정 요양 시간도 결국 다시 한 시간으로 축소되어 버렸다. 게다가 그 한 시간도 끝이 줄어들고 잘리어 말하자면 생략 부호로 처리된 셈이었다. 그런데 그 생략 부호가 바로 크로코프스키 박사였던 것이다.

그렇다, 크로코프스키 박사는 오후에 혼자서 회진을 돌 때 한스 카스토르프를 더 이상 건너뛰지 않게 되었다. 그는 이제 회진 대상에 포함되었고, 더는 중간적 존재이자 회피 대상이 아니라 엄연히 환자의 일원으로 대우를 받았다. 그는 질문을 받았으며, 열외 취급을 받지 않게 되었다. 지금까지 날마다 그런 취급을 받을 때 그는 남몰래 약간 화가 났던 것이다. 크로코프스키 박사가 처음으로 한스 카스토르프의 방에 출현한 날은 월요일이었다. 우리가 '출현했다'라는 말을 쓰는 것은 그것이 무언가 색다르고 심지어 놀랄 만한 인상을 표현하는 데 적합한 말이기 때문이다. 한스 카스토르프는 당시에 그런 색다른 인상을 갖지 않을 수 없었다. 누워서 반쯤 혹은 4분의 1쯤 꾸벅꾸벅 졸고 있는데 조수가 문으로 들어오지 않고 옆쪽에서 자신을 향해 뚜벅뚜벅 걸어오는 것을 알아보고 한스 카스토르프는 깜짝 놀랐다. 왜냐하면 그가 복도를 통해서가 아니라 바깥의 발코니를 따라 회진하고 열린 발코니 문으로 들어왔기 때문에 그가 공중에서 내려온 듯한 생각이 들었기 때문이다. 아무튼 시간의 생략 부호인 그가 검은 가운에 창백한 얼굴, 넓은 어깨와 건장한 모습으로 한스 카스토르프의 침상에 서서 미소를 지을 때 양쪽으로 가른 수염 사이로 누렇고 남성다운 이빨이 보였다.

"나를 보고 놀란 것 같군요, 카스토르프 씨." 그는 바리톤의 부드러운 음성으로 음을 길게 늘이고 짐짓 점잔을 빼며, 혀를 굴리지 않고 위쪽 앞니 바로 뒤를 혀로 한 번만 치면서 구개음 r를 외국 사람처럼 발음했다. "내가 이제 당신의 방에도 들러 용태를 살펴보게 된 것은 단지 나의 즐거운 의무를 이행하는 셈입니다. 당신과 우리의 관계가 새로운 국면에 접어들어 하룻밤 사이에 손님에서 동지가 되었습니다. ('동지'라는 말이 한스 카스토르프를 조금 불안하게 했다.) 누가 이렇게 될지 알았겠어요!" 크로코프스키 박사는 동지의 입장에서 농담조로 말했다. "내가 당신을 처음 만나 인사를 나누었던 그날 저녁에 누가 상상이나 했겠습니까. 나의 잘못된 견해에 ─ 당시에는 잘못된 견해였지요 ─ 당신은 완전히 건강하다고 반박을 한 그날 저녁에 말입니다. 나는 당시에 당신의 말을 좀 의심한다고 표현한 것 같습니다. 하지만 단언하건대 나는 그런 의미에서 한 말은 아니었습니다! 나는 자신이 실제보다 혜안이 있다고 자처하려는 것은 아니었고, 당시에는 침윤된 부분 같은 것은 생각지도 않았습니다. 나의 견해는 이와는 달리, 좀 더 일반적이고 철학적이었습니다. 나는 '인간'과 '완전한 건강'이라는 말이 조화를 이룰지에 의심을 나타냈던 것입니다. 하지만 당신을 진찰한 후인 이 순간에도 언제나 그렇듯이 말입니다. 나의 존경하는 원장과는 달리 이러한 침윤된 부분은……" 그러면서 그는 손가락 끝으로 한스 카스토르프의 어깨를 가볍게 건드렸다. "나의 주된 관심 대상이 아닙니다. 그건 나에게 2차적인 현상일 뿐입니다. 유기체적인 것은 언제나 2차적인……"

한스 카스토르프는 이 말을 듣고 흠칫 놀랐다.

"그러므로 내가 볼 때 당신의 감기는 3차적인 현상입니다." 크로코프스키 박사는 아주 가볍게 덧붙여 말했다. "그건 어떤 현상일까요? 감기 같은 건 침대에 누워 있으면 금방 나을 겁니다. 오늘은 검온 결과가 어땠나요?" 그리고 이때부터 조수의 방문은 대수롭지 않은 회진과 같은 성격을 띠게 되었고, 이러한 성격은 그 다음날과 그 다음주에도 마찬가지였다. 크로코프스키 박사는 세 시 45분이나 또는 이보다 조금 빨리 발코니를 통해 그의 방으로 들어와서 남자답고 명랑하게 인사를 하고는, 의사로서 아주 간단한 질문을 두서너 개 던졌다. 또한 짧고 개인적인 잡담을 나누기도 하고, 동지로서 농담을 하기도 했다. 이 모든 것에 미심쩍은 구석이 없는 것은 아니었지만 이것도 도를 넘지만 않으면 익숙해지는 법이다. 그래서 한스 카스토르프는 크로코프스키 박사가 규칙적으로 출현하는 것에 더는 반감을 품지 않게 되었고, 이는 이제 평일의 일과에 속해 정오의 안정 요양 시간에 생략 부호를 찍게 되었다.

크로코프스키 박사가 발코니 문으로 되돌아 나갈 때면 네 시가 되었다. 갑자기 자기도 모르는 사이에 느지막한 오후가 되었다. 어느새 저녁이 가까워 온 것이었다. 아래 식당과 34호실에서 차를 마시는 동안 다섯 시가 가까워졌고, 요아힘이 세 번째 산책에서 돌아와 사촌과 다시 두런두런 이야기를 나눌 때는 거의 여섯 시가 되었다. 그래서 저녁 식사 때까지의 안정 요양 시간은 대충 계산하면 다시 한 시간으로 줄어들었다. 이는 머릿속으로 어떤 생각을 하고 있거나, 게다가 나이트 테이블에 화보(畵報)라도 있는 사람에게는 간단히 처리해 버릴 수 있는 시간이었다.

요아힘은 저녁 식사를 하러 가느라 사촌과 헤어졌고, 한스 카스토르프의 방으로 식사가 운반되어 왔다. 골짜기는 진작부터 그늘에 덮여 있었고, 한스 카스토르프가 식사하는 동안 흰 방 안은 눈에 띄게 어두워졌다. 그는 식사를 마치면 새털 이불에 몸을 기대고, 먹어 치운 음식이 놓인 마술 식탁 앞에 앉아 쉬 저물어 가는 황혼을, 오늘도, 어제도, 그저께도, 일주일 전도 하나도 다를 게 없는 황혼을 바라보았다. 아까까지만 해도 아침이었는데 어느새 저녁이 되었다. 잘게 나누어져 인위적으로 재미있게 만들어진 하루는 그에게 문자 그대로 무너져 내리고 사라져 버렸다. 그는 이에 대해 놀라워하면서도 기분 좋게 느끼거나 경우에 따라서는 감개무량해했다. 그의 나이의 젊은이로서는 이에 대해 두려움을 느낀다는 것이 아직 생소했기 때문이다. 그에게는 '여전히' 석양을 바라보고 있다는 느낌뿐이었다.

한스 카스토르프가 침대에 누워 지낸 지 10일나 12일쯤 되었을 어느 날 해질녘에 방문을 노크하는 소리가 들렸다. 요아힘이 저녁 식사와 저녁의 사교 모임에서 돌아오기 전이었다. 한스 카스토르프가 묻는 듯한 어조로 들어오라고 하자 로도비코 세템브리니가 문지방에 출현한 것이다. 이와 동시에 방 안이 눈부시게 환해졌다. 방문자가 들어오면서 문도 채 닫기 전에 가장 먼저 천장의 등을 켰기 때문이다. 그러자 천장과 가구의 흰색에 반사되어 방 안이 순식간에 어른어른 떨리면서 밝은 빛으로 가득 찼다.

이 이탈리아인은 요즈음 한스 카스토르프가 요양객들 중에서 명시적으로, 말하자면 요아힘한테 안부를 물어 본 유일한 인물이었다. 그렇지 않아도 요아힘은 사촌의 침대맡에 앉거나 그의 옆에 서자마자—이런 일은 하루에 열 번이나 일어났다—요양원에서 일상적으로 일어나는 자질구레한 일과 변동 사항에 대해 10분 동안 보고했다. 그런데 한스 카스토르프의 경우에는 좀 더 일반적이고 비개인적인 종류의 일에 대해서만 질문했다. 고립된 자의 호기심은 가령 새로 온 손님이 있는지, 또는 친숙한 사람 중에 퇴원한 사람이 있는지를 알고 싶어 하는 데까지 이르렀다. 새로 온 사람은 있는데 퇴원한 사람은 없을 때 그는 흡족해하는 것 같았다. '새 얼굴'이 하나 왔는데, 젊은 남자인 그는 얼굴이 파리하고 볼이 쑥 들어가 있었다. 그는 사촌들 식탁의 바로 오른쪽에 있는 상앗빛의 레비와 일티스 부인의 식탁에 자리를 잡았다. 이제 얼마 안 있으면 한스 카스토르프는 이 사람을 직접 관찰할 수 있을 것이다. 그럼 퇴원한 사람은 아무도 없다는 말인가? 요아힘은 눈을 내리깔고 그런 사람은 없다고 잘라 말했다. 요아힘이 급기야는 다소 짜증 섞인 목소리로 자신이 아는 한 퇴원한 사람은 아무도 없으며, 이곳에서는 그렇게 쉽사리 퇴원하는 일은 없다고 단호하게 말했지만 그는 이런 질문에 여러 번, 사실 이틀에 한 번 꼴로 대답해야 했다.

세템브리니에 관해 말하면, 그러니까 한스 카스토르프는 직접 그에 대해 요아힘에게 물어 보았으며, 그가 '이에 대해 뭐라고 했는지' 알고 싶어 했다. 뭐에 대해? "내가 이렇게 병에 걸려 누워 있는 사실에 대해서 말이야." 사실 세템브리니는 아주 간결하기는 하지만 자신의 견해를 피력했다. 한스 카스토르프가 눈에 보이지 않게 된 날 바로 요아힘에게 다가와 그 손님의 소재에 대해 물었다. 그러면서 그는 분명 한스 카스토르프가 집으로 갔다는 답변을 듣기를 기대했던 것이다. 요아힘의 설명에 그는 이탈리아 말로 단두 마디로 대꾸했다. 먼저 그는 '에코(Ecco)'라고 말했고, 그다음에는 '포베레토(Poveretto)'라고 말했다. 이 말을 번역하면 '그것 보라지'와 '딱하기도 하지'였다. 두 젊은이는 얼마 안 되는 이탈리아어 지식으로도 이 두 마디 말의 뜻을 이해할 수 있었다. "어째서 딱하다는 거야?" 한스 카스토르프가 말했다. "그 자신도 인문주의와 정치로 이루어진 문학을 내세우지만 이 위에 죽치고 앉아 현세의 중대사에 별로 기여를 못하면서 말이야. 그런 주제에 위에서 내려다보듯 나를 동정해서는 말이 안 되지. 그래도 내가 그보다는 더 일찍 평지로 내려갈 테니 말이야."

이제 그 세템브리니가 갑자기 환해진 방 안에 서 있었다. 팔꿈치를 괴고 문 쪽으로 고개를 돌린 한스 카스토르프는 누군가 하고 눈을 가늘게 뜨고 바라보다가 그인 줄 알아채고 얼굴을 붉혔다. 언제나 그렇듯이 세템브리니는 접힌 조금 낡은 칼라에 소매를 많이 접은 두꺼운 상의와 체크무늬 바지를 입고 있었다. 식사하고 오는 길이라서 그는 자신의 습관대로 입술 사이에 나무 이쑤시개를 물고 있었다. 콧수염이 멋지게 말려 올라간 입가는 익히 잘 아는 우아하고 냉정하며 비판적인 미소를 머금고 있었다.

"안녕하십니까, 엔지니어 양반! 이렇게 불쑥 찾아와도 괜찮겠지요? 불빛이 필요할 것 같아서요. 내 마음대로 이러는 걸 용서해 주십시오!" 그는 이렇게 말하며 조그만 손을 힘차게 천장의 전등 쪽으로 올렸다. "명상을 하고 있는 모양이군요. 결코 방해할 생각은 없습니다. 당신의 경우 생각에 잠기는 경향은 충분히 이해되니까요. 그리고 대화 상대로는 사촌이 있으니 나 같은 사람은 필요 없다는 것을 잘 압니다. 그렇지만 우리는 이렇게 비좁은 공간에서 복작거리며 살아가고 있습니다. 인간에 대한 관심과 정신적이며 마음에서 우러나는 관심을 갖고서 말입니다. 당신을 보지 못한 지 일주일은 족히 되는 것 같습니다. 저 아래 레펙토리움*에 당신의 자리가 비어 있는 것을 보고 이제 당신이 고향으로 떠났는가 하고 정말 생각했습니다. 소위님이 나의 즐거운 착각을, 혹 실례가 될지 모르겠습니다만, 나쁜 쪽으로 바로잡아 주었습니다. 그건 그렇고 몸은 어떤가요? 어떻게 지내세요? 기분은 어떤가요? 너무 의기소침한 것은 아니겠지요?"

"아, 세템브리니 씨, 찾아 주셔서 감사합니다. 하, 하, 레펙토리움이라고요? 금방 위트 있는 말을 하시는군요. 의자에 앉으세요, 어서요. 조금도 방해되지 않습니다. 이렇게 누워 생각에 잠겨 있었거든요. 사실 생각에 잠겨 있었단 말은 과장이지요. 나는 게을러져서 전등불도 안 켜고 있었어요. 정말 고맙습니다. 내가 볼 땐 정상이나 마찬가지입니다. 침대에 누워 있다 보니 코감기는 거의 다 나았지만, 그건 여기서 일반적으로 하는 말로는 부차적인 현상에 불과하다고 합니다. 체온은 여전히 정상이 아니라서 때로는 37.5도가 되었다가, 때로는 37.7도가 되기도 하네요. 이런 현상은 최근에 들어서도 변하지 않습니다."

"규칙적으로 체온은 재나요?"

"네, 하루에 여섯 번 재지요. 이 위에 있는 모든 사람들처럼 말입니다. 하하, 용서하세요, 당신이 우리의 식당을 레펙토리움이라고 부른 것에 대해 웃지 않을 수 없군요. 수도원에서 그런 표현을 쓰지 않나요? 여기도 정말 그런 점이 있군요. 나는 아직 수도원에 가 본 적은 없지만 여기와 비슷할 거란 생각이 드네요. 그리고 '규칙'도 벌써 달달 외우면서 아주 엄격하게 지키고 있습니다."

"신앙심이 깊은 수도사처럼 말입니다. 당신의 수련 기간은 끝났다고 할 수 있습니다. 수도서원(修道誓願)도 마친 셈입니다. 진심으로 축하합니다. 또한 당신은 벌써 '우리의 식당'이라고 말했습니다. 아닌 게 아니라―남성으로서의 당신의 품위를 떨어뜨리려고 그러는 것은 아닙니다만―당신은 수도사보다는 오히려 젊은 수녀가 생각나게 합니다. 머리를 막 잘라 버린, 순교자의 커다란 눈망울을 한 그리스도의 순결한 신부 말입니다. 나는 전에 가끔 그런 어린 양을 볼 때마다, 그때마다 어떤 감상적인 기분을 금할 수 없었습니다. 아, 그래, 그래요, 당신의 사촌이 죄다 이야기해 주었어요. 그러니까 떠나기 직전에 진찰을 받았다고요."

"열이 나서요. 하지만 세템브리니 씨, 그 정도의 감기면 평지에 있었어도 주치의한테 문의를 했을 겁니다. 그런데 여기 소위 전문의가 둘이나 있는 본바닥에서 말입니다, 진찰도 받지 않는다면 우스운 일이 아닐까요."

"그야 물론이지요, 물론이고말고요. 그러니까 의사가 하라기도 전에 검온을 하신 거군요. 그렇지 않아도 처음부터 권유를 받았겠지요. 체온계는 밀렌동크가 슬쩍 찔러 주던가요?"

"찔러 주다니요? 필요해서 그녀에게서 한 개 산 겁니다."

"알겠어요. 딴에는 하자가 없는 거래였군요. 그런데 원장은 몇 달을 선고하던가요? 원 세상에, 언젠가 당신한테 이미 이렇게 물은 적이 있었지요! 기억나세요? 당신이 갓 올라왔을 때 말입니다. 그때는 아주 씩씩하게 대답하더군요."

"물론 아직 기억이 납니다만, 세템브리니 씨, 그 후로 나는 많은 새로운 경험을 했지만, 그때 일이 마치 오늘 일어난 것처럼 기억에 생생합니다. 그러자 즉각 당신은 신이 나서 베렌스 고문관을 저승사자로 불렀지요. 라다메스…… 아니, 뭐 다른 이름 같았는데……"

"라다만토스 말인가요? 말이 난 김에 그렇게 불렀는지도 모르겠네요. 나는 그때그때 머릿속에 떠오르는 것을 다 기억하지는 못합니다."

"라다만토스입니다, 물론입니다! 미노스와 라다만토스! 카르두치에 대해서도 당시에 이야기해 주셨지요."

"실례지만, 카르두치에 대해서는 언급하지 않기로 합시다. 지금 이 순간 그 이름을 당신 입에 올리는 것은 어울리지 않는군요!"

"뭐, 좋습니다." 한스 카스토르프가 웃으며 말했다. "하지만 나는 당신을 통해 그에 대해 많은 것을 알게 되었어요. 그래요, 그때는 나는 아무것도 모르고 당신에게 3주 예정으로 왔다고 대답했지요. 달리 어쩔 수 없었거든요. 방금 전에 클레펠트가 기흉으로 휘파람 소리를 내며 인사하고 지나갔기 때문에, 나는 정신이 좀 없었어요. 하지만 그때 벌써 열이 좀 있다고 느꼈어요. 이곳 공기가 병을 막는 데 좋을 뿐만 아니라 병에 걸리게 하는 데도 좋기 때문이지요. 말하자면 이곳 공기가 때때로 병을 촉발시키기도 하지요. 병이 낫기 위해서는 이것도 결국 필요할지 모르지만요."

"사람을 혹하게 하는 가설이군요. 베렌스 고문관이 독일계 러시아 여자 이야기도 하던가요? 그러니까 지난해, 아니 지지난해 이곳에 5개월간 있었던 여자 말입니다. 아니라고요? 그 이야기를 했어야 하는데 말입니다. 사랑스러운 부인으로, 태생이 독일계 러시아인이고 기혼으로 젊은 엄마였지요. 동쪽에서 이곳으로 온 그녀는 림프성 체질에다가 빈혈이었는데, 또한 무언가 좀 더 심각한 병이 있었던 모양입니다. 그런데 그녀는 한 달간 살고는 몸이 좋지 않다고 하소연했습니다. 그런데도 참으라는 말만 들었답니다! 두 달이 지나갔는데도 몸이 나아지지 않고 더 나빠진다고 계속 주장을 했습니다. 그런데도 몸이 좋고 안 좋고는 오로지 의사만이 판단할 수 있는 거고, 그녀는 자신의 기분이 어떤지만을 알릴 수 있다는 말을 들었습니다. 그리고 그건 별로 대수롭지 않다는 겁니다. 그녀의 폐는 만족한 상태라는 겁니다. 그래서 그녀는 아무 말도 하지 않고 요양에 열중했는데, 매주 몸무게가 빠지는 겁니다. 네 번째 달에 진찰을 받으면서 그녀는 의식을 잃고 맙니다. 그래도 베렌스는 아무 문제가 없다고 설명합니다. 그녀의 폐는 아주 만족할 만한 상태라는 겁니다. 하지만 다섯 번째 달에 더는 걸을 수도 없게 되자 그녀는 동쪽의 남편에게 편지를 썼습니다. 그리고 베렌스는 그녀의 남편으로부터 편지를 한 통 받습니다. 겉봉에는 힘찬 필체로 '친전(親傳)'과 '지급(至急)'이라는 글이 적혀 있었어요. 직접 나는 그 글을 보기도 했어요. 그제야 베렌스는 이곳 기후가 그녀에게 맞지 않는 것 같다고 말하면서 어깨를 으쓱했답니다. 그 여자는 제정신이 아니었습니다. 진작 그런 사실을 말해 주었어야 하지 않느냐고, 그녀는 고래고래 소리쳤습니다. 자신은 처음부터 그렇게 느꼈는데, 그러고 있다가 몸을 완전히 망쳐 버렸다는 겁니다! 그녀가 동쪽의 남편 곁에 가서 다시 기운을 회복했기를 바랍니다."

"정말 대단하십니다! 어떻게 이야기를 그렇게 잘하십니까, 세템브리니 씨. 말 한마디 한마디가 그렇게 조형적일 수 없습니다. 무한정 체온계를 받았고, 호수에 들어가 목욕을 했다는 그 아가씨 이야기를 생각하면 지금도 종종 몰래 웃음을 짓지 않을 수 없습니다. 정말이지 온갖 일이 다 일어나는군요. 확실히 배움에는 끝이 없나 봅니다. 여하튼 나 자신의 경우는 아직 모르는 것투성이입니다. 고문관은 내 몸에서 사소한 흠집을 발견했다고 주장합니다. 내가 전에 자신도 모르게 앓던 환부를 타진하는 소리를 직접 들었습니다. 그런데 이번에는 그 근방에서 신선한 소리가 들린다고 합니다. 나 참, 이럴 때 '신선한'이란 독특한 표현을 쓰더군요. 하지만 지금까지는 청각에 의한 진단밖에 하지 않았어요. 제대로 된 진단은 내가 다시 자리에서 일어나, 뢴트겐 투시와 사진 촬영을 한 후에야 비로소 확실해질 겁니다. 그때 가면 정확한 결과를 알게 되겠지요."

"그렇게 생각하세요? 사진 감광판에 가끔 얼룩이 보이는 경우가 있어, 단순한 그림자에 불과한데도 이를 폐 공동(空洞)으로 오진하는 경우를 아십니까? 그리고 무언가가 있는데도 때로는 아무런 얼룩이 나타나지 않는 것을 아십니까? 정말이지, 사진 감광판이 그렇습니다! 여기에 어떤 젊은 화폐 연구가가 있었는데, 열이 있었지요. 그리고 그에게 열이 있었기 때문에 사진 감광판에 또렷이 폐 공동이 보였습니다. 심지어 거기에서 소리까지 들린다고 주장했습니다! 그래서 그는 폐결핵 치료를 받았는데, 그 일로 그는 죽고 말았습니다. 그의 몸을 해부해 본 결과 폐에는 아무런 이상이 없고, 무슨 구균인가 하는 것 때문에 사망했답니다."

"잠깐, 들어 보세요, 세템브리니 씨. 벌써부터 해부 이야기를 하다니요! 아직 나의 진도가 그 정도까지는 나간 것 같지 않은데 말입니다."

"엔지니어 양반, 당신은 악동 끼가 있군요."

"그런데 분명히 말하면, 당신은 골수에 젖은 비평가이자 회의가 이십니다! 엄정한 과학조차 당신은 믿지 않으십니다. 그럼 당신의 감광판에는 얼룩이 보이나요?"

"네, 몇 개 보이지요."

"그런데 당신은 정말 아프기는 한가요?"

"그래요, 유감스럽게도 상당히 아픕니다." 세템브리니는 이렇게 대답하고는 머리를 수그렸다. 그는 잔기침을 하면서 말을 잠깐 멈추었다. 한스 카스토르프는 편안히 누운 자세로 말이 없는 손님을 쳐다보았다. 그는 자신의 아주 간단한 질문 두 개로 모든 것을, 심지어는 공화국과 아름다운 문체까지 반박하고 세템브리니가 말을 못하게 만든 것처럼 생각되었다. 그는 자기 쪽에서 대화를 재개하기 위해 아무것도 하지 않았다.

잠시 후 세템브리니가 미소를 지으며 다시 고개를 들었다.

"이제 이야기 좀 해 주세요, 엔지니어 양반." 그가 말했다. "가족들은 어떻게 소식을 받나요?"

"무슨 소식 말인가요? 나의 출발이 늦어진다는 소식 말인가요? 아하, 내 가족은, 있잖아요, 고향의 내 가족은 세 명밖에 없어요. 외종조부와, 나와는 삼촌 관계인 그의 두 아들 말입니다. 이들 말고는 가족이 없어요. 그러니까 나는 아주 어릴 때 부모를 여의고 고아가 되었어요. 이들에게 연락을 했냐고요? 이들은 아직 자세한 내용은 알지 못합니다. 나 자신도 잘 모르는 상태니까요. 처음에 내가 자리에 누워 있어야 했을 때 편지를 썼지요. 심한 감기가 걸리는 바람에 떠날 수 없다고요. 그리고 어제, 그로부터 시일이 좀 많이 흘렀기 때문에 또 한 번 편지를 써서, 베렌스 고문관이 감기로 인해 내 가슴의 상태에 관심을 갖게 되었는데 자세한 결과가 나오기까지는 출발을 연기할 것을 촉구했다고 말했지요. 이에 대해 이들은 차분하게 받아들여 양해해 줄 겁니다."

"그럼 당신의 직장은요? 곧 취직이 될 단계에 있었다고 들었는데요."

"네, 수습 단계였지요. 조선소에는 일단 가지 못한다고 알렸습니다. 그 때문에 조선소가 난감해하지는 않을 테니까요. 이들은 견습생이 없어도 얼마든지 꾸려 나갈 수 있거든요."

"아주 좋습니다! 그러니까 이런 면에서 보면 만사가 잘 해결되었다는 말이군요. 아주 냉정하게 처리하셨군요. 독일 사람들은 일반적으로 냉정하지 않습니까? 하지만 정력적이기도 하고요."

"네, 그렇지요. 정력적이기도 하지요. 하긴 아주 정력적이지요." 한스 카스토르프가 말했다. 그는 멀리 떨어진 고향 사람들의 생활 분위기를 음미해 보고, 대화 상대방이 독일 사람들의 특징을 제대로 집어 냈다고 생각했다. "냉정하고 정력적이지요. 정말 그렇습니다."

"자, 그럼." 세템브리니가 말을 계속했다. "당신이 이곳에 오래 있게 되면 당신의 외종조부님도 이 위로 오게 될 날이 있겠군요. 틀림없이 당신을 살펴보러 올라오겠군요."

"천만에요!" 한스 카스토르프가 소리쳤다. "절대 그런 일은 없을 겁니다! 열 필의 말이 끌어도 이곳에는 올라올 수 없습니다! 종조부는 뇌졸중의 위험이 있거든요. 그는 거의 목이 없을 정도로 비만이지요. 좌우간 그에게는 정상적인 기압이 필요합니다. 여기에 왔다가는 동쪽에서 온 부인 이상으로 몸이 나빠질 거고, 무슨 일이 일어날지 모릅니다."

"유감스러운 일이군요. 그러니까 뇌졸중의 위험이 있단 말이지요? 그럼 냉정이고 정력이고 다 무슨 소용이 있을까요? 당신의 종조부님은 부자겠지요? 당신도 부자고요? 독일 사람들은 다 부자더군요."

한스 카스토르프는 세템브리니가 문필가답게 일반화하는 말을 듣고 미소 지었다. 그리고 그는 편히 누운 상태에서 멀리 떨어진 고향 하늘을 머리에 그려 보았다. 그는 기억을 되살려 보고, 사심 없이 판단해 보려고 했다. 멀리 떨어진 거리 덕분에 용기를 얻어 그는 공평하게 판단을 내릴 수 있었다. 그는 이렇게 대답했다.

"부자지요, 그렇습니다. 그렇지 않은 경우도 있습니다. 부자가 아니면 사정이 한층 더 곤란해집니다. 나 말인가요? 나는 백만장자는 아닙니다만 나의 재산은 안전한 곳에 투자되어 있어, 누구의 신세도 지지 않고 살아갈 수 있습니다. 이런 이야기는 그만두기로 합시다. 저 아래에서 살아가려면 부자라야 된다고 말씀하신다면 당신의 견해에 동의했을 겁니다. 부자가 아니거나, 또는 부자가 아니게 되어 버린 경우에는 슬픕니다! '그 사람? 그 사람에게 아직 돈이 있나?'라고 그들은 묻습니다. 이와 같은 말을 하고, 이와 같은 표정을 짓습니다. 그런 소리를 왕왕 들었습니다. 그리고 그런 말이 나에게 강한 인상을 심어 준 모양입니다. 이런 말을 흔히 듣곤 했지만 그게 나에게 특이하게 생각된 것이 분명합니다. 그렇지 않다면 나에게 강한 인상을 남기지 않았을 테니까요. 또는 당신은 어떻게 생각하세요? 네, 이를테면 인문주의자인 당신에게 우리나라가 마음에 들 거라고는 생각하지 않습니다. 그곳 출신인 나까지도 지금 생각해 보면 종종 심하다는 생각이 들곤 합니다. 나 자신은 개인적으로 저 아래에서 쓰라린 일을 겪지 않았지만 말입니다. 만찬에 값비싼 최고급 포도주를 내놓지 못하는 집과는 교제하려 들지 않고, 그 집 딸들은 시집을 가지 못합니다. 이들은 그런 사람들입니다. 여기에 이렇게 누워 멀리에서 생각해 보니 심하다는 생각이 드는군요. 아까 뭐라고 그러셨지요? 냉정하고 그리고? 그리고 정력적이라 그랬지요! 좋습니다, 하지만 그건 무슨 의미일까요? 그건 무정하고 냉혹하다는 말입니다. 그리고 무정하고 냉혹하다는 것은 무슨 의미입니까? 그건 잔혹하다는 뜻이지요. 저 아래의 공기는 잔혹하고 가혹합니다. 그것을 생각해 보니 오싹한 기분이 드는군요."

세템브리니는 그의 말을 경청하며 머리를 끄덕였다. 한스 카스토르프가 잠시 비판을 끝내고 입을 다물어 버린 후에도 그는 연방 고개를 끄덕였다. 그는 안도의 한숨을 쉬며 이렇게 말했다.

"독일 사회 내에서 삶의 자연스러운 잔혹성이 띠고 있는 특수한 현상 형태를 변호하고 싶지 않습니다. 아무래도 잔혹하다는 비난은 상당히 감상적으로 들립니다. 당신이 그곳에 있다면 스스로 생각해도 자신이 우스꽝스러워질까 봐 두려워서라도 그런 비난을 하지 않을지도 모릅니다. 당신이 삶의 기피자에게 그런 비난을 가한다면 모름지기 정당할지도 모르겠습니다. 지금 당신이 그런 비난을 제기한다면 어떤 소외에 관해 증언하는 것인데, 나는 그런 소외가 커지는 것을 보고 싶지 않습니다. 삶이 잔혹하다고 비난하는 데 익숙해진 사람은 삶으로부터, 자신이 태어난 삶의 형태로부터 쉽게 사라져 버리고 맙니다. 엔지니어 양반, '삶에서 사라진다'는 말이 무슨 뜻인지 알겠어요? 나는 그것을 알고 있어요. 여기서는 날이면 날마다 보거든요. 이곳에 올라오는 젊은 사람은 (그리고 이곳에 올라오는 사람들은 거의 젊은이들뿐입니다) 늦어도 반년만 지나면 시시덕거리는 것과 체온 말고는 머릿속에 다른 생각이 없게 됩니다. 그리고 늦어도 일년만 지나면 다른 생각은 전혀 품을 수 없게 되고, 다른 생각은 죄다 '잔혹하다'고, 또는 좀 더 정확히 말하면 잘못됐으며 무지한 것으로 느끼게 됩니다. 당신은 이야기를 좋아하니 내가 해 줄 수 있습니다. 이곳에 11개월 있었던 아들이자 남편 이야기인데, 나도 그를 알고 있었지요. 그는 당신보다 약간 나이가 많았던 것 같습니다. 아니 좀 더 많았을지도 모르지요. 의사는 그가 많이 호전된 것으로 생각하고 시험 삼아 퇴원시키고는 사랑하는 사람들의 품으로 돌려보냈어요. 그의 경우는 삼촌이 아니라 어머니와 아내였지요. 그는 하루 종일 체온계를 입에 물고 누워 지냈을 뿐 다른 것에는 도무지 관심이 없었습니다. '당신들은 그걸 몰라요.' 그가 말했습니다. '그게 어떤 것인지 알려면 저 위에서 살아 보아야 해요. 이 아래에는 기본 개념이 결여되어 있어요.' 그래서 어머니가 이렇게 결정하는 것으로 끝이 났습니다. '다시 올라가도록 하렴. 우리는 너를 어떻게 할 도리가 없구나.' 그래서 그는 다시 이곳으로 올라왔습니다. 그는 '고향'으로 되돌아온 것입니다. 당신도 알다시피 여기에 한번 살아 본 사람이면 이곳을 '고향'이라 부른답니다. 그는 자신의 젊은 아내에게서 완전히 소외되었던 것입니다. 그녀에게는 '기본 개념'이 결여되어 있었기 때문에, 그래서 그녀는 포기하고 말았답니다. 그녀는 남편이 고향에서 뜻이 맞는 '기본 개념'을 가진 동지를 만나 다시는 내려오지 않을 것으로 생각했답니다."

한스 카스토르프는 그냥 건성으로 듣고 있는 것 같았다. 그는 여전히 먼 데를 응시하는 시선으로 흰 방의 밝은 전등을 골똘히 바라보고 있었다. 한참 만에야 그는 웃으며 이렇게 말했다.

"이곳을 고향으로 불렀다고요? 정말 당신의 말씀처럼 좀 감상적인데요. 그래요, 당신은 이야기들을 무진장 많이 알고 계시는군요. 사실 나는 우리가 아까 나눈 냉혹함과 잔혹성에 대해 계속 생각해 보았습니다. 나는 요즈음 여러 가지로 생각해 보았어요. 아시다시피, 저 아래 평지 사람들의 사고 방식, 그리고 '그 사람에게 아직 돈이 있나?'와 같은 질문, 그럴 때 이들이 짓는 표정에 아무렇지 않게 순순히 동의하기 위해서는 꽤 두꺼운 피부를 가져야 합니다. 나는 비록 인문주의자는 아니지만 그런 것을 자연스럽게 받아들인 적은 지금까지 한 번도 없었습니다. 지금 와서 생각해 보니 나는 그런 것에 늘 신경을 곤두세웠던 것 같습니다. 그게 나에게 자연스럽지 않은 것은 어쩌면 나의 병에 대한 무의식적인 애착과 관계가 있는 것 같습니다. 그러니까 나는 옛날에 앓았던 환부에서 나는 소리를 직접 들었습니다. 그리고 이제 베렌스는 나의 몸에서 대수롭지 않은 새로운 문제점을 발견했다고 합니다. 이는 나에게 놀라운 일이었을지도 모르지만, 나는 이에 대해 실은 그리 이상하게 생각하지 않았습니다. 사실 내 몸이 바위처럼 단단하다고 느낀 적은 한 번도 없었기 때문이지요. 게다가 나의 부모님은 일찍 돌아가셨어요. 나는 어릴 때부터 천애고아였지요."

세템브리니는 머리, 어깨 그리고 두 손을 똑같이 움직이며, 쾌활하고 우아하게 '자, 그래서? 그다음은?' 하고 묻는 듯한 동작을 해 보였다.

한스 카스토르프가 말했다. "당신은 문필가시고 문학가요. 당신은 이런 점을 잘 이해하고 통찰하실 겁니다. 그런 상황에서는 그토록 둔감하게 생각할 수 없으며, 사람들의 잔혹성을 자연스럽게 받아들일 수 없다는 사실을요. 돌아다니고, 웃으며, 돈을 벌어 배부르게 먹는 보통 사람들의 잔혹성 말입니다. 내가 올바로 말했는지 모르겠습니다."

세템브리니는 허리를 구부렸다. "당신이 하고 싶은 말은 일찍부터 죽음을 여러 번 대면한 사람은 분별없는 세상 사람들의 냉혹함과 거친 행동에 대해 감정이 상하지 않을 수 없다, 이들의 냉소적 태도에 화가 나고 예민해진다, 이거지요." 그가 상세하게 설명했다.

"바로 그겁니다!" 한스 카스토르프는 진심으로 감격하며 외쳤다. "조금도 흠결이 없이 완전무결하게 표현했습니다. 죽음과의 대면! 나는 알고 있었습니다. 당신은 문학가니까……"

세템브리니는 그를 향해 손을 내뻗으며, 머리를 옆으로 갸우뚱하고 두 눈을 감았다. 이는 자신의 말을 잠자코 들어 달라며 제지하고 부탁하는 매우 멋지고도 부드러운 몸짓이었다. 한스 카스토르프가 벌써 진작부터 말을 멈추고, 다소 당황하여 이제 어떤 일이 일어날까 기다리고 있는데도 그는 이런 자세로 몇 초 동안 가만히 있었다. 마침내 그는 자신의 검은 눈을—손풍금장이의 눈을—다시 활짝 뜨고 말을 계속했다.

"들어 보십시오, 내 말 좀 들어 보십시오, 엔지니어 양반, 아무쪼록 마음에 새겨 두기 바랍니다. 죽음을 바라보는 유일하게 건강하고 고귀한 방식은—분명히 덧붙여 말하겠습니다—게다가 유일하게 종교적인 방식은, 말하자면 그것을 삶의 일부분이자 부속물, 성스러운 조건으로 파악하고 느끼는 것입니다. 하지만 건강하고, 고귀하고, 합리적이고, 종교적인 것과는 반대라고 할 수 있는 죽음을 정신적으로 어떻게 해서든 삶과 떼어 놓고 대립시키며, 심지어 역겹게도 삶에 맞서 죽음을 드높이려고 해서는 안 됩니다. 고대인들은 죽은 자들의 석관(石棺)을 삶과 생식의 상징으로뿐만 아니라 심지어 외설적인 상징으로 장식했습니다. 고대인의 신앙심으로는 성스러운 것이란 왕왕 외설적인 것과 같았습니다. 이들은 죽음을 존중할 줄 알았습니다. 죽음은 삶의 요람이자 갱신의 모태로서 존경할 만한 것이었습니다. 삶과 떼어 놓고 보면 죽음은 유령이자 역겨운 몰골, 그리고 더욱 고약한 것이 되고 맙니다. 독자적인 정신적 힘으로서의 죽음은 지극히 방종한 힘입니다. 그 힘의 사악한 매력은 의심의 여지 없이 무척 크지만 그 힘에 공감하는 것은 마찬가지로 의심의 여지 없이 인간 정신의 아주 고약한 오류를 뜻합니다."

이 말을 하고 세템브리니는 입을 다물었다. 그는 이렇게 일반화시키고는 딱 잘라 말을 끝내 버렸다. 그의 태도는 아주 진지했다. 그는 재미삼아 말한 것이 아니었고, 상대방에게 말을 하게 할 기회나 반박할 기회도 주지 않고 마지막에 가서는 목소리를 낮추며 마침표를 찍어 버렸다. 그는 입을 꼭 다물고, 양손을 무릎에 얹은 채 체크무늬 바지를 입은 한쪽 다리는 다른 쪽 다리 위에 포개고 있었다. 그러고는 허공에 떠 있는 발을 엄숙한 눈초리로 바라보면서 가볍게 흔들거렸다.

그래서 한스 카스토르프도 입을 꾹 다물었다. 새털 이불을 깔고 앉아 머리를 벽 쪽으로 향한 채 손가락 끝으로 누비이불 위를 톡톡 두드리고 있었다. 그는 설교와 질책과 꾸지람을 받은 것처럼 생각되었다. 그래서 그는 마치 야단맞은 어린아이처럼 토라져 아무 말도 안했다. 이렇게 상당히 오랫동안 대화가 이어지지 않았다.

마침내 세템브리니가 다시 머리를 들고 미소 지으며 말했다. "엔지니어 양반, 생각나십니까? 우리는 언젠가도 이와 비슷한 토론을 한 적이 있었지요. 똑같았다고 할 수 있겠지요? 우리는 그때 병과 우둔함에 대해 의견을 교환했지요. 산책 도중이었다고 생각됩니다만, 당신은 이 둘의 결합을 모순이라고 설명했지요. 그것도 병에 경의를 표하면서 말입니다. 나는 이러한 존경을 가리켜 인간의 사고를 먹칠하는 음산하고 엉뚱한 생각이라 불렀지요. 그때 당신은 다행히도 나의 이의 제기를 완전히 물리치지 않고 곰곰 생각해 보는 것 같았어요. 우리는 청년의 중립성과 우유부단함, 선택의 자유, 여러 가지 가능성을 실험해 보려는 성향에 관해 이야기를 나누었지요. 그리고 그러한 실험을 최종적이고 중차대한 선택으로 보아서는 안 되고, 그렇게 볼 필요도 없다고 말했지요. 자, 어떻습니까." 이렇게 말하고 세템브리니는 미소를 지으며 의자에서 몸을 앞으로 굽히고는, 두 발을 바닥에 가지런히 대고, 양손은 무릎 사이에 포갠 채, 머리도 마찬가지로 약간 비스듬히 앞으로 내밀었다. "앞으로도 내가 당신이 연습과 실험을 할 때 조금이라도 도움을 주어, 위험한 견해에 고정되어 버릴 염려가 있으면 내가 당신을 바로잡아 주는 역할을 해도 될까요?" 이렇게 말하는 그의 목소리가 약간 떨렸다.

"물론이지요, 세템브리니 씨." 한스 카스토르프는 당황해서 반쯤 반항적인 태도를 거두어들이고, 이불을 두드리는 것을 그만두었으며, 갑자기 친절한 표정으로 손님을 향하여 얼굴을 돌렸다. "그래 주신다면 정말 고마운 일이지요. 내가 과연 그럴 자격이 있는지, 말하자면 나에게 그럴 만한⋯⋯"

"완전 무료입니다." 세템브리니 씨는 일어나면서 베렌스의 말을 인용했다. "어떻게 인색하게 굴 수 있겠어요." 이들은 웃었다. 이때 바깥의 이중문이 열리는 소리가 들리더니 바로 다음 순간 안쪽 문도 삐그덕 하고 열렸다. 저녁 모임에서 돌아온 요아힘이었다. 이탈리아인이 있는 것을 보자 한스 카스토르프가 아까 그랬던 것처럼 그도 얼굴을 붉히는 것이었다. 그래서 시커멓게 탄 그의 얼굴이 한층 더 검붉어졌다.

"아, 손님이 오셨군." 그가 말했다. "마침 잘되었네. 나는 잡혀 있었지 뭔가. 자꾸 조르는 바람에 브리지를 한 판 했지. 겉으로만 브리지라고 부르기는 하지만 말이야." 그는 머리를 절레절레 흔들면서 말했다. "그런데 실제로는 완전히 다르더군. 그래도 난 5 마르크 땄어."

"네가 거기에 빠지지만 않는다면 무방하겠지." 한스 카스토르 프가 말했다. "음, 나도 그 사이에 세템브리니 씨 덕분에 멋진 시간 을 보냈지. 그런데 이 말이 딱 들어맞는 표현은 아니지만 말이야. 어쨌든 너희의 가짜 브리지에는 해당되는 말이겠지. 하지만 세템 브리니 씨는 나의 시간을 의미심장하게 채워 주었어. 행실이 바른 사람이라면 이곳을 빠져나가기 위해 전력을 다해야겠지. 이제 너 도 이곳에 와서 가짜 브리지까지 하게 되었으니 말이야. 하지만 세템브리니 씨의 말에 더 자주 귀를 기울이고 그와 대화를 나누며 도움을 얻기 위해, 좀 더 오랫동안 열이 내려가지 않아 이곳에 계 속 머무르고 싶은 생각이 들 정도야. 결국 나도 무한정 체온계를 사용하여 속임수를 써야 할지도 모르겠는걸."

"거듭 말하지만 당신은 악동이군요, 엔지니어 양반." 이탈리아 인이 말했다. 그는 아주 정중하게 작별을 고하며 물러갔다. 사촌 과 단둘이 남게 된 한스 카스토르프는 안도의 한숨을 쉬었다.

"대단한 교육자야!" 그가 말했다. "인문주의적 교육자라는 걸 인정하지 않을 수 없어. 이야기와 추상적인 이론을 교대로 섞어 가면서 줄곧 교정적인 영향을 끼치는 거야. 그리고 그와 대화를 나누면 화제가 고상해진단 말이야. 전에는 이런 대화를 나눌 수 있거나 이해라도 할 수 있을 줄 꿈에도 생각지 못했거든. 그리고 내가 평지에서 그를 만났더라면 그의 말을 이해하지 못했을지도 몰라." 그가 이렇게 덧붙였다.

이 시간에는 요아힘은 늘 사촌의 방에 머물러 있었다. 이렇게 그는 밤의 안정 요양 시간을 30분이나 45분쯤 날려 버렸다. 때때로 이들은 한스 카스토르프의 식탁에서 체스를 두기도 했다. 요아힘이 아래에서 한 벌 가지고 온 것이다. 그런 후 그가 모든 소지품을 들고 체온계를 입에 문 채 자신의 발코니로 나가면 한스 카스토르프도 마지막으로 체온을 쟀다. 그러는 동안 밤의 골짜기로부터 가까이 또는 좀 멀리서 경음악이 울려왔다. 밤 열 시에 안정 요양이 끝나면 요아힘과 이류 러시아인 석의 부부도 안정 요양을 끝내는 소리가 들렸다. 그러면 한스 카스토르프는 몸을 옆으로 누이고 잠을 청하는 것이었다.

밤에는 하루의 절반인 낮보다 더 견디기 힘들었다. 체온이 비정상적으로 높아 잠을 이루지 못하는 건지, 또는 현재 낮에 전적으로 수평 생활에만 전념하는 바람에 잠자고 싶은 기분이나 기력이 떨어져서인지는 몰라도, 한스 카스토르프는 종종 눈을 뜨고 몇 시간 동안이나 잠을 이루지 못할 때가 다반사였다. 그 대신 선잠을 자는 동안에는 깨어나서 그것을 다시 생각해 낼 수 있을 정도로 변화무쌍하고 아주 생생한 꿈을 꾸곤 했다. 그리고 낮은 다양하게 구분되고 잘게 나누어져 있어 짧게 느껴졌다면, 밤에는 흘러가는 시간이 구별되지 않고 똑같은 모양을 하고 있어 마찬가지로 짧게 느껴졌다. 그러다가 아침이 가까워지면서 방 안이 서서히 밝아 오며 모습을 드러내고, 주위의 사물이 드러나면서 베일을 벗는 것을 지켜보는 것도 재미있었다. 바깥에서 새로운 날이 흐리거나 활짝 갠 상태로 밝아 오는 것을 바라보는 것도 재미있었다. 그리고 자신도 모르는 사이에 마사지사가 힘차게 문을 두드리며 하루 일과가 시작됨을 알리는 순간이 찾아왔다.

한스 카스토르프는 여행을 떠나 올 때 달력을 가져오지 않았기 때문에 날짜를 항상 정확히 알고 있지는 않았다. 그래서 때때로 사촌에게 물어 보기도 했지만, 그도 사실 이 점에 관해 매번 확실한 정보를 갖고 있지는 않았다. 그래도 일요일이 어느 정도 실마리를 제공해 주었다. 특히 2주일마다 찾아오는 일요일, 연주회가 열리는 두 번째 일요일이 길잡이가 되었다. 이런 식으로 계산하면 어느덧 9월도 꽤 깊이 들어가 벌써 중순 무렵이 되어 있었다. 바깥 골짜기에는 한스 카스토르프가 자리에 눕고 난 뒤 그때까지 계속되었던 흐릿하고 추운 날씨가 물러가고 화창한 한여름 날씨가 찾아왔다. 이런 날씨가 한없이 계속 이어지는 바람에 요아힘은 아침마다 흰 바지 차림으로 사촌의 방에 나타났던 것이다. 화창한 날씨에 매일 누워만 있어야 한다는 사실은 그의 영혼이나 젊은 근육을 위해서 참으로 아쉽고도 유감스러운 일이었다. 심지어 그는 한번은 이런 식으로 누워서 죽치는 것을 '치욕'이라고 나지막한 목소리로 말한 적이 있었다. 하지만 이곳에서 마구 돌아다니는 것이 위험하다는 사실을 그는 경험상 잘 알고 있었으므로, 일어나 걸어 다닌다 해도 지금처럼 누워 있는 거나 별반 다르지 않았을 거라고 생각하고 스스로를 달래었다. 그리고 발코니의 문을 활짝 열어 놓으면 저 바깥의 따뜻하고 희미한 빛을 어느 정도는 맛볼 수 있었다.

하지만 그에게 가해진 은거 생활이 끝날 무렵에 다시 날씨가 급변했다. 하룻밤 사이에 안개가 끼고 추워졌다. 골짜기는 축축한 눈보라에 싸였고, 방 안은 스팀으로 공기가 건조해졌다. 그리하여 의사들이 아침 회진을 돌던 어느 날 한스 카스토르프는 오늘로 이곳에 누운 지 3주일이 된다는 사실을 베렌스 고문관에게 상기시키고 이제 그만 일어나게 해 달라고 간청했다.

"뭐라고요? 벌써 졸업한다고요?" 베렌스가 말했다. "어디 한번 봅시다. 정말이군요, 맞습니다. 벌써 이렇게 되었군요. 하지만 그 동안에 당신에게 그리 많은 변화가 생기지 않았어요. 어제는 정상이었다고요? 그래요, 오후 여섯 시 검온까지는 말입니다. 자, 카스토르프 군, 정 그렇다면 나도 이러고 싶지 않으니, 당신을 인간 사회로 돌려보내도록 하겠어요. 일어나 가도록 하세요! 물론 정해진 한도와 정도를 넘어서는 안 됩니다. 그럼 곧 당신의 내부 초상화를 찍어 보도록 합시다. 미리 적어 두도록 하세요!" 그는 밖으로 나가면서 크로코프스키 박사에게 이렇게 말했다. 그러면서 그는 자신의 거대한 엄지손가락으로 어깨 너머로 한스 카스토르프를 가리키며 눈물을 머금은 푸르고 충혈 된 눈으로 조수를 바라보았다. 이리하여 한스 카스토르프는 '보금자리'에서 벗어나게 되었다.

외투의 칼라를 높이 세우고 고무 신발을 신은 채 사촌을 따라 다시 처음으로 개울가 벤치까지 나들이를 했다. 그는 가는 도중에 처음에 정한 3주일이 지났다는 것을 알리지 않았더라면 고문관이 자기를 얼마나 오랫동안 눕혀 놓았을까 하는 문제를 꺼내지 않을 수 없었다. 그러자 요아힘은 멍한 시선으로 입을 벌리고, "아" 하고 절망적으로 한숨짓는 듯한 모습을 보이며, 무한정으로 눕혀 놓았겠지 하는 몸짓을 허공에 대고 해 보였다.

"아, 보인다!"

그로부터 일주일 후에 한스 카스토르프는 밀렌동크 수간호사로부터 뢴트겐 촬영실에 출두하라는 통보를 받았다. 그는 급히 서두르고 싶지 않았다. 베르크호프에서는 다들 바쁘게 움직이며, 의사와 직원들 모두 분명 일에 쫓기고 있는 것 같았다. 최근 들어 새로운 손님들이 이 위에 도착했다. 내의도 입지 않고 앞이 막힌 검은 블라우스를 입은 두 명의 더벅머리 러시아 대학생, 세템브리니의 식탁에 자리를 배정받은 네덜란드인 부부, 끔찍한 천식 발작으로 식탁 동료를 공포에 몰아넣는 곱사등이 멕시코인이 그들이었다. 발작이 일어나면 그는 남자든 여자든 가리지 않고 기다란 손으로 옆 사람을 부여잡고 매달리며, 나사 바이스처럼 꽉 움켜쥐는 것이었다. 그러면서 깜짝 놀라 저항하는 사람들과 도움을 청하는 사람들을 공포에 휩싸이게 했다. 요컨대 10월부터 비로소 겨울 시즌이 시작되었지만 식당은 거의 만원이었다. 그리고 한스 카스토르프 정도의 증상과 병의 등급으로는 특별 취급을 해 달라는 요구를 할 권리가 거의 없었다. 가령 슈퇴어 부인이 아무리 우둔하고 교양이 없다고 해도 그보다 훨씬 더 병세가 심각한 것은 의심의 여지가 없었고, 하물며 블루멘콜 박사는 더 말할 나위가 없었다. 한스 카스토르프 정도의 증세로 겸손하게 가만히 있지 않는다면 등급이나 차이에 대한 의식이 전혀 없는 사람일 것이다. 특히 이러한 차별 의식이 바로 베르크호프의 정신이었다. 증세가 가벼운 환자는 무시당했고, 그는 주위에서 나누는 대화로 종종 이러한 사실을 느낄 수 있었다. 이곳에서 통용되는 기준에 따라 증세가 가벼운 환자는 사람들에게 멸시와 업신여김을 당했다. 그것도 증세가 심하거나 중환자들에게서뿐만 아니라 증세가 '가벼운' 환자들로부터도 무시를 당했다. 증세가 가벼운 환자들은 이러한 태도를 보임으로써 자기 스스로를 깔보고 있다는 사실을 드러내는 것이었지만, 이러한 기준을 따름으로써 건강한 사람으로부터는 드높은 자존심을 지킬 수 있었다. 인간이란 이런 존재인 것이다. "아, 그 사람!" 이들은 서로에 관해 어쩌면 이렇게 말할 수 있었을지도 모른다. "그 사람은 실은 아무 데도 나쁜 곳이 없어. 이곳에 있을 권리도 거의 없는 셈이지. 공동(空洞) 하나도 없단 말이야." 이것이 베르크호프의 정신이었고, 특별한 의미에서 귀족적인 정신이었다. 선천적으로 법이나 질서라면 뭐든지 존중하는 한스 카스토르프는 이러한 정신에도 경의를 표했다. 나라가 다르면 풍습도 다르다는 말이 있다. 여행객이 여행지의 풍습이나 가치 기준을 비웃는다면 자신의 교양 없음을 드러내는 것과 같다. 그리고 어떤 민족에게도 다른 민족보다 나은 이런저런 장점이 있는 법이다. 한스 카스토르프는 심지어 요아힘에 대해서도 존경과 관심을 보였는데, 이는 그가 자신보다 이곳에 더 오래 있었고, 이 세계의 안내자 역할을 했기 때문이라기보다는 그가 말하자면 의심의 여지 없이 자신보다 더 '중환자'였기 때문이다. 사정이 이러했기 때문에 누구나 될 수 있는 한 자신을 중환자로 보이려 하고, 자신의 병세를 과장하여 귀족층에 들어가거나 거기에 더 가까이 다가가려는 것은 충분히 이해할 수 있는 일이었다. 한스 카스토르프도 식사 중에 질문을 받으면 자신의 체온을 실제보다 몇 눈금 더 높여 말했다. 그래서 사람들에게 보기와는 달리 만만치 않게 교활한 사람이라고 손가락으로 위협을 받으면 그는 우쭐한 기분을 느끼지 않을 수 없었다. 하지만 체온을 조금 높여 말한다 해도 엄밀히 말하면 그는 여전히 무시당하는 급의 환자에 불과했기 때문에, 인내하고 자제하는 것이 그에게 어울리는 태도였다.

한스 카스토르프는 요아힘 곁에서 처음 3주일 동안의 생활 방식이 그랬듯이 이미 친숙하고 똑같으며 정확하게 규율된 생활을 다시 시작했다. 이리하여 그의 생활은 한 번도 중단된 적이 없었던 것처럼 첫날부터 순조롭게 진행되었다. 사실 이러한 중단은 없었던 거나 마찬가지여서 그는 식탁에 처음 다시 나타날 때 이러한 사실을 금방 분명히 느낄 수 있었다. 사실 이러한 변화된 삶의 국면에 아주 특별하고도 의도적인 중요성을 부여하는 요아힘은 침대에서 일어난 사촌의 자리에 몇 송이의 꽃으로 장식하는 배려를 잊지 않았다. 하지만 식탁 동료들의 인사는 그리 떠들썩하지 않았고, 3주일 만에 얼굴을 맞댄 지금이나 예전에 세 시간 전에 헤어지고 다시 만났을 때나 본질적으로는 다를 게 없었다. 이는 평범하고 호감이 가는 그에 대한 무관심 때문이나, 다들 자신의 문제에, 즉 관심의 대상인 자신의 신체에 신경을 쓰고 있었기 때문이라기보다는 한스 카스토르프가 식탁에 나타나지 않은 3주의 기간을 아무도 의식하지 않았기 때문이다. 이러한 까닭에 그는 별 어려움 없이 이들의 관행을 따를 수 있었다. 그는 마치 어제 이곳에 마지막으로 앉았기라도 한 듯 여선생과 로빈슨 양의 사이, 식탁 끝의 자신의 자리에 앉아 있었다.

하물며 그의 식탁 동료들조차 그의 칩거 생활이 끝난 것에 야단법석을 떨지 않았으니 다른 식탁 사람들이 이에 대해 왈가왈부할 리 있겠는가? 다른 곳에서는 문자 그대로 아무도 이에 대해 주의를 기울이지 않았다. 세템브리니만은 예외로 그는 식사가 끝나자 다가와서 익살스럽고도 다정하게 인사를 했다. 물론 한스 카스토르프는 이 외에도 또 다른 예외가 있을 거라고 생각했겠지만 우리는 그 생각이 맞았는지 판단하지 않고 유보하기로 하자. 그는 클라브디아 쇼샤가 자신이 다시 나타난 것을 눈치 챘을 거라고 주장했다. 그는 그녀가 늘 그렇듯이 뒤늦게 나타나서는 유리문을 쾅 닫은 뒤에 가느다란 눈으로 자신을 쳐다보아 눈길이 서로 마주쳤다고 생각했다. 그리고 3주 전에 그가 진찰을 받으러 가기 전에 그랬듯이 그녀가 자리에 앉자마자 또 한 번 어깨 너머로 미소를 지으며 자신을 돌아보았다고 그는 생각했다. 그 돌아보는 동작이 숨김이 없고 노골적이었다. 그 자신뿐만 아니라 다른 손님들도 고려하지 않은 노골적인 동작이어서 이에 대해 기뻐해야 할지 또는 자신을 무시하는 징표로 보아 화를 내야 할지 그는 갈피를 잡을 수 없었다. 어쨌든 그의 심장은 이러한 눈초리를 받고 오그라드는 것 같았다. 그의 눈으로 볼 때 그 눈초리는 그 여자 환자와 자신이 사회적으로 모르는 사이라는 사실을 무시무시하고도 도취적인 방식으로 부인하고 거짓임을 입증해 주었다. 그리고 그는 가슴을 죄며 이 순간을 기다렸기 때문에 유리문이 쾅 하고 닫히는 소리가 날 때 그의 심장은 거의 고통스럽다 할 정도로 오그라들었다.

여기서 한스 카스토르프의 일류 러시아인 석에 앉은 여자 환자와의 내적 관계, 중키이고 나긋나긋하게 걸어가는 키르키스인의 눈을 한 여인에 대한 그의 관능과 그의 겸허한 정신의 관심, 다시 말해서 그의 연정(이 단어는 저 '아래' 평지의 말로서, "내 마음 이상하게 두근거리는구나"와 같은 가사가 여기서도 어느 정도 적용될 듯한 인상을 불러일으키지만 어색한 대로 이 말을 사용하기로 한다)은 그가 칩거 생활을 하는 동안 더욱 깊어만 갔다는 사실을 덧붙여야 하겠다. 그가 이른 아침에 눈을 뜨고 서서히 밝아 오는 방을 바라보고 있을 때나, 또는 저녁에 짙어 가는 황혼을 바라보고 있을 때 그녀의 모습이 눈앞에 아른거렸다(세템브리니가 느닷없이 그의 방에 들어와 불을 켰을 때도 그 모습이 눈앞에 또렷이 아른거렸기 때문에 그 인문주의자의 모습을 보고 얼굴을 붉혔던 것이다). 그는 잘게 나누어진 하루의 어느 순간에도 그녀의 입술, 광대뼈, 가슴을 파고드는 그 눈의 색깔, 모양, 위치, 축 늘어진 등, 머리의 자세, 블라우스의 목덜미 부분의 파인 곳에 드러난 목뼈, 엷디엷은 망사로 인해 훤히 드러나는 팔을 생각하지 않은 적이 없었다. 이로 인해 그에게 시간이 힘들지 않게 흘러갔던 것이다. 우리가 이런 사실에 대해 침묵했던 것은 이러한 모습과 얼굴을 떠올리며 깜짝 놀랄 만한 행복감이 섞여 있는 그의 양심의 가책에 우리가 공감을 했기 때문이다. 그렇다, 이러한 행복감은 공포나 마음의 충격과 결부되어 있었고, 막연하고 무제한적이며 완전히 모험적인 것으로 일탈하려는, 뭐라고 이름 붙일 수 없는 희망, 기쁨, 그리고 불안과 결부되어 있었다. 하지만 이것이 청년의 심장을—본래적이고 육체적인 의미에서의 그의 심장을—때때로 세게 죄었기 때문에 그는 한 손은 심장 부위에 갖다 대고, 다른 손은 이마에 얹고서 (눈 위에 가리개처럼 대고) 나지막이 이렇게 속삭였다.

"아, 이를 어쩐담!"

그의 머릿속에는 여러 가지 상념들과 상념의 씨앗들로 가득 차 있었다. 이러한 상념들이 그의 모습과 얼굴에 지나치리만큼 감미로운 분위기를 부여해 주었던 것이다. 그리고 그것은 쇼샤 부인의 단정치 못하고 무분별한 태도, 병에 걸린 그녀의 몸 상태, 병으로 인한 신체의 고양과 강조, 의사의 말에 따르면 이제 한스 카스토르프 자신도 그러한 육화(肉化)에 가담하게 되었다는 병으로 인한 그녀 존재의 육화와 관계되는 상념들이었다. 마치 이들이 사회적인 존재가 아니고 두 사람 사이에는 서로 대화를 나눌 필요조차 없다는 듯이, 쇼샤 부인이 뒤를 돌아보고 미소를 지음으로써 이들이 사회적인 의미에서 서로 모르는 사이임을 무시한 모험적인 자유를 그는 머릿속으로 음미하고 있었다. 그가 깜짝 놀란 것은 바로 이러한 사실 때문이었다. 그가 전에 진찰실에서 요아힘의 상반신을 보다가 황급히 사촌의 두 눈을 살피며 쳐다보았을 때도 이와 똑같은 의미에서 화들짝 놀란 적이 있었다. 그런데 당시에는 그가 연민과 걱정 때문에 놀랐다면, 지금은 이와는 전혀 다른 무언가 차이점이 있었다.

이제 형편이 좋고 잘 짜여진 베르크호프에서의 생활은 좁은 무대에서 다시 똑같이 진행되고 있었다. 한스 카스토르프는 몸속 촬영을 기다리면서, 선량한 요아힘과 24시간 내내 똑같이 행동하며 함께 생활했다. 그리고 사촌이 늘 옆에 있다는 사실이 젊은이에게는 퍽이나 다행스러운 일이었다. 비록 병에 걸린 이웃이긴 했지만 그에게는 군인다운 성실함이 다분했기 때문이다. 물론 자신은 이를 알아차리지 못했지만 이러한 성실성으로 그는 그냥 요양 근무에 만족하려는 참이었다. 이리하여 말하자면 이러한 요양 근무가 평지에서의 의무 수행의 대용물이자 엉겁결에 떠맡게 된 그의 직업이 되어 버렸다. 한스 카스토르프는 이러한 사실을 제대로 파악하지 못할 만큼 멍청하지는 않았다. 그는 민간인인 자신의 기질을 제어하고 억제하는 사촌의 영향력을 충분히 느끼고 있었다. 심지어 이러한 이웃의 모범 사례와 감독이 있었기에 그는 극단적인 행보와 맹목적인 행동을 자제할 수 있었다. 그는 착실한 요아힘이 둥근 갈색 눈, 조그만 루비, 시도 때도 없이 터져 나오는 헤픈 웃음, 겉으로 보기에 잘 발달된 가슴을 지닌 마루샤에게서 날이면 날마다 솔솔 풍겨 나오는 오렌지 향수 냄새를 견뎌 내는 것을 잘 보아 왔기 때문이다. 한스 카스토르프는 이성과 명예심으로 무장한 요아힘이 이러한 환경의 영향력을 두려워하고 피하는 것에 감명을 받아 자신도 어느 정도는 자제하고 질서를 지켰으며, 키르키스인의 눈을 한 환자에게서 소위 '연필을 빌리는 행위'를 억제하고 있었다. 규율이 엄한 이런 이웃이 없었더라면 지금까지의 경험으로 볼 때 그에게 그럴 위험성이 다분했던 것이다.

요아힘은 웃기 좋아하는 마루샤에 대해 한 번도 뭐라고 말한 적이 없었다. 그래서 한스 카스토르프도 그와 클라브디아 쇼샤 이야기를 나눌 수 없었다. 그는 식사 중에 자신의 오른쪽 옆자리에 앉은 여선생과 몰래 소곤소곤 대화를 나누면서 이 노처녀가 나긋나긋한 여자 환자에 정신없이 빠져 있는 것을 놀려 대어 그녀가 얼굴을 붉히게 만들고는, 자신은 카스토르프 할아버지가 턱을 위엄 있게 가슴 쪽으로 당기는 흉내를 내었다. 그는 쇼샤 부인의 개인적인 신상, 출신, 남편, 나이, 병의 증세에 관해 새롭고도 특이한 사항을 알려 달라고 그녀에게 졸라 댔다. 쇼샤 부인에게 아이가 있는지에 대해서도 그는 알고 싶어 했다. 하지만 그녀에게는 자녀가 없었다. 그녀 같은 여자에게 아이가 있으면 어떡하겠는가? 아마 그녀에게 아이를 갖지 못하도록 했을 것이다. 다른 한편으로 만약 아이를 갖는다면 어떤 아이가 태어날까? 한스 카스토르프는 이 말에 수긍하지 않을 수 없었다. 말하자면 아이를 갖기에는 너무 늦었을 거라고 그는 지나치게 객관적 사실에 입각한 추측을 하였다. 옆에서 보면 그녀의 얼굴뼈가 좀 튀어나와 보였다. 한 서른은 넘었을까? 엥겔하르트 양은 이러한 추측에 되지도 않는 말이라고 격렬하게 반박했다. 그녀가 서른이라고? 아무리 많아도 스물일곱밖에 되지 않았을 거라고 했다. 그리고 그녀의 옆모습에 대해 여선생은 그런 말은 하지도 말라고 다그쳤다. 클라브디아의 옆모습은 물론 흥미로운 면모를 지녔고 비록 건강한 젊은 여자의 얼굴은 아닐지라도 아주 부드러운 젊음과 감미로움을 지니고 있다고 했다. 그리고 엥겔하르트 양은 청년을 골려 주려고 말을 끊지 않고 자신이 알고 있는 사항을 덧붙여 말했다. 즉 플라츠에 사는 러시아 남자가 가끔 그녀를 방문한다는 것이다. 그녀는 오후에 그 남자를 자신의 방으로 불러들인다고 했다.

　이 말은 제대로 정곡을 찔렀다. 아무렇지도 않은 척 안간힘을 썼지만 한스 카스토르프의 얼굴은 무참히 일그러졌다. 그가 그녀의 말을 듣고 '당치도 않은'이나 '설마 그럴 리가'와 같은 말로 자신의 속마음을 얼버무리려고 했지만 이러한 말투도 어색하게 들렸다. 그는 처음에는 그녀와 같은 나라 남자가 출현한 것에 대해 어깨를 으쓱하며 가볍게 처리하려고 했지만 그것이 불가능해져서 입술을 씰룩이며 줄곧 그 남자에게 화제를 돌렸다. 좀 젊은 사람인가요? 자신이 들은 바로는 젊고 풍채가 좋다고 여교사는 대답했다. 자신의 눈으로 직접 본 것은 아니니까 뭐라고 판단할 수는 없다고 했다. 아픈 사람인가요? 병을 앓는다 하더라도 증세가 가벼울 겁니다! 그가 이류 러시아인 석의 부부보다는 더 많은 속옷을 입기를 바란다고 한스 카스토르프는 비웃듯이 말했다. 이에 대해 엥겔하르트는 여전히 골려 주려는 말투로 그것은 보증할 수 있다고 설명했다. 그러자 이 문제는 그냥 간과할 수 없는 사안임을 시인하고 그는 그녀의 방에 들락거리는 이 동국인이 어떤 남자인지 알아봐 달라고 진지하게 부탁했다. 하지만 그 남자에 대한 소식을 전달해 주는 대신에 그녀는 며칠 후에 완전히 새로운 뉴스를 가지고 왔다.

그녀는 클라브디아가 초상화 모델로 활동하고 있다는 사실을 듣고 와서, 한스 카스토르프도 그 사실을 알고 있느냐고 도리어 물어 보았다. 그가 모른다면 자신은 아주 확실한 소식통에서 들었기 때문에 이에 대해서 확신해도 좋다는 것이다. 비교적 오래전부터 그녀는 이곳에서 누군가의 모델이 되어 초상화를 그리게 한다고 했다. 그것도 누구에게? 고문관에게 그리게 한다는 것이다! 그녀는 이러한 목적으로 거의 날이면 날마다 고문관 베렌스의 자택에 드나들고 있었다.

이 소식은 이전 소식보다 한스 카스토르프에게 더욱 충격을 주었다. 그는 이 이야기를 듣고 억지를 부리며 대수롭지 않게 넘기려고 했다. 그래, 그게 어쨌단 말이냐, 고문관이 유화를 그린다는 것은 익히 잘 알려진 사실이 아닌가. 여선생이 그렇게 떠들어 댄다 해도 그건 금지된 일이 아니며, 누구나 그런 일을 할 수 있지 않은가. 그런데 왜 홀아비인 고문관이 거처하는 집에서 그런단 말인가? 적어도 밀렌동크 양 정도는 현장에 참석하지 않을까? 하지만 그녀에게는 그럴 시간이 없다는 것이다. "시간이 없다는 점에서는 고문관도 수간호사 못지않을 텐데요." 한스 카스토르프가 엄중하게 말했다. 이것으로 이 문제에 대한 최종적인 결론이 내려진 듯했지만 그는 이를 이 정도로 일단락 짓지 않고 좀 더 자세하고 추가적인 내용을 알려고 질문 공세를 폈다. 즉 초상화의 크기에도 신경을 써서, 머리 부분까지 그린 그림인가 또는 무릎까지 그린 그림인가, 모델이 앉아 있는 시간에 대해서도 알려고 했다. 반면에 엥겔하르트 양은 이러한 상세한 내용에 대해서 알지 못했기 때문에 다음에 알아 와서 결과를 알려 주겠다고 그를 달랠 수밖에 없었다.

이 소식을 듣고 한스 카스토르프의 체온은 37.7도로 올라갔다. 쇼샤 부인이 하는 방문이 그녀가 받는 방문보다도 한층 더 그의 마음을 고통스럽고 불안하게 했다. 쇼샤 부인의 사적인 개인 생활 자체만으로도 그 내용과는 관계없이 그에게 고통과 불안을 안겨 주기 시작했는데, 그 내용의 애매한 점이 귀에 들어오자 고통과 불안이 한층 더 심해지지 않을 수 없었다! 사실 부인과 러시아인 방문자와의 관계가 더 냉정하고 더 순수한 성질을 띠는 것 같았지만, 한스 카스토르프는 얼마 전부터 냉정하고 순수한 관계라는 것을 허튼 소리라고 간주하게 되었다. 그는 활기차게 말하는 독신 남성과 사뿐사뿐 걸어가는 눈이 가느다란 젊은 부인 사이의 관계를 단순히 유화만의 관계로 볼 수 없었고 그렇게 믿을 수도 없었다. 고문관이 모델을 선택하면서 보인 취향이 자신의 취향과 일치했기 때문에 냉정한 관계라는 것을 도저히 믿을 수 없었다. 이러한 점에서 고문관의 파리한 볼과 충혈 된 눈을 떠올려 보아도 그에게 별로 위로가 되지 않았다.

한스 카스토르프가 이 무렵에 우연히 직접 목격한 사실 역시 그의 취향을 또 한 번 확인시켜 주는 것이었다. 그것은 지난번 이야기와 다른 성격이었지만 충격을 준 것만은 사실이었다. 한스 카스토르프가 듣기로는 사촌들의 식탁 좌측에, 옆쪽으로 유리문 바로 가까이에 있는 잘로몬 부인과 대식가 학생의 식탁에 만하임 출신의 환자가 한 명 있었다. 서른 살가량의 머리숱이 성긴데다 충치가 여러 개 있는 그는 머뭇거리며 말하는 게 자신감이 없어 보였다. 저녁 모임 때 가끔 피아노를 연주하는 그는, 그것도 대체로「한여름 밤의 꿈」에 나오는「결혼행진곡」을 쳤다. 한스 카스토르프가 듣기로는 물론 이 위의 사람들이 대체로 그렇듯이 그는 신앙심이 무척 돈독했다. 일요일마다 그는 저 아래 플라츠에 가서 예배를 보고, 안정 요양 중에도 표지에 성배(聖杯)나 종려나무 가지가 그려진 경건한 책들을 읽는다고 했다. 그런데 어느 날 한스 카스토르프는 이 사나이가 자신이 바라보는 곳과 똑같은 곳에 눈길을 보내고 있다는 사실을 알아차리게 되었다. 그가 나긋나긋한 쇼샤 부인에게 눈길을 보내고 있는 것이었다. 그것도 흘끔흘끔 야비하다 할 정도로 집요하게 그녀를 쳐다보았다. 한스 카스토르프는 이러한 사실을 목격하고 나서 이를 몇 번이고 확인하지 않을 수 없었다. 한스 카스토르프는 그 사나이가 저녁에 오락실에서 손님들 틈에 끼여, 저 건너 작은 방의 소파에 앉아 같은 식탁의 머리숱이 많은 타마라(이것이 유머러스한 아가씨의 이름이었다)와 블루멘콜 박사 그리고 볼이 쑥 들어가고 어깨가 축 늘어진 신사와 잡담을 나누는 부인, 병을 앓긴 하지만 사랑스러운 부인의 모습을 슬픈 표정으로 넋을 잃고 바라보는 것을 보았다. 한스 카스토르프는 그 사나이가 고개를 돌려 이리저리 둘러보다가 다시 느릿느릿 눈동자를 옆으로 돌리고 윗입술을 가련하게 치켜 올리고는 어깨 너머로 부인 쪽으로 얼굴을 돌리는 것을 지켜보았다. 유리문이 쾅 닫히고 쇼샤 부인이 자기 자리로 미끄러지듯 걸어가면 그의 얼굴색이 변하면서 시선을 내리깔았다가, 다시 눈을 들어 탐하듯 그녀를 바라보는 것을 지켜보았다. 그리고 이 불쌍한 사나이가 출구와 일류 러시아인 석 사이에 서서 쇼샤 부인이 옆으로 지나가게 하고는, 자신을 거들떠보지도 않는 부인을 바로 가까이에서 슬픔에 가득 찬 눈으로 빤히 쳐다보는 것을 한스 카스토르프는 여러 번 목격했다.

이러한 사실을 알게 된 것도 젊은 한스 카스토르프를 적지 않게 괴롭혔다. 만하임 출신 남자의 가련한 호기심은 연령, 인품 및 지위에 있어서 자신과 비교가 되지 않는 베렌스 고문관과 클라브디아 쇼샤의 사적인 교제만큼 그의 마음을 불안하게 하지는 않았지만 말이다. 클라브디아는 만하임 출신의 그 남자는 거들떠보지도 않았다. 만약 그랬더라면 한스 카스토르프의 날카로워진 감각이 이를 놓칠 리 없었기 때문이다. 그러므로 이 경우에는 그의 마음속에 질투의 역겨운 가시 같은 것은 돋아나지 않았다. 하지만 그는 자신과 똑같은 도취와 정열에 괴로워하는 다른 사람을 보고 느끼는 모든 감정을 맛보았으며, 혐오감과 공감이 섞인 이상야릇하기 짝이 없는 기분이었다. 하지만 이야기의 진행상 이 모든 것을 규명하고 분석할 수는 없는 노릇이다. 어쨌든 만하임 출신의 그 사나이를 관찰하고서 불쌍한 한스 카스토르프가 속속들이 맛본 기분은 그의 현재 상황으로는 한꺼번에 감당하기 벅찬 것이었다.

이렇게 하여 한스 카스토르프가 뢴트겐 검사를 할 때까지 걸린 일주일이 흘러갔다. 그는 일주일이 흐른 사실도 모르고 있었는데, 어느 날 첫 번째 아침 식사 때 수간호사(그녀는 이번에도 다래끼가 나 있었는데, 저번 것과는 다른 종류의 것이었다. 이로 보아 이러한 흉한 고질병은 별로 해가 되지는 않지만 그녀의 체질과 관계 있는 것이 분명했다)로부터 오후에 촬영실로 오라는 전갈을 받았다. 이는 사실 일주일이 지나갔다는 뜻이었다. 한스 카스토르프는 차를 마시기 30분 전에 사촌과 함께 가야 했다. 요아힘도 이 기회에 다시 뢴트겐 사진을 찍게 되었다. 지난번에 찍은 것은 너무 오래되었기 때문이다.

이리하여 두 사람은 오후의 안정 요양 시간을 30분 정도 단축하고, 시계가 세 시 반을 알리자 돌층계를 내려가 지하실처럼 보이는 곳으로 가서 진찰실과 촬영실 사이의 조그만 대기실에 함께 앉아 있었다. 이런 일을 이미 겪어 본 요아힘은 아무렇지도 않은 듯 담담한 표정이었으나, 지금까지 자신의 유기체의 내부를 들여다본 적이 없는 한스 카스토르프는 자못 흥분하여 열에 들떠 있었다. 이들 말고 다른 손님도 몇 명 있었다. 두 사람이 들어왔을 때 이들은 벌써 방에 앉아 찢어진 화보를 무릎에 얹은 채 차례를 기다리고 있었다. 이들 가운데 세템브리니의 식탁에 앉는 거인 같은 젊은 스웨덴인도 있었다. 그는 4월에 이곳에 도착했을 때 워낙 중환자라서 요양원에서 받아들이지 않으려고 했다고 한다. 하지만 그 동안 80파운드나 살을 찌운 그는 이제 병이 완전히 나아 퇴원을 목전에 두고 있다고 했다. 이 밖에 이류 러시아인 석에 앉는 부인이 한 명 있었다. 빈약하게 생긴 이 어머니는 더욱 빈약하게 보이는 코가 길고 못생긴 자샤라는 이름의 소년과 함께 있었다. 그러므로 이들은 사촌들보다 더 오랫동안 기다린 것이었다. 이들은 분명 사촌들보다 먼저 호출 명령을 받았을 것이므로, 옆의 촬영실에서 일이 늦어지는 모양이었다. 그러니 따뜻한 차는 기대할 수 없는 형편이었다.

검사실 안은 분주하게 움직였고, 뭐라고 지시하는 고문관의 목소리가 들려왔다. 검사실 문이 열린 것은 세 시 반이거나 그보다 좀 지나서였다. 이 아래에서 일하는 전문 조수가 문을 열어 주었다. 행운아인 스웨덴의 거인이 먼저 들어갔다. 그의 앞 환자는 다른 출구로 나간 게 분명했다. 이제 일이 좀 더 빨리 진행되었다. 10분쯤 지나자 벌써 이 요양원의 이동 광고나 다름없는 스웨덴인이 당당한 걸음걸이로 복도를 지나가는 소리가 들렸다. 그리고 자샤와 러시아인 어머니가 불려 들어갔다. 한스 카스토르프는 스웨덴인이 들어갔을 때와 마찬가지로 이번에도 촬영실에 어두컴컴한 분위기, 즉 인위적인 어스름한 분위기가 지배하고 있음을 알아차렸다. 다른 한편으로 크로코프스키 박사의 분석실도 어두컴컴하기는 마찬가지였다. 창문에는 커튼이 드리워져 햇빛을 막고 있었고, 몇 개의 전등이 켜져 있었다. 자샤와 그의 어머니가 안으로 불려 들어가고 한스 카스토르프가 이들의 뒷모습을 바라보는 동안, 바로 이와 동시에 복도 문이 열리더니 다음 차례의 환자가 대기실에 들어섰다. 일이 지체되었기 때문에 일찍 나타난 셈이었다. 그 환자는 바로 쇼샤 부인이었다.

이렇게 조그만 대기실에 모습을 드러낸 사람은 뜻밖에도 클라브디아 쇼샤였다. 한스 카스토르프는 그녀라는 것을 알아채고 눈을 치켜떴다. 그 순간 얼굴에서 핏기가 가시고 아래턱이 축 늘어지며 입이 벌어지려는 것을 또렷이 느꼈다. 클라브디아는 이처럼 자연스럽고도 부지불식간에 조그만 방에 들어오게 되었다. 이리하여 그녀가 느닷없이 사촌들과 방을 같이 쓰게 되는 미증유의 사태가 벌어졌다. 요아힘은 재빨리 한스 카스토르프를 쳐다보고는 눈을 내리깔았을 뿐만 아니라 이미 탁자에 내려두었던 화보를 다시 집어 들어서는 자신의 얼굴을 그 뒤에 숨겼다. 한스 카스토르프에게는 사촌처럼 행동할 결단력이 없었다. 얼굴이 창백해졌다가 다시 새빨개졌고, 그의 가슴은 사정없이 뛰었다.

쇼샤 부인은 검사실로 통하는 문 옆의, 형태만 남아 마치 발육부전인 듯한 팔걸이가 달린 조그맣고 둥그스름한 안락의자에 자리를 잡고는 몸을 뒤로 기댄 채 다리를 가볍게 포개고는 허공을 응시했다. 그러면서 사람들이 자신을 쳐다본다는 것을 의식하고 프리비슬라프처럼 생긴 눈의 시선 방향을 신경질적으로 옆으로 돌리고는 약간 곁눈질로 바라보았다. 그녀는 흰색 스웨터에 푸른색 치마를 입고 있었고, 도서관에서 빌린 것 같은 책을 무릎에 얹고는 바닥에 붙인 신발 밑창으로 가볍게 방바닥을 두드리고 있었다.

1분 30초쯤 지나자 그녀는 자세를 바꾸고 주위를 둘러보더니 어떻게 해야 할지, 누구한테 물어 보아야 할지 모르겠다는 표정으로 일어서서는 말하기 시작했다. 그녀는 무언가를 물었는데, 아무것도 하지 않고 앉아 있는 한스 카스토르프에게가 아니라, 화보를 열심히 읽는 척하는 요아힘에게 질문을 던졌다. 그녀는 입술을 움직여 말을 만들고는 하얀 목에서 소리를 냈다. 그것은 깊지는 않지만 약간 날카로우며 듣기 좋게 쉰 목소리였다. 이는 한스 카스토르프가 오래전부터 알고 있으며, 한번은 심지어 아주 가까이에서 들은 적이 있는 목소리였다. 당시에 그는 직접 자신에게 이렇게 하는 말을 들었다. "좋아. 그런데 수업이 끝나면 꼭 돌려줘야해." 당시는 좀 더 물 흐르는 듯하고 더 단호한 어조였지만, 지금은 그 말이 약간 더듬거리면서 서투르게 나왔다. 그 이유는 말하고 있는 부인에게는 원래 이 말을 사용할 권리가 없고, 다만 빌린말에 불과하기 때문이었다. 한스 카스토르프는 전에도 그녀가 독일어로 말하는 것을 몇 번 듣고는 황홀감에 휩싸인 일종의 우월감을 느꼈다. 쇼샤 부인은 한 손은 스웨터 주머니에 넣고 다른 손은뒷머리에 대고는 이렇게 물었다.

"실례지만 몇 시에 호출 받으셨는지요?"

요아힘은 사촌을 힐끔 쳐다보고는 발뒤꿈치를 가지런하게 모으면서 대답했다.

"세 시 반에요."

그녀가 다시 말했다.

"나는 45분이에요. 대체 무슨 일인가요? 조금 있으면 네 시가되는데요. 사람들이 방금 들어갔나 보지요?"

"네, 두 사람이요." 요아힘이 대답했다. "우리보다 순서가 앞선사람들입니다. 일이 늦어지나 봅니다. 다들 30분씩 밀린 것 같습니다."

"아이, 이러면 어떡해요." 그녀는 이렇게 말하며 신경질적으로머리카락을 매만졌다.

"하긴, 우리도 벌써 30분 정도나 기다리고 있답니다." 요아힘이대꾸했다.

이렇게 이들은 서로 이야기를 주고받았다. 한스 카스토르프는 이 대화를 꿈결에서처럼 들었다. 요아힘이 쇼샤 부인과 대화를 나누는 것은 자신이 그녀와 대화를 나누는 거나 거의 마찬가지였다. 물론 전혀 다른 종류의 대화이기는 했지만 말이다. '하긴'이라는 말에 한스 카스토르프는 모욕을 느꼈으며, 현재 상황을 고려해 볼 때 이 말이 그에게는 뻔뻔스럽고 적어도 낯선 느낌을 줄 정도로 냉정하게 들렸다. 하지만 결국 요아힘은 그렇게 말할 수 있는 입장이었다. 어쨌든 그는 그녀와 대화를 나눌 수 있었고, 뻔뻔스러운 '하긴'이라는 말로 사촌에게 보란 듯이 대답한 것이었다. 이는 한스 카스토르프 자신이 이곳에 얼마나 묵을 건가 하는 질문을 받았을 때 요아힘과 세템브리니 앞에서 우쭐해한 것과 마찬가지였다. 그녀는 요아힘이 화보로 얼굴을 가리고 있는데도 그를 택하여 말을 건 것이었다. 확실히 그가 이곳에 한스 카스토르프보다 오래 있었고, 좀 더 오랫동안 그녀와 안면이 있었기 때문이다. 하지만 여기에는 다른 이유도 있었다. 둘 사이에는 윤리적인 것에 기초를 둔 교제, 대화를 통한 교제가 적당하며, 야성적이고 깊디깊은 것, 끔찍하고 비밀스러운 요소가 전혀 없었기 때문이다. 루비 반지를 끼고 오렌지 향수 냄새를 풍기는 갈색 눈의 아가씨가 사촌들과 함께 대기실에서 기다리고 있었다면 그녀와 무관하며 순수한 관계에 있는 한스 카스토르프가 '하긴'이라고 말하며 나섰을 것이다. '물론입니다. 오히려 언짢군요, 아가씨!' 그라면 이렇게 말하며 양복 안주머니에서 손수건을 꺼내 코를 풀기라도 했을 것이다. '조금만 참으세요. 우리도 마찬가지 상태입니다.' 요아힘은 사촌이 아무렇지도 않게 대충 이렇게 말하는 것에 놀라워했겠지만 그렇다고 자신이 그 대신에 말하는 것을 진심으로 바라지는 않았을 것이다. 그렇다, 한스 카스토르프도 사촌이 지금처럼 쇼샤 부인과 대화를 나누게 되었지만 그에게 질투심을 품지는 않았다. 그는 그녀가 사촌에게 말을 건 것에 동의하고 있었다. 그녀는 상황을 고려하여 그런 행동을 한 것이었고, 이렇게 하여 그녀가 이런 상황을 의식하고 있음을 고백한 셈이었다. 그의 가슴은 방망이질치기 시작했다.

쇼샤 부인은 요아힘한테 냉정한 대우를 받은 후에 대기실 안을 좀 걸어 볼까 했지만 그럴 공간이 없었다. 심지어 한스 카스토르프는 동료 환자를 이렇게 대하는 선량한 요아힘에게 가벼운 적대감마저 가졌지만, 마음의 충격을 받은 가운데서도 이러한 적대감에 미소 짓지 않을 수 없었다. 그래서 클라브디아도 탁자의 화보를 집어 들고 볼품없는 팔걸이가 달린 안락의자로 돌아갔다. 한스 카스토르프는 자리에 앉아 그녀를 바라보면서 턱을 당기는 할아버지 흉내를 냈는데, 그 모습이 정말 우스꽝스러울 정도로 노인과 닮아 보였다. 쇼샤 부인은 이번에도 다리를 포개고 있어서 그녀의 무릎, 그러니까 그녀의 푸른 모직 치마 밑의 다리 전체의 날씬한 선이 훤히 드러나 보였다. 중키에 불과한 그녀는 한스 카스토르프가 볼 때 체격은 아주 적당하고 알맞았지만 다리는 비교적 길고 허리도 굵지 않았다. 그녀는 몸을 뒤로 젖히지 않고 앞으로 굽힌 채 팔짱을 낀 양팔을 포갠 다리의 허벅지에 얹고는 등을 둥그렇게 굽히고 양 어깨를 앞으로 떨어뜨렸기 때문에 목덜미가 훤히 드러나 보였다. 그렇다, 몸에 꽉 끼는 스웨터 때문에 등뼈까지 눈에 보일 정도였다. 그리고 마루샤의 가슴처럼 불룩하고 풍만하게 발달하지는 않은 작고 소녀 같은 그녀의 양쪽 가슴은 꽉 눌려 밋밋하게 보였다. 그녀도 뢴트겐 사진을 찍기 위해 이곳 대기실에서 기다리고 있다는 생각이 한스 카스토르프에게 불현듯 떠올랐다. 고문관은 그녀의 초상화를 그렸다. 그는 그녀의 겉모습을 유화로 캔버스에 재현했는데, 이번에는 어스름한 가운데 그녀의 내부 모습이 드러나게 하는 빛을 그녀에게 비출 것이다. 한스 카스토르프는 이런 상상을 할 때는 신중하고 단정한 태도를 취하는 것이 좋겠다고 생각하여 근엄하게 찡그린 표정으로 얼굴을 옆으로 돌렸다.

대기실에서 세 사람이 같이 있는 시간은 그리 오래되지 않았다. 검사실에서는 자샤와 그의 어머니에게 많은 시간을 할애하지 않았고, 늦어진 시간을 만회하려고 서두르고 있었다. 흰 가운을 입은 기사가 다시 문을 열자, 요아힘은 일어나면서 화보를 탁자에 도로 탁 내려놓았다. 한스 카스토르프는 사촌을 따라 문 쪽으로 가면서도 속으로 주저하는 마음이 없었던 것은 아니었다. 예의 바르게 쇼샤 부인에게 말을 걸어 그녀보고 먼저 들어가라고 하고 싶은 기사도적인 양보심이 그의 마음속에서 끓어올랐다. 만약 말을 했다면 그는 아마 프랑스어로 했을지도 모른다. 그래서 그는 급히 어휘와 문장 구조를 찾아보았다. 하지만 그는 이러한 예의바름이 이곳에서도 통용되는지, 정해진 순서가 기사도적인 태도보다 더 우선되는 건 아닌지 알 수 없었다. 요아힘은 이를 알고 있음이 틀림없었다. 한스 카스토르프는 간절한 눈길을 보내며 그를 움직여 보려고 했지만 그는 눈앞의 숙녀에게 순서를 양보할 기색을 보이지 않아서, 사촌을 따라 쇼샤 부인 곁을 지나 문을 통과해 검사실로 들어갔다. 그녀는 등을 구부린 자세로 그냥 그를 흘낏 쳐다볼 뿐이었다.

그는 뒤에 남기고 온 아까부터의 10분간의 모험에 정신이 팔려 있었기 때문에 촬영실에 발을 들여놓고서도 자신의 마음을 즉각 그곳으로 돌릴 수 없었다. 그의 눈에는 인위적으로 만든 어스름한 분위기에서 아무것도, 아니 대강밖에 보이지 않았다. 쇼샤 부인의 "대체 무슨 일인가요…… 사람들이 방금 들어갔나 보지요…… 아이, 이러면 어떡해요……" 하는 기분 좋게 흐려지는 음성이 귓전에 남아 감미로운 자극제가 되어 등줄기를 타고 흘러내리며 그를 전율케 했다. 그는 모직 치마 밑의 무릎이 훤히 드러난 모습을 보았고, 땋은 머리에서 헐렁하게 풀려져 나와 굽어진 목덜미에 드리워져 있던 불그스름한 금발 아래에 뼈가 드러난 것도 보았다. 다시 그의 등줄기에 전율이 흘렀다. 방 안으로 들어온 사촌들에게서 몸을 돌린 베렌스 고문관이 책장인지 서가인지 모를 구조물 앞에 서서 팔을 뻗은 채 거무스름한 원판을 천장의 흐릿한 불빛에 대고 살펴보는 모습이 눈에 들어왔다. 이들은 그의 옆을 지나 더 깊이 안으로 들어갔는데, 조수는 이들을 검사할 준비를 하려고 두 사람을 앞질러 갔다. 방 안에서는 독특한 냄새가 났고, 김이 빠진 오존 같은 냄새가 진동했다. 검은 휘장이 드리워진 창들 사이로 툭 튀어나온 구조물이 촬영실을 크기가 같지 않게 두 부분으로 나누고 있었다. 물리 기구들, 오목 렌즈, 배전반(配電盤), 곧추 서 있는 측정 기구들이 눈에 들어왔고, 굴릴 수 있는 대 위에 놓인 카메라 모양의 상자, 열을 지어 벽에 가지런히 놓인 유리로 된 투명한 슬라이드 필름이 보였다. 그래서 그는 사진사의 아틀리에나 암실, 또는 발명가의 작업실이나 마녀의 실험실에 들어와 있는 듯한 기분이 들었다.

요아힘은 서슴없이 상반신을 벗기 시작했다. 비교적 젊고 땅딸막하며 흰 가운을 입은 이 지방 출신의 뺨이 붉은 조수는 한스 카스토르프에게 사촌과 같이 웃통을 벗으라고 지시했다. 일이 빨리 끝나 금방 그의 차례가 된다는 것이다. 한스 카스토르프가 조끼를 벗는 동안 베렌스는 그때까지 서 있던 좁은 곳에서 좀 더 넓은 공간으로 건너왔다.

"어서 오시오!" 고문관이 입을 열었다. "우리들의 쌍둥이 양반* 들이군요. 카스토르와 폴리데우케스…… 아무쪼록, 비명소리를 지르지 않도록 해 주세요! 잠깐만 기다리시오, 당장 두 분 다 투시해 드리겠습니다. 카스토르프 군은 우리에게 자신의 내부를 공개하는 것이 불안하지요? 안심하십시오, 아주 심미적으로 진행되니까요. 여기 나의 사적인 화랑에 처음 와 보시는 거지요?" 그리고 그는 한스 카스토르프의 팔을 붙잡고 컴컴한 유리판들이 열 지어 서 있는 벽 앞에 세우고는 그 뒤에서 탁 소리를 내며 불을 켰다. 그러자 유리판들이 환하게 밝아지더니 상이 나타났다. 한스 카스토르프는 손과 발, 무릎 연골, 허벅다리와 종아리, 팔과 골반 같은 인간의 사지(四肢)를 보았다. 하지만 인체의 이러한 부분들의 둥그스름한 생체는 안개가 낀 것처럼 윤곽이 희미해서 분명하고 자세하고 선명하게 드러나 있는 핵심, 즉 골격을 안개처럼 파르스름한 빛으로 흐릿하게 둘러싸고 있었다.

"무척 흥미로운데요." 한스 카스토르프가 말했다.

"물론 흥미롭겠지요." 고문관이 대꾸했다. "젊은이에게 유익한 시청각 교육이지요. 빛에 의한 해부, 아시겠어요, 근대의 승리입니다. 저것은 여성의 팔입니다. 귀여운 모습으로 알 수 있겠지요. 연인과 밀회할 때 그것으로 누군가를 껴안을 겁니다, 아시겠어요." 그가 이렇게 말하며 웃을 때 윗입술이 짧게 깎은 수염과 함께 한쪽으로 치켜 올라갔다. 상들은 사라졌다. 한스 카스토르프는 요아힘의 내부 촬영이 준비되고 있는 옆쪽으로 고개를 돌렸다.

뢴트겐 촬영은 고문관이 처음에 서 있던 쪽과 반대편 구조물 앞에서 행해졌다. 요아힘은 구둣방에서 사용하는 걸상 같은 데 앉아 앞의 판에 가슴을 대고 양팔로 감싸 안았다. 조수는 주무르는 듯한 동작으로 그의 자세를 고쳐 주면서 요아힘의 어깨를 계속 앞으로 밀고는 등을 쓸어 내리는 것이었다. 그런 후 그는 카메라 뒤로 가서는 여느 사진사 모양으로 사진이 잘 나오는지 보기 위해 허리를 굽히고 양 다리를 벌린 채 흡족한 표정을 지었다. 그리고 옆으로 비켜서는 요아힘에게 숨을 깊이 들이쉬게 하고는 촬영이 다 끝날 때까지 숨을 멈추고 있으라고 주의를 주었다. 요아힘은 둥그스름한 등을 펴고는 그대로 꼼짝 않고 있었다. 이 순간 조수가 배전반에서 필요한 조작을 하니까 물질을 투시하는 데 필요한 어마어마한 힘이 2초 동안 활동했다. 한스 카스토르프가 전에 들은 말을 기억에 떠올리면 이때 수천 볼트나 수만 볼트의 전력이 흐른다고 했다. 어떻게 된 노릇인지 전기는 한 선으로 이어졌다고 생각되는 순간 옆길로 새면서 쾅 하고 총 소리 같은 게 들리면서 방전이 되었고, 계량기에서는 푸른빛을 내면서 굉음이 났다. 기다란 번갯불이 뿌지직 소리를 내면서 벽을 따라 달렸다. 어디선가 붉은빛이 눈알 같이 조용히 위협하듯 실내를 들여다보았고, 요아힘의 등 뒤에 있는 목이 긴 병이 녹색 빛깔로 가득 찼다. 그러고 나서 모든 것이 조용해지더니 빛의 현상이 사라졌다. 요아힘은 겨우 참았던 숨을 내쉬었다. 이것으로 촬영이 끝난 것이다.

"다음 피고!" 베렌스는 이렇게 말하고는 한스 카스토르프를 팔꿈치로 밀었다. "피곤한 척 말고 어서 오세요! 견본을 한 장 드리지요, 카스토르프 군. 그러면 자녀나 손자들에게도 당신 가슴의 비밀을 벽에 비쳐 보일 수 있습니다!"

요아힘이 물러나자 기사는 건판을 교환했다. 베렌스 고문관은 신참에게 앉는 법과 자세를 손수 가르쳐 주었다. "껴안으세요!" 그가 말했다. "판을 껴안으세요! 그것을 다른 것이라고 상상해도 상관없습니다! 그리고 가슴을 바짝 붙여 황홀감을 만끽하십시오! 좋습니다. 숨을 들이쉬고는 멈추십시오!" 그가 명령을 내렸다. "자, 그럼 찍습니다!" 한스 카스토르프는 폐에 공기를 잔뜩 집어넣은 채 눈을 껌벅거리며 기다렸다. 그의 뒤에서 방전이 시작되면서, 뿌지직, 따다닥, 쾅 하고는 다시 잠잠해졌다. 대물렌즈가 그의 내부를 들여다보았던 것이다.

그는 자신의 몸에 광선이 뚫고 지나갔다는 느낌을 전혀 받지 못했지만 자신에게 일어난 일로 인해 혼란스럽고 멍한 기분으로 걸상에서 내려왔다. "잘했습니다." 고문관이 말했다. "이제 우리 눈으로 보도록 합시다." 이 모든 과정을 익히 잘 알고 있는 요아힘은 벌써 다음 장소로 옮겨 가, 복잡하게 생긴 기구를 뒤로하고 출입문 가까이의 어떤 삼각대 옆에 서 있었다. 그 기구의 등 높이에 물이 반쯤 찬 증류기가 달려 있고, 앞쪽으로 가슴 높이에는 틀에 넣은 형광판이 도르래에서 내려진 게 눈에 띄었다. 한스 카스토르프 왼쪽의 배전반과 기구들 사이에는 종 모양의 붉은 전등갓이 우뚝 솟아 있었다. 고문관은 걸려 있는 형광판 앞에서 걸상에 걸터앉아 전등의 불을 켰다. 천장의 불이 꺼지고 루비 빛만 공간을 밝혀 주었다. 그런 다음 원장이 이 불마저 한번에 꺼 버리자, 실험자들은 짙은 어둠에 싸이게 되었다.

"먼저 눈이 어둠에 적응되어야 합니다." 고문관이 어둠 속에서 하는 말이 들렸다. "우리가 원하는 것을 보려면 먼저 고양이처럼 동공을 아주 크게 해야 합니다. 당신도 아시겠지만 우리의 보통 눈으로 금방 제대로 볼 수 있는 게 아니니까요. 이를 위해서는 화려한 영상을 보여 주는 밝은 대낮을 우선 머릿속에서 깨끗이 지워 버려야 합니다."

"물론 그렇겠군요." 고문관의 어깨 뒤에 서 있던 한스 카스토르프가 말했다. 그리고 눈을 뜨고 있으나 감고 있으나 밤처럼 캄캄하기는 마찬가지여서 아예 두 눈을 감아 버렸다. "무언가를 보기 위해서는 일단 눈을 어둠으로 세척해야 한다는 거군요. 하기야 맞는 말입니다. 심지어 나는 말하자면 무언의 기도를 드리며 미리 마음을 좀 가다듬는 것이 좋다고 생각합니다. 두 눈을 감고 여기에 서 있으니 졸리는 듯한 기분 좋은 느낌이 드는군요. 그런데 여기서 나는 게 무슨 냄새지요?"

"산소입니다." 고문관이 말했다. "공기 중에서 맡고 있는 게 산소입니다. 실내에서 방전을 한 결과로 대기에 생기게 된 산물이지요, 내 말 이해하시겠지요. 자, 눈을 떠 보세요!" 그가 말했다. "자, 이제 주문(呪文)으로 불러내겠습니다." 한스 카스토르프는 그의 말에 따라 급히 눈을 떴다.

손잡이를 옮기는 소리가 들렸다. 모터가 돌아가면서 허공으로 굉음이 울려 퍼졌지만, 다시 손잡이를 조절하자 일정한 속도로 제어가 되었다. 방바닥이 규칙적으로 진동했다. 붉은빛이 기다랗게 수직으로 조용히 위협하며 이쪽을 바라보고 있었다. 어디선가 번갯불이 일며 뿌지직 소리를 냈다. 그리고 서서히 우윳빛을 내며 밝아 오는 창문처럼 형광판의 창백한 사각형이 어둠 속에서 떠올랐다. 그 앞에서 베렌스 고문관이 두 다리를 벌리고 두 주먹을 허벅다리에 짚은 채 구둣방에서 쓰는 걸상 같은 데 걸터앉아, 인간의 내부 유기체를 보여 주는 건판에 뭉툭코를 바짝 대고 있었다.

"보이나요, 젊은이?" 그가 물었다. 한스 카스토르프는 그의 어깨 너머로 허리를 굽히고 있다가, 저번에 진찰을 받을 때처럼 부드럽고도 슬픈 눈초리를 하고 있을 요아힘의 눈이 있다고 추측되는 쪽을 향하여 어둠 속에서 또 한 번 머리를 들고는 물었다.

"봐도 되겠어?"

"괜찮고말고." 요아힘이 어둠 속에서 선선히 대답했다. 그리고 한스 카스토르프는 방바닥이 진동하고 전원이 뿌지직거리며 울부짖는 가운데 허리를 굽히고 청백색의 유리판에 비친 요아힘 침센의 앙상한 해골을 엿보았다. 가슴뼈가 척추와 겹쳐져 시커멓고 우글쭈글한 기둥처럼 보였고, 앞쪽의 갈빗대는 더 창백하게 보이는 등뼈와 교차해서 보였다. 위쪽에는 쇄골이 활 모양으로 양쪽으로 갈라져 있었고, 살 같은 모양이 흐릿하게 가려진 가운데 어깨뼈와 요아힘의 팔 위쪽 뼈의 시작 부분이 앙상하고도 선명하게 보였다. 가슴 부분은 밝게 보였지만 혈관, 어두운 반점, 거무스름하게 주름이 잡힌 부분은 분간할 수 있었다.

"선명한 상입니다." 고문관이 말했다. "단정하게 마른 몸이자 군인다운 청춘입니다. 나는 여기서 배불뚝이의 내부를 본 적이 있었는데 빛이 통과하지 못해 거의 아무것도 식별하지 못했습니다. 그런 사람의 내부를 보려면 일단 그런 지방층을 뚫을 수 있는 광선을 발견해야 되겠습니다. 그런데 이 청년의 내부는 선명하게 보입니다. 횡격막이 보입니까?" 그는 이렇게 말하고 저 아래 유리판 속에서 오르락내리락하고 있는 활 모양을 손가락으로 가리켰다. "이 왼쪽에 혹 모양으로 튀어나온 부분이 보입니까? 이것은 그가 열다섯 살 때 앓은 늑막염의 흔적입니다. 깊이 숨을 들이쉬세요!" 그는 요아힘에게 명령했다. "더 깊이, 쭉 들이쉬십시오!" 그러자 요아힘의 횡격막이 부들부들 떨며 최대한도로 높이 올라가서, 위쪽의 폐 부분이 환하게 모습을 드러냈지만, 고문관은 이에 만족하지 않았다. "아직 불충분합니다!" 그가 말했다. "폐문 림프선이 보입니까? 유착 부분이 보입니까? 여기 폐 공동이 보입니까? 그를 취하게 하는 독소가 여기서 만들어지는 겁니다." 하지만 한스 카스토르프는 무언가 자루 같고, 보기 흉한 동물 같은, 가운데의 굵은 줄기 뒤에 컴컴하게 보이는 것에 관심을 빼앗기고 있었다. 게다가 관찰자가 볼 때 대부분 오른쪽에 위치해 있는 그것은 마치 헤엄쳐 다니는 해파리처럼 규칙적으로 늘어났다 줄어들었다 하고 있었다.

"그의 심장이 보입니까?" 고문관은 또 한 번 허벅지에서 솥뚜껑 같은 손을 떼고 늘어진 채 팔딱팔딱 뛰고 있는 물체를 가리키면서 물었다. 아니, 그것은 심장이었다. 한스 카스토르프가 본 것은 명예를 중히 여기는 요아힘의 심장이었던 것이다!

"네 심장을 보고 있어!" 그는 쥐어짜는 듯한 목소리로 말했다.

"괜찮고말고." 요아힘이 다시 같은 대답을 했다. 그는 어둠 속에서 조용히 빙그레 웃고 있는 게 분명했다. 하지만 고문관은 감상적인 말을 나누지 말고 조용히 있으라고 일침을 놓았다. 고문관이 가슴 내부의 반점과 선들, 검은 주름을 면밀히 관찰하는 동안 함께 엿보는 한스 카스토르프도 요아힘의 무덤 속의 모습과 해골, 즉 앙상한 뼈대와 비쩍 마른 죽음의 모습을 열심히 살펴보았다. 그에게 경건한 마음과 공포의 감정이 충만했다. "물론이고말고요, 보입니다!" 그는 몇 번이고 되풀이해 말했다. 그는 티나펠 쪽의 친척으로 오래전에 고인이 된 어떤 부인에 관해 들은 적이 있었다. 그녀는 괴로운 재능을 타고났거나 선천적으로 지니고 있어 이를 겸허하게 받아들이고 있었다. 그 능력의 본질은 곧 죽을 사람이 그녀의 눈에 해골로 보인다는 것이었다. 물론 그의 경우는 물리적이고 광학적인 과학의 도움과 작용에 의한 것이기는 했지만 이제 선량한 요아힘도 그의 눈에 그렇게 보였다. 무엇보다 그가 요아힘의 분명한 동의를 얻고 본 것이기에 이는 대수로운 문제는 아니었고, 모든 일은 정상적으로 진행된 것이었다. 그럼에도 그는 투시력을 지닌 그 부인의 운명에 내재된 비애를 이해할 것만 같았다. 그는 자신이 본 것에 커다란 감동을 받았으며, 엄밀히 말하면 그것을 보았다는 사실로 인하여 그의 마음속에는 그것을 본 것이 정상적인 일인가 하는 은밀한 의구심이 들끓어 올랐다. 바닥이 진동하고 뿌지직거리는 어둠 속에서 그런 장면을 보아도 되는 것인지 하는 의구심 말이다. 그의 마음속에서는 신중치 못하다는 기분에 감동적이고 경건한 감정이 뒤섞였다.

그러나 몇 분 뒤에는 한스 카스토르프 자신이 요란한 소리를 내는 번갯불 속에 들어가 있는 반면 요아힘은 빈틈이 없는 몸으로 되돌아가 옷을 입고 있었다. 고문관은 또 한 번 우윳빛의 판을 통해 이번에는 한스 카스토르프의 내부를 엿보았다. 고문관의 중얼거리는 듯한 말, 간간이 뱉는 잔소리와 말투로 보아 결과가 그의 기대와 일치하는 모양이었다. 그러고 나서 그는 친절하게도 환자의 간절한 부탁을 받아들여 환자가 형광판을 통해 자신의 손을 보게 허락해 주었다. 그래서 한스 카스토르프는 자신이 보는 것을 각오해야 했던 것, 하지만 사실 인간이 보도록 되어 있지 않은 것, 또한 자신이 그것을 보리라고 꿈에도 생각지 않은 것을 보고야 말았다. 즉 그는 자신의 무덤 속 모습을 보았던 것이다. 그는 빛의 도움으로 나중에 자신의 몸이 분해된 모습을 미리 보았던 것이다. 자신이 달고 다니는 살이 분해되고 소멸하여 안개처럼 형체도 없이 사라져 버렸다. 그리고 이처럼 흐릿한 가운데 정교하게 뻗어 나간 오른손 뼈마디의 위쪽 약손가락에는 할아버지한테서 물려받은 인장 반지가 시커멓고 헐렁하게 붕 떠 있었다. 인간이 자신의 몸에 장식하는 이 딱딱한 속세의 물건은 살이 녹아 없어지면 자유를 얻었다가 그다음에는 다른 살에 넘어가 한동안 그 살이 자신을 끼고 다니게 하는 것이다. 그는 티나펠 영사의 고인이 된 선조처럼 투시하고 예견하는 눈으로 자신에게 친숙한 몸의 일부를 바라보았다. 그리고 그는 지금까지 살아오면서 처음으로 자신이 죽을 날이 있을 거라는 사실을 깨달았다. 그러면서 그는 자신이 음악을 들을 때 늘 하던 표정, 즉 입을 반쯤 벌리고 머리를 어깨 쪽으로 기울인 채 멍하니 얼빠지고 졸린 듯한 경건한 표정을 지었다. 고문관이 말했다.

"무시무시하지요, 안 그래요? 정말이지, 무시무시하다는 사실은 부인할 수 없지요."

그런 다음 그는 이러한 힘의 활동을 정지시켰다. 방바닥이 잠잠해졌고, 빛의 현상이 사라졌으며, 마법의 유리판은 다시 어둠에 휩싸였다. 그리고 다시 천장의 불이 켜졌다. 한스 카스토르프도 옷을 입는 동안, 베렌스는 이들이 전문 지식이 없는 문외한인 점을 고려하여 자신이 본 것에 대해 몇 가지 자세한 설명을 해 주었다. 특히 한스 카스토르프에 관해서는 과학이라는 명예에 걸맞게 뢴트겐 투시 결과가 청각에 의한 진단과 완전히 일치한다는 것이었다. 옛날의 환부뿐만 아니라 새로운 환부도 볼 수 있으며, '가닥' 이 기관지에서 폐의 꽤 깊은 곳까지 파고들어가 있다는 것이다. '매듭이 있는 가닥들' 이 말이다. 앞서 말했듯이 투명 양화를 증정할 테니 나중에 그가 직접 살펴볼 수 있을 거라고 했다. 그러니 안정 요양을 하고, 인내하고, 규율을 지키고, 검온하고, 먹고, 누워서 기다리며 차를 마시라는 것이다. 그는 사촌들에게서 등을 돌렸고, 이들은 검사실에서 나갔다. 한스 카스토르프가 요아힘의 뒤를 따라가면서 어깨 너머로 바라보니, 기사에게 불리어 쇼샤 부인이 검사실로 들어가고 있었다.

자유

한스 카스토르프 청년에게는 대체 어떤 생각이 들었던 걸까? 의심이 여지 없이 명백하게 이 위의 사람들 곁에서 보낸 7주가 가령 일주일에 불과한 것처럼 생각되었을까? 아니면 이와는 반대로 그가 실제로 이 위에 살았던 일수보다 훨씬 더 오래 있은 것처럼 생각되었을까? 한스 카스토르프는 이에 대해 마음속으로 자문해 보기도 하고, 요아힘에게 물어 보기도 했지만 어느 쪽으로도 결정을 내릴 수 없었다. 어쩌면 두 가지 다 해당될지도 몰랐다. 돌이켜 생각해 보면 이곳에서 보낸 시간이 부자연스러울 정도로 짧게 생각되기도 하고 길게 생각되기도 했지만, 실제 일수처럼 생각되지는 않았기 때문이다. 이렇게 말하는 것도 시간이란 무릇 자연 현상으로, 길고 짧다는 실제적 개념으로 말해도 좋다는 것을 가정했을 때의 이야기이다.

좌우간 10월도 목전에 다가오고 있어, 당장이라도 10월이 될 것만 같았다. 한스 카스토르프는 그것을 쉽게 계산해 낼 수 있었고, 뿐만 아니라 동료 환자들도 그 점에 대해 이야기를 나누는 것을 들을 수 있었다. "닷새 지나면 다시 초하루가 된다는 것을 아세요?" 그는 헤르미네 클레펠트 양이 같이 어울리는 두 젊은 대학생, 라스무센과 입술이 두꺼운 겐저에게 말하는 것을 들었다. 이들은 점심 식사가 끝난 뒤 아직 식탁들 사이에 음식 냄새가 가시지 않은 식당에 서서 안정 요양을 하러 가지 않고 잡담을 나누고 있었다. "10월 1일 말이에요. 관리실의 달력에서 봤어요. 이 유원지에서 두 번째 맞이하는 10월이에요. 좋아요, 이제 여름도 지나가 버렸어요. 여름이라는 게 있기는 했다면 말이에요. 대체로 우리가 인생에 속은 것처럼 여름에 속은 거예요." 그리고 그녀는 한쪽만 남은 폐로 한숨을 쉬고는 우둔한 빛을 띠는 자신의 두 눈으로 천장을 바라보면서 머리를 흔들었다. "기운을 내세요, 라스무센 씨! 재미있는 말을 해 보세요!" 그녀는 축 처진 동료의 어깨를 두드려 주며 말했다. "별로 아는 게 없는데요! 재미있는 말을 할 기분도 아닌데다 항상 너무 피곤해요." 라스무센은 이렇게 대꾸하며 두 손을 지느러미처럼 가슴에 갖다 댔다. "개라도 말이야, 이런 식으로는 더 오래 살고 싶지 않을 겁니다." 겐저가 이빨 사이로 우물거리며 말했다.

세템브리니도 이쑤시개를 입에 물고 부근에 서 있다가 밖으로 나오면서 한스 카스토르프에게 말했다.

"그들의 말을 믿지 마세요, 엔지니어 양반! 그들이 뭐라고 불평하더라도 결코 믿지 마세요! 그들은 다들 여기서 집에서처럼 편안하게 지내면서도 예외 없이 불평하고 있어요. 저렇게 게으름 피우는 생활을 하면서도 동정을 받을 권리를 요구하기도 하고, 독설을 내뿜으며, 빈정거리고 냉소할 권리가 있다고 생각하거든요! '이 유원지에서 말입니다!' 어쩌면 여기가 유원지가 아닐까요? 나는 그렇다고 생각하고 있습니다. 그것도 단어의 가장 미심쩍은 의미에서 말입니다! '속았다고' 그녀가 말했습니다. '이 유원지에서 인생에 속았다고.' 하지만 그녀를 저 아래에서 살아 보게 평지에 보내 봅시다. 그러면 그녀는 저 아래에서의 생활도 분명 참지 못하고 하루가 멀다 하고 이곳에 올라오고 싶어 할 겁니다. 아, 그래요, 그 빈정거림 말입니다! 당신은 이곳에서 유행하는 빈정거리는 말을 주의해야 합니다, 엔지니어 양반! 이러한 정신적 태도에 주의해야 합니다! 그것이 솔직하고 고전적인 수사법이 아니고, 건전한 감성에 한순간이라도 오해의 여지를 남긴다면 그것은 방종이 되고, 문명의 장애물이 되며, 정체, 광신 및 악덕과의 깨끗지 못한 사랑 놀음이 됩니다. 우리가 살고 있는 분위기가 이런 늪지대 식물이 번성하는 데 분명 아주 적합하기 때문에 당신이 나의 말을 이해하기를 바라는 한편, 그게 뜻대로 될지 우려되기도 합니다."

정말이지 이 이탈리아인의 말은 한스 카스토르프가 7주일 전에 평지에서 들었다면 공허한 소리에 불과했겠지만, 이 위에 체재하면서 그의 정신은 그 말의 뜻을 이해할 수 있게 되었다. 이는 아직 머리로 이해한다는 의미이지, 어쩌면 그보다 훨씬 더 중요할지도 모르는 마음으로 공감한다는 의미는 아니었다. 두 사람 사이에 불편한 일이 있었음에도 세템브리니가 지금처럼 말을 해 주고, 계속 자신을 깨우쳐 주고, 주의를 주면서 자신에게 영향을 끼치려고 하는 것에 대해 한스 카스토르프는 내심 기쁘게 생각하기는 했지만, 이제 그의 이해력도 증진되어 적어도 어느 정도까지는 그의 말을 비판하고, 찬성을 보류하는 데까지 이르렀다. '이것 보라지.' 그는 생각했다. '빈정거림에 관해 음악에 관해서 말할 때와 아주 비슷하게 말하잖아. 즉 빈정거림이 솔직하고 고전적인 수사법이기를 그만두는 순간에 대해서 정치적으로 미심쩍다는 말만 안할 뿐이잖아. 하지만 내가 한마디 해도 된다면, 한순간이라도 오해의 여지가 없는 빈정거림이란 대체 어떠한 종류의 빈정거림인지 대관절 묻지 않을 수 없어. 그건 무미건조한 글방 샌님의 빈정거림일지도 몰라!' 교양을 쌓아 가는 젊은이란 이렇게 배은망덕한 것이다. 그런 젊은이는 선물을 받으면서도 그것을 헐뜯는다.

자신의 이러한 반항적인 생각을 말로 표현하는 것은 아무튼 매우 모험적이라고 생각했는지도 모른다. 한스 카스토르프는 자신의 이의 제기를 헤르미네 클레펠트에 대한 세템브리니의 비판에 한정하기로 했다. 그의 비판이 부당하게 생각되었으며, 또는 특정한 이유로 그렇게 생각되기를 바랐기 때문이다.

"하지만 그 아가씨는 병을 앓고 있습니다!" 한스 카스토르프가 말했다. "그녀는 정말로 중병을 앓고 있으니 자포자기하는 것도 무리는 아닙니다. 대체 그런 아가씨에게서 무엇을 바란다는 겁니까?"

"병과 자포자기." 세템브리니가 말했다. "이것도 종종 방종의 한 형태에 지나지 않습니다."

'그럼 레오파르디는.' 한스 카스토르프는 생각했다. '심지어 과

학과 진보에 공공연히 절망했다고 하는 그는? 그러면 글방 샌님
인 당신은? 당신 자신도 병을 앓아 뻔질나게 이곳을 들락거렸으
니, 카르두치가 기뻐할 만한 제자는 아니지 않은가.' 그는 소리를
내어 이렇게 말했다.

"당신은 좋은 분입니다. 그 아가씨는 언제 죽을지 모르는 상태
에 있는데, 당신은 이를 방종이라 부릅니다. 이에 대해 좀 더 자세
한 설명이 필요합니다. 병이 때로는 방종의 결과라고 말씀하신다
면 수긍할 만합니다만……"

"매우 수긍할 만하지요." 세템브리니가 끼어들어 말했다. "내가
그런 말로 맺는다면 만족하시겠나요?"

"또는 병이 방종의 구실로 이용된다고 말씀하신다면, 이것도 납
득이 갑니다만."

"고마운 지적입니다!"

"그런데 병이 방종의 한 형태라고요? 즉 방종에서 생긴 게 아니
라 방종 그 자체라고요? 그거야말로 역설입니다!"

"오, 제발, 엔지니어 양반, 오해를 말아 주세요! 나는 역설을 경
멸하고 증오합니다! 내가 빈정거림에 대해 지적한 모든 것을 역
설에 대해서도 적용할 수 있으며, 오히려 그 이상입니다! 역설은
정적주의(靜寂主義)의 독이 든 꽃이자 퇴폐한 정신의 오색영롱한
빛이며 방종의 극치라 할 수 있습니다! 게다가 나는 당신이 또다
시 병을 옹호하고 있음을 확신합니다……"

"아닙니다, 나는 당신이 하는 말에 흥미가 있습니다. 그 말은 몇
몇 부분에서 크로코프스키 박사가 월요일에 들려주는 강연을 생

각나게 합니다. 그도 유기체의 병을 부수적인 현상이라고 설명하고 있습니다."

"아주 순수한 이상주의자는 아니더군요."

"그의 어떤 점이 마음에 들지 않습니까?"

"방금 한 이 말 말입니다."

"당신은 정신 분석에 대해 부정적인 견해입니까?"

"딱히 그런 것은 아닙니다. 그건 아주 나쁘기도 하고 아주 좋기도 하여 양쪽 다에 해당됩니다, 엔지니어 양반."

"그건 어떤 의미로 이해해야 할까요?"

"정신 분석은 계몽과 문명의 도구로는 좋은 것입니다. 그것이 우둔한 확신을 뒤흔들고, 자연스러운 편견을 해소하고, 권위를 뒤엎는 경우에는 좋은 것입니다. 다른 말로 하면 해방시키고, 순화하며, 교화해서, 노예가 자유를 얻도록 해 줄 때는 좋습니다. 반면에 정신 분석이 행위를 방해하고, 생명을 잉태할 능력이 없어 오히려 생명의 근원을 손상시키는 경우 아주 나쁜 것입니다. 정신 분석은 죽음처럼 아주 역겨운 것일 수도 있습니다. 그것은 엄밀히 말하면 죽음에 속하는 것일지도 모르기 때문입니다. 무덤과 그것의 악명 높은 해부와 유사한 것이 될 수 있습니다."

'잘도 으르렁대는구나, 사자처럼.' 한스 카스토르프는 세템브리니가 교육적인 이야기를 설파할 때 보통 그러는 것처럼 이렇게 생각하지 않을 수 없었다. 하지만 그는 이렇게 말할 뿐이었다.

"우리는 최근에 지하실에서 빛에 의한 해부를 실시했습니다. 베렌스는 우리에게 뢴트겐을 투시하면서 그렇게 불렀습니다."

"아, 벌써 그 단계에까지 갔습니까? 그래서요?"

"나는 내 손의 해골을 보았습니다." 한스 카스토르프는 그것을 본 순간 마음속에 떠오른 기분을 되살리려고 하면서 말했다. "당신도 그런 것을 본 적이 있습니까?"

"아니오, 나는 내 해골에 조금도 관심이 없습니다. 그래서 의사가 진단한 결과는요?"

"그는 가닥을, 매듭이 있는 가닥을 보았답니다."

"악마의 종 같으니라고."

"당신은 언젠가도 베렌스 고문관을 그렇게 불렀지요. 그건 무슨 뜻인가요?"

"그것이 딱 들어맞는 명칭이라는 것을 믿어도 좋습니다!"

"아닙니다, 부당한 표현입니다, 세템브리니 씨! 그 사람에게 약점이 있다는 것은 인정합니다. 그의 말투는 한참 듣고 있으면 나도 언짢아지니까요. 그 사람의 말투에는 때때로 부자연스러운 점이 느껴집니다. 그가 이 위에서 부인을 잃은 커다란 슬픔을 지니고 있다는 점을 상기하면 특히 그렇습니다. 하지만 그는 어느 모로 보든지 존경할 만한 훌륭한 사람이고 고통을 겪고 있는 인류의 은인입니다! 나는 얼마 전에 이판사판으로 갈비뼈 절개 수술을 막 마치고 나오는 그와 마주친 적이 있었습니다. 나는 그토록 힘들고 유익한 일을 마치고 나오는 그를 보고 커다란 감명을 받았습니다. 그는 그 일에 아주 정통한 사람이지요. 그는 아직 흥분이 가시지 않은 얼굴로 자신의 수술에 대한 보답으로 시가를 피워 물고 있었습니다. 나는 그분이 부러웠습니다."

"좋은 말입니다. 그럼 형량은 얼마나 받았습니까?"

"특별한 기한은 정하지 않았습니다."

"그것도 나쁘지 않군요. 그럼 이제 가서 눕도록 합시다, 엔지니어 양반. 각자의 자리로 돌아가서요."

이들은 34호실 앞에서 헤어졌다.

"이제 옥상으로 올라가세요, 세템브리니 씨. 혼자 누워 있는 것보다 여러 사람이 같이 누워 있는 게 더 즐겁겠지요. 서로 환담을 나눕니까? 같이 안정 요양을 하는 사람들은 재미있는 사람들인가요?"

"아, 다들 파르티아인*과 스키타이인뿐입니다!"

"러시아인들인가요?"

"그렇습니다, 러시아 여자들도 있습니다." 이렇게 말하는 세템브리니의 입 언저리가 팽팽하게 긴장되었다. "자, 그럼 안녕히 가세요, 엔지니어 양반!"

그것은 분명 저의가 있는 말이었다. 한스 카스토르프는 혼란스러운 마음으로 자신의 방으로 들어갔다. 세템브리니는 한스 카스토르프의 현재 상태를 알고 있는 것일까? 분명 그는 교육자답게 탐색해서 한스 카스토르프의 시선 방향을 추적한 모양이었다. 한스 카스토르프는 그 이탈리아인과 자제하지 못하고 쓸데없는 질문을 던진 자신에게 화가 났다. 그는 자신의 안정 요양에 가지고 갈 펜과 종이를 찾으면서도 — 이제는 고향에 보낼 세 번째 편지를 쓰는 것을 더는 머뭇거릴 수 없었기 때문이다 — 여전히 화를 풀지 못하고 있었다. 자신은 거리에서 소녀들에게 추파를 던지면서 자기와는 하등 관계가 없는 남의 일에 간섭하는 이 허풍선이이자 다변가에 대해 이러쿵저러쿵 중얼거리며 투덜거렸다. 그리고 이제는 편지를 쓸 기분조차 싹 가시고 말았다. 이 손풍금장이가 아까 넌지시 암시하는 말로 자신의 기분을 완전히 망쳐 버렸던 것이다. 하지만 기분을 잡치든 말든 겨울옷이 없이는 지낼 수 없었다. 그는 돈과 속옷과 신발이 필요했고, 여름 3주일이 아니라 얼마일지는 확실히 알 수 없지만, 어쨌든 겨울의 일부분, 아니 이 위에 사는 우리들의 개념과 시간관념으로는 겨울철 내내 체재할 줄 미리부터 알았다면 가져왔을 모든 것이 필요했다. 사실 이러한 점에 대해 적어도 그럴 가능성이 있다는 사실이라도 집에 알리는 것이 필요했다. 이번에는 저 아래 사람들에게 숨김없이 털어놓는 게 필요했고, 자신에게나 이들에게 언제까지나 속여서는 안 될 일이었다.

이런 생각으로 그는 전에 요아힘이 하는 방법을 여러 번 본 적이 있었는데, 이 기술을 따라서 했다. 즉 그는 접이식 침대에 누워서 두 무릎을 세우고 그 위에 여행용 손가방을 얹은 뒤, 책상 서랍에 준비되어 있는 요양원의 편지지에 만년필로 편지를 썼다. 그는 두 명의 외삼촌 가운데서 자신과 가장 친한 야메스 티나펠에게 편지를 쓰고, 영사인 종조부에게 이러한 사실을 전해 달라고 부탁했다. 그는 뜻하지 않은 성가신 사건, 사실이 될지도 모르는 우려에 대해 쓰고, 의사의 소견에 따라 겨울의 일부 내지는 겨울 내내 이 위에서 보내야 할지도 모른다고 썼다. 자신과 같은 경우는 요란하게 나타나는 증세보다 더 위험하니, 단호히 조처를 취하여 제때에 확실히 예방하는 것이 필요하기 때문이라고 썼다. 이러한 관점에서 볼 때 우연히 이곳에 올라와 진찰을 받게 된 것이 다행스러운 일이고 운 좋은 섭리라고 말했다. 그렇지 않았더라면 자신의 용태에 대해 오랫동안 까맣게 모르고 있다가 어쩌면 나중에 가서 손쓸 수 없는 상태임을 알게 되었을지도 모르기 때문이다. 예상되는 요양 기간에 대해서는 아마 겨울을 넘기게 될지도 모르고, 행여나 요아힘보다 더 늦게 평지로 되돌아가게 되더라도 놀라지 말아 달라고 썼다. 이곳의 시간 개념은 보통의 온천 여행이나 요양 여행때의 그것과는 사뭇 다르며, 소위 말하면 달이 최소의 시간 단위인 것으로 하나하나로 볼 때는 달도 아무런 역할을 수행하지 못한다고 썼다.

날씨가 추워, 그는 외투를 입고 이불을 둘러쓴 채 발갛게 달아오른 손으로 썼다. 때때로 합리적이고 설득력 있는 문장이 적힌 종이에서 눈을 들어 이제 친숙해져서 거의 보지 않게 된 풍경, 출구가 유리처럼 투명하고 창백한 산봉우리로 막혀 있는 길게 뻗은 골짜기를 바라보았다. 때때로 햇빛을 받아 반짝거리는 골짜기는 화창하게 빛났고, 바닥 부분에 집들이 있어 황량한 숲이나 비탈진 목초지에서는 암소의 방울 소리가 들려왔다. 글을 쓰면서 펜 끝이 점점 더 경쾌해져 왜 자신이 편지 쓰기를 두려워했는지 이해가 안 될 정도였다. 글을 쓰면서 그는 자신의 설명보다 더 분명한 것은 없으며, 물론 집에서도 완전히 양해해 줄 거라고 생각했다. 자신의 계층과 상황에 있는 젊은이라면 그렇게 하는 것이 현명한 일이라는 판단이 들면, 특별히 자신과 같은 신분의 사람들을 위해 준비된 편의 시설을 이용하는 게 일반적이었다. 또 그렇게 하는 게 마땅했다. 그가 만약 집으로 돌아간다 해도 그에게서 사정을 듣고 다시 이 위로 돌려보냈을 것이다. 그는 자신에게 필요한 물건을 보내 달라고 부탁했다. 또한 마지막으로 그는 필요한 돈을 정기적으로 보내 달라고 부탁했다. 한 달에 800마르크면 충분하다는 것이다.

그가 편지 끝에 서명을 하는 것으로 모두 끝이 났다. 집에 보낸 이 세 번째 편지로 충분하여 한동안은 버틸 수 있었다. 저 아래의 시간 개념이 아니라 이 위에서의 시간 개념으로 말이다. 이 편지는 한스 카스토르프에게 자유를 보장해 주었다. 그가 사용한 자유라는 말은 마음속으로 음절을 만들어 본 것에 불과하지 명시적으로 언급한 말은 아니었고, 그가 이곳에 머무르면서 배우게 되었듯이 가장 광범위한 의미로 사용한 것이었다. 세템브리니가 이 말에 덧붙일지도 모르는 의미와는 별로 관계가 없는 의미로 사용한 것이었다. 그리고 그는 익히 잘 아는 공포와 흥분의 물결에 사로잡혔고, 한숨을 내쉬자 그의 가슴은 떨리기 시작했다.

글을 쓰느라 머리에 피가 몰려 그는 볼이 화끈거렸다. 조그만 전기스탠드가 놓여 있는 탁자에서 체온계를 꺼내 이 기회를 놓치지 않고 체온을 재어 보니, 37.8도까지 올라가 있었다.

'이것이 보이세요?' 한스 카스토르프는 마음속으로 물어 보았다. 그리고 그는 추신으로 이렇게 덧붙였다. "편지를 쓰느라 힘이 들어 체온이 37.8도로 올라갔어요. 이러니 당분간은 절대 안정을 취해야 되겠습니다. 자주 편지를 드리지 못하더라도 부디 용서해 주시기 바랍니다." 그런 다음 그는 자리에 누워, 전에 형광판 뒤에서 그랬던 것처럼 손바닥을 밖으로 향한 채 허공으로 손을 쳐들었다. 하지만 하늘빛은 손의 상태에 변화를 주지 못했다. 밝은 빛 앞에서 손 모양이 더 어둡고 불투명하게 보였으며, 손의 가장 바깥쪽 윤곽만이 불그스름하게 투명한 모습을 보일 뿐이었다. 이것은 그가 보고 씻고 사용하곤 하는 살아 있는 손이었고, 전에 형광판에서 바라본 낯선 뼈대는 아니었다. 그가 그때 들여다본 해부된 무덤은 다시 닫혀 있었다.

수은주의 변덕

10월도 여느 달과 마찬가지로 시작되었다. 그 자체로는 완전히 겸손하고 소리 없는 시작이다. 신호도 표시도 없이 슬그머니 들어오는 바람에 눈을 부릅뜨고 주의하지 않으면 이를 쉽사리 놓쳐 버리게 된다. 시간에는 사실 눈금이 없고, 새로운 달이나 해가 시작될 때 천둥이 치는 것도 아니고 나팔 소리가 울리는 것도 아니다. 그리고 새로운 세기가 시작될 때 예포를 쏘거나 종을 치는 것도 인간뿐이다.

한스 카스토르프가 맞이한 10월 1일은 9월 30일과 조금도 다를 바 없이 춥고 음산한 하루였다. 그리고 다음 며칠 동안도 같은 날들이 계속되었다. 안정 요양을 하기 위해서는 밤뿐만 아니라 낮에도 겨울 외투와 두 장의 낙타털 담요가 필요했다. 볼은 공연히 상기되었지만 책을 들고 있는 손가락은 축축하고 뻣뻣했다. 요아힘은 슬리핑백을 사용하고 싶은 강한 유혹을 느꼈지만, 때이르게 버릇이 잘못 들까 봐 이를 단념하고 말았다.

하지만 며칠도 안 돼 10월 초와 중순 사이에 모든 것이 일변했다. 그리고 늦게나마 다시 여름이 찾아와 놀라울 정도로 화창한 날씨가 계속되었다. 한스 카스토르프는 이 지역의 10월을 찬미하는 소리를 들어 왔는데 이게 그냥 하는 말이 아님을 알게 되었다. 2주일 반 동안 산과 골짜기에 화창한 하늘이 계속되었는데, 하루가 다르게 날이 더욱 청명해졌다. 구름 한 점 없는 하늘에서 햇볕이 얼마나 따갑게 내리쬐던지 누구나 이미 벗어던진 가장 가벼운 여름옷인 모슬린 옷과 아마포 바지를 다시 꺼내 입지 않을 수 없었다. 그리하여 구멍이 여러 개 뚫린 쐐기로 솜씨 좋게 접이식 침대의 팔걸이에 단단히 고정시킨, 아마포로 만든 손잡이가 없는 차양조차도 한낮의 직사광선에는 별로 도움이 되지 않았다.

"이렇게 좋은 날씨를 맞이하게 되어 다행이야." 한스 카스토르프가 사촌에게 말했다. "가끔씩 날씨가 무지 고약하더니 말이야. 벌써 겨울이 가고 좋은 계절이 올 것만 같아." 그의 말이 옳았다. 진정한 실상을 암시해 주는 몇몇 특질이 있었지만, 별로 눈에 띄지는 않았다. 저 아래 플라츠에서 근근이 목숨을 이어 가며, 진작부터 기가 꺾여 나뭇잎이 다 떨어져 버린 두세 그루의 단풍나무를 제외하면 주위의 풍경에 계절감을 나타내 줄 만한 활엽수가 이곳에는 없었다. 부드러운 침엽이 나뭇잎처럼 변하는 자웅동체인 알프스 오리나무만이 가을답게 헐벗은 모습을 보이고 있었다. 그 밖에 이 근방의 수목은 높이 치솟은 것이든 낮게 웅크린 것이든 경계가 뚜렷하지 않고 일년 내내 눈보라가 휘몰아치곤 하는 이곳의 겨울 날씨에 잘 견디는 상록의 침엽수였다. 그리고 따갑게 내리쬐는 태양에도 불구하고 숲을 여러 층으로 나누고 있는 적갈색의 색조만이 깊어 가는 가을을 알려 줄 뿐이었다. 물론 자세히 관찰해 보면 들꽃도 마찬가지로 소리 없이 계절을 알려 주었다. 한스 카스토르프가 이곳에 처음 왔을 때 비탈을 장식하고 있던 난초와 비슷하게 생긴 야생 난초와 관목 모양의 매발톱은 더 이상 보이지 않았고, 야생 패랭이꽃도 어느덧 자취를 감추었다. 용담과 줄기가 짧은 크로커스만은 아직 남아서 표면이 데워진 대기 어딘가에 냉기가 흐른다는 것을 알려 주었다. 그리하여 열병을 앓는 환자에게 오한이 느껴지듯, 겉으로는 피부가 거의 그을리다시피 한 안정 요양자의 온몸에 느닷없이 냉기가 느껴지게 하는 일이 있었다.

그러므로 시간을 관리하는 사람으로서 그것의 흐름에 주의를 기울이고 마음속으로 시간의 단위를 잘게 나누고 헤아리며 명명하는 일을 한스 카스토르프는 이행하지 않았다. 그는 10월이 슬며시 찾아온 것에 주의를 기울이지 않았던 것이다. 다만 10월의 감촉만을 느꼈고, 내부와 저변에 은밀한 냉기를 숨긴 이글거리는 태양만을 느꼈을 뿐이다. 이처럼 강한 감촉을 처음 느껴 본 그는 이를 요리와 비교하게 되었다. 그가 요아힘에게 한 표현에 따르면, 그 감촉은 달걀 모양의 뜨거운 거품 밑에 차디찬 아이스크림을 숨긴 '오믈렛 엉 쉬르프리즈'를 생각나게 했다. 그는 꽤 여러 번 그런 말을 했고, 피부에는 열이 있는데 오한을 느끼는 사람처럼 급하고도 유창하게 덜덜 떠는 목소리로 말했다. 물론 그렇지 않을 때는 깊이 생각에 잠긴 것은 아니었지만 침묵을 지켰다. 왜냐하면 그는 외부의 사물에 관심을 기울였지만, 한 가지 점에 집중하여 여타의 것은 사람이든 사물이든 안개 속에 몽롱해져 있었기 때문이다. 그것은 한스 카스토르프의 머릿속에 생겨난 안개로, 몽롱하게 안개에 둘러싸인 당사자와 마찬가지로, 베렌스 고문관과 크로코프스키 박사는 이를 의심의 여지 없이 가용성 독소의 산물이라고 말했을 것이다. 하지만 이런 사실을 인식하고 있으면서도 그는 도취에서 깨어나려고 분발하지 않았고, 또는 깨어나려는 소망조차 조금도 품지 않았다.

도취란 취해 몽롱해지는 것이 목적이며, 거기서 깨어나는 것이야말로 더없이 귀찮고 혐오스럽게 생각되기 때문이다. 도취는 이를 누그러뜨리려는 기분에 반대해 자신의 견해를 주장하며, 도취 상태를 유지하기 위해 이러한 기분을 허용치 않는다. 한스 카스토르프는 쇼샤 부인의 옆모습이 다소 날카롭고 그리 젊어 보이지 않으며, 마음에 들지 않아 보여 전에 이에 대해 직접 말로 표현한 적이 있었다. 그 결과 어떠했는가? 그는 그녀의 옆모습을 보는 것을 피하고, 멀리서든 가까이서든 우연히 그녀의 옆모습을 보게 되는 일이 있으면 고통스러워 문자 그대로 눈을 감아 버렸다. 왜 그랬을까? 그의 이성은 흔쾌히 이런 기회를 포착하여 자신의 진가를 발휘해야 했을 것이다! 하지만 이는 무리한 요구이다. 이런 화창한 날씨가 계속되는 가운데 쇼샤 부인이 흰 레이스가 달린 아침 실내복을 입고 두 번째 아침 식사에 다시 한 번 나타났을 때 한스 카스토르프는 황홀한 나머지 얼굴이 창백해졌다. 날씨가 따뜻할 때 입는 그 옷은 그녀를 이루 말할 수 없이 매력적으로 보이게 했다. 그녀는 늦은 시각에 나타나 문을 쾅 닫고 미소를 지으며 두 팔을 서로 약간 다른 높이로 올리고는 홀을 향해 자신을 선보였다. 하지만 그가 황홀해진 것은 그녀의 모습이 좋아 보여서가 아니라 그녀로 인해 머릿속의 감미로운 안개가 더욱 자욱해지고, 스스로 원한 도취 상태가 더욱 심해져서 몽롱해지는 것이 목적인 이러한 상태가 정당화되고 북돋워진 때문이었다.

로도비코 세템브리니 식으로 사고하는 비평가가 이렇게 선한 의지가 부족한 것을 보았다면 곧바로 방종이나 '방종의 한 형태'라고 말했을 것이다. 한스 카스토르프는 세템브리니가 '병과 자포자기'에 대해 피력한 문필가적인 문구, 한스 카스토르프가 이해할 수 없다고 생각했거나 그렇게 생각하는 듯한 시늉을 했던 문구를 가끔씩 생각했다. 한스 카스토르프는 클라브디아 쇼샤를, 그녀의 축 늘어진 등을, 앞으로 내민 머리를 지켜보았다. 그는 그녀가 까닭도 구실도 없이, 오로지 예의와 질서 의식이 부족하기 때문에 언제나 늦게 식당에 나타나는 것을 지켜보았다. 그는 그녀에게 바로 이러한 기본 소양이 부족하기 때문에 자신이 드나드는 문을 쾅 하고 닫고, 빵을 둥글게 뭉치며, 때로는 손톱 부위를 씹는 것을 지켜보았다. 그리고 그의 마음속에서는 말없는 예감이 일어났다. 그녀가 병을 앓고 있다면, 그리고 이곳에 그토록 오랫동안 여러 번씩이나 살아야 한 것으로 미루어 볼 때 그녀가 어쩌면 희망이 없을 정도로 중병을 앓고 있는 것이 분명하지만, 그녀의 병은 전적으로 그렇다고 볼 수는 없을지라도 대부분은 윤리적 결함에 기인하는 것이 아닐까. 그것도 사실 세템브리니가 말했듯이 그녀의 병은 '방종'의 원인이나 결과가 아니라 방종과 동일한 것이 아닐까. 한스 카스토르프는 인문주의자가 안정 요양을 같이 해야 하는 파르티아인과 스키타이인을 입 밖에 내면서 경멸하는 몸짓을 보인 것을 기억에 떠올렸다. 그러한 몸짓은 자연스럽고도 즉각적으로 나온, 그 이유를 따질 필요도 없는 멸시와 거부의 몸짓이었다. 한스 카스토르프는 어쩌면 이러한 감정을 예전부터 잘 알고 있었는지도 모른다. 식탁에 반듯이 앉아 문을 쾅 하고 닫는 것을 마음속으로부터 증오하고, 손톱을 깨문다는 것은 꿈에도 생각한 적이 없으며(자신에게는 마리아 만치니가 있었기 때문에 그럴 필요가 없었던 것이다), 쇼샤 부인의 무례함에 심한 반감을 갖고, 눈이 가느다란 그 외국인이 독일어로 말하는 것을 듣고 우월감 같은 것을 떨칠 수 없었을 때부터 그는 그런 감정을 익히 잘 알고 있었다.

그러나 이제 한스 카스토르프는 심경의 변화 때문에 이러한 감정을 거의 내버리게 되었다. 오히려 그가 화를 느낀 당사자는 파르티아인과 스키타이인에 대해 오만하게 말한 이탈리아인이었다. 그렇다고 해서 그가 이류 러시아인 석의 사람들, 즉 텁수룩한 머리칼을 하고 셔츠도 입지 않고 앉아, 다른 나라 언어는 전혀 아는 게 없는지 끊임없이 생소하기 짝이 없는 자기 나라 언어로 토론하는 대학생들을 딱히 염두에 두고 한 말은 아니었다. 베렌스 고문관이 얼마 전에 피력한 바에 따르면, 그는 뼈가 없는 것처럼 흐물흐물한 이들 언어의 성격이 갈빗대가 없는 흉곽을 연상시킨다고 했다. 이들의 풍습이 인문주의자에게 어쩌면 동떨어진 거리감을 불러일으킬 수 있다는 것은 있을 법한 일이었다. 이들은 음식을 나이프로 찍어 입에 넣었고, 화장실을 형편없이 더럽혔다. 세템브리니는 이들 무리 중에서 의과 대학 본과에 다니는 한 대학생이 라틴어를 전혀 모르더라고 주장했다. 예를 들어 그는 바쿰 (Vacuum, 진공)이 무슨 뜻인지도 모르더라는 것이다. 그리고 한스 카스토르프 자신이 매일 겪는 경험에 비추어 볼 때, 32호실의 부부가 아침에 마사지를 하러 오는 마사지사를 침대에 나란히 누운 채로 맞이한다고 식탁에서 슈퇴어 부인이 한 말이 정녕 거짓말은 아닐 듯했다.

하지만 이 모든 말이 사실이라 하더라도 '일류'와 '이류'를 그냥 장식으로 확연히 구별해 두고 있는 것은 아니었다. 한스 카스토르프는 이 두 식탁의 사람들을 파르티아인과 스키타이인이라는 이름으로 오만하고도 냉정하게 — 비록 자신도 열이 있고 다소 취해 있기는 하지만 냉정하게 — 뭉뚱그려 말하는 공화국과 아름다운 문체의 선전가에 대해서는 그냥 무관심하게 대하리라고 마음속으로 다짐했다. 세템브리니가 왜 그렇게 말했는가를 젊은 한스 카스토르프는 잘 이해하고 있었다. 그도 쇼샤 부인의 병과 그녀의 '칠칠치 못한 태도'의 관계를 이해하기 시작했다. 하지만 실상은 그가 언젠가 요아힘에게 말한 그대로였다. 처음에는 분노와 거리감을 느끼지만, 어느샌가 '판단력과는 전혀 다른 요소가 섞여들어' 엄격한 예의범절을 무색하게 만들어 버리는 것이다. 이렇게 되면 공화주의자의 웅변조의 교육은 거의 귀에 들어오지 않는다.

하지만 필경 로도비코 세템브리니가 말하는 의미에서도 물어 보건대, 인간의 판단력을 마비시키고 정지시키며, 인간에게서 판단하는 권리를 빼앗거나 또는 도리어 얼토당토않은 희열에 빠져 그 권리를 포기케 하는 수상쩍은 일이 어째서 벌어진단 말인가? 우리는 그 이름을 묻는 게 아니다. 이름은 누구나 다 알고 있기 때문이다. 우리가 묻는 것은 그것의 윤리적인 성질이다. 그리고 솔직히 말하면 우리가 그것에 대한 딱 부러지는 대답을 기대하는 것은 아니다. 한스 카스토르프의 경우에는 판단하는 것을 그만두게 되었을 뿐만 아니라 자신의 마음을 사로잡는 생활 형식을 직접 실험해 보는 지경에 이르게 되었다. 말하자면 그는 식탁에서 등을 구부정하게 축 늘어뜨리고 앉아 보고는, 그런 자세가 골반 근육을 편하게 해 준다는 사실을 알게 되었다. 더구나 자신이 드나드는 문을 조심스럽게 닫지 않고 쾅 닫아 보기도 했다. 그리고 이것도 역시 해 볼 만하고 편하다는 사실을 알게 되었다. 이는 어깨를 으쓱하는 동작과 같은 것이었다. 그가 이곳에 처음 왔을 때 요아힘이 어깨를 으쓱하며 자신을 맞이하였는데, 그 후로도 그는 이 위의 사람들에게서 종종 그런 동작을 발견하였다.

한마디로 말해 우리의 여행자인 한스 카스토르프는 이제 클라브디아 쇼샤에게 홀딱 반했다. 우리가 또 이런 표현을 쓰는 것은 그 말이 불러일으킬지도 모르는 오해에 대해 충분히 예방 조치를 취해 놓았다고 생각하기 때문이다. 그러므로 한스 카스토르프의 연정의 본질은 예의 노래의 정신인 감미롭고 부드러운 애수가 아니었다. 오히려 그것은 이러한 연정 중에서 꽤 모험적이고 방랑자적인 변종으로, 열병 환자의 용태나 고원 지대의 10월처럼 오한과 열기가 섞여 있는 상태였다. 그리고 이 양극단을 연결해 주는 정서적인 매개물이 사실 결여되어 있었다. 그의 연정은 한편으로는 젊은이를 창백하게 하고 그의 얼굴 표정을 일그러지게 하는 직접적인 대상, 즉 쇼샤 부인의 무릎, 다리의 선, 등과 목덜미, 그녀의 조그만 가슴을 양쪽에서 압박하고 있는 팔—한마디로 말해 그녀의 칠칠치 못하고 고양된 육체, 병으로 인해 엄청 강조되고 또 한 번 육화(肉化)된 육체에 향해졌다. 그리고 다른 한편으로 이 연정은 무언가 극히 일시적이고 막연한 상념, 아니 하나의 꿈이었다. 무의식적이긴 하지만 분명하게 제기된 질문에 대해 공허한 침묵 외에 아무런 답변도 얻지 못한 젊은이가 꾸었던 끔찍하고 무한히 유혹적인 꿈이었다. 누구나 그렇게 하듯이 여기서 이야기를 진행하는 도중에 우리의 사적인 견해를 피력하도록 하겠다. 한스 카스토르프가 인생을 살아가는 의의와 목적에 관해 시대의 깊은 곳에서 그의 단순한 영혼을 만족시킬 만한 해답을 얻을 수 있었더라면, 애초에 이 위의 사람들 곁에 머무르기로 한 일수를 현재 우리가 이야기하는 시점까지 연장하지는 않았을 거라고 추측하는 바이다.

게다가 그의 연정은 이러한 정신 상태가 어떠한 장소, 어떠한 상황에서도 맛보게 해 주는 온갖 고통과 기쁨을 그에게 안겨다주었다. 이러한 고통은 뼈에 사무치는 것이고, 모든 고통이 다 그렇듯이 거기에는 불명예스러운 요소가 들어 있다. 그리고 이러한 고통은 신경 계통에 충격을 주어, 호흡을 곤란하게 하고 사내 대장부로 하여금 쓰라린 눈물을 흘리게도 한다. 기쁨에 관해서도 제대로 말하면, 눈에 띄지 않는 동기에서 비롯된 것이긴 하지만 기쁨도 역시 컸고, 그것은 고통 못지않게 강렬한 것이었다. 베르크호프의 하루는 거의 매순간 그런 기쁨을 안겨 줄 수 있었다. 가령 식당에 발을 들여놓는 순간 한스 카스토르프는 자신이 꿈에 그리던 대상이 뒤에 따라오는 것을 깨닫게 된다. 그 결과는 미리부터 빤한 것으로 아주 단순한 성질을 띠고 있지만, 역시 눈물을 자아내게 할 정도로 마음속에 황홀감을 안겨 준다. 그의 눈과 잿빛을 띤 그녀의 녹색 눈이 가까이에서 서로 마주치면 그녀의 약간 아시아적인 눈매에 그는 뼛속까지 황홀감을 맛본다. 그러면 그는 그만 의식을 잃고 말지만, 의식을 잃은 상태에서도 옆으로 비켜서서 그녀가 먼저 문으로 들어가게 해 준다. 그러면 그녀는 엷은 미소를 띠며 들릴 듯 말 듯한 소리로 "메르시"라고 프랑스어로 말하고는 남의 눈에는 부인에 대한 단순한 예의에 지나지 않는 그의 호의를 받아들여 그의 옆을 지나서 문으로 들어간다. 그는 옆을 스쳐 지나간 여인의 향내에 취한 채 서로 마주친 기쁨과 그녀가 자신의 입으로 직접 그에게 "메르시"라고 말한 것에 대한 기쁨에 바보같이 서 있다. 그런 다음 그는 그녀의 뒤를 따라 오른쪽에 있는 자신의 자리로 비틀비틀 걸어간다. 그리고 그가 자신의 자리에 털썩 주저앉으면서 저쪽에서도 역시 클라브디아가 자리에 앉으며 자기 쪽으로 고개를 돌리는 것을 목도한다. 그의 생각에 그녀가 문에서 자신을 만난 것을 음미하는 표정을 짓는 듯하다. 오, 믿을 수 없는 모험! 오, 환호, 승리, 한량없는 이 기쁨! 그렇다, 한스 카스토르프는 저 아래 평지에서 건강한 아가씨를 만나 공개적으로 붙임성 있게 희망에 차서 예의 노래의 의미로 '자신의 마음을 바쳤더라도' 이러한 환상적인 만족감과 황홀감을 맛보지는 못했을 것이다. 이 모든 장면을 보고 솜털이 보송보송한 볼을 붉히는 여교사에게 그는 열에 들떠 쾌활하게 인사한다. 그런 다음 그가 로빈슨 양에게 영어로 아무런 의미도 없는 말을 해 대면 황홀감과는 거리가 먼 그 여자는 놀라 뒤로 물러나며 겁먹은 시선으로 그를 빤히 쳐다보는 것이다.

또 한번은 저녁 식사 때 붉게 저물어 가는 태양 광선이 일류 러시아인 석을 비추고 있었다. 베란다 문과 식당 창문에는 커튼이 쳐져 있었지만, 어딘가에 틈이 벌어져 있어 그곳으로 붉은 광선이 서늘하고도 눈부시게 들어와 바로 쇼샤 부인의 머리에 떨어졌다. 그래서 그녀는 오른편의 가슴 부분이 쑥 들어간 동국인과 대화를 나누면서 손으로 햇빛을 가리지 않으면 안 되었다. 이는 성가신 일이기는 해도 힘든 일은 아니었다. 아무도 이에 신경 쓰지 않았고, 쇼샤 부인 자신도 어쩌면 이런 불편한 사실을 의식하지 못했을지도 모른다. 하지만 한스 카스토르프는 이런 장면을 홀 너머로 지켜보고 있었다. 그는 한동안 이런 사실을 주시하고 있다가 사태의 진상을 알아차리고 빛이 들어오는 길을 추적해서는 그 장소를 알아냈다. 빛은 저 뒤 오른쪽 베란다 문과 이류 러시아인 석 사이의 구석에 있는 아치형의 창문을 통해 들어왔다. 그것은 쇼샤 부인의 자리와 한스 카스토르프의 자리로부터 거의 같은 거리에 위치해 있었다. 그래서 그는 결단을 내렸다. 그는 냅킨을 손에 들고 아무 말 없이 일어나서는 홀을 통과해 식탁 사이를 비스듬히 가로질러 갔다. 그는 저 뒤 크림색 커튼을 잘 붙게 닫고 어깨 너머로 바라보고는 석양이 차단되어 쇼샤 부인이 빛에서 해방된 것을 확인했다. 그런 다음 그는 아무 일도 아니라는 듯 태연한 태도로 되돌아왔다. 아무도 그 일을 하지 않기에 의당 해야 할 일을 한 주의 깊은 청년의 모습이었다. 그가 한 일에 주의를 기울이는 사람은 거의 없었지만, 쇼샤 부인은 편해진 것을 곧 느끼고 뒤를 돌아보았다. 한스 카스토르프가 다시 자신의 자리에 돌아와 앉으면서 그녀 쪽을 바라볼 때까지 그녀는 그 자세를 계속 유지하고 있었다. 그런 후 그녀는 머리를 숙이기보다는 앞으로 내밀면서 기분 좋게 놀란 듯한 미소를 지으며 감사의 뜻을 표했다. 그도 머리를 숙이며 이에 답례를 보냈다. 그는 심장이 멎어 버려 도무지 뛰지 않는 것 같았다. 이 모든 일이 지나간 다음에야 그의 심장이 다시 고동치기 시작했다. 그리고 그제야 그는 요아힘이 시선을 조용히 접시 위에 떨구고 있는 것을 알아챘다. 슈퇴어 부인이 블루멘콜 박사의 옆구리를 찌르고는 킥킥거리며 자신의 식탁과 다른 식탁에서 이 사건을 아는 사람이 있지나 않을까 하고 주위를 두리번거리는 것을 나중에 가서야 그도 알아차리게 되었다.

우리는 일상적으로 일어나는 일을 묘사하고 있지만, 그런 것도 판이하게 다른 환경에서 일어나면 색다른 것이 된다. 두 사람 사이에는 긴장이 감돌다가도 기분 좋게 해소되기도 했다. 혹은 두 사람 사이라고 말하는 게 어폐가 있다면 (쇼샤 부인이 어느 정도로 이를 느꼈는지 우리는 불문에 부치려고 하기 때문이다) 한스 카스토르프의 환상과 느낌으로는 그러하였다. 요즘 들어 날씨가 화창한 관계로 대부분의 요양객들은 점심 식사가 끝난 뒤 식당 앞의 베란다로 나와 15분가량 떼를 지어 일광욕을 하였다. 그럴 때면 14일마다 돌아오는 일요일의 관악기 연주회 때와 비슷한 광경이 연출되었다. 고기와 달콤한 과자로 지나치게 배를 채우고, 할 일이 전혀 없으며, 약간 미열이 있는 젊은이들이 잡담을 나누고 시시덕거리며 추파를 던지기도 했다. 암스테르담 출신의 잘로몬 부인이 난간에 앉아 있었는데, 입술이 두툼한 겐저와 몸집이 거대한 스웨덴인이 양쪽에서 그녀를 무릎으로 압박하고 있었다. 스웨덴인은 병이 다 나았지만 조금 더 요양을 하기 위해 이곳에 계속 머무르고 있었다. 일티스 부인은 미망인처럼 행세했다. 얼마 전부터 '애인'과 어울리는 것을 즐기고 있었기 때문이다. 그는 우울한 표정에다가 보잘것없는 외모를 하고 있었다. 그 남자와 어울리면서도 부인은 매부리코에다 콧수염에 포마드를 바르고 가슴이 떡 벌어졌으며 매서운 눈을 한 미클로지히 대위의 구애(求愛)를 받아들이는 것도 마다하지 않았다. 안정 요양 홀에는 국적이 서로 다른 부인들이 있었는데, 그 가운데는 10월 1일에 처음으로 모습을 드러내어, 한스 카스토르프가 아직 이름을 잘 모르는 새로 온 여자들도 있었다. 이 여자들 틈에 알빈 씨 타입의 신사들, 외알 안경을 낀 17세가량의 소년, 그리고 장밋빛 얼굴을 하고 우표 교환에 광적인 열정을 가진 안경을 낀 젊은 네덜란드인이 있었다. 또한 머리에 포마드를 바르고 갸름한 눈을 한 다양한 그리스인들이 있었는데, 이들은 식사 중에 남의 음식에까지 손을 대는 버릇이 있었다. 언제나 꼭 붙어 다니며 옷을 잘 차려입어 '막스와 모리츠'로 불린 이들은 위대한 탈옥수로 간주되었다. 등이 굽은 멕시코인은 여기서 오가는 언어를 하나도 알아듣지 못해 귀머거리 같은 표정을 짓고 있었다. 그는 자신의 삼각대를 우스꽝스러울 정도로 민첩하게 테라스에서 이리저리 끌고 다니면서 연방 사진을 찍어 댔다. 고문관도 가끔 그곳에 모습을 드러내 구두끈을 매는 자신의 장기를 보여 주기도 했다. 그리고 어딘가에 만하임 출신의 독실한 신앙가가 홀로 사람들 틈에 끼여 이루 말할 수 없이 슬픈 눈초리로 몰래 어느 한 곳을 주시하고 있어, 한스 카스토르프는 혐오감을 느꼈다.

그리고 이런저런 예를 들어 아까 말한 '긴장과 긴장 해소'로 화제를 돌린다면, 이런 기회에 한스 카스토르프는 벽 가의 래커 칠을 한 정원 의자에 앉아 마지못해 끌려 나온 요아힘을 상대로 환담을 나누었다. 그의 앞에는 쇼샤 부인이 난간에 기대어 그녀의 식탁 동료들과 담배를 피우며 서 있었다. 그는 그녀를 위해, 그녀가 자신의 말을 듣도록 하기 위해 대화를 나누고 있었다. 그녀는 그에게 등을 돌리고 있었다. 보다시피 우리는 여기서 어떤 특정한 경우를 염두에 두고 있는 것이다. 그는 자신이 수다스럽게 대화를 나누는 척하는 상대로 사촌만으로는 성에 차지 않아 고의적으로 어떤 사람과 친해졌다. 누구와? 헤르미네 클레펠트가 바로 그 장본인이었다. 그는 우연히 그런 것처럼 그 젊은 숙녀에게 말을 걸고는 자신과 요아힘을 그녀에게 소개했다. 그리고 래커 칠을 한 의자를 그녀에게도 끌어다 주고는 셋이서 더욱 신나게 떠들어 댔다. 그는 자신이 이곳에 와서 처음으로 아침 산보를 하던 날 그녀 때문에 얼마나 놀랐는지 아느냐고 물어 보았다. 그렇다, 당시에 그를 위해 그토록 통쾌할 정도로 환영의 휘파람 소리를 낸 장본인이 그녀였던 것이다! 그리고 솔직하게 고백하면 그녀는 자신의 목적을 100퍼센트 달성하여, 그는 곤봉으로 머리를 두들겨 맞은 듯한 충격을 받았던 것이다. 이는 사촌에게 물어 보면 금방 알 수 있는 일이다. 하, 하, 기흉으로 휘파람 소리를 내어 아무 영문도 모르는 산보객을 놀라게 하다니요! 그는 이를 짓궂은 장난으로 부르고, 물론 이를 죄질이 나쁘게 남용한 것으로 칭하며 이에 대해 자못 분개했다고 말했다. 요아힘은 자신이 도구로 이용되고 있음을 알고 눈을 내리깔았으며, 클레펠트도 한스 카스토르프의 맹목적이고 초점을 잃은 눈초리에서 차츰 자신이 목적을 위한 수단으로만 이용되고 있다는 굴욕감을 갖게 되었다. 그런데도 한스 카스토르프는 뿌루퉁한 표정을 짓기도 하고, 거드름 피우는 표정을 짓기도 하며, 멋지게 말을 꾸며 내고, 듣기 좋은 목소리를 내기도 하였다. 마침내 그는 목적을 달성하여 쇼샤 부인은 유난히 눈에 띄게 이야기하는 사람 쪽으로 고개를 돌려 그의 얼굴을 바라보았다. 하지만 이는 한순간에 불과했다. 프리비슬라프와 같은 그녀의 눈은 다리를 포개고 앉은 남자의 몸을 재빨리 훑고는 경멸에 가까운, 아니 바로 경멸스럽다는 듯이 짐짓 무관심한 표정을 지으며 잠시 그의 노란 구두를 바라보는 것이었다. 그런 다음 그녀는 무감동한 표정으로, 어쩌면 미소를 머금으며 구두에서 눈을 떼었다.

이는 말할 수 없이 불행한 사건이었다! 한스 카스토르프는 한동안 열에 들뜬 사람처럼 계속 떠들어 댔지만 자신의 구두를 내려다 보던 눈길이 마음속에 선히 떠오르자 도중에 말문이 막혀 비탄에 빠져 버렸다. 그러자 지루해지고 기분이 상한 클레펠트는 자리를 떠 버렸다. 요아힘도 약간 화난 목소리로 이제는 안정 요양이나 하러 가자고 했다. 풀이 죽은 그는 핏기 잃은 입술로 그러자고 대답했다.

한스 카스토르프는 이 사건으로 이틀 동안이나 지독하게 시달렸다. 그 동안에 따끔거리는 그의 상처를 가라앉혀 줄 사건이 일어나지 않았기 때문이다. 어째서 그녀가 그런 눈초리를 했을까? 삼위일체의 신의 이름으로 말이지만 어째서 그런 멸시의 눈초리를 보냈을까? 그녀가 자신을 별것도 아닌 것에 열을 올리는 평지의 멍청한 녀석이라고 생각한 걸까? 말하자면 평지의 순진한 사람처럼, 킬킬거리고 돌아다니며 배불리 먹어 대고 돈을 버는 평범한 녀석—명예의 지겨운 특전만을 생각하는 인생의 모범생으로 생각하는 게 아닐까? 그는 그녀의 영역과는 관계없는, 3주일 예정으로 온 신뢰할 수 없는 청강생에 지나지 않는단 말인가? 자기에게도 침윤된 부분이 있어 입문 선서를 하지 않았던가? 그도 이제는 편입되고 소속되어 이 위의 사람들의 일원이며, 이곳에 온 지 어언 2개월 남짓 되고, 어젯밤에도 수은이 다시 37.8도까지 올라가지 않았던가? 하지만 바로 그것이었다, 그 점이 그를 완전히 고민하게 만들었다! 수은주가 더는 올라가지 않았던 것이다! 이틀 동안 끔찍하게 의기소침한 상태에 빠짐으로써 한스 카스토르프의 유기체가 냉각되고 침체되고 해이해졌다. 그 결과 쓰라릴 정도로 창피하게도 평열을 거의 넘지 않는 낮은 체온으로 나타났다. 그리고 아무리 걱정하고 슬퍼해도 자신이 클라브디아의 존재와 본질로부터 점점 더 멀어져 갈 뿐이라는 사실을 깨닫게 된 것이 그로서는 끔찍한 일이었다.

사흘째 되는 날 이른 새벽에 부드러운 구원의 손길이 뻗쳤다. 햇볕이 내리쬐는 상쾌하고 화창한 가을날 아침으로, 풀밭에는 은회색의 풀이 덮여 있었다. 맑은 하늘에는 태양과 기울기 시작하는 달이 거의 같은 높이에 걸려 있었다. 사촌들은 아름다운 날에 경의를 표하는 의미에서 아침 산보를 규정된 길이보다 약간 연장하기 위해 평소보다 좀 더 일찍 일어났다. 이들은 수로 옆의 벤치가 있는 숲 속 길을 조금 더 멀리 가 볼 작정이었다. 요아힘이 자신의 체온 곡선도 마찬가지로 내려가기 시작한 것을 기쁘게 생각하고 기분을 상쾌하게 하는 예외적인 제안을 하자, 한스 카스토르프도 이에 반대하지 않았다. "우리는 몸이 다 나았잖아." 그가 말했다. "열이 없어지고 독이 해소되어, 평지에 내려가도 좋을 상태가 되었어. 그러니 망아지처럼 마구 돌아다니지 못할 이유가 어디 있단 말이야." 그래서 이들은 모자를 쓰지 않고 ─ 처음에는 이곳의 습관을 따르지 않고 자신의 생활 방식과 예의범절을 확실히 지켰던 한스 카스토르프지만 선서식을 치르고부터는 이곳의 풍습에 그냥 따르고 말았다 ─ 지팡이를 흔들며 길을 떠났다. 하지만 이들이 불그스름한 길의 오르막 부분을 미처 다 오르기도 전에, 신참이 당시에 기흉 회원들을 만났던 지점에 왔을 때 이들은 약간 떨어진 앞에서 쇼샤 부인이 느릿느릿 길을 올라가는 것을 목격했다. 흰 스웨터와 흰 플란넬 치마에다, 심지어 흰 구두를 신은 쇼샤 부인이 아침 햇살을 받아 불그스름해진 머리칼을 하고 앞서 가고 있었다. 엄밀히 말하면 한스 카스토르프가 그녀라는 것을 알아차렸다. 요아힘은 그의 옆에서 억지로 끌려가는 듯한 불쾌한 기분을 느끼며 비로소 진상을 파악했다. 처음에는 그가 급작스럽게 발걸음을 멈추고 거의 서 있다시피 하더니, 갑자기 재촉하듯 발걸음을 빨리하는 것이었다. 이렇게 재촉 받는 바람에 요아힘은 도저히 참을 수 없어 화를 냈다. 그는 급히 숨을 몰아쉬더니 잔기침을 해 댔다. 하지만 목적 의식에 사로잡힌 한스 카스토르프는 모든 기관이 활발하게 움직이기 시작하는지 사촌의 몸 상태에 대해서는 아랑곳하지 않았다. 그리고 사태를 알아차린 요아힘은 말없이 눈썹을 찡그리긴 했지만 사촌 혼자 앞서 가게 할 수 없어 그와 보조를 맞추었다.

아름다운 아침을 맞아 한스 카스토르프 청년은 힘이 솟는 듯했다. 또한 지난 이틀 동안 의기소침한 상태에 있을 때 몰래 원기가 회복되어, 자신 앞에 드리워진 장애물을 무너뜨릴 순간이 왔다는 확신이 번쩍 들었다. 그래서 그는 숨을 헐떡이며, 그러잖아도 마지못해 따라오는 요아힘을 끌다시피 하면서 성큼성큼 걸었다. 그리고 오른쪽으로 수목이 무성한 언덕을 따라 나 있는, 평평해지는 길이 꺾어지기 직전에 이들은 쇼샤 부인을 따라잡았다. 그러자 한스 카스토르프는 바삐 걸어 흐트러진 모습으로 자신의 계획을 실행하지 않기 위해 다시 걷는 속도를 늦추었다. 그리고 커브길을 지나, 비탈과 절벽 사이, 나뭇가지 사이로 햇빛이 쏟아지는 청동색으로 물든 가문비나무 숲 한가운데에서 그의 계획은 실행되었다. 한스 카스토르프가 요아힘의 왼쪽에서 사랑스러운 여자 환자를 추월하면서, 씩씩한 발걸음으로 그녀 곁을 지나가는 놀라운 일이 일어났다. 그리하여 그가 그녀의 오른쪽 옆을 지나는 순간 모자를 쓰지 않은 머리를 숙이고, 나지막한 목소리로 공손하게(당연히 공손하게) "안녕하세요"라고 인사해서 그녀로부터 답변을 얻어 냈다. 그렇게 놀라는 기색도 없이 상냥하게 머리를 숙이며 그녀도 독일말로 똑같이 인사를 하면서 눈웃음을 짓는 것이었다. 그리고 이 모든 것은 그의 구두를 쳐다보던 눈초리와는 다른, 무언가 철저하고도 혼을 빼놓을 정도로 다른 것이었다. 이는 행운이었고, 사태의 호전, 이루 비길 데 없는 최상의 호전이었으며, 그의 이해력을 거의 뛰어넘는 것이었다. 이는 구원이었다.

분별을 잃은 기쁨에 눈이 멀어서 그녀의 인사말, 단어, 미소를 부여잡고 한스 카스토르프는 이용당한 요아힘 옆에서 날듯이 앞으로 걸음을 옮겼다. 요아힘은 사촌에게서 눈길을 돌려 말없이 비탈을 내려다보았다. 그것은 일격을 가하는 행위였고, 그야말로 급습이었다. 그리고 요아힘의 눈에는 어쩌면 심지어 배반이나 간계처럼 비칠 수 있다는 것도 한스 카스토르프는 아주 잘 알고 있었다. 하지만 그가 전혀 일면식도 없는 사람에게 연필을 빌려 달라고 간청한 것은 아니지 않은가. 오히려 몇 개월 동안이나 같은 지붕 아래서 산 부인 옆을 뻣뻣하게 인사도 하지 않고 지나친다면 이야말로 무례한 짓이 아니겠는가. 그리고 얼마 전에 클라브디아는 대기실에서 이들과 대화를 나누기까지 하지 않았는가. 그러기에 요아힘은 그냥 잠자코 있을 수밖에 없었다. 그러나 한스 카스토르프는 명예를 존중하는 요아힘이 왜 아무 말도 하지 않고 얼굴을 외면하고 걸어가는지 그 이유를 잘 알았다. 반면에 그 자신은 일격을 가해 성공을 거둔 것에 칠칠치 못하게 좋아서 어쩔 줄 몰라 했다. 가령 누가 평지에서 공공연하게 희망에 차, 요컨대 흡족한 마음으로 건강한 아가씨에게 '자신의 마음을 바쳐' 대성 공을 거두었다 하더라도 이보다 더 행복하지는 않을 것이다. 그 렇다, 그가 이제 기회를 엿보아 빼앗고 확보한 작은 성공으로 기 뻐한 만큼 그렇게 행복할 수 없을 것이다. 이 때문에 그는 잠시 후 사촌의 어깨를 툭 치며 이렇게 말했다.

"어이, 너, 어떻게 된 일이야? 날씨가 기막히게 좋은데! 나중에 요양 호텔에 내려가 보기로 하지. 거기서 아마 음악을 연주할 거 야!「카르멘」에 나오는 '여기 이 가슴에 깊이 숨겨져 있는 이 꽃, 아, 저 아침의 꽃'을 연주할지도 몰라. 너 무슨 걱정거리라도 있는 거야?"

"아니, 없어." 요아힘이 말했다. "그런데 너는 열이 심해 보여. 내려간 열이 다시 올라간 것 같은데."

사실 그러했다. 한스 카스토르프의 유기체의 수치스러운 침체 현상은 그가 클라브디아 쇼샤와 나눈 인사로 극복되었다. 그리고 정확히 말하면 그는 이런 사실을 의식하고 흡족하게 여겼다. 그렇 다, 요아힘의 예언은 적중하여 수은주가 다시 올라간 것이다! 한 스 카스토르프가 산보에서 돌아와 검온해 보니 수은주가 거의 38 도까지 올라갔다.

백과사전

한스 카스토르프가 넌지시 변죽을 울리는 세템브리니의 말에 화를 냈다면, 그는 이에 대해 이상하게 생각할 이유가 없었고, 교육자답게 무언가를 냄새 맡으려는 인문주의자를 탓할 권리는 없었다. 그가 현재 어떤 상태에 있는지는 눈먼 장님이라도 알아챘을 것이다. 그 자신도 이를 조금도 숨기려 하지 않았고, 기품 있고 고결하며, 단순한 성품 때문에 자신의 속마음을 숨기지 못했던 것이다. 그런 점에서—그리고 말하자면 그게 그의 장점이다—만하임 출신으로 쇼샤 부인에게 빠져 있는 머리숱이 적은 사나이의 몰래 엿보는 본성과 여실히 구별되었다. 여기서 기억을 되살려 거듭 말해 두지만, 그와 같은 상태에 처해 있는 인간에게는 대체로 자신을 솔직히 드러내려는 충동과 욕구, 고백하고 자백하고픈 충동, 맹목적인 자아도취, 세상을 자기 자신으로 채워 버리려는 욕구가 으레 따라다니게 마련이다. 이 경우에는 그 대상에 의미, 이성 및 희망이 없다는 것이 분명하기 때문에 그런 만큼 우리처럼 냉정한 사람들에게는 더욱 의아하게 생각되는 것이다. 어째서 그런 사람들이 자기의 본심을 드러내지 않고는 못 배기는가 하는 것을 설명하기는 곤란하다. 아무튼 이들은 그러지 않고서는 견디지 못하는 모양이다. 판단력이 있는 사람이 지적하기를, 머릿속에 대체로 두 가지 사실밖에 들어 있지 않은 베르크호프 같은 사회에서는 특히 그러하다. 말하자면 첫째도 체온, 둘째도 체온뿐인 사회에서 그렇다. 가령 빈 출신의 부름브란트 총영사 부인은 미클로지히 대위의 바람기를 누구로 메울 것인가 하는 문제로 골몰한다. 즉 완전히 병이 다 나은 스웨덴의 거인으로 메울 것인가, 또는 도르트문트 출신의 파라반트 검사로 메울 것인가, 또는 동시에 두 사람으로 메울 것인가 하는 문제로 말이다. 파라반트 검사와 암스테르담 출신의 잘로몬 부인이 몇 달 동안 맺어 온 끈끈한 정이 두 사람 간의 원만한 합의로 해소되었기 때문이다. 그래서 잘로몬 부인은 자기 연령의 취향에 따라 좀 더 젊은 대학생들에게 방향을 돌려, 클레펠트의 식탁에 앉는 입술이 두툼한 겐저를 비호하게 되었다. 또는 관청식 표현이긴 하지만 귀에 쏙 들어오는 슈퇴어 부인의 표현을 빌리면 잘로몬 부인은 그를 '잡아넣어 버렸다'. 이는 확실한 주지의 사실이었기 때문에 따라서 검사는 총영사 부인 일로 스웨덴의 거한과 결투를 하든가 타협을 하든가 제 마음대로 할 수 있었다.

그러므로 베르크호프 사회에서, 특히 열이 있는 젊은이들 사이에서 벌어지는 이러한 사건들에는 발코니의 통로(유리 칸막이를 지나 난간을 따라가는)가 분명 중요한 역할을 하고 있었다. 사람들은 이러한 사건에 신경을 곤두세웠고, 그러한 것이 이곳 생활의 중요한 구성 요소를 이루었다. 그런데 사실 이것으로도 이곳에 떠도는 문제가 다 표현된 것은 아니다. 즉 한스 카스토르프는 세계 어디에서나 진담이나 농담으로 중요하게 치부되는 근본 문제가 이곳에서는 더 한층 강조되어 드높은 가치와 의미를 부여받으며, 그것이 매우 중대하고 그 중대함 때문에 아주 새롭다는 독특한 인상을 받았다. 그리하여 그 문제는 완전히 새로운 모습으로, 끔찍하다고는 할 수 없더라도 그 새로움 때문에 사람을 깜짝 놀라게 하는 모습으로 나타난다. 우리는 이런 사실을 말하면서 정색을 하고 지적해 둔다. 우리가 지금까지 의문스러운 남녀 관계에 대해 가벼운 농담조로 말했다면, 이는 그것이 세상에서 흔히 다루어지는 경우와 똑같은 은밀한 이유 때문이지, 그 문제가 가볍거나 재미있어서 그런 것은 아닐지도 모른다. 그리고 우리가 현재 있는 이 영역에서는 사실 다른 데보다 더욱 그럴지도 모른다. 한스 카스토르프는 즐겨 농담의 대상이 되는 이러한 근본 문제에 대해 남다른 지식을 가지고 있다고 생각했고, 사실 그렇게 생각해도 무방했다. 그런데 이 위에 와 보고 그는 평지에서 그것을 제대로 이해하지 못했으며, 우직할 정도로 무지한 상태에 있었음을 깨달았다. 반면에 지금까지 들어 보지 못했을 정도로 모험적이고 말로 형언할 수 없는 경험이 이 위의 사람들 사이에는 보편적으로 누구에게나 특별히 강조되었다. 우리가 그것의 성질을 여러 번 암시하려고 한 개인적인 경험들, 그로 하여금 어떤 순간에 "아니, 이럴 수가!" 하고 외치게 한 개인적 경험들이 내부에서부터 그렇게 강조하는 사실을 감지하고 파악하도록 그에게 능력을 부여한 것이다. 또한 이 위에서도 그에 대해 농담조로 말하지 않는 것은 아니었다. 하지만 여기서는 이러한 방식이 저 아래에서보다 훨씬 더 부적절한 특질을 지녔고, 이빨을 덜덜 떨게 하고 숨을 가쁘게 몰아쉬게 하는 성질을 지녔다. 그러한 관계로 이런 방식은 그 농담의 배후에 숨겨져 있거나 오히려 숨길 수 없는 고통을 속 보이게 은폐하는 것으로 아주 분명하게 특징지어졌다. 한스 카스토르프는 언젠가 딱 한 번 마루샤의 몸매에 관해 평지에서처럼 아무런 악의 없이 놀리는 식으로 말한 적이 있는데, 이 말을 듣고 요아힘의 얼굴에 얼룩이 생기며 하얗게 질리는 것을 상기했다. 그는 자신이 쇼샤 부인의 얼굴에 석양이 비치는 것을 막아 주기 위해 커튼을 내렸을 때 자신의 얼굴도 하얗게 질리던 것을 상기했다. 그리고 그 전후 여러 기회에 다른 사람들의 얼굴도 마찬가지로 변하는 모습을 기억에 떠올렸다. 이때 두 사람의 얼굴이 동시에 파래지는 게 보통이었다. 이를테면 잘로몬 부인과 겐저 청년 사이에 슈퇴어 부인이 상투적으로 표현하는 관계가 시작되던 무렵에 두 사람의 얼굴이 동시에 하얗게 질리곤 했던 것이다. 한스 카스토르프는 이런 것을 상기하고, 그러한 상황에서는 자신의 속마음을 '드러내지' 않는 것이 무척 어려운 일일 뿐만 아니라 그러려고 애를 써 보았자 별로 보람이 없음을 이해했다고 우리는 말하는 바이다. 다른 말로 하면 한스 카스토르프가 자신의 감정을 억제하거나 자신의 상태를 굳이 숨길 필요가 없다고 본 데에는 그의 성격이 고결하고 진솔하기도 하지만 뿐만 아니라 이러한 주위의 분위기에 힘입은 바도 크다고 하겠다.

한스 카스토르프가 이곳에 처음 왔을 때 즉각 요아힘은 이곳에서는 친구를 사귀기가 쉽지 않다고 말해 주었다. 하지만 이들이 친구를 사귀기 어려운 주된 이유는 말하자면 두 사촌이 요양원 사회에서 한 조이자 아주 작은 그룹을 이루고 있기 때문이다. 그리고 군인풍의 요아힘은 빨리 병이 낫는 것만 생각하고 있어서, 함께 고통을 겪는 동지들에게 좀 더 가까이 접근해서 교제하는 것을 원칙적으로 꺼려했기 때문이다. 그렇지 않았더라면 한스 카스토르프는 자신의 감정을 솔직하고도 거리낌없이 드러낼 기회를 좀 더 많이 가져 이를 십분 활용했을지도 모른다. 어쨌든 요아힘은 어느 날 밤 살롱 모임에서 사촌이 헤르미네 클레펠트, 그녀의 식탁 동료인 겐저와 라스무센, 그리고 네 번째로 손톱을 길게 기르고 외알 안경을 낀 소년과 함께 서 있는 광경을 목격한 적이 있었다. 그가 두 눈에서 이상한 광채를 내뿜으면서, 감동한 목소리로 쇼샤 부인의 특이하고 이국적인 용모에 대해 즉흥 연설을 늘어놓는 동안에, 네 사람의 청중은 서로 눈길을 교환하고 옆구리를 쿡쿡 찌르며 킥킥거리고 있었다.

이는 요아힘으로서는 곤혹스러운 일이었지만, 정작 구경거리가 되는 당사자는 무덤덤하게 자신의 감정 상태를 드러내었다. 그는 그러한 감정이 남의 이목을 끌지 못하고 숨겨져 있으면 자신의 권리를 행사하지 못하는 것이라고 생각하는 모양이었다. 모든 사람들이 이를 이해해 줄 거라고 그는 확신하고 있었다. 거기에 섞여 있는 고소해하는 감정을 그는 감수했다. 식사가 시작되어 유리문이 쾅 하고 닫히면 그의 식탁 동료들뿐만 아니라 잠시 후 옆의 다른 식탁 사람들까지도 그를 쳐다보면서 그의 얼굴이 새파래지고 붉어지는 것을 즐겼다. 그런데 그는 어쩌면 이것마저도 만족스럽게 생각했는지도 모른다. 그가 주변 사람들의 이목을 끌면서 그의 도취가 외부로부터 인정받고 확인되어 그의 문제를 촉진시키고, 그의 막연하고 비이성적인 희망을 고취시키는 데 적합하다고 생각하는 것 같았기 때문이다. 그리고 이런 사실이 심지어 그를 행복하게 만들기까지 했다. 사랑에 눈이 먼 그를 지켜보려고 문자 그대로 사람들이 그의 주위에 몰려들기까지 했다. 가령 식사가 끝난 뒤 테라스에서나 일요일 오후 수위실 앞에서 그런 일이 벌어졌다. 일요일에는 우편물이 각자의 방에 배달되지 않아 요양객들은 이것을 수위실에서 받아 갔다. 거기서 얼큰하게 취하고 사랑에 홀딱 빠져 있는 사나이가 온갖 구경을 시켜 주는 것을 사람들이 익히 알고 있었기 때문이다. 가령 그곳에 슈퇴어 부인, 엥겔하르트 양, 클레펠트와 맥 같은 얼굴을 한 그녀의 여자 친구, 불치의 병에 걸린 알빈 씨, 손톱을 길게 기른 젊은이, 그리고 이 밖에도 이런저런 환자들이 입을 꾹 다물고 코로 숨을 몰아쉬며 서서 그를 지켜보았다. 그는 이곳에 온 바로 첫날밤에 그랬듯이 볼이 상기된 채, 아마추어 기수의 기침 소리를 들었을 때처럼 눈에 광채를 띠며 멍하니 정열적으로 미소를 지으면서 어떤 특정한 방향을 바라보았던 것이다.

이러한 상황에서 세템브리니가 한스 카스토르프에게 다가와 말을 걸고는 그의 안부를 물어 보아 준 것은 사실 고마워해야 할 일이었다. 하지만 한스 카스토르프가 그의 편견 없는 박애적인 태도를 감사하게 받아들였는지는 알 수 없다. 어느 일요일 오후 수위실 현관에서 일어난 일이다. 수위실 앞에서는 손님들이 우르르 몰려들어 우편물을 달라고 손들을 내뻗고 있었다. 이때 요아힘도 수위실 앞에 있었다. 한스 카스토르프는 뒤에 물러선 채 앞에서 묘사한 상태로 클라브디아 쇼샤의 눈길을 끌려고 했다. 그녀는 자신의 식탁 동료들과 부근에 서서 사람들이 덜 붐비게 되기를 기다리고 있었다. 요양객들이 서로 뒤엉키는 이 시간은 기회가 많은 시간이었다. 이 때문에 한스 카스토르프 청년은 이 시간을 좋아해서 이때가 오기를 학수고대했다. 일주일 전에 그는 창구에서 쇼샤 부인과 거의 몸이 맞닿을 거리에 있었다. 그래서 어쩌다가 그녀가 그를 약간 밀치게 되자 그녀는 얼핏 고개를 돌리며 그에게 "죄송해요" 하고 프랑스어로 말했다. 그러자 그는 열로 인한 축복받은 재치의 힘으로 이렇게 프랑스어로 대답할 수 있었다.

"천만에요, 부인!"

일요일 오후마다 어김없이 바깥 현관에서 우편물을 나누어 준다는 것은 얼마나 고마운 삶의 은총인가 하고 그는 생각했다. 그는 다음 번에 이 시간이 다시 돌아오기를 기다리면서 일주일을 보낸다고 말할 수 있다. 기다린다는 것은 앞질러 간다는 뜻이다. 이 말은 시간과 현재를 선물로서가 아니라 장애물로서만 느끼고, 그것의 고유한 가치를 인정하지 않고 부인하며 이를 마음속에서 뛰어넘는다는 뜻이다. 기다린다는 것은 지루하다고들 말한다. 하지만 이는 그렇기도 하지만 또한 짧기도 하다. 긴 시간을 그 자체를 위해 살거나 이용하지 않고 기다림이 긴 시간을 집어삼킬 때 말이다. 오직 기다리기만 하는 것은 인간의 소화 기관이 이용 가치가 있는 음식물의 영양가를 소화하지 않고 대량으로 걸러 보내는 대식가와 같다고 말할 수 있다. 한 걸음 더 나아가 소화되지 않은 음식물이 인간을 더 강하게 하지 못하는 것처럼, 기다리기만 한 시간은 인간을 늙게 만들지 않는다. 물론 순전히 기다리기만 할 뿐 아무 일도 하지 않는 경우는 실제로는 일어날 수 없겠지만 말이다.

그리하여 일주일이 삼켜지고, 여전히 일주일 전의 시간이기라도 하듯이 일요일 오후의 우편물 수령 시간이 다시 찾아왔다. 그 시간은 스릴 넘치게 계속 기회를 만들어 주었고, 매 순간 쇼샤 부인과 사회적인 관계를 맺도록 가능성을 내포하고 제공해 주었다. 한스 카스토르프는 그러한 가능성에 심장이 죄어들고 몹시 고동쳤지만 이를 현실로 옮기지는 않았다. 거기에는 군인적인 장애와 민간인적인 장애가 가로막고 있었기 때문이다. 즉 한 가지는 근엄한 요아힘의 존재와 한스 카스토르프 자신의 명예와 의무와 관련된 장애였고, 다른 하나는 클라브디아 쇼샤에 대한 사회적인 관계, 예의 바른 관계에 근거를 둔 장애였다. 즉 '당신'이라고 부르고, 인사를 나누며, 되도록 프랑스어로 대화를 나누는 그러한 관계는 필요하지도 않고, 바람직하지도 않으며, 걸맞지도 않다는 느낌에서 오는 장애였다. 한스 카스토르프는 옛날 프리비슬라프 히페가 교정에서 말하며 웃은 것과 마찬가지로 그녀가 웃으며 말하는 모습을 서서 지켜보았다. 이때 그녀의 입은 제법 크게 벌어졌고, 광대뼈 위에 비스듬하게 자리 잡고 있는 회색을 띤 녹색의 눈은 실처럼 가늘어졌다. 그것은 결코 '아름다운' 모습은 아니었지만, 그게 실제 그대로의 모습이었다. 더욱이 사랑에 빠지면 도덕적인 방면에 이성적 판단을 제대로 내리지 못하는 것처럼, 심미적인 방면에도 이성적 판단을 제대로 내리지 못하는 법이다.

"당신도 공문서를 기다리는 모양이지요, 엔지니어 양반?"

이렇게 말을 걸어 오는 자는 한 명의 방해자밖에는 없었다. 한스 카스토르프가 화들짝 놀라 뒤를 돌아보니, 세템브리니가 미소를 지으며 서 있었다. 그것은 우아한 인문주의적인 미소였다. 옛날 개울가 벤치 옆에서 신참과 처음 대면할 때도 그는 그런 미소를 지으며 인사했다. 그 모습을 보자 한스 카스토르프는 당시와 마찬가지로 얼굴을 붉혔다. 꿈속에서는 '그 손풍금장이'를 '여기 계시면 방해가 됩니다'라고 하면서 번번이 밀어 내려고 했지만, 깨어 있을 때는 그의 태도가 사뭇 달랐다. 이런 미소를 보고 그는 수치스럽고 흥이 깨어지는 기분을 느꼈을 뿐만 아니라 마침 잘 왔다는 고마운 생각이 들기도 했다. 그는 이렇게 말했다.

"공문서라니요, 세템브리니 씨. 한데 나는 대사가 아닙니다. 어쩌면 우리 중 한 명에게 우편엽서나 와 있겠지요. 사촌이 막 살펴보고 있습니다."

"나는 벌써 저 앞의 절름발이 녀석한테서 약간의 우편물을 받았습니다." 세템브리니는 이렇게 말하면서 언제나 변함없는 단벌나사 상의의 옆 주머니에 손을 갖다 대었다. "흥미 있는 물건입니다. 문학적으로 사회적으로 의의가 큰 물건이라는 것을 부인할 수 없지요. 백과사전 작업에 관한 일인데 어떤 인문주의 단체가 나의 가치를 인정하고 나에게 그 작업에 같이 참여해 달라고 부탁한 겁니다. 요컨대 대단한 일이지요." 세템브리니는 여기서 말을 멈추었다. "그런데 당신 문제는?" 그가 물었다. "당신은 어떻습니까? 이를테면 적응 과정은 어느 정도 진척이 되었습니까? 요컨대 당신은 이런 문제가 다시는 거론되지 않을 정도로 우리들 곁에 오래 있은 것이 아니니까요."

"감사합니다, 세템브리니 씨. 그 점은 여전히 쉽지 않습니다. 여기서 나가는 마지막 날까지 그럴지도 모르겠습니다. 내가 이곳에 도착했을 때 사촌이 한 말에 따르면, 끝내 적응이 안 되는 사람도 더러 있다고 합니다. 하지만 적응이 안 되는 것에 나름대로 적응하는 거지요."

"까다롭고 복잡하게 적응하는 거군요." 이탈리아인이 웃으며 말했다. "별난 동화(同化) 방법이군요. 물론 젊은이에게는 뭐든지 가능하지요. 젊은이는 적응하지는 못해도, 뿌리는 박습니다."

"그리고 누가 뭐라 해도 이곳이 시베리아 광산은 아니니까요."

"그렇지요. 아, 당신은 동방을 비유에 끌어들이는 것을 즐겨하는군요. 충분히 이해할 수 있는 일입니다. 아시아가 우리를 집어삼키려 하니까요. 어디를 둘러보아도 타타르인의 얼굴이 쫙 깔렸습니다." 그러고 나서 세템브리니는 어깨 너머로 조심스럽게 뒤를 돌아다보았다. "칭기즈 칸." 그가 말했다. "초원의 늑대의 눈빛, 눈〔雪〕과 보드카, 학정(虐政), 꽁꽁 닫힌 성과 러시아 정교. 이 현관에 지혜의 신 팔라스 아테나를 위해 제단을 세워야겠습니다. 이런 것들을 방어한다는 의미에서 말입니다. 보십시오, 저 앞에서 셔츠도 입지 않은 어떤 이반 이바노비치가 파라반트 검사와 말다툼을 벌이고 있습니다. 서로 우편물을 먼저 받겠다고 생난리를 치고 있는 겁니다. 누구의 견해가 옳은지는 잘 모르겠습니다만, 내 느낌으로는 검사가 여신의 보호를 받고 있는 것 같습니다. 그는 미련퉁이이긴 하지만 그래도 라틴어는 이해할 줄 아니까요."

한스 카스토르프는 웃었다. 반면에 세템브리니는 소리 내어 웃는 일이 결코 없었다. 그가 진심으로 웃는 모습은 도저히 상상이 되지 않았다. 입가를 약간 일그러뜨려 비죽거릴 뿐 결코 웃는 법이 없었다. 그는 웃고 있는 청년을 쳐다보며 이렇게 물었다.

"당신의 슬라이드 필름은 받았나요?"

"받았지요!" 한스 카스토르프는 중요한 일인 듯이 확인했다. "벌써 얼마 전에요. 여기 있습니다." 그러면서 그는 가슴 안주머니에 손을 집어넣었다.

"아, 지갑에 넣어 다니는군요. 말하자면 여권이나 회원증 같은 신분증으로 말입니다. 아주 좋습니다. 어디, 좀 보여 주세요." 그러고서 그는 검은 종이테이프로 테두리를 두른 조그만 유리판을 왼손 엄지와 집게손가락으로 집고서 햇빛에 비추어 보았다. 이는 이 위에서 흔히 볼 수 있는 아주 평범한 동작이었다. 그는 시커먼 사진을 검토하면서 까만 눈의 갸름한 얼굴을 약간 찌푸렸는데, 이것이 단지 사진을 좀 더 자세히 보기 위해서인지 또는 다른 이유가 있어서인지는 확실치 않았다.

"그래, 그래요." 그런 다음 그가 말했다. "자, 당신의 신분 증명서를 받으십시오. 잘 보았습니다." 그는 얼굴을 돌리고 유리판을 자신의 어깨 너머로 옆으로 해서 주인에게 되돌려주었다.

"가닥은 보셨나요?" 한스 카스토르프가 물었다. "그리고 매듭은요?"

"당신은 아실 겁니다." 세템브리니가 느릿느릿 말했다. "내가 이런 물건의 가치를 어떻게 생각하는지를 말입니다. 저 내부의 얼룩과 어둠이 대체로 생리학적인 현상이란 것도 아실 겁니다. 나는 당신의 상과 대충 비슷하게 보이는 상을 수도 없이 보아 왔습니다. 그리고 그것이 정말 '신분증'이 될 수 있느냐의 여부는 어느 정도 판단하는 사람의 마음먹기에 달려 있습니다. 내가 비록 문외한이긴 하지만 아무튼 다년간 경험을 겪은 문외한으로서 말하는 겁니다."

"당신 자신의 증명서는 내 것보다 더 나쁘게 보입니까?"

"그래요, 좀 더 나쁘지요. 게다가 내가 알기로는 우리의 대가 선생님들도 이런 장난감 같은 것만으로 진단을 내리지는 않습니다. 그런데 이제 당신은 우리들 곁에서 겨울을 날 작정인가요?"

"네, 아마 그렇게 될 것 같습니다. 나는 사촌과 함께 저 밑으로 내려가게 되지 않을까 하는 생각에 적응하기 시작했습니다."

"적응이 안 되는 것에 적응한다는 말이군요. 아주 재치 있는 표현입니다. 필요한 물건은 다 갖추었겠지요. 따뜻한 옷이나 튼튼한 구두 같은 것 말입니다."

"전부 다 갖추었습니다, 세템브리니 씨. 친척들에게 알렸더니 우리의 가정부가 급행 화물로 부쳐 주었습니다. 이제는 버텨 낼 수 있겠습니다."

"그 말을 들으니 안심이 되는군요. 그런데 잠깐, 슬리핑백도 하나 필요합니다. 모피로 된 거 말입니다. 까딱 방심하다간 큰일 납니다! 이런 늦여름 날씨는 믿을 게 못 되니까요. 순식간에 엄동설한이 될 수 있습니다. 자칫하다간 이곳에서 가장 추운 겨울을 보내게 될지도 모릅니다."

"네, 안정 요양용 슬리핑백 말씀이군요." 한스 카스토르프가 말했다. "그것도 아마 필수 부속품이겠지요. 나도 며칠 내로 사촌과 함께 플라츠에 내려가서 한 개 사야겠다고 얼핏 생각하고 있었습니다. 나중에 다시 필요할 일은 없겠지만, 4개월 내지 6개월 동안은 도움이 되겠지요."

"도움이 되고말고요, 엔지니어 양반!" 세템브리니는 한스 카스토르프에게 가까이 다가와서 나지막하게 말했다. "여기서 허송세월하고 있는 게 얼마나 끔찍한 일인지 모르십니까? 그것이 부자연스럽고 당신의 본성에 맞지 않으며, 당신 또래의 빠른 순응성에만 의존하고 있기 때문에 끔찍한 것입니다. 아, 청춘의 이러한 막강한 습득 능력이여! 이 때문에 교육자가 절망하고 맙니다. 젊은이들은 무엇보다도 나쁜 일에 금방 순응하려고 들기 때문입니다. 이곳 공기에 두루 퍼져 있는 말을 하지 말고, 유럽적인 생활 형식에 적합한 말을 하십시오! 이곳에는 무엇보다도 아시아적인 것이 만연해 있습니다. 모스크바계 몽골인의 유형이 우글거리는 게 다 이유가 있는 겁니다! 이런 작자들은……" 그러면서 세템브리니는 턱으로 어깨 너머 뒤를 가리켜 보였다. "당신은 마음속으로 이들을 따라 하지 마시고, 이들의 사고 방식에 물들지 마십시오. 당신은 이들의 본성에 맞서 오히려 당신의 본성, 좀 더 고상한 당신의 본성을 내세우십시오. 서구의 아들, 성스러운 서구의 아들— 본성과 출신으로 볼 때 문명의 아들인 당신에게 신성한 것, 이를테면 시간을 신성시하십시오! 이러한 관대함, 시간을 야만적으로 아무렇게나 허비하는 것은 아시아적인 방식입니다. 아시아의 자식들이 이곳을 마음 편하게 여기는 것도 그 때문일지 모릅니다. 러시아인이 '네 시간'이라고 하는 말은 우리 서구인이 '한 시간'

이라고 하는 말과 크게 다를 바 없다는 것을 깨닫지 못하셨나요? 이 사람들이 시간을 무관심하게 대하는 것이 이들의 땅덩어리가 엄청 넓다는 것과 관련이 있음을 쉽게 생각할 수 있습니다. 공간이 넓은 곳에서는 시간도 많은 법입니다. 그러니까 이들은 시간을 갖고 기다릴 수 있는 민족입니다. 우리 유럽인에게는 불가능한 일이지요. 아기자기하게 나누어진 우리의 고상한 대륙에 공간이 부족한 것처럼 우리에게는 시간도 부족합니다. 우리는 시간과 공간을 공히 엄밀히 관리하고, 이용하고 또 이용하도록 지시받고 있습니다, 엔지니어 양반. 문명의 중심지이자 초점이자 사상의 도가니인 우리의 대도시를 상징으로 간주하십시오! 그곳의 땅값이 오르고, 공간을 낭비하는 것이 불가능해짐에 따라 그곳의 시간도 점점 더 소중해진다는 것을 잊지 마십시오. 오늘을 즐겨라!* 어떤 도시인은 이렇게 노래했습니다. 시간이란 이용하도록 인간에게 빌려준 신들의 선물입니다. 인류의 진보를 위해 이용하도록 말입니다, 엔지니어 양반."

'인류의 진보(Menschheitsfortschritt)' 라는 단어는 지중해 연안에서 태어난 그에게는 발음하기가 무척 힘들었을 텐데도 세템브리니는 즐거운 마음으로 명확하고도 듣기 좋게 — 어쩌면 이렇게도 말할 수 있겠다 — 조형적으로 낭송하듯 발음했다. 한스 카스토르프는 훈계조의 꾸지람을 받는 학생처럼 머쓱해하고 수줍어하며 짧게 인사했을 뿐 달리 대답하지 않았다. 그가 무슨 대답을 해야 한단 말인가? 세템브리니가 다른 모든 손님들한테 등을 돌리고 거의 속삭이듯 그에게 은밀히 행하는 특별 훈시는 매우 실용적이고, 비사회적이며, 비대화적인 성격을 띠었기 때문에 이에 대해 찬성의 말을 하는 것조차도 실례가 될 것 같았다. 선생님의 말씀에 '정말 멋지십니다'라고 대답하는 학생은 없기 때문이다. 한스 카스토르프는 전에는 어느 정도 대등한 관계를 잃지 않으려고 가끔 그런 대답을 한 적이 있었다. 하지만 그 인문주의자가 이렇게 절실하게 교육자적인 태도로 말한 적은 없었기 때문에 잠자코 훈계를 참고 듣는 수밖에 없었다. 교훈 섞인 잔소리를 듣는 초등학생처럼 안절부절못하면서 말이다.

더욱이 세템브리니의 표정은 그가 말을 하지 않을 때도 생각이 활동을 멈추지 않는 것처럼 보였다. 그가 한스 카스토르프의 바로 코앞에 계속 서 있었기 때문에 젊은이는 심지어 몸을 약간 뒤로 젖히지 않으면 안 되었다. 그러나 그의 검은 눈은 생각에 잠긴 듯 청년의 얼굴을 골똘히 응시했다.

"엔지니어 양반, 당신은 괴로워하고 있습니다." 그는 말을 계속했다. "길 잃은 사람처럼 말입니다. 그것을 모를 사람이 누가 있겠습니까? 하지만 고민하는 당신의 태도도 유럽적인 것이어야 합니다. 유약하고 병에 걸리기 쉽기 때문에 이곳에 손님을 잔뜩 보내는 동방의 태도여서는 안 됩니다. 연민과 무한한 참을성, 이것이 고통을 대하는 저들의 방식입니다. 그것은 우리의, 당신의 방식일 수는 없으며 그래서도 안 됩니다. 우리는 내 우편물에 관한 대화를 나누었지요. 보십시오, 이곳은…… 아니면 더 나은 데로…… 따라오십시오! 이곳에서는 안 되겠습니다. 뒤로 물러나 우리 저 건너쪽으로 들어갑시다. 개봉해 보여 줄 게 좀 있어서요. 자, 따라

오십시오!" 세템브리니는 몸을 돌리고 현관에서 나가 바로 옆에 있는 응접실로 한스 카스토르프를 데리고 갔다. 편지를 쓰거나 독서를 하는 데 쓰이는 이 방은 텅 비어 있었다. 밝은 느낌을 주는 천장 아래의 벽은 참나무 판자로 되어 있었고, 책장이 나란히 있었으며, 주위에 걸상이 하나씩 딸린 가운데 탁자에는 틀에 끼운 신문이 놓여 있었다. 그리고 밖으로 튀어나온 아치형의 창 아래에는 글을 쓸 수 있게 만들어졌다. 세템브리니는 유리창 쪽으로 가까이 다가갔고, 한스 카스토르프는 그의 뒤를 따라갔다. 문은 열려 있었다.

이탈리아인은 나사로 만든 상의의 불룩해진 옆 주머니에서 서류 뭉치를, 이미 뜯긴 두툼한 서류 봉투를 재빨리 끄집어내서, 봉투 속의 여러 가지 인쇄물과 한 통의 편지를 한스 카스토르프의 눈앞에 하나씩 보여 주며 말했다. "이 서류에는 프랑스어로 '진보 촉진 국제 연맹'이라고 인쇄되어 있습니다. 연맹의 지부가 있는 루가노에서 보낸 것입니다. 당신은 연맹의 원칙과 목표에 대해 알고 싶지 않습니까? 나는 그것을 두 가지 말로 대답하겠습니다. 즉 진보 촉진 연맹은 다윈의 진화론에서 인류의 가장 내적인 자연적 소명이 자기 완성에 있다는 철학적 견해를 이끌어 내고 있습니다. 여기에서 이 연맹은 자신의 자연적 소명을 충족시키려고 하는 모든 사람의 의무는 인류의 진보를 위해 적극적으로 힘을 다하는 것이라는 결론을 내리고 있습니다. 많은 사람들이 이 연맹이 내건 기치 아래에 몰려들었습니다. 프랑스, 이탈리아, 스페인, 터키 및 독일에도 회원의 수가 많습니다. 나 역시 영광스럽게도 회원 명부에 이름을 올렸습니다. 인류라는 유기체에 대해 현재 자기 완성이 가능한 모든 영역을 망라하는 대규모의 개혁안이 학술적으로 마련되었습니다. 우리 인류의 건강 문제가 연구되고 있고, 공업화가 가속화되면서 이에 따르는 의심의 여지 없이 개탄스러운 부수 현상인 퇴화를 방지하기 위한 온갖 방법이 강구되고 있습니다. 더 나아가서 연맹은 시민 대학의 설립, 유효적절한 일체의 사회적 개선을 통한 계급 투쟁의 극복, 마지막으로 국제법을 발전시킴으로써 민족 투쟁과 전쟁의 제거를 위해 애쓰고 있습니다. 보다시피 이처럼 연맹은 고매하고 광범위한 노력을 기울이고 있습니다. 여러 개의 국제 잡지가 연맹의 활약상을 증언하고 있습니다. 서너 개의 세계어로 문화 인류의 진보 발전에 대해 자못 흥분하여 보고하는 월간지들입니다. 토론의 밤과 일요일 대회를 개최하여 인류의 진보적 이상을 구현하기 위해 계몽과 교화 활동을 하는 수많은 지부가 여러 나라에 설치되었습니다. 무엇보다도 연맹은 각국의 진보 정당에 물적인 원조를 제공하는 데 힘을 다하고 있습니다. 내 말을 듣고 있는 거지요, 엔지니어 양반?"

"물론이고말고요." 한스 카스토르프는 허둥대며 대답했다. 그는 이 말을 하면서 미끄러졌지만 다행스럽게도 두 발로 아슬아슬하게 몸의 균형을 유지한 듯한 기분이었다.

세템브리니는 이 대답에 흡족한 듯했다.

"아마 처음 듣는 이야기라 깜짝 놀랐으리라 생각됩니다만."

"네, 솔직히 말하면 이런…… 이런 노력을 기울인다는 말은 처음 들어 봅니다."

세템브리니는 나지막한 소리로 외쳤다. "당신이 이런 말을 좀 더 일찍 들었더라면 좋았을 텐데요! 하지만 지금도 그리 늦지는 않을 겁니다. 그럼, 이 인쇄물 말인데요, 그 내용이 뭔지 알고 싶지 않습니까? 자, 계속 들어 보세요! 지난봄에 바르셀로나에서 연맹 총회가 성대하게 열렸습니다. 당신도 알다시피 이 도시는 정치적 진보 이념과 특별한 관계가 있음을 자랑스럽게 생각하고 있습니다. 회의는 연회와 축제 속에 일주일간 계속되었습니다. 아, 나도 그곳에 얼마나 가고 싶었는지 모릅니다. 회의에 참가하고 싶은 마음이 굴뚝같았습니다. 그러나 고문관 악당이 그러다간 죽는 수가 있다고 위협하면서 못 가게 했습니다. 그러니 어쩌겠습니까, 나는 죽음이 두려워 가지 못했습니다. 당신도 이해하겠지만 좋지 못한 건강이 나를 이렇게 놀리는 것에 대해 절망했습니다. 우리의 유기체적인 부분, 동물적인 부분이 이성에 봉사하는 것을 가로막을 때보다 더 고통스러운 것은 없습니다. 그런 만큼 루가노 지부에서 보내 온 이 잡지를 받고 보니 기쁘기 한량없습니다. 그 내용이 무엇인지 궁금하지 않으세요? 물론 그럴 테지요. 그럼 요지만 간단히 말씀드리겠습니다. 진보 촉진 연맹은 자신의 임무가 인류의 행복을 증진하는 데 있다는 진리를 잊지 않습니다. 다른 말로 하면 연맹의 임무는 목적에 맞는 사회 활동을 통해 인류의 고통을 퇴치하여, 궁극적으로는 이를 완전히 없애는 데 있습니다. 연맹은 이러한 지고한 임무가 완전한 국가를 궁극적인 목표로 삼는 사회학적인 학문의 도움으로만 실현된다는 진리 또한 잊지 않고 있습니다. 그리하여 연맹은 바르셀로나에서 '고통의 사회학'이라는 제목의 총서를 발행하기로 결의했습니다. 이것은 인간의 고통을 온갖 종류와 항목별로 면밀하고도 철저하게 체계적으로 분석하는 작업입니다. 당신은 이에 대해 종류, 항목 및 체계가 무슨 소용이 있겠느냐고 이의를 제기할지도 모르겠습니다! 그러면 나는 정리와 분류야말로 극복의 첫걸음이라고 대답하겠습니다. 그리고 무엇보다 무서운 것은 정체가 드러나지 않은 적이라고 대답하겠습니다. 우리는 인류를 공포와 참고 견디는 우둔함이라는 원시 단계에서 끌어내 목적 의식이 있는 행동의 단계로 이끌어야 합니다. 효과가 없을 경우 그것의 원인을 먼저 인식한 다음 제거하도록 인류에게 가르쳐 주어야 합니다. 그리고 개인의 거의 모든 고통은 사회 유기체의 질환에서 비롯된다고 인류에게 가르쳐야 합니다. 좋습니다! 이것이 '사회학적 병리학'이 의도하는 바입니다. 백과사전식으로 편집되는 약 20권의 총서에서 우리는 무릇 생각해 낼 수 있는 인간의 온갖 고통을 종류별로 열거하고 다룰 겁니다. 극히 개인적이고 내밀한 고통에서부터 집단 간의 커다란 갈등, 즉 계급의 적대감과 국제적인 충돌에서 생기는 고통에 이르기까지 말입니다. 요컨대 그 총서는 다양하게 혼합되고 결합되어 인간의 온갖 고통을 구성하는 화학 원소를 드러내 보일 겁니다. 그리고 인류의 존엄과 행복을 지침으로 삼아 고통의 원인을 제거하는 데 적절해 보이는 방법과 조치를 어떻게 해서든 인류에게 제공해 줄 겁니다. 유럽 학계의 저명한 전문가들인 의사, 경제학자와 심리학자 들이 이러한 고통의 백과사전 편찬에 일조할 겁니다. 그리고 루가노의 편찬 본부는 원고들이 모이는 저수조가 될 겁니다. 당신의 눈을 보니 그렇다면 내가 여기서 어떤 역할을 맡았는지 묻고 있군요. 내 말을 끝까지 좀 들어 보세요! 이 방대한 작업은 아름다운 정신인 문학도 소홀히 하지 않을 겁니다. 그것이 사실 인간의 고통을 대상으로 삼는 한에 말입니다. 이 때문에 문학에도 한 권이 예정되어 있습니다. 그 속에는 고통에 시달리는 사람을 위로하고 지도하려는 목적으로 모든 개별적 갈등을 다루는 세계 문학의 걸작들을 집대성하고 요약 분석하는 내용을 담을 예정입니다. 그리고 이것이 당신이 여기서 보는 편지에서 당신의 충실한 하인에게 맡기는 임무입니다."

"하인이라니요, 별 말씀을 다 하십니다, 세템브리니 씨! 하여간 진심으로 축하하는 바입니다! 실로 대단한 일을 부탁받았군요. 그리고 내가 보기에 그것은 당신에게 딱 맞는 일 같습니다. 연맹이 당신에게 그 일을 맡겼다는 것은 조금도 이상할 게 없습니다. 그리고 당신이 이제 인간의 고통을 깡그리 없애는 데 일조할 수 있다니 얼마나 기쁘시겠습니까!"

"그것은 방대한 작업입니다." 세템브리니는 생각에 잠겨 말했다. "이를 위해서는 용의주도하게 살펴보고 독서를 많이 하는 게 필요합니다. 특히." 그는 자신의 임무의 방대함에 넋을 잃은 듯한 눈초리를 하면서 이렇게 덧붙였다. "사실 문학은 거의 언제나 고통을 대상으로 삼아 왔고, 이류, 삼류의 작품들도 어떤 형태로든 고통을 다루고 있으니까요. 이는 아무 문제가 아니며, 아니 그런 만큼 더 낫다고 할 수 있습니다! 내가 맡은 과제가 비록 광범위한 것이긴 하나 어쨌든 이런 지긋지긋한 장소에 있으면서도 그럭저력 해 낼 수 있는 성질의 일입니다. 물론 이곳에서 그 일을 마치게 되지 않기를 바랍니다만. 이와 같은 일은……" 그는 다시 한스 카스토르프에게 바짝 다가와 거의 속삭이듯 소리를 낮추면서 계속 말했다. "이와 같은 일은 자연이 당신에게 부과하는 의무라고는 말할 수 없습니다, 엔지니어 양반. 내가 당신에게 말하고 싶고, 주의를 주고 싶은 것이 바로 이 점입니다. 당신은 내가 당신의 직업을 얼마나 찬미하는지 알고 있지요. 하지만 그것은 실제적인 직업이지 정신적인 직업이 아니기 때문에 당신은 나와는 달리 저 아래 세상에서만 그 일을 수행할 수 있습니다. 당신은 저지에서만 유럽인이 될 수 있습니다. 당신은 고통을 당신의 방식으로 적극적으로 퇴치할 수 있고, 진보를 촉진할 수 있으며, 시간을 이용할 수 있습니다. 내가 자신에게 부과된 과제에 대해 이야기하는 것은 오로지 당신에게 이를 상기시키고, 당신이 정신을 차리도록 하고, 분위기에 좌우되어 분명 혼란스러워지기 시작하는 당신의 생각을 고쳐 먹게 하기 위해서입니다. 거듭 부탁합니다. 자존심을 잃지 마세요! 자부심을 가지고 낯선 세계에 빠져들지 마세요! 이러한 진창, 마녀 키르케*의 섬에서 빠져나가 주십시오. 오디세우스가 아닌 이상 이곳에서 무사히 지내지 못할 겁니다. 머지않아 네 다리로 기어 다니게 될 겁니다. 벌써 당신의 팔이 앞발로 변하려고 합니다. 이제 얼마 안 있어 당신은 꿀꿀거리기 시작할 겁니다. 그렇게 되지 않도록 조심하십시오."

그 인문주의자는 낮은 목소리로 주의를 주면서 머리를 심하게 흔들었다. 그는 두 눈을 내리깔고 눈썹을 찡그리며 입을 닫았다.

한스 카스토르프는 으레 그랬듯이 이번에도 한순간 농담조로 발뺌하는 대답을 할까 생각해 보았지만 도저히 그럴 수 없었다. 그도 눈꺼풀을 내리깔고 우두커니 서 있었다. 그러고는 그는 어깨를 치켜 올리며 역시 나지막한 소리로 말했다.

"그럼 어떡하면 좋을까요?"

"지금 말한 그대로입니다."

"이곳을 떠나라는 말입니까?"

세템브리니는 아무 말이 없었다.

"내가 고향으로 가야 한다는 말인가요?"

"바로 첫날밤에 그렇게 충고했지요, 엔지니어 양반."

"그렇습니다, 그때는 나도 그럴 수 있는 입장이었습니다. 단지 이곳 공기가 나에게 다소 맞지 않는다고 금방 여정을 바꾼다는 것은 사리에 맞지 않는다고 생각했지만 말입니다. 하지만 그 후로 사정이 달라졌습니다. 진찰을 받은 결과 베렌스 고문관은 나에게 단순 명료하게 이렇게 말했습니다. 고향에 돌아가도 아무 소용이 없다, 얼마 안 있으면 다시 돌아오게 될 것이며, 그리고 내가 저 아래에서 이런 상태로 돌아다니면 폐엽이 몽땅 망가지게 될지도 모른다고 말입니다."

"나는 당신 주머니에 이제 신분증이 있다는 것을 압니다."

"네, 당신은 그것을 빈정대듯이 말씀하시는군요. 물론 제대로 된 아이러니로 말입니다. 일순간도 오해의 여지가 없으며 솔직하고 고전적인 수사법으로 말입니다. 보다시피 나는 당신이 하는 말씀을 다 알아채고 있습니다. 하지만 나에게 이런 사진이 나오고,

뢴트겐 사진의 결과와 고문관의 진단이 있는데도 고향으로 가라고 한 것에 책임을 질 수 있습니까?"

세템브리니는 한순간 대답을 망설였다. 그는 몸을 곧추 세우고, 두 눈을 치켜뜨고는 한스 카스토르프를 검은 눈으로 뚫어지게 바라보다가 연극적이고 효과적인 느낌이 가미된 억양으로 대답했다.

"네, 엔지니어 양반, 책임을 지겠습니다."

그러자 한스 카스토르프도 이제 사뭇 긴장하는 자세를 취했다. 그는 발뒤꿈치를 가지런히 모으고, 그도 마찬가지로 세템브리니의 눈을 똑바로 쳐다보았다. 이번에는 단단히 한 판 붙을 태세였다. 한스 카스토르프는 남자답게 물러서지 않았다. 가까이에 있는 사람들이 그에게 미친 영향이 그를 '강하게 해 준' 것이었다. 여기에는 교육자가 있고, 저 바깥에는 눈이 가느다란 부인이 있다. 그는 자신이 한 말에 사과조차 하지 않았고, '나를 나쁘게 생각하지 말아 주세요'라고 덧붙이지도 않고 이렇게 대답했다.

"그렇다면 당신은 다른 사람에게는 신중하지 않고, 당신 자신에게는 신중한 거군요. 당신은 의사의 반대를 무릅쓰고서라도 바르셀로나의 진보 회의에 가지 않았습니다. 당신은 죽음이 두려워서 여기에 머물러 있었습니다."

이 말로 세템브리니의 자세가 어느 정도 허물어진 것은 분명한 사실이었다. 그는 다소 곤혹스러운 듯이 미소를 지으며 이렇게 말했다.

"당신의 논리는 다소 궤변 같기는 하지만 당신의 재치 있는 대답은 평가해 줄 만합니다. 나는 이곳에서 횡행하고 있는 역겨운 경쟁에 뛰어드는 것이 혐오스러워 잠자코 있습니다만, 그렇지 않다면 내 병이 당신 병보다 훨씬 중병이라고 대답하겠습니다. 유감스럽게도 사실 매우 중병이라 내가 언젠가 다시 이곳을 떠나 저 아래 세계로 되돌아갈 수 있다는 희망을 갖는다 해도 그것은 인위적이고 다소 자기 기만적인 것에 불과합니다. 그러한 희망을 유지하는 것이 완전히 가당찮은 것으로 증명되는 순간 나는 이 요양원에 등을 돌리고 골짜기에 있는 어떤 하숙집에서 여생을 보낼 겁니다. 그것은 슬픈 일이긴 하겠지만 나의 작업 세계가 아주 자유롭고 정신적인 것이므로 숨이 붙어 있는 한 마지막 날까지 나는 인류를 위해 봉사하고 병의 정신에 용감히 맞설 수 있을 겁니다. 이런 점에서 우리 둘 사이에 차이점이 있다는 사실에 대해 이미 당신에게 주의를 환기시켰습니다. 엔지니어 양반, 당신은 이곳에서 당신이 갖고 있는 좀 더 나은 본성을 발휘할 수 없는 사람입니다. 우리가 처음 만난 순간부터 나는 당신에게서 그 점을 알아보았습니다. 당신은 내가 바르셀로나로 가지 않았다고 비난하고 있습니다. 나는 섣불리 자신을 망치지 않기 위해 의사의 말에 굴복했습니다. 하지만 나는 극히 엄중한 유보 조건을 달아, 나의 가련한 육체의 명령에 대해 나의 정신이 말할 수 없이 당당하고도 고통스러운 항의를 하면서 굴복했습니다. 이곳의 권력자들이 정한 규정을 따르고 있는 당신에게도 이러한 반항심이 불타고 있는지, 당신이 그토록 순순히 복종하고 있는 것은 오히려 그 육체와 그것의 나쁜 본능 때문이 아닐지요."

"당신은 왜 육체를 못마땅하게 생각하는 겁니까?" 한스 카스토르프는 재빨리 그의 말을 가로막고는 흰자위에 붉은 혈관이 돋아 있는 푸른 눈을 크게 뜨고 그를 쳐다보았다. 한스 카스토르프는 자신의 무모한 행위에 정신이 어지러워졌고, 표정에 그런 점이 드러나 보였다. '내가 무슨 말을 하고 있는 거지?' 그는 생각했다. '정말 말도 안 되는 일이야. 그러나 일단 전쟁을 선포한 셈이야. 어찌 됐든 간에 끝까지 싸워 볼 수밖에 없어. 물론 그가 이기긴 하겠지만 그것은 아무 상관 없어. 어쨌든 나도 거기서 얻는 바가 있을 테니까. 나는 그를 약 올리는 것으로 충분해.' 그는 다시 항변을 계속했다.

"당신은 인문주의자이지요? 왜 육체를 나쁘게 말하는 겁니까?"

세템브리니는 이번에는 자연스럽고도 자신 있게 미소를 지었다.

"그럼 당신은 왜 정신 분석에 반대하는 건가요?" 그는 머리를 갸우뚱하며 한스 카스토르프가 한 말을 흉내 내어 말했다. "당신은 정신 분석을 나쁘게 생각하나요? 라는 물음에 나는 언제든지 답변할 준비가 되어 있습니다, 엔지니어 양반." 그는 허리를 숙이고 손으로 바닥을 쓸어 내리는 동작을 하면서 말했다. "당신의 항변에 정신이 깃들어 있을 때는 특히 그렇습니다. 당신은 꽤 훌륭하게 응수하고 있습니다. 그렇습니다, 나는 분명 인문주의자입니다. 당신은 나에게서 금욕적인 경향은 결코 발견하지 못할 겁니다. 나는 형태, 아름다움, 자유, 명랑 및 향락을 긍정하고 존중하며 사랑하는 것처럼 육체를 긍정하고 존중하며 사랑합니다. 감상적인 현세 도피에 반대해 '현세', 삶의 이해관계를 옹호하고, 낭만주의에 반대해 고전주의를 옹호하는 것처럼 말입니다. 나의 입장은 분명하다고 생각합니다. 하지만 내가 최고로 긍정하고, 최고이자 최후의 존경과 사랑을 바치는 하나의 힘, 하나의 원칙이 있습니다. 그리고 이러한 힘이자 원칙은 정신입니다. 나는 '영혼'이라고 부르는 수상쩍은 월광의 망령과 허깨비 때문에 육체를 천시하는 것을 보면 혐오스럽기 짝이 없지만, 육체와 정신이 대립할 때는 육체는 사악하고 악마적인 원칙을 의미합니다. 육체는 자연이고, 자연은—정신이나 이성과 대립할 때는 거듭 말하지만—사악하기 때문입니다. 자연은 신비스러우면서도 사악합니다. '당신은 인문주의자지요!'라고 당신은 말했습니다. 물론 그렇습니다. 나는 프로메테우스가 그랬듯이 인간의 친구이자 인류와 그 고귀함의 친구이기 때문입니다. 하지만 이러한 고귀함은 정신과 이성에 깃들어 있습니다. 이 때문에 당신이 기독교적인 반(反)계몽주의라고 비난해도 아무 소용이 없습니다."

한스 카스토르프는 이에 대해 거부하는 몸짓을 취했다.

세템브리니는 자신의 주장을 굽히지 않았다. "당신이 인문주의적인 고귀함을 자랑하는 입장에서 정신이 어느 날엔가 육체와 자연에 예속됨을 굴욕이자 치욕이라고 느끼게 되는 것을 비난해 봤자 아무 소용이 없습니다. 당신은 위대한 플로티노스*가 육체를 가진 것을 부끄럽게 생각한다고 말한 것을 아십니까?" 세템브리니가 이렇게 묻고는 아주 진지하게 대답을 요구하는 바람에, 한스 카스토르프는 그런 말은 처음 들어 본다고 자백하지 않을 수 없었다.

"포르피리오스*가 이 말을 전해 주고 있습니다. 이는 비상식적인 말이라고 할 수 있습니다. 하지만 비상식적인 것, 그것은 정신적으로 존경할 만합니다. 요컨대 정신이 자연에 맞서 자신의 존엄성을 주장하려고 하고, 자연에 굴복하기를 거부하는 행위를 비상식적이라고 비난하는 것만큼 가련한 경우는 없습니다. 당신은 리스본의 지진에 대해 들어 보셨나요?"

"아니오. 지진이라고요? 나는 여기서 신문을 보지 않습니다."

"오해를 하고 있군요. 곁들여 말하자면 이곳에서 신문을 읽지 않는다는 것은— 이 장소의 특색이기도 합니다만— 참으로 딱한 일입니다. 하지만 당신은 내 말을 오해하고 있습니다. 내가 말하는 자연 현상은 요즈음 일어난 게 아니고 지금으로부터 대략 150년 전에 일어났습니다."

"아, 그렇군요, 잠깐만요, 맞습니다! 괴테가 당시 바이마르의 침실에서 밤에 하인에게 했다는 말을 읽은 적이 있습니다."

"아, 내가 말하려는 것은 그게 아닙니다." 세템브리니는 두 눈을 감고 햇볕에 그을린 조그만 손을 허공에 저으면서 그의 말을 가로막았다. "더욱이 당신은 두 천재지변을 혼동하고 있습니다. 당신이 말하는 것은 메시나의 지진입니다. 나는 1755년에 리스본을 덮친 대재앙을 말하고 있습니다."

"죄송합니다."

"그때 볼테르는 그에 대해 반항했습니다."

"뭐, 뭐라고요? 반항했다고요?"

"네, 반기를 들었습니다. 그는 잔혹한 운명과 사실을 그대로 받아들이지 않고, 거기에 굴복하는 것을 거부했습니다. 그는 번창하고 있는 도시의 4분의 3과 수천 명의 목숨을 앗아간 자연의 이러한 괘씸한 횡포에 대해 정신과 이성의 이름으로 항거했습니다. 놀라는 겁니까, 아니면 미소를 짓고 있습니까? 놀라워하는 거야 상관없지만 미소 짓고 있다면 삼가 주기 바랍니다! 볼테르의 태도는 하늘을 향해 화살을 쏘았다는 옛날 갈리아인의 진정한 후예다운 태도입니다. 보십시오, 엔지니어 양반, 이것이야말로 자연에 대한 정신의 적개심이며 자랑스러운 불신이자, 자연과 자연의 불합리한 힘에 대한 비판 정신의 고매한 권리 주장입니다. 자연은 힘이기 때문이고, 그리고 자연의 힘을 감수하고, 그것과 타협하는 것은 노예적인 태도이기 때문입니다. 잘 들어 두세요, 마음속으로 자연의 힘과 타협하는 것이 말입니다. 이 경우는 육체를 사악하고 적대적인 원칙으로 바라보면서도 전혀 모순에 빠지지 않고, 기독교적인 위선에도 빠지지 않는 인문주의의 한 예이기도 합니다. 당신이 말하는 모순은 언제나 동일합니다. '정신 분석에 왜 반대합니까?' 라고 당신은 물었습니다. 나쁠 것도 없습니다. 분석이 지도, 해방 및 진보를 지향하는 경우에 말입니다. 분석에 무덤의 썩은 냄새가 날 때는 좋지 않습니다. 육체에 관해서도 이와 다를 바가 없습니다. 육체의 해방과 아름다움, 감각의 자유, 행복과 쾌락이 추구되는 경우에는 육체를 존중하고 옹호해야 합니다. 반면에 둔중함과 나태의 원칙이 되어 광명으로 가는 움직임을 방해할 때는 육체를 멸시해야 합니다. 육체가 병과 죽음의 원칙을 대변하고, 육체의 특수한 정신이 전도(顚倒)의 정신이자 부패, 욕정 및 치욕의 정신일 때는 이를 혐오해야 합니다."

세템브리니는 말을 끝맺기 위해 마지막 말을 한스 카스토르프의 바로 코앞에서 목소리를 거의 죽여 급히 말해 버렸다. 한스 카스토르프에게 구원의 손길이 다가왔기 때문이다. 요아힘이 두 장의 엽서를 들고 독서실로 들어왔다. 문필가가 기민하게 사교적으로 경쾌한 표정을 짓자 그의 제자가 그런 기민한 인상을 놓칠 리 없었다. 한스 카스토르프를 제자로 부를 수 있다면 말이다.

"아, 당신이군요, 소위님! 사촌을 찾아다니셨지요. 미안합니다! 우리는 여기서 대화를 나누었습니다. 내 말이 틀리지 않는다면 심지어 언쟁을 좀 벌였다 할 수 있지요. 당신의 사촌은 형편없는 불평분자가 아니라, 일단 논쟁이 벌어졌다 하면 전혀 얕잡아 볼 수 없는 논적입니다."

고전 문학 연구

한스 카스토르프와 요아힘 침센은 점심 식사가 끝난 후 하얀 바지와 푸른 윗옷 차림으로 정원 의자에 앉아 있었다. 이날도 이 지역에서 찬탄해 마지않는 10월의 어느 하루로, 더우면서 상쾌하고, 화사하면서도 준엄한 날이었다. 골짜기 위에는 남국과 같은 짙푸른 하늘이 펼쳐져 있고, 여러 갈래로 길이 나고 인가가 들어선 골짜기의 목초지는 아직 밝은 녹색을 띠었다. 거친 숲으로 덮인 비탈에서는 암소의 방울 소리가 들려왔다. 평화롭고 단조로우며 음악적인 금속성의 소리였다. 그 소리는 조용하고 희박하며 텅 빈 공기 속을 아무런 방해도 받지 않고 선명하게 울려와 높은 지역에 감돌고 있는 축제 분위기를 한층 북돋워 주었다.

사촌들은 어린 전나무가 둥그스름하게 심어진 정원 끝의 벤치에 앉아 있었다. 그 장소는 베르크호프 일대의 골짜기보다 50미터 정도나 더 높은, 울타리로 둘러싸인 지대의 북서쪽 가장자리에 있었다. 둘 다 아무 말이 없었다. 한스 카스토르프는 담배를 피우고 있었다. 그는 내심 요아힘에게 골이 나 있었다. 요아힘이 식사 후 안정 요양을 하기 전에 베란다에서의 모임에 참석하지 않고 자신을 조용한 이 정원으로 억지로 데리고 왔기 때문이다. 이는 요아힘의 횡포라고 할 수 있었다. 엄밀히 말해 이들은 샴쌍둥이가 아니었으므로, 취향이 다르면 서로 떨어질 수 있었다. 한스 카스토르프가 이곳에 있는 것은 요아힘을 상대해 주기 위해서가 아니라, 자신도 어엿한 환자이기 때문이었다. 그는 이런 의미에서 시무룩해 있었고, 마리아 만치니 때문에 그나마 이런 상태를 견딜 수 있었다. 상의 옆 주머니에 두 손을 찔러 넣고, 갈색 구두를 신은 두 발을 쭉 뻗은 채 흐릿한 회색의 기다란 시가를 입술 한가운데에 물고 있었다. 시가가 이제 겨우 타기 시작해서 그는 뭉툭한 끄트머리의 재를 아직 털지 않았으므로 그것이 약간 아래로 매달려 있었다. 그는 왕성하게 식사를 한 뒤에 이제야 완전히 다시 제 맛이 나기 시작한 시가의 향을 즐겼다. 이 위에서의 그의 적응은 비록 적응이 되지 않는 것에 적응하는 과정이기는 해도, 그의 위의 화학 반응이나 건조하여 자주 피를 흘리는 코 점막 신경으로 말할 것 같으면 마침내 적응이 끝난 게 분명했다. 알게 모르게, 그가 진척 상황을 알아차리지 못한 동안, 세월이 흘러 65일 내지는 70일이 흐르는 사이에 솜씨 좋게 제조된 식물성 자극제와 마취제로 그의 유기체가 쾌감을 얻는 능력을 완전히 다시 회복했던 것이다. 그는 능력이 회복된 것에 대해 기뻐했다. 도덕적 만족감이 육체적 쾌감을 증대시켜 주었다. 가지고 온 200개비의 담배는 병상에 누워 있는 동안 절약되어 아직 많이 남아 있었다. 하지만 속옷이며 겨울옷, 아울러 비축용 500개의 브레멘 산 시가도 추가로 샬렌으로부터 부치게 했다. 시가가 들어 있는 래커 칠을 한 아름다운 상자에는 지구의와 수많은 메달 및 깃발이 휘날리는 전시회장 그림이 금박으로 장식되어 있었다.

두 사람이 이렇게 벤치에 앉아 있는데 베렌스 고문관이 정원을 걸어왔다. 그는 오늘 식당에서 점심 식사를 했다. 잘로몬 부인의 식탁에서 자신의 접시 앞에 커다란 두 손을 마주 잡고 있는 그의 모습이 보였던 것이다. 그런 다음 그는 아마 테라스에 가서 독특한 어조로 말하며, 필경 아직 자신의 장기(長技)를 보지 못한 사람들을 위해 구두끈 묶는 묘기를 선보였을 것이다. 그러고 나서 이제 자갈길을 따라 어슬렁거리며 이곳으로 다가왔다. 가운을 입지 않고 체크무늬의 연미복을 입은 채 중산모를 눌러쓰고 있었다. 그도 역시 아주 검은색의 시가를 입에 물고 커다랗고 희끄무레한 연기구름을 내뿜으며 다가왔다. 푸르스름하게 상기된 볼, 뭉툭코, 촉촉하게 젖은 푸른 눈, 한쪽이 치켜 올라간 콧수염을 한 그의 얼굴은 약간 구부정한 장신의 체구와 커다란 손발에 비해 작아 보였다. 그는 예민한 사람이라 두 사촌이 있는 것을 보고 눈에 띄게 화들짝 놀랐다. 앞으로 곧장 가다가는 사촌들을 향해 다가갈 수밖에 없어서 약간 당황해하면서 발걸음을 멈추기까지 했다. 그는 흔히 하는 방식으로 상투적인 말투로 쾌활하게 인사했다. "어이, 여기들 있었군요, 티모테우스*." 그러고는 이들이 그에게 경의를 표하기 위해 자리에서 일어나려고 하자 그냥 앉아 있으라고 만류하면서 이들의 신진대사를 축복하는 말을 했다.

"됐어요, 됐어요. 나 같은 사람에게 신경 쓰지 마세요. 나에게는 그럴 자격이 없어요. 안 그래도 두 분 다 환자니까요. 그럴 필요 없습니다. 그대로 계셔도 아무 상관 없습니다."

그러고는 그는 거대한 오른손의 집게손가락과 가운데손가락 사이에 시가를 들고서 이들 앞에 멈추어 섰다.

"그 시가 맛은 어떤가요, 카스토르프 군? 어디 한번 좀 봅시다. 나는 그 방면에 전문가이자 애연가거든요. 재 색깔이 좋아 보이는군요. 이 갈색 미인의 이름은 대체 무엇인가요?"

"마리아 만치니로 브레멘 산의 식후용 잎담배입니다, 고문관님. 값이 아주 싸서 거저나 다름없어요. 정품으로 19페니히 하는데, 보통 이런 가격으로는 맛볼 수 없는 향기가 납니다. 수마트라 하바나의 잎으로 보시다시피 시가용의 아랫잎입니다. 나는 이 시가에 아주 길이 들었습니다. 중간 정도의 혼합으로 향기가 아주 진합니다만 혀의 감촉이 부드럽습니다. 재를 자주 털지 않는 것이 좋아서 나는 기껏해야 두 번밖에 재를 털지 않습니다. 더러 불량품도 있긴 하지만 제조할 때 특히 철저한 점검을 하는 모양입니다. 그래서 마리아 제품은 특별히 신뢰할 수 있고, 공기도 아주 고르게 통합니다. 한 대 피워 보시겠습니까?"

"고맙습니다, 우리 서로 교환해 볼 수 있겠습니다." 그리고 이들은 자신들의 담뱃갑을 꺼냈다.

"이것은 품질이 좋습니다." 고문관은 잎담배를 한 개 건네면서 말했다. "질도 좋고 맛도 좋으며 힘이 있습니다. 성 펠릭스 브라질이라고 하는데, 나는 줄곧 이것을 피우고 있습니다. 이걸 피우면 근심 걱정이 싹 달아나는데, 브랜디처럼 톡 쏘는 맛이 있습니다. 그리고 끝으로 갈수록 맛이 더 강렬해집니다. 관계할 때는 다소 자제하는 태도가 필요합니다. 연달아 불을 붙이다가는 정력이 당해 내지 못하거든요. 하루 종일 수증기 같은 것을 피워 대기보다는 차라리 제대로 된 걸 한 대 피우는 게 낫습니다."

이들은 서로 교환한 선물을 손가락 사이에 끼워 돌려 보면서, 전문가다운 감식안으로 시가의 날씬한 몸매를 찬찬히 살펴보았다. 가장자리는 부풀어 있고 군데군데 약간 틈새가 있으며 평행으로 비스듬하게 잎맥이 나 있었다. 도드라지게 드러나 있는 맥관 (脈管)은 마치 맥박 치는 것 같았다. 약간 울퉁불퉁한 표면은 인간의 피부를 느끼게 했다. 표면과 모서리에 비치는 빛의 작용에 따라 유기체처럼 살아 있는 기분이 들었다. 그래서 한스 카스토르프는 자신의 생각을 이렇게 피력했다.

"이런 시가는 생명이 있습니다. 버젓이 호흡을 하는 거지요. 언젠가 고향에서 나는 마리아에 습기가 차지 않도록 밀폐된 양철통에 넣어 보관해 두어야겠다는 생각이 문득 들었습니다. 그것이 죽었을 거 같지 않습니까? 마리아는 숨을 거두었어요. 일주일도 못 돼 그만 죽고 말았습니다. 순전히 가죽만 남은 송장처럼 말입니다."

그리고 둘은 외국산 시가를 가장 잘 보관하는 방법에 대해 경험 담을 주고받았다. 고문관은 외국산을 좋아하여, 언제나 독한 하바 나만을 피우고 싶어 했지만, 유감스럽게도 그는 그것을 견뎌 낼 수 없었다. 언젠가 사교 모임에서 맛이 좋아 자그마한 헨리 클레 이*를 연거푸 두 대 피우다가 그는 하마터면 저세상으로 갈 뻔했 다. "나는 커피를 마시며 그것을 피우고 있었지요." 그가 말했다. "연거푸 두 대를 아무 생각 없이 말입니다. 그런데 다 피우자마자 내가 어떻게 된 것이 아닐까 하는 의문이 들기 시작했습니다. 어 쨌든 전에는 한 번도 맛보지 못한 아주 색다르고 완전히 이상야릇 한 기분이었습니다. 간신히 집에 돌아오기는 했지만 그제야 비로 소 도저히 믿을 수 없는 일이 일어났구나 하고 생각했습니다. 다 리는 얼음장처럼 차가웠고, 온몸에 식은땀이 흘렀으며, 얼굴은 백 짓장처럼 창백했고, 심장은 당장에 어떻게 될 것 같았습니다. 맥 박은 때로는 실오라기처럼 가늘게 뛰어 거의 느낄 수 없을 정도였 다가, 때로는 쿵쾅쿵쾅하면서 제멋대로 뛰는 것이었습니다. 그리 고 머리는 흥분의 도가니에 빠졌습니다. 무슨 말인지 아시겠지요. 훨훨 날아 저세상으로 갈 것만 같았습니다. 그때 머릿속에 떠오른 '훨훨 날아 저세상으로 간다'는 말이 나의 용태를 적절하게 표현 해 주는 말이었습니다. 나는 엄청 불안했고, 좀 더 정확히 표현하 면 마음속에 온통 불안한 생각으로 가득 찼지만 한편으로 굉장히 들떠 있어 마치 축제 기분 같았습니다. 누구나 다 알다시피 불안과 축제 기분은 서로 상반되는 것이 아닙니다. 난생처음 아가씨를 껴안은 젊은이나 그 아가씨 또한 불안한 기분이 들겠지만 이와 동시에 황홀한 나머지 녹아 내릴 듯한 지경이 됩니다. 나 역시 녹아 내릴 것 같아, 두근거리는 가슴으로 훨훨 날아 저세상으로 갈 뻔했습니다. 하지만 밀렌동크가 적절하게 손을 써 주어 그런 기분에서 벗어날 수 있었습니다. 즉 얼음찜질에다 피부 마사지, 그리고 캠퍼 주사로 나는 겨우 황천길을 면했습니다."

한스 카스토르프는 환자 자격으로 벤치에 앉아 생각에 잠긴 표정으로 베렌스를 쳐다보았다. 그의 젖은 푸른 눈에는 이야기를 하면서 눈물이 가득 고여 있었다.

"당신은 가끔 그림을 그리시지요, 고문관님?" 한스 카스토르프가 불쑥 이런 말을 꺼냈다.

고문관은 흠칫 놀라 뒤로 물러나는 동작을 했다.

"아니, 젊은이, 어떻게 그런 생각을 다 하셨지요?"

"죄송합니다. 어쩌다가 그런 말을 들은 적이 있어서요. 지금 갑자기 생각이 나서요."

"뭐, 그렇다면 딱 잡아떼지는 않겠습니다. 우리는 다들 약하디 약한 인간들이니까요. 네, 그런 일을 한 적이 있습니다. 스페인 사람이 입버릇처럼 말하듯이 나는 화가의 한 사람입니다."

"풍경화가입니까?" 한스 카스토르프는 짤막하고도 거드름 피우듯이 물었다. 분위기가 그를 그런 어조로 말하게 만들었다.

"이것저것 다 그립니다!" 고문관은 허둥대면서도 빼기듯이 대답했다. "풍경화, 정물화, 동물—사나이 대장부로서 뭐가 무서워

꽁무니를 빼겠습니까."

"그럼 초상화는 안 그리시나요?"

"초상화도 어쩌다 한 번 그린 적이 있습니다. 당신 초상화도 부탁하려고요?"

"하하, 아닙니다. 하지만 고문관님이 그린 그림을 구경할 기회가 있으면 참 고맙겠습니다."

요아힘은 놀라서 사촌을 쳐다본 후 그러면 무척 고맙겠다고 급히 따라 말했다.

그러자 베렌스는 감격할 정도로 기뻐하며 황홀해했다. 그는 심지어 기쁜 나머지 얼굴이 빨개졌고, 그의 두 눈에서 눈물이 주르르 흘러내릴 것만 같았다.

"기꺼이 보여 드리겠습니다!" 그는 소리치듯 말했다. "기쁘기 그지없는 일이지요! 원하신다면 당장 보여 드리겠습니다! 이쪽으로 오십시오, 같이 갑시다! 우리 집에서 터키 커피를 끓이겠습니다!" 이렇게 말하고서 그는 젊은이들의 팔을 잡고 벤치에서 일으켜 세워 두 사람과 팔짱을 끼고는 자갈길을 따라 자신의 숙소로 갔다. 이들이 알고 있듯이 그의 숙소는 정원에서 가까운 베르크호프 건물의 북서쪽 날개에 있었다.

"나도 한때 이 방면에 가끔 손을 대어 본 적이 있었습니다." 한스 카스토르프가 설명했다.

"아, 그렇습니까, 정식으로 유화로요?"

"아니, 아닙니다, 수채화를 한두 점 그리다가 그만두었습니다. 배와 바다를 그린 풍경화였는데, 유치한 장난이었지요. 하지만 그림을 보는 것은 매우 좋아해서, 이런 실례를 하게 되었습니다."

이렇게 상세한 설명을 하니, 사촌의 이상한 호기심이 해명되어 요아힘은 적이 안심했다. 그리고 한스 카스토르프가 자신이 그림 그린 이야기를 끄집어낸 것도 고문관을 위해서라기보다는 오히려 그가 들으라고 한 소리였다. 이윽고 세 사람은 숙소에 도착했다. 저 건너 마차를 대는 곳과는 달리 이쪽에는 가로등이 늘어선 으리으리한 현관이 없었다. 몇 개의 둥근 계단을 올라가자 참나무로 된 대문이 나왔는데, 고문관은 열쇠 꾸러미에서 하나를 골라 내어 문을 열었다. 그의 손이 부들부들 떨리는 것으로 보아 바짝 긴장하고 있는 것이 분명했다. 베렌스는 소지품을 놓아두는 곳으로 쓰이는 대기실로 들어가 그곳에 중산모를 걸어 놓았다. 대기실 안쪽의 짧은 복도는 유리문으로 건물의 다른 부분과 분리되어 있었고, 대기실의 양쪽에는 작은 방이 있었다. 그는 복도에서 가정부를 불러 할 일을 시키고는 흥겹고도 격려하는 말투로 손님들을 오른쪽 문으로 들어오게 했다.

평범하고 시민적인 취향의 가구가 비치된 몇 개의 방이 앞쪽으로 골짜기를 내려다보고 있었다. 방을 연결하는 문은 없이 커튼만이 칸막이 구실을 하고 있을 뿐이었다. '고대 독일풍'의 식당, 책상이 놓인 거실 겸 서재가 있었는데, 책상 위에는 대학모와 두 개의 검이 X자 모양으로 걸려 있었고, 모직 양탄자, 책장 및 소파 세트가 있었으며, 또한 '터키식'의 흡연실이 있었다. 사방에 고문관이 그린 그림들이 걸려 있었다. 사촌들은 방에 들어가자마자 그림들을 바라보며 예의 바르게 경탄하는 눈빛을 보였다. 저세상으로 떠나간 고문관 부인을 유화로 그린 그림이 여기저기 보였고, 책상 위에는 사진도 보였다. 얇고 하늘거리는 옷을 입은 다소 수수께끼 같은 금발의 부인이었다. 그녀는 두 손을 왼쪽 어깨에 마주 잡고—그것도 꽉 잡지는 않고 손가락 끝을 약하게 모으고—눈꺼풀에서 비스듬하게 튀어나온 기다란 속눈썹에 덮인 두 눈은 하늘을 향하거나 아래로 깊이 내리깔고 있었다. 관찰자를 정면으로 바라보는 고인의 그림은 하나도 없었다. 그 밖에는 눈과 전나무로 덮인 산, 짙은 안개에 둘러싸인 산 등을 그린 풍경화가 대부분이었는데, 세간티니*의 영향을 받아 강렬하고 날카로운 산의 윤곽이 짙푸른 창공에 우뚝 솟아 있었다. 또 목동의 오두막, 양지바른 풀밭에 서 있거나 누워 있는 가슴살이 늘어진 암소들, 야채 사이로 비틀린 목을 탁자 널빤지에서 늘어뜨리고 있는 깃털 뜯긴 닭, 꽃밭, 산지 주민들의 모습을 그린 그림들과 그 외에 다른 여러 그림들이 있었다. 이 모든 것은 아마추어다운 가벼운 터치와 대담한 색으로 그려져 있었다. 튜브에서 짜서 직접 캔버스에 칠한 듯한, 마르는 데 시간이 오래 걸렸을 것 같은 그림들도 더러 보였다. 중대한 실수를 범한 것도 있었지만 때때로 그게 효과를 보기도 했다.

전시회 구경을 하듯이 두 사람은 주인의 안내를 받으며 벽을 따라 걸었다. 주인은 가끔 그림의 동기를 이야기하기도 했지만 대체로 말이 없었다. 그는 예술가로서 벅찬 자부심을 느끼며 사촌들과 함께 자신의 작품을 감상하는 기쁨을 즐겼다. 쇼샤 부인의 초상화는 거실의 창가 벽에 걸려 있었다. 그것은 실물과는 많이 달라 보였지만 한스 카스토르프는 거실에 발을 들여놓는 순간 이를 퍼뜩 알아차렸다. 그는 일부러 그곳을 피해서, 동반자들을 식당에 머물게 하고는 푸르스름한 빙하를 배경으로 하고 있는 제르기 계곡의 녹색 풍경화에 경탄하는 척했다. 그러고 나서 그는 자기 마음대로 일단 터키식 흡연실로 건너가서는 입에 침이 마르도록 찬사를 늘어놓으며 역시 그림들을 찬찬히 훑어보았다. 그런 다음 거실 입구 벽의 그림들을 구경하면서, 요아힘에게 칭찬의 표현을 좀 하라고 가끔씩 촉구하기도 했다. 마침내 그는 고개를 돌리고는 적당히 놀란 표정을 지으며 이렇게 물어 보았다. "이것은 아는 얼굴 아닌가요?"

"그녀인 줄 알겠어요?" 베렌스가 궁금한 듯 물었다.

"그럼요, 그걸 모를 리가 있겠습니까. 프랑스식 이름을 가진 일류 러시아인 석의 부인이지요."

"맞습니다, 쇼샤입니다. 그녀와 닮았다고 생각한다니 기쁘군요."

"똑같습니다!" 한스 카스토르프는 거짓말을 했다. 딱히 거짓말을 하려던 것은 아니었지만 미리 귀띔을 받지 않았더라면 모델이 누구인지 전혀 알아보지 못했을 거라고 생각했기 때문이다. 요아힘도 마찬가지로 한스 카스토르프의 언급이 없었더라면 그 모델이 누구인지 알아보지 못했을 것이다. 감쪽같이 당한 선량한 요아힘은 그제야 진상을 파악했다. "아, 그런가?" 그는 이렇게 나지막하게 말하며 순순히 그림을 바라보는 데 동참했다. 그의 사촌은 베란다의 모임에 참석하지 못한 서운함을 이런 식으로 보상받았던 것이다.

초상화는 실물보다 좀 작은 비스듬한 옆모습의 흉상으로 훤히 드러난 어깨와 가슴에는 망사 옷을 두르고 있었다. 그것은 캔버스의 가장자리에 금색 돌림띠가 입혀진, 안쪽으로 경사진 넓고 검은 액자에 끼워져 있었다. 개성을 드러내고 싶어 하는 아마추어 화가의 초상화에서 흔히 볼 수 있듯이 쇼샤 부인은 실제보다 열 살은 늙어 보였다. 대체로 얼굴에는 지나치게 붉은빛이 감돌았고, 코는 몹시 서투르게 그려져 있었으며, 머리카락은 실제와 달리 짚 같은 빛깔이었다. 입은 비뚤어졌고, 인상의 특별한 매력을 보지 못했는지 아니면 밝혀 내지 못했는지는 몰라도 거친 표현으로 매력 포인트가 결여되어, 전체적으로 볼 때 졸작이라 할 수 있었다. 초상화로서도 실물과는 거리가 멀었다. 하지만 한스 카스토르프는 실물과 닮고 안 닮고를 크게 문제 삼지 않았다. 이 캔버스가 쇼샤 부인과 관계 있다는 사실만으로 충분했다. 이 그림은 쇼샤 부인을 그린 것이며, 그녀가 직접 모델이 되어 이 방에 앉아 있었다는 사실로 그에게는 충분했다. 그는 감동한 목소리로 거듭 이렇게 말했다.

"그녀와 똑같이 닮았습니다."

"너무 그러지 마십시오." 베렌스는 거부하는 태도를 취했다. "형편없는 졸작이 되었습니다. 스무 번쯤 모델이 되어 달라고 했지만 제대로 소화했다는 생각이 들지는 않습니다. 저렇게 까다로운 면상을 어떻게 소화한단 말입니까. 북극인 같은 광대뼈와 효모를 넣어 구운 빵에 금이 간 듯한 눈을 쉽게 그릴 수 있을 것 같지만, 사실은 꽤 어렵습니다. 세세한 부분을 제대로 그려 놓으면 전체를 망치게 됩니다. 정말 난센스 퀴즈 같습니다. 그녀를 알고 있습니까? 어쩌면 그녀는 앞에 앉혀 놓고 그릴 게 아니라 기억을 더듬어 그려야 할 것 같습니다. 대체 그녀를 알고 있습니까?"

"그렇다고도 할 수 있고 그렇지 않다고도 할 수 있습니다. 여기서 그저 얼굴만 아는 정도로 피상적입니다."

"나는 그녀를 좀 더 내부적으로, 피하(皮下)적으로 알고 있습니다. 동맥의 혈압, 조직의 활력, 림프 운동에 대해 꽤 자세하게 알고 있습니다. 특정한 이유 때문에 말입니다. 표면적인 것이 더 어렵습니다. 그녀가 걸어가는 모습을 본 적이 있습니까? 그녀가 걸어가는 모습과 그녀의 얼굴이 똑같습니다. 살금살금 걸어오는 모습입니다. 예를 들어 눈을 보기로 합시다. 눈의 색깔을 말하는 게 아닙니다. 그것도 이상야릇하지만요. 눈의 생김새, 눈매를 말하는 겁니다. 눈꺼풀의 틈새가 가느다랗고 비스듬하게 보일 겁니다. 하지만 그렇게 보일 뿐입니다. 당신을 현혹시키는 것은 눈 안쪽의 군살 때문입니다. 어떤 인종에게나 나타나는 변종의 하나입니다. 이는 콧마루가 납작한 바람에 피부에 살집이 생겨 눈꺼풀이 눈의 안쪽을 덮기 때문에 생기는 현상입니다. 콧마루 위의 피부를 팽팽하게 잡아당겨 보십시오. 그러면 우리와 완전히 같은 눈이 됩니다. 묘한 기분이 들게 하는 일종의 속임수로 그리 명예로운 일은 아닙니다. 자세히 살펴보면 눈 안쪽의 군살은 격세유전(隔世遺傳)적인 기형이기 때문입니다."

"그러니까 그러한 관계 때문이군요." 한스 카스토르프가 말했다. "그런 줄은 몰랐지만 나는 진작부터 그런 눈에 관심이 있었습니다."

"애태움이자 속임수입니다." 고문관이 힘주어 말했다. "눈을 그냥 비스듬하고 가느다랗게 그려 보십시오, 그러면 당신은 넋을 잃게 됩니다. 비스듬하고 가느다란 모습을 자연이 그렇게 만든 것처럼 그려야 합니다. 말하자면 자신이 속아야 남을 속일 수 있습니다. 그리고 그러기 위해서는 물론 눈 안쪽의 군살에 대한 지식이 있어야 합니다. 알아서 해로울 건 없으니까요. 피부, 이 몸의 피부를 좀 보십시오. 진짜 살아 있는 피부처럼 보입니까, 아니면 별로 그렇지 않아 보입니까?"

"엄청, 엄청 생생하게 그려져 있습니다, 피부가 말입니다. 이렇게 실제와 비슷하게 그려진 피부는 처음 보는 것 같습니다. 땀구멍까지 보이는 것 같습니다." 한스 카스토르프가 말했다. 그러면서 그는 초상화의 목덜미 부분을 손으로 살짝 만져 보았다. 그곳은 몸에서 햇빛에 노출되지 않은 부위가 으레 그렇듯이, 지나치게 붉은 얼굴과 대조적으로 무척 희었다. 그래서 고의인지 아닌지는 몰라도 신체가 과도하게 노출되어 있다는 생각을 강하게 불러일으켰다. 이는 어쨌든 꽤 어설픈 효과를 내고 있었다.

그렇지만 한스 카스토르프의 찬사는 겉치레만의 인사는 아니었다. 망사 옷에 가려져 있는, 부드럽지만 여위지 않은 가슴의 희미하게 빛나는 흰 피부색은 정말 자연스러운 느낌을 주었다. 피부는 눈에 띄게 감정을 담아 그려졌지만, 거기에서 발산하는 어떤 감미로운 느낌은 훼손되지 않아서 예술가는 거기에 과학적인 사실성과 생생한 정밀성을 부여하는 데 성공하고 있었다. 그는 캔버스의 오톨도톨한 성질을 이용하여, 특히 부드럽게 튀어나온 쇄골 근방의 피부 표면을 유화 물감으로 자연스럽게 오톨도톨하게 표현했다. 왼쪽 가슴 윗부분에 나 있는 주근깨도 빼놓지 않았고, 불룩한 가슴 사이에는 푸르스름한 혈관이 희미하게 비치는 것 같았다. 보는 사람의 시선을 느끼는지 이처럼 벌거벗었다는 사실에 대해 거의 눈에 띄지 않는 민감한 전율이 흐르는 것 같았다. 좀 과장해서 말한다면 땀의 분비, 눈에 띄지 않는 살 냄새를 감지할 수 있을 듯했다. 그리하여 가령 입술을 거기에 갖다 대면 물감 냄새와 니스 냄새가 아니라 사람의 체취를 느낄 수 있을 것 같았다. 이 모든 것은 한스 카스토르프가 받은 인상을 그대로 전한 것이다. 그가 그런 인상을 받으려고 의식적으로 노력한 것인지는 모르지만, 쇼샤 부인의 목덜미가 드러난 초상화가 이 방의 그림들 중에서 가장 주목할 만한 작품이었다는 것은 객관적으로 볼 때 분명한 사실이었다.

베렌스 고문관은 두 손을 바지 주머니에 넣은 채 발 뒤꿈치와 발끝으로 몸을 까딱까딱 흔들면서 두 사촌과 함께 자신의 작품을 감상했다.

"정말 기쁩니다, 동료 예술가님." 그가 말했다. "이렇게 알아주는 분이 계셔서 정말 기쁩니다. 피부의 표면 밑에 관해서도 어느 정도 지식이 있어서, 눈에 보이지 않는 부분도 함께 그릴 수 있다면 이로우면 이로웠지 전혀 해가 될 게 없습니다. 다른 말로 하면 자연에 대해 다만 서정적 관계뿐만 아니라 다른 관계도 가져, 이를테면 화가인 동시에 의사, 생리학자 및 해부학자가 되어 여성의 속옷 아래에 대해서도 남모르는 지식을 갖고 있다면, 이는 장점이 될 수 있습니다. 당신은 어떻게 생각할지 몰라도 이는 단연 유리합니다. 이 피부에는 과학이 있습니다. 현미경으로 그것의 유기체적 진실성을 조사해도 좋습니다. 거기서 표피의 점막층과 각질층을 볼 수 있을 뿐만 아니라 그 밑에 피지, 땀샘, 혈관 및 젖꼭지가 있는 진피 조직까지 그려져 있습니다. 그리고 다시 그 밑에는 지방막, 쿠션, 말하자면 수많은 지방 세포로 여성다운 매력적인 모습을 갖게 해 주는 하부 조직까지 그려져 있습니다. 알고 있고 마음속에 생각하고 있는 것은 밖으로 표출되는 거지요. 이것이 당신의 손안으로 흘러 들어와 나름대로 작용을 하고, 없는 듯이 보이지만 어떻게든 존재하여, 생생한 실감을 주는 겁니다."

한스 카스토르프는 이 대화에 열광한 나머지 그의 이마까지 빨개지고 두 눈이 초롱초롱 빛났다. 그는 하고 싶은 말이 너무 많아 어떤 말부터 꺼내야 할지 몰랐다. 첫째로 그는 어둑어둑한 창가의 벽에서 그림을 좀 더 밝은 곳으로 옮기고 싶었다. 둘째로 그는 자신이 무척 흥미가 있는 피부 구조에 관한 베렌스의 말을 가지고 이야기의 실마리를 풀어 가고 싶었다. 셋째로는 자신의 일반론적이고 철학적인 견해를 피력하고 싶었다. 이것도 역시 그에게는 매우 중요한 문제였다. 그는 벌써 초상화에 손을 대 떼어 내려고 하면서 급히 말하기 시작했다.

"그렇습니다, 그렇고말고요! 아주 좋습니다, 그게 중요합니다. 내가 말하고 싶은 것은…… 즉 고문관님은 '서정적 관계 말고도 다른 관계도 갖는다'고 말씀하신 것 같습니다. 예술가적 관계에 다른 관계도 있다면서 말입니다. 요컨대 사물을 다른 관점에서, 이를테면 의학적 관점에서 바라보는 게 좋을 거라고 말입니다. 그건 엄청 적절한 말입니다, 고문관님 죄송합니다, 내가 볼 때 근본적으로 상이한 관계나 관점이 문제가 되는 것이 아니라 언제나 동일한 것, 단지 변종이 문제가 되기 때문에 그 말이 지당하다고 생각됩니다. 그러므로 내 말은 뉘앙스, 그러므로 동일한 보편적인 관심을 불러일으키는 변종이 중요한 문제라는 것입니다. 이렇게 말해도 된다면 예술가의 작업도 그러한 관심의 한 부분이며 하나의 표현에 불과합니다. 그렇습니다, 죄송합니다, 이 그림을 떼어내겠습니다. 이곳은 너무 어두워서 안 되겠어요. 두고 보세요, 이것을 저기 소파 위에 걸어 두면 완전히 다르게 보일 겁니다. 내가 묻고 싶은 것은 의학이라는 과학은 무엇을 대상으로 삼는가 하는 점입니다. 물론 나는 의학에 대해서는 하나도 모릅니다만, 의학은 인간을 대상으로 하고 있습니다. 그리고 법률을 제정하고 판결을 하는 법학도 인간을 대상으로 합니다. 그리고 대부분 교육자적인 직업과 관련이 있는 언어학은 어떻습니까? 그리고 신학, 목회 활동, 종교적인 사제의 직은? 이 모든 것은 인간을 대상으로 하고 있으며, 이 모든 것은 단지 똑같이 중요한…… 주된 관심의 변형, 인간에 대한 관심의 변형에 지나지 않습니다. 한마디로 말하면, 이것들은 인문주의적인 직업들입니다. 그래서 이러한 직업을 공부하려면 기초 작업으로 무엇보다도 고대어를 배웁니다. 그렇지요, 흔히 말하듯이 형식적인 교양 때문에 말입니다. 현실주의자이자 기술자에 불과한 내가 이런 말을 하니 혹시 이상하게 생각할지도 모르겠습니다. 하지만 나는 근래에도 누워서 곰곰 생각해 보았습니다. 모든 종류의 인문주의적인 직업이 형식적인 것, 형식, 아름다운 형식의 이념을 토대로 삼는 것은 아주 좋은 일이며, 이 세상의 아주 탁월한 제도라고 말입니다. 이것으로 그 직업은 무언가 고상하고 유유자적한 성질을 띠게 되고, 그 외에도 무언가 정감이 있고…… 예의 바르게 보입니다. 그래서 이러한 것에 관심을 가지면 흡사 여성에게 친절한 기사처럼 보이게 됩니다. 내가 아주 부적절하게 표현한 것 같습니다만, 이로써 정신적인 것과 아름다운 것이, 다른 말로 하면 과학과 예술이 어떻게 서로 섞이게 되는지, 이것들이 실은 언제나 하나였다는 사실을 알 수 있습니다. 그러므로 예술가의 작업도 확실히 거기에 속하게 됩니다, 어느 정도 제5분과로 말입니다. 그것의 가장 중요한 주제나 관심사가 또다시 인간인 한에는 그 작업도 인문주의적인 직업의 한 변종으로 인문주의적인 직업과 전혀 다를 바 없습니다. 이런 내 말을 인정하시겠지요. 내가 소년 시절에 그림 공부를 한번 해 본 적이 있지만 그저 배와 바다를 그린 것에 불과합니다. 하지만 그때나 지금이나 그림에서 가장 매력적인 것은 인간을 직접 대상으로 삼는 초상화입니다. 그래서 아까 초상화도 그리느냐고 고문관님께 물어 보았던 겁니다. 그런데 이곳에 걸어 두면 그림이 훨씬 더 살아나지 않을까요?"

베렌스와 요아힘, 두 사람은 즉흥적으로 마구 지껄여 대는 이야기에 한스 카스토르프 자신이 부끄러워하지 않나 하고 그를 쳐다보았다. 하지만 한스 카스토르프는 자신의 이야기에 열중한 나머지지 당혹해하지 않았다. 그는 그림을 소파 위의 벽에 대고, 여기에 있으면 빛을 훨씬 더 잘 받지 않겠느냐고 물었다. 이와 동시에 가정부가 쟁반에 뜨거운 물과 알코올램프 그리고 커피 잔을 얹어 가지고 왔다. 고문관은 그것을 흡연실에 갖다 두라고 이르고는 이렇게 말했다.

"그렇다면 당신은 사실 그림보다는 무엇보다도 조각에 관심을 가졌어야 했습니다. 물론 그쪽이 광선을 더 잘 받습니다. 그곳에 갖다 둘 만한 작품이라고 생각한다면 됐습니다. 조각이야말로 일반적으로 가장 순수하고도 가장 독점적으로 인간과 관계하고 있으니까요. 하지만 커피가 식기 전에 먼저 들기로 합시다."

"바로 그렇습니다, 조형 예술입니다." 한스 카스토르프는 이들과 함께 옆방으로 건너가면서 이렇게 말하고는 그림을 제자리에 걸어 놓거나 내려놓는 것을 깜박 잊었다. 그는 액자의 아래쪽을 잡고 옆방으로 가지고 갔다. "맞습니다, 그리스의 비너스나 운동선수의 조각상에 인문주의적인 것이 분명 가장 뚜렷이 드러나 있습니다. 곰곰 생각해 보면 사실 그런 것이 진짜이고, 인문주의적인 종류의 예술일지도 모릅니다."

"자, 저 조그만 쇼샤에 대해 말하자면 좌우간 그녀는 그림에 더 어울리는 대상으로 생각됩니다. 피디아스*나 유대 이름을 가진 다른 조각가라면 그녀와 같은 인상을 보고는 코를 찌푸렸을 겁니다. 그런데 그런 하찮은 작품을 왜 그렇게 끌고 다니는 겁니까?" 고문관이 지적했다.

"실례합니다만, 이 그림을 일단 이 걸상 다리에 기대어 두겠습니다. 잠시 동안이면 충분합니다. 하지만 그리스의 조형 예술가들은 얼굴에는 그리 신경을 쓰지 않았습니다. 그들에게 중요한 것은 육체였는데, 어쩌면 그것이야말로 바로 인문주의적인 것일지도 모릅니다. 그럼 여성의 조형성은 그러니까 지방질에서 온다는 말입니까?"

"지방질에서 오지요!" 고문관은 이렇게 단호하게 말하고 벽장문을 열어젖히고는 커피를 타는 데 필요한 기구를 끄집어냈다. 그것은 파이프 모양의 터키식 커피 분쇄기, 긴 자루가 달린 커피 주전자, 설탕과 빻은 커피를 담는 이중 용기로, 이 모든 것은 다 놋쇠로 만들어진 제품이었다. "팔미틴, 스테아린, 올레인." 그는 지방의 성분을 말하면서, 양철통에 든 커피 알갱이를 분쇄기에 들어 붓고는 손잡이를 돌리기 시작했다. "여러분이 보시다시피 나는 이 모든 일을 처음부터 직접 다 합니다. 그래야 맛이 기가 막히거든요. 이게 뭐라고 생각했습니까? 신이 먹는 불로불사(不老不死)의 음식이라고 생각했나요?"

"아닙니다, 나는 진작부터 알고 있었습니다. 그런 말을 들으니 색다른 느낌이 들기는 합니다만."

이들은 문과 창 사이의 구석에 있는, 동양식으로 장식된 놋쇠판이 달린 조그만 대나무 탁자에 앉았다. 놋쇠판 위에는 담배 도구들 사이에 커피 기구가 놓여 있었다. 요아힘은 베렌스와 함께 비단 쿠션이 여러 개 놓인 긴 의자에 앉았고, 한스 카스토르프는 바퀴가 달린 안락의자에 앉아 거기에 쇼샤 부인의 초상화를 기대 놓았다. 이들의 발아래에는 알록달록한 양탄자가 깔려 있었다. 고문관은 긴 자루가 달린 커피 주전자에 커피와 설탕을 떠 넣고, 물을 붓고는 알코올램프에 올려놓고 끓였다. 이윽고 커피 잔에 갈색 커피를 붓자 거품이 보글보글 올라왔고, 한 모금 마셔 보니까 달콤하면서도 진한 맛이 났다.

"게다가 당신의 조형성도 그렇게 말할 수 있다면, 여성만큼은 아니지만 물론 지방질 때문입니다. 우리 남성의 경우는 보통 지방이 몸무게의 20분의 1에 불과한 반면, 여성의 경우에는 16분의 1에 달합니다. 피하 조직이 없다면 우리는 다들 그물우산버섯에 지나지 않을 겁니다. 나이를 먹음에 따라 지방이 사라지고, 누구나 다 알듯이 가히 아름답지 않은 주름이 생깁니다. 지방이 가장 많은 곳은 여성의 가슴과 배, 허벅지입니다. 요컨대 우리 가슴을 약간 두근거리게 하고 만져 보고 싶은 곳이 다 지방이 많은 곳입니다. 발바닥에도 지방이 많아 만지면 간지럽습니다." 베렌스가 말했다.

한스 카스토르프는 파이프 모양의 커피 분쇄기를 만지작거리며 돌리고 있었다. 그것은 세트 전체가 그러하듯이 터키 제품이라기보다는 오히려 인도나 페르시아 제품 같았다. 놋쇠에 새겨진 조각 양식과 희미한 바탕과는 대조적으로 반질반질하게 빛나는 그것의 표면이 그러한 점을 암시하고 있었다. 한스 카스토르프는 그게 뭔지도 모르고 장식된 것을 이리저리 살펴보았다. 그것이 무엇을 의미하는지 깨닫고는 그는 자신도 모르게 얼굴이 붉어졌다.

"그렇습니다, 그것은 독신 남성에게 알맞은 기구입니다." 베렌스가 말했다. "그래서 나는 자물쇠를 채우고 보관하고 있습니다.

가정부가 보았다간 눈을 버릴지도 모르니까요. 당신에게는 그리 해롭지 않을 겁니다. 나는 그것을 영광스럽게도 언젠가 이곳에 일 년간 머무른 이집트의 공주인 여자 환자에게서 선물 받았습니다. 어느 쪽으로 돌려 보아도 같은 무늬가 계속 나옵니다. 재미있지요, 안 그래요?"

"네, 색다른 물건이군요." 한스 카스토르프가 대답했다. "하하, 그렇습니다, 나에게는 물론 전혀 문제될 게 없습니다. 생각하기에 따라 진지하고 엄숙하다고 할 수도 있습니다. 그렇다고 커피 세트 로 쓰기에는 적합하다고 할 수 없습니다만. 고대 사람들은 이런 것을 때로는 그들의 관에 장식했다고 합니다. 외설적인 것과 신성 한 것은 그들이 보기에 같은 거나 마찬가지였습니다."

"자, 그럼 그 공주에 관해 말하자면 내가 보기에 그녀는 외설적 인 쪽을 선호했던 것 같습니다. 그것 말고 나는 아주 멋진 담배도 그녀에게서 얻었습니다. 품질이 매우 좋은 그 담배는 아주 특별한 경우에만 내놓습니다." 베렌스가 말했다. 그러면서 그는 벽장에 서 오색찬란한 담배갑을 꺼내 사촌들에게 내놓았다. 요아힘은 발 꿈치를 가지런히 모으며 사양했다. 한스 카스토르프는 그것을 받 아 들고는 스핑크스가 금박 인쇄된, 엄청 크고 넓적한 담배를 피 워 보았다. 그것은 정말 기가 막힐 정도로 맛이 좋았다.

"피부에 대해 좀 더 이야기해 주십시오." 그가 졸라 댔다. "괜찮 으시다면 말입니다, 고문관님!" 그는 쇼샤 부인의 초상화를 다시 집어 들고 무릎에 올려놓더니, 걸상에 몸을 기댄 채 담배를 꼬나 물고 그것을 들여다보았다. "우리가 이제 대충 알고 있는 지방질에 관해서는 말고요. 그것 말고 당신이 그토록 훌륭하게 그릴 줄 아는 피부 일반에 관해서 말입니다."

"피부에 관해서요? 당신은 생리학에 관심이 있습니까?"

"무척요! 그렇습니다, 나는 벌써 옛날부터 그것에 관심이 있었습니다. 인간의 몸에 언제나 각별한 관심이 있었습니다. 나는 의사가 되어야 하지 않았나 하고 더러 자문할 때도 있었습니다. 어떤 점에서는 의사라는 직업이 나에게 맞지 않았을까 생각되기도 합니다. 몸에 관심이 있는 사람은 병에도 관심이 있기 때문이지요. 특히 병에 말입니다. 그렇지 않습니까? 이 말에는 그다지 커다란 의미는 없습니다. 다른 직업을 가질 수도 있었을 테니까요. 예를 들면 나는 성직자가 될 수 있었을지도 모릅니다."

"아니, 뭐라고요?"

"네, 잠시 그런 생각이 든 적도 가끔 있었습니다. 성직자가 되었으면 꼭 알맞았을 것처럼 말입니다."

"그럼 왜 엔지니어가 되었지요?"

"우연한 계기에서였습니다. 다소 외부적인 사정 때문에 그렇게 되었다고 말할 수 있습니다."

"자, 그럼 피부에 대해 이야기해 볼까요? 당신의 감각엽(感覺葉)에 대해 뭐라고 이야기해야 좋을지. 그건 당신의 외뇌(外腦)라 할 수 있습니다. 개체 발생학적으로 볼 때 저 위 당신의 두개골에 있는 소위 고등 감각 기관과 똑같은 기원을 갖고 있습니다. 중추 신경 계통도 외부의 피부층이 약간 변형된 것에 지나지 않는다는 것을 아셔야 합니다. 그리고 하등 동물의 경우에는 아직 대체로 중추 신경과 말초 신경 간의 구별이 없습니다. 이들은 피부로 냄새를 맡고 맛을 느낍니다. 당신은 이들이 피부 감각만을 지니고 있다고 상상해야 합니다. 우리가 그런 입장이라고 생각하면 얼마나 마음 편할까요. 그 반면에 당신이나 나처럼 고도로 분화된 생물체의 경우에는 피부의 야심이 간지럼을 타는 정도에 국한됩니다. 이때 피부는 보호 기관이자 전달 기관에 불과합니다. 하지만 몸에 너무 가까이 접근해 오는 것에 대해서는 한시도 경계를 게을리 하지 않습니다. 피부는 촉감 장치인 털, 즉 각질이 된 피부 세포로 이루어져 있는 체모를 곤두세우고, 피부에 무엇이 닿기 전에 벌써 접근하는 것을 감지합니다. 우리끼리 하는 이야기입니다만 피부의 보호 작업과 방어 작업이 육체적인 것에만 한정되는 것은 아닙니다. 당신은 피부가 빨개지거나 창백해지는 이유를 아십니까?"

"잘 모르는데요."

"그렇겠지요. 솔직히 말하면 우리도 아주 정확히는 알지 못합니다. 적어도 부끄러워서 얼굴이 빨개지는 현상에 대해서는 말입니다. 이 현상은 아직 완전히 규명되어 있지 않습니다. 혈관 운동 신경을 통해 움직여질 수 있다는 확장근이 아직까지 맥관에서 확인되지 않았기 때문입니다. 수탉의 볏이 왜 부풀어 오르는지—또는 이 외에도 이렇다할 만한 예가 많겠지만—이는 소위 신비로운 현상입니다. 특히 이때 심리적 작용이 개입하면 말입니다. 우리는 대뇌 피막과 뇌수 속의 맥관 중추 사이에 연락망이 있을 것으로 가정합니다. 그래서 어떤 자극이 있는 경우에, 예를 들어 당신이 매우 부끄러운 경우에 이 연락망이 활동을 시작합니다. 그래서 얼굴에 있는 맥관 신경이 활동을 시작하여 그곳의 혈관이 늘어나고 팽창하여 당신의 얼굴이 칠면조처럼 부풀게 됩니다. 얼굴의 피가 너무 부풀어 올라 눈이 보이지 않게 되는 수도 있습니다. 반면에 이와는 다른 경우 참으로 좋은 일이 당신에게 기대될 때 피부의 혈관이 수축하여, 피부가 창백해지고 차가워져 오그라듭니다. 그런 다음 당신은 감정의 혼란 때문에 송장 같은 얼굴이 되고, 동공이 납빛처럼 변하며, 코끝이 하얘집니다. 하지만 심장만은 교감 신경의 작용으로 세차게 고동치는 것입니다."

"그래서 그렇군요." 한스 카스토르프가 말했다.

"대체로 그렇습니다. 그게 반사 작용이라는 겁니다. 하지만 모든 반사 작용에도 원래 목적이 있기 때문에 우리 생리학자들은 정신적 흥분에 수반되는 이러한 현상도 실은 목적에 맞는 보호 수단이며, 소름이 돋는 경우처럼 신체의 방어 작용일 거라고 추측하는 겁니다. 소름이 왜 돋는지 아십니까?"

"그것도 잘은 모릅니다."

"그건 말하자면 단백질을 함유한 지방성 분비물인 피지를 분비하는 피지선의 작용 때문입니다. 이것은 그리 좋아 보이지는 않지만 피부를 부드럽게 해 주고, 말라서 갈라지고 금이 가지 않게 해 주며, 감촉을 좋게 해 줍니다. 이러한 콜레스테롤이 없다면 인간의 피부와 접촉할 때 감촉이 어떨지 상상하기도 싫습니다. 이 피지선에는 선(腺)을 일으키는 작은 유기체적인 근육이 있습니다. 그리고 선이 일어나면 여왕으로부터 미꾸라지가 든 물통을 세례받은 동화 속의 소년처럼 당신의 피부에 강판처럼 소름이 돋습니다. 그리고 자극이 강한 경우는 모낭(毛囊)까지 일어섭니다. 머리 털이나 몸의 털도 방어 자세를 취하는 고슴도치의 털처럼 곤두서게 되지요. 이제 왜 소름이 끼치는지 알겠습니까?"

"아, 나는 벌써 여러 번 경험하고 있습니다. 정말 여러 경우에 소름이 끼칩니다. 그렇게 여러 가지 경우에 선이 일어선다는 게 정말 이상합니다. 석필로 유리를 긁으면 소름이 돋고요, 특히 아름다운 음악을 들을 때도 돌연 소름이 돋습니다. 그리고 견진성사 때 성찬을 받아도 소름이 끼쳐서 오싹한 기분이 멈추지 않았습니다. 무슨 일만 생기만 작은 근육들이 일어서는 게 정말 이상합니다." 한스 카스토르프가 말했다.

"그렇습니다. 자극은 자극이거든요. 자극의 내용 같은 것은 몸에 전혀 문제가 안 됩니다. 미꾸라지든 성찬이든 관계없이 피지선은 마냥 일어섭니다." 베렌스가 말했다.

"고문관님." 한스 카스토르프는 이렇게 말하고 무릎에 놓인 그림을 바라보았다. "아까 한 이야기로 되돌아가고 싶습니다. 당신은 조금 전에 체내의 현상인 림프 운동에 관해 말했습니다. 그건 어떤 것입니까? 괜찮으시다면 그것에 대해 더 듣고 싶습니다. 예를 들어 림프 운동에 관해 말입니다. 나는 그것에 무척 관심이 있습니다."

"그럴 거라고 생각됩니다." 베렌스가 대꾸했다. "림프액은 신체의 모든 활동 가운데 가장 미묘하고, 가장 내밀하며, 가장 섬세한 것입니다. 추측컨대 이런 걸 염두에 두고 물었을 겁니다. 사람들은 항상 혈액과 그것의 신비에 관해 말하면서, 그것을 특별한 액이라고 부릅니다. 하지만 이 림프액이야말로 액 중의 액이며, 정수(精髓)이자 피 같은 우유로 아주 훌륭한 액입니다. 지방분만 없으면 정말 우유와 똑같습니다." 그리고 그는 신이 나서 늘 하던 말투로 설명하기 시작했다. 그의 말에 따르면, 혈액은 무대용 외투처럼 빨갛고, 호흡과 소화에 의해 만들어지며, 가스로 포화 상태가 되고, 노폐물을 함유한 지방, 단백질, 철분, 당분 및 염분으로 이루어져 있다. 38도나 되는 뜨거운 피는 심장의 펌프 운동으로 혈관에 보내져, 온몸의 신진대사를 촉진하고 몸을 따뜻하게 해 주며, 한마디로 사랑스러운 생명을 유지하게 해 준다. 그러므로 혈액이 직접 세포에 접근하는 일은 없고, 심장의 압력으로 그것의 엑기스인 유액만이 혈관 벽에서 여과되어 조직 속에 침투하여 온몸으로 뚫고 들어가, 조직액으로 모든 틈새를 채워서 탄력적인 세포 조직을 늘이고 팽팽하게 해 준다. 이것이 투르고어(Turgor)라고 하는 조직의 긴장이다. 림프액이 세포를 부드럽게 씻어 주고 성분을 세포와 교환하면, 림프액이 림프관으로 보내졌다가 다시 혈액 속으로 흐른다. 그 양은 하루에 1.5리터나 된다. 고문관은 림프관의 관상 조직과 흡수관 조직에 대해 설명하고, 다리, 가슴, 팔, 머리의 한쪽에 모여 있는 흉부 유관(乳管)에 대해, 림프관의 여기저기에 형성되는 림프선이라 불리는 기관들, 즉 목, 겨드랑이, 팔꿈치, 무릎이나 이와 유사한 내밀하고 미세한 신체 부분에 존재하는 섬세한 여과 기관에 관해 이야기했다. "그런데 간혹 그 림프선이 부어오를 때가 있습니다." 베렌스가 설명했다. "우리 이야기가 아마 거기에서 시작되었지요. 우리는 이를 림프선의 비대 현상이라고 말합니다. 무릎과 팔꿈치 여기저기에 수종(水腫)과 유사한 종양이 생기는 경우가 있는데, 그때에도 딱히 좋은 이유는 아닐지라도 항상 이유가 있는 겁니다. 경우에 따라서는 이를 결핵성 림프관 폐쇄라고 의심해도 좋습니다."

한스 카스토르프는 아무 말이 없었다. "그렇군요." 그는 잠시 후에 나지막하게 말했다. "내가 좋은 의사가 될 수 있었다는 생각이 드는군요. 흉부 유관…… 다리의 림프액…… 나는 이런 데 무척 관심이 많습니다. 몸이란 무엇일까요!" 그는 느닷없이 격렬하게 소리쳤다. "살이란 무엇일까요! 인간의 신체란 무엇일까요! 몸은 무엇으로 이루어져 있을까요! 오늘 오후에 이런 걸 좀 이야기해 주세요, 고문관님! 우리가 알아들을 수 있도록 확실하고도 정확하게 이야기해 주세요!"

"물로 되어 있습니다." 베렌스가 대답했다. "당신은 유기 화학에도 관심이 있지요? 인문주의적인 인체를 구성하고 있는 것은 거의 대부분 물입니다. 그 이상도 그 이하도 아닙니다. 이에 대해 분개할 이유가 없습니다. 고체 성분은 고작 25퍼센트에 지나지 않으며, 그 중에서 20퍼센트는 흔히 볼 수 있는 달걀의 흰자위, 즉 다소 고상하게 표현하면 단백질입니다. 거기에다 지방과 염분이 약간 더해질 뿐인데, 이것이 전부나 다름없습니다."

"하지만 달걀의 흰자위라는 것은 무엇입니까?"

"갖가지 원소로 되어 있지요. 즉 탄소, 수소, 질소, 산소, 유황으로 되어 있습니다. 가끔 인(燐)도 들어 있습니다. 당신은 참으로 왕성한 지식욕을 갖고 있군요. 어떤 단백질은 탄수화물, 즉 포도

당이나 전분과도 결합되어 있습니다. 나이가 들면 살이 질겨지는데, 이는 결체 조직(結締組織)에 콜라겐, 즉 뼈와 연골의 가장 중요한 성분인 교원질(膠原質)이 증가하기 때문입니다. 이 밖에 무얼 더 이야기해 드릴까요? 우리의 근육 플라스마 속에는 미오지노겐이라는 단백질이 있어서, 죽으면 이것이 응고하여 근육 섬유소가 되고 사후 경직 현상을 일으킵니다."

"아, 그렇군요, 사후 경직이라." 한스 카스토르프는 들떠서 말했다. "좋습니다, 아주 좋습니다. 그런 다음에 총 분해, 무덤의 해부가 오는군요."

"물론이지요. 아닌 게 아니라 아주 멋지게 말했습니다. 그다음부터는 일이 번잡해집니다. 말하자면 녹아 없어져 버리는 겁니다. 그 많던 물을 생각해 보십시오! 그리고 다른 성분들은 생명이 없어지면 그대로 버티고 있을 수 없어서, 부패를 통하여 좀 더 단순한 비유기적 화합물로 해체되고 맙니다."

"부패와 분해라." 한스 카스토르프가 말했다. "그것은 내가 알기로는 연소이자 산소와의 결합입니다."

"바로 그렇습니다. 산화 작용이지요."

"그럼 생명이란?"

"그것도 마찬가지로 산화 작용입니다, 젊은이. 생명도 주로 세포 속의 단백질의 산화 작용에 지나지 않습니다. 가끔 도를 넘는 경우도 있습니다만 이 때문에 아름다운 유기체에 열이 생기는 겁니다. 자, 생명이란 죽음입니다. 이는 뭐라고 다른 말로 얼버무릴 수 없습니다. 어떤 프랑스인이 타고난 경박한 기질로 표현했듯이

'유기적 파괴'입니다. 생명에는 그런 냄새도 납니다. 그렇지 않다고 생각된다면 우리의 판단이 잘못된 겁니다."

"그럼 생명에 관심이 있는 자는 말하자면 죽음에도 관심이 있다는 말이군요. 그렇지 않습니까?" 한스 카스토르프가 말했다.

"그러나 역시 일종의 차이점은 있습니다. 생명이란 물질이 교체되면서 형태가 유지되는 현상입니다."

"형태는 무엇 땜에 유지되는가요?" 한스 카스토르프가 말했다.

"무엇 땜에라고요? 내 말 좀 들어 보세요. 하지만 당신이 한 말은 조금도 인문주의적이지 않습니다."

"형태라는 게 그리 대단한 것은 못 됩니다."

"오늘 정말 기세가 대단하군요. 말 그대로 저돌적입니다. 하지만 이제 그만 하겠습니다. 우울증이 닥쳐왔거든요." 그는 이렇게 말하고 거대한 손을 눈에 갖다 댔다. "보십시오, 우울증은 이렇게 덮칩니다. 여러분과 맛있게 커피를 마셨는데 말입니다. 그러다가 느닷없이 우울증이 들이닥칩니다. 이만 실례해야 되겠습니다. 나로서는 무척 특별하고 더없이 즐거운 시간이었습니다."

사촌들은 자리에서 벌떡 일어섰다. 이들은 오랫동안 폐를 끼쳐 미안하다고 사과의 말을 했다. 그는 천만의 말씀이라며 이들을 안심시켰다. 한스 카스토르프는 서둘러 쇼샤 부인의 초상화를 옆방으로 가져가 원래의 자리에 걸어 두었다. 두 사람은 자신들의 숙소로 가면서 이번에는 정원을 지나지 않았다. 베렌스가 이들을 유리로 된 연결 문까지 배웅하면서 건물을 통과하는 길을 가르쳐 주었기 때문이다. 갑자기 우울증이 들이닥쳐서 그런지 베렌스의 목덜미는 평소보다 훨씬 더 튀어나온 것 같았다. 그는 물기에 퉁퉁 부은 눈을 껌벅거렸다. 그리고 한쪽으로 치켜 올라간 입술 때문에 비뚤어진 콧수염은 애처로운 인상을 주었다.

복도를 지나 계단으로 내려가면서 한스 카스토르프가 이렇게 말했다.

"어때, 내 착상이 기발했지."

"어쨌든 기분 전환은 되었어." 요아힘이 대꾸했다. "그런데 오늘 정말 여러 가지 말들을 하더군. 하도 말이 많아 정신이 하나도 없었어. 차 마시기 전에 적어도 20분 동안 안정 요양을 하려면 시간이 빠듯하겠어. 이렇게 그것을 중히 여기니 너는 나를 아마 형편없다고 생각하겠지. 최근처럼 네가 저돌적이면 말이야. 하지만 물론 너는 나처럼 안정 요양이 꼭 필요하지는 않다는 걸 나는 알고 있어."

탐구

이리하여 반드시 오게 되어 있으며, 한스 카스토르프가 여기서 맞이하리라고는 꿈에도 생각하지 못했던 것이 왔다. 즉 이곳에 겨울이 찾아온 것이다. 요아힘은 지난해 한겨울에 이곳에 왔으니까 이번에 두 번째로 겨울을 맞이하는 셈이었다. 한스 카스토르프는 겨울을 맞을 채비를 단단히 했지만 적이 걱정이 되었다. 사촌은 이런 그를 안심시키려고 했다.

"너무 겁먹을 필요 없어." 그가 말했다. "북극은 아니니까 말이야. 공기가 건조하고 바람이 없어 추위를 거의 느낄 수 없지. 몸만 잘 싸고 있으면 밤늦도록 발코니에 누워 있어도 몸이 어는 일은 없어. 안개가 끼는 한계선 위에서는 온도가 급강하한다는 이야기가 있지만, 사실은 높은 곳일수록 오히려 더 따뜻해져. 전에는 그런 걸 몰랐어. 오히려 비가 오면 추워지지. 하지만 너에게도 슬리핑백이 있고, 춥다 싶으면 스팀도 좀 넣어 줄 거야."

한파의 기습이니 강습이니 하는 느낌은 전혀 없이 겨울은 조용히 찾아왔다. 한동안은 한여름에도 이미 경험한 것과 별로 다를 바 없는 날이 계속되었다. 며칠간 남풍이 불었고, 태양이 내리쬐었으며, 골짜기가 짧고 좁아져 보여 골짜기 출구 뒤의 알프스 산맥이 가까이에 있는 것처럼 선명하게 드러났다. 그러고는 구름이 나타나 피츠 미헬과 틴첸호른에서 북동쪽으로 이동하여 골짜기가 어두워졌다. 그러고는 비가 억수로 쏟아지다가 비에 다른 성분이 섞여 희끄무레한 잿빛이 되더니 눈이 섞여들기 시작했다. 마침내 눈이 되어 내리기 시작하면서 골짜기는 온통 눈보라에 뒤덮였다. 그리고 이런 상태가 꽤 오래 지속되었고, 그 동안 온도도 상당히 내려갔기 때문에 눈이 완전히 녹지 않고 축축한 채로 그냥 남아 있었다. 골짜기가 얇고 축축하며 얼룩얼룩한 흰 옷을 입고 있어, 비탈길의 침엽수 숲은 이와 대조적으로 검게 보였다. 식당의 스팀은 미지근하게 들어왔다. 때는 11월 초로 만령절(萬靈節) 무렵이었지만, 이런 날씨는 새로울 게 없었다. 이런 날씨는 8월에도 있어, 눈이 겨울만의 특권이라고 생각하는 사람은 진작부터 아무도 없었다. 비록 멀리 보이기는 했지만 언제 어떤 날씨에도 눈을 볼 수 있었다. 골짜기 입구를 가로막고 있는 것처럼 보이는 바위 투성이의 레티콘 연봉의 틈새와 협곡에는 언제나 잔설이 어른어른 빛났고, 남쪽으로 가장 멀리 떨어진 위풍당당한 고봉도 언제나 눈에 덮인 채 이곳을 바라보고 있었다. 하지만 이번에는 눈보라도 기온의 강하도 오랫동안 계속되었다. 창백한 잿빛으로 골짜기 위에 낮게 드리워진 하늘은 소리 없이 쉬지 않고 내리는 눈송이들 속에서 형체도 없이 녹아 내리는 듯했다. 눈이 하도 많이 와서 다소 불안감이 들 정도였다. 기온도 시시각각으로 더 추워졌다. 어느 날 아침 한스 카스토르프의 방 온도가 7도가 되더니 다음날 아침에는 5도로 내려갔다. 그야말로 혹한이었다. 기온이 더 이상 내려가지는 않았지만, 더 올라가지도 않고 이 상태로 계속되었다. 보통은 밤에 꽁꽁 얼어붙었지만, 이제는 낮에도, 그것도 아침부터 밤까지 꽁꽁 얼어붙었다. 그러면서 4일째, 5일째, 7일째 되는 날에 잠깐 그치긴 했지만 눈이 계속 내렸다. 눈이 높게 쌓이자 점차 골칫거리가 되었다. 개울가 벤치까지의 정규 산책로와 골짜기로 내려가는 차도에는 눈을 치워 사람이 다닐 수 있었지만, 길이 좁아 피할 곳이 없었다. 그래서 서로 마주치는 사람들은 길 옆의 눈 더미로 피하다가 무릎까지 빠지곤 했다. 저 아래 요양지에는 한 남자에게 고삐를 잡힌 말이 끄는 돌로 된 제설기가 온종일 거리를 구르고 다녔다. 그리고 구식 역마차처럼 생긴 노란 썰매가 요양 호텔과 도르프라고 불리는 마을의 북부 지역 사이를 오가며 앞에 달린 눈 쟁기로 흰눈 더미를 옆으로 퍼내고 있었다. 이 위 높은 곳에 사는 사람들의 협소하고 격리된 세계는 두꺼운 담요와 쿠션을 덮은 듯 어느 기둥이나 말뚝도 흰 솜모자를 쓰지 않은 것이 없었다. 베르크호프의 정면 현관으로 통하는 계단은 형체도 없이 사라져 편평한 비탈길로 변했다. 가문비나무의 가지마다 우스꽝스러운 모습을 한 쿠션이 묵직하게 짓누르고 있었고, 그것이 여기저기에 미끄러져 떨어지고 흩날리면서 나뭇가지들 사이를 구름이나 흰 안개처럼 떠돌았다. 주위의 산들이 눈에 덮여 있어 아래의 산허리는 황량한 모습이었고, 수목의 한계선 위에 우뚝 솟은 다양한 모양을 한 봉우리들은 부드러운 눈에 덮여 있었다. 주위는 어둠침침했고, 베일과 같은 구름층에 가려진 태양은 흐릿하게 보일 뿐이었다. 그러나 눈이 간접적이나마 부드러운 빛을 반사하고 있어서 세상이 우윳빛으로 밝게 빛나는 가운데, 희거나 울긋불긋한 털모자 아래에서 코가 빨갛게 되긴 했지만 자연도 사람도 옷을 잘 차려입은 것 같았다.

일곱 개의 식탁이 있는 식당에서는 이 지역의 위대한 계절인 겨울이 시작되었다는 사실이 화제의 중심이 되었다. 많은 관광객들과 운동선수들이 몰려와서 도르프와 플라츠의 호텔들이 북적대고 있다는 것이다. 적설량은 60센티미터가량 되었고, 눈의 질도 스키 타는 사람들에게는 이상적이었다. 저 건너 북서쪽 경사면의 샤츠알프에서 골짜기로 내려오는 봅슬레이 코스는 열심히 손을 보고 있어, 푄 바람이 불어 계획을 망쳐 버리지 않는다면 며칠 내로 개장될 예정이라고 했다. 모두들 저 아래에서 오는 건강한 사람들이 이곳에서 열려고 하는 행사인 스포츠 축제와 활주 대회를 손꼽아 기다렸다. 이들은 안정 요양을 빼먹고 살짝 빠져나가 금지 규정을 어기고 행사를 구경하려고 마음먹고 있었다. 한스 카스토르프가 들은 바로는 북쪽에서 고안된 새로운 경기가 열린다고 했다. 스키쾨링이라는 이 경기는 스키를 탄 선수가 선 채로 말에 끌려가는 종목이었다. 환자들은 몰래 빠져나가 그것을 구경하려는 것이었다. 그리고 크리스마스도 화제에 올랐다.

크리스마스라니! 그렇다, 한스 카스토르프는 그에 관해서는 아직 생각한 바가 없었다. 그는 의사의 소견에 따라 요아힘과 함께 이곳에서 겨울을 보내게 되었다고 가벼운 마음으로 말하고 쓸 수 있었다. 하지만 그렇게 되면 이제 드러나게 되었듯이 그가 이곳에서 크리스마스를 보내게 되는 것이다. 그리고 이런 생각을 하자 의심의 여지 없이 조금 놀랍다는 기분이 들었다. 이는 그가 지금까지 크리스마스 시즌을 고향의 가족 곁이 아닌 다른 곳에서 보낸 적이 한 번도 없었기 때문이기도 하지만 그렇다고 딱히 그것 때문만은 아니었다. 어찌 됐든 이는 감수해야 할 일이었다. 그는 이제 어린아이가 아니었다. 요아힘도 이런 사실에 대해 더는 언짢게 생각하지 않는 모양으로 울상을 짓지 않고 받아들이는 듯했다. 그리고 장소와 상황을 불문하고 크리스마스는 세계 각지에서 축하되어 오지 않았는가!

그렇다고 해서 아직 강림절이 채 시작되지도 않았는데 크리스마스 이야기를 하는 것은 좀 이른 감이 있지 않나 하고 그는 생각했다. 그때까지 아직 6주는 족히 남았는데 말이다. 하지만 식당에서는 이 기간을 훌쩍 뛰어넘고 꿀꺽 집어삼켜 버렸다. 한스 카스토르프는 벌써 자신의 힘으로 이를 내적으로 처리하는 방법을 터득하고 있었다. 물론 이 위에 훨씬 오래 있은 삶의 동지들처럼 아주 대담한 방식은 아니었지만 말이다. 일년 중에서 크리스마스 축제와 같은 그러한 단계들은 이들에게 그 사이의 공허한 시간들을 훌쩍 뛰어넘기 위한 발판이나 도약대처럼 생각되었다. 이들에게는 다 열이 있고, 신진대사가 왕성하며, 육체 생활이 강화되고 가속화되어 있었는데, 이는 결국 이들이 시간을 그토록 급히 큰 단위로 걸러 보내는 것과 관련이 있을지도 모른다. 이들이 크리스마스가 벌써 지나간 것으로 보고 신년이나 사육제 이야기를 주고받았다고 해도 한스 카스토르프는 그다지 놀라지 않았을 것이다. 하지만 베르크호프의 식당에서는 사람들이 그렇게까지 경솔하고 무분별하지는 않았다. 이들의 마음은 크리스마스에 머물러 있었고, 그 일로 걱정하고 머리 쓸 일이 있었다. 사람들은 관례에 따라 크리스마스이브에 요양원 원장인 베렌스 고문관에게 건네주기로 한 공동 선물에 관해 상의하고, 모금을 시작했다. 일년 이상 이곳에 머무른 사람들의 이야기에 따르면 작년에는 여행용 트렁크를 선물했다고 한다. 이번에는 새로운 수술대, 이젤, 털외투, 흔들의자, 상아에 '상감을 박은' 청진기가 물망에 올랐다. 그리고 세템브리니는 무엇이 좋겠느냐는 의견에 현재 완성 단계에 있는 『고통의 사회학』이라는 백과사전을 추천하였다. 하지만 이에 찬성하는 사람은 얼마 전부터 클레펠트의 식탁에 앉게 된 출판업자밖에 없었다. 쉽게 의견 일치가 이루어지지 않았고, 러시아 출신 환자들과의 의견 절충이 난관에 봉착했다. 모금이 두 갈래로 나누어졌다.

러시아인들은 자기들끼리 따로 선물을 하겠다고 선언했다. 슈퇴어 부인은 모금을 할 때 경솔하게도 일티스 부인을 위해 10프랑을 대신 내주었다가 일티스 부인이 그녀에게 돈 갚는 것을 깜빡 '잊어먹은' 일 때문에 며칠 동안 방방 뜨며 난리를 피웠다. 슈퇴어 부인은 '잊어먹었다'는 말에 미묘한 뉘앙스를 풍기며 강조했고, 상대편의 건망증에 대해 도저히 믿을 수 없다는 것을 드러내려고 했다. 슈퇴어 부인이 역설하는 바에 따르면, 그녀에게 온갖 암시를 주고 교묘하게 기억을 떠올려 주려고 했지만 다 소용이 없었다는 것이다. 슈퇴어 부인은 몇 번이나 포기했다는 말을 하더니, 받아야 할 돈을 일티스에게 그냥 선물한 셈 치겠다고 선언했다. "그럼 나는 이중으로 돈을 낸 셈이란 말이에요." 그녀가 말했다. "좋아요, 나의 수치는 아니니까요!" 하지만 그녀에게 좋은 묘안이 떠올라 이를 식탁 동료들에게 말하자 모두들 일제히 웃음을 터뜨렸다. 즉 그녀는 관리실에서 10프랑을 돌려받고 이를 일티스 부인이 계산하게 만들었다. 이로써 태만한 채무자는 계략에 넘어가 이 일은 그럭저럭 해결이 되었다.

눈이 멈추었고, 하늘이 여기저기 얼굴을 드러내기 시작했다. 회청색 구름이 흩어지면서 햇살이 비치자 풍경이 푸르스름하게 물들었다. 그러다가 날씨가 활짝 개었다. 날은 몹시 추웠지만 그야말로 11월 중순의 맑고 화사한 안정된 겨울 날씨였다. 그리고 발코니의 뒤편에 보이는 전경, 눈으로 분을 바른 숲, 부드럽게 눈에 덮인 협곡, 푸르게 빛나는 하늘 아래의 희고 맑은 골짜기는 그야말로 장관이었다. 더군다나 밤이 되어 만월에 가까운 달이 떠오르면 세상은 마법에 걸린 듯 황홀하게 보였다. 온 하늘 가득 별들이 수정처럼 가물거리고 다이아몬드처럼 깜박거렸다. 눈에 보이는 숲들은 흑백의 대조가 선명했다. 달에서 멀리 떨어진 어슴푸레한 하늘에는 수놓은 듯 별들이 총총히 박혀 있었다. 반짝거리며 빛나는 눈밭 위에는 집들, 나무들, 전신주들의 그림자가 실물보다 더 진짜 같고 의미심장해 보이게 선명하고 정확하며 짙게 드리워져 있었다. 해가 지고 두세 시간이 지나면 영하 7도 내지는 8도의 강추위가 되었다. 세상은 차디찬 순백에 사로잡혀 있는 듯했고, 세상 본래의 더러움이 환상적이고 매혹적인 죽음의 꿈속에 감추어지고 얼어붙은 것 같았다.

한스 카스토르프는 마법에 걸린 겨울 골짜기를 내려다보며 열 시경이면 자신의 방으로 되돌아가는 요아힘보다 훨씬 더 오랫동안 밤늦게까지 발코니에 머물러 있었다. 세 부분으로 나뉜 쿠션과 통베개가 붙은 멋진 접이식 침대는 눈이 일직선으로 수북이 쌓인 나무난간 가까이 옮겨 놓았다. 옆의 전기스탠드에는 불이 들어와 있었고, 높이 쌓인 책 옆에는 지방이 많은 우유가 든 유리잔이 놓여 있었다. 베르크호프의 모든 환자들의 방에 밤 아홉 시면 배달되는 이 우유에다 한스 카스토르프는 자신의 입맛에 맞도록 코냑을 약간 타서 마셨다. 벌써 그는 추위에 대비해 가능한 모든 예방조치와 장비를 마련해 놓았다. 요양지의 전문 상점에서 제때 구입한 단추 달린 슬리핑백에 목만 내놓고 들어가서 그 주위에 낙타털 담요를 규정대로 둘렀다. 거기에다 그는 겨울옷 위에 짧은 가죽 재킷을 입고, 머리에는 털모자를 쓰고, 발에는 펠트 장화를 신고,

손에는 속을 두툼하게 넣은 장갑을 꼈다. 그렇지만 아무리 무장해도 손가락이 곱아지는 것은 어찌할 수 없었다.

열두 시경이나 열두 시가 넘어서까지 (이류 러시아인 석의 부부가 옆의 발코니에서 진작 방으로 들어간 뒤에도) 그를 이토록 오랫동안 바깥에 머무르게 한 것은 겨울밤의 매력, 특히 밤 열한 시까지 골짜기의 여기저기에서 들려오는 음악 소리 때문이기도 했지만, 주로 나른함과 흥분, 이 두 가지가 동시에 엄습한 까닭이었다. 즉 나른함과 몸을 움직이는 것이 귀찮은 피곤함, 그리고 요즘 시작한 새로운 연구에 사로잡혀 안정이 잘 되지 않는 정신의 흥분 때문이었다. 날씨까지 그에게 영향을 주어, 혹한은 그의 유기체에 자극적이고 소모적인 영향을 끼쳤다. 그는 많이 먹었고, 로스트비프에 거위 구이가 곁들여 나오는 베르크호프의 푸짐한 식사를 엄청난 식욕으로 해치웠다. 이곳에서 흔히 일어나는 이러한 현상은 여름보다도 겨울에 더욱 심했다. 이와 동시에 그에게 병적인 수면증이 찾아와 낮에도 달빛이 비치는 밤에도, (나중에 그 성격을 밝힐) 책을 넘기다가도 왕왕 잠이 들었다. 그러면 그는 몇 분 동안 의식을 잃고 잠에 빠져 있다가 다시 탐구를 계속하는 것이었다. 그는 이곳에 온 후 전에 평지에서보다 말을 더 빨리, 더 거리낌 없이, 더 과감하게 떠들어 대는 경향이 있었다. 요아힘과 눈 속을 요양 산책하는 동안 하도 활기차게 말을 하는 바람에 그는 기진맥진하게 되었다. 현기증과 몸이 떨리는 현상, 마비감과 도취감에 빠져 머리가 뜨겁게 불타올랐다. 겨울이 오면서부터 체온이 올라가 베렌스 고문관은 그에게 주사를 놓아 주었다. 열이 계속 내리지 않을 때 놓곤 하는 이 주사를 요아힘을 비롯하여 요양원 손님의 3분의 2가 정기적으로 맞고 있었다. 한스 카스토르프는 별들이 반짝거리는 엄동설한에 자신을 밤늦게까지 접이식 침대에 머물러 있도록 붙들어맨 정신적 흥분과 활동이 확실히 체온 상승과 관계가 있을 거라고 생각했다. 그를 사로잡은 독서가 그에게 그런 해석을 가능하게 해 주었던 것이다.

국제 요양원 베르크호프의 안정 홀과 각 방의 발코니에서는 독서를 하는 사람이 적지 않았다. 말하자면 신참과 단기 입원환자들 중에 그런 사람들이 많았다. 이곳에 몇 달 동안 있은 환자들이나 하물며 몇 년 있은 환자들은 기분을 풀고 머리를 쓰지 않고도 시간을 죽이고 내적인 기량의 힘으로 시간을 보내는 법을 진작부터 터득하고 있었다. 그래서 이들은 책에 매달리는 것을 서투른 풋내기들의 미숙한 점이라고 간주했다. 기껏해야 한 권의 책을 무릎이나 옆의 탁자에 올려 두면 그것으로 갖출 것은 다 갖추었다고 느낀다. 여러 나라 언어로 된 책과 그림책이 풍부한 요양원의 도서관은 환자들이 자유로이 이용할 수 있었다. 그것은 치과 대기실에 비치된 오락책의 범위를 늘리고 보강한 형태의 도서관이었다. 환자들은 플라츠의 도서 대여점에 있는 소설책들도 빌려 와 돌려 가며 읽었다. 가끔 가다 사람들이 다투어 읽으려고 하는 책이 나타나면 독서에 흥미를 잃은 환자들도 짐짓 무관심한 척하면서 손을 내미는 것이었다. 요즈음 사람들이 돌려 가며 읽는 책은 알빈 씨가 가져온 『유혹술』이라는 제목의 인쇄가 조잡한 소책자였다. 그것은 프랑스 원문에서 직역된 것으로, 원문의 구조까지도 그대로 번역문에 고스란히 남아 있어 문장이 품위 있고 우아한 동시에 자극적인 맛을 주었다. 그 책은 세속적이고 향락적인 이교도의 정신으로 육체적인 사랑과 관능의 철학을 펼쳐 보이고 있었다. 잽싸게 그 책을 읽은 슈퇴어 부인은 '황홀하다'고 평했고, 단백질이 빠지고 있다는 마그누스 부인은 그녀의 견해에 전적으로 찬성했다. 맥주 양조업자인 그녀의 남편은 그 책을 읽고 여러 가지 배운 점이 있다고 했지만, 자신의 아내가 그 책자를 읽은 것은 유감이라고 했다. 그와 같은 책자는 여자들의 '응석'을 조장해, 철면피한 생각을 품게 하기 때문이라는 것이다. 그의 이러한 지적은 이 책자에 대한 호기심을 적지 않게 높여 주었다. 10월에 입원하여 아래 안정 홀에 있는 두 부인, 폴란드 공장 경영자의 아내인 레디슈 부인과 베를린 출신의 헤센펠트 미망인은 서로 그 책자를 먼저 신청했다고 주장했다. 그리하여 이들은 점심 식사 후에 볼썽사나운 것 이상으로 사실 폭력적인 장면을 연출했다. 한스 카스토르프는 자신의 발코니에서 이들이 싸우는 소리를 들었다. 그리고 둘 중의 한 명이 히스테리컬한 비명을 지르며 발작을 일으키자—그게 레디슈 부인인지 헤센펠트 부인이었는지는 알 수 없었지만—분노하여 경련을 일으킨 부인을 그녀의 방으로 운반하는 것으로 끝이 났다. 젊은이들이 나이가 좀 든 사람들보다 먼저 이 소책자를 손에 넣었다. 이들은 저녁 식사 후 이쪽저쪽 방에 모여 그것을 부분적으로 연구했다. 한스 카스토르프는 손톱을 기른 소년이 갓 도착한 프렌츠헨 오버당크라는 가벼운 여자 환자에게 식당에서 그것을 건네주는 것을 보았다. 얼마 전에 어머니와 함께 이곳에 올라온 그 아가씨는 금발에다 가르마를 타고 있었다.

아마 예외도 있었을 것이다. 안정 요양 시간을 어떤 진지한 정신적인 일, 무언가 자기 발전에 도움이 되는 공부를 하는 사람들도 있었을 것이다. 이로써 평지 생활과 관계를 유지하기 위해서든, 또는 시간에 약간의 무게와 깊이를 부여하기 위해서라도 말이다. 그리하여 시간이 순수한 시간 그 자체로 끝나지 않고 그 밖에 무언가를 남기도록 하기 위해서 말이다. 고통을 깡그리 없애 버리려는 노력을 하는 세템브리니와 러시아어 공부를 하고 있는 명예를 존중하는 요아힘 말고도 그런 사람들이 몇 명 있었을 것이다. 식당 사람들 가운데는 그럴 만한 사람이 정말 없어 보였지만 침대에 누워 지내는 환자들이나 위독한 환자들 가운데는 오히려 그럴 가능성이 있어 보였다. 한스 카스토르프는 그렇게 믿고 싶었다. 그 자신으로 말할 것 같으면 『대양 기선』으로부터는 더 이상 배울게 없었기 때문에 겨울용품과 엔지니어 교과서와 조선 관련 서적같은 자신의 직업과 관계되는 전공 서적 몇 권을 부쳐 달라고 집에 부탁했다. 하지만 이런 서적들은 최근 들어 한스 카스토르프 청년이 흥미를 갖게 된 다양한 분야와 학부에 속하는 서적들 때문에 소홀히 방치되었다. 독일어, 프랑스어, 영어로 쓰인 이 책들은 해부학, 생리학 및 생물학 관련 서적들이었다. 그리고 이것들은 어느 날 요양지의 서점에서 보내 온 것인데, 분명 그가 주문했기 때문이었다. 그것도 그가 요아힘 없이 (그가 주사를 맞으러 가거나 몸무게를 재러 간 사이에) 플라츠로 산보를 간 기회에 혼자 결정하여 아무 말 없이 주문한 책들이었다. 요아힘은 사촌의 손에 이런 책들이 쥐어져 있는 것을 보고 깜짝 놀랐다. 과학 서적들이 으레 그렇듯이 모두 값비싼 책들뿐이었는데, 표지 안쪽과 겉표지에 정가가 표시되어 있었다. 그는 그런 책들을 읽고 싶으면 확실히 이런 문헌을 갖추고 있을 고문관에게 왜 빌려 보지 않느냐고 한스 카스토르프에게 물었다. 그러자 한스 카스토르프는 책을 갖게 되면 읽는 기분이 완전히 다를 거라면서 자기 책을 가지려고 한다고 대답했다. 또한 그는 연필로 써 넣는다든지, 밑줄을 긋는 것을 좋아한다고 했다. 요아힘은 사촌의 발코니에서 종이 자르는 칼로 가제본한 종이를 페이지마다 자르는 소리를 몇 시간 동안이나 들었다.

그 책들은 무겁고 다루기가 어려웠다. 그는 누워서 책의 아래쪽을 가슴이나 배에 대고 읽었다. 가슴이 눌려 답답했지만 그는 이를 참고 견뎠다. 입을 반쯤 벌린 채 눈을 위에서 아래로 움직이며 난해한 페이지를 읽어 나갔다. 갓을 씌운 작은 램프에서 나오는 불그스름한 빛이 있었지만 달빛이 밝아 굳이 램프가 없어도 아쉬운 대로 책을 읽을 수 있을 것 같았다. 그는 턱이 가슴에 닿을 때까지 머리를 움직이며 글을 따라갔다. 다음 페이지를 읽기 위해 얼굴을 들기 전에 그는 꾸벅꾸벅 졸거나 가수면(假睡眠) 상태에서 생각에 잠겨 한동안 턱을 가슴에 댄 채로 있었다. 달이 수정처럼 깜박거리는 고산 지대의 골짜기를 지나 또박또박 자신의 길을 가는 동안, 그는 연구에 몰두하여 유기 물질과 원형질의 특성에 관해 읽었다. 생성과 해체 사이에서 이상하게 살아가는 민감한 물질에 관해 읽었고, 그 물질이 시원적(始原的)이면서도 항상 현존하는 근본 형태에서 자신의 형상을 만들어 가는 과정에 관해 읽었고, 생명과 그것의 신성하고도 불결한 비밀에 관해 지대한 관심을 갖고 읽었다.

생명이란 무엇인가? 아무도 그것을 알지 못했다. 생명은 생명이 시작된 순간부터 자신을 의식하는 것은 분명하지만, 자신이 무엇인지는 몰랐다. 자극을 느끼는 의식은 어느 정도까지는 생명 발생의 가장 낮고 가장 발달이 안 된 단계에서도 벌써 눈을 뜨고 있었다. 의식하는 과정이 최초로 나타나는 현상을 생명의 일반적이거나 개별적인 역사의 어떤 시점에 결부시켜, 의식이 있기 위해서는 신경 계통이 먼저 있어야 한다고 규정짓는 것은 불가능했다. 최하등 동물에는 대뇌는 말할 것도 없이 신경 계통이 없지만, 이들에게 자극을 감지하는 능력이 없다고는 아무도 감히 주장하지 못했다. 또한 자극을 받아들이며 가령 생명을 형성하는 특수한 기관인 신경뿐만 아니라 생명 그 자체도 마비시킬 수 있었다. 식물계와 동물계에서 생명을 부여받은 모든 물질의 자극을 받는 능력을 잠시 제거할 수 있으며, 난자와 정충은 클로로포름, 포수(抱水) 클로랄이나 모르핀으로 마비시킬 수 있었다. 그러므로 생명 자체의 의식이란 생명을 구성하고 있는 물질의 한 기능에 지나지 않으며, 이 기능이 더욱 강해짐에 따라 자신을 있게 해 주는 생명에 대항하여, 자신을 생기게 해 준 생명 현상을 규명하고 설명하려고 노력했다. 이는 생명이 자신을 인식하려는 희망적이면서도 덧없는 노력이고, 자연의 자기 발굴을 위한 노력이지만, 결국은 아무 소용이 없는 일이었다. 자연이란 인식되는 것이 아니며, 생명이라는 것 역시 결국은 알 수 없는 것이기 때문이다.

생명이란 무엇인가? 아무도 그것을 알지 못했다. 생명이 생기고 불타오르기 시작하는 시점은 아무도 알지 못했다. 이 시점 이후부터는 생명의 영역에서 우발적이거나 우연에 가까운 일은 전혀 일어나지 않지만, 생명 그 자체는 우발적으로 생겨난 것이었다. 생명에 관해 말할 수 있는 것이라곤 그것이 고도로 발달된 구조를 갖고 있어 무생물계에서는 이와 비견할 만한 것이 아무것도 존재하지 않는다는 사실이다. 유기적인 조직체가 없기 때문에 죽어 있다고 말할 가치조차 없는 자연물과 생명의 가장 단순한 현상을 비교하면 허족 아메바와 척추동물 사이의 거리는 아주 하찮은 것이라서 말할 가치도 없다. 죽음이란 생명을 논리적으로 부정하는 것에 불과하지만, 생명과 생명이 없는 자연물 사이에는 아무리 탐구해도 다리를 놓을 수 없는 심연이 아가리를 벌리고 있기 때문이다. 사람들은 여러 가지 이론으로 심연을 메워 보려고 했지만 심연이 이것을 집어삼켜 버려 그것의 깊이와 넓이가 조금도 줄어들지 않았다. 사람들은 생물과 무생물을 이어 주는 연결 고리를 발견하기 위해, 모액 속에서 결정이 이루어지듯이 단백질 용액 속에서 저절로 이루어지는 구조가 없는 생명체, 비유기적인 유기체를 마지못해 받아들이는 우를 범하기도 했다. 하지만 유기적 분화야말로 모든 생명의 전제 조건인 동시에 표명이며, 동종 생식에 의해 생겨나지 않은 생물체란 아무것도 없었다. 심해의 밑바닥에서 원형질을 건져 내고 환호성을 질렀지만 창피해서 얼굴을 붉히고 말았다. 원형질로 생각했던 것이 석고의 침전물로 드러났기 때문이다. 하지만 생명 현상을 기적으로 치부하지 않기 위해—유기 자연물과 동일한 물질로 구성되어 있어, 동일한 물질로 분해되어 버리는 생명은 그것이 우발적으로 생긴 이상 기적이라고 하지 않을 수 없기 때문이다—자연 발생, 즉 무기물에서 유기물이 생겨난 것이라고 생각하지 않을 수 없었지만, 이것 또한 기적이나 다름없었다. 이리하여 사람들은 중간 단계와 이행 과정을 생각해 내어, 알려진 모든 유기체보다 하등이긴 하지만 자연에서 좀 더 원시적인 생명 현상의 전신이라 할 수 있는 유기체의 존재를 가정하게 되었다. 현미경으로 아무리 확대해서 보아도 보이지 않는 원형 물질 같은 것을 말이다. 그리고 그러한 원형 물질이 생겼다고 생각되는 시점보다 이전에 단백질 화합물의 합성이 일어났음에 틀림없다는 것이다.

그럼 생명이란 무엇일까? 그것은 열이었다. 형태를 유지하면서 한순간도 동일한 상태에 있지 않은 것이 내는 열의 산물이고, 같은 상태를 유지할 수 없을 정도로 복잡다단하고 정교하게 구성된 단백질 분자가 끊임없이 분해되고 재생하는 과정에서 생기는 물질 열이었다. 그것은 실은 존재할 수 없는 성격을 띤 존재였고, 해체와 갱신이 교차하면서 이처럼 열을 내는 과정에 있을 때에만 감미로우면서도 고통스럽게 존재의 접점에서 가까스로 균형을 유지하는 존재였다. 그것은 물질적인 것도 아니고, 정신도 아니었다. 생명은 물질도 아닌 정신도 아닌 그 중간에 있는 것으로서, 마치 폭포수 위에 걸린 무지개나 불길처럼 물질에 의해 생기는 현상이었다. 생명이 비록 물질은 아니지만 쾌감과 혐오감을 일으킬 정도로 관능적이고, 자기 자신을 느끼고 민감하게 된 물질의 후안무치(厚顔無恥)이며, 존재의 음탕한 형식이었다. 그것은 만물의 순결한 냉기 속에서 은밀하게 꼼지락거리며 움직이는 것이고, 음탕하고 불결하게 몰래 영양을 섭취하고 배설하는 것이며, 성분과 속성을 알수 없는 나쁜 물질과 탄산가스를 내뿜으며 호흡하는 것이다. 생명은 물, 단백, 염분 및 지방으로 이루어진 것이 물컹물컹한 살로 부풀어 올라 자신의 불안정한 성질을 제어하고 본래의 형성 법칙에따라 증식하고 자기 발전을 하며 형상을 이루는 현상이다. 그리고그것이 형태를 얻고 고귀한 모습을 띠어 아름다움이 되었지만, 이와 동시에 관능과 욕망의 화신이기도 했다. 이러한 형태와 아름다움은 문학과 음악 작품에서 나타나듯이 정신을 담고 있지 않으며, 조형 작품의 형태나 아름다움처럼 중간적이고 정신을 소모케 하는 물질, 순결한 방식으로 정신을 감각적으로 지각할 수 있게 해주는 물질을 담고 있지도 않았다. 오히려 이러한 형태와 아름다움은 알 수 없는 방식으로 육욕에 눈뜬 물질, 분해하면서 존재하는물질인 냄새나는 살을 담고 그것에 의해 완성되어 있었다.

불빛이 깜박거리는 골짜기를 내려다보며 슬리핑백과 담요로 체온을 보존하면서 쉬고 있는 한스 카스토르프 청년에게 죽어 있는천체의 빛이 환하게 밝혀 주는 추운 겨울밤에 생명의 모습이 눈에선히 떠올랐다. 그것은 공간 어딘가에 좀 떨어져 있긴 하지만 마음속으로는 가까이 눈앞에 떠올랐다. 희미하고 희끄무레한 그 육체는 체취를 발산하고 땀을 흘리며 끈적거렸다. 날 때부터 온갖불순물과 흠집이 있고, 갓난아기의 솜털 같은 게 부드럽게 돋아 있는 피부에는 얼룩과 젖꼭지, 황달과 갈라진 금, 좁쌀 같고 비늘 같고 비늘 같은 부위가 있었다. 그것은 무생물과 같은 냉기를 발산하고 자신의 체취를 내면서 아무렇게나 몸을 기대고 있었다. 머리에는 자신의 피부의 산물인 무언가 냉하고 각질로 되어 있으며 색소를 띤 모발을 화환처럼 두르고 있었다. 그 육체는 두 손을 목덜미에 깍지 끼고, 눈꺼풀을 내리깐 채, 입을 반쯤 열고 입술을 약간 내민 채, 눈꺼풀의 피부가 이상하게 생겨서 비뚤어져 보이는 눈으로 바라보는 자를 내려다보고 있었다. 한쪽 다리에 체중을 싣고 있어서 그쪽의 요골이 살 속에서 두드러져 보였고, 반면에 힘을 싣지 않은 다리의 무릎을 약간 굽히고 발을 세운 채 발가락으로 땅을 짚고는, 그 무릎을 힘을 받고 있는 다리의 안쪽에 갖다 대었다. 이렇게 그 육체는 몸을 꼬고 미소 지으며 우아한 자세로 기댄 채, 희미하게 빛나는 팔꿈치를 앞으로 뻗고, 자신의 사지 구조, 즉 신체 부위를 쌍으로 대칭을 이루면서 서 있었다. 표피가 붉은 입이 두 눈과 상응하고, 가슴의 붉은 젖꼭지와 거기에서 수직으로 내려가 있는 배꼽이 상응하듯이, 치골의 시커먼 부분이 심한 냄새가 나는 겨드랑이의 컴컴한 부분과 신비로운 삼각형을 이루며 상응하고 있었다. 중추 기관과 척추에서 나온 운동 신경의 작용으로 배와 흉부가 움직였고, 흉막과 복막 사이의 움푹 들어간 곳이 부풀고 오그라들었으며, 폐의 기포 속에서 산소를 혈액 중의 헤모글로빈에 결합시켜 내부에서 호흡을 한 후 호흡 기관의 점막에서 온기와 습기를 얻고 분비물을 가득 채운 채 입술 사이로 내보내고 있었다. 한스 카스토르프는 이러한 생체가 피를 섭취해 살아가고, 신경, 정맥, 동맥, 모세관이 그물처럼 뻗어 있으며, 사지에 림프액이 스며드는 신비스러운 균형미를 보이고 있다는 사실을 이해했다. 이 생체는 본래의 지지 물질인 교상(膠狀) 조직으로 이루어져 있다가 칼슘염과 점액의 도움으로 몸을 지탱하기 위해 단단히 굳어진, 골수가 든 관상골들인 견갑골, 추골, 근골로 내부 뼈대를 갖추고 있었다. 피막, 미끌미끌한 구멍, 관절의 인대와 연골, 200개 이상의 근육, 영양 섭취와 호흡에 도움을 주고 자극을 전달하는 여러 중추 기관들, 보호 역할을 하는 피부, 장액이 들어 있는 구멍, 분비물이 풍부한 선(腺), 몸을 열고 외부의 자연을 향해 뚫려 있는 복잡한 내벽이 있는 관 조직과 틈 조직을 그는 이해했다. 이러한 육체를 지닌 자아는 고도의 구조를 갖는 생명 단위로, 온몸의 표면으로 호흡하고 영양분을 섭취하며 생각도 하는 아주 단순한 생물체와는 달리, 어떤 유일한 기원에서 출발하여 여러 번 분열을 거듭하여 몇 배로 증가하고, 힘을 합쳐 다양한 일을 하기 위해 질서를 갖추고 따로 떨어져 나와 독자적으로 커 나가며, 성장의 조건이자 결과이기도 한 형태들을 이루어 나가는 수많은 미세한 조직으로 이루어져 있었다.

그러므로 눈앞에 떠오른 이 육체, 이러한 개체이자 생명체의 자아는 호흡하고 영양분을 섭취하는 무수한 개별 조직들의 복합체였다. 이러한 개별 조직은 유기적 분류와 특별 목적 수행을 위해 각자의 존재, 자유 및 독자성을 완전히 상실하고 해부학적 요소로 격하되어 버렸다. 그리하여 어떤 것의 기능은 빛, 소리, 감촉 및 열을 느끼는 것에만 국한되었고, 다른 것은 수축하여 형태를 바꾸거나 소화액을 분비하는 능력만을 갖게 되었다. 또 다른 것은 보호, 지지(支持), 체액 운반이나 번식 쪽으로만 발달하고 능숙해져 버렸다. 그런데 이러한 고도의 자아로 통합된 유기적 복합체가 느슨해지는 경우가 있었다. 다수의 하부 개체가 약하고도 미심쩍은 방식으로 좀 더 상위의 생명 단위와 결합되어 있는 경우가 그것이었다. 우리의 연구자는 세포군의 현상에 대해 골똘히 생각했고, 준유기체인 해초에 관해 알게 되었다. 교질의 외피에 둘러싸여 있을 뿐인 이것의 개별 세포는 종종 서로 멀찍이 떨어져 있어, 여러 세포가 모여 형성된 것이긴 하지만 이를 개별 세포의 군체로 볼 것인가, 아니면 단일체로 볼 것인가가 문제가 되었다. 그리하여 자신을 부를 때 나라고 할지 우리라고 할지 이상하게 헷갈리는 그런 존재였다. 이 경우에서 자연은 무수한 원시적 개체가 모여 상위의 자아를 갖춘 조직과 기관으로 이루어진 고도의 사회적 통일체와, 이러한 단일물들의 자유로운 개별 존재 사이의 중간물을 보여 주었다. 다세포 유기체는 그 과정 속에서 생명이 유지되고, 생식에서 생식으로의 순환 과정의 한 현상 형태에 지나지 않았다. 두 세포체의 성적 융합인 수태 행위는 단세포 원시 생물의 각 세대 초기에 존재하다가 마지막에 다시 출현하듯이, 이것은 다세포 개체가 구성되는 초기에도 존재했다. 이러한 행위는 부단한 분열에 의해 번식함으로써 수태 행위를 필요로 하지 않던 여러 세대를 걸치면서도 지속되었기 때문이다. 그러다가 무성 생식으로 생겨난 자손이 다시 교접 행위를 가짐으로써, 하나의 순환이 완성되는 시점이 찾아오는 것이었다. 이렇게 두 양친 세포의 핵융합으로 생겨나는 다세포 생명 국가는 무성 생식으로 생겨난 세포 개체의 여러 세대가 공동 생활을 영위하는 것이었다. 이처럼 생명 국가가 성장하는 것은 무성 세대 수가 증가하는 것이다. 그리고 번식이라는 특별 목적을 위해 만들어진 요소인 생식 세포가 체내에 형성되어 생명을 새로 낳게 하는 교접 방법을 알게 되었을 때 생식 순환이 완성되는 것이다.

젊은 모험가는 태생학(胎生學)에 관한 책 한 권을 명치 위에 얹고 유기체의 발생 과정을 추적했다. 수많은 정자 가운데 하나가 맨 앞에 서서 꼬리 운동으로 앞으로 나아가 머리끝으로 난자의 교질 피막에 부딪쳐, 정자가 들어오도록 난자 막의 원형질이 둥그렇게 부풀어 있는 수태 언덕을 뚫고 들어가는 순간부터 생식이 시작되었다. 자연은 이러한 단조로운 과정에 변화를 주어 심각하게 만들지 않기 위해 온갖 익살과 희극을 생각해 내었다. 가령 수컷이 암컷의 장에 기생하는 동물이 있었다. 또 수컷의 팔이 아가리를 통해 암컷의 체내로 들어가 씨를 뿌리고는 팔을 물어뜯긴 뒤 내뱉어져서는 손만을 이용해 도망치는 동물도 있었다. 과학은 거기에 속아 이 팔에 그리스어와 라틴어로 학명을 붙이고 독자적인 생물체로 취급해야 한다고 생각해 왔다. 한스 카스토르프는 두 학파, 즉 난자론자와 정자론자가 서로 다투는 것을 읽었다. 난자론자는 난자 안에 조그만 개구리, 개나 인간이 완성되어 있으며, 정자는 그것의 성장을 자극할 뿐이라고 주장했다. 반면에 정자론자는 머리, 팔 및 다리를 지닌 정자 안에 추후에 완성되는 생물체가 들어 있다고 생각하고, 난자는 다만 배양기에 불과하다고 주장했다. 그러다가 양 학파는 난세포와 정세포가 원래는 서로 구별할 수 없는 생식 세포에서 생겨난 것으로 합의를 보고 양측의 공적을 똑같이 인정하기로 했다. 그는 난자가 쭈그러들며 분열하여, 수정한 난자의 단세포 유기체가 다세포 유기체로 바뀌는 과정을 지켜보았다. 그는 세포체가 서로 달라붙어 점막엽(粘膜葉)을 만들고, 난핵이 안으로 접혀 잔 모양의 공동(空洞)을 형성하고, 이 공동이 영양 섭취를 하고 소화를 시작하는 것을 지켜보았다. 이것이 장배(腸胚), 즉 원생 동물이나 가스트룰라라고 하는 것으로, 모든 동물 생물체의 원형이고, 살이 빚어 만든 아름다움의 원형이었다. 이 장배 안팎의 두 표피층인 내배엽과 외배엽은 원시 기관으로 드러났고, 이것이 안팎으로 꺾이고 접혀 선(腺), 조직, 감각 세포 및 체돌기(體突起)를 형성하는 것이었다. 띠 모양의 어떤 외배엽이 굵어지고 주름이 잡히며 도랑을 만들어, 이것이 닫히며 신경관이 되었고, 척추와 뇌수가 되었다. 그리고 그는 교질 세포가 점액소 대신 교질 물질을 만들어 내기 시작하면서, 태막 점액이 굳어져서 섬유질의 결체 조직과 연골로 되고, 어떤 부위에서는 결체 조직 세포가 주위의 체액에서 석회염과 지방을 끌어들여 뼈로 화하는 것을 보았다. 인간의 태아는 어머니의 태내에 허리를 구부리고 웅크린 채, 돼지의 태아와 다를 바 없이 꼬리를 달고, 배에 기다란 자루와 그루터기처럼 형태가 없는 사지를 달고, 보기 흉한 얼굴을 잔뜩 부푼 배에 대고 엎드려 있었다. 그리고 태아의 성장 과정은 학문의 진리 개념으로 냉정하고 음울하게 살펴볼 때 동물의 계통 발생사의 일시적인 반복으로 나타났다. 한동안 태아에게는 가오리처럼 아가미 주머니가 있었다. 태아가 거쳐 가는 성장 단계에서 원시 시대 인간의 그다지 인문적이지 못한 면모를 추론해 볼 수 있거나 그럴 필요가 있다. 원시 인간의 피부는 곤충을 막기 위해 실룩거리는 근육으로 되어 있었고, 털이 촘촘히 나 있었으며, 후 각 점막의 면적이 엄청 넓었다. 쫑긋 솟아 있고 잘 움직이는 귀는 얼굴 표정과 밀접한 관계가 있어서 현대인보다 음향을 포착하는 솜씨가 더 나았을 것이다. 당시에 제3의 눈꺼풀의 보호를 받고 있 던 눈은 머리의 옆쪽에 붙어 있었고, 오늘날 송과선(松果腺)이라 는 흔적 기관을 남기고 있는 제3의 눈은 머리 위쪽을 감시할 수 있었다. 그 외에도 이러한 원시 인간은 장이 무척 길었고, 어금니 가 많았으며, 목에는 포효하기 위한 소리 주머니가 있었고, 복강 의 내부에는 남성 생식선이 들어 있었다.

해부학은 우리의 연구자에게 인체 사지의 껍질을 벗기고 해부 하여, 인간의 바깥쪽, 안쪽, 뒤쪽 근육, 즉 허벅지와 발의 근육, 팔 위와 아래의 근육과 힘줄 및 인대를 보여 주었다. 해부학은 그 에게 라틴어 학명을 가르쳐 주었는데, 인문 정신이 약간 변화된 것인 이러한 의학은 이것들을 고상하고 우아하게 명명하고 분류 하였다. 그리고 해부학은 그에게 골격에까지 발을 들여놓게 하였 다. 골격의 형성은 그것으로 모든 인간적인 것의 단일성과 모든 학문 분야의 일원성을 고찰하게 해 주는 관점을 그에게 제공했 다. 여기서 한스 카스토르프는 아주 색다른 방식으로 자신의 본 래의 직업 — 또는 이전의 직업이라고 말해야겠다 — 자신이 이 위 에 처음 왔을 때 만났던 사람들에게 (크로코프스키 박사와 세템브리니 씨에게) 자신이 소속한 과학적 직업이라고 소개한 공학을 기억에 떠올리게 되었다. 무언가를 배우기 위해 — 그게 무엇인가 하는 것은 아무래도 상관없었다 — 대학에서 그는 정력학(靜力學), 굴곡성 지주(支柱), 기계 장비를 유리하게 관리하는 구조학에 관해 이것저것을 배웠다. 공학, 즉 역학의 법칙이 유기 자연에 적용될 거라고 생각하는 것은 유치한 일이고, 마찬가지로 그것이 유기 자연에서 파생되었다고도 말할 수 없었다. 그러나 역학의 법칙은 유기 자연 속에서 되풀이되고 뒷받침되었다. 속이 빈 원통의 원칙은 기다란 관상골의 구조에도 지켜지고 있어서 최소한의 단단한 물질을 가지고도 정력학의 요구를 충족시킬 수 있었다. 장력(張力)과 압력으로 그 물체에 지워지는 부담을 고려하여, 기계적으로 사용할 수 있는 재료의 줄기와 얇은 판으로만 이루어져 있는 물체는 동일한 소재의 육중한 물체와 똑같은 하중을 견딜 수 있다고 한스 카스토르프는 배웠다. 이와 마찬가지로 관상골이 생길 때에도 뼈의 표면에 조밀한 물질이 형성됨에 따라 중심 부분이 역학적으로 불필요해지므로 그 부분이 지방 조직인 누런 수질(髓質)로 변해 감을 알 수 있었다. 허벅지 뼈는 기중기의 역할을 했다. 유기 자연은 허벅지 뼈를 만들 때, 한스 카스토르프가 예전에 같은 용도의 기구를 제도하면서 정밀하게 기입해 넣어야 했던 것과 거의 동일한 장력 곡선과 압력 곡선을 조그만 뼈들에 할당되는 방향에 따라 부여해 주었다. 한스 카스토르프는 이러한 사실을 알고 흡족하게 생각했다. 그는 이것으로 허벅지, 또는 유기 자연 일반에 대해 이제 서정적, 의학적, 공학적이라는 세 가지 관계를 갖게 되었다. 그런 만큼 그의 흥분도 컸다. 그리고 이러한 세 가지 관계는 인간적인 것 속에서 하나이고, 하나의 간절한 관심사가 약간 변화된 것이며, 인문적 학문 분야라고 그는 생각했다.

그럼에도 원형질이 무슨 일을 하는지는 도저히 알 수 없었고, 생명은 자신의 정체를 드러내는 것을 거부하는 듯했다. 대다수의 생화학 과정은 알려져 있지 않을 뿐만 아니라 인식할 수 없는 성질의 것이었다. 또한 '세포'라고 불리는 생명 단위의 구조와 구성에 대해서도 거의 아무것도 알려진 게 없었다. 죽은 근육의 성분을 밝혀 낸다고 무슨 소용이 있을까? 살아 있는 근육의 화학 성분은 조사할 수 없었다. 죽은 뒤의 경직이 초래하는 변화만 해도 온갖 실험을 무색케 하기에 충분했다. 신진대사며 신경 작용의 본질을 아무도 이해하지 못했다. 맛이 나는 물체는 어떤 속성에 의해서일까? 어떤 감각 신경이 향료에 의해 여러 가지로 흥분하는 것은 무슨 까닭일까? 냄새가 나는 것은 대체 무엇 때문일까? 동물과 인간에게서 나는 특수한 체취는 아무도 그 정체를 알 수 없는 물질을 발산하기 때문이다. 땀이라 불리는 분비물의 성분도 거의 밝혀지지 않았다. 땀을 분비하는 선은 포유동물에게는 중요한 역할을 하지만, 인간의 경우에는 그 중요성이 아직 알려지지 않은 향료를 만들어 내었다. 물체에서 분명 중요하다고 생각되는 부분의 생리학적인 의의도 어둠 속에 싸여 있었다. 신비에 싸인 맹장은 그냥 무시해 버릴 수 있었다. 그리고 토끼의 맹장에는 보통 죽 같은 내용물이 차 있는 것을 볼 수 있지만, 그게 다시 어떻게 밖으로 배출되거나 새로 보충되는지는 알 수 없었다. 그런데 뇌수의 회백색 물질은 무엇이고, 시신경과 연결된 시신경 다발과 '뇌교(腦橋)'에 붙어 있는 회색 부착물은 무엇인가? 뇌수와 척수에 들어 있는 물질은 쉽게 분해되기 때문에 그것의 구조를 규명하기가 도저히 불가능했다. 수면 중에 대뇌 피막이 활동을 중지하는 것은 무슨 까닭일까? 시체에게 정말로 왕왕 일어난다는 위(胃)의 자가 소화 현상이 왜 살아 있는 사람에게는 일어나지 않는 걸까? 그것은 생명, 즉 살아 있는 원형질의 특수한 저항력 때문이라고 대답했다. 그러면서 그러한 대답 자체가 신비한 설명이라는 사실을 사람들은 모르는 척했다. 열이라는 일상적인 현상에 관한 이론도 모순투성이였다. 신진대사가 활발해짐에 따라 결과적으로 열도 많이 발생하게 되었다. 그럼 이 경우 왜 보통 때처럼 이에 균형을 맞추어 열의 소비도 따라 증가하지 않는 것일까? 땀이 분비되지 않는 것은 피부의 수축 작용 때문일까? 그런데 열을 내고 오한이 있는 경우에만 그러한 수축 작용이 있지, 그렇지 않은 경우에는 피부가 오히려 뜨겁다. '열에 취한다'는 말에서 볼 때 중추 신경 계통에서 신진대사 증진의 원인을 찾아야 하며, 또 달리 표현할 수 없으므로, 비정상적이라고 부르는 것만으로 족한 피부 상태의 원인도 찾아야 한다.

하지만 이러한 모든 무지도 기억이라는 현상, 아니 더 나아가 놀랄 만한 기억인 획득 형질의 유전이라 불리는 기억 현상에 대해 아무것도 모르는 것과 비교하면 대수롭지 않은 게 아닌가? 세포 물질의 이러한 작용에 대해 기계적으로 설명할 수 있는 가능성이 조금도 없었다. 아버지의 무수히 많고 복잡한 종의 속성과 개체의 속성을 난자에게 전달해 주는 정자는 현미경으로만 볼 수 있지만, 아무리 배율이 높은 현미경도 그것이 동질체라는 것밖에는 알아낼 수 없고 그것의 혈통은 규정할 수 없었다. 어떤 동물의 정자도 모두 똑같은 모습을 하고 있기 때문이다. 정자의 조직 상태로 보아 세포는 그것이 구성하는 상위의 유기체와 조직이 다를 바 없었다. 그러므로 이미 세포 자체도 나름대로 살아 있는 분열체, 즉 개별적인 생명 단위로 구성된 상위의 유기체였다. 그리하여 소위 가장 작은 것에서 재차 더욱 작은 것으로 나아가게 되어, 어쩔 수 없이 원소를 하위 원소로 분해하게 되었다. 동물계가 다양한 종의 동물로 이루어져 있고, 동물과 인간의 유기체가 수많은 세포종의 동물계로 구성되어 있듯이, 세포라는 유기체도 기본적인 생명 단위의 새롭고도 다양한 동물계로 이루어져 있음은 의심의 여지가 없다. 독자적으로 성장하는 그 생명 단위의 크기는 현미경으로 볼 수 있는 크기보다 더 작았고, 모든 생명 단위는 같은 종류의 생물만을 낳을 수 있다는 법칙에 따라 독자적으로 번식하고, 분업의 원칙에 따라 공동으로 좀 더 상위의 생명 단계인 세포를 구성하고 있었다.

이것이 유전인자이자 원생자이며 원형질이었다. 한스 카스토르프는 추운 밤에 소위 이런 것들과 알게 되어 기뻤다. 그는 흥분한 상태에서 이런 원시적 자연물을 좀 더 자세하게 규명하면 어떤 해답이 나올까 하고 자문해 보았다. 생명이란 조직에 기반을 두기 때문에 이것들도 생명을 지니는 이상 유기 조직체임이 분명했다.

하지만 유기체는 원시적이지 않고 복합체이기 때문에, 그것들이 유기 조직체라면 원시적이라고 할 수 없었다. 유전인자는 그것이 유기적으로 구성하는 세포라는 생명 단위보다 하위의 생명 단위였다. 하지만 사정이 그러하다면 그것이 상상할 수 없을 정도로 작고, 스스로 '구성되어' 있음에, 그것도 생명의 하나의 단계로서 유기적으로 구성되어 있음에 틀림없었다. 생명 단위라는 개념은 좀 더 작은 하위의 생명 단위로, 즉 좀 더 상위의 생명을 조직하는 생명 단위로 구성된다는 개념과 같은 말이기 때문이었다. 아무리 분열해 가도 생명의 특성인 동화, 성장 및 번식의 능력을 지니는 유기적 단위가 존재하는 한에는 분열이 끝나지 않은 것이다. 생명 단위라는 말이 있는 한 원시 단위는 잘못된 말이다. 생명 단위라는 개념은 하위의 구성 단위라는 내재 개념을 무한히 내포하기 때문이다. 그래서 원시적 생명, 그러니까 이미 생명이면서 아직 원시적이라고 하는 것은 존재할 수 없었다.

하지만 논리적으로는 존재할 수 없어도 결국 이와 같은 것이 어떻게든 정말로 존재함에 틀림없었다. 우연 발생이라는 생각, 즉 무생물에서 생명이 생겨났다는 생각을 떨쳐 버릴 수 없기 때문이다. 그리고 외적 자연에서 메우려고 노력했지만 허사로 끝난 저 심연, 즉 생명과 무생물 간의 심연이 자연의 유기적 내부에서는 어떤 식으로든지 메워지고 다리가 놓아져야 했다. 분열이 계속되면서 합성은 되었지만 아직 조직은 되지 않은 채 생물과 무생물 사이를 중개하고, 분자군의 상태로 생명 단계와 단순한 화학 사이의 과도 상태를 이루는 '생명 단위'가 언젠가는 생겨남에 틀림없었다. 하지만 화학적 분자에 도달한 순간, 유기 자연과 무기 자연 사이의 심연보다 훨씬 더 신비스럽게 아가리를 벌리고 있는 심연, 즉 물질과 비물질이라는 심연 가까이에 이미 와 있음을 알게 되었다. 분자는 원자로 이루어져 있으며, 그리고 이 원자는 극히 작다고 칭할 수 있을 정도의 크기도 지니지 않았기 때문이다. 원자는 극히 미소하며, 비물질적인 것, 아직은 물질은 아니지만 물질과 비슷한 에너지가 조기(早期)에 잠시 모여 있는 것이다. 이것은 아직 물질이라고는 할 수 없고, 오히려 물질과 비물질 사이의 중간물이자 경계점으로 생각할 수밖에 없었다. 이리하여 유기물의 우연 발생보다 훨씬 더 수수께끼 같고 모험적인, 비물질에서 물질의 발생이라는 또 다른 우연 발생의 문제가 대두되었다. 사실 물질과 비물질 사이의 심연을 메우는 것은 유기 자연과 무기 자연 사이의 심연을 메우는 것만큼이나, 아니 그 이상으로 절실한 문제였다. 유기체가 비유기 화합물에서 생기는 것처럼 물질을 생겨나게 하는 비물질 화합물, 즉 비물질의 화학이 필연적으로 존재해야 했다. 그리고 원자는 물질의 원충류와 단충류라는 성질로 보아 물질적이면서도 아직은 물질이 아니기도 했다. 그러나 '작다고조차 말할 수 없는' 단계에 도달하면 아예 기준이 없어져 버려, 그 말은 이미 '어마어마하게 크다'는 것과 같아진다. 그리하여 원자까지 내려간다는 것은 액면 그대로 말해 극도로 불길한 것으로 입증되었다. 물질을 최후까지 쪼개고 나누는 순간 별안간 천문학적 우주가 눈앞에 펼쳐지기 때문이다!

　원자는 에너지를 띤 우주 체계였다. 그 안에서는 천체가 태양과 같은 중심체 주위를 빠른 속도로 돌고 있었고, 중심체의 힘에 의해 중심을 벗어나려는 궤도에 묶여 있는 혜성은 천공을 광년의 속도로 날고 있었다. 다세포 생물의 신체를 '세포 국가'로 불렀을 때처럼 이는 그리 호락호락한 비유는 아니었다. 분업의 원칙에 의해 조직된 사회 공동체인 도시와 국가는 유기 생명에 비유될 뿐만 아니라, 그것들은 유기적 생명의 반복이다. 이처럼 자연의 깊디깊은 내부에서는 대우주의 별세계가 아주 광범위하게 반영되며 되풀이되고 있었다. 숙달된 솜씨로 몸을 완전히 싸고 있는 젊은 연구자의 머리 위에는 이러한 별세계의 무리, 덩어리, 집단 및 형상이 차갑게 반짝거리는 골짜기 위에서 달빛에 창백하게 떠 있었다. 원자 같은 태양계의 어떤 행성들―물질을 구성하는 이러한 태양계의 대군과 은하계―그러므로 이런 내계적(內界的)인 천체들 중 어떤 천체가 지구에 생명이 서식하기 알맞은 상태에 있다고 생각해서는 안 되는 것일까? 신경 중추가 얼큰히 취해 있고, 피부가 '비정상적인' 상태에 있으며, 금지된 영역에서 온갖 경험을 하고 있는 숙달된 젊은이에게는 그러한 생각이 황당무계한 공상이라기보다는 심지어 아무렇지 않을 정도로 쉽게 떠오르고, 논리적인 진실성을 띤 지극히 자명한 공상이기도 했다. 내계적인 천체가 '작다'고 왈가왈부하는 것은 말도 안 되는 핑계일지도 모른다. '극히 작은' 질료 부분의 우주적 성격이 명백히 드러난 순간에는 크다든지 작다든지 하는 기준이 무용지물이 될 것이고, 이와 마찬가지로 안팎이라는 개념도 차츰 확고한 근거를 잃을 것이기 때문이다. 원자의 세계도 외계라 할 수 있고, 우리가 살고 있는 지구는 유기적으로 고찰하면 깊은 내부라고 말할 수 있다. 어떤 탐구자는 꿈꾸듯이 대담하게도 '은하계 동물', 즉 살, 다리 및 뇌수가 태양계에서 구성되고 있는 우주 괴물에 관해 말하지 않았던가? 그렇다면 한스 카스토르프가 생각한 것처럼, 궁극에 도달했다고 확신한 순간 모든것을 완전히 처음부터 다시 시작해야 하는 것이다! 그러면 어쩌면그의 본성의 깊디깊은 곳에 그 자신이, 또 다른 수백 명의 한스 카스토르프가 따뜻하게 몸을 감싸고, 달 밝은 추운 밤에 고산 지역을내려다보며 발코니에 누워 얼어붙은 손가락에다 상기된 얼굴을하고, 인문적이고 의학적인 관점에서 인체의 생명을 연구하고 있는 것은 아닐까?

옆에 놓인 탁상 전기스탠드의 붉은빛으로 읽고 있던 병리 해부학 책은 그림이 많이 든 텍스트를 통해 기생적인 세포 합일과 전염성 종양의 본질에 관해 그에게 가르쳐 주었다. 이것은 다른 종류의 세포가 자신을 선뜻 받아들여 주고, 어떤 방식으로, 하나 어떤 부주의한 방식으로 유리한 조건을 제공해 준 어떤 유기체에 들어가 생긴 조직 형태였다. 그것도 특히 활동이 왕성한 조직 형태였다. 이 기생물은 주위의 조직에서 영양분을 빼앗을 뿐만 아니라모든 세포가 다 그렇듯이 신진대사를 하면서, 숙주 세포에 극히해로워 불가피하게 파멸을 초래하게 하는 유기 화합물을 만들어냈다. 몇몇 미생물에서 이 독소를 분리, 농축하는 데 성공했는데, 일종의 단백 화합물에 불과한 이 물질을 동물의 혈액에 주입하면놀랍게도 극소량으로도 극히 위험한 중독 현상을 일으켜 급격한파멸을 초래하는 것을 알 수 있었다. 이러한 부식 작용의 외적인 본질은 조직의 증식, 병리학적인 종양이었고, 말하자면 이는 자기들 안에 기생한 세균이 자신을 자극한 것에 대한 숙주 세포의 반응으로 나타난 것이다. 점막 조직 같은 세포의 사이나 안에 박테리아가 기생하게 되면 어떤 세포는 원형질이 이례적으로 증대하여 거대해지고 많은 핵이 생기게 되어 좁쌀만한 크기의 혹이 형성되었다. 하지만 이러한 흥미로운 현상이 일어나면 곧장 파멸을 맞았다. 이제 이러한 거대한 세포의 핵이 오그라들고 붕괴하며, 그것의 원형질은 응고하여 죽기 시작하는 것이다. 주변의 다른 조직 부분들도 이러한 종양의 자극에 영향을 받아, 염증 현상이 확산되면서 인접한 혈관도 피해를 입게 되었다. 화를 당한 장소에 백혈구가 달려오지만, 응고에 따른 사멸 현상은 계속되었다. 그러는 동안 벌써 세균의 가용성 독소가 중추 신경을 마비시키고, 유기체는 고열에 시달리고 가슴을 떨면서 비실비실 죽음의 나락으로 빠져드는 것이다.

이러한 병리학, 병에 관한 이론이며 육체의 고통을 강조하는 이 이론, 하지만 이것이 육체적인 것을 강조하는 동시에 쾌감을 강조하는 한에는, 병은 생명의 음탕한 형태였다. 그러면 생명 그 자신은? 어쩌면 생명은 물질의 전염성 질환에 불과한 것이 아닐까? 물질의 우연 발생이라고 일컫는 것이 어쩌면 하나의 질환에 불과하고, 자극에 의해 비물질이 조직을 증식하는 것에 불과한 것처럼 말이다. 악과 쾌감, 죽음으로 가는 제일보는, 미지의 물질이 침투하고 간지럽게 해서 처음으로 정신적인 것의 밀도가 증대하는 바람에 병리학적으로 조직이 왕성하게 증식하는 순간에 시작되는 게 분명했다. 즐거움과 거부감이 반반씩 섞인 이러한 증식은 물질적인 것이 생기기 직전의 단계이며, 비물질적인 것에서 물질적인 것으로 넘어가는 단계였다. 이것이 말하자면 원죄였다. 유기체의 질병이란 자신의 육체성이 취한 듯이 고조되고 방종한 형태로 지나치게 강조되는 현상이듯이, 무기물에서 유기물이 생겨나는 두 번째의 우연 발생도 물질성이 심히 고조됨에 따라 의식을 갖게 되는 것에 불과했다. 이처럼 생명이란 순결을 잃은 정신이 모험을 겪는 도상에서 그다음에 제일보를 내딛는 것이며, 순순히 자극을 받아들일 태세가 되어 있는 물질이 자극에 눈뜨게 되자 부끄러워하며 열을 내는 것에 불과했다.

책들이 스탠드가 켜진 탁자에 쌓여 있었고, 한 권은 접이식 침대 옆의 바닥, 발코니의 매트에 놓여 있었다. 한스 카스토르프가 마지막으로 읽던 책이 배 위에서 가슴을 누르고 있어 숨 쉬는 것을 힘들게 했지만, 뇌의 피막에서 해당 근육에 그것을 내려놓으라는 명령을 내리지 않았다. 그가 그 페이지를 죽 읽어 내려가자, 턱이 가슴에 와 닿았고, 눈꺼풀은 그의 푸른 눈 위로 내려왔다. 그는 생명의 모습을 보았고, 아름다운 사지 구조며 살이 빚어 만든 아름다움을 보았다. 그녀는 뒷머리를 매만지고 있던 손을 내리고 두 팔을 벌렸다. 그러자 팔의 안쪽에, 즉 팔꿈치 관절의 부드러운 피부 아래에서 혈관이, 두 개의 대정맥이 푸르스름하게 튀어나온 것이 눈에 보였다. 이 팔은 이루 말할 수 없을 정도로 감미로운 느낌을 주었다. 그녀가 그를 향해, 그에게, 그의 위에 몸을 숙이자, 그녀에게서 유기체의 향내가 났고, 그녀의 심장이 팔딱팔딱 뛰는 것이 느껴졌다. 뜨겁고 부드러운 그녀의 팔이 그의 목을 휘감자, 쾌감과 전율로 정신이 아득해진 그는 그녀의 바깥쪽 팔 위에, 삼두근을 팽팽하게 당기고, 희열에 들떠 서늘한 느낌을 주는 오돌도돌한 피부에 두 손을 갖다 댔다. 이어서 그는 촉촉히 젖은 그녀의 입술이 자신의 입술을 빨아들이는 것을 느꼈다.

망자의 춤

크리스마스가 지나고 얼마 되지 않아 아마추어 기수가 저세상으로 갔다. 하지만 그 전에 크리스마스 축하 행사가 있었다. 이 이틀간의 축제일, 또는 크리스마스이브까지 포함하면 이 사흘간의 축제일을 이곳에서는 어떻게 보낼까 하고 한스 카스토르프는 약간 두려워하기도 하고 자못 기대하면서 맞이했다. 그런데 아침, 낮, 밤으로 계절답지 않은 날씨와 함께 (눈이 약간 내렸다) 평소와 별반 다르지 않게 왔다가는 홀연히 지나가 버렸다. 외부적으로는 약간 장식을 하고 눈에 띄게 해서 축제 기간 동안 사람들의 머리와 가슴을 뒤흔들어 놓아 평일과는 다르다는 인상을 남겨 놓기는 했지만, 이것도 가까운 과거가 되고 먼 과거가 되고 말았다.

이름이 크누트인 고문관의 아들이 방학을 맞아 이 위에 와서 요양원의 옆 날개에 있는 아버지의 숙소에서 지냈다. 멋진 젊은이기는 하나 아버지와 마찬가지로 벌써 목덜미가 약간 튀어나와 있었다. 베렌스 2세가 이곳에 머무르자 사람들은 요양원 분위기가 달라진 것을 느낄 수 있었다. 부인들은 아무것도 아닌 일에 깔깔 웃어 대고 멋을 부리며 민감하게 반응했다. 그리고 이들은 정원이나 숲, 요양 호텔 부근에서 크누트를 만났다는 대화로 이야기꽃을 피웠다. 게다가 그는 친구들을 데리고 왔다. 6, 7명의 대학 친구들이 이 골짜기에 올라왔던 것이다. 이들은 플라츠에 머물다가 고문관의 식사 초대를 받기도 했다. 그리고 이들은 동창생 친구와 함께 떼를 지어 이 지역을 몰려다녔다. 한스 카스토르프는 이들을 피했다. 그는 이들과 마주치기 싫어 경우에 따라서는 요아힘과 함께 돌아서 가기도 했다. 이 위의 일원인 자신과 노래 부르고 지팡이를 흔들며 몰려다니는 이들의 세계 사이에는 벽이 있었다. 그는 이들이 하는 소리를 듣고 싶지 않았고, 이들에 관해 알고 싶지도 않았다. 게다가 이들 중의 대부분은 북쪽 출신 같았으므로 이들 중에는 어쩌면 동향인이 있을지도 몰랐다. 한스 카스토르프는 이곳에서 동향인을 만나는 것을 극도로 꺼려했다. 종종 그는 함부르크 사람이 베르크호프에 올 수 있다는 생각만 해도 반감이 생겼다. 특히 이 도시가 늘 요양원에 상당한 몫의 할당량을 채워 주고 있다고 베렌스가 말했기 때문이다. 아직 그가 보지 못한 중환자나 위독한 환자들 중에 그런 사람들이 있을지도 몰랐다. 얼굴을 볼 수 있는 사람 중에는 2, 3주 전부터 일티스 부인의 식탁에 앉는, 쿡스하펜에서 왔다는 볼이 쑥 들어간 상인밖에 없었다. 한스 카스토르프는 이 남자를 바라보면서 이곳에서는 같은 식탁에 앉는 사람들 말고는 서로 접촉하기 어렵다는 사실과, 더구나 자신의 고향 도시가 크고 방대하다는 사실을 천만다행으로 생각했다. 이 위에서 함부르크 출신의 사람을 만나게 될까 봐 우려했는데 이 상인이 있어도 아무렇지 않자 그는 크게 안도의 한숨을 쉬었다.

크리스마스이브가 가까워지다가 어느새 목전에 다가와 내일이면 정말로 크리스마스였다. 이곳 사람들이 벌써 크리스마스 이야기를 하는 것을 듣고 의아하게 생각한 때가 어느덧 6주 전의 일이었다. 산술적으로 계산해 보면 크리스마스까지는 그가 이곳에 원래 머무르기로 예정한 3주에다 침대에 누워 지낸 3주를 합한 일수가 아직 남아 있었던 것이다. 그럼에도 당시에는 6주라는 기간이 상당한 시간이었다. 말하자면 첫 3주간은 나중에 생각해 보면 아주 긴 시간이었던 반면, 뒤의 3주간은 시간은 같았지만 아주 짧은 듯해서 거의 없는 거나 마찬가지로 생각되었다. 그래서 식당의 동료들이 그 기간을 가볍게 무시하는 게 일리가 있다고 그는 생각했다. 그러므로 6주가 거의 일주일밖에 안 되는 것처럼 느껴졌다. 그게 어느 정도의 기간인가 하는 것은, 월요일에서 일요일까지 갔다가 다시 월요일이 돌아오는 조그만 순환인 일주일이 어느 정도의 기간인가 하는 문제를 생각해 보면 대충 짐작할 수 있겠다. 이러한 시간 단위를 모두 더한 기간이 그리 대단하지 않다는 것을 이해하기 위해서는 시간 단위를 점점 더 작게 해서 그 단위의 가치와 의의를 물어 보기만 하면 되었다. 게다가 이렇게 시간 단위를 합하면 이와 동시에 시간을 현저하게 단축시키고 지워 없애며, 줄어들게 하고 소멸시키는 효력이 있었다. 가령 점심 식사를 하기 위해 식탁에 앉는 순간부터 24시간 후에 이 시간이 다시 돌아올 때까지 계산한다면 하루란 무엇이었을까? 그것이 24시간인 것에는 분명하지만 아무것도 없는 무(無)와 마찬가지였다. 그렇다면 가령 안정 요양을 하고, 산보를 하거나 식사하는 데―이것으로 한 시간이라는 단위를 보내는 데 충분하지 않았을까?―걸리는 한 시간이란 무엇이었을까? 이것도 마찬가지로 무와 마찬가지였다. 그러나 무를 합친다 해도 그 성질로 볼 때 별로 대단한 것이 못 되었다. 오히려 최소 단위로 내려갔을 때 대단한 것이 되었다. 7에다 60을 곱한 420초, 즉 체온계의 곡선이 그려지게 하기 위해 입술 사이에 체온계를 물고 있는 7분은 아주 생명력이 강하고 의미심장했다. 커다란 시간이 그림자처럼 훌쩍 지나가는 반면에, 이 시간은 작은 영원으로 확대되어 이루 말할 수 없이 두꺼운 층을 이루고 있었다.

크리스마스 축제는 베르크호프에 사는 사람들의 생활 질서를 거의 뒤흔들어 놓지 못했다. 잘 자란 전나무 한 그루가 벌써 크리스마스 며칠 전에 식당의 오른쪽 측면, 이류 러시아인 석 옆에 세워졌다. 그래서 그 향기가 푸짐한 요리에서 피어오르는 김 사이로 식사하는 사람들 코에 가끔 스며 들어와 일곱 식탁에 앉은 몇몇 사람들이 무언가 생각에 잠긴 듯한 표정을 짓게 했다. 12월 24일 의 저녁 식사 때는 그 나무가 장식용 금은 테이프, 유리구슬, 도금 한 전나무 솔방울, 그물에 넣어 걸어 놓은 조그만 사과, 각종 과자 로 알록달록하게 장식되었고, 색을 입힌 양초가 식사가 끝날 때까 지 타고 있었다. 침대에 누워 지내는 환자들의 방에도 양초가 불 타고 조그만 트리가 세워져, 누구나 자신의 크리스마스트리를 갖 게 되었다. 그리고 최근 들어 이곳에 오는 소포의 양이 부쩍 많아졌다. 요아힘 침센과 한스 카스토르프도 저 아래 멀리 고향에서 보낸 소포를 받았다. 정성들여 포장한 선물을 둘은 자신의 방에서 풀어 헤쳐 보았다. 유용한 옷가지들, 넥타이, 가죽과 니켈로 만든 호화스러운 장식물, 수많은 축제용 과자, 호두, 사과, 아몬드가 잔뜩 들어 있어서, 이렇게 많은 걸 대체 언제 다 먹을 수 있을까 하고 사촌들은 고개를 갸웃거리며 서로에게 물어 볼 정도였다. 한스 카스토르프는 자신의 소포를 샬렌이 보냈으며, 삼촌들과 하나하나 의논한 후 선물을 구입한 것을 알 수 있었다. 야메스 티나펠이 보낸 편지가 한 통 들어 있었는데, 그것은 사신용(私信用)의 두꺼운 종이에 타자기로 친 것이었다. 삼촌은 편지에서 종조부와 자신의 크리스마스 축하 인사와 병의 안부를 묻는 말을 쓰고, 겸사 겸사로 곧 다가올 새해 인사도 곁들였다. 아닌 게 아니라 이는 한스 카스토르프가 저번에 누워서 병상 보고를 하면서 크리스마스 인사를 곁들여 썼던 것과 마찬가지 방법이었다.

식당의 전나무에서는 촛불이 바삭거리는 소리와 향기를 내며 타면서 사람들의 머리와 가슴속에 이 시간의 의미를 일깨워 주었다. 사람들은 몸치장을 했고, 신사들은 예복을 입었으며, 부인들은 평지의 각국에 사는 남편들이 보내 온 것으로 보이는 장신구를 달고 있었다. 클라브디아 쇼샤도 이곳에서 흔히 입는 털 스웨터 대신에 야회복으로 갈아입었는데, 그것은 내키는 대로 지은 것 같기도 하고 또는 민족적인 느낌이 들기도 했다. 그것은 농민적이고 러시아적이며, 또는 발칸풍 같기도 하고, 어쩌면 불가리아적인 느낌을 주기도 하는, 장식 띠와 번쩍이는 섬세한 금실 수가 놓인 밝은 의상이었다. 옷에 주름이 많아서인지 그녀의 외모가 전에 없이 부드럽고 풍만하게 보였고, 세템브리니가 '타타르인의 관상'이라고 불렀고, 특히 걸핏하면 '초원의 늑대의 눈빛'이라고 부른 얼굴과 잘 조화를 이루었다. 일류 러시아인 석은 꽤나 흥청거렸다. 그곳에서 가장 먼저 샴페인을 따는 소리가 났고, 이어서 거의 모든 식탁에서 샴페인을 마셨다. 사촌들의 식탁에서는 왕고모가 자신의 조카와 마루샤를 위해 샴페인을 주문하여 모든 사람들에게 나누어 주었다. 메뉴는 특별히 마련된 것으로 치즈가 든 과자와 봉봉 사탕으로 끝났지만, 사람들은 거기에다 커피와 리큐어 술을 곁들였다. 이따금씩 전나무 가지에 촛불이 옮겨 붙어 이를 끄지 않으면 안 되었고, 그럴 때면 사람들이 날카로운 소리를 지르며 한바탕 소동을 벌이기도 했다. 세템브리니는 여느 때와 같은 복장을 하고 식사가 끝날 즈음 이쑤시개를 입에 문 채 한동안 사촌들의 식탁에 앉아 슈퇴어 부인을 놀려 댄 뒤, 오늘 밤에 이 세상에 왔다고 하는 목수의 아들이자 인류의 랍비에 대해 몇 마디 이야기를 했다. 그분이 실제로 존재한 인물인지는 불확실하다고 했다. 그가 당시에 태어나서 오늘날까지 끊임없이 무적의 진군을 계속하는 이유는 평등의 이념과 함께 개개인의 영혼의 가치를 중시하는 이념, 한마디로 말하면 개인주의적 민주주의 때문이다. 그는 이러한 의미에서 자신에게 권하는 술잔을 비운다고 했다. 슈퇴어 부인은 그의 이러한 표현 방식을 '애매하고 인정머리가 없다고' 생각했다. 그녀는 이렇게 항의하며 자리에서 벌떡 일어섰지만, 그러지 않아도 마침 사람들이 사교실로 슬슬 움직이려던 차라 식탁 동료들도 그녀의 예를 따라 자리에서 일어났다.

이날 밤의 모임은 크누트와 밀렌동크를 데리고 와서 30분 정도 시간을 내준 고문관에게 선물을 증정하는 절차가 있어서 더욱 의미심장하고 활기찼다. 증정식은 광학적으로 익살스러운 기구가 있는 살롱에서 행해졌다. 러시아인들이 특별히 마련한 선물은 가운데에 수령자의 머리글자가 새겨진 아주 크고 둥근 은제 접시였다. 그것은 얼른 보아 아무 짝에도 쓸모없는 물건이었다. 그 외의 일반 환자들이 증정한 긴 의자는 이불도 쿠션도 없이 다만 덮개로 덮여 있을 뿐이지만 그래도 그 위에 누울 수는 있었다. 그리고 머리 부분은 높낮이를 조절할 수 있었다. 베렌스는 누웠을 때 얼마나 편안한지 시험해 보려고 아무 짝에도 소용없는 접시를 팔에 끼고 길게 드러누워서 눈을 감고, 자신은 보물을 지키는 파프너*라고 말하면서 기계톱 같은 코고는 소리를 내어 보였다. 그러자 모두들 일제히 환호성을 질렀다. 쇼샤 부인도 이 연기를 보고 박장대소했다. 웃을 때 눈이 가느다래지고 입을 벌리는 모습이 옛날 프리비슬라프 히페가 웃을 때와 똑같다고 한스 카스토르프는 생각했다.

원장이 자리를 뜨자마자 사람들은 놀이용 탁자에 앉았다. 러시아인들은 으레 그러하듯이 조그만 살롱으로 이동해 갔다. 몇몇 손님들은 홀의 크리스마스트리 주위에 둘러서서 금속제의 작은 덮개를 쓴 촛불이 서서히 꺼져 가는 모습을 지켜보기도 하고, 나무에 매달아 놓은 과자를 집어 먹기도 했다. 벌써 내일 첫 번째 아침 식사 준비가 되어 있는 식탁에서는 손님들이 서로 멀찍이 떨어져 앉아 저마다 팔꿈치를 괴고 말없이 생각에 잠겨 있었다.

크리스마스의 첫날은 축축하고 안개가 꼈다. 베렌스는 사방을 둘러싸고 있는 것은 구름이며 이 위에는 안개 같은 것은 없다고 말했다. 하지만 구름이든 안개든 좌우간 축축하긴 마찬가지였다. 쌓여 있던 눈의 표면이 녹아 구멍이 숭숭 뚫리고 질퍽해졌다. 안정 요양을 할 때는 날씨가 맑고 추울 때보다 얼굴과 손이 훨씬 더 시렸다.

그날은 야간 음악 행사가 있어서 보통 날과는 달랐다. 베르크호프 당국이 이 위의 사람들을 위해 제공한, 의자가 줄지어 놓이고 인쇄된 프로그램이 준비된 본격적인 연주회였다. 이 위에 살면서 개인 교습을 하는 전문 성악가가 개최하는 가곡의 밤이었다. 가슴이 파인 야회복 차림에 옆으로 두 개의 메달을 단 그녀는 팔이 장대처럼 길었고, 목소리에 힘이 하나도 없는 것이 이 위에 살게 된 슬픈 사연을 말해 주고 있었다. 그녀는 이렇게 노래 불렀다.

내 사랑은 한시도
나에게서 떠나지 않네.

반주를 하는 피아니스트 역시 이곳에서 살고 있었다. 쇼샤 부인은 맨 앞줄에 앉아 있다가 쉬는 시간을 이용하여 나가 버리는 바람에, 한스 카스토르프는 그때부터 노래 부르는 동안 프로그램에 인쇄된 가사를 살펴보기도 하면서 차분히 음악에 (어쨌든 그것도 음악은 음악이었다) 귀 기울일 수 있었다. 세템브리니는 잠시 그의 옆에 앉아 있다가 이곳 가수의 분명치 않은 미성(美聲)에 대해 몇 마디 조형적인 촌평을 하고, 오늘 밤에도 사람들이 이토록 충실하고 마음이 편하다고 야유조의 만족감을 표시하고는 역시 자리를 뜨고 말았다. 사실을 말하면 한스 카스토르프는 눈이 가느다란 부인과 교육자가 사라지자 홀가분한 기분이 되어 마음 편히 노래에 주목할 수 있었다. 세계 어디에서도, 아주 특별한 상황에서도, 어쩌면 극지 탐험 여행 중에도 음악이 연주된다는 것은 좋은 일이라고 그는 생각했다.

크리스마스 다음날은 그날이 둘째 날이라는 가벼운 의식을 제외하고는 보통의 일요일이나 또는 보통 요일과 하등 다를 게 없었다. 그리고 이날이 지나자 크리스마스 축제는 먼 과거의 일이 되었다. 또는 다시 먼 훗날의 일, 일년 후의 일이 되었다고도 말할 수 있었다. 다시 시일이 흘러 그때가 되려면 열두 달이 지나야 했다. 그렇다고 해도 이는 결국 한스 카스토르프가 이곳에서 보낸 달수보다 겨우 일곱 달 더 많은 것에 불과했다.

그런데 크리스마스가 끝나자마자, 미처 새해가 되기도 전에 그러니까 아마추어 기수가 불귀의 객이 되고 말았다. 사촌들은 이 소식을 베르타 간호사라 불리는 알프레다 쉴트크네히트에게서 들어 알게 되었다. 불쌍한 프리츠 로트바인을 간호하는 그녀가 복도에서 사촌들을 만나 이 이야기를 쉬쉬하며 들려주었다. 한스 카스토르프는 이 말에 두 귀를 쫑긋하며 관심을 보였다. 그것은 기수의 생존의 표현, 즉 기침이 그가 이 위에서 받은 최초의 인상들 중 하나, 즉 그것 때문에 그의 얼굴 피부가 상기된 이래로 다시는 사라지지 않게 된 인상들 중의 하나였기 때문이고, 그 외에도 도덕적 또는 종교적인 이유 때문이었다고 말할 수 있다. 그는 요아힘을 붙잡아 놓고 간호사와 오랫동안 대화를 나누었다. 그녀는 그가 자신에게 말을 걸어 와 대화를 나누는 것을 무척 고맙게 생각했다. 아마추어 기수가 크리스마스 때까지 살아남은 것만 해도 기적이라고 그녀는 말했다. 그가 생명력이 강한 기사라는 것은 진작부터 알았지만 마지막에 가서는 그가 어떻게 호흡할 수 있었는지 도무지 알 수 없다고 했다. 그는 벌써 며칠 전부터는 물론 엄청난 양의 산소를 마셔 겨우 목숨을 연명했다. 어제만 해도 개당 6프랑이나 하는 산소통을 40개나 비웠다고 한다. 두 신사도 계산해 보면 알 수 있겠지만 그러려면 엄청난 돈이 들었으리라는 것이다. 그런데 그가 숨을 거둘 때 그를 껴안아 준 그의 아내는 완전히 무일푼으로 남게 된다는 점을 생각해 보아야 한다고 했다. 요아힘은 이에 대해 쓸데없이 돈을 낭비했다고 비난했다. 살아날 가망이 전혀 없는 환자를 왜 이렇게 괴롭히고, 막대한 돈을 낭비하면서까지 목숨을 인위적으로 연장한다는 말인가? 본인이야 비싼 생명 가스를 강제로 아무것도 모르고 마셨으니 뭐라고 탓할 이유가 없다. 반면에 치료 담당자들은 좀 더 합리적으로 생각해서 피할 수 없는 여행길이라면 그대로 가게 했어야 한다. 재정 상태를 생각하지 않더라도, 하물며 이를 고려하면 더욱 그렇게 했어야 한다는 것이다. 뒤에 남은 사람들도 살아갈 권리가 있으니까 말이다. 요아힘의 이말에 한스 카스토르프는 강경하게 반대했다. 사촌의 말에는 마치 세템브리니의 말에서처럼 고통에 대해 일말의 존경심도 외경심도 느껴지지 않는다는 것이다. 아마추어 기수는 결국 죽었으니 불손한 말을 입에 담아서는 안 되고, 진지한 감정을 나타내려면 말을 삼가는 수밖에 없다. 그리고 죽어 가는 사람에게는 의당 모든 존경과 경의를 표해야 한다고 한스 카스토르프는 역설했다. 그는 아마추어 기수가 임종을 맞이할 때 베렌스가 평소처럼 호통을 치고 마구 윽박지르지 않았는지 간호사에게 물어 보았다. 쉴트크네히트는 그럴 필요가 없었다고 말했다. 이제 마지막이라는 것을 알았을 때 그는 약간 발버둥을 치면서 침대에서 뛰쳐나오려고 했지만, 그렇게 해 보아야 아무 소용이 없다는 가벼운 지적을 받자 그는 자리에 완전히 주저앉고 말았다고 한다.

한스 카스토르프는 고인이 된 자를 직접 찾아가 보기로 했다. 그가 그 일을 한 것은 주위에 만연하고 있는 비밀주의에 반대했기 때문이다. 그는 아무것도 알려고도 보려고도 들으려고도 하지 않는 다른 사람들의 이기적인 생각을 경멸하여 이에 행동으로 항의할 작정이었다. 그는 식사 때 아마추어 기수의 죽음에 관해 화제에 올리려고 했지만 모두 이구동성으로 완강하게 거부하는 바람에 그는 무안해졌고 동시에 화가 났다. 슈퇴어 부인은 무례한 언동을 하기까지 했다. 그녀는 그가 무슨 생각으로 그런 말을 꺼내는지, 도대체 그가 가정교육을 어떻게 받고 자랐는지 모르겠다고 했다. 요양원의 규칙으로 환자들은 그런 말을 듣지 않도록 세심하게 보호받고 있다는 것이다. 그런데 아무것도 모르는 신출내기가 와서, 게다가 불고기를 먹으려는 참인데, 그것도 당장에라도 어떻게 될지 모르는 블루멘콜 앞에서 (그녀는 이 말은 살짝 했다) 그런 말을 큰 소리로 떠들 수 있느냐는 것이다. 두 번 다시 이런 일이 있으면 고소해 버리겠다고 그녀는 바락바락 악을 썼다. 이렇게 야단맞은 한스 카스토르프는 자기로서는 고인이 된 동숙자를 방문하여 그의 침상에서 조용히 명복을 빌어 마지막 경의를 표할 결심을 하고 이를 입 밖에 내어 표현한 것이라고 말했다. 그리고 요아힘에게도 자기와 같이 그 일을 하자며 반강제적으로 정해 버렸다.

두 사람은 간호사 알프레다의 주선으로 자신들의 방 아래 2층에 있는 임종실로 들어갔다. 키가 작고 금발인 미망인이 이들을 맞았다. 그녀는 밤샘하며 간호한 탓에 머리카락이 엉클어지고 얼굴이 말이 아니게 야위어 있었다. 방 안이 몹시 추워 코가 빨개진 그녀는 두꺼운 외투의 깃을 올리고 손수건을 입에 대고 있었다. 스팀은 꺼져 있고, 발코니 문은 열려 있었다. 두 청년은 목소리를 낮추어 필요한 인사의 말을 하고, 미망인이 고통스러운 표정으로 손짓을 하며 들어오라고 하자 방을 가로질러 침대 쪽으로 갔다. 이들은 발뒤꿈치를 바닥에 대지 않고 경의를 표하며 사뿐사뿐 앞으로 나아가, 침상 머리맡에서 죽은 자를 바라보며 각자 자신의 방식대로 서 있었다. 요아힘은 군대식으로 경례하듯 반쯤 몸을 숙이고 서 있었고, 한스 카스토르프는 두 손을 마주 잡고 머리를 어깨 쪽으로 기울인 채, 음악을 들을 때와 같은 표정을 지으며 느긋한 자세로 꼼짝 않고 서 있었다. 아마추어 기수의 머리는 베개로 높이 떠받쳐 놓은 데다, 아래 끝에서 두 발이 위로 들려져 있어 이러한 기다란 구조물이자 생명의 복잡한 생식환(生殖環)인 이 육체는 더욱 납작하게, 거의 판자처럼 납작하게 보였다. 화환 하나가 무릎 근처에 놓여 있었고, 거기에서 튀어나온 종려나무 가지가 움푹 들어간 가슴 위에 맞잡고 있는, 뼈가 앙상한 크고 누런 손에 닿아 있었다. 머리가 벗어지고 매부리코에다가 광대뼈가 튀어나온 얼굴도 누렇고 뼈가 앙상했다. 불그레한 금발의 콧수염이 무성하고 촘촘하게 나 있어 회색 뺨이 더욱 쑥 들어가 보였다. 두 눈은 부자연스러울 정도로 꽉 감겨 있었다. 한스 카스토르프는 이를 보고 눈을 감은 것이 아니라 억지로 감겨 준 것이라고 생각하지 않을 수 없었다. 죽은 사람을 위해서라기보다는 뒤에 남은 사람들을 위해 이런 행위를 하는 것이지만 사람들은 이를 죽은 사람에 대한 마지막 성의라고 생각했다. 근육 속에 근섬유소가 일단 형성되면 다시는 눈이 감기지 않아, 망자는 눈을 부릅뜨고 누워 있어야 하기 때문에 '영면'이라는 뜻 깊은 의미를 부여하기 위해 망자의 눈을 감겨 주는 것이다.

이런 방면의 일에 경험이 많은 한스 카스토르프는 안정되고 익숙한 자세로 경건하게 침상에 서 있었다. "마치 주무시는 것 같습니다." 그는 사실과 많이 달랐지만 미망인을 위로하기 위해 그렇게 말했다. 그런 다음 그는 알맞게 목소리를 낮추어 아마추어 기수의 미망인과 대화를 시작했다. 그는 그녀의 남편이 고통을 겪은 이야기, 마지막 며칠과 몇 분의 모습, 남편의 유해를 케른텐으로 옮기는 문제에 대해 의학적, 종교적, 윤리적인 관심과 전문적인 지식을 드러내는 질문을 던졌다. 미망인은 오스트리아 사람답게 느릿느릿하고 콧소리 섞인 말투로, 때로는 흐느껴 울면서, 젊은 사람들이 이렇게 남의 슬픔에 깊은 관심을 보이는 것은 정말 기특

한 일이라고 말했다. 그러자 한스 카스토르프는, 자신과 사촌 둘
다 병을 앓고 있으며, 게다가 자신은 어려서 양친을 잃고 임종의
자리에 많이 서 보았기 때문에, 말하자면 일찍부터 죽음과 친숙하
다고 말했다. 미망인이 직업이 뭐냐고 묻자 그는 기술자 '였다' 고
대답했다—였다고?—이렇게 병이 나서 앞으로 얼마나 이곳에
있어야 할지 모르기 때문에 그렇고, 지금 중대한 고비에 처해 있
어 어쩌면 이것이 인생의 전환점이 될지도 모르기 때문에 그렇다
고 대답했다. (요아힘은 놀란 눈으로 사촌을 찬찬히 들여다보았
다.) 그럼 사촌은요? 그는 평지에서 군인이 되려고 합니다, 사관
후보생이거든요. 아, 그러세요, 군인의 일은 진지함을 요하는 직
업이지요, 군인이란 언제 죽음을 맞이할지 모른다는 사실을 염두
에 두어야 하지요, 그러니 일찍부터 죽음에 익숙해지는 게 좋을지
도 모르겠어요. 그녀는 고맙다는 말과 함께 상냥한 태도로 젊은이
들과 작별 인사를 했다. 그녀가 처한 곤궁한 상황, 특히 남편이 남
겨 놓고 간 고액의 산소 대금을 생각하면 이는 존경심이 생기게
하는 태도였다. 사촌들은 3층 자신들의 숙소로 돌아왔다. 한스 카
스토르프는 이 방문에 만족한 듯 보였고, 방문에서 받은 종교적인
인상에 자못 흥분한 것 같았다.

  "그대 영령이여, 고이 잠드소서." 그는 라틴어로 말했다. "그대
육신이여, 편히 쉴지어다. 주여, 영원한 안식을 주소서. 이봐, 죽
음이라는 것이 문제가 될 때, 죽은 자에게 말을 걸거나 그에 관해
말할 때는 라틴어가 제격이야. 그런 경우에는 라틴어가 공용어인
셈이지. 그래야 죽음에 얼마나 특별한 의미가 있는지 깨닫게 되

지. 하지만 죽음을 기리기 위해 라틴어를 사용하는 것은 인문주의적인 예의범절 때문은 아니야. 너도 알다시피 죽음과 관련하여 쓰는 언어는 교양 있는 라틴어가 아니라 전혀 다른 정반대의 정신을 담고 있는 라틴어야. 그것은 종교상의 라틴어이고 성직자의 용어이자, 중세적인 언어로, 어느 정도는 음산하고 단조로운 지하의 노래라고 할 수 있지. 세템브리니 씨는 그것이 마음에 들지 않겠지. 인문주의자, 공화주의자, 그런 교육자에게는 전혀 맞지 않고, 다른 정신 방향에서 나온 거지. 우리들은 여러 가지 정신 방향, 또는 좀 더 정확하게 말하면 정신적인 분위기에 대해 분명한 태도를 정해야 한다고 생각해. 경건한 분위기와 자유로운 분위기가 있는 거야. 양쪽 다 장점이 있지만 내가 세템브리니적인 자유로운 분위기에 대해 불만스러운 것은, 그쪽이 인간의 존엄성을 혼자 독점하고 있는 것처럼 생각한다는 점일 뿐이야. 그건 좀 지나친 일이야. 다른 경건한 쪽에도 나름대로 인간적인 존엄성이 다분히 포함되어 있어, 얼마든지 예의며 깔끔한 태도며 고상한 형식을 갖게 해 주지. 심지어 '자유로운' 분위기보다 더하면 더하지 못하다고는 할 수 없어. 경건한 분위기는 인간의 약함과 무력함을 특히 염두에 두고 있어, 죽음과 분해에 대한 생각이 거기서 중요한 역할을 하고 있지만 말이야. 연극 〈돈 카를로스〉를 본 적 있어? 필립 왕이 온통 검은 옷을 입고, 가터 훈장과 금양피 훈장을 달고 들어와, 지금의 중산모와 아주 흡사한 모자를 천천히 벗고는 그것을 들어 올리며 '쓰시오, 경들' 또는 이와 비슷한 말을 한다면 스페인 궁정의 분위기가 어떠했겠어? 그것은 더할 나위 없이 질서정연하다고 말할 수 있고, 제멋대로이고 방자무도한 분위기라고는 도저히 말할 수 없으며, 오히려 그 반대라고 할 수 있지. 그래서 왕비도 '내가 태어난 프랑스에서는 이렇지 않았어요'라고 말하는 거야. 물론 너무 엄격하고 번거로워서 왕비는 좀 더 활발하고 인간적인 분위기를 원했던 거지. 하지만 인간적이란 무엇인가? 모든 게 다 인간적이야. 나는 스페인적인 경건함과 겸허하고 장중하며 엄중한 것도 인간적인 것의 아주 품위 있는 형식이라고 생각해. 다른 한편으로 '인간적'이라는 말로 칠칠치 못하고 해이한 모든 것을 덮을 수 있다고 생각해. 너도 내 말에 공감하겠지."

"공감하고말고." 요아힘이 말했다. "나도 물론 해이하고 제멋대로인 것은 참을 수 없어. 규율이 있어야 하거든."

"그래, 너는 군인이니까 그런 말을 하겠지. 그리고 군에서 이런 일에 숙달되어 있다는 것도 인정하겠어. 군인의 일은 진지함을 요한다는 미망인의 말은 옳았어. 너희는 언제나 극단적인 긴급 사태를 고려해야 하고, 이로써 죽음과 대면할 각오를 해야 하거든. 너희는 단정하고 말쑥하며 칼라가 빳빳한 제복을 입고 있어. 그래서 너희는 예의 바르게 보이지. 그리고 너희에게는 계급과 복종의 의무가 있어서 서로에게 깍듯하게 경의를 표하는데, 경건함 때문에 스페인적인 정신으로 이런 일을 하는 거지. 요컨대 나도 그런 게 그리 싫지는 않아. 우리 민간인들 사이에서도 이런 정신은 더욱 살려져야 해. 예의범절과 행동거지에서 말이야. 나에게는 그게 더 좋을 것 같고, 그게 적합하다고 생각해. 나는 세상과 인생이 일반적으로 검은 옷을 입고, 너희의 깃 대신에 풀 먹인 목 칼라를 하며, 죽음을 염두에 두고 진지하게 목소리를 낮추어 예의 바르게 교제하는 데 안성맞춤이라고 생각해. 그게 내 기분에 맞고, 도덕적일지도 몰라. 이봐, 그 점이 세템브리니 씨의 잘못이자 오만한 점이기도 해. 더욱이 너와 대화를 나누면서 이런 점을 지적하게 되어 참 다행스러워. 그는 인간의 존엄성뿐만 아니라 도덕도 혼자 독점하고 있는 것처럼 말한단 말이야. 그의 '인생의 실제적인 일'과 진보의 일요일의 축제와 (일요일에 대해서는 진보 말고도 다른 것을 생각할 수 있을 텐데도 말이야) 조직적인 고통의 해소를 들먹이면서 말이야. 물론 너는 이런 말을 듣지 못했겠지만, 나에게는 교화의 목적으로 들려주었어. 그는 백과사전 작업을 하면서 조직적으로 고통을 제거한다고 그래. 그런데 이것이야말로 나에게는 부도덕하게 들린다면, 무슨 이유 때문일까? 물론 그에게는 이런 말을 하지 않지. 그러면 그는 예의 조형적인 말투로 '경고합니다, 엔지니어 양반!' 하고 나를 마구 다그치겠지. 하지만 무슨 생각을 하든지 그건 각자의 자유야. 경들이여, 사상의 자유를 주겠소. 그런데 너에게 할 말이 있어." 그는 이렇게 말을 끝맺었다. (이들은 이윽고 요아힘의 방에 도착했고, 요아힘은 요양 준비를 했다.) "내가 계획하고 있는 일을 말해 줄게. 우리는 여기서 죽어 가는 사람들이며 말할 수 없는 고통과 슬픔을 겪고 있는 사람들과 이웃하여 살아가는데, 다들 그런 것은 자기가 알 바 아니라는 태도를 취할 뿐 아니라 우리는 그런 것을 접하지 않고, 보지도 않게끔 비호와 보호를 받고 있어. 아마추어 기수도 아마 우리들이 저녁 식사나 아침 식사를 하러 간 사이에 슬쩍 치워질 거야. 이것이야말로 나는 부도덕하다고 생각해. 그 슈퇴어라는 여자는 그가 죽었다는 사실을 언급한 것만으로도 불같이 화를 냈어. 그건 말도 안 돼. 아무리 교양이 없는 여자고, 요전에 식사할 때 그랬듯이 '은밀하고, 은밀하고 거룩한 멜로디'라는 가사가 「탄호이저」에 나온다고 생각하는 여자라 하더라도 좀 더 도덕적으로 느낄 필요가 있는데 말이야. 그리고 다른 사람들도 마찬가지야. 그래서 나는 이제 중환자와 위독한 환자의 방에 찾아갈 계획이야. 그렇게 하는 게 좋겠어. 오늘 문상한 것도 꽤 괜찮았어. 그때 그 불쌍한 로이터 말이야, 내가 여기에 처음 왔을 때 문틈으로 들여다본 27호실 환자 말이야. 그는 아마 진작 저승으로 가서 몰래 치워졌겠지. 그때 이미 눈이 유달리 커 보였어. 하지만 그 사람 말고 다른 환자들이 얼마든지 있을 거야. 요양원이 만원인데다가 새로 들어오겠다는 사람도 줄 서 있어. 알프레다 간호사나 수간호사, 또는 베렌스까지도 우리를 도와서 이런저런 관계를 맺게 해 줄 거야. 그건 그리 어려운 일이 아닐 테니 말이야. 가령 어떤 위독한 환자가 생일을 맞았는데, 우리가 그걸 알게 되었다고 치자. 물어서 알아낼 수도 있겠지. 좋아, 우리는 해당 환자에게, 경우에 따라서는 그에게나, 또는 그녀에게, 화분을 보내는 거야. '무명의 같은 환자들로부터. 진심으로 쾌유를 빌면서'라고 써서 말이야. 쾌유라는 말은 언제나 예의상 사용할 수 있는 적절한 말이지. 물론 우리 이름이 해당 환자에게 알려지겠지. 그럼 쇠약해진 그 환자는 문 너머로 우리에게 감사의 인사를 전하겠지. 어쩌면 그 환자는 우리를 잠시 자신의 방으로 초대해, 자신이 분해되어 없어지기 전에 몇 마디 인간적인 말을 나누게 될지도 몰라. 내 생각은 이런데 너는 어때? 나는 무슨 일이 있어도 그 일을 꼭 하고 말 거야."

요아힘은 이러한 계획에 반대해 뭐라고 이러쿵저러쿵할 말이 생각나지 않았다. "요양원 규정에 위배되는 일이야." 그가 말했다. "너는 그 규정을 깨뜨리는 셈이 돼. 하지만 예외적으로 너의 소원이라면 베렌스가 어쩜 허락해 줄지도 몰라. 의학적인 흥미 때문이라고 둘러대면 들어줄 거야."

"그래, 무엇보다 그걸 내세우면 되겠어." 한스 카스토르프가 말했다. 사실 그의 소망은 여러 가지 동기에서 생겨난 것이기 때문이었다. 주위에 만연하는 이기주의에 대한 항의는 그것들 중 한 가지 이유에 불과했다. 말하자면 이 밖에 고통과 죽음을 진지하게 생각하고 존경하려는 정신적 욕구도 있었기 때문이다. 그는 중환자나 죽어 가는 환자에게 다가감으로써, 언제 어디서나 보이는 여러 가지 눈에 거슬리는 일에 대항해서 그러한 정신적 욕구를 충족하고 강화하고자 했다. 그리고 이러한 눈에 거슬리는 일들로 인해 유감스럽게도 세템브리니의 판단이 옳았음이 입증되었다. 그러한 실례는 수도 없이 많았다. 한스 카스토르프가 그러한 실례에 대해 질문 받는다면, 특별히 아픈 데도 없으면서 완전히 제멋대로, 쉽게 지치고 약간 피로한 것을 구실로 내세우면서, 하지만 실은 그저 즐기기 위해, 환자 생활이 자신에게 맞기 때문에 이곳 베르크호프에 머무르는 사람들을 맨 먼저 그러한 사례로 들었을 것이다. 어느 기회에 잠시 언급한 적이 있는 혜센펠트 미망인이 그 중 하나였는데, 이 활발한 부인이 빠져 있는 도락은 내기였다. 그녀는 남자들과 무엇이든 내기를 걸었다. 내일의 날씨, 다음 요리의 메뉴, 종합 검진의 결과, 누구에게 몇 개월의 선고가 내려질 것인가에 내기를 걸었고, 운동 경기에서는 봅슬레이, 빙상 썰매, 스케이트 선수, 스키 선수에게 내기를 걸었으며, 환자들 사이에서 벌어지고 있는 연애 사건의 전망에 대해서도 내기를 걸었다. 그리고 이 밖에 때로는 아주 보잘것없고 아무래도 상관없는 온갖 자질구레한 일에까지 내기를 걸었다. 즉 초콜릿 내기, 식당에서 푸짐하게 나올 때를 예상해서 샴페인과 상어 알 내기, 돈 내기, 영화관 입장권 내기, 그리고 심지어 키스하기까지 내기로 내걸었다. 요컨대 이 여자는 이러한 막무가내 식의 내기로 식당에 긴장과 생기를 불어넣기는 했지만, 물론 한스 카스토르프 청년은 그녀의 행실을 좋게 보아 줄 수 없었다. 심지어 그녀가 이곳에 있는 것만으로도 고난 받는 장소의 위엄을 손상시키는 것으로 그는 생각했다.

그는 이러한 위엄을 지키고 스스로 의연한 태도를 가지려고 마음속으로 굳게 다짐했지만 이 위의 사람들 곁에서 어언 반년 동안 있다 보니 이것도 힘에 부치는 일이었다. 그가 차츰차츰 이들의 삶과 행실, 이들의 윤리와 사고방식을 살펴본 결과는 그의 선의에 별로 도움이 되지 못했다. 예컨대 '막스와 모리츠'라 불리는 저 날씬한 두 멋쟁이들은 밤만 되면 슬며시 빠져나가 포커를 하거나 술을 마신다고 부인들 사이에 숱한 화젯거리를 뿌리고 다녔다. 최근에, 가령 새해가 지나고 일주일 후에 (우리가 이야기를 하는 중에도 시간은 조용히 쉬지 않고 흐른다는 것을 잊어서는 안 된다) 아침 식사 시간에 이런 소문이 퍼졌다. 이들이 아침에 구겨진 사교복 차림 그대로 침대에 누워 있는 것을 마사지사가 목격했다는 것이다. 한스 카스토르프는 이 말을 듣고 웃었지만, 이것도 그의 결심을 주저하게 만드는 일이었다. 그렇지만 워터보크 출신의 아인후프 변호사 이야기에 비한다면 아무것도 아니었다. 그는 턱수염을 뾰족하게 기르고 손에 검은 털이 난 40대의 남자였다. 그는 얼마 전부터 완쾌한 스웨덴인 대신에 세템브리니의 식탁에 앉아 있었다. 그는 매일 밤마다 술에 취해 요양원에 돌아올 뿐만 아니라 최근에는 아예 돌아오지도 않을뿐더러, 그가 풀밭에서 자고 있는 것을 사람들이 발견했다고 한다. 그는 위험한 난봉꾼으로 인식되었는데, 슈퇴어 부인은 어떤 특정한 시간에 털외투에다 그 밑에 개량 팬티만을 달랑 걸치고 아인후프의 방에서 나오다가 들켰다고 하는, 평지에서 약혼까지 한 어떤 젊은 여자를 손으로 가리킬 수 있었다. 이것은 정말 낯 뜨거운 이야기였다. 일반적으로 도덕적인 의미에서뿐만 아니라 한스 카스토르프가 개인적으로 들인 정신적인 노력에 비추어 보더라도 낯 뜨겁고 귀에 거슬리는 이야기였다. 또 그 변호사를 생각하면 프렌츠헨 오버당크도 더불어 생각나지 않을 수 없었다. 정갈하게 가르마를 탄 그 처녀는 몇 주 전에 품위 있는 시골 귀부인 타입의 어머니 손에 이끌려 이 위에 왔다. 그녀는 이 위에 와서 처음 진단 받았을 때는 병세가 가벼운 걸로 나타났다. 하지만 그녀가 무슨 실수를 저질렀는지, 이곳 공기가 처음에 그녀의 병에 도움이 된 것이 아니라 그녀의 병을 촉진시키는 데 도움을 주었는지, 또는 그 소녀가 자신에게 해로운 어떤 음모나 흥분되는 일에 얽혀 들어갔는지는 몰라도, 어쨌든 4주

후에 다시 진단을 받고 식당에 들어오면서 그녀는 핸드백을 공중에 집어던지며 밝은 목소리로 이렇게 외치는 것이었다. "만세, 일년간 있어야 한대요!!" 그러자 식당에서는 일제히 박장대소를 하였다. 그런데 2주일 후에 아인후프 변호사가 프렌츠헨 오버당크에게 불미스러운 행동을 했다는 소문이 파다하게 나돌았다. 어쨌든 이러한 표현은 우리나 기껏해야 한스 카스토르프에게 문제가 되는 말이었다. 소문을 퍼뜨린 당사자들에게는 그렇게 강렬한 말이라고 호들갑을 떨기에는 그리 새삼스러운 성질의 것이 아니었기 때문이다. 또한 그러한 사건에는 의당 두 사람이 있어야 하고, 추측컨대 어떤 한 사람의 소망과 의사와 달리 그런 일이 벌어졌을 리 만무하다는 식으로 이들은 어깨를 으쓱하며 넌지시 암시하는 말을 했다. 적어도 그 미심쩍은 사건에 대한 슈퇴어 부인의 태도와 윤리적 분위기는 그러했다.

카롤리네 슈퇴어는 끔찍한 여자였다. 한스 카스토르프 청년의 진지하고 성실한 정신적 노력을 방해하는 요소가 있다면 그것은 바로 이 여자의 존재와 본질 때문이었다. 그녀가 늘상 범하는 교양 없는 말투만 해도 그러기에 충분했다. 그녀는 '사투(死鬪)' 대신에 '단말마'라고 했고, 누군가가 철면피라고 비난할 때는 '철인피'라고 했으며, 그리고 일식을 일으키는 천문 현상에 대해 터무니없는 엉터리 말을 했다. 눈이 잔뜩 쌓여 있는 것에 대해서는 '대단한 용적'이라고 했다. 그리고 하루는 세템브리니에게 지금 자신이 그와도 관계가 있는 책을 도서관에서 빌려 읽는데, 그것이 "실러가 번역한 베네데토 체넬리예요!"라고 하여 그는 한동안 벌린 입을 다물지 못했다. 그녀가 잘 쓰는 말투도 낡아 빠진데다 몰취미하고 저속하여 한스 카스토르프 청년의 신경에 거슬렸다. 예를 들면 "이건 끝내줘요!"라든가 "이게 무슨 짓이에요!" 같은 표현이었다. 그리고 유행어를 좋아하는 사람들이 오랫동안 '굉장한'이나 '훌륭한'이라는 의미에서 사용해 온 '눈부신'이라는 표현이 완전히 빛과 힘을 잃고 더럽혀지고 낡아 버렸기 때문에, 슈퇴어 부인은 최신 용어인 '엉망이에요'에 덤벼들었다. 그래서 그 뒤부터는 이제 진지한 의미에서든 비웃는 의미에서든 죄다 '엉망이에요'라는 표현을 썼다. 즉 썰매 코스와 푸딩에도, 심지어 자신의 체온에도 그런 표현을 썼는데, 이 또한 구역질나는 일이었다. 게다가 그녀는 둘째가라면 서러워할 정도의 험담가였다. 그녀의 말에 따르면 잘로몬 부인이 지금 최고급의 레이스 달린 속옷을 입고 있는데, 그 까닭은 오늘이 진찰받는 날이라서 의사들 앞에서 우아한 속옷으로 교태를 부리려는 것이라고 했다. 이 정도의 말이라면 그냥 들어 줄 만했다. 한스 카스토르프 자신도 진찰 과정이 그 결과와는 관계없이 부인들에게 기쁨을 안겨 주며, 이를 위해 이들이 요염하게 화장을 한다는 인상을 받았다. 그런데 척수 결핵이라는 의심을 받고 있는 포젠 출신의 레디슈 부인이 매주 한 번씩 베렌스 고문관의 눈앞에서 완전 나체가 되어 10분 동안이나 방 안을 돌아다닌다고 슈퇴어 부인이 단언하는 것에 대해서는 대체 무슨 말을 해야 한단 말인가? 터무니없고 상스러운 험담이었지만 슈퇴어 부인은 맹세코 그것이 사실이라고 바득바득 우기는 것이었다. 자신의 문제만 해도 해결하기 벅찬 일이 한두 가지가 아닐 텐데 이처럼 남의 일에 덤벼들어 흥분하고 힘들여 강조하며 우겨 대는지 알다가도 모를 일이었다. 아닌 게 아니라 자기 말대로 몸이 점점 더 '무기력' 해져서인지, 또는 자신의 체온 곡선이 올라가서인지는 몰라도 그녀 자신도 가끔 마음이 약해져 울고불고하며 발작을 일으키기도 했다. 그녀는 붉고 꺼칠꺼칠한 볼을 눈물로 흠뻑 적시며 식탁으로 와서는 손수건을 입에 대고 울부짖으며 말했다. 베렌스가 자신을 침대로 보내려고 하는데, 그게 무슨 의미인지, 자신의 어디가 나쁘고 자신의 상태가 어떠한지, 진실을 직시하고 싶다는 것이다! 하루는 자신의 침대 발치 쪽이 방문을 향해 놓여 있는 것을 발견하고 놀란 나머지 하마터면 기절할 뻔했다고 한다. 사람들은 그녀가 그토록 격분하고 전율하는 이유를 즉각 알아차리지 못했다. 특히 한스 카스토르프는 당장은 그 이유를 알 수 없었다. 그게 어때서? 어쨌다는 거지? 왜 침대를 그렇게 놓아서는 안 되지? 하지만 그가 정말 그것을 모른다는 말인가! "시체가 다리부터 운반되어 나가잖아요!" 그녀가 울고불고하면서 난리를 피운 바람에, 그녀의 베개가 직사광선을 받아 수면에 방해가 되었지만 즉각 침대의 방향을 바꾸어 놓지 않을 수 없었다.

이 모든 일은 그리 진지하지 않아서, 한스 카스토르프의 정신적 욕구를 별로 충족시키지 못했다. 이 무렵 식사 시간 중에 일어난 끔찍한 돌발 사건이 청년에게 특별한 인상을 심어 주었다. 아직 이곳에 온 지 얼마 안 된 마르고 조용한 포포브라는 교사가 역시 마르고 조용한 자신의 아내와 일류 러시아인 석에 자리를 잡고 앉아 한창 식사를 하는 중에 그가 간질을 앓는다는 사실이 밝혀졌다. 그는 차마 눈뜨고 볼 수 없는 발작을 일으키며, 가끔 책에서 묘사되는 악마적이고 비인간적인 비명을 지르면서 바닥에 쓰러졌다. 그는 의자 옆에서 이루 말할 수 없이 흉측한 모습으로 몸을 뒤틀면서 팔과 다리를 버둥거렸다. 설상가상으로 그때 마침 생선 요리가 나왔기 때문에 포포브가 경련 발작을 일으키는 도중에 생선 가시가 목에 걸릴지도 모르는 위험성이 있었다. 이러한 소란은 뭐라고 글로 표현할 수 없을 정도였다. 슈퇴어 부인을 필두로 하여, 잘로몬 부인, 레디슈 부인, 헤센펠트 부인, 마그누스 부인, 일티스 부인, 레비 양과 그 밖의 온갖 여자들이 극히 다양한 반응을 보였으며, 그 중의 몇몇은 포포브처럼 발작을 일으키기도 했다. 이들의 비명소리는 귀청을 찢는 듯했다. 사방에 온통 경련으로 뒤집힌 눈, 헤 벌어진 입, 뒤틀린 상체밖에 보이지 않았다. 어떤 부인은 조용히 기절한 상태로 있었다. 모두가 음식을 씹고 삼키는 중에 이런 불의의 사건이 발생했기 때문에 질식 발작 현상을 일으키는 사람들도 있었다. 식사를 하던 손님의 일부는 밖이 무척 눅눅하고 추웠지만 아무 출구로나, 베란다 문을 통해서도 바깥으로 뛰쳐나갔다. 하지만 이 전체 사건은 끔찍하다는 느낌 말고도 무언가 야릇하고도 상스러운 느낌을 주었다. 바로 얼마 전에 있었던 크로코프스키 박사의 강연 내용이 모두의 뇌리에 연상되었기 때문이다. 즉 이 정신 분석가는 바로 지난 월요일에 병을 일으키는 힘으로 작용하는 사랑에 관해 상세한 설명을 하면서 간질에 관해 언급했던 것이다. 정신 분석이 행해지기 이전의 인류는 이 병을 신성한, 예언자적인 수난이나 귀신 들린 현상으로 보았지만, 크로코프스키 박사는 반은 시적이고 반은 엄정하게 과학적인 용어를 사용하면서 이 병을 사랑의 동의어이자 뇌수의 오르가슴이라고 역설했다. 요컨대 그러한 의미에서 그는 이 병을 좋지 않게 보았으므로, 그의 강연을 들은 환자들은 이 강연의 실연인 포포브 교사의 발작을 음란한 계시이자 불가사의한 스캔들로 느끼지 않을 수 없었다. 그리하여 부인들은 달아나 몸을 감추면서도 얼굴에 수치스러운 기색을 숨길 수 없었다. 고문관이 바로 그 자리에 있다가 밀렌동크와 일류 러시아인 석의 힘센 몇몇 젊은이들을 시켜 얼굴이 새파래져서 거품을 물고는 뻣뻣해진 채 몸을 뒤틀면서 황홀경에 빠져 있는 포포브를 식당에서 홀로 운반해 가게 했다. 거기서 의사들, 수간호사 및 다른 직원이 의식을 잃은 환자를 보살피는 광경이 보였으나 얼마 후 그는 들것에 실려 나갔다. 하지만 그런 직후 포포브 씨는 내심 즐거워 보이는 표정으로, 역시 즐거워 보이는 아내와 함께 다시 일류 러시아인 석에 앉아, 마치 아무 일도 없었다는 듯 자신의 점심 식사를 마치고 있는 것이 아닌가!

한스 카스토르프는 이 광경을 겉으로는 경의에 찬 공포의 감정으로 지켜보았지만, 내심으로는 이 사건도 그에게 진지한 인상을 심어 주지 못했는데, 이는 아무도 어떻게 도와줄 수 없는 노릇이었다. 까딱 잘못하다가는 생선 가시가 그의 목에 걸려 질식할 위험이 있었지만, 실제로는 그런 일이 일어나지 않았다. 그렇게 의식을 잃고 광분하며 황홀경에 빠져 있으면서도 자기도 모르게 약간은 주의를 기울인 모양이었다. 이제 그는 명랑한 표정으로 앉아, 마치 언제 자기가 광포한 용사이자 미쳐 날뛰던 술주정꾼이었느냐 싶게 마저 식사를 했다. 그는 분명 아까 일을 기억하지 못하는 모양이었다. 하지만 그가 보여 준 모습도 한스 카스토르프의 고통에 대한 외경심을 강화시키지는 않았다. 나름대로 그 사건도 진지하지 못하고 방종하다는 인상을 증대시켰을 뿐이다. 그래서 그는 이러한 인상에 저항해야겠다고 생각을 하면서, 주위에 만연해 있는 풍습에 대항하기 위해서라도 중환자와 위독한 환자를 좀 더 가까이 접촉해야겠다고 느꼈다.

사촌들이 있는 3층 방에서 그리 멀지 않은 곳에 라일라 게른그로스라는 소녀가 누워 있었는데, 알프레다 간호사가 전하는 말에 따르면 그녀의 목숨이 오늘 내일 한다는 것이었다. 그녀는 열흘 동안 네 번이나 심한 객혈을 하여, 그녀의 부모가 이 위에 와서 딸을 산 상태로 고향에 데려가려 했지만 그것마저 뜻대로 되지 않았다. 고문관은 불쌍한 게른그로스를 기차에 태워 데리고 가는 것은 불가능하다고 판정했기 때문이다. 그녀는 16, 17세가량의 꽃다운 소녀였다. 한스 카스토르프는 완쾌를 비는 글과 함께 화분을 보내는 계획을 실행하기에 적당한 기회라고 생각했다. 한스 카스토르프가 알아낸 바에 따르면 사실 그녀의 생일이 봄에 있었지만, 인간적인 예상에 따르면 그녀가 다시는 생일을 맞이할 것 같지 않았다. 하지만 그러한 일은 자신의 판단에 따르면 자비로운 친절을 베푸는 데 하등 장애물이 되지 않았다. 그는 정오에 요양 호텔 근처로 산보를 가서 사촌과 함께 한 꽃집에 들어갔다. 그는 그곳에서 흙냄새와 꽃향내가 가득한 축축한 공기를 흠뻑 들이마시면서 화분에 든 우아한 자태의 수국(水菊)을 골랐다. 그는 카드에 이름은 밝히지 않고 "진심으로 쾌유를 빌면서. 두 명의 동숙자로부터"라고 쓰고는 어린 위독한 환자의 방으로 보내 달라고 부탁했다. 차가운 바깥에 있다가 공기가 훈훈한 꽃집에 들어서자 그의 눈에서 눈물이 흘러내렸다. 그는 자신이 남몰래 상징적인 의의를 부여한 자그마한 일의 모험성, 대담성 및 유익성을 느끼며 두근거리는 가슴을 안고 꽃향내에 얼큰히 취한 채 기쁜 마음으로 일을 처리했다.

라일라 게른그로스는 개인적인 간호를 받지 않고 폰 밀렌동크 양과 의사들이 직접 돌보고 있었다. 하지만 알프레다 간호사가 그녀의 방에 들락거리면서 그들이 보인 호의의 효과에 대해 청년들에게 알려 주었다. 침대에 갇혀 절망적인 상태에 있던 그 소녀는 전혀 모르는 사람이 자신에게 안부 인사를 전한 것에 어린아이처럼 마냥 기뻐했다. 수국은 그녀의 머리맡에 놓여 있었다. 그녀는 시선과 손으로 꽃을 애무하며 물을 주라고 일렀다. 그리고 극히 심각한 기침 발작을 일으키는 중에도 고통에 일그러진 눈으로 한없이 꽃을 바라보았다. 그녀의 아버지인 퇴역 소령 출신의 게른그로스와 어머니도 마찬가지로 감동을 받고 기뻐했다. 그런데 이들은 요양원에 아는 사람이 하나도 없었기 때문에 화분을 보낸 사람이 누군지 알아보려는 시도조차 할 수 없었다. 그래서 보다 못해 알프레다 쉴트크네히트는 보내 준 사람의 이름을 알려 주지 않을 수 없었다고 고백했다. 그녀는 사촌들에게 감사의 말을 전할 수 있게 소녀의 방을 찾아 달라는 세 명의 게른그로스의 부탁을 전했다. 그래서 두 사람은 그 다음다음날 간호사의 안내를 받아 라일라의 고난의 방에 발끝으로 조심조심 걸어 들어갔다.

죽음을 앞둔 소녀는 정말 물망초처럼 푸른 눈을 가진 더없이 사랑스러운 금발의 아가씨였다. 이런 그녀는 끔찍한 객혈을 계속하는 바람에, 그나마 기능이 남아 있는 폐 조직의 일부분만으로 겨우 호흡하고 있었다. 사실 그녀는 가냘파 보이기는 했지만 그래도 비참한 모습을 하고 있지는 않았다. 그녀는 이렇게 찾아 주어서 고맙다는 인사를 힘은 좀 없어 보이지만 유쾌한 목소리로 말했다. 그녀는 볼에 장밋빛 홍조를 띠더니 한동안 그것이 얼굴에서 사라지지 않았다. 한스 카스토르프는 자리에 함께한 그녀의 부모와 그녀에게 이들이 예상한 대로 자신이 이러한 행동을 취하게 된 배경을 상세히 설명했다. 그는 이런 일을 하게 되어 약간 송구스럽다는 말과 함께, 자상하게 경의를 표하면서 목소리를 낮추어 감동한 듯이 말했다. 하마터면 그는 환자의 침대 앞에 무릎을 꿇을 뻔했다. 어쨌든 그는 마음속으로 그런 충동에 사로잡혔다. 그녀의 뜨거운 손은 축축하다 못해 거의 젖어 있었지만 그는 오랫동안 라일라의 손을 꼭 잡고 있었다. 아이의 몸에서 땀이 지나치게 많이 분비되어서였다. 이렇게 수분을 계속 내보내는 바람에 옆 탁자에 놓인 유리병 가득 들어 있는 레모네이드를 정신없이 들이켜, 대략이나마 수분이 나가고 들어오는 균형을 맞추어 주지 않았더라면 소녀의 살은 진작에 말라 버리고 시들어 버렸을 것이다. 수심에 가득 찬 그녀의 부모는 인간적인 예의상 사촌들의 개인적인 신상에 관해 이것저것 물어 보고 그 밖의 다른 화젯거리를 찾아내 짧은 대화나마 중단하지 않으려고 애를 썼다. 소령은 어깨가 떡 벌어지고 이마가 좁으며 콧수염은 치켜 올라가 있었다. 이 대장부*의 체격으로 보아 누가 보더라도 딸아이의 결핵성 체질이 그의 탓이 아님을 알 수 있었다. 딸은 오히려 어머니의 체질을 물려받은 게 분명했다. 확연히 결핵성 체질로 보이는 조그마한 몸집의 그녀는 딸이 자신의 체질을 물려받았다고 생각해서인지 양심의 가책에 시달리고 있는 것 같았다. 라일라가 10분 후에 피로의 기색이라기보다는 안절부절못하는 기색을 보이자 (그녀의 장밋빛 볼이 더 붉어지고, 물망초 같은 눈이 불안한 듯이 반짝거렸다) 알프레다 간호사의 눈신호를 받은 사촌들은 이들에게 작별 인사를 했다. 그러자 소령 부인은 방문까지 이들을 따라 나와 자책 섞인 하소연을 늘어놓았는데, 한스 카스토르프는 이러한 푸념에 색다른 감명을 받았다. 자기 탓이라고, 오로지 자기 탓이라고 그녀는 깊이 죄를 뉘우치듯 단언했다. 불쌍한 아이는 오로지 자기 때문에 그렇게 됐으며, 자신의 남편은 이와 전혀 관련이 없다고, 조금도 관계가 없다는 것이다. 하지만 자신은 처녀 시절에 잠시, 약간, 아주 짧은 기간 동안 그 병과 관련이 있었다고 말했다. 의사도 증명하였듯이 그 후 그녀는 이 병을 완전히 극복했다. 결혼해서 살고 싶은 생각이 매우 간절하던 소망대로, 그녀는 완전히 치유가 되고 병이 나아 그런 자신의 병력을 꿈에도 모르는 사람, 자신이 사랑하는 매우 튼튼한 남자와 결혼 생활에 들어갈 수 있었다. 하지만 아무리 튼튼하고 강인한 남편이라 하더라도 불행을 막을 힘은 없었다. 그런데 잊히고 묻힌 줄 알았던 그 끔찍한 병이 아이한테 다시 나타나, 딸은 이를 떨쳐 버리지 못하고 그로 인해 생사의 기로에 서 있다. 어머니인 자신은 이를 물리치고 안정된 연령에 도달했는데 말이다. 의사들도 더는 희망을 주지 않는 것으로 보아서 사랑스러운 딸은 불쌍하게도 살아남지 못할 것이다. 그런데 이는 오로지 처녀 시절의 전력이 있는 자기 탓이라는 것이다.

청년들은 그녀를 위로하기 위해 병세가 호전될지도 모른다고 말했다. 하지만 소령 부인은 흐느껴 울기만 할 뿐, 이 모든 것에 대해, 즉 수국과 문병으로 딸의 기분을 약간이나마 전환시켜 주고 기쁘게 해 준 것에 대해 고맙게 생각한다고 말했다. 세상의 다른 아가씨들은 삶을 즐기고 멋진 젊은이들과 춤추고 있을 동안에 저 불쌍하기 짝이 없는 딸은 병고와 외로움 속에 누워 있다는 것이다. 비록 몸은 아프지만 나가서 춤추며 즐기고 싶은 생각이 굴뚝같을 텐데 말이다. 두 사람은 그녀에게 약간의 햇빛을, 아니 어쩌면 마지막 햇빛을 안겨다 준 것인지도 모른다. 수국은 무도회에서의 성공과 같은 것으로, 두 사람의 훌륭한 기사와 대화를 나눈 것은 상냥하고 가벼운 사랑의 희롱과 같은 것으로 소녀의 어머니, 게른그로스 부인은 느꼈다고 한다.

한스 카스토르프는 이 말에 적이 곤혹스러운 기분이 들었다. 특히 그녀는 '사랑의 희롱(Flirt)'이라는 단어를 제대로, 즉 영어식으로 발음하지 않고 독일어식으로 i를 그대로 발음했는데, 이것이 그의 신경에 몹시 거슬렸다. 또한 자신은 멋진 기사가 아니었고, 어린 라일라를 방문한 것도 의학적이고 종교적인 관심에서 팽배한 이기주의에 대항하는 의미에서였다. 요컨대 마지막에 가서 소령 부인이 한 말에 대해서는 다소 찜찜한 구석이 없지 않았지만, 그것 말고는 이러한 계획을 실행한 것에 몹시 활기차고 기분이 좋아져 있었다. 즉 이 방문에서 두 가지가 그에게 깊은 인상을 심어 주었다. 즉 꽃집의 흙냄새 나는 꽃향내와 라일라의 축축한 앙증맞은 손이 그의 영혼과 감각에 남아 있었던 것이다. 그리고 이것으로 그의 첫 번째 계획이 순조롭게 이루어졌으므로 당장 그날로 알프레다 간호사와 상의하여 그녀가 돌보고 있는 프리츠 로트바인을 문병 가기로 했다. 그는 온갖 징후로 보아 이제 살 날이 얼마 남지 않았는데도 자신의 간호사와 함께 지내는 것을 끔찍할 정도로 지루해하고 있었다.

착한 요아힘은 달리 빠져나갈 방도가 없었으므로 어쩔 수 없이 사촌의 계획에 동참하는 수밖에 없었다. 한스 카스토르프의 추진력과 자선에 바탕을 둔 행동력은 사촌의 반감보다 더 강했다. 그런데 그가 그러한 반감을 피력하면 기독교 정신이 부족한 것을 드러내는 셈이 되어 그것을 이유로 내세울 수는 없었기 때문에, 그는 기껏해야 묵묵히 눈을 내리까는 것으로 자신의 기분을 드러낼 수밖에 없었다. 한스 카스토르프는 이런 사실을 빤히 알고 있었기 때문에 이를 이용했다. 그는 사촌이 군인으로서 이런 일에 내키지 않아 하는 의미도 정확히 이해했다. 하지만 그 자신이 이런 계획으로 활기차고 행복하게 느끼며 유익하게 생각한다면? 그렇다면 사실 사촌의 말없는 저항을 무시하는 수밖에 없었다. 그는 이번의 위독한 환자가 비록 남자이긴 하지만, 그래도 프리츠 로트바인 청년에게도 꽃을 보내거나 들고 갈 것인가 하는 문제를 사촌과 의논했다. 그는 이럴 땐 뭐니 뭐니 해도 꽃이 제격이라고 생각해서 이번에도 꽃을 보내기를 희망했다. 저번에 보낸 우아한 자태의 자줏

빛 수국이 유난히 그의 마음에 든 모양이었다. 그래서 그는 로트 바인이 최후의 상태에 있으므로 성별의 구별이 없어진다면서, 그리고 죽음에 임박한 사람은 이것저것 따질 것 없이 언제나 생일을 맞이한 아이처럼 다루어야 한다면서, 굳이 생일이 아니더라도 꽃을 보내는 것이 좋겠다고 결정했다. 이렇게 생각하고 그는 사촌과 함께 다시 흙냄새와 꽃향내가 진동하는 훈훈한 꽃집을 찾아갔다. 그리고 방금 물이 뿌려지고 향기가 진동하는 장미, 카네이션과 꽃다지 다발을 안고, 젊은이들의 방문을 미리 알린 알프레다 쉴트크네히트의 안내를 받아 로트바인의 병실에 들어섰다.

이 중환자는 아직 스물밖에 되지 않았는데도 벌써 이마가 좀 벗어지고, 머리칼이 희끗희끗했으며, 얼굴은 납처럼 창백하고 초췌했다. 손과 코와 귀가 모두 큰 청년은 두 사촌이 위문을 와서 무료함을 달래 주자 눈물을 글썽이며 고마워했다. 두 사람에게 인사를 하고 꽃다발을 받을 때는 가슴이 뭉클해져 그는 정말로 울었다. 하지만 이 꽃다발과 관련하여, 거의 속삭이는 듯한 목소리이기는 했지만 유럽에서의 꽃의 매매와 그것이 여전히 활발하게 늘어나고 있다는 이야기를 하기 시작했다. 그는 니스와 칸에서 수출되는 엄청난 양의 꽃에 대해 말했고, 이곳에서 매일 세계 각지로 나가는 화물 차량과 소포물에 대해 말했으며, 파리와 영국의 도매 시장과 러시아에 보내는 공급 물량에 대해 말했다. 그는 상인이라 살아 있는 한 그의 관심은 이런 방면에 있었기 때문이다. 코부르크의 인형 공장 사장인 그의 아버지는 아들을 교육시키기 위해 영국에 보냈는데, 거기서 병에 걸렸다고 그는 속삭이듯 말했다. 하지만 의사가 그의 발열성 질환을 티푸스로 오진하고 그에 따른 치료를 했다고 한다. 즉 그는 물처럼 멀건 수프만 섭취하다가 그 바람에 몸이 완전히 망가져 버렸다. 이 위에 와서는 먹는 것이 허락되어 그렇게 했다. 즉 이마에 땀을 흘려 가며 침대에 앉아 영양을 섭취하려고 했지만 때는 이미 늦어 있었다. 유감스럽게도 장이 손상되어 고향에서 보내 온 소의 혀와 훈제 장어도 아무 소용이 없었으며, 그의 장은 더는 아무것도 받아들이지 못했다. 베렌스의 전보를 받고 그의 아버지가 코부르크에서 이곳으로 오는 중이라고 했다. 그는 이제 생사를 가늠할 수 없는 갈비뼈 절개 수술을 받을 예정이었기 때문이다. 성공률은 아주 희박하지만 그래도 어쨌든 해 볼 작정이라고 했다. 로트바인은 이에 대해서도 실용 위주로 접근하여, 수술의 문제도 오로지 영업적인 측면에서만 따졌다. 그는 목숨이 붙어 있는 한 모든 문제를 이런 시각에서만 바라볼 위인이었다. 비용 문제는 척수 마취비까지 포함하여 1천 프랑으로 낙착을 보았다고 그는 속삭이듯 말했다. 흉부는 거의 전부를 잘라 내고, 갈비뼈는 여섯 개 내지는 여덟 개 잘라 낸다고 하는데, 이때 수술이 어느 정도 수지맞는 투자인지가 문제의 관건이다. 베렌스야 자기에게 이익이 될 게 빤하니까 자꾸 수술을 권하지만, 반면에 자신의 이해득실은 확실치 않아, 지금처럼 갈비뼈를 그대로 놓아두고 조용히 죽는 편이 더 현명하지 않을까 잘 판단이 서지 않는다고 했다.

이는 뭐라고 조언하기가 쉽지 않은 문제였다. 사촌들은 고문관의 탁월한 외과 수술 능력을 계산에 넣어야 한다고 말했다. 하는 수 없이 이들은 기차로 달려오고 있는 로트바인 아버지의 결정에 따르기로 하자고 의견일치를 보았다. 작별 인사를 하자 로트바인 청년은 다시 눈물을 흘렸다. 마음이 약해서 운 것일 뿐이었지만 그가 흘리는 눈물은 그의 무미건조하고 실용적인 사고 방식이며 말투와 묘한 대조를 이루었다. 그는 사촌들에게 다시 자신을 방문해 달라고 부탁했다. 사촌들도 기꺼이 그러겠다고 약속했지만 그 것은 공염불이 되고 말았다. 그날 밤 인형 공장 사장이 도착하고, 다음날 오전에 수술을 한 뒤로는 프리츠 청년은 면회가 허락되지 않았기 때문이다. 그리고 이틀 뒤에 한스 카스토르프는 요아힘과 함께 그 방 앞을 지나가다가 로트바인의 방에서 대청소를 하는 것을 보았다. 알프레다 간호사는 자신의 조그만 트렁크를 들고 베르크호프에서 벌써 떠나고 없었다. 그녀는 숨 돌릴 사이도 없이 다른 요양원의 위독한 환자한테 배당되어 간 것이다. 코안경의 끈을 귀 뒤에 걸고 한숨을 지으며 새 환자에게 떠나간 것인데, 이 생활이 그녀 앞에 열려 있는 유일하게 전망이었기 때문이다.

식당으로 가는 도중이나 야외로 나갈 때 보면, 가구를 잔뜩 쌓아 놓고 이중문을 열어 놓은 채 대청소를 하는 '버려지고' 비게 된 방은, 의미심장하기는 하지만 아주 흔한 광경이라서 별다른 감회를 주지 않았다. 특히 그다음 환자가 그런 식으로 '비게 된', 대청소가 끝난 방에 막 들어가 그곳이 자기 방이 된 경우에는 더욱 그러했다. 그런 방에 누가 살았는지 아는 경우도 더러 있어 그럴 때는 좀 생각에 잠기기도 했다. 이번에 로트바인의 경우가 그러했고, 일주일 후에 한스 카스토르프가 어린 게른그로스의 방을 지나갈 때도 똑같은 기분으로 들여다보았다. 그는 그 안에서 사람들이 분주하게 대청소를 하는 의미를 이해하지 않으려고 했다. 그가 선채로 생각에 잠겨 물끄러미 지켜보고 있는데 마침 고문관이 그 옆을 지나가는 것이었다.

"여기에 서서 대청소하는 것을 보고 있습니다." 한스 카스토르프가 말했다. "안녕하세요, 고문관님. 어린 라일라가……"

"글쎄요." 베렌스는 이렇게 대답하며 어깨를 으쓱했다. 잠시 침묵이 흐른 뒤 그러한 동작의 효과가 계속되는 동안 그는 이렇게 덧붙였다.

"마지막 순간에 그 소녀한테 재빨리 정식으로 구애하셨다지요? 당신처럼 비교적 건강한 사람이 폐를 앓는 나의 피리새들의 새장을 방문하여 이리저리 보살펴 주신 것을 감사드립니다. 이것이 당신의 고상한 일면, 네, 네, 이런 점이 당신 성격의 아주 고상한 일면이라는 것을 인정하도록 하겠습니다. 나도 가끔 가다 당신을 안내해도 되겠어요? 나는 이 밖에도 온갖 종류의 방울새를 기르고 있거든요. 당신이 관심이 있다면 말입니다. 이를테면 나는 지금 '너무 많이 넣은 여자'의 방을 잠깐 들여다보러 가는 길입니다. 같이 가겠어요? 나는 당신을 그냥 관심을 갖는 고통의 동지라고만 소개하겠습니다."

한스 카스토르프는 자신이 바로 부탁하려던 바를 고문관이 직접 입에서 꺼내 제안해 주었다고 말했다. 그는 고마운 마음으로 기꺼이 동행하겠다고 했다. 한스 카스토르프는 그런데 '너무 많이 넣은 여자'란 누구를 말하는 것이며, 왜 그런 이름을 갖게 되었는지 고문관에게 물었다.

"문자 그대로입니다." 고문관이 말했다. "완전히 단어 그대로이고 은유적인 뜻은 없습니다. 직접 그녀에게 들어 보십시오." 몇 걸음 가지 않아 이들은 '너무 많이 넣은 여자'의 방에 다다랐다. 고문관은 동행인을 기다리게 해 놓고 이중문으로 들어갔다. 이와 동시에 방 안에서 숨 가쁜 듯하면서도 밝고 명랑한 웃음소리와 말소리가 들려오다가 문이 닫히자 들리지 않게 되었다. 그러나 몇 분 후에 관심 많은 방문객이 방으로 안내되어 베렌스가 침대에 누워 호기심어린 푸른 눈으로 쳐다보는 금발의 부인에게 그를 소개했을 때 다시 그는 아까와 똑같은 웃음소리를 들을 수 있었다. 베개를 등에 대고 반쯤 앉은 채 불안한 표정으로 누워 옥구슬 구르는 소리로, 아주 청아하게 은방울을 흔드는 듯이 웃었다. 그러면서 숨이 가빠 가슴이 답답한 모양으로 흥분하여 간지럼을 타듯이 웃어 댔다. 또한 그녀는 고문관이 자신에게 손님을 소개한 말투가 우습다고 웃었고, 방을 나가는 고문관에게 "안녕히 가세요"와 "대단히 감사합니다"와 "다음에 뵙겠습니다"란 말을 여러 번 되풀이 하고, 그의 뒤에다 손짓을 하며 한숨지으면서도 은방울 구르는 웃음소리를 냈다. 삼베 속옷 밑에서 출러이는 가슴을 두 손으로 누르면서도 두 다리는 한시도 가만히 있지 못했다. 그녀의 이름은 침머만 부인이었다.

한스 카스토르프는 이 여자를 언젠가 흘깃 본 적이 있었다. 그녀는 잘로몬 부인과 대식가 학생의 식탁에 몇 주 동안 앉아 있었는데, 그때도 시도 때도 없이 웃었다. 그러다가 그녀의 모습이 보이지 않았는데, 청년은 그것에 별로 신경 쓰지 않았다. 그녀가 이상하게 눈에 보이지 않는다고 생각은 했어도 아마 퇴원해 집으로 갔겠지 하는 정도로 가볍게 넘겼다. 그런 그녀가 이제 '너무 많이 넣은 여자'라는 이름으로 여기에 누워 있어, 그런 이름을 얻게 된 연유를 그가 듣고 싶어 하는 것이다.

"하하하하." 그녀는 가슴을 출렁이며 간지러운 듯 옥구슬 구르는 소리로 웃었다. "말도 못하게 우스운 남자예요, 이 베렌스라는 사람 말예요. 끝내주게 우습고 재미있는 사람이에요. 웃다가 뱃가죽이 뒤집혀 생병이 날 지경이에요. 좀 앉으세요, 카스텐 씨, 카르스텐 씨. 아니 뭐라고 그러셨지요. 이름이 매우 우습네요, 하하, 히히. 죄송해요! 내 발 쪽의 의자에 앉으세요. 하지만 이렇게 발을 떠는 것을 용서해 주세요, 나는 그걸, 하…… 아……" 그녀는 입을 벌리고 한숨을 지으면서 다시 옥구슬 구르는 웃음소리를 냈다. "나는 한시도 발을 가만 둘 수 없거든요."

그녀는 거의 미인이라고 할 수 있는 여자로, 이목구비가 분명하고 다소 뚜렷해 보이기는 하지만 그래도 호감이 가는 얼굴형이었고, 조그만 이중 턱이었다. 하지만 입술이 파르스름했고, 코끝도 같은 색조를 띠고 있는 것으로 보아 이는 분명 폐에 산소가 부족하기 때문인 모양이었다. 잠옷 레이스의 소맷부리 장식이 잘 어울리는 눈길을 끄는 가느다란 손도 발과 마찬가지로 한시도 가만히 있지 못했다. 목은 소녀처럼 가냘팠고, 부드러운 쇄골 위에는 소위 '소금통' 모양으로 움푹 파인 데가 있었다. 그리고 숨 가쁘게 웃어 대는 바람에 삼베 속옷 아래에서 불안하게 이리저리 일렁이는 가슴도 부드러운 소녀 가슴 같았다. 한스 카스토르프는 그녀에게도 니스와 칸의 원예업자가 수출한, 물이 뿌려지고 향내 나는 꽃을 보내거나 들고 갈 것인가를 생각했다. 그는 다소 불안한 마음으로 숨 가쁘게 헐떡이는 부인의 웃음소리에 보조를 맞추고 있었다.

"그런데 당신은 여기서 중환자들을 문병 다닌다면서요?" 그녀가 물었다. "참 재미있고 친절한 분이네요. 하, 하, 하, 하! 하지만 나는 결코 중환자가 아니란 것을 아셔야 해요. 말하자면 얼마 전까지만 해도 절대 그렇지 않았어요, 조금도요. 얼마 전에 이런 일이 일어나기 전까지는요. 당신도 머리털 나고 이렇게 우스운 일은 처음 들어 볼 거예요." 그러면서 그녀는 가쁜 숨을 몰아쉬며 은방울을 흔들고 옥구슬을 굴리는 듯한 소리로 자신에게 들이닥친 이야기를 들려주었다.

그녀가 이곳에 올라올 때만 해도 병세가 가벼웠다. 물론 이곳에 올라올 정도이니 아픈 것은 사실이었고, 그렇다고 해서 아주 가벼운 것은 아니었지만, 그래도 심하다기보다는 오히려 가벼운 편이었다. 개발된 지 얼마 안 되었지만 급속히 호평을 받고 있는 외과 수술인 기흉법은 그녀의 경우에도 눈부신 성과를 거두었다. 수술은 대성공이었고, 침머만 부인의 용태는 눈에 띄게 좋아져 갔다. 그녀의 남편은—그녀는 결혼했지만 아이는 없었다—서너 달만 지나면 아내를 만나 볼 수 있었다. 이때 그녀는 기분을 풀기 위해 취리히로 여행을 갔다. 이 여행에는 말 그대로 기분을 푸는 것 외에는 다른 목적이 없었다. 그래서 그녀는 마음껏 기분을 풀었지만, 이와 동시에 폐에 가스를 공급해야 할 필요성을 느끼고 현지 의사에게 그 일을 맡겼다. 상냥하고 익살스러운 젊은 의사였지만, 하하하, 하하하, 그런데 무슨 일이 일어났을까? 그는 너무 많이 넣었던 것이다! 그것 말고는 달리 표현할 말이 없었다. 말 그대로 너무 많이 넣었던 것이다. 그녀에게 지나치게 호감을 보인 것까지는 좋았는데, 새로운 방법을 제대로 이해하지 못한 모양이었다. 요컨대 너무 많이 넣은 상태가 되어 가슴이 막히고 숨이 가쁜 채—하하! 히히!—그녀는 이 위에 다시 도착하여, 베렌스한테 엄청 야단을 맞고는 즉각 침상 생활을 하도록 지시를 받았다. 이제 중환자가 된 것이다. 원래는 중병은 아니었는데 엉뚱한 실수로 만사를 그르치고 만 것이다. "하하하, 당신의 얼굴, 당신은 왜 그런 우스운 얼굴을 하고 있지요?" 그녀는 손가락으로 한스 카스토르프의 얼굴을 가리키며 우습게 생겼다고 마구 웃어 대다가 이마까지 새파랗게 변하기 시작했다. 하지만 무엇보다도 가장 우스운 것은 베렌스가 호통 치는 것과 그의 거친 표현이라고 말했다. 너무 많이 넣은 것을 알았을 때부터 벌써 그걸 생각하고 웃지 않을 수 없었다고 한다. "당신은 생사의 기로를 헤매고 있습니다." 그는 단도직입적이고도 노골적으로 화난 곰처럼 으르렁거렸다고 한다. "하하하, 히히히, 용서해 주세요."

고문관의 설명이 어디가 어때서 그렇게 옥구슬 구르는 소리로 웃게 만들었는지 알다가도 모를 일이었다. 그녀가 이 말을 믿었기 때문인지 또는 믿지 않았다 하더라도 그의 '거친 표현' 때문인지—그녀는 그 말을 그대로 믿지 않을 수 없었다—아니면 자신이 생사의 기로를 헤매고 있다는 사실 자체가 다만 끔찍하게 우습게 생각되었는지 알 수 없었다. 한스 카스토르프는 후자가 아닌가 하는 인상을 받았다. 그는 그녀가 사실 어린아이처럼 경솔하고, 새처럼 지능이 낮아 분별력이 없는 까닭으로 은방울을 흔들고 옥구슬 구르는 듯한 소리로 웃어 댄다는 인상을 받았는데, 이 점이 그는 못마땅하게 생각되었던 것이다. 그럼에도 그는 그녀에게 꽃을 보냈는데, 이후로 다시는 이 웃기 잘하는 침머만 부인을 볼 수 없었다. 그녀는 그 후 며칠 동안 산소의 힘으로 연명하다가 전보를 받고 달려온 남편의 품에 안겨 정말 죽고 말았기 때문이다. 고문관은 이 소식을 한스 카스토르프에게 전하며 지지리도 어리석은 여자였다고 덧붙여 말했다.

하지만 침머만 부인이 죽기 전에 이미 관심을 지닌 행동 정신으로 한스 카스토르프는 고문관과 간호사들의 도움을 받아 요양원의 중환자들과 계속 관계를 맺었는데, 요아힘도 이에 동참하지 않을 수 없었다. 요아힘은 아직 살아 있는 '둘 다'의 둘째아들 방에도 동행해야 했다. 바로 옆에 있던 장남의 방은 벌써 진작 대청소가 끝나고 H_2CO로 소독이 된 뒤였다. 그는 얼마 전까지 '프리드리히 대왕 학교'라 불리는 교육 기관에 있다가 병세가 심해져서 이 위에 오게 된 테디 소년의 방에도 동행했다. 또 그는 독일계 러시아인으로 보험 회사 직원이자 선량한 인내자인 안톤 카를로비치 페르게의 방에도 동행했다. 또한 그는 불운한 처지에 있으면서도 교태를 부리는 폰 말린크로트 부인의 방에도 함께 갔다. 이 부인도 앞에서 언급한 사람들과 마찬가지로 꽃을 받았는데, 한스 카스토르프는 요아힘의 면전에서 그녀에게 여러 번 죽을 떠먹여 주기까지 했다. 마침내 사촌들은 사마리아인이자 자비의 수도회 수사라는 평판을 얻게 되었다. 하루는 세템브리니도 한스 카스토르프에게 이런 의미의 말을 건넸다.

"아니, 엔지니어 양반, 요새 당신 행동에 대해 이상한 소문이 나돌더군요. 자선 행위에 투신하셨다면서요? 선한 행실로 자신을 정당화하려는 겁니까?"

"그렇게 말할 가치는 없습니다, 세템브리니 씨. 결코 떠들고 다닐 만한 일이 못 됩니다. 사촌과 내가……"

"당신 사촌을 그 일에 끌어들이지는 마십시오! 두 사람 일이 화제에 오를 때 당신이 주인공이라는 사실은 확실합니다. 소위는 존경할 만한 사람이지만 단순하고 정신적으로 위험이 없는 인물이라서 교육자를 별로 불안하게 하지 않거든요. 그 사람이 직접 솔선해서 그런 일을 한다고 말해도 나는 믿지 않을 겁니다. 더 중요하고, 더 위험한 사람은 바로 당신입니다. 이런 말을 하면 어떨지 모르지만 당신은 인생의 걱정거리 자식입니다. 당신에게는 돌보아 줄 사람이 필요합니다. 아닌 게 아니라 당신은 내가 돌보아 주는 것을 허락한 적이 있습니다."

"맞습니다, 세템브리니 씨. 정말 그렇습니다. 정말 고맙습니다. 그리고 '인생의 걱정거리 자식'은 멋진 표현입니다. 역시 문필가다운 기발한 표현입니다! 그런 칭호를 자랑스럽게 생각해야 할지는 잘 모르겠습니다만, 멋진 표현인 것만은 분명합니다. 그렇습니다, 사실 나는 얼마 전부터 '죽음의 자식들'과 관계를 좀 맺고 있습니다. 아마 당신은 그것을 두고 하는 말씀이겠지요. 시간이 있을 때 가끔, 요양 근무에 지장이 없을 한도에서 검사 검사로 중환자들과 위독한 환자들을 들여다보고 있습니다. 재미 삼아 이곳에 살면서 방종한 생활을 하는 그런 사람들이 아니라 죽어 가는 사람들을 말입니다."

"하지만 성서에도 이렇게 쓰여 있습니다. 죽은 사람은 죽은 사람으로 하여금 장사 지내게 하라고요." 이탈리아인이 말했다.

이에 대해 한스 카스토르프는 두 팔을 들고, 성서에는 이렇게도 볼 수 있고 또 저렇게도 볼 수 있는 구절이 적지 않게 있어서, 올바른 뜻을 찾아내 이를 준수한다는 것은 어려운 일이라는 표정을 해 보였다. 물론 손풍금장이는 방해가 되는 견해를 고의로 선택해 이를 주장한 것이었는데, 이는 충분히 예상할 수 있는 일이었다. 하지만 한스 카스토르프는 세템브리니의 말에 귀 기울이고, 그의 가르침을 참고 삼아 들을 만한 가치가 있다고 생각하며, 실험하는 의미에서 교육적인 영향을 받아 보겠다는 마음 자세는 예나 지금이나 다름없었지만, 교육자의 관점이 자신과 다르다고 해서 그 일을 그만둘 생각은 추호도 없었다. 게른그로스 어머니의 '상냥하고 가벼운 사랑의 희롱'이라는 말투, 불쌍한 로트바인의 무미건조한 성품, 너무 많이 넣은 어리석은 부인의 은방울 구르는 듯한 웃음소리, 이런 것들에도 불구하고 그 계획은 그에게 여전히 무언가 유익하고 중요한 의의가 있는 것으로 생각되었다.

'둘 다'의 아들 이름은 라우로였다. 그는 '쾌유를 비는, 두 명의 관심 있는 동숙자로부터'라고 적힌 카드와 함께 흙냄새가 물씬

나는 니스의 오랑캐꽃을 받았다. 누가 이런 일을 하는지 다 알고 있어서 익명은 형식적인 것에 불과하게 되었다. 그래서 멕시코 출신으로 얼굴이 검고 창백한 어머니인 '둘 다'는 복도에서 사촌들을 만나자 고맙다는 인사와 함께, 그르렁거리는 발음과 수심에 찬 몸짓으로, 자신의 아들이 (형처럼 죽어 가고 있는 마지막 남은 아들이) 직접 고맙다는 말을 전할 수 있게 해 달라고 졸랐다. 그래서 이 일은 곧장 실행에 옮겨졌다. 라우로는 놀랄 정도로 잘생긴 젊은이였다. 눈은 이글거렸고, 콧구멍이 벌렁거리는 매부리코에, 멋진 입술 위에 검은 콧수염이 무성하게 나 있었다. 하지만 너무 자신만만하고 연극적인 행동을 보여서, 사실 두 방문자는 누구 할 것 없이 밖으로 나와 뒤에서 병실 문이 닫혔을 때 안심할 수 있었다. 어머니인 '둘 다'는 검은 캐시미어 옷을 입고 있었고, 검은 베일을 턱 밑에 매고 있었다. 그녀는 좁은 이마에 주름살을 지으며 새까만 눈 밑에 커다란 눈물주머니를 달고서, 무릎을 굽힌 채 방 안을 돌아다녔다. 그녀는 수심에 잠겨 커다란 입 언저리를 잔뜩 내려뜨리고 앵무새처럼 비극적인 넋두리를 늘어놓기 위해 이따금씩 침대 옆에 앉은 사촌들에게 다가왔다. "둘 다입니다. 처음에 하나, 지금 또 하나입니다." 이에 질세라 잘생긴 라우로도 역시 프랑스어로 혀를 굴리고 그르렁거리는 발음을 하며, 과장된 어투로 장황하게 늘어놓았다. "나는 영웅처럼 죽을 거야. 스페인식으로. 형처럼 말이야. 스페인의 영웅처럼 죽은 젊고 용맹스러운 페르난도 형처럼 말이야!" 그는 제스처를 써 가면서 이렇게 소리치며 가슴팍을 열어젖히고는 죽음의 마수에게 누런 가슴을 드러냈다. 이렇게 계속 기염을 토하다가 기침 발작이 시작되어 입술에서 엷고 붉은 거품을 내뿜으며 그의 호언장담*은 막을 내리게 되었다. 사촌들은 이를 기화로 발끝으로 살금살금 걸어 밖으로 나와 버렸다.

두 사람은 이후로 라우로를 방문한 이야기는 다시 꺼내지 않았고, 또한 두 사람 다 제각기 마음속으로조차 그의 거동에 대해 비평하는 것을 삼갔다. 이와는 달리 페테르부르크 출신의 안톤 카를로비치 페르게를 방문했을 때는 둘 다 흐뭇한 인상을 받았다. 그는 선량해 보이는 탐스러운 콧수염을 기르고 있었고, 역시 선량해 보이는 툭 튀어나온 후두를 드러낸 채 침대에 누워 있었다. 페르게 씨는 저번에 기흉 수술을 하다가 하마터면 목숨을 잃을 뻔했는데 그 후로는 좀처럼 회복이 잘 안 되고 있었다. 그는 수술을 받다가 쇼크 현상, 유행하는 이 수술에 일어나기 쉬운 돌발 사건인 흉막 쇼크 현상을 일으켰던 것이다. 하지만 그의 경우에는 쇼크가 예외적으로 위험하게 일어나 몸이 완전히 허탈 상태가 되고 극히 우려할 만한 실신 상태에 빠지게 되었다. 한마디로 그의 상태가 매우 심각해 수술을 중단하고 이를 당분간 연기하는 수밖에 없었다.

페르게 씨는 그때 기억이 아주 끔찍했던 모양으로 그 사건을 말할 때마다 선량한 자신의 회색 눈을 둥그렇게 떴고, 얼굴은 하얗게 질리는 것이었다. "전신 마취도 하지 않고 말입니다, 여러분. 그건 좋습니다, 우리 같은 사람은 그걸 견디지 못하니 이 경우에 해서는 안 되겠지요. 분별력이 있는 사람이라면 그러려니 하고 양해를 하지요. 하지만 국부 마취는 깊은 곳까지 미치지 못합니다, 여러분. 바깥의 살만 얼얼하게 마취되기 때문에, 살을 째는 것을 느낄 수 있습니다. 물론 누르고 으깨는 것만 느끼지만 말입니다. 나는 아무것도 보지 못하도록 얼굴을 천으로 가리고 누워 있고, 조수가 오른쪽에서, 수간호사가 왼쪽에서 나를 붙잡고 있습니다. 눌리고 으깨지는 것 같은 느낌이 들더군요. 살을 째고 핀셋으로 뒤집는 겁니다. 하지만 그때 고문관이 '자, 됐어!' 하는 소리가 귓전에 들립니다. 그런데 그 순간, 여러분, 그는 둔한 기구로—자칫 잘못해서 미리 엉뚱한 곳을 찌를까 봐 둔한 기구를 쓰는 모양입니다—더듬으며 늑막을 찾기 시작하더군요. 뚫어서 가스를 주입하기 적절한 부위를 찾기 위해 늑막을 더듬는 겁니다. 그리고 그가 그 일을 할 때, 그가 기구로 내 늑막을 쓰다듬을 때, 여러분, 여러분! 그때 나는 인생이 끝장나는 줄 알았고, 이러다 죽는구나 하고 뭐라고 표현할 수 없는 상태가 되고 말았습니다. 여러분, 늑골은 만져서는 안 되고, 만지려고 해서도 안 됩니다. 그것은 절대 금기 사항입니다. 그것은 살로 덮여 있고 격리되어 있어 접근할 수 없습니다. 절대로 말입니다. 그런데 고문관은 살을 헤집어 놓고 더듬으며 그것을 찾았지 뭡니까. 여러분, 그래서 나는 메스꺼워 속이 다 뒤집히는 줄 알았습니다. 생각만 해도 끔찍합니다, 여러분. 그렇게 말할 수 없이 끔찍하고, 몸서리쳐질 정도로 구역질나는 기분을 지옥 말고 이 지상에서 느낄 줄 꿈에나 생각했겠습니까! 나는 기절하고 말았습니다. 한꺼번에 그것도 녹색, 갈색, 자색으로 세 가지 종류의 기절을 말입니다. 게다가 기절해 있을 때 악취가 났습니다. 흉막 쇼크가 후각을 뒤집어 놓은 겁니다, 여러분. 지옥의 냄새 같은 유황 수소 냄새가 인정사정없이 코를 찔렀습니다.

그런데 내가 고꾸라져 있는 동안 내가 웃는 소리를 들었지 뭡니까! 그것도 인간이 웃는 소리가 아니라 내가 지금까지 살면서 한 번도 들어 본 적이 없는 가장 음탕하고, 가장 구역질나는 웃음을 말입니다. 왜냐하면 늑골을 주무르면 이건 그야말로 가장 지독하고 가장 비인간적이며 정말 도저히 참을 수 없을 정도로 간지러운 법이거든요, 여러분. 그래서 이렇게 지독한 수치심과 고통을 동반하는 것이 흉막 쇼크라는 겁니다. 여러분은 이런 걸 겪지 않게 되기를 간절히 비는 바입니다."

안톤 카를로비치 페르게는 이런 '몸서리쳐지는' 체험을 몇 번이고 들려주면서 얼굴이 하얗게 질렸으며, 그런 체험을 다시 하게 될까 봐 불안에 떨었다. 아닌 게 아니라 그는 자신이 '고상한 것'과는 관계가 멀고, 물론 자신도 정신적이고 정서적인 요구를 아무에게도 하지 않듯이 자신에게 그런 성질을 띤 특별한 요구를 해서는 안 되는 평범한 사람이라고 처음부터 밝혔다. 이런 사실을 양해 받은 뒤에 그는 자신이 병이 나는 바람에 그 일을 그만두어야 했지만, 예전에 화재 보험 회사의 직원으로 출장을 다니면서 겪은 꽤나 재미난 이야기들을 들려주었다. 그는 페테르부르크에서 광대한 러시아 전역을 종횡무진으로 돌아다니며 보험에 가입한 공장을 찾아가 경영이 부실한 업체를 찾아내는 일을 했다. 화재의 대부분이 자금 사정이 좋지 않은 공장에서 일어난다는 게 통계적으로 입증되었기 때문이다. 그가 이렇게 돌아다니는 것은 이런저런 핑계를 대서 공장의 실정을 정탐한 후 그 결과를 회사에 보고하기 위해서였다. 그리하여 제때에 재보험에 들거나 보험료를 공동 부담해서 막대한 손실을 미연에 방지하기 위해서였다. 그는 겨울에 광막한 러시아를 여행한 이야기를 들려주었다. 말할 수 없이 추운 엄동설한에 양모피로 된 이불을 뒤집어쓴 채 접이식 침대가 달린 썰매를 타고 며칠 밤을 달리는 여행이었다. 눈을 뜨면 눈으로 뒤덮인 평원에서 마치 별처럼 반짝이는 늑대의 눈들을 볼 수 있었다. 흰 빵이나 야채수프 같은 식량은 얼려서 상자에 넣어 휴대하고 다니다가 역에서 말을 바꾸는 동안 녹여서 먹었는데, 이때 빵은 갓 구운 것처럼 신선한 맛이 났다고 한다. 그런데 이때 안 좋은 점은, 여행 도중에 갑자기 날이 풀리면 여러 조각으로 얼려서 갖고 다니던 야채수프가 녹아 흘러내리게 되는 것이었다.

이런 식으로 페르게 씨는 가끔 한숨을 쉬고 말을 중단하면서 이야기했다. 그러면서 기흉 수술을 다시 받지 않아도 된다면 얼마나 좋겠느냐고 말했다. 그가 하는 이야기는 고상한 점은 없었지만 실제 경험담이어서 무척 들을 만했다. 특히 한스 카스토르프는 러시아라는 나라와 그 나라의 생활양식, 사모바르*, 러시아식 파이, 카자흐인, 양파 모양의 수많은 탑이 있는 버섯처럼 생긴 목조 교회에 관한 이야기가 왠지 유익하다고 생각되었다. 그는 페르게 씨에게 그곳에 사는 사람들의 모습, 이들의 북방적인 면모, 이 때문에 더욱 신기하게 보이는 이국적인 인상에 대해 들려달라고 했다. 그리고 이들의 피에 섞인 아시아적인 요소, 튀어나온 광대뼈, 핀란드인 같고 몽고인 같은 눈매에 대해 들려달라고 하면서 인종학적인 관심을 가지고 경청했고, 또한 러시아어로 말해 달라고 부탁하기도 했다. 이 동방의 말은 선한 인상을 주는 페르게 씨의 콧수염 밑에서, 선하게 튀어나와 있는 후두에서 빠르고도 애매하게, 아주 낯설고도 흐물흐물하게 튀어나왔다. 한스 카스토르프는 자신이 어슬렁거리며 돌아다니는 세계가 교육적으로 금지된 영역이기 때문에 그만큼 더욱 (젊은이란 모름지기 다 그렇듯이) 이 모든 것에 강한 흥미를 느꼈다.

　두 사람은 안톤 카를로비치 페르게를 여러 번 찾아가서 15분 정도 대화를 나누었다. 그러는 사이에 이들은 프리드리히 대왕 학교에 다니다 온 테디 소년을 방문했다. 그는 우아하게 생긴 14세의 소년이었다. 금발에다 세련된 그에게는 개인 간호사가 있었으며, 그는 끈으로 가장자리를 묶어 맨 하얀색의 비단 파자마를 입고 있었다. 그는 고아였지만 자신의 말로는 부자라고 했다. 그는 병균이 침입한 부분을 시험 삼아 제거해 보려는 비교적 큰 수술을 눈앞에 두고 있었지만, 기분이 좀 좋을 때는 가끔 멋진 운동복을 입고 한시간 정도 침대를 떠나 아래의 모임에 참석하기도 했다. 부인네들은 그와 시시덕거리며 장난치는 것을 좋아했고, 그는 이들의 대화, 가령 아인후프 변호사, 개량 팬티를 입는 아가씨와 프렌츠헨 오버당크에 대해 이들이 나누는 대화에 귀를 기울였다. 그런 다음에는 다시 병상에 돌아가 침대에 누웠다. 테디 소년은 사실 늘 이런 것 말고는 인생에서 아무것도 기대할 게 없다는 듯이 행동하면서 하루하루를 우아하게 살아가고 있었다.

　25호실에는 나탈리에라는 이름의 폰 말린크로트 부인이 누워 있었다. 검은 눈에 금귀고리를 달고 교태를 부리는 그녀는 멋부리기를 좋아했다. 하지만 그녀는 여자 나사로이자 욥이라 할 수 있어 온갖 질병을 달고 다녔다. 그녀의 유기체는 독소의 소굴과 같아 그녀는 갖가지 병에 번갈아 가며 그리고 동시에 시달렸다. 온몸의 대부분에 고통스러울 정도로 가려운 습진이 생겨 이를 마구 긁는 바람에 여기저기에 상처가 난 피부는 차마 눈 뜨고 볼 수 없을 정도로 손상되어 있었다. 입 주위도 마찬가지여서 숟가락으로 음식을 떠 넣기도 어려울 지경이었다. 폰 말린크로트 부인은 늑막, 신장, 폐, 골막의 내부에 교대로 염증이 생겼고, 뇌수에조차 안에 염증이 생겨 의식을 잃고 실신하기도 했다. 그리고 열과 통증으로 말미암아 심장이 약해져 말할 수 없이 불안에 떨었는데, 예를 들어 이로 인해 음식물을 삼켜도 목 안으로 제대로 내려가지 않고 식도에 걸려 있는 것이었다. 요컨대 부인은 이것만 해도 못 살 지경이었는데, 게다가 세상 천지에 정붙일 곳이라곤 아무 데도 없었다. 사촌들이 그녀에게서 직접 들은 말에 따르면, 그녀는 어떤 남자, 그것도 소년과 다름없는 어린 남자 때문에 남편과 자식들을 버렸다가 그녀 자신도 애인한테서 버림을 받았다고 한다. 그래도 버림받은 전 남편이 그녀에게 돈을 보내 주어 아주 무일푼은 아니었지만 이제 돌아갈 고향이 없었다. 그녀는 자신의 존재를 그리 대수롭지 않게 여기고 자신이 염치없고 죄 많은 여인이라는 것을 알았기 때문에 남편의 성실성이나 한결같은 애정을 자만하지 않고 담담하게 받아들였다. 그리고 이러한 자각을 토대로 욥이 겪은 것과 같은 온갖 고난을 놀랄 만한 인내심과 끈기, 여성 특유의 원초적인 저항력을 가지고 버텨 내고 있었다. 연한 갈색의 육체가 겪는 고초도 그러한 힘으로 이겨 내고, 무언가 좋지 않은 이유로 머리에 감고 있어야 하는 하얀색의 가제 붕대도 잘 어울리는 의상처럼 두르고 있었다. 그녀는 끊임없이 장신구를 바꾸었는데, 아침에 산호로 시작해서 저녁에 진주로 끝나는 식이었다. 한스 카스토르프가 꽃을 보낸 것에 대해서도 그녀는 분명 자선적인 의미라기보다는 낭만적인 의미로 해석하여 기뻐하며 젊은이들을 자신의 침상에 불러 차를 대접하기도 했다. 그녀는 누워서 빨대로 빨아마실 수 있게 귀때가 달린 그릇에다 차를 마셨다. 그녀의 엄지손가락을 포함하여 어느 손가락 할 것 없이 관절에 이르기까지 오팔, 자수정, 에메랄드로 온통 도배가 되어 있었다. 얼마 안 가 그녀는 금귀고리를 찰랑찰랑 흔들면서 자신의 신상 이야기를 늘어놓기 시작했다. 즉 착실하지만 따분한 남편 이야기, 완전히 남편을 빼쏘아 마찬가지로 착실하지만 따분한 아이들에게 별다른 애정을 느낄 수 없었다는 이야기, 그리고 함께 도망친 어린 남자와 그의 자랑할 만한 로맨틱한 섬세함에 대해 털어놓았다. 또한 그의 친척들이 술수와 강압으로 그를 자기에게서 떼어 놓으려고 했고, 그리고 자신의 어린 남자도 당시에 동시다발적으로 마구 터져 나오기 시작한 그녀의 질병 때문에 넌더리를 냈다고 한다. 가령 두 분께서도 넌더리가 나지 않았겠어요? 라고 그녀는 교태를 부리며 물었다. 그리고 이때 얼굴의 절반을 뒤덮고 있는 습진에도 불구하고 그녀의 여성다운 매력이 묘하게 빛을 발하는 것이었다.

한스 카스토르프는 넌더리를 냈다는 어린 남자를 경멸적으로 생각하여, 이런 감정을 어깨를 으쓱하며 표시하기도 했다. 그리고 그 자신으로 말할 것 같으면 그 로맨틱한 어린 남자의 유약한 마음을 반대로 자극제로 삼아, 불운한 폰 말린크로트 부인을 뻔질나게 찾아가서 그러한 일들을 하는 데 예비지식이 필요하지 않은 사소한 일들을 보살펴 주는 기회로 삼았다. 즉 점심에 죽이 나오면 그걸 조심스럽게 떠먹여 주었고, 먹은 게 목에 막히면 빨대 달린 그릇으로 물을 마시게 해 주었으며, 또는 침대에서 돌아누울 때도 옆에서 도와주었다. 온갖 다른 고통 말고도 수술의 상처 때문에 그녀는 누워 있는 것조차 힘들었기 때문이다. 그는 식당으로 가는 도중이나 산보에서 돌아오면서 그녀의 방에 잠시 들러 이런 일들을 도와주었다. 그러면서 자기는 급히 50호실 문제를 좀 점검하려고 하니 요아힘보고는 늘 먼저 가라고 일렀다. 그는 가슴 뿌듯한 행복을 느꼈고, 자신이 하는 일이 유익하며 그것에 남모르는 의의가 있다고 생각해 기쁨을 느꼈다. 이것 말고도 자신의 행동과 행위가 나무랄 데 없는 기독교적 색채를 띠고 있고, 정말로 경건하고 자비로우며 칭찬할 만한 색채를 띠어서, 군인의 입장이나 인문주의적이고 교육자적인 입장에서도 뭐라고 탓할 수 없으리라는 점에서도 그는 심술궂은 즐거움을 느끼고 있었다.

카렌 카르슈테트에 대해서는 아직 아무런 언급도 하지 않았지만, 한스 카스토르프와 요아힘은 그녀를 특히 잘 보살펴 주었다. 그녀는 고문관의 사적인 원외 환자로, 그가 사촌들에게 특별히 자선을 베풀어 달라고 간곡히 부탁했던 것이다. 이 위에 온 지 4년이 되는 그녀는 돈 한 푼 없이 무정한 친척들의 신세를 지고 있었다. 이들은 그녀가 아무래도 죽을 거라 생각해 벌써 한번 이곳에서 데리고 나갔다가, 고문관이 그러면 안 된다고 다그쳐서 다시 그녀를 이 위에 보내게 되었다. 그녀는 도르프의 값싼 하숙집에서 기거하고 있었다. 19세의 그녀는 가냘픈 몸매였다. 기름을 발라 머리칼은 반들반들했고, 볼은 소모성 열로 홍조를 띠었으며, 눈은 겁먹은 듯 그 열로 인한 광채를 숨기려고 했다. 개성 있는 목소리는 쉰 소리가 났지만 여운이 듣기 좋았다. 그녀는 끊임없이 기침을 해 댔고, 중독 현상으로 다 갈라 터진 손가락 끝마다 반창고를 붙이고 있었다.

두 사람이 아주 착한 사람들이라 추천한다는 고문관의 간곡한 부탁도 있고 해서 이들은 그 처녀에게 특히 정성을 기울였다. 꽃을 보낸 것을 시발점으로 하여 도르프에 있는 불쌍한 카렌의 조그만 발코니로 문병을 갔다. 그런 후 이들은 그 소녀와 함께 스케이트 경주와 봅슬레이 경기를 구경하는 등 전에 하지 않던 계획을 꾸몄다. 이 고산 지대의 골짜기는 이제 동계 스포츠 시즌이어서 이런 행사로 성황을 이루고 있었기 때문이다. 축제 주간이 시작되어 이러한 행사, 축제와 공연 들이 잇달아 벌어졌다. 사촌들은 여태까지 이런 것을 어쩌다가 잠시 구경했을 뿐 별로 신경을 쓰지 않았다. 요아힘은 이 위에서 벌어지는 모든 놀이 행사를 좋아하지 않았다. 그는 그런 것을 보려고 이 위에 머무르는 것이 아니었기 때문이다. 그는 이곳에서 즐겁게 보내고 다채롭게 기분 풀이를 하면서 지낸다는 사실에 어쩔 수 없이 타협하면서 살아가기 위해서가 아니라, 어떻게 해서든 속히 병독을 제거하여 평지에 내려가, 마지못해 그래도 성실히 수행하고 있는 대용물에 불과한 요양 근무 대신에 진짜 군 복무를 하기 위해 이곳에 있는 것이다. 그는 겨울 스포츠에 활동적으로 참가해서는 안 되었고, 이를 멍하니 구경하는 것도 별로 좋아하지 않았다. 한스 카스토르프로 말할 것 같으면, 그는 엄격하고 내밀한 의미에서 이 위의 사람들의 일원으로 느끼고 있었으므로 이 골짜기를 운동장 취급하는 사람들의 행위를 달가운 시선으로 볼 수 없었다.

하지만 이제 이러한 불쌍한 카르슈테트 아가씨에 대한 자선적인 관심은 한스 카스토르프 주위에 어느 정도 변화를 가져왔고, 요아힘도 비기독교적이라는 인상을 주지 않으려면 이에 대놓고 이의를 제기할 수 없었다. 두 사람은 그 환자를 도르프의 초라한 하숙집에서 데리고 나와, 따갑게 햇볕이 내리쬐는 추운 날씨에 앙글레테르 호텔의 이름을 따 온 영국인 거리를 지나갔다. 그곳의 번화가에는 호사스러운 가게들이 늘어서 있었고, 썰매들이 방울 소리를 울리며 지나갔다. 세계 각지에서 온 부유한 향락객들과 한량들, 요양 호텔과 다른 커다란 호텔의 투숙객들이 멋지고 값비싼 천으로 만든 유행하는 운동복을 입고 모자를 쓰지 않은 채, 겨울 햇살과 눈빛에 그을린 구릿빛 얼굴로 한가롭게 돌아다니고 있었다. 세 사람은 영국인 거리의 요양 호텔에서 멀지 않은 골짜기 아래의, 여름에는 풀밭으로 변해 축구장으로 이용되는 스케이트장으로 내려갔다. 음악 소리가 들려왔다. 사각형으로 뻗은 링크의 상단에는 정자형 목조 건물이 있었는데, 그 합창대석에서 요양 호텔 소속의 악단이 연주회를 열고 있었다. 건물 뒤편에는 짙푸른 하늘에 눈 덮인 산봉우리가 솟아 있었다. 세 사람은 건물 안으로 들어가, 스케이트장을 3면으로 둘러싸고 있는 관람석에 앉은 관중들 사이를 헤치고 다니다가 빈자리를 발견했다. 피겨 스케이트 선수들은 몸에 딱 붙는 검은 타이츠와 털실로 가장자리를 장식한 재킷을 입고 몸을 흔들고, 허공에 떠 있기도 하며, 원을 그리고 도약을 하며 팽이처럼 돌기도 했다. 프로그램 이외의 여흥으로 탁월한 기량을 지닌 한 쌍의 남녀 선수가 세상에서 누구도 할 수 없는 묘기를 선보여 팡파르와 관중의 박수갈채를 받았다. 스피드 경기에서는 각국에서 온 여섯 명의 청년이 몸을 구부리고 두 손을 등에 댄 채, 때로는 손수건을 입에 물고 사각형의 넓은 스케이트장을 여섯 바퀴나 돌았다. 음악 소리에 섞여 종소리가 울렸고, 때때로 관중이 열렬하게 환호성을 지르며 박수갈채를 보내기도 하였다.

세 명의 환자, 두 사촌과 그들의 피보호자가 주위를 둘러보니 마치 다민족 회의장 같았다. 스코틀랜드제 모자를 쓰고 하얀 이를 드러낸 영국인들이 코를 찌르는 향수 냄새를 풍기는 부인들과 프랑스어로 대화를 나누고 있었다. 그 부인들은 위에서부터 아래에까지 알록달록한 털실로 짠 옷을 입고 있었는데, 그 중에 몇몇은 바지를 입었다. 머리가 작고 머리칼을 매끄럽게 딱 붙여 빗은 채 잘게 썬 파이프 담배를 피우는 미국인들은 털가죽을 바깥에 드러낸 외투를 입고 있었다. 수염을 기르고 우아해 보이며 굉장히 부자 같은 러시아인과 말레이계의 피가 섞인 듯한 네덜란드인이 독일과 스위스 관중 사이에 앉아 있었다. 발칸이나 근동 출신으로 프랑스어로 말하는 정체를 분간할 수 없는 온갖 종류의 사람들이 여기저기 사방에 흩어져 있었다. 한스 카스토르프는 이러한 모험적인 세계에 묘하게 끌렸지만, 요아힘은 모호하고 지조가 없다는 이유로 그런 사람들을 싫어했다. 그러는 사이에 아이들이 여러 가지 익살스러운 경기를 하기도 했다. 아이들은 한쪽 발에는 스키를, 다른 쪽 발에는 스케이트를 신고 스케이트장에서 비트적거리며 넘어지기도 하고, 또는 사내아이들이 어린 여자아이들을 삽에 태워 앞으로 밀어 주다가 넘어지기도 했다. 또 아이들은 불타는 초를 들고 달리다가 불을 꺼트리지 않고 골인하면 승리하는 경기도 했다. 그 밖에 이들은 달리다가 장애물을 뛰어넘는 경기도 했고, 나란히 놓인 물뿌리개에 주석 숟가락으로 감자를 집어넣는 경기도 했다. 어른들은 환호성을 질렀다. 아이들 중에서 가장 부유하거나, 유명하거나, 우아한 아이들이 이목을 끌었는데, 네덜란드 백만장자의 어린 딸, 프로이센 왕자의 아들, 세계적으로 유명한 샴페인 회사와 같은 이름을 가진 열두 살 난 소년이 바로 그들이었다. 불쌍한 카렌도 마찬가지로 환성을 질렀지만 이내 기침을 했다. 그녀는 즐거운 나머지 손가락 끝을 벌린 형태로 박수를 치며 진심으로 행복해했다.

사촌들은 봅슬레이 경기에도 이 아가씨를 데리고 갔다. 그곳은 베르크호프에서도, 카렌 카르슈테트의 하숙집에서도 멀지 않았다. 샤츠알프에서 내려와 부락들 사이에 있는 도르프의 서쪽 비탈에서 끝나는 코스였다. 통제실이 그곳에 설치되어 있었고, 썰매가 출발할 때마다 산정에서 전화로 그 사실을 알려 주었다. 눈으로 얼어붙은 양쪽 언덕 사이로 가슴에 각 나라 국기를 그린 장식 띠를 두르고 하얀 털옷을 입은 남녀를 태운 납작한 썰매들이 금속처럼 빛나는 곡선 코스를 상당한 거리를 두고 한 대썩 위에서 미끄러져 내려왔다. 선수들의 붉게 달아오른 긴장된 얼굴에 눈이 계속 내리고 있었다. 관중들은 썰매가 빠른 속도로 내려오다가 모퉁이에 부딪쳐 거꾸로 뒤집혀 선수가 눈 속에 처박히는 장면을 사진에 담기도 했다. 여기서도 음악이 연주되었다. 관중들은 조그만 의자에 앉아 있거나 코스 옆에 만들어진 조그만 길을 따라 서로 밀치며 행렬을 짓기도 했다. 이 오솔길을 따라 내려가면 코스 위에 가로 걸린 나무다리가 나왔다. 마찬가지로 나무다리 위에도 관중들이 진을 치고 있었는데, 가끔씩 다리 밑으로 경기 중인 봅슬레이가 쏴 하는 요란한 소리를 내며 내려갔다. 저 위 요양원에서 죽은 시체들도 이 길을 따라 다리 아래에서 쏴 하는 소리를 내고 커브를 돌면서 골짜기로, 골짜기로 내려간다고 생각하고, 한스 카스토르프는 이 사실을 입 밖에 내어 말하기도 했다.

어느 날 오후 사촌들은 플라츠의 활동사진 영화관에도 카렌 카르슈테트를 데리고 갔다. 그녀가 그런 것을 아주 좋아했기 때문이다. 이들은 아주 깨끗한 공기를 마시며 살았기 때문에 이 세 사람의 신체에 무척 생소한 영화관 안의 탁한 공기는 가슴을 콱콱 막히게 했고, 머릿속에 흐릿한 안개가 생기게 했다. 이들의 눈앞에 여러 가지의 인생이 어른거렸고, 잘게 세분되어 휙휙 지나갔으며, 통통 튀다가 버둥거리며 멈추는 듯하더니 움찔움찔 움직이며 가벼운 음악과 함께 이들의 아픈 눈앞에서 스크린 위를 불안하게 지나갔다. 음악은 현재의 시간들을 잘게 나누고, 과거의 현상들을 일일이 되살리며, 한정된 곡으로 장중함과 화려함, 열정, 야성 및 관능성이라는 온갖 느낌을 표현할 줄 알았다. 이들이 본 것은 동양의 어떤 전제군주의 궁정에서 벌어지는 무성 드라마로, 손에 땀을 쥐게 하는 사랑과 살인의 이야기였다. 이것은 호화로움과 나체, 지배욕과 광신적인 굴종, 잔인함, 육욕 및 치명적인 색정으로 가득 찬 작품이었는데, 망나니의 억센 팔 근육을 보여 줄 때는 잠시 사실적인 장면이 지속되었다. 요컨대 세계 각지의 문명국에서 모인 관객의 은밀한 소망을 잘 알고 이에 부응하도록 만들어진 작품이었다. 한스 카스토르프는 비평가인 세템브리니 같으면 아마 인문주의에 반하는 이러한 작품의 상영을 단호히 거부하면서, 이토록 인간 경멸적인 생각을 부추기는 데 기술을 남용하는 것에 대해 솔직하고도 고전적인 아이러니를 사용해 엄하게 질타했을 거라고 생각하고, 이런 의견을 요아힘의 귀에 속삭이기도 했다. 그러나 세 사람의 자리에서 그리 멀지 않은 곳에 앉아 있던 슈퇴어 부인은 교양 없는 얼굴이 벌겋게 달아올라 일그러진 것으로 보아 영화에 완전히 빠져 있는 것 같았다.

게다가 주위 사람들이 모두 비슷한 얼굴을 하고 있었다. 그러다가 마지막 장면이 사라지고 장내의 불이 켜졌지만, 실체가 없는 영상이 움직이며 돌아가던 장소가 텅 빈 스크린에 불과하자 사람들은 박수조차 칠 수 없었다. 좋은 연기를 펼친 데 대해 박수를 쳐서 노고에 보답하고 싶어도 그 대상이 없었기 때문이다. 여태까지 관객들 앞에서 연기를 펼친 배우들은 이미 온데간데없이 사라지고 없었다. 관객들은 배우들의 연기가 남기고 간 그림자, 즉 수만 가지의 상과 순간적인 스냅 사진만을 보았을 뿐이었고,

이들의 행위는 그러한 상들과 스냅 사진으로 잘게 분해되었다가 종종 내키는 대로, 성급히 깜박이는 흐름, 시간이라는 요소에 맡겨지는 것이었다. 환영이 지나간 뒤의 관객의 침묵에는 무언가 어리벙벙하고 언짢은 기색이 감돌았다. 사람들은 두 손을 맥없이 내려놓고 있었다. 두 눈을 비비고 허공을 응시하며 밝은 것을 겸연쩍어하면서, 시간을 지닌 사물들이 생생한 현재 속에 되살아나 음악으로 화장하고 다시 움직이는 것을 보기 위해 컴컴해지기를 기다렸다.

폭군은 자객의 단도에 찔려 입을 벌리고 들리지 않는 비명을 지르며 죽었다. 그런 다음 세계 각국의 뉴스가 상영되었다. 프랑스 공화국의 대통령이 훈장의 대수(大綬)를 달고 실크 모자를 쓴 채 4인승 마차에 앉아 환영사에 답하는 장면, 인도 토후(土侯)의 결혼식에 참가한 인도의 총독, 포츠담의 병영을 방문하는 프로이센의 황태자가 뉴스에 나왔다. 또 노이메클렌부르크 섬*의 토인 부락의 생활과 풍습, 보르네오 섬에서 벌어지는 닭싸움, 콧구멍으로 피리를 부는 벌거숭이 미개인, 야생 코끼리의 포획, 샴의 궁정 의식, 기생들이 나무로 된 격자 뒤에 앉아 있는 일본의 홍등가가 스크린에 비쳤다. 그리고 털가죽 외투를 입은 사모예드인들이 순록이 끄는 썰매를 타고 북아시아의 황량한 설원을 달리는 장면, 러시아 순례객들이 헤브론에서 기도를 드리는 장면, 페르시아의 범죄인이 발바닥에 태형을 받는 장면이 나왔다. 사람들은 마치 이 모든 장면에 동참하고 있기라도 한 듯 화면을 지켜보았다. 시간과 공간의 격차가 무너져 버리고, 먼 과거의 사건이 요술처럼 음악에 휩쓸려 현재 눈앞의 사건으로 바뀌었다. 모로코의 젊은 여자가 줄무늬 비단옷을 입고, 목걸이와 팔찌, 반지로 치장하고 터질 듯이 풍만한 가슴을 반쯤 드러낸 채 느닷없이 실물 크기로 다가왔다. 콧구멍은 넓어지고 눈은 동물적인 생기에 넘친 생생한 표정이었다. 그녀는 하얀 치아를 드러내고 웃으면서 한 손을 눈 위에 대고 다른 손으로는 관객에게 오라고 손짓을 했다. 그녀의 손톱은 그녀의 살보다 더 희게 빛나고 있었다. 관객은 당황해하며 이쪽을 보는 것 같으면서도 실은 보지 않는 매력적인 환영의 얼굴을 응시했다. 그 얼굴은 이쪽의 시선을 전혀 느끼지 못했으며, 웃음과 손짓도 현재의 관객을 향한 것이 아니라 그곳과 당시에 행해진 것이었으므로 이에 대해 응답하는 것은 부질없는 일이었다. 이것은 아까도 말했듯이 관객의 즐거움 가운데 어딘지 넋이 빠진 듯한 기분이 섞여들게 했다. 그리고 환영이 사라졌다. 스크린에 아무것도 없이 흰 빛만 가득하다가, 이윽고 '끝'이라는 단어가 눈에 들어오면서, 상영 프로그램의 1회분이 막을 내렸다. 바깥에서 새로운 관객들이 같은 내용을 보기 위해 몰려 들어오는 동안 이들은 말없이 영화관을 빠져나왔다.

영화를 본 후 이들은 새로 합류한 슈퇴어 부인에 이끌려, 고마운 나머지 두 손을 꼭 잡고 있는 불쌍한 카렌을 기쁘게 해 주기 위해 요양 호텔의 카페에 들어갔다. 여기서도 음악이 연주되고 있었다. 체코인 아니면 헝가리인 같은 제1바이올린 주자가 지휘하는 붉은 연미복 차림의 소악단이 연주하고 있었다. 악단에서 좀 떨어진 그는 춤추는 여러 쌍의 남녀들 사이에서 열광적으로 몸을 비틀면서 자신의 악기를 연주했다. 식탁에는 상류 사회의 분위기가 감돌고, 평소에 잘 보지 못한 진귀한 음료가 나왔다. 사촌들은 더운데다 먼지가 많아서 자신들과 피보호자의 몸을 식히기 위해 오렌지에이드를 주문한 반면 슈퇴어 부인은 달콤한 브랜디를 시켰다. 그녀의 말에 따르면 아직 영업이 절정에 오르지 않은 시간이었다. 밤이 깊어 감에 따라 댄스가 더욱 활기를 띠고 무르익어 간다고 했다. 여기저기 요양원의 수많은 환자들과 호텔이며 이 요양 호텔에 투숙하고 있는 야성적인 병자들이 지금보다 훨씬 더 많이 몰려든다고 했다. 그리고 벌써 여러 명의 중환자들이 향락의 술잔을 기울이며 '마시며 노래하다(dulci jubilo)' 가 마지막 피를 토하며 저세상으로 춤추며 건너갔다는 것이다. 무식이 철철 넘치는 슈퇴어 부인은 '마시며 노래하다' 는 말을 엉뚱하게 바꾸어 사용했다. 처음의 '마시다' 라는 말은 음악가인 남편의 용어를 차용하여 '감미롭게(dolce)' 라고 말했고, 두 번째의 '노래하다' 는 '화재(Feuerjo)' 나 '유대 50년 절(Jubeljahr)' 같은 이상한 말로 바꾸었다. 사촌들은 이 라틴어가 등장한 순간 동시에 컵의 빨대를 덥석 물어 버렸지만 정작 슈퇴어 부인은 전혀 아무렇지도 않은 기색이었다. 오히려 그녀는 토끼 같은 이빨을 아둔하게 드러내며 세 젊은이의 관계를 캐기 위해 넌지시 떠보고 빈정대는 말을 했다. 그녀가 생각할 때 불쌍한 카렌의 입장에서 본 관계는 아주 분명했다. 슈퇴어 부인은 카렌이 가벼운 산보를 할 때 이처럼 멋진 두 기사가 수행하며 시중을 드는 것은 가히 기분이 나쁘지 않을 거라고 말했다. 그런데 사촌들 입장에서 보는 관계는 그녀로서도 확실하게 파악할 수 없었다. 하지만 그녀가 비록 어리석고 무식하기는 해도 여성 특유의 직감력으로 비록 어정쩡하고 진부하기는 하지만 어느 정도 진상을 파악하고 있었다. 그녀는 세 사람의 관계에서 진짜 기사는 한스 카스토르프이고, 젊은 침센은 단지 들러리에 불과하다는 사실을 파악하고 이를 빈정대는 표현을 했기 때문이다. 그리고 한스 카스토르프의 본마음이 쇼샤 부인에게 있다는 것을 아는 슈퇴어 부인은 그녀에게는 공공연하게 접근할 수 없으므로 그 대신 괜히 가련한 카렌을 상대해서 수행하며 시중들고 있다는 것이다. 이는 정말 그녀다운 견해로 윤리적 깊이도 없고 불충분하며 뻔한 직관에 불과했기 때문에 그녀가 놀려 대자 한스 카스토르프는 이에 대해 다만 피곤하고 경멸적인 눈길로 대응했을 뿐이다. 물론 그의 자선 행위가 다 그랬듯이 불쌍한 카렌과의 교제는 대용 수단이자 무언가 막연하지만 유익한 보조 수단의 성질을 띠는 것은 사실이었다. 하지만 이와 동시에 이러한 경건한 행위에는 그것 자체의 목적도 없는 것은 아니었다. 말도 못하게 허약한 말린크로트에게 죽을 떠먹여 주었을 때, 페르게 씨한테서 지옥과 같은 흉막 쇼크를 들었을 때, 또는 불쌍한 카렌이 기쁘고 고마워서 손가락 끝에 반창고를 붙인 손으로 박수를 치는 것을 보았을 때 그가 느낀 만족감은, 비록 비유적이고 관계가 복잡한 것이긴 하지만 동시에 직접적이고 순수한 성질을 띠고 있기도 했다. 이러한 만족감은 한스 카스토르프가 실험 채택을 해 볼 만한 가치가 있다고 생각한 교육 정신에서 유래한 것이었다. 물론 이것은 교육자인 세템브리니가 대변하고 있는 교육 정신과는 상반되는 것이기는 했지만 말이다.

　카렌 카르슈테트가 사는 조그만 집은 개울과 철길에서 멀지 않은, 도르프로 내려가는 길가에 있었다. 그래서 사촌들이 아침 식사를 한 후 규정된 산책을 하는 길에 그녀와 함께 가고 싶을 때면 그녀를 데리러 가기가 편리했다. 주 산책로로 나가기 위해 도르프 방향으로 걸어가자면 눈앞에 소 시아호른 산이 보이고, 멀리 오른쪽으로는 '녹색 탑'이라 불리는 세 개의 뾰족한 봉우리가 보였다. 이 봉우리들은 지금도 눈에 덮여 햇살을 받아 눈부시게 빛나고 있었고, 오른쪽에는 도르프베르크의 둥근 봉우리가 보였다. 그 비탈의 2분의 1의 높이에 돌담이 쳐진 도르프의 공동묘지가 보였다. 아마도 호수가 내려다보이는 관계로 분명 전망이 좋을 듯한, 어쩌면 산책의 목적지로 점찍어 둘 만한 곳이었다. 이리하여 세 사람은 어느 화창한 오전에 그곳으로 올라가 보았다. 요즘 들어 한동안 화창한 날씨가 계속되어 바람 한 점 없고 하늘은 푸르렀다. 날은 따스하기도 하고 춥기도 했으며, 봉우리는 반짝거리며 하얗게 빛났다. 사촌들은, 한 사람은 붉은 벽돌색, 다른 사람은 청동색 얼굴을 하고, 이처럼 햇살이 화사한 날씨에 외투는 성가실 것 같아서 벗어 두고 평상복 차림으로 떠났다. 침센 청년은 고무로 된 눈신발에다 운동복을 입었고, 한스 카스토르프는 신발은 사촌과 같았지만 짧은 바지를 입기에는 무리라는 생각에 긴 바지를 입었다. 때는 새해의 2월 초와 중순 사이였다. 그렇다, 한스 카스토르프가 이곳에 온 뒤 해가 바뀌어, 지금은 다른 해, 다음해가 되어 있었다. 세계 시계의 큰 바늘이 한 단위 더 전진하고 있었다. 그렇다고 해서 이 바늘이 지금 살아 있는 사람들 중에 그다음으로 전진하는 것을 볼 사람이 거의 없을 천 년 단위의 바늘도, 100년이나 10년 단위의 바늘도 아니었다. 한스 카스토르프는 이곳에 일년도 아닌 겨우 반년 있은 것에 불과하지만 일년을 가리키는 바늘이 얼마 전에 한 단위 전진한 것이었다. 그러고는 이제 5분마다 한 번씩 움직이는 어떤 큰 시계의 분침처럼 다시 움직일 때까지 일단 정지하고 있었다. 그러나 해가 바뀌려면 이 월침이 아직 열 번 더 움직여야 했다. 즉 한스 카스토르프가 이 위에 와서 움직인 횟수보다 2, 3회 더 많이 움직여야 했다. 그는 2월은 계산에 넣지 않았다. 잔돈으로 바꾼 돈은 써 버린 거나 마찬가지듯이 시작된 달은 끝난 달이나 마찬가지였기 때문이다.

그리하여 세 사람은 어느 날 도르프베르크의 묘지에도 산보를 갔다. 자세히 설명하기 위해 이 소풍에 대해서도 이야기를 하겠다. 그곳으로 소풍을 가자고 이야기를 꺼낸 사람은 한스 카스토르프였다. 그런데 요아힘은 처음에 불쌍한 카렌이 염려돼 망설였지만, 그녀와 죽음을 가지고 숨바꼭질 놀이를 하고, 무엇보다 비겁한 슈퇴어 부인처럼 죽음을 생각나게 하는 것을 피하려고 전전긍긍하는 것은 부질없는 짓이라 생각하고 이를 받아들이기로 했다. 카렌 카르슈테트는 말기 단계에 있는 환자가 보이는 자기 기만에 빠지지 않고, 자신의 상태가 어떠한지, 손가락 끝이 괴사하는 게 어떤 뜻인지 잘 알고 있었다. 더구나 고향의 친척들이 사치스럽게 자신의 유해를 고향으로 보내게 할 리도 없고, 자신이 죽은 후에 저 위의 검소한 묘지의 한 귀퉁이에 안식처를 얻게 될 것임도 알고 있었다. 그래서 요컨대 묘지로 산책하는 것은 많은 다른 장소, 예를 들어 봅슬레이 경기장이나 영화관보다 이들에게 윤리적으로 더 적합하다고 할 수 있었다. 게다가 공동묘지를 그저 경관이 좋은 장소, 그럴듯한 산책 코스라고 생각하지 않는다면, 이 위에 잠들어 있는 사람들을 한번 찾아보는 것은 동료로서 당연한 예의임에 틀림없었다.

눈 속에 나 있는 오솔길은 여러 사람이 나란히 걸을 만큼 넓지 못해, 이들은 일렬로 서서 느릿느릿 산으로 올라갔다. 비탈에 위치한 마지막 별장, 가장 높은 곳에 있는 별장을 지나 내려갔다가 다시 올라가면서 기막힌 겨울 풍경으로 단장한 친숙한 경치가 다시 한 번 원근법적으로 시야에 들어왔다. 북동쪽으로 골짜기의 입구를 향하여 시야가 열리기 시작했고, 예상대로 호수 쪽으로 전망이 열렸다. 숲으로 에워싸인 둥근 호수는 얼어붙은 채 눈으로 뒤덮여 있었다. 그리고 가장 먼 쪽의 호숫가 뒤에는 산비탈이 지면에서 서로 만난 듯이 보였고, 그 비탈 뒤에는 낯선 봉우리들이 눈에 덮인 채 푸른 하늘을 배경으로 서로 키를 다투고 있었다. 세 사람은 묘지 입구의 돌로 된 문 앞으로 가서 눈 속에 선 채로 경치를 바라보고는, 돌문에 그냥 얹어서 걸쳐 놓았을 뿐인 격자 쇠창살 문을 열고 묘지 안으로 들어갔다.

묘지 안에도 좁은 길이 나 있었다. 주위에 철책을 두르고 눈을 잔뜩 이고 있는 불룩한 무덤들 사이, 돌 십자가나 금속 십자가며 원형 부조와 비문으로 장식된 조그만 비석이 있는, 대칭으로 잘 조성된 이러한 침소 사이에 좁은 길이 나 있었다. 하지만 사람의 그림자는 얼씬도 안했고, 사람 소리조차 들리지 않았다. 이 장소의 정적, 한적함 및 고요함은 여러 가지 의미에서 깊고 은밀한 분위기를 느끼게 했다. 덤불 속 어딘가에 돌로 된 작은 천사와 동자상이 작은 머리에 눈 모자를 비스듬히 쓰고 서서 손가락으로 입술을 막고 있었는데, 이는 말하자면 아마 침묵의 수호신인 모양이었다. 그것도 말하는 것을 반대하고 거역하는 의미를 강하게 풍기는 침묵의 수호신, 그러므로 말을 하지 않으면서도 공허하거나 단조롭게 느껴지지 않는 침묵의 수호신 같았다. 두 사촌이 만약 모자를 쓰고 있었더라면 이때 모자를 벗었을지도 모른다. 하지만 한스 카스토르프를 비롯하여, 두 사람도 머리에 아무것도 쓰지 않았으므로 그냥 경건한 자세로 발끝에 체중을 싣고는, 좌우로 가볍게 목례를 하는 동작을 하며 카렌의 뒤를 따라 일렬로 걸어갔다.

공동묘지는 모양이 일정하지 않아 처음에는 남쪽으로 직사각형으로 좁게 뻗어 있다가, 역시 직사각형으로 양쪽으로 뻗어 있었다. 분명 묘지를 여러 번에 걸쳐 확장할 필요가 있어 옆의 밭도 묘지로 만든 것 같았다. 그렇지만 현재도 울타리로 둘러싸인 묘지는 만원이나 다름없었고, 울타리를 따라서 내부의 지형이 더 열악한 곳도 사정은 마찬가지였다. 그래서 필요한 경우에 안식처를 잡는 문제도 용이하지 않아 보였다. 세 사람의 외부인은 묘비 사이에 난 좁은 길과 통로를 한동안 경건하게 걸어 다니다가 가끔 걸음을 멈추고 이름, 생년월일 및 사망일을 들여다보기도 했다. 비석이나 십자가가 고급이 아닌 걸로 보아서 그다지 비용이 들지는 않은 듯했다. 묘비명에는 세계 각국에서 온 이름들이 적혀 있었는데 영국인, 러시아인, 또는 막연하게 슬라브인, 그리고 독일인, 포르투갈인, 그 밖에 갖가지 이름들이 있었다. 하지만 묻힌 날짜는 얼마 되지 않았고, 이 세상에서 산 기간은 대체로 눈에 띄게 짧았다. 태어나서 죽을 때까지의 기간은 보통 20년 정도밖에 되지 않거나, 그것보다 그다지 더 길지 않았다. 그러니까 혈기에 넘치고 무분별한 젊은이들만 이곳에 잔뜩 묻혀 있는 셈이었다. 이들은 세계 각지에서 이곳으로 모여들어 영원한 수평 생활에 들어간 것이었다.

빽빽하게 들어찬 묘지의 안쪽 중앙 가까이에 사람 키 정도의 평평하게 고른 땅이 아직 남아 있었다. 그 양쪽으로는 돌 주위에 조화로 된 화환이 걸린 두 개의 묘가 조성되어 있었다. 세 명의 방문객은 누가 뭐랄 것도 없이 무의식중에 그 앞에 멈추어 섰다. 소녀는 두 동반자보다 약간 앞에 서서 비석에 새겨진 연수를 읽었다. 한스 카스토르프는 편한 자세로 두 손을 맞잡고 입을 벌린 채 졸린 눈으로 서 있었고, 요아힘 침셴 청년은 부동자세로, 반듯하면서도 어딘가 모르게 뒤로 약간 젖혀진 자세였다. 그러면서 두 사촌은 똑같이 호기심어린 눈길로 몰래 카렌 카르슈테트의 표정을 훔쳐보았다. 이들이 자신을 훔쳐보는 것을 알아차린 그녀는 머리를 약간 비스듬하게 앞으로 내밀고 수줍은 듯 겸손하게 서 있었다. 그리고 짐짓 입술을 오므리고 미소 지으면서 빠르게 눈을 자꾸 깜박거렸다.

발푸르기스의 밤

앞으로 며칠 안 있으면 한스 카스토르프 청년이 이곳에 올라온 지 7개월이 되었다. 한스 카스토르프가 이 위에 왔을 때 이곳에 있은 지 5개월 되었던 사촌 요아힘은 이제 12개월, 즉 일년, 그러 니까 만 일년을 이곳에서 보낸 셈이었다. 작지만 힘이 센 기관차 가 그를 이곳에 내려 준 후 지구가 태양 주위를 한 바퀴 돌고 원래 지점에 되돌아갔다고 하는 우주적인 의미에서 만 일년이 되었다. 때는 사육제 기간이었다. 사육제가 목전에 다가오자 한스 카스토 르프는 사육제를 어떻게 보내는지 이곳에 온 지 만 일년 되는 사 촌에게 물어 보았다.

"굉장하지요!" 아침 산책을 하면서 또 한 번 사촌과 맞닥뜨린 세템브리니가 대신 대답했다. "장관입니다! 빈의 프라터 유원지 에서처럼 아주 재미있습니다. 두고 보십시오, 엔지니어 양반. 우 리도 곧 윤무를 추는 멋진 난봉꾼이 될 겁니다." 그는 이렇게 말한 다음, 팔과 머리와 어깨를 효과적으로 움직이면서 독설을 내뿜으 며 잔뜩 부어터진 입으로 계속 입방아를 찧기 시작했다. "내가 책 에서 읽기로는 정신 병원에서도 가끔 바보와 천치를 위해 무도회 를 개최한다고 하지 않습니까? 그렇다면 여기라고 못할 게 없지 않습니까? 상상이 되겠지만 프로그램에는 극히 다양한 종류의 죽 음의 무도가 포함되어 있습니다. 그러나 안타까운 점은 축제가 아 홉 시 반이면 끝나기 때문에 작년에 축제에 참가한 사람들의 일부 가 이번에는 참가할 수 없다는 사실입니다."

"당신 말씀은…… 아, 그렇군요, 아주 걸작입니다!" 한스 카스토르프는 웃으며 말했다. "당신은 정말 익살꾼입니다! 아홉 시 반은 말이야, 너 들었지, 응? 말하자면 세템브리니 씨의 말은 너무 이른 시각이래. 작년에 축제에 참가한 사람들의 '일부' 가 한 시간 정도 참가하기에는 말이야. 하, 하, 어쩐지 기분이 으스스한데. 그러니까 그 일부란 '살〔肉〕'에 영원히 작별을 고한* 사람들이야. 내 말장난 알아듣겠어? 하지만 어쨌든 자못 기대되는데. 나는 축제가 돌아오는 것을 차례로 맞이하여 축하하는 것이 옳다고 생각합니다. 일상적인 생활에 단락, 그러니까 매듭을 지어 단조롭고 따분하지 않도록 하는 것 말입니다. 이는 아주 색다른 기분일지도 모르겠습니다. 우리는 크리스마스 축하를 하면서 새해가 왔다는 것을 알았는데, 이제 사육제가 다가오고 있습니다. 그런 다음 부활절 직전의 일요일이 다가와 (이곳에서도 롤빵을 먹겠지요?) 수난 주간, 부활절과 그로부터 6주 후에는 성령 강림절이 오고, 그런 다음에는 일년 중에서 가장 낮이 긴 하지가 옵니다, 아시겠지요. 그리고 가을로 넘어갑니다."

"그만! 그만! 그만 하십시오!" 세템브리니는 이렇게 외치면서 얼굴을 하늘로 치켜들고 손바닥으로 관자놀이 부근을 지그시 눌렀다. "그만 하십시오! 이런 식으로 고삐를 느슨하게 하는 것을 금합니다!"

"용서하십시오, 나는 오히려 다른 뜻으로 말했는데요. 그건 그렇고 결국 베렌스는 병독을 제거하기 위해 이제 주사를 놓으려는 모양입니다. 열이 37.4도, 5도, 6도, 그리고 7도를 고수하기 때문입니다. 아무리 해도 열이 내려가지 않습니다. 나는 역시 인생의 걱정거리 자식이고 앞으로도 그럴 모양입니다. 그렇다고 장기 환자는 아니겠지요. 라다만토스가 나에게 확실한 형량을 내리지는 않았지만, 그가 말하기로는 내가 벌써 이 위에 이만큼 오래 있었고, 말하자면 많은 시간을 투자했기 때문에 도중에 요양을 그만둔다는 것은 부질없는 짓이랍니다. 그가 기한을 정해 준다 한들 그게 나에게 무슨 소용이 있겠습니까? 이렇다할 별 의미가 없겠지요. 이를테면 그가 반년을 선고한다 해도 그것은 아주 빠듯한 형량이니 더 이상을 각오해야 할 테니까요. 내 사촌의 경우도 그렇습니다. 그는 이달 초에 끝날 예정이었지만 — 완쾌한다는 의미에서 끝난다는 말입니다 — 베렌스는 저번에 완쾌하려면 넉 달이 더 걸릴 거라고 했습니다. 그래서 말인데, 그다음에는 어떻게 되겠습니까? 그럼 아까 말했듯이 우리는 하지를 맞게 됩니다. 이는 당신의 심기를 불편하게 하기 위해서 하는 말이 아닙니다. 그리고 다시 겨울로 넘어가게 됩니다. 하지만 물론 지금은 일단 사육제를 맞이하겠지요. 아까도 말했지만, 나는 이곳에서 모든 축제를 순서대로, 달력에 있는 대로 치르는 것이 좋고 마땅하다고 생각합니다. 슈퇴어 부인의 말로는 수위실에서 아이들 나팔을 팔고 있다지요?"

사실 그러했다. 멀리만 있는 줄 알았는데 어느새 훌쩍 다가온 사육제 화요일의 첫 번째 아침 식사 때에 벌써 꼭두새벽부터 식당에서는 장난감 나팔이 갖가지 소리로 삐삐 뿌뿌 하고 요란스럽게 울려 댔다. 이미 점심 식사 때는 겐저, 라스무센, 클레펠트의 식탁에서는 종이테이프가 날아다녔고, 몇몇 사람들, 예를 들면 눈이 동그란 마루샤는 역시 현관 수위실 앞에서 절름발이가 파는 종이 모자를 쓰고 있었다. 밤에는 홀과 휴게실에서 축제의 야간 모임이 펼쳐졌다. 그 과정에서…… 한스 카스토르프의 모험가적 정신의 덕택으로 이 사육제 모임이 어떤 식으로 진행되었는지는 현재로서는 우리만 알고 있다. 하지만 우리는 알고 있다는 사실에 들떠 분별을 잃지 않도록 당연히 누려야 할 명예를 시간에 넘기고, 급히 서두르지 않도록 하자. 어쩌면 우리는 한스 카스토르프 청년이 윤리적인 소심함 때문에 그러한 일을 감행하는 것을 그토록 오랫동안 억눌러 왔다는 사실을 잘 알기 때문에 그때 일어난 사건에 대해서는 나중에 이야기하도록 하자.

오후에는 다들 사육제의 거리 풍경을 구경하러 플라츠로 한가롭게 걸어갔다. 도중에 가면을 쓴 피에로와 어릿광대 들이 납작한 막대기들을 흔들면서 달그락거리는 소리를 내며 걷고 있었다. 방울 소리를 울리며 지나가는 장식을 한 썰매에 탄 역시 가면을 쓴 사람들은 보행자들과 색종이 조각을 서로 던지며 가벼운 전투를 벌였다. 이렇게 벌써 들뜬 기분이 된 베르크호프의 주민들은 그런 공공연한 기분을 한정된 범위에서 확산시키고자 마음먹고 저녁 식사 때 일곱 식탁에 모여 앉았다. 수위가 파는 종이 모자와 삐삐 뿌뿌 소리가 나는 나팔이 날개 돋친 듯 팔렸고, 파라반트 검사가 아주 요란하게 가장(假裝)을 하고 맨 먼저 테이프를 끊었다. 그는 여자 차림을 하고, 사방에서 떠드는 소리로 보아 부름브란트 총영사 부인의 물건인 듯한 가발을 쓴 채, 자신의 콧수염도 인두로 지져 비스듬히 내려가게 하고서, 그야말로 중국인 같은 모습으로 나타났다. 경영자측도 이에 질세라, 일곱 식탁 전부를 종이 초롱으로 꾸미고는 그 속에 촛불을 켜 놓아 색칠한 달처럼 보이게 했다. 세템브리니는 식당에 들어와 한스 카스토르프의 식탁 옆을 지나가면서 이러한 조명과 관계 있는 괴테의 『파우스트』에 나오는 「발푸르기스의 밤」 장면을 인용했다.

보십시오, 저 알록달록한 불꽃을!
여기 유쾌한 무리가 모여 있습니다.

그는 우아하고 메마른 미소를 짓고 이렇게 읊조리며 자신의 식탁으로 어슬렁거리며 걸어가다가, 얇은 막 안에 향수가 가득 든 조그만 공, 맞으면 터져서 향수를 뿌리는 수류탄 세례를 받았다.

요컨대 축제 기분은 처음부터 무르익었다. 웃음소리가 가득했고, 샹들리에에서 드리워진 종이테이프가 공기의 움직임에 따라 이리저리 살랑거렸으며, 고기 수프 속에는 색종이 공이 헤엄치고 있었다. 이내 난쟁이 아가씨가 이날 저녁 처음 나오는 샴페인 병이 든 얼음통을 들고 부리나케 지나가는 모습이 보였고, 아인후프 변호사의 신호에 따라 샴페인을 부르고뉴 산 포도주에 타서 마셨다. 식사가 거의 끝날 무렵, 천장의 불이 꺼지고 초롱만이 알록달록한 희미한 빛으로 식당을 이탈리아의 밤처럼 비추자, 그야말로 축제 분위기는 절정에 달했다. 한스 카스토르프의 식탁에는 세템브리니가 종이쪽지를 건네주어 (그는 그 종이쪽지를 바로 옆에 앉은, 녹색의 비단 종이로 장식한 기수(騎手) 모자를 쓴 마루샤를 통해 전해 주었다) 대대적인 찬사를 받았다. 쪽지에는 연필로 이런 글귀가 적혀 있었다.

아무쪼록 잊지 마십시오!
오늘 산 속은 마법으로 제정신이 아닙니다,
도깨비불이 당신을 현혹시키더라도,
그대로 따라가면 안 됩니다.

다시 용태가 악화되었던 블루멘콜 박사는 예의 그 특유의 얼굴 표정, 정확히 말하면 우물거리는 입 모양을 하고서 뭐라고 중얼거렸는데, 그게 무슨 의미의 시구냐고 묻는 것 같았다. 한스 카스토르프도 그냥 가만히 있으면 안 되겠다고 생각하고, 물론 극히 보잘것없는 것이 되겠지만, 장난삼아 종이쪽지에 답례 시구를 써야겠다는 의무감을 가졌다. 그래서 주머니를 뒤져 연필을 찾았지만 보이지 않았고, 요아힘과 여선생한테서도 빌릴 수 없었다. 하는 수 없이 그는 붉게 충혈 된 눈을 임시변통으로 동쪽으로, 식당의 왼쪽 뒤편으로 돌렸다. 그런데 처음의 가벼운 의도가 복잡한 연상으로 바뀌는 바람에 그의 얼굴이 창백해지면서 원래 의도는 까맣게 잊어버리고 말았다.

그의 얼굴이 창백해진 이유는 다른 데에도 있었다. 저 뒤쪽에서 쇼샤 부인이 사육제 차림을 하고 새 옷, 적어도 한스 카스토르프가 아직 보지 못한 새 옷을 입고 있었다. 때때로 밤색으로 희미하게 빛나는, 엷기도 하고 짙기도 한 검은 비단 옷이었는데, 목 부분이 소녀의 옷처럼 둥글게 파여 있었다. 그래도 그리 깊게 파이지는 않아서 목과 쇄골의 시작 부분이 보였고, 뒤로는 머리를 약간 앞으로 내밀고 있어서 목덜미에 풀려 나온 머리카락 아래에 목뼈가 약간 튀어나온 것이 보였다. 하지만 어깨 있는 데까지 드러난, 섬세한 동시에 통통한 클라브디아의 팔은 아무리 생각해도 차가운 느낌을 주었다. 검은 비단 옷과 대조적으로 유난히 하얀 팔이 무척 감동적이어서 한스 카스토르프는 두 눈을 꼭 감고 스스로에게 '아, 저럴 수가!' 하고 속삭이지 않을 수 없었다. 그는 이런 식으로 재단한 옷을 본 적이 없었다. 그는 이것보다 더 과감하게 목과 어깨를 드러낸 무도회 드레스를 본 일이 있지만, 그것은 축제라서 허락되는, 그러니까 규정에 맞는 노출이라서 조금도 충격적인 느낌을 주지 않았다. 그는 언젠가 얇은 망사에 비친 이 팔을 본 적이 있었는데, 당시에 그가 이렇게 불렀듯이 얄궂은 '변용' 때문에, 이 팔의 유혹, 비이성적인 유혹이 더욱 강해지는 모양이라고 생각했다. 그런데 불쌍한 한스 카스토르프의 이러한 옛 생각이 잘못된 것으로 증명되었다. 잘못된 생각이었다! 말도 안 되는 자기기만이었다! 병독에 침식된 이 유기체의 멋진 팔, 통통하고 눈부시게 돋보이는 이 팔은 당시의 변용보다 훨씬 더 강한 매력으로 증명되는 하나의 사건이었으며, 머리를 숙이고 소리 없이 '아, 저럴 수가!' 만 되풀이할 수밖에 없는 하나의 현상이었다.

얼마 후에 또 이런 시구가 적힌 쪽지가 왔다.

훌륭한 분들입니다,

정말 온통 멋진 신부들입니다!

그리고 총각들도 하나같이

전도유망한 젊은이들입니다.

이 글을 읽고 다들 "브라보! 브라보!" 하면서 소리쳤다. 사람들은 벌써 갈색의 작은 사기그릇에 담아 나오는 모카커피를 마시거나, 또는 예를 들어 달콤한 술을 좋아하는 슈퇴어 부인 같은 사람은 리큐어 술을 마시고 있었다. 사람들은 흩어지면서 서로 교류하기 시작했다. 서로를 찾아다니며 식탁을 바꾸기도 했다. 손님들 중의 일부는 이미 휴게실로 몰려갔고, 다른 일부는 계속 식당에 남아 포도주를 섞은 샴페인을 마시면서 이야기를 주고받았다. 세템브리니는 커피 잔을 손을 들고 이쑤시개를 입에 문 채 직접 이곳으로 건너와서, 한스 카스토르프와 여교사 사이 구석 자리에 청강생의 입장으로 끼여 앉았다.

"하르츠 산지입니다." 그가 말했다. "쉬르케와 엘렌트 근방*입니다. 내가 말한 것이 지나친 과장이었습니까, 엔지니어 양반? 난장판이 되고 말 겁니다! 하지만 기다려 보십시오, 우리의 위트는 그렇게 빨리 동이 나지 않습니다. 아직 최고조에 달한 것은 아닙니다. 하물며 끝나려면 아직 멀었습니다. 정보를 종합한 것에 따르면 아직 더 많은 가장 인물이 등장할 겁니다. 어떤 사람들은 보이지 않는 걸 보니 크게 기대해도 좋을 것 같습니다, 두고 보십시오."

정말 새로운 가장 인물들이 나타났다. 희가극풍으로 터무니없이 배를 불룩하게 한 여자들이 남장을 한 채, 코르크 마개를 태워 얼굴에 시커멓게 수염을 그리고 나타났다. 이와는 반대로 여성용 드레스를 입은 남자들이 치마에 걸려 비트적거리며 나왔다. 가령 대학생 라스무센은 검은 옥구슬이 박힌 검은 부인복을 입고 여드름투성이의 가슴과 목덜미를 드러낸 채, 종이로 만든 부채로 그것도 등에다 부채질하고 있었다. 거지 한 명이 X자 모양으로 밭장다리를 하고 목발에 의지한 채 나타나기도 했다. 어떤 사람은 하얀 속옷에 여성용 펠트 모자를 쓰고 피에로 분장을 하고, 눈이 부자연스러울 정도로 크게 보이게 얼굴에 분칠을 한 채 연지로 입술을 빨갛게 칠하고 나타났다. 그는 손톱을 길게 기르는 소년이었다. 이류 러시아인 석의 다리가 멋진 그리스인은 자색의 메리야스 바지를 입고, 짧은 외투와 종이 목도리를 걸친 채, 속에 칼을 넣은 지팡이를 짚으며 스페인의 대공이나 동화에 나오는 왕자처럼 거드름을 피우며 걸어 나왔다. 이러한 모든 가장 도구는 식사가 끝난 후 급히 즉흥적으로 만들어진 것들이었다. 슈퇴어 부인도 엉덩이가 들썩거려 더는 자리에 그냥 앉아 있을 수 없었다. 어느새 사라졌는가 싶더니 잠시 후에 그녀는 치맛자락을 거머쥐고 소매를 걷어 올린 채, 종이 모자의 끈을 턱 아래에 매고는 물통과 빗자루를 든 청소부의 모습으로 돌아왔다. 그녀는 이 도구를 사용하기 시작하여 젖은 솔로 식탁에 앉은 사람들의 다리 사이를 문지르고 다녔다.

바우보 할머니 혼자서 등장입니다.

세템브리니는 그녀를 보고 이렇게 암송하고는 그다음 시구도 분명하고도 조형적으로 덧붙였다. 슈퇴어 부인은 이 말을 듣고 세템브리니를 '이탈리아의 수탉'이라고 부르며, '음탕한 말'을 삼가라고 촉구했다. 그러면서 그녀는 사육제에서 가장한 자의 자유로 그를 '너'라고 불렀다. 안 그래도 식사 때부터 벌써 다들 서로 말을 놓고 있었기 때문이다. 세템브리니가 그녀에게 무언가 응수를 하려는 순간 홀에서 왁자지껄하고 웃는 소리가 나는 바람에 그는 입을 다물었고, 식당에서는 무슨 일인가 하고 다들 긴장하며 주목했다.

방금 가장을 끝낸 것으로 보이는 두 명의 인물이 기묘한 차림을 하고 휴게실 손님들에 에워싸여 식당으로 들어왔다. 한 사람은 간호사 복장을 하고 있었는데, 그녀의 검은 제복에는 목에서부터 흰 끈이 가로로 꿰매져 있었다. 짧은 끈은 촘촘히 달려 있고, 이것보다 더 긴 끈은 좀 더 드문드문 달려 있는 것으로 보아서 체온계의 눈금을 표시하는 것 같았다. 그녀는 파리한 입술에 집게손가락을 대고, 오른손에는 체온표를 들고 있었다. 다른 가장은 온통 푸른색으로 치장하고 있었는데, 푸른색으로 칠한 입술과 눈썹 외에도 얼굴과 목 부분이 온통 푸르게 칠해져 있었다. 푸른 털실 모자를 귀를 덮어 비스듬히 눌러쓰고, 한 장으로 된 윤이 나는 푸른 삼베로 만든 옷 같기도 하고 덧옷 같기도 한 것을 입고 발목을 끈으로 잡아매었는데, 뱃속에는 무언가를 잔뜩 집어넣었는지 불룩했다. 사람들은 이들이 일티스 부인과 알빈 씨라는 것을 금방 알 수 있었다. 두 사람 다 목에는 마분지를 걸고 있었는데, 거기에는 각기

'무한정 체온계'와 '푸른 하인리히'라고 적혀 있었다. 이들은 건들건들 걸으면서 나란히 식당 안을 돌아다녔다.

이들을 보고 박수갈채가 터졌고, 환호성이 일어났다! 슈퇴어 부인은 빗자루를 겨드랑이에 끼고 두 손을 무릎에 얹은 채 청소부의 역할을 핑계로 지나치고도 야비하게 마음껏 웃어 댔다. 세템브리니만은 가까이하기 힘든 얼굴 표정을 짓고 있었다. 그는 대성공을 거둔 두 명의 가장한 남녀에게 흘끗 시선을 던지고는 멋지게 말아 올린 콧수염 아래의 입술을 굳게 다물었다.

'무한정'과 '푸른', 이 두 사람을 따라 휴게실에서 다시 이곳 식당으로 건너온 사람들 중에는 클라브디아 쇼샤도 끼어 있었다. 머리털이 곱슬곱슬한 타마라와 야회복을 입고 가슴팍이 들어간 불리긴인가 하는 사람과 함께 들어온 그녀는 한스 카스토르프의 식탁 옆을 새 옷 차림으로 지나갔다. 그녀와 동행한 두 사람은 알레고리적인 의미를 지닌 유령들을 계속 따라다니다가 그들과 함께 식당에서 나가 버렸지만, 쇼샤 부인은 겐저 청년과 클레펠트의 식탁으로 비스듬하게 건너가서 뒷짐을 진 채 실눈을 하고 웃으면서 잡담을 나누며 서 있었다. 쇼샤 부인도 사육제 모자로 치장하고 있었다. 그것은 산 모자가 아니라 아이들에게 접어 주는 것 같은, 하얀 종이를 그냥 삼각형으로 접어 만든 모자였다. 그렇지만 비스듬하게 모자를 쓰고 있는 모습은 비할 데 없이 아름다웠다. 짙은 밤색으로 빛나는 비단 아래로 발이 드러나 있었고, 치마는 약간 불룩하게 솟아 있었다. 팔에 대해서는 여기서 더는 거론하지 않기로 하겠지만, 좌우간 어깨 있는 데까지 허옇게 드러나 있었다.

"저 여자를 잘 보십시오!" 한스 카스토르프에게는 세템브리니의 목소리가 아득히 먼 곳에서 들리는 것처럼 느껴졌다. 그는 그녀가 이내 식당 밖으로 나가기 위해 유리문으로 향하는 모습을 시선으로 좇고 있었던 것이다. "저 여자는 릴리트입니다."

"누구요?" 한스 카스토르프가 물었다.

문사는 『파우스트』에 나오는 대사와 우연히 일치해서 매우 기뻐했다. 그는 이렇게 답변했다.

"아담의 첫째 부인입니다. 조심해야 합니다."

이들 두 사람 말고는 아직 식탁에 앉아 있는 사람은 이들과 멀찍이 떨어진 식탁의 블루멘콜 박사밖에 없었다. 요아힘을 포함하여 식탁의 다른 동료들은 다들 휴게실로 건너갔다. 한스 카스토르프는 이렇게 말했다.

"오늘 밤 너의 가슴에는 시문학과 시구로 가득하군. 그럼 릴리트는 어떤 여자지? 그럼 아담은 재혼한 건가? 그런 줄 몰랐는데……"

"헤브라이 전설에는 그렇지요. 이 릴리트는 밤 도깨비가 되어서, 젊은 남자들에게는 위험하지요. 특히 그녀의 아름다운 머리칼 때문에 말이오."

"원 참! 아름다운 머리칼을 지닌 밤 도깨비라고. 너는 어째서 그런 것을 못 견딘다는 말이냐? 가령 너는 젊은이들을 바른 길로 인도하기 위해 다가와서는 전등을 켜지. 그렇지 않은가?" 한스 카스토르프는 꿈결에서처럼 말했다. 그는 샴페인에다 포도주 섞은 것을 많이 마셨기 때문에 제법 취해 있었다.

"이보시오, 엔지니어 양반, '너'라는 말을 삼가 주시오!" 세템 브리니는 눈살을 찌푸리며 명령하듯 말했다. "부탁합니다만, 교양 있는 유럽인이 보통 쓰는 '당신'이라는 말을 사용해 주십시오! 지금 쓰는 표현은 당신에게 전혀 어울리지 않습니다."

"어째서 말인가? 오늘은 사육제가 아닌가! 오늘 밤엔 어떤 호칭으로 불러도 괜찮지 않나."

"그것은 무례한 자극을 노리고 하는 거요. 모르는 사람끼리 당연히 당신이라고 하지 않고 너라고 하는 것은 역겨운 야만적 행위이고, 원시 상태를 농락하는 매우 난잡한 희롱이오. 내가 그것을 혐오하는 것은 모름지기 문명과 발전된 인간성에 역행하기 때문이오. 뻔뻔스럽고도 후안무치하게 역행하는 거요. 나도 당신을 너라고 부르지 않았어요, 착각하지 말아요! 나는 당신 나라의 국민 문학의 걸작에 나오는 한 부분을 인용했어요. 그러므로 나는 시적으로 말한 거요."

"나도 그래! 나도 어느 정도는 시적으로 말하고 있어. 이 순간이 그렇게 하는 데 적합한 것으로 생각되어 그렇게 말한 거야. 나는 너라고 부르는 게 아주 자연스럽고 수월하다고 말하는 게 절대 아니야. 그와 반대로 오히려 일종의 자기 극복이 필요하지. 그렇게 하기 위해서는 내키지 않는 결심을 해야 해. 하지만 이러한 결심을 기꺼이 하며, 즐거운 마음으로 진심으로……"

"진심이라고요?"

"진심이야, 그래, 정말이야. 우리가 이 위에서 같이 지낸 지 벌써 오래되었지. 너도 계산해 보면 알겠지만 일곱 달이나 되었어.

이 위의 우리의 시간 관념으로는 아직 그리 오랜 기간이 아니지만, 저 아래 평지의 개념으로 돌이켜 생각해 보면 상당한 기간이라 할 수 있어. 이제, 우리는 인생의 부름을 받아 이곳에서 함께 지내게 된 거야. 그리고 거의 날이면 날마다 얼굴을 맞대고, 재미있는 대화들을 나누지. 부분적으로는, 저 아래에 있었더라면 전혀 이해하지 못했을 대상에 대해서 말이지. 하지만 여기서는 술술 이해가 돼. 여기서는 그것들이 중요하고 절실한 문제이기 때문에 우리가 토론할 때면 언제나 아주 진지한 자세로 임했던 거야. 아니 토론을 했다기보다는, 인문주의자인 네가 나에게 여러 가지를 설명해 주었지. 물론 나는 지금까지의 경험이 일천하기 때문에 제대로 말을 할 수 없었지. 그래서 네가 말하는 것을 언제나 대단히 들을 만하다고 생각했던 거야. 너를 통해서 나는 많은 것을 알게 되었고 이해하게 되었어. 카르두치에 관한 이야기는 그 중에서도 가장 사소한 것이었어. 하지만 예컨대 공화제는 아름다운 문체와 어떤 관계에 있는지, 또는 시간은 인류의 진보와 어떤 관계에 있는지, 이와는 반대로 만약 시간이 없다면 인류의 진보도 있을 수 없으며, 세상은 고여 있는 물웅덩이나 썩은 늪처럼 되리라는 걸 네가 아니었다면 어떻게 알 수 있었겠어. 나는 너를 그냥 너라고 부르고, 달리 어떻게 부르지 못하겠어. 용서해 줘. 어떻게 해야 할지 알지 못하기 때문이야. 어떻게 잘할 도리가 없단 말이야. 네가 여기에 앉아 있고, 나는 그냥 너라고 불러. 그것으로 충분해. 너는 어떤 이름을 가진 일개인이 아니라, 대표자야. 세템브리니 씨, 내 편을 드는 이곳의 대표자야. 너는 그런 사람이야." 한스 카스토르프는 이렇게 역설하며 손바닥으로 식탁보를 쳤다. "그래서 말인데 너에게 감사의 말을 전하고자 해." 그는 계속 말하면서, 샴페인과 부르고뉴 산 포도주를 섞은 자신의 유리잔을 세템브리니의 커피 잔에다 들이밀었는데, 이는 마치 식탁 위에서 서로 맞부딪치려고 하는 것 같았다. "너는 이 일곱 달 동안 나에게 무척 친절하게 대해 주었어. 그리고 수많은 새로운 경험을 하게 된 신입생을 위해, 완전히 공짜로, 어떤 때는 실제 이야기로, 어떤 때는 추상적인 형식으로, 연습과 실험을 하도록 하면서 나의 잘못을 고쳐 주려고 애썼어. 이에 대해, 이 모든 것에 대해 감사의 말을 전하고, 내가 나쁜 제자이며, 네가 말한 것처럼 '인생의 걱정거리 자식'이라면 사죄의 말을 할 순간이 왔다고 뚜렷이 느끼고 있어. 네가 그런 말을 했을 때 얼마나 감동했는지 몰라. 그리고 그것을 생각할 때마다 나는 새삼스레 가슴이 뛰곤 하지. 걱정거리 자식, 네가 볼 때, 너의 교육자적 기질로 볼 때 나는 걱정거리 자식이었을 거야. 내가 이곳에 처음 오던 날 너는 너의 교육자적 기질에 대해 말한 적이 있지. 물론 인문주의와 교육의 관계도 네가 나에게 가르친 관계들 중의 하나야. 시간을 갖고 생각해 보면 이 밖에도 몇 가지가 떠오를 거야. 그러니까 나를 용서해 주고, 나를 나쁘게만 생각지 말아 줘! 행복을 빌어, 세템브리니 씨, 건강을 빌어! 인류의 고통을 제거하기 위한 너의 문학적인 노력을 기리기 위해 잔을 비우겠어!" 그는 이렇게 말을 끝내고, 몸을 약간 뒤로 젖히고는 샴페인에 포도주를 섞은 술을 두세 모금 꿀꺽 마시고는 자리에서 일어섰다. "자, 그럼 이제, 다른 사람들이 모여 있는 곳으로 가 보자."

"이보시오, 엔지니어 양반, 내가 당신을 화나게 했소?" 이탈리아인은 놀란 눈으로 이렇게 말하며 역시 식탁에서 일어섰다. "그 말은 작별 인사처럼 들리는군요."

"아니야, 작별 인사라니?" 한스 카스토르프는 피했다. 그는 말로써 비유적으로 피했을 뿐만 아니라 상체로 호를 그리듯이 하면서 몸으로도 피했다. 그러면서 막 두 사람을 데리러 온 여교사 엥겔하르트 양을 상대하기 시작했다. 그녀는 경영주측에서 제공했다는 사육제 펀치 주를 고문관이 피아노실에서 직접 따라 주고 있다고 전했다. 그녀는 두 사람도 마시고 싶으면 어서 같이 가자고 말했다. 그래서 이들은 그쪽으로 건너갔다.

정말 그 방에서는 손잡이가 달린 조그만 잔을 내밀고 있는 손님들에게 둘러싸인 채 베렌스 고문관이 흰 식탁보로 덮인 중앙의 둥근 탁자 옆에 서서 큰 양푼에서 김이 모락모락 나는 음료를 국자로 뜨고 있었다. 의사라는 직업상 하루도 쉴 수 없어 오늘도 수술복을 입고 있었지만 그도 사육제답게 복장에 좀 신경을 써서, 검은 술이 귀에까지 덜렁거리며 내려오는 새빨간 진짜 터키식 모자를 쓰고 있었다. 이 두 가지만으로도 그에게는 충분한 의상이 되었다. 안 그래도 그의 풍모가 인상적인데 이런 의상을 하고 있으니 아주 괴상하고 익살스럽게 보였다. 희고 기다란 수술복 때문에 그의 키가 실제보다 더 커 보였다. 고개를 숙이고 있는 것을 감안하여 그것을 폈다고 생각하고 몸을 일직선으로 세운다면 그는 실물보다 훨씬 더 커 보일 것이며, 위에는 독특하기 짝이 없는 모습의 작고 울긋불긋한 머리가 얹혀 있었다. 적어도 한스 카스토르프에게는 이 얼굴이, 뭉툭코를 한 납작하고 푸르스름하게 상기된 얼굴, 엷은 금발의 눈썹 아래 눈물에 젖은 푸른 눈, 활 모양으로 위로 구부러진 입, 그 위의 비스듬하게 치켜 올라간 엷은 색의 콧수염을 한 이 얼굴이 우스꽝스러운 모자를 쓰고 있는 오늘처럼 괴상하게 생각되었던 적이 한 번도 없었다. 그는 양푼에서 모락모락 솟아오르는 김에서 얼굴을 돌리고, 갈색의 음료, 즉 설탕이 든 아락* 펀치 주를 국자로 떠서 호를 그리듯이 내밀고 있는 잔에다 따라 주었다. 그러면서 쉬지 않고 그 특유의 쾌활함으로 뭐라고 알아들을 수 없는 말을 해 대는 바람에 그가 술장사를 하는 식탁 주위에서는 웃음보가 그칠 새가 없었다.

"염라대왕의 행차십니다." 세템브리니가 고문관을 향해 손을 흔들며 이렇게 말하자, 한스 카스토르프가 그를 옆으로 끌어당겼다. 크로코프스키 박사의 모습도 보였다. 건장하고 튼튼한 체구를 한 그는 번쩍이는 검은 옷을 소매는 끼지 않은 채 어깨에 걸치고 있어서 그것만으로도 가면복의 효과를 냈다. 그는 손목을 구부리고 잔을 눈높이에 들고는 가장을 한 일군의 사람들과 유쾌하게 잡담을 나누고 있었다. 이제 음악이 시작되었다. 만하임 출신 피아니스트의 반주에 맞추어 맥 같은 얼굴을 한 여자 환자가 헨델의 「라르고」를 바이올린으로 연주하고, 그다음에는 민족적이고 살롱 분위기인 그리그의 「소나타」를 연주했다. 사람들은 잘한다고 박수를 보냈고, 샴페인 병이 든 얼음통을 옆에 두고 두 개의 브리지대에 앉아 카드놀이를 하던 사람들도 박수를 보냈다. 이들 중에는 가장을 한 사람도 있었고 그렇지 않은 사람도 있었다. 모든 문은 열려 있었고, 홀에도 사람들이 있었다. 펀치 주 양푼이 있는 원탁 주위의 사람들은 고문관이 어떤 사교 놀이를 시범 보이고 있는 장면을 지켜보았다. 그는 두 눈을 감고 원탁 위에 몸을 구부리고 서서, 눈을 감고 있다는 것을 보이기 위해 머리는 뒤로 젖힌 채 명함의 뒷면에다 연필로 무슨 그림을 그렸다. 그것은 돼지였다. 눈으로 보지 않고 자신의 거대한 손으로 그린 조그만 돼지의 옆모습이었다. 좀 단순하고, 사실적이라기보다는 오히려 관념적이었지만, 그건 누가 보더라도 돼지의 형상이 분명했다. 어려운 조건에서 그린 것 치고는 그것은 괜찮은 하나의 예술 작품이었고, 그는 이런 일을 할 능력이 있었다. 실 같은 두 눈은 대체로 붙을 곳에 붙었고, 코에 너무 가까이 있긴 했지만 그런대로 제자리에 붙어 있었다. 머리에 달린 뾰족한 귀, 둥그스름한 배에 달린 짧은 다리도 마찬가지였다. 그리고 등의 선도 둥글게 그려졌고 조그만 꼬리 역시 아주 귀엽게 꽁무니에 감겨 있었다. 작품이 완성되자 다들 "와!" 하는 함성을 질렀고, 대가와 실력을 겨루어 보려는 야심에 이끌려 서로 그리겠다고 앞다투어 나섰다. 하지만 눈을 번듯이 뜨고도 돼지를 제대로 그리는 사람이 없는 마당에, 하물며 눈을 감고 제대로 그려질 리가 없었다. 그러니 줄줄이 실패작만 생겨날 뿐이었다! 도무지 돼지의 형상이라고 할 수 없는 그림들이었다. 눈은 머리 밖으로 튀어나왔고, 다리는 불룩한 뱃속으로 들어갔으며, 배를 그린 선도 서로 맞지 않았다. 그리고 꼬리는 엉망진창인 몸통과 전혀 유기적인 관계를 갖지 않고, 독자적인 당초무늬 모양으로 옆의 어딘가에 둥글게 감겨져 있었다. 옆에서 구경하던 사람들은 포복절도했다. 이들 주위에 점차 사람들이 몰려들었다. 카드 대에서 웅성거리는 소리가 나더니, 사람들이 카드를 부채 모양으로 들고 무슨 일인가 하고 호기심어린 표정으로 이쪽으로 건너왔다. 구경꾼들은 돼지를 그리고 있는 자가 눈을 깜박거리는지 보기 위해 눈꺼풀을 감시했다. 그런데 몇몇은 그려 보다가 도저히 안 되자 눈을 떠 버리기도 했다. 구경꾼들은 그림을 그리는 자가 엉터리없는 그림을 그릴 때는 킥킥거리고 숨을 몰아쉬며 억지로 웃음을 참고 있다가, 당사자가 눈을 뜨고 자신이 그린 말도 안 되는 그림을 내려다보는 순간 와 하고 환호성을 질렀다. 누구나 자기 같으면 잘할 수 있을 거라 착각하고 놀이에 참가했다. 비록 큼지막한 명함이긴 하지만 이내 앞뒤에 그림이 가득 차고, 실패작들로 겹쳐지게 되었다. 그러자 고문관은 자신의 지갑에서 또 한 장의 명함을 꺼냈다. 그 위에다 파라반트 검사가 은밀히 심사숙고하다가 단숨에 돼지를 그리려고 했지만, 그 결과는 지금까지 그린 어떤 그림보다 참담했다. 그가 돼지라고 그린 것은 돼지와 조금도 닮지 않았을 뿐만 아니라, 이 세상의 어느 것과도 전혀 닮은 구석이 없었다. 환성과 폭소가 터지고, 축하의 말이 빗발쳤다! 사람들이 식당에서 메뉴표를 가지고 와서 이젠 몇몇 남녀가 동시에 그릴 수 있었다. 경기에 나선 사람마다 감시인과 구경꾼이 붙고, 이들 중에 한 사람이 다시 연필을 넘겨받아 그림을 그렸다. 연필이 세 자루밖에 없어서 연필을 손에서 뺏고 빼앗기는 진풍경이 연출되었다. 그것들은 손님들의 연필이었다. 자신이 새로 소개한 놀이가 대대적인 인기를 끄는 것을 본 고문관은 조수와 함께 슬며시 자리를 떴다.

한스 카스토르프는 혼잡한 가운데 다섯 손가락으로 자신의 턱을 잡고 다른 손은 허리에 댄 채, 팔꿈치를 요아힘의 어깨에 대고 그의 어깨 너머로 그림을 그리는 한 남자를 지켜보았다. 그러면서 그도 떠들고 웃고 그랬다. 그도 한번 그림을 그려 보려는 생각으로 연필을 달라고 크게 소리쳐 한 자루 받았다. 하지만 벌써 몽당연필이 되어 버려 엄지와 집게손가락으로만 겨우 잡을 수 있을 정도였다. 그는 연필이 짧다고 불평하며 눈을 감고 천장을 바라보았다. 그는 연필이 안 좋다고 큰 소리로 불평하고 투덜거리면서 단숨에 끔찍한 그림을 하나 그려 놓았는데, 심지어 그것이 메뉴표 밖으로 삐져 나가 식탁보에까지 그려졌다. "이건 반칙입니다!" 그는 주위에서 당연히 터지는 폭소에 맞서 이렇게 외쳤다. "이런 연필로는 안 되겠어요. 당장 버려야지!" 이렇게 말하고는 그는 애꿎은 몽당연필을 펀치 주 양푼 속에 던져 버렸다. "제대로 된 연필을 갖고 계신 분 없나요? 누가 나에게 빌려 주실 분 없나요? 다시 한번 그려 봐야겠어요. 연필, 연필 말입니다! 또 한 자루 갖고 계신 분 없나요?" 그는 왼팔로 원탁을 짚고, 오른손을 높이 흔들면서 양쪽을 향해 소리쳤다. 하지만 아무도 그에게 연필을 빌려 주지 않았다. 그러자 그는 몸을 돌리고 계속 소리치면서 방 안으로 들어가 곧장 클라브디아 쇼샤한테 다가갔다. 그는 조그만 살롱으로 들어가는 입구에 칸막이로 쳐진 커튼에서 멀지 않은 곳에 그녀가 서 있다는 것을 알고 있었다. 그녀는 그곳에서 펀치 주 양푼이 놓인 탁자에서 일어나는 일을 미소를 지으며 지켜보고 있었다.

그때 그의 뒤에서 듣기 좋은 유창한 이탈리아어로 외치는 소리가 들렸다. "아니, 엔지니어 양반! 참으시오! 어째 그런 짓을, 엔지니어 양반! 좀 더 이성을 차리시오! 정신이 나갔구먼, 저 청년!" 하지만 한스 카스토르프는 이 목소리를 자신이 외치는 소리로 압도해 버렸다. 그러자 세템브리니는 팔을 들고 손을 머리 위로 던지는 시늉을 하며 ─이탈리아에서 흔히 하는 이러한 몸짓은, 그것이 뜻하는 바는 한마디로 쉽게 표현하기 어려울지 모르나, "아니!" 하는 장탄식과 함께 하는 동작이었다─사육제 모임에서 자리를 떠 버렸다. 하지만 한스 카스토르프는 옛날 벽돌을 간 교정에 섰을 때처럼, 튀어나온 광대뼈 위에 청색과 회색과 녹색이 섞인 듯한 눈, 안으로 군살이 낀 것 같은 눈을 아주 가까이에서 바라보면서 말했다.

"너한테 혹시 연필 있니?"

그는 죽은 사람처럼 얼굴이 창백했다. 언젠가 혼자 산책을 감행했다가 피로 범벅이 되어 강연장으로 돌아왔을 때처럼 그는 얼굴이 하얗게 질려 있었다. 안면에 나 있는 혈관 신경의 작용으로 핏기 잃은 피부가 차디차게 수축해서, 코가 뾰족해지고 눈 밑이 죽은 사람처럼 납빛이 되었다. 하지만 한스 카스토르프의 심장은 교감 신경의 작용으로 마구 뛰는 바람에 호흡이 고르지 않았고, 피지선의 작용으로 온몸에 전율이 일면서 모낭이 함께 일어섰다.

종이 삼각 모자를 쓴 그녀는 미소를 지으며 그를 머리에서 발끝까지 살펴보았지만, 그 미소에는 참담한 몰골을 한 그에 대한 일말의 연민이나 걱정도 담겨 있지 않았다. 여성이란 열정에 사로잡혀 벌벌 떠는 남자를 보고서도 절대 그런 연민을 보이거나 걱정을 하지 않는 법이다. 날 때부터 그런 열정에 익숙하지 않은 남성보다 그런 데 훨씬 더 친숙한 것이 분명한 여성은 그런 남성을 보면 조롱과 고소한 기분을 금치 못하는 법이다. 그렇지만 남성으로서도 그런 연민과 걱정을 보이는 것에 대해 물론 사양하겠지만 말이다.

"나에게?" 팔을 훤히 드러낸 그 부인 환자는 '너'로 부른 데 대해 대답했다. "그래, 아마 있을 거야." 그리고 어쨌거나 그녀의 미소와 목소리에는 오랫동안 무언의 관계를 맺다가 처음으로 말을 걸어 왔을 때 나타나는 약간의 흥분이 담겨 있었다. 이것은 그때까지의 모든 일을 그 순간에 몰래 끌어들이는 교활한 흥분이었다. "정말 야심가네. 넌…… 정말…… 집요하네." 그녀는 r를 낯설게, e는 너무 입을 벌려 이국적으로 발음하면서 그를 계속 놀려 댔다. 그러면서 약간 흐릿하고, 듣기 좋게 쉰 목소리로 '야심가 (ehrgeizig)'라는 단어의 둘째 음절에 강세를 주었기 때문에 그녀의 말은 완전히 외국어처럼 들렸다. 그녀는 가죽 핸드백을 뒤져 안을 들여다보며 찾더니, 처음에 끄집어낸 손수건 밑에서 조그만 은제 연필을 집어 들었다. 가늘고 부러지기 쉬워서 그것은 실제로 사용하기 위한 것이라기보다는 장신구 같았다. 옛날 히페한테서 빌렸던 연필이 더 다루기 쉽고 쓸모가 있었다.

"여기 있어." 그녀는 이렇게 프랑스어로 말하고, 연필 끝을 엄지와 집게손가락 사이에 쥐고는 이리저리 가볍게 흔들면서 그의 눈앞에 들이밀었다.

그녀가 그것을 내밀면서도 꼭 쥐고 있었으므로 그는 받지 않고 어정쩡하게 있었다. 즉 손을 연필 높이로 연필 바로 옆에 올려 손가락으로 연필을 집으려고 하면서도 완전히 집지는 않고 있었다. 그러면서 납빛의 우묵한 눈으로 연필과 타타르인 같은 클라브디아의 얼굴을 번갈아 바라보았다. 핏기 없는 그의 입술은 벌어져 있었고, 그는 계속 그런 입 모양을 하고 이렇게 말했다.

"역시 가지고 있었군."

"조심해. 망가지기 쉬우니까." 그녀는 프랑스어로 말했다. "나사를 돌리면 심이 나와."

두 사람이 연필 위에 머리를 맞댄 상태에서 그녀는 그에게 누구나 다 잘 아는 연필의 구조를 설명했다. 나사를 돌리면 바늘처럼 가늘고 딱딱해 보이며, 쉽게 그어질 것 같지 않은 심이 나왔다.

두 사람은 머리를 맞대고 허리를 숙인 채 서 있었다. 한스 카스토르프는 연미복을 입고 딱딱한 칼라를 하고 있었기 때문에 거기에 턱을 괼 수 있었다.

"작지만 네 거지." 그는 그녀와 이마를 마주한 채, 연필을 내려다보며 입술은 움직이지 않고, 그러니까 순음을 내지 않고 말했다.

"아유, 농담도 잘하셔." 그녀는 얼굴을 들고 그제야 연필을 주면서 짧게 대답했다. (그는 자신의 머릿속에 한 방울의 피도 남아 있지 않은 것 같았는데 어떻게 그런 농담이 나왔는지는 귀신도 모를 일이었다.) "그럼, 어서 가서 그려, 잘 그려 봐, 멋지게!" 그녀도 나름대로 농담을 하면서 그를 쫓아 버리다시피 했다.

"하지만 너도 아직 안 그렸어. 너도 그려야 해." 그는 '그려야 해'를 발음할 때 '야'를 생략하다시피 말하면서, 그녀를 끌어당기듯이 한 걸음 뒤로 물러섰다.

"내가?" 그녀는 놀란 듯이 같은 식으로 말했지만 그의 권유 때문에 놀란 것만은 아닌 듯했다. 그녀는 미소를 짓고 어쩔 줄 몰라 하며 서 있다가, 그의 최면술 같은 뒷걸음질에 이끌려 펀치 주 양푼이 놓인 원탁 쪽으로 몇 발짝 따라갔다.

하지만 이제 눈감고 돼지 그리는 놀이도 시들해졌는지 막바지에 달하고 있었다. 누군가 아직 그림을 그리고 있었지만 구경꾼은 없었다. 명함에는 엉터리 그림들이 그득했고, 각자 자신의 무능을 시험한 셈이었다. 그리고 다른 것이 사람들의 눈길을 끌었기 때문에 원탁은 거의 버려진 채로 있었다. 의사들이 가 버린 것을 확인하자 갑자기 춤을 추자는 소리가 터져 나왔다. 벌써 탁자는 옆으로 치워졌다. 편지 쓰는 방과 피아노실에 망 보는 사람을 배치하고, '영감'과 크로코프스키 및 수간호사가 다시 모습을 드러내면 신호를 보내 무도회를 그치도록 했다. 어떤 슬라브 청년이 호두나무로 만든 조그만 피아노의 건반을 표정을 담아 두드리기 시작했다. 처음 몇 쌍이 구경꾼들이 앉아 있는 의자와 안락의자에 둘러싸인 들쭉날쭉한 공간에서 춤을 추기 시작했다.

한스 카스토르프는 옆으로 치워지는 탁자를 향해 손을 흔들면서 "자, 그럼!" 하고 작별 인사를 했다. 그런 다음 그는 작은 살롱에 남아 있는 빈 의자와 커튼의 오른쪽 옆으로 사람이 없는 구석을 턱으로 가리켰다. 피아노 소리가 너무 커서인지 그는 아무 말도 하지 않았다. 그는 아까 무언으로 가리킨 곳에 쇼샤 부인을 위해 의자를 하나 끌어당겼다. 그것은 털이 긴 플러시 천을 깔고, 테가 나무로 된 소위 말하는 개선(凱旋) 의자였다. 그리고 자신은 둥그스름한 팔걸이가 달린, 삐걱거리고 우지끈거리는 소리가 나는 등의자를 골라 그녀 쪽으로 허리를 굽히고 옆에 앉았다. 두 팔을 팔걸이에 얹고, 두 손에 그녀의 연필을 쥐고는 두 발은 의자 밑에 깊숙이 넣었다. 그녀는 플러시 의자의 등에 깊숙이 몸을 기댄 채, 양 무릎을 들고 두 다리를 포개고는 한쪽 다리를 허공에서 흔들었다. 검은 에나멜 신발의 가장자리 위로 역시 검은 비단 양말에 덮인 복사뼈가 드러나 보였다. 이들 앞에는 다른 사람들이 앉아 있다가 춤추기 위해 일어나면서 춤을 추느라 피곤한 사람들에게 자리를 양보하는 등 사람들이 오고 가고 하면서 정신이 없었다.

"새 옷이네." 그는 그녀를 바라보는 구실을 만들기 위해 말했다. 그리고 그녀가 대답하는 소리를 들었다.

"새 것이라고? 내 옷에 대해 잘 알아?"

"내 말이 맞지 않아?"

"맞아. 얼마 전에 이곳 도르프의 루카체크 양장점에서 맞추었어. 그는 이 위의 부인들의 옷을 많이 만들거든. 마음에 드니?"

"아주 마음에 들어." 그는 또 한 번 그녀를 훑어보고는 눈을 내리깔면서 말했다. "춤추지 않겠어?" 그는 이렇게 덧붙였다.

"춤추고 싶니?" 그녀가 눈썹을 치켜 올리고 미소 지으며 묻자, 그는 이렇게 대답했다.

"네가 추고 싶다면 나도 추겠어."

"너는 내가 생각한 만큼 얌전하지 않군." 그녀가 말했다. 그리고 그가 무슨 소리냐며 큰 소리로 웃자 그녀는 이렇게 덧붙였다. "너의 사촌은 벌써 가 버렸지."

"그래, 그는 내 사촌이야." 그는 다 아는 사실을 확인해 주었다. "그가 가는 것을 나도 아까 보았어. 그는 누워 있을 거야."

"그는 아주 깐깐하고, 지나치게 성실하고, 매우 독일적인 청년이야." 그녀는 프랑스어로 말했다.

"깐깐하다고? 성실하다고?" 그는 그녀의 말을 되풀이하며 반문했다. "나는 말하는 이상으로 프랑스어를 잘 이해해. 그가 옹졸하다는 말이군. 너는 우리 독일인 모두를 옹졸하다고 생각하는가 보군."

"우리는 너의 사촌 이야기를 하고 있어. 하지만 정말이지 너희는 약간 시민적이야. 너희는 자유보다 질서를 더 사랑하지. 이는 온 유럽이 다 아는 사실이지."

"사랑한다…… 사랑한다…… 이건 무슨 말일까! 정의를 내릴 수 없어, 이 말은. 자신에게 없는 것을 사랑하지. 우리나라 속담에도 있듯이 말이야." 한스 카스토르프는 이렇게 역설했다. "나는 얼마 전부터 가끔 자유에 대해 생각해 봤어. 그 말을 하도 자주 듣는 바람에 그것에 대해 곰곰 생각해 보게 되었지. 내가 생각한 것을 프랑스어로 말해 보겠어. 온 유럽에서 자유라고 일컫는 것은, 우리들이 질서를 요구하는 것과 비교해 볼 때, 무척 옹졸하고 시민적인 거야. 이것이 결론이야!"

"어머나! 재미있는 말이네. 그렇게 색다른 말을 하는 것은 사촌을 염두에 두었기 때문이지?"

"아니야, 그는 아주 선량한 사람으로, 아무런 근심 걱정이 없는 성격이지. 하지만 그는 시민이 아니라 군인이야."

"근심 걱정이 없다고?" 그녀는 힘들여 발음하며 반문했다. "너는 그의 몸이 탄탄하다고 그렇게 말하는 거야? 하지만 그는 몹시 아파. 너의 불쌍한 사촌 말이야."

"누가 그러는데?"

"여기서는 서로에 관해 알고 있어."

"베렌스 고문관이 그랬어?"

"아마 그림을 보여 주면서 말했을 거야."

"그러니까 너의 초상화를 그리면서?"

"그래. 내 초상화, 잘 그렸어?"

"응, 아주 잘 그렸던데. 베렌스는 너의 피부를 그대로 재현하고 있어, 아주 충실하게. 나도 초상화가였더라면 하고 생각했어. 그 사람처럼 너의 피부를 연구할 수 있게."

"괜찮다면 독일어로 말해."

"아, 나는 독일어로 말하고 있어, 프랑스어로 말하기도 하고. 그것은 일종의 예술적이고도 의학적인 연구지. 한마디로 말해 인문주의적 연구라고 할 수 있지. 어때, 춤추지 않을래?"

"아니, 싫어. 그건 유치한 짓이야. 의사의 눈을 속여 가며 춘다는 건. 만약 베렌스가 나타나면 다들 놀라서 의자 쪽으로 허둥지둥 달려갈 거야. 그렇게 우스꽝스러운 일이 어디 있겠어."

"그를 그렇게 존경해?"

"누구 말이야?" 그녀는 누구라는 말을 짧고도 이국적으로 발음하며 되물었다.

"베렌스 말이야."

"베렌스 이야기는 이제 그만 해! 이곳이 춤추기에 너무 좁기도 해. 더욱이 카펫 위에서는 좀 그래. 춤추는 걸 지켜보기나 하지."

"응, 그러기로 하지." 이렇게 찬성한 그는 창백한 얼굴을 하고, 자신의 할아버지처럼 깊이 생각에 잠긴 푸른 눈으로, 이곳 살롱과 저 건너편의 편지 쓰는 방에서 가장을 한 환자들이 춤추는 모습을 그녀 옆에서 물끄러미 지켜보았다. 무한정 체온계는 푸른 하인리히와 춤을 추고 있었고, 연미복에 흰 조끼를 입고 무도회 사회자 같은 차림을 한 잘로몬 부인은 셔츠의 가슴 부분을 부풀게 하고 얼굴에 콧수염을 그리고 외알 안경을 낀 채 검은 남성용 바지에서 부자연스럽게 드러나 보이는 조그만 에나멜 하이힐을 신고 한 피에로와 원을 돌고 있었다. 얼굴을 하얗게 칠한 피에로의 입술은 새빨갛게 빛났고, 눈은 백피병 환자처럼 하얀색이었다. 짧은 외투를 어깨에 걸친 그리스인은 가슴과 목덜미를 드러낸 검은 옥구슬이 박힌 검은 부인복을 입은 라스무센을 껴안고 자색의 메리야스 바지 속의 균형 잡힌 멋진 다리를 흔들고 있었다. 기모노 차림의 파라반트 검사, 부름브란트 총영사 부인과 겐저 청년은 서로 팔을 부둥켜안고 심지어 셋이서 춤을 추기까지 했다. 그리고 슈퇴어 부인으로 말할 것 같으면, 빗자루를 가슴에 꼭 껴안고 가시 같은 털을 마치 사람의 곤두선 머리털이라도 되는 양 애무하면서 춤추고 있었다. "그러도록 하지." 한스 카스토르프는 기계적으로 말했다. 두 사람은 피아노 소리가 울리는 가운데 나지막하게 대화를 나누었다. "우리는 여기에 앉아 꿈결에서처럼 구경이나 하지. 이렇게 둘이 앉아 있다니 꿈만 같아." 그러면서 그는 다시 프랑스어로 말했다. "아주 깊디깊은 꿈만 같아. 이런 꿈을 꾸려면 아주 깊은 잠에 빠져야 하기 때문이지. 사실대로 말하면 이건 익히 잘 아는 꿈이자 줄곧 보아 온 꿈이며 오랫동안 꾸어 온 영원한 꿈이지. 지금처럼 네 곁에 앉아 있는 것, 이것이 바로 영원이야."

"시인이시네!" 그녀가 말했다. "소시민이고 인문주의자이며 시인이라…… 그러니 온전하고 더할 나위 없는 이상적인 독일인이시네!"

"우리가 과연 그렇게 온전하고 이상적인지 자못 염려돼." 그가 대답했다. "어느 점으로 보든 말이야. 우리는 그저 인생의 걱정거리 자식일 뿐이야."

"재미있는 말이네. 그런데 나 말인데…… 이런 꿈이라면 좀 더 쉽게, 더 일찍 꿀 수 있지 않았을까. 이 보잘것없는 여자에게 말을 걸어 보려는 결심이 너무 늦었어."

"말이 무슨 필요가 있을까? 말하는 게 무슨 필요가 있겠어? 말하고 토론하는 것이 공화적인 것은 나도 인정해. 그런데 그것이 시적이기도 한지는 자못 의심스러워. 이제 내 친구라고도 말할 수 있게 된 세템브리니 씨는……"

"아까 너에게 뭐라고 말한 분 말이지."

"응, 그는 확실히 웅변가임에는 틀림없어. 뿐만 아니라 그는 언제나 멋진 시구를 많이 인용하지. 하지만 그를 시인이라 부를 수 있을까?"

"나는 그 기사분과 아직 한 번도 이야기를 나누어 보지 못해 유감이야."

"당연히 그렇겠지."

"아니! 그렇겠다니."

"왜 그러냐고? 여기서 하는 말은 아무런 의미가 없는 말이야. 너도 눈치 챘겠지만 나는 프랑스어를 별로 쓰지 않아. 그러나 너 하고는 프랑스어로 말하고 싶어. 프랑스어로 말하면 말하지 않고 도 말하는 거나 마찬가지이기 때문이지. 어떤 면에서는 아무런 책 임이 없다고나 할까, 꿈속에서 말하는 거나 마찬가지이기 때문이야. 무슨 말인지 알겠어?"

"대강은."

"그러면 됐어." 한스 카스토르프는 말을 계속했다. "말한다는 것은 가련한 일이지. 영원 속에서는 말 같은 건 필요하지 않아. 영원 속에서는 새끼 돼지를 그릴 때처럼 하는 거야. 말하자면 머 리를 뒤로 젖힌 채 두 눈을 감고 하늘을 쳐다보는 거야."

"아주 재미있는 표현이네! 너는 영원에 대해 잘 알고 있구나. 정말이야. 아주 잘 알고 있어. 네가 귀여운 몽상가이고 참 호기심 이 많은 사람이라는 것은 인정해야겠어."

"게다가 또. 내가 좀 더 일찍 너와 대화를 나누었다면 너를 당신 이라고 불렀을 거야."

"아니, 그럼 이제부터 나를 영원히 너라고 부를 작정이야?"

"응. 지금까지 그렇게 부르고 있었고, 앞으로도 영원히 그렇게 부를 거야."

"그건 좀 심한데. 어쨌거나 네가 나를 너라고 부를 날도 앞으로 얼마 안 남았어. 나는 이곳을 떠날 거니까."

한스 카스토르프는 한참이 지나서야 이 말의 뜻을 의식하게 되었다. 그는 벌떡 일어나서는, 막 꿈에서 깨어난 사람처럼 어리둥절해하며 주위를 돌아보았다. 두 사람의 대화는 아주 천천히 진행되고 있었다. 한스 카스토르프가 프랑스어를 힘들게, 머뭇거리듯 생각하며 말했기 때문이다. 잠시 동안 침묵을 지키던 피아노가 슬라브 청년과 임무를 교대하고 악보를 펼쳐 든 만하임 사람의 손에 의해 다시 울리기 시작했다. 엥겔하르트 양이 옆에 앉아 악보를 넘겨주고 있었다. 무도회는 파장 분위기였다. 대부분의 환자는 수평 상태에 들어간 모양이었다. 두 사람 앞에는 아무도 앉아 있는 사람이 없었고, 독서실에서는 카드놀이를 하고 있었다.

"뭐라고?" 한스 카스토르프가 아연실색해서 물었다.

"나는 이곳을 떠난다고." 그녀는 그의 반응에 짐짓 놀란 척하며 같은 말을 되풀이했다.

"그럴 리가, 그냥 농담이겠지."

"절대 농담이 아니야. 진담이야. 나는 떠날 거야."

"언제?"

"바로 내일, 점심 식사 후에."

그의 마음속에서 모든 것이 와르르 무너지는 기분이었다. 그는 이렇게 말했다.

"어디로?"

"아주, 아주 멀리."

"다게스탄으로?"

"꽤 많이 알고 계시네. 어쩌면, 한동안……"

"그럼 다 나았다는 말이야?"

"아직은…… 그런 거는 아니고. 하지만 베렌스 말로는 여기에 있어 봤자 당분간은 그리 달라질 게 없다고 그래. 그래서 나도 결단을 내려 장소를 좀 바꿔 보려고."

"그럼 다시 돌아오겠네!"

"그게 문제야. 무엇보다도 언제 돌아올지가 문제야. 나라는 사람은 자유를 무엇보다도 사랑해. 특히 거처할 장소를 택하는 자유 말이야. 너 같은 사람은 전혀 이해하지 못할 거야. 자유로운 상태가 아니면 견딜 수 없다는 것을. 아마 이게 민족적인 기질일 거야."

"그럼 다게스탄에 있는 남편은 허락한 거니, 너의 자유를?"

"나에게 자유를 주는 것은 병이야. 이번이 이곳에 세 번째 있는 거야. 이번에는 일년쯤 있었지. 아마 다시 돌아올지도 모르지만 그때는 너는 이미 떠난 지 오래되었겠지."

"그렇게 생각해, 클라브디아?"

"아니, 내 이름까지 알고 계시네! 정말 너는 사육제 풍습에 충실하구나."

"너는 내가 얼마나 아픈지 알고 있니?"

"안다고도 할 수 있고 모른다고도 할 수 있어. 여기서 안다는 것은 그런 식이야. 몸에 약간 침윤된 부위가 있고, 열도 약간 있지?"

"오후가 되면 37.8도에서 9도까지 올라가. 그럼 넌?"

"아, 내 경우에는 말이야, 좀 더 복잡해. 그리 간단하지 않아."

"인문주의적 분야 중 의학 분과에 림프선의 결핵성 전색(栓塞)

현상이라는 게 있어."

"어쩜! 정탐을 다 했네. 틀림없다니까."

"그리고 넌…… 용서해 줘. 너에게 무언가 물어 볼 게, 간절하게 독일어로 물어 볼 게 있어. 내가 언젠가 식당에서 진찰을 받으러 갔을 때 말인데, 6개월 전이었지. 그때 나를 뒤돌아보았지, 기억나?"

"어쩜 그런 놀라운 질문을? 6개월 전의 일인데!"

"그때 너는 내가 어디에 가 보았는지 알았어?"

"알고 있었어, 정말 우연한 기회에 말이야."

"베렌스한테서 들었지?"

"또 베렌스네!"

"아, 그는 네 피부를 아주 정확하게 그려 내고 있어. 게다가 볼이 상기된 독신 남성인 그는 독특한 커피 세트를 갖고 있더군. 그는 네 몸을 의사로서뿐만 아니라 인문주의 분야의 신봉자로서도 알고 있음에 틀림없어."

"정말 꿈꾸면서 말하나 봐."

"아까는 그랬지. 하지만 네가 떠난다는 말에 꿈이 무참히 깨지고 말았어. 그러니 다시 한 번 꿈꾸게 해 줘. 이곳에 7개월 있으면서…… 이제 겨우 너와 실제로 알게 된 순간 떠난다고 하니……"

"그러니 거듭 말하지만 진작 말을 걸지 그랬어."

"네가 그걸 원했을까?"

"내가 말이야? 그런 식으로 핑계대지 마. 문제는 너 자신에게 있어. 지금 꿈속에서 말을 주고받는 여자에게 말을 걸 용기가 없었던 거지? 아니면 누가 그걸 못하게 방해라도 했어?"

"아까 말한 그대로야. 너에게 당신이라고 부르고 싶지 않았던 거야."

"우스운 사람이네. 그럼 대답해 줘. 아까 그 말재주 좋은 사람 말이야. 밤의 모임에 있다가 자리를 뜬 그 이탈리아인 말이야. 그 사람은 너에게 뭐라고 그랬어?"

"정말 아무것도 못 들었어. 네가 눈앞에 보이면 그 사람 따위는 안중에 없거든. 하지만 너는 잊고 있어, 이런 환경에서는 너에게 쉽게 접근할 수 없다는 것을. 그리고 나에게는 언제나 사촌이 붙어 있잖아. 그는 여기서 즐겁게 지내려는 생각은 추호도 없거든. 어서 평지로 돌아가 군인이 되려는 생각밖에 없지."

"불쌍한 사람이야. 그는 사실 자신이 생각하는 것 이상으로 병세가 심해. 댁의 이탈리아 친구도 역시 병세가 만만치 않아."

"그 사람도 그러더군. 그러나 내 사촌은…… 그게 정말이야? 그렇다면 끔찍한 일인데."

"평지에 내려가 군인이 된다면 아마 죽을지도 몰라."

"그가 죽는다니. 죽음, 그건 무서운 단어야, 그렇지 않아? 하지만 이상한 일이야. 이제는 그 말에 별로 놀라지 않아. 그건 '끔찍한 일'이긴 하지만 누구나 입 밖에 내는 관습적인 표현에 지나지 않아. 죽음이란 생각이 나는 무섭지 않아. 그 말을 들어도 아무렇지도 않고, 동정도 느끼지 않아. 착한 요아힘이 죽을지 모른다는 말을 들어도 그에게도 나에게도 연민의 정이 느껴지지 않아. 그의 체질이 나와 비슷하다는 건 사실이지만 나는 별로 두렵지 않아.

그는 위독한 환자이고, 나는 사랑에 괴로워하는 사나이야. 아무튼 좋아! 너는 언젠가 뢴트겐 촬영실에서 나의 사촌에게 말을 건 적이 있지, 대기실에서 말이야."

"그랬던 거 같아."

"그때 베렌스는 너의 투시 사진을 찍었겠지!"

"그래."

"그럼, 지금 그걸 갖고 있어?"

"아니, 내 방에 있어."

"아, 방에 두고 다니는군. 내 것은 언제나 지갑에 넣어 가지고 다니거든. 보여 줄까?"

"고맙지만 사양하겠어. 나는 호기심이 그리 많지 않아서. 보나마나 별거 아니겠지."

"나는 너의 외부적 초상화는 이미 봤거든. 그래서 너의 방에 두고 있다는 내부적 초상화를 더 보고 싶어. 그럼 또 한 가지 질문을 하겠어! 도로프에 산다는 러시아 신사가 가끔 네 방에 찾아온다는데, 그는 누구야? 그리고 어떤 목적으로 찾아오는 거지?"

"너는 정말 속속들이 정탐을 했구나. 좋아, 대답하지. 그래, 그 사람은 같은 병을 앓는 같은 나라 사람인데, 친구야. 그 사람과는 다른 요양지에서 알게 되었지. 2, 3년 전에. 우리의 관계 말이야? 그건 이래. 우리는 차를 마시고, 담배를 두세 대 피우고, 이런저런 이야기를 주고받고, 철학을 논하기도 해. 우리는 인간, 신, 인생 및 도덕 등 온갖 일에 대해 이야기를 나누지. 이것으로 내 보고는 끝났어. 흡족했어?"

"도덕에 대해서도! 그렇다면 너희는 도덕에 대해 어떤 결론에 도달했어, 이를테면?"

"도덕 말이야? 그런 데도 관심이 있어? 정 그렇다면 이야기하지. 도덕이란 미덕 가운데서 찾아서는 안 된다고 생각해. 즉 이성, 규율, 미풍 및 성실에서 찾을 것이 아니라 오히려 그 반대의 것, 요컨대 죄악에서 찾아야 한다고 생각해. 그러니까 우리에게 해롭고 우리를 파멸시키는 위험한 것에 몸을 던져서 찾아야 한다고. 우리는 일신의 안전을 중시하기보다는 자신을 손상시키고 파멸시키는 것이 더욱 도덕적이라 생각해. 위대한 도덕가는 덕이 있는 사람이 아니라, 악을 두루 모험하는 사람이라고. 즉 비참한 것 앞에 그리스도 정신으로 무릎을 꿇는 것을 가르쳐 주는 사악한 인간이자 위대한 죄인이라고 말이야. 이런 생각이 너의 마음에는 들지 않겠지?"

그는 아무 말이 없었다. 그는 여전히 처음과 같은 자세로 의자에 앉아 있었다. 포갠 두 다리를 삐걱거리는 의자 밑에 깊숙이 넣고, 종이 삼각 모자를 쓰고 반쯤 누운 자세로 앉은 클라브디아 쪽으로 몸을 굽힌 채 그녀의 연필을 손가락 사이에 끼고 있었다. 그리고 한스 로렌츠 카스토르프 할아버지에게서 물려받은 푸른 눈으로 텅 빈 방 쪽을 쳐다보았다. 손님들은 다 흩어지고 없었다. 비스듬하게 맞은편 구석에 놓여 있는, 만하임 출신의 환자가 치는 피아노가 아직 나지막하게나마 띄엄띄엄 울리고 있었다. 그의 옆에는 여교사가 앉아 자신의 무릎에 올려 둔 악보를 넘겨 주고 있었다. 한스 카스토르프와 클라브디아 쇼샤의 대화가 끊어지자 피아니스트는 연주를 완전히 중단하고 건반을 가볍게 두드리던 손도 무릎에 내려놓았다. 그런데도 엥겔하르트 양은 악보를 계속 보고 있었다. 사육제 모임에 남은 네 사람은 꼼짝 않고 앉아 있었다. 몇 분간 정적이 흘렀다. 이러한 정적의 중압감에 눌려 피아노 앞의 두 사람의 머리가 점점 더 아래로 기울어지면서, 만하임 출신의 머리는 건반 쪽으로, 엥겔하르트 양의 머리는 악보 쪽으로 기울어졌다. 이윽고 두 사람은 몰래 묵계가 이루어진 듯 조심스럽게 슬그머니 자리에서 일어났다. 두 사람은 아직 인기척이 남아 있는 방의 구석 쪽은 의식적으로 돌아보지 않으며 목을 움츠리고 두 팔은 몸에 딱 붙인 채 편지 쓰는 방과 독서실을 지나 모습을 감추었다.

"모두들 물러갔어." 쇼샤 부인이 말했다. "그들이 마지막이었어. 늦었군. 이것으로 사육제는 끝났어." 그녀는 팔을 들어 두 손으로, 땋은 머리를 화관처럼 머리 둘레에 감고 있는 붉은 머리칼에서 삼각 모자를 벗어 버렸다. "그리고 사육제의 끝은 네가 아는 대로야."

하지만 한스 카스토르프는 자세를 바꾸지 않고 두 눈을 감은 채 부정하는 말을 했다. 그는 이렇게 대답했다.

"결코, 클라브디아, 결코 너를 당신이라 부르지 않겠어. 생사를 걸고서라도, 이렇게 말할 수 있다면 말이야. 교양과 인문적 문명이 있는 유럽에서 사람을 부를 때 사용하는 당신이라는 형식은 너무 시민적이고 옹졸하게 느껴져. 도대체 무얼 위한 형식이란 말이야? 형식이란 속물근성 그 자체야! 너와 병을 앓고 있는 동국인이 도덕에 대해 내린 결론, 너는 내가 그것에 대해 놀랄 거라고 생각해? 너는 나를 바보라고 생각해? 말해 봐, 나를 대체 어떻게 생각하는 거지?"

"그거야 그리 어려운 문제는 아니지. 너는 착하고 예의 바른 도련님이지. 양갓집 자제로 품행 방정하고 매력적이며 선생님 말씀을 잘 듣는 학생이지. 머지않아 평지로 돌아가면 오늘 밤 이렇게 꿈속에서 나눈 대화는 까맣게 잊어버리고 조선소에서 성실하게 일하면서 네 나라를 위대하고 강하게 만드는 데 도움을 줄 사람이지. 이것이 도구 없이 찍은 너의 내부 사진이야. 있는 그대로 잘 찍었다고 생각하지 않아?"

"베렌스가 발견한 사항이 두세 개 빠져 있군."

"아, 의사야 언제나 잘 발견하지. 그런 데 정통하니까."

"마치 세템브리니 씨처럼 말하는군. 그럼 내 열은? 그건 대체 무슨 열일까?"

"그만! 그런 것은 아무것도 아니야. 있다가 곧 사라지겠지, 뭐."

"아니야, 클라브디아, 너는 지금 자신이 하는 말이 사실이 아니란 걸 알고 있어. 확신도 없이 그냥 말하고 있어. 나는 알아, 내 몸의 열, 몹시 지쳐 있는 심장의 고동, 팔다리의 오한, 이런 것은 우연히 생긴 것이 아니라 다름 아닌……" 한스 카스토르프는 입술을 떨면서 창백한 얼굴을 더욱 깊숙이 그녀 쪽으로 기울였다. "이것은 다름 아닌 너에 대한 사랑 때문이야. 그래, 이 눈으로 너를 본 순간 내 마음을 사로잡은 사랑 때문이야. 아니, 그보다도 너라는 걸 알아본 순간 내 마음속에 다시 살아난 사랑 때문이야. 그리고 나를 이곳에 데리고 온 것도 그 사랑이야."

"말도 안 되는 망상이야!"

"아, 사랑이 망상이 아니라면, 무모한 짓이나 금단의 열매가 아니고 죄악 속의 모험이 아니라면 그것은 보잘것없는 것이겠지. 그렇다면 사랑은 평지의 한가하고 하찮은 노래에 알맞은 기분 좋게 진부한 것에 불과하겠지. 하지만 네가 그라는 것을 알고, 너에게 다시 사랑을 느낀 것은…… 그래, 실은 내가 너를 옛날부터 알고 있었기 때문이야. 너를, 이상야릇하게 기울어진 너의 눈을, 너의 입술을, 네가 말하는 목소리를 훨씬 전부터 알고 있었어. 오래전에도, 언젠가 학창 시절에 나는 너한테서 연필을 빌린 적이 있었지. 마침내 너와 세속적인 의미에서도 알고 싶었기 때문이야. 이성을 잃을 정도로 너를 사랑했기 때문이야. 그리고 베렌스가 내 몸에서 발견한 흔적, 내가 이전에도 병을 앓았음을 증명하는 흔적, 이것은 의심의 여지 없이 그 때문에 남아 있는 거야. 너에 대한 나의 해묵은 사랑이 남긴 흔적인 거지."

그의 이빨이 맞부딪치고 있었다. 그는 헛소리처럼 지껄여 대면서 삐걱거리는 의자 밑에서 한쪽 발을 끄집어냈다. 이번에는 그 발을 앞으로 내밀고 다른 발의 무릎은 바닥에 댄 채 그녀 곁에 무릎을 꿇고 머리를 숙이고는 온몸을 덜덜 떨었다. "너를 사랑해." 그는 더듬거리며 프랑스어로 말했다. "나는 늘 너를 사랑해 왔어. 너는 나의 자기이고, 삶이자 꿈이며, 나의 운명이자 소망이며, 나의 영원한 욕망이기 때문이지."

"그만, 그만 해!" 그녀가 말했다. "너의 선생님이 이 꼴을 보면……"

하지만 그는 얼굴을 융단 쪽으로 향하고 절망적으로 머리를 흔들면서 대답했다.

"보든 말든 개의치 않아. 나는 카르두치도, 화술이 뛰어난 공화주의자도, 시간이 흐르면서 실현되는 인류의 진보도 대수롭지 않게 여겨. 너를 사랑하기 때문에."

그녀는 짧게 깎은 그의 뒷머리를 손으로 가볍게 어루만졌다.

"소시민님!" 그녀가 말했다. "약간 침윤된 얼룩이 있는 귀여운 시민님, 나를 그토록 사랑하는 게 정말이야?"

그녀의 손길이 닿자 그는 감격에 겨운 나머지 두 무릎을 다 꿇고 머리를 뒤로 젖히고는 계속 말하기 시작했다.

"아! 사랑이란…… 육체, 사랑, 죽음, 이 셋은 원래 하나야. 육체는 병과 쾌락이고, 육체야말로 죽음을 낳기 때문이지. 그래, 사랑과 죽음, 이 둘은 다 육체적인 것으로, 거기에 이 둘의 공포와 위대한 마술이 있지! 그러나 죽음은 한편으로는 미심쩍고 후안무치하며 얼굴을 붉히게도 하지만, 다른 한편으로 아주 장엄하고 존엄한 힘으로—돈을 벌고 즐기며 희희낙락하는 삶보다 훨씬 더 고귀해—시간에 대해 이러쿵저러쿵 말하는 진보보다 훨씬 더 존경할 만하지. 왜냐하면 죽음은 역사적인 것이고 고상함이자 경건함이고 영원함이며 신성함이기 때문에, 우리가 모자를 벗고 발끝으로 조심조심 걸어야 하는 것이기 때문이야. 이와 마찬가지로 육체도, 육체에 대한 사랑도 음란하고 난처한 성질을 띠고 있어. 육체는 스스로를 두려워하고 부끄러워하여 피부를 붉게 물들이기도 해. 하지만 또한 육체는 숭배할 만한 위대한 영화(榮華)이고, 유기 생명의 기적과도 같은 형상이며 형태와 아름다움의 불가사의한 신성함이야. 그리고 이에 대한 사랑, 인체에 대한 사랑은, 이 역시 아주 인문적인 관심이며, 세상의 온갖 교육학보다 더욱 교육적인 힘이야! 아, 이 매혹적인 유기체의 아름다움은 화구(畵具)나 돌 같은 것으로 이루어진 것이 아니라 살아 있는 부패성 물질로 되어 있고, 생명과 부패라는 열을 내는 비밀로 가득 차 있어! 자 그럼, 인체 조직의 불가사의한 대칭 구조를 봐! 양 어깨와 허리, 양 가슴의 꽃 같은 젖꼭지, 그리고 양쪽에 두 개씩 나란히 달리는 갈비뼈, 부드러운 복부와 가운데의 배꼽, 다리 사이의 검은 보고(寶庫), 등의 매끄러운 피부 아래에서 견갑골이 움직이는 모양을 봐! 그리고 싱싱하고 풍만한 두 엉덩이를 향해 내려가는 등뼈의 모양, 몸 기둥에서 겨드랑이를 통해 사지로 뻗어 나가는 혈관과 신경의 굵은 가지, 두 팔이 두 다리의 구조에 대응하는 모양을 봐! 아, 팔꿈치와 무릎 관절 안쪽의 부드러운 부분, 그리고 그 살의 쿠션에 쌓인 부분의 유기체가 지닌 수많은 비밀! 인체의 이 감미로운 부분을 애무하는 것은 얼마나 커다란 희열일까! 아, 당장 죽어도 여한이 없을 환희! 아, 정교한 관절 주머니가 지방을 분비하고 있는 네 무릎의 피부 냄새를 맡게 해 줘! 너의 온 허벅지에서 고동치고, 훨씬 아래에서 두 개의 경부 동맥으로 갈라지는 대퇴부 동맥에 경건하게 내 입술을 닿게 해 줘! 너의 털구멍에서 나는 분비물을 냄새 맡고, 너의 부드러운 털을 애무하게 해 줘! 물과 단백질로 이루어져 무덤에서 분해될 운명을 지닌 인간의 형상이여, 너의 입술에 내 입술을 대고 영원히 죽게 해 줘!"

그는 말을 마치고 나서도 두 눈을 감고 있었다. 그는 같은 자세를 그대로 유지했다. 머리를 뒤로 젖히고, 은제 연필을 쥔 두 손을 앞으로 뻗은 채 두 무릎을 꿇고 사시나무 떨듯 온몸을 떨었다. 그러자 그녀는 이렇게 말했다.

"너는 정말 독일식으로, 심오한 방법으로 애원하며 여자의 환심을 사는구나."

그러면서 그녀는 자신의 삼각 모자를 그의 머리에 씌워 주었다.

"안녕, 나의 사육제 왕자님! 오늘 밤 너의 체온 곡선은 사정없이 올라갈 거야."

이 말을 하고 그녀는 의자에서 일어나 융단 위를 미끄러지듯 걸어서 문으로 갔다. 문턱에 서서 그녀는 허옇게 드러난 한쪽 팔을 들고 그쪽 손으로 문의 손잡이를 잡고는 반쯤 몸을 돌려 뒤돌아보면서 머뭇거렸다. 어깨 너머로 그녀는 나지막하게 말했다.

"내 연필 잊지 말고 돌려주러 와."

그러고는 그녀는 나가 버렸다.

〈하권에서 계속〉

주

79 "아스클레피오스의 지팡이": 의술의 상징인 뱀이 휘감긴 지팡이를 말함.

93 "용사": 미르미도네(Myrmidone). 아킬레우스를 따라 트로이 전쟁에 참가한 테살리아 사람을 일컫는 말로, 충복이란 의미로 쓰임.

"생명의 황금 나무": 괴테의 『파우스트』 제1부 2039행 참조.

114 "라다만토스": 그리스 신화에서 제우스와 에우로페의 아들로, 지혜와 정의감이 뛰어났던 그는 생전에 미노스, 아이아코스와 함께 저승의 재판관이 됨.

116 "카르두치": Giosuè Carducci(1835~1907). 1906년에 노벨문학상을 받은 이탈리아 최고의 국민 시인. 교회의 권위에 적대감을 가져 「악마 찬가」를 씀.

120 "난 새잡이라네 …… 뛰어라!": 모차르트의 오페라 「마술 피리」에 나오는 아리아.

121 "메디치 가문의 비너스 상": 피렌체의 메디치 가에 전해 온 아프로디테 상으로, 기원전 2세기경 헬레니즘 시대의 그리스 원작에 바탕을 둔 로마 시대의 모각(模刻)임.

122 "페트라르카": Francesco Petrarca(1304~1374). 이탈리아의 시인이자 인문주의자로, 교황청에 있으면서 연애시를 쓰는 한편, 장서를 탐독하여 교양을 쌓았고 이후 계관시인이 됨. 성 아우구스티누스와의 대화 형식인 라틴어 작품 「나의 비밀」을 집필했고, 이탈리아어로 된 서정시 「칸초니에레」로 소네트의 극치를 보여 줌.

123 "베르길리우스": Publius Vergilius Maro(BC 70~BC 19). 로마의 가장 위대한 시인으로, 서사시 「아이네이스」의 작가로 잘 알려짐.

139 "마을": 독일어로 도르프(Dorf)임.

153 "푸른 하인리히": 환자가 담을 토해 내는 푸른 유리병을 말함. 고트프리트 켈러의 동명의 소설이 있음.

163 "마카롱": 달걀 흰자위, 설탕, 아몬드 등으로 만든 쿠키.

"마르치판": 호두와 으깬 아몬드를 넣은 과자.

174 "HC": 한스 카스토르프(Hans Castorp)의 머리글자.

186 "보카치오": Giovanni Boccaccio(1313~1375). 이탈리아의 시인이 자 학자로, 『데카메론』의 작가로 잘 알려짐. 페트라르카와 함께 르 네상스 인문주의의 토대를 마련했고, 이탈리아 문학을 고대 고전 문학의 위치와 수준으로 끌어올림.

"하파란다": 스웨덴 최북단의 도시.

"크라코": 베니스와 밀라노의 교차 지점에 위치한 이탈리아의 도시.

"파도바": 이탈리아 북동부의 도시.

193 "레오파르디": Giacomo Leopardi(1798~1837). 이탈리아의 서정 시인이자 언어학자.

195 "은현 잉크": 특수 화학 처리를 하면 글씨가 나타나게 되어 있는 마 술 잉크.

232 "김나지움 4학년": 중학교 2학년에 해당됨.

247 "피루스의 승리": 피루스(Pyrrhus) 왕이 로마군을 격파했을 때처럼 희생이 많은 유명무실한 승리.

251 "피리 부는 사람 뒤를 따르는 무리처럼": 1284년 하멜른에서 한 남자 가 피리를 불어 쥐 떼를 퇴치했지만 약속했던 사례금을 받지 못하자, 마을의 아이들을 피리 소리로 유인해 어디론가 끌고 갔다는 전설.

290 "탄탈로스의 고통": 탄탈로스는 그리스 신화에 나오는 신으로, 제우 스의 아들. 펠롭스와 니오베의 아버지인 탄탈로스는 아들의 살을 신들에게 먹이려 한 죄로 지옥에서 영원한 기갈에 시달림.

294 "카르보나리 당원": 숯 굽는 당원. 이탈리아의 정치적 비밀 결사인 숯 굽는 당은 프랑스가 나폴리를 지배하고 있을 무렵 1806년에 국 민의 독립과 자유주의적 국가 형태 수립을 기원함.

301 "7월 혁명": 루이 필리프를 프랑스 왕위에 오르게 한 1830년 7월 27 일에서 29일에 일어난 혁명. 이 혁명으로 부르주아 계급이 정치 적·사회적으로 우위를 차지하게 됨.

302 "1789년": 프랑스 혁명의 해를 말함.

304 "바보": 슈파츠(Spatz)는 원래 참새란 뜻으로, 바보의 의미도 있음. 하이네의 『독일. 겨울 동화』에 '천국은 바보들에게나 맡기자' 라는 같은 표현이 있음.

305 "만초니": Alessandro Francesco Tommaso Antonio Manzoni (1785~1873). 이탈리아의 시인, 소설가이자 극작가로, 이탈리아 낭만주의 최고의 작가. 가톨릭으로 개종하여 「성가」에서처럼 기독교적 낙원의 이상에 자유·평등·박애의 정신을 결부시킨 작품을 발표함.

"베아트리체": 이탈리아의 위대한 시인 단테가 9세 때 첫눈에 반해 "그때부터 사랑이 내 영혼을 압도했네"라고 쓰면서, 1321년 죽을 때까지 자신의 생애 대부분과 시 작품을 바치며 사모한 여인. 단테는 40년에 걸쳐 완성한 『신곡』에서 베아트리체를 찬미했음.

306 "라티니": Brunetto Latini(1220?~1295). 단테의 스승으로 고전학자인 그는 피렌체의 지적 우월권을 확보하는 데 지도적인 인물이었음. 아리스토텔레스주의자인 그는 아리스토텔레스의 「윤리학」을 번역했음.

321 "포르마민트": 목의 통증을 완화시키는 약제의 일종.

323 "이봐요 …… 왜 넣는 거지?": Menschenkind는 독일어로 '사람의 자식, 아이' 라는 뜻이고, 그녀가 사용한 Menschenskind는 '어이구, 이 사람아, 저런' 이라는 뜻. 그래서 여기서는 두 호칭 다 적합하지 않은 것 같아 편하게 사람을 부를 때 쓰는 '이봐요' 라고 하였음.

331 "열": 슈퇴어 부인은 '온도나 열' 을 뜻하는 'Temperatur' 라 말하지 않고 '시제, 시칭' 을 뜻하는 'Tempus' 라고 잘못 말함.

334 "뼈가 없는 부분": Weichteil에는 '뼈가 없는 부분' 이라는 뜻 말고도 '생식기' 라는 의미도 있음.

343 "벨베데레의 아폴로 상": 기원전 4세기 그리스 조각가 레오카레스가 청동으로 조각한 것을 로마 시대에 대리석으로 모각함. 15세기에 이 조각상이 발견되어, 아폴로를 그리거나 조각한 예술가는 대부분

이 작품을 참조했음.

366 "마술 식탁": "티슈라인-데크-디히(Tischlein-deck-dich)" 하고 주문을 외우면 음식이 차려진다는 그림 동화의 마술 식탁을 말함.

373 "레펙토리움": Refektorium. 원래 수도원이나 신학교의 식당을 말함.

414 "쌍둥이 양반": Dioskur는 쌍둥이 신이란 뜻으로, 제우스와 레다의 쌍둥이 아들인 카스토르와 폴리데우케스를 말함.

430 "파르티아인": 고대 페르시아 지방에 살았던 유목민.

467 "오늘을 즐겨라!": Carpe diem! 로마의 시인 호라티우스의 말.

474 "키르케": 호메로스의 『오디세이』에 등장하는 마녀로, 오디세우스를 사랑하게 되어 섬을 떠나지 못하도록 그를 붙잡지만, 사랑을 이루지 못하자 오디세우스의 부하들을 돼지로 바꾸어 버림. 오디세우스는 헤르메스의 도움으로 이들을 다시 인간으로 되돌림.

479 "플로티노스": Plotinos(205?~270?). 신플라톤주의 철학자. 가시적 세계의 배후에 그 궁극적 원천으로서 일자(一者)가 있다고 상정하고, 거기서 정신, 영혼, 마지막으로 질료가 흘러나온다고 봄. 고대 철학과 아우구스티누스를 연결하는 다리 역할을 함.
"포르피리오스": Porphyrios(232?~304?). 신플라톤주의 철학자. 그는 인간과 동물의 영혼은 동일한 보편적 양태라고 말함.

485 "티모테우스": 리카이니아의 리스트라 태생인 성 티모테우스는 성 바울이 리스트라에서 설교할 때 그의 제자가 되었으며, 그 후 그의 친구이자 오른팔 역할을 함.

487 "헨리 클레이": 정치가의 이름을 따 명명한 아바나 산 시가로, 19세기부터 생산하기 시작했음.

491 "세간티니": Giovanni Segantini(1858~1899). 알프스 산지의 목가적 풍경을 주로 그린 이탈리아의 화가.

500 "피디아스": 기원전 5세기 아테나 신상과 제우스 신상을 조각한 그리스 최고의 조각가.

새롭게 을유세계문학전집을 펴내며

을유문화사는 이미 지난 1959년부터 국내 최초로 세계문학전집을 출간한 바 있습니다. 이번에 을유세계문학전집을 완전히 새롭게 마련하게 된 것은 우리가 직면한 문화적 상황에 적극적으로 대응하기 위해서입니다. 새로운 을유세계문학전집은 세계문학의 역할이 그 어느 때보다 중요해졌다는 인식에서 출발했습니다. 오늘날 세계에서 타자에 대한 이해는 우리의 안전과 행복에 직결되고 있습니다. 세계문학은 지구상의 다양한 문화들이 평등하게 소통하고, 이질적인 구성원들이 평화롭게 공존할 수 있는 문화적인 힘을 길러 줍니다.

을유세계문학전집은 세계문학을 통해 우리가 이런 힘을 길러 나가야 한다는 믿음으로 만들어졌습니다. 지난 5년간 이를 준비하기 위해 많은 노력을 기울였습니다. 세계 각국의 다양한 삶의 방식과 문화적 성취가 살아 있는 작품들, 새로운 번역이 필요한 고전들과 새롭게 소개해야 할 우리 시대의 작품들을 선정했습니다. 우리나라 최고의 역자들이 이들 작품 속 한 문장 한 문장의 숨결을 생생히 전하기 위해 심혈을 기울였습니다. 또한 역자들은 단순히 번역만 한 것이 아니라 다른 작품의 번역을 꼼꼼히 검토해 주었습니다. 을유세계문학전집은 번역된 작품 하나하나가 정본(定本)으로 인정받고 대우받을 수 있도록 최선을 다 했습니다. 세계문학이 여러 경계를 넘어 우리 사회 안에서 주어진 소임을 하게 되기를 바라며 을유세계문학전집을 내놓습니다.

을유세계문학전집 편집위원단(가나다 순)
김월회(서울대 중문과 교수)
박종소(서울대 노문과 교수)
손영주(서울대 영문과 교수)
신정환(한국외대 스페인어통번역학과 교수)
정지용(성균관대 프랑스어문학과 교수)
최윤영(서울대 독문과 교수)

을유세계문학전집

을유세계문학전집은 계속 출간됩니다.

을유세계문학전집 연표